古事記新解釈

南九州方言で読み解く神代

飯野武夫
飯野布志夫 編

鳥影社

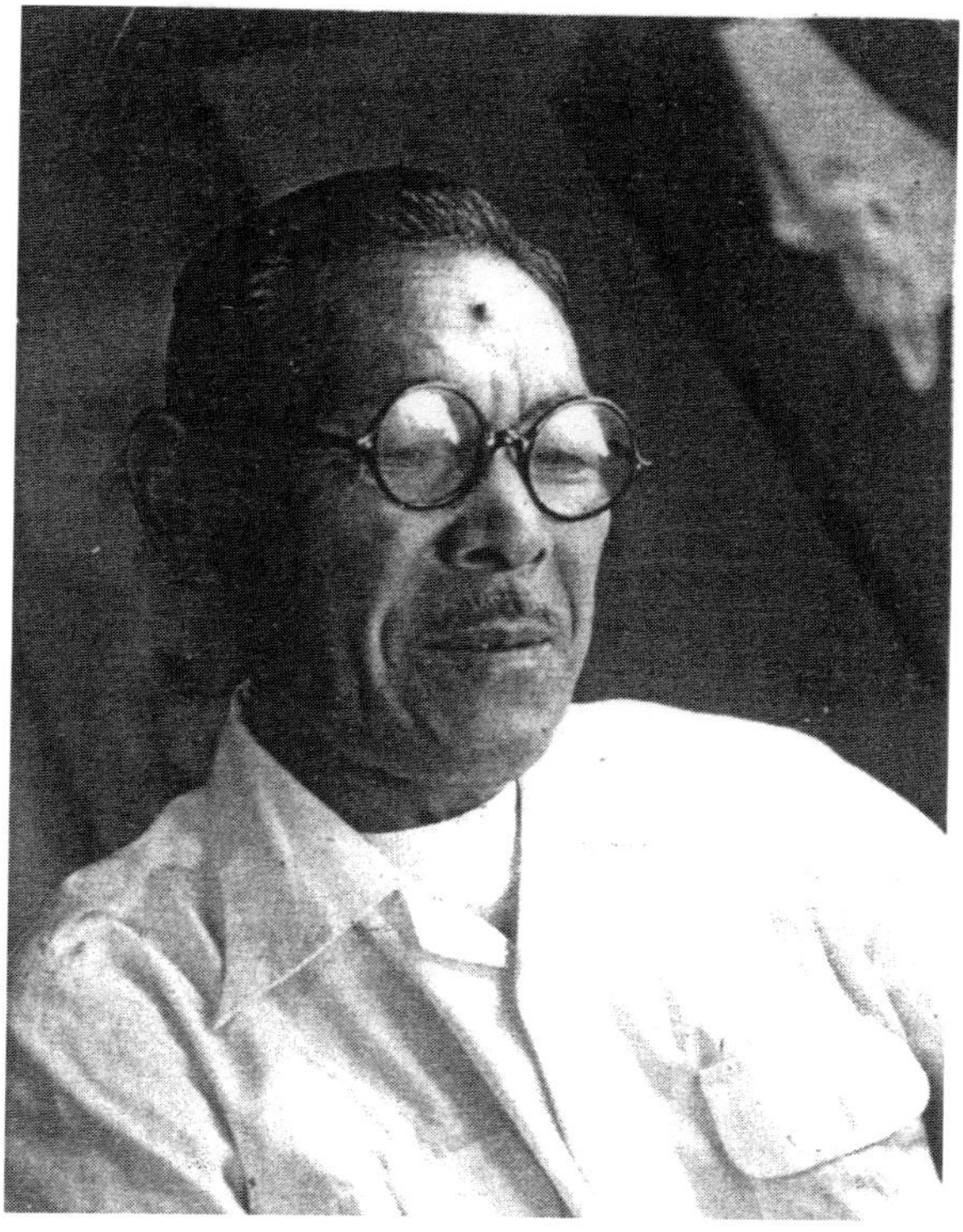

飯野武夫

序　章

この本は私の父、武夫（昭和五十一年没）の遺稿です。

父は鹿児島県南薩摩の寒村（南九州市知覧《チラン》町東《ヒガシ》別府《ビュ》の飯野《イノ》と呼ばれる門村《カドムラ》）で生まれ、その地の慣習や風俗のもとに、明治・大正・昭和と同県内域で成長しました。当然のこととして日常の生活用語は南九州方言（南九語）の語法で育ちましたので、その影響を受けたためか、原稿の文章には南九語特有の方言様式を生かした古い言葉遣いと解説が随所に見られます。さらに、下書き原稿は書き足しや修正が随所に入れてありました。父は出版に到ればこれらの文章は読みやすい新仮名遣いの標準語体に補正して発刊したかったのかも知れませんが、その機会は得られず昭和五十一年に天国に召されました。そして、今日になって、ようやく出版のときを迎えましたが、父に無断で勝手に校正するとその気持ちに沿わない点もあるのではないかと思われますので、文面にはなるべく手を加えずに、書き足しや修正部分の繋ぎ文章だけ文脈がとれるように一部分のみを補正して出版することにしました。読みづらい箇所も多々あると思いますが、ご了承ください。

なお、父の原稿には題名がなかったので、後年に私がこれを読んだ際、都合で『南薩摩神代王国論』と題名をつけていましたが、今回その出版にあたり、飯野武夫著、飯野布志夫編『**古事記新解釈**　南九州方言で読み解く神代』と改題して出すことといたしました。

父が古事記上巻（神話）に目覚めたきっかけは、幼児の頃（明治四十年代か）に、手元にあった神話の童本だったそうです。ある日、その本を大きな声を出して読んでいたら、そのもの語りを囲炉裏で聞いていた安政生まれの祖父傳左衞門《デンゼ》（あるいは長生きした文政生まれの曾祖父喜次郎《キジロ》かも知れない）が「その本の話はどこの話だ。我が家あたりの由語《ユガタイ》りや年中行事とまったく一緒じゃないか」と言ったのが忘れられない記憶になったと父は語っていました。

大正時代に入って、父は家督の農事習得のため県内の鹿屋《カノヤ》農業学校に進学したのですが、その学生時代に国語の授業で初めて古事記上巻の神代文章に出会ったのだそうです。そして、先生の古事記現代解釈講義を聞いていくうちに何か辻褄の合わない解釈にすっきりしない気分になったというのを聞いたことがあります。そんな時、童子の頃、祖父（または曾祖父）から聞いた「その本の神話は我が家あたりの由語《ユガタイ》りや年中行事とまったく一緒じゃないか」という話を思い出し、思い切って古事記上巻の神話の文章を子供の頃から使っていた南九州方言（南九語）の語法のままに読んでみたら、どことなく難しい文章の語形がすっきりと見えてきてびっくりしたのだそうです。しかも、書かれている神話の風俗もなんとはなしに門村《カドムラ》で体験している風俗と似ているのに気付いて大いに好奇心が湧いてきたと語っていました。

卒業後、父は大正時代末期に松ケ浦《マツガウラ》小学校（鹿児島県知覧《チラン》町）の教職についています。その時代から古事記解釈に取りかかっていたのかどうかはわかりませんが、「教鞭をとるかたわら同地の故習を知るために昔ながらの方言による言葉遣い、土地字《あざ》の伝承名称、古老たちの間で伝えられた昔話、祭りの仕儀等を聞いて廻っていましたよ」と後年になってから父の知人が私に教えてくれました。

　昭和の時代に入って父は小学校の教職から、同県の西志布志《ニシシブシ》、溝辺《ミゾベ》、知覧《チラン》の各青年学校の教職に就いたのですが、敗戦になるまでその間中は古事記上巻（神代）の研究に没頭していたのかどうか定かではありません。しかし、体があけばノートに記録を書き残したり、あるいは子供の私を引き連れて山岳古墳に登って調査を重ねていた父の姿が記憶にありますから、いささかも途切れることなく研究は続けていたのでありましょう。やがて、第二次大戦敗戦の時を迎えますが、それを機に校長の職務を退任し、新しく始まった農業協同組合の管理職に就き、続けて、知覧《チラン》町助役の拝命を受けました。そして、仕事柄同地の村々を廻る機会が増えていったのですが、行く先々で古老たちとの会話が増えるに従って、昔から伝えられた民俗資料等の収集を続け、その資料は膨大なものになっていました。しかし、休日には子供の私を引き連れて農事に励んでいました。そして、農事の仕事をしながらも常に何かを考えていたようです。たとえば、馬を使っての畑耕しの仕事では後ろに立って馬に掛け声をかけて指図をするのですが、昔からの伝習で左回りの場合は「**シッシッシッ**」の掛け声になり、右回りでは「**コッコッコッ**」、止まれは「**ダァー**」、後退は「**ゼー**」と声を掛けていたのです。なぜそんな「音」の言葉を昔からの伝習で発していたのか……父はその意味を真剣に考えていました。

戦後、私は広島の学校に進学したのですが、父はその後、同知覧《チラン》町の町長に選出されて、日頃から念願であった特攻平和観音像入魂と社殿の設立、続いて大型農業向けの農地農道改良のため国助成の道を拓いて県下で初めてパイロット事業に着手、さらに特産茶業の増産と流通の整備等に精魂を尽くしていましたが、その間三期十二年間は仕事柄知覧地区を中心に薩南地方の村々を自転車で走り廻っていました。その職務のかたわらで多くの古老たちにもめぐり会い、古くから伝承されていた民俗資料を集めていたようです。そして、曽祖父や祖父母から聞いた話や、あるいは古老たちから聞いた民俗資料を基に神代史（古事記神話）および言葉の音の研究は一層熱を帯びるようになり、多忙な職務の合間をみてはこまめに下書き原稿の基となったメモを書き綴る日々が続いていたのを帰郷した私も見ています。

そんな父が、まだ学生であった頃の私に告げたことがありました。「古代史（古事記神話）を紐解くには古老たちの生《なま》の声の由語《ユガタイ》りや字名《あざ》等を聞くことも大切であるが、同時に、民俗の古習を知るためには自ら野畑に出て農事を司り、祭りなどの行事にも自ら出てその仕草を体験せよ。……お前には子どもの頃、神社に奉納する注連縄《しめ》は昔からの掟で左縄でなければならない理由を知るために、その縄を自分の手で左ねじりに綯《な》い、そして、その左縄で実際に物を縛ってみると左縄の謎が解ける。と教えたことがあるが、古代史調査には伝習に基づいた体験も必要だ」と諭してくれたのです。確かに、左縄は右利きの私には全然役に立たないことをその時に知りました。右利き人間の慣習で右にねじりながら物を縛り付けると左縄はばらばらに解けてしまうのです。こうして左縄の風習の起こりを父から聞いて、私自身もその頃から古代史に興味を持つようになっていました。

昭和三十年代後半になり、父の古事記研究は益々熱を帯びていったのですが、その参考意見を聞きたいという方々が知覧地方を訪ねて来られるようになっていました。そのなかに著名な国語学の先生がおられ、父はその学識にすっかり傾倒して、以後数回にわたって知覧地方にお招きして薩摩神代王国解明の道は正夢になるのではないかと期待が募りました。私も帰郷してその先生と一緒に字名の調査をしたことがあります。しかし、数年後になってその先生から出た結論は簡単でした。すなわち、「鹿児島方言による古事記神代文章の解読、および、音の意味による言葉の起源論の考え方は私個人としては認知する点が多々あるが、しかし、それを世に紹介することは現状では非常に難しい。なぜなら、飯野武夫さんはその道の専門家ではないし、関連の研究機関等にもまったく属していないので、世間的には素人俗解とみなされて学界からは受け付けてもらえない風潮があるからです。そこで、提案ですが、この研究は当大学の研究テーマとして取り上げて発表し、飯野さんはその資料提供者として参加していただけないだろうか」とのことでした。善意から出た先生の言葉だったと思いますが、その日を境にして父は石の如くになって黙り込む日が続いてしまいました。

そして、昭和四十二年代になって、父はその集大成を祈願して「神代国南薩摩の証明」は一個人の研究ではなく、隣接する町村とも合同で取り組んで史跡調査を行えば証明される時がくると信じ、自づから薩南地方で総合的な神代関連観光事業が啓発されるのではないかと考えるようになっていました。そして、それを成し遂げたいと四期目の町長選に立候補したのです。しかし、四期十六年に及ぶ長い職務になると町に沈滞を招くと批判を浴びて落選しました。以後、父はますます寡黙になり、世間を離れて屋根山に囲まれた寒村の生家に引きこもってしまいました。そして、昭和五十年に至るまで、母の介護のもとに集めた資料を基に書き直しを続けながら綴ったのが今回紹介する『**古事記新解釈**　南九州方言で読み解く神代』の遺稿です。

遺稿のなかで父は、天孫降臨の地は開聞岳《かいもんだけ》（鹿児島県指宿《イブスキ》市、通称は**ウケムンドン**、または**オケムンドン**と言う）であると考証して、同岳を比定地とする記述になっています。私も当初はその考え方に賛同していたのです。しかし、父没後になって、改めて地名の位置、地形の調査、伝説の聴き取り等を帰郷のたびに再調査を行いましたところ、平成八年になって上郡《カングイ》（鹿児島県南九州市知覧《チラン》町）の古老から「薩摩半島中央域に聳える母ケ岳《ははがだけ》は、私の祖父母の時代は地元の上郡《カングイ》では**オグシサン**と呼んでいました。ハハガタケなんていう呼び方が定着したのは私の子どもの頃からです。昔は頂で氏の大祭が行われていたそうです。」という話を聞き出しました。びっくりした私は後日その地の有識者で教職を引退していた佐多良民氏に会って話したところ、まぎれもない事実を確認し、その場で手書きの証明書を書いていただきました。なぜなら、天孫降臨の岳は古事記上巻で「開聞岳《かいもんだけ》（鹿児島県指宿《イブスキ》市、通称は**ウケムンドン**）」ではなく『久士布流之岳《くしふるのたけ》』

と記述されているからです。とすれば、**オグシサン**という呼称は「お久士さん」という語形になりますので、古事記でいう『久士布流之岳《くしふるのたけ》』の出自が見えてきたのです。なぜなら、同地では神前に捧げる「玉串《たまぐし》」を単に「**クシ**」と呼んでいますので、『くしふる』とは「玉串《クシ》を振る」ということで大祭の儀式を指した用語になるからです。これで、天孫降臨の岳が見えてきたような気がしました。

＊　参考までですが、本書（『**古事記新解釈**　南九州方言で読み解く神代』）は、父の記述に従いますので天孫降臨の岳は「開聞岳《かいもんだけ》」となっております。ご留意して読んでください。

この点だけは父の遺稿と異なって私の考え方は、天孫降臨があった久士布流之岳《くしふるのたけ》は「**オグシサン**（母ヶ岳《ははがだけ》）」であると比定しています。その内容については拙著の『覇道無惨ヤマトタケル』『眠る邪馬台国』（鳥影社刊）などですでに発表してありますのでご参照ください。この母ヶ岳《ははがだけ》は地元山麓の上郡《カングイ》地区では古くは「**オグシサン**」と呼ばれていたことが証言で分かったのですが、それ以外の薩南台地門村《カドムラ》の間では**ホガダケ**という名を伝えていました。この古い呼称である「**ホガダケ**」の証明は父の資料によります。この岳に「母ヶ岳」という漢字が充てられたのは、『薩隅日地理纂考総日録巻十四』（鹿児島県私立教育会〈樺山資雄他〉編、明治四年）に見られる「母ヶ岳《ほがだけ》」と振られた傍訓の呼称も参考にすれば、おそらく**ホガダケ**（母ヶ岳《ほがだけ》）の呼称が参考にされたのではないかと考えられます。別の漢字を充てれば「穂ヶ岳《ほがだけ》」とすべきであったかも知れません。しかし、現在は漢字読み教育が徹底して「ははがだけ」という呼称が定着しています。なお、この地元氏村では「**オグシサン**」、その他薩南地方一般の氏村では「**ホガダケ**」と呼ばれた「母ヶ岳」は「**ウンボガダケ**（祖母ヶ岳）」という名前も残しています。とすれば、「ボガダケ」という呼称もあったのかも知れませんが、その確認は調査では取れていません。

なお、父の下書き原稿のなかで言葉を創る一つ一つの音声には「それぞれに、その音特有の意味がある」とする考え方を別記載でしていました。父はそれを「音韻の意味」と表現していましたが、後年になって私は勝手に「音意」と仮説的に名付けました。内容については昭和二十六年代より父の教えを受けながら私も勉強していましたので、その教えを基本にし、さらに新たな言語資料を加えて編纂したのが拙著の『言葉の起こり』（鳥影社刊）です。よって、遺稿を読んでいただく場合はその『言葉の起こり』を参考にしながら遺稿の内容を検討して頂けばご理解が一層容易ではないかと思っています。

ところで、先にも述べましたように古事記上巻（神話）の文章は南九州方言（南九語）の語法をもって解読できることを父は口にしていたのですが、なぜそのような大胆な説を唱えることが可能なのか、その理由を考えてみますと、その源は神武天皇東征にあると思われます。

というのは、神武天皇は記紀の記述からも分かるように南九州の日向高千穂を離れ、東征しているからではないでしょうか。この事実からして天皇は幼少時代に高千穂地方で育ったわけですから、天皇の言葉遣いは南九州地方の方言だったことが推論されます。しかも、記紀の内容から判断して天皇は一人で東征したのではなく長期に渡る出航準備の期間から判断して数百人あるいはそれ以上に及ぶ大軍団を結成して奈良橿原《ならかしわら》へ進出したのではないでしょうか。とすれば、この時代に奈良橿原地方の一角で南九州方言と奈良方言が重なり合った言語の村が出現したと考えることは必ずしも不可能ではありません。しかも、その村の中核であった朝廷（神武）では南九州方言の方が支配力をもっていたと思われますので、同方言の影響力をもった言語が朝廷内で使われていたと考えられます。神代語り部《かたりべ》の話法も高千穂地方の南九州方言で始まり、それが奈良橿原に移って伝承が始まったでしょうから、和銅期の太安万侶によって撰録されて献上された古事記神代巻自体がその背景を考えると、二つの方言（南九州と奈良）の重なり合いで成立した言語で書かれたと考えられるのではないでしょうか。その記述の際に、南九州方言特有の個性的な言語は奈良方言で言い換えできない発音の言葉遣いもあったため、そんな語法では意味には捉われずに字音のみで漢字を充てたのではないかとその古事記上巻の文体から考えられます。だから、その文面のなかで解読の難しい語句が再々登場しているのではないでしょうか。よって、そんな語句では字音を参考にして南九州方言の語法と風習で読み解けば割りに簡単に解読できるのが古事記の著しい特徴と考えられます。同方言を知らない一般の方々でも南九州方言をある程度ご理解いただけば、神代の世界を垣間見ることができるのではないかと思われてなりません。

注1　土台となった『古事記』訳文は不朽社書店発刊の『古事記全釈』（植松安、大塚龍夫共著）

によります。

注2　父の下書き原稿の解説文を補足するために、新たな説明の追加が必要ではないかと思われる箇所については、私（布志夫）が各解説文中で（注）をして補足して説明を加えております。また、場合によっては各解説文の終わりに《注》をして補記として説明を加えてある場合もあります。

注3　本文解説で「古語」とあるのは南九州方言（南九語）のことです。

注4　本文解説で地名、名詞、代名詞、形容詞、動詞など南九州方言で発音の場合はカタカナで振り仮名を振ってあります。または（　）内で表記してあります。

注5　例題に挙げた古事記訳の本文も原則として（　）内でカタカナ表示してあります。ただし、同例題でも南九州地方の地名は太文字のカタカナ書きで表示してありますのでご留意ください。ただし、詩歌訳の本文はひらがな和文で表記してあります。

注6　基本となる南九州地方の小字《こあざ》、大字《おおあざ》の総覧地図は、昔から伝わった方言式呼称も付すべきですが、南九州市知覧町のみは資料が揃ったものの、他の地域は方言式呼称の調査が一部未着手のため省略しました。ご了承ください。

注7　父の解説文で「活用」の用語は用いられていますが、これは《注》で説明してありますように南九州方言特有の基幹母音連係三段で語形変化する用法です。用言の場合は「活用」でいいものの、体言の場合は「約用」とすべきですが、解説ではすべて活用となっていますのでご了承ください。

注8　天地は「あまつち」「あめつち」の読みがあります。どちらが正しいかは分かりません。父は国学者橘守部先生の訳文に従い「あめつち」と読んでいました。

序章撰　飯野布志夫

古事記新解釈

南九州方言で読み解く神代

目次

五章　大国主の神の系譜

六章　中津国の平定顛末

七章　天孫降臨

八章　海佐知・山佐知

古事記新解釈

南九州方言で読み解く神代

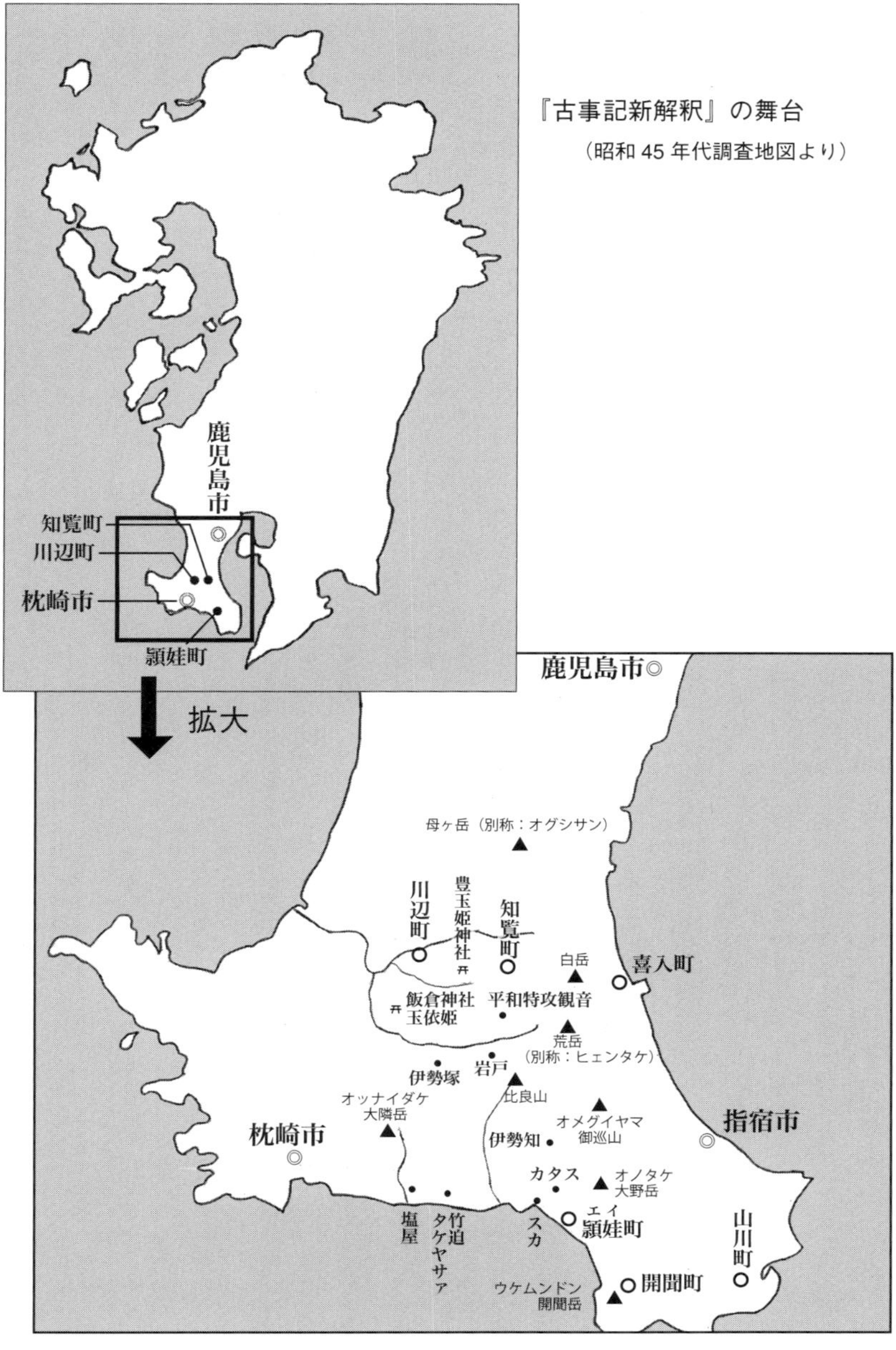

『古事記新解釈』の舞台
（昭和 45 年代調査地図より）

一章　天地初発《あめつちのはじめ》

第一節　天地初発《あめつちのはじめ》

本文

【天地《あめつち》の初発《はじめ》の時、高天原《たかまがはら》に成《な》りませる神の御名《みな》は、天《あめ》の御中主《みなかぬし》の神《かみ》、次に高御産巣日《たかみむすび》の神、次に神産巣日《かみむすび》の神、此の三柱《みはしら》の神は皆一人神《ひとりがみ》になりまして、御身《みみ》を隠《かく》したまいき。】

語句の解説

天地（アメツチ）

この天地の天を天（アメ）に訓むべきかそれとも天（アマ）に訓むべきかは簡単に言えない。天（アマ）に訓めば上層に浮上進出（ア）した真（マ）なるものになるが天（アメ）に訓めば原形は「アマイ」になるので天（アマ）が更に著しい（イ）ことになる。例えば雨は天上に於ける神舞いに、飴は甘いに、そして山戸は天居（アマイ）であると云うが如きである。天照大御神達の山戸には餘い（天居）比良の名が遺されておる。故にこの際の天地は単に天と地と云う軽い意に考えてもよいのではあるまいか。

次は地（ツチ）であるが語原《ママ》は一体不可分（ツ）の関係で接着（チ）しておることに言える。例えば土や塩椎の神の椎（ツチ）等がそれである。故に語頭に天があれば天つ神のことに解し語尾にある椎や祇は国津神のことに解すべきであろう。

《注　南九州方言では核母音であるa音に限母音のi音やu音が連続する場合は原則として約音化発声となる。たとえば、「甘《あま》い（ama＋i）」という語形は約音化発声により「アメ（ame）」となる。また、同様に「甘《あま》う（ama＋u）」の語形は約音化発声で「アモ（amo）」となる。

『南九州方言の文法』（飯野布志夫著、高城書房刊）参照》

初発の時（ハジメノトキ）

このことは天と地が初めて成り立った時と解しても表面的には良いのであろう。だが日本の肇国と人類の歴史を具体化するとすれば模作の域を脱することは出来まい。故にこのことは天津神《あまつかみ》系と国津神《くにつかみ》系とが初めて接触し肇国の大業に着手した時と解するのが実際的ではあるまいか。古事記はいろいろに言うけれどもそれを具体化して行けば結局はそのことに帰るようである。

高天原（タカマガハラ）

高天原は殆ど高天原（タカマガハラ）の古語に訓まれておる。だがこの原形は高天原（タカアマガハラ）に違いなかろう。何故なら高（タカ）の「カ」は母音を「ア」にするから次音の天（アマ）の「ア」は省略するのが古語の語法であるからである。故に高天原と云うことは天つ日《ひ》高《たか》と申す高（タカ）の天（アマ）が存する原と云うことに解せねばならぬ。

では高天原の高は何であるかと言えば鳥の社会に言えば鷹である。又地勢から言えば高い所のことで岳（タカイ則ちタケ）になるのである。よってこれを人の社会に移せば高御座《たかみくら》にならねばならぬ。だから諸民は其の地位身分をせめて夢にでも見たいと云う希いが正月初夢の一久士《クシ》（富士）二高《タカ》（鷹）三名直《ナスッ》（茄子）に誤認されて伝えられておるのである。

次の天（アマ）は天に解しても悪いとは言えまい。だが語原は上層に浮上進出（ア）した真（マ）である。故に高御座《たかみくら》に御着きの日《ひ》の命《みこと》か若しくは其の上位に在《おわ》する久士布流之岳《くしふるのたけ》の天津神に解せねばなるまい。

次は原であるがこれは字義通り原（ハラ）に解すべきものであろう。だが現地に見る高天原一帯は山岳重畳《ちょうじょう》の山岳帯で原と云うほどの原は見ることが出来ない。又古語は原を原（ハラ）とは言わないのである。語原から言うても原は針や春と同じく張り出す（ハ）ことが特に著しい（イ）ことになるので原（ハイ）でなければならぬ。若し原（ハラ）であるとするならば腹（ハラ）になって張り出す（ハ）ことが極限（ラ）を示しておることになる。

故に高天原の原が原（ハラ）であるとするならば腹の意に解すべきではなかろうかとも思われる。古事記の本文を読んでも大祓《おおはら》いの祝詞を見ても高の天が腹に解した方が合理的に見らるる点がないでもない。又天地初発の三神を見ても高の天が腹の中に持つ肇国の三大基本方針と解するのが合理的なようにも考えられる。

《注　南九州市門村《カドムラ》に伝わった初夢三題は「イックシ、ニタカ、サンナスッ」の言葉遣いで言い伝えられる。これに漢字を充てると「一久士《くし》、二高《たか》、三名直《なすぢ》」と考えられる。当地の門村《カドムラ》で信仰の対象になっているのは母ヶ岳（ホガダケ）であるが、地元の上郡村《カングイ》では昭和初めの頃まではこの岳を「オグシサン」と呼び伝えているので、そのクシが「一久士《くし》」のクシであると考えられる。次の「二高《たか》」は地位の高い人を指した用語になる。そして「三名直《なすぢ》」とは直系直統の正しい血筋の方を指した用語として現在も使われている。》

《注　南九州方言の発声で語尾の音節がリ音の用語では、父音のr音が脱落して韻母のi音のみを発音する。一般にはイ転音とも言われる用語である。語例を挙げれば「針《はり》」は「ハイ」、「槍《やり》」は「ヤイ」、「釣《つり》」は「ツイ」となる。これからして、「原《はら》」という用語は同方言では「ハイ」と発音しているので、文法上から語形を追及すると「原」は南九州方言の語法で検討すると「ハリ」ではないかと考えられる。『南九州方言の文法』（飯野布志夫著、高城書房刊）参照》

成りませる（ナリマセル）

成りの古語は成（ナイ）であるから語原は名（ナ）を特に著しく（イ）しておることになる。例えば富有柿の苗木だと言っても絶対的には富有柿が成ることである。故に人であっても実際に姿を見せることが名を著しくするので御成りであらねばならぬ。余談になるが神武天皇の御東遷であってもそれぞれの御駐留地には成（ナイ）の地名が遺されておる。

神（カミ）

神を神社の祭神だけに考えたのでは神発生の語原にはなるまい。平たく言えばお互いの良心が一つの神であると思う。言うなればお互いが勘《かん》に来ないとか感心な人だとか又は考えて見るとか云う「カン」も神の一種であることは疑えまい。何故なら考えると云うことは神（勘）を替えて見ることになるからである。故に小なる神は何人にも宿っておると解すべきであろう。

そこで神の語原になるが「カ」の基本意は蚊（カ）で知る如く対外的に発動する作用のことである。従って大にしては主権の如きであり通例としては日常の生活に基づく諸作用のことになる。そして神の「ミ」は実（ミ）や見であって嘘でない実のあることであり又眼に見て確実なもののことである。故に神様と云うのは此の「カ」と「ミ」の作用が衆人に絶して感動を与え長く其の徳を敬仰される人のことになる。

《注　南九州方言の語法のひとつとして語尾の音節がミ音・ム音・ニ音・ヌ音の用語では、韻母のi音・u音が脱落して父音のみを発音する。一般には「撥音便」と言われるが同方言の文法から判断すると「撥音転化」の語法となる。本文中の「神《かみ》」を語例に挙げると同方言では「カン」と発音するが、語形上で語意を追及する場合は撥音転化した「ン」は「ミ」に標訳して語原を解くべきであると考えられる。》

御名（ミナ）

御名の御《み》（ミ）は勿論身《み》や実《み》又は見《み》等であって称賛に価することであろう。従ってこの御《み》（ミ）の字は之等に対する宛字と解せねばなるまい。よって御名とは之等称賛に価する名と解すべきであろう。故に皆さんと云うのも語原はこの御名《みな》さんであると解したい。但し古語は皆様（ミンナサマ）と云うから実のある名の人様と云うことに解せられる。

天の御中主の神（アメノミナカヌシノカミ）

この神名を天の御中（ミナカ）主の神と訓むことに古語の立場ではいささか疑問が抱かされる。何故なら古語社会には御中（ミナカ）と云う語は聞かれないからである。よって古語の慣例に従い天の御中（オナカ）主の神に読みたいと思う。古語社会で御中（オナカ）と言えば地域住民全体で構成する共同体のことになるのである。従って語原は合着（オ）した名（ナ）のもとに「カ」の作用を行うと云うことになる。よってこの御中（ミナカ）は御中（オナカ）に訓み其の語原に従うべきではなかろうか。

　更に御中（オナカ）について具体的に言えば合着（オ）する掟（ムラ）の名（ナ）によって「カ」の活動を統制し融和発展をはかる共同体と云うことに考えられる。従ってお互いに仲が良いと云う仲もこの基本意以外の言葉ではあるまい。尚この御中（オナカ）の語は今日でも一般に使われており多人数宛の書類には御中とするであろう。故に天の御中主の神と云うことは高天原社会に於いても国津神社会に於いても其の集団社会にはこれを統御するために天つ神の御心を心とした主（ヌシ）則ち代表者の神が必須であると云うことに解したい。

高御産巣日の神（タカミムスビノカミ）

この御神名の高（タカ）は高天原の高と同義でなければなるまい。従って天つ日高の高でもあることになる。そうすると御歴代の天皇も又天つ日高の直統に在するからこの高であられると解せねばならぬ。次の御産巣日（ミムスビ）は之を平たく言えば御結（ミムスビ）であろう。子は親に結ばって生れ親は又御祖達に結ばって生れておるのが人類であると思う。故に男の子には結子（ムスビコ）則ち息子（ムスコ）と言い、女の子には結女（ムスビメ）則ち娘（ムスメと）と云うのだと解する。又産巣日を字義に読んでも「産《う》む巣《す》の日《び》」となるであろう。だとすれば天つ日高の最祖神は高達が最終的に結び着かれる神であって具体的には高御産巣日の神と云うことになる。だからこそ皇室に於かせられても此の神を皇霊殿《こうれいでん》に御奉祭申し上げ陛下御自から御親祭奉るのであろう。然しこのことは皇室を中心にして申したことであって我等一般国民に於いても祖先崇拝の誠を捧げることが民族発展の礎であることを語るものとして忘れてはなるまい。

尚この神は別名を高木《たかぎ》の神とも申し上げるが御陵名は高木の神の御名を現わし木塚《キヂカ》の名で呼ばれておる。勿論木は生（キ）の命の生（キ）が原形であろう。従って高木の神と云う御名は天つ日高の生（キ）なる神と云う意に解せねばならぬ。よって木塚にされておる御陵名も生塚（キツカ、注＝南九州方言の発音はキヂカ）であらねばなるまい。黄泉比良坂《よもつひらさか》（注＝ヒラサカの地名あり）の東南三千米位の高天原奥深い高台の山頂に御陵は見ることが出来る。
又その山戸であられたろうと思える岳は御陵から南に約三千米位の高天原山中に在する高山雪丸岳（注＝南九州方言の発音はユッマイダケ）であろう。雪は結生（ユキ）であって諸民が結い着いた生（キ）の命の巣丸則ち住居と云う名を雪丸岳の名にして現しておるものと解する。勿論雪（ユキ）は結生（ユキ）であって寒気と水分が生（キ）のままに結い着いておると云う語原である。
そしてここに御馬様（オウンマサマ）とも御間（オンマ）様とも呼ばれる古い社があるが語原は増大（ウ）を見（ミ、注＝南九州方言では撥音転化してン）せた真（マ）と云う馬に取っても又鬼（オン）真（マ）と云う尾間に取っても何れも大々首長で在した高木の神のことに解せられる。よって以下少しく周辺地名を参考として挙げておきたい。

牧之内（マッノウチ）―地名
この名は大字名であるが牧は町や松と同一語原の語で同族集団と云うことである。従って高天原集団が町を形成した地域内と云う名に解したい。

岩辺石（ユワベイシ）―地名
岩は結輪（ユワ）で岩辺は結輪部（ユワベ）であると解したい。すると高木の神に結合した部族が居たことになる。両隣りの湯佐平（ユサンデラ）も結うて生長発展（サ）した平坦地に解せられる。

丸尾迫（マイオンサコ）—地名

この丸（マイ）は雪丸尾《ユッマイオ》の丸《マイ》等と共に住居（巣丸《スマイ》）の丸（マイ）即ち住居の建物が建てられてあった迫に思われる。

木場迫（コバンサコ）—地名

木場《コバ》の字名三字と雪木場迫《ユッコバンザコ》があることからして相当広大な土地に直轄の農耕地として食糧の増産が営まれていたものであろう。

貝塚（ケヂカ）—地名

貝塚《ケヂカ》の説明は今更要すまいが相隣りて「トンコ塚」と云う字名が見られるが戸見《トン》の子の塚と云う名であろうか。

牛渡瀬（ウシワタシヂェ）—地名

この牛は大人（ウシ）であろう。従ってここを渡れば大人達の所に出ると云う名になる。相接して二重堀の名があるから要衛であったことには違いあるまい。

エンシ岳（エンシダケ）―地名

この名は衣（エ）の人と云う意の「エンシ」であろうか。だとすれば先住族の山戸と云うことに考えられる。鯨元《クジランモト》や石畳《イシダタン》等の名が隣接することからすると須佐之男の命にも関係がありそうに思える。

一夜込（イッチャゴン）―地名

この名は生矢（イッチャ）にも作れるので大国主の命の氷目矢（ヒメヤ）にも考えたいところである。

入篶原（イオロバイ）―地名

この入《イ》篶原《オロバイ》は居篶原（イオロバイ）等と共に猪篶（イオロ）に作れるので大国主の命の赤猪《あかい》の地に考えたい所である。尚隣りの手牧（テマッ）字はこれを裏書きしておると思う。

富ヶ尾（トンガオ）―地名

この富《トン》ヶ《ガ》尾《オ》は遠見ヶ尾（トンガオ）であり遠見ヶ尾（トォメガオ）と共に見張番所のあった所であろう。

小和塚（コワツカ、注＝南九州方言ではコワヂカと発音する）―地名

ここにはこの外に「ガイ塚《ヂカ》」や小塚《コヂカ》があり、又宇都道《ウトミツ》、只角（タダスン）、松尾（マツボ）、示山（シメシ山、シメン山とも云う）等は見逃せない名と思う。

神産巣日の神（カミムスビノカミ）

古事記の本文を解読すれば伊邪那岐《いざなぎ》の大神は諸々の神を御生みのようである。然し之等は何れも処世上の徳目であるように思う。何故なら之等の神名を解明して行けば何れも人倫の大道に帰って行くからである。故に神産巣日《かみむすび》の神と云うことは人は皆之等諸々の神と一体に結び着くべきであると云う神に解せられる。故にこそ禊祓《みそぎばら》いの祝詞《のりと》を以て神々を招ずる際にも伊邪那岐の大神の御名の許に行うのではあるまいか。言うまでもなかろうが此の伊邪那岐の大神と云う御名を人倫の基本に見てのことに解すべきであろう。

一人神（ヒトリガミ）

現人《あらひと》の神であれば御夫婦や親子の累系も在さねばなるまい。だが一人神とあれば之等の累系は在さぬことになる。よって此の神は純粋無垢な神即ち精神上の神のことであって感や勘にも通ずる神と解せねばなるまい。従って良心に基づく神であろう。

本文

【次に国稚《くにわか》く浮《う》くあぶらの如くにして、久羅下那洲《くらげなす》（水母《くらげ》なす）ただよえる時に、葦牙《あしかび》のごと萌《も》え騰《あが》（上）るものに因《よ》りて、なりませる神の御名は、宇麻志阿斯訶備比古遅《うましあしかびひこじ》の神、次に天《あめ》の常立《とこたち》の神、この二柱の神も亦一人神なりまして、御身を隠したまいき。上のくだり五柱の神はこと天《あま》津《つ》神《かみ》。】

語句の解説

国稚く（クニワカク）

この国稚くは肇国の当時に解すべきであろう。然しこの語を語原上から言えば古語は国《くに》も組《くみ》も共に国（クン）であり組（クン）である。故に組（クミ、注＝南九州方言の発音はクン）の大きなものが国であり小さなものが組であったと解すべきでなかろうか。何故なら伊邪那岐の命の国生みでも大きな地域は島《しま》であり其の島の中に国があるからである。そして其の国も今日で言えば大部落に言えるものが少なくない。尚島と云うのも今日の離島の意ではなく大勢力で独立した地域のことに解すべきであろう。

次に稚《わか》く則ち若の語原であるが若いとは輪飼い（ワカイ）であって親達や年長者等の監視と云う輪の中に飼っていなければ危い一人立ち不能な時代のことである。勿論この輪は物的な輪のみに考えてはならない世話と云う輪もあれば川（構輪《かわ》）や庭（新輪《にわ》）もあることに注意すべきであろう。

浮くあぶら（ウクアブラ）

水面に浮いた油《あぶら》は風のまにまに浮遊流動してしばしの安定も得られない。これと同様に肇国当時の社会は秩序整わず農耕も未開なため民生の安定など考えられなかったのであろう。故に安住定着の地がなく放浪の生活であったことを脂に例えたものと解したい。

尚油《あぶら》の語原は上層に浮上進出（ア）して好ましからぬ（ブ）姿を極限（ラ）にすることである。従って上層に浮いて「ブラブラ」しておるので油（アブラ）の名を得たことに解せられるであろう。

久羅下那須（クラゲナス）

久羅下は水母（クラゲ）のことであろうから久羅下那須と云うことは水母《くらげ》成すであらねばならぬ。御承知の通り水母《くらげ》も浮いた油と同様に海面に浮遊してぶらぶらしておるであろう。又水母《くらげ》の語原は原形が鞍貝（クラガイ）であって古語は貝類を含めた総ての「カイ」は「ケ」に発音するのである。例えば蚕《かいこ》は蚕（ケゴ）であり高いは岳《タケ》であり厄介《やっかい》は厄介（ヤッケ）である等例は乏しくない。尚水母《くらげ》の頭部は鞍の姿をしておると共に水面に浮いた貝と云うことから鞍貝《くらがい》（クラゲ）の名を得たものであろう。

葦牙（アシカビ）

葦牙（アシカビ）の語は古語にも聞かれないので解読には困難を極める。然しこの語は神代史の基本にも響くのでくどい説明になるが辛抱を願いたい。先づ葦（アシ）であるが古語では葦のことには葭（ヨシ）と云うのである。故に葦原《あしはら》が葭原《よしはら》であれば案外解説は容易であるかも知れない。だが葦（アシ）であれば足にも作れるから語原は上層に浮上進出（ア）のために自からは掘り下って自己完成（シ）しておるものと云うことになる。吾人の足がする役割に対しても語原通りのことが言えるであろう。故に葦原《あしはら》と云うことは高天原の生長発展のために足の立場に甘んじて使命達成のため自己完成に努力精進した原と解せねばならぬ。では何故に足原であるものを葦原にしたかと云う論も成り立つであろう。だがそれは現代思想とは違った意味の古代思想のうるわしさが秘められておると解せねばなるまい。古事記の書法には古代思想の流れが多く見受けられ工合《ぐあい》の悪い事等には宛字でそらしたり萬葉仮名的書法（注＝借音・借訓・戯訓）により曖昧模糊の奥深く真実を秘さしておるのが常である。故に古語を知らない現代人の常識では古事記の壁は突き破れないと言っても敢て過言ではあるまい。従って古事記を真に読まんとすれば文字で読まずに言葉で読むべきだと云う原則に立つべきであろう。何故なら文字を読まれたのでは簡単な「右左り《みぎひだ》」や「男女《おとこおなご》」から複雑な「油断《ゆだん》」「旦那《だんな》」「不届き者《ふとどもの》」「不思議《ふしぎ》」「無調法《ぶちょうほう》」等の語に至っては抽象的説明は出来ても具体的説明は不可能と思われるからである。

尚この葦原が古語の通り葭原（ヨシハラ）であるとするならば葭（ヨシ）は世人（ヨシ）になるので高天原の高貴神達にも通う名と言える。例えば月読《つきよみ》の命《みこと》の任地や伊邪那岐の命の晩年の宮には高吉（タカヨシ）即ち高（タカ）の御身分の世人（ヨシ）と云う地名が遺されており、又天照大御神の中巣（ナカス）の入口は吉原（ヨシバイ）や富倉吉原（トンクラヨシバイ＝戸見倉吉原）等の地名が遺されておるので参考とされたい。だが葦原が葭原である筈はなかろう。

次は牙（カビ、注＝南九州方言の発音はカッ）であるがこれは「カ」が「ハ行」に活用される語であって原形は牙（カヒ）であろう。だとすれば「カ」の作用を行う神祕（ヒ）と解せねばならぬ。同類の語には株（カブ、注＝同発音はカッ）や黴（カビ、注＝同発音はカッ）等があるが何れも「カ」の作用が強固であって稲株の中には他物の介入を許さない。又黴であっても一夜にして他を被いつくして仕舞うであろう。故に活発不撓《ふとう》の努力が成されておると解せねばなるまい。

だとすれば「葦牙《あしかび》のごと萌《も》え騰《あが》（上）るものに因《よ》りて」と云うことは高天原族則ち大和民族発展の基礎条件整備の責務達成のため其の同族集団は不撓不屈の精神で根を張り手を伸ばし萌え上がるような勢いを以て大活動をなしと解すべきでなかろうか。今日に於いても熱意を燃やすと言うであろう。

《注　南九州方言の語法で語尾の音節がキ音・ギ音・ク音・グ音・チ音・ヂ音・ツ音・ヅ音・ビ音・ブ音の用語の発声では、語尾韻母のｉ音・ｕ音が脱落して父音のみを発音する。一般には「促音便」と言われるが同方言の文法から判断すると「促音転化」の語法となる。たとえば、語例を挙げれば「柿《かき》」は「カッ」、「土《つち》」は「ツッ」、「飛《と》ぶ」は「トッ」となるなどである。》

宇麻志阿斯訶備比古遅の神（ウマシアシカビヒコジノカミ）

この宇麻志（ウマシ）は大真人（ウマシ）に作れる語である。従って大人（ウシ）の中の真（マ）なる人即ち中心人物となる大真人（ウマシ）に解せねばならぬ。之を具体的に言えば高天原の日《ひ》の神であられる天照大御神達に類する御方のことに解すべきであろう。高木の神の雪丸岳《ユッマイダケ》に御馬様《オウンマサア》とも尾ん間様《オンマサア》とも云うがあり又天照大御神に牧口原（マクッバイ、語形は真口原）があることを参考とされたい。

尚宇麻志《うまし》の古語は宇麻志（ウンマシ）であるから動物で言えば馬人（ウンマシ）になり喰物で言えば旨し（ウンマシ）にならねばならぬのである。でなければ膿（ウミ、注＝南九州方言の発音はウン）、生み（ウミ、注＝同発音はウン）、完熟（ウミ、注＝同発音はウン）、海（大見《ウミ》、注＝同発音はウン）又返事の「ウン」等の語原である増大（ウ）を見（ミ）ることとは一致しないことになる。

次の阿斯訶備（アシカビ）は既に説明を終っておる葦牙（アシカビ）と同一でなければなるまい。要するに葦原の中つ国にすばらしく萌え上がりを見せておる肇国の大精神社会発展の気運と云うことである。

又比古遅（ヒコヂ）は日子地（ヒコヂ）であって地（ヂ）は絹の生地《きじ》（キヂ）とか木綿の生地《きじ》

（キギ）とかに云う地《ぢ》の質（注＝基本的本質的ということ）のことであらねばならぬ。ところが古語ではこの地（ヂ）を血統のことにも用いておるのである。即ち古語は父のことを地緒（ヂオ）と言い母のことを端緒（ハオ）と云う。では其の語原は何かと言えば血統は父系であるから其の地（ヂ）に合着（オ、緒）しておるものと云うことであり、又母は最端（ハ）てに身体が合着（オ、緒）していたものと云うことである。従って祖父は「オンヂオ」即ち合着（オ）を見（ミ）る地緒（ヂオ）であり、祖母は「ウンボ」即ち増大（ウ）を見（ミ）た端緒（ハオ則ちバオ）の語音になったものと解せられる。

尚余談めくが共通語で云う父（チチ）母（ハハ）の語は古語では牡鶏《おんどり》牝鶏《めんどり》に云う手手（チェチェ）端端（ハハ）のことであって語原的には世代交番が行われる卵生でなければならぬことになる。若しこの語原について不審が御ありであれば何故に父系には叔父《おじ》さん（緒地《オヂ》さん）と言い、母系には叔母《おば》さん（緒端《オバ》さん）と云うかを考えていただきたい。尚又爺《じい》さん婆《ばあ》さん（ヂイさんバアさん）の呼称も同断であることを加えておく。

だとすれば宇麻志阿斯訶備比古遅の神と云うことは広大無辺な大御心で豊葦原の瑞穂の国の天地を覆い包み繁栄極みなき発展に導いて行く日の神の地《ヂ》（本質）を備えられた指導者たる神と云うことになる。

天の常立の神（アメノトコタチノカミ）

この常立（トコタチ）は床《とこ》立《だ》ち又は床達《とこだち》の神に見るべきであろう。家の床の間に立つと云うことは祖神の列に入って祭祀されておる神霊と解せねばなるまい。故に天の常立の神と云うことは祖神の列に入られた神と云うことであって高天原社会に於ける祖先崇拝と其の祭祀の重要なことを言った神と解したい。

余談になるが通用されておる永久（トコシエ）の語も語原は床据（トコシエ）であって床に据えられた神霊のことでしかない。従って「据え」という語は古語では「シエ」の発音にしているので基本意通りの語法と承知されたい。「据へ（スエ）」と発音すれば古語では「末《スエ》」のことである。

天津神（アマツカミ）

この天津神はこと天津神とあるから人類とは別格の精神上の神と解せねばなるまい。従って高天原の貴族社会でも神と仰ぐ神に解すべきであろう。

第二節　神代七代

本文

【次になりませる、神の御名は、国《くに》の常立《とこたち》の神、次に豊雲野《とよくもぬ》神、此の二柱の神も、ひとり神なりまして、御身を隠し給いき。

次に成りませる神の御名は、宇比地邇《うひちに》の神、次に妹須比智邇《いもすひちに》の神、次に角杙《つぬくい》の神、次に妹活杙《いきぐい》の神、次に意富斗能地《おほとのぢ》の神、次に妹大斗乃辨《おほとのべ》の神。】

語句の解説

国の常立の神（クニノトコタチノカミ）

この神名は天の常立《とこたち》の神同様常立《とこたち》は常立《とこたち》であっても国人《くにびと》であられるから常立《とこたち》を床立《とこたち》とし寝床に於いて立つ人のことに解すべきもののようである。勿論一人立《ひとりた》ちである。

豊雲野神（トヨクモヌカミ）

この豊は例の通り十代（トヨ）であって永久のことに解せられる。そして次の雲は原文で其の下に上の字で註がしてあるから雲以上の「クモ」に解せねばなるまい。だとすれば古語で「クモ」になる語は「ク」を「マ行」に活用する組も（クモ）しかないようである。すると豊雲（トヨクモ）は「十代組も《トヨクモ》」になるので永久に組もうと云うことに考えねばならぬ。だとすれば永久に組むものは夫婦の組合せしかないであろう。故に豊雲野神と云うことは男女の両性が十代に夫婦道に組合って行くと云う神にしか解されないようである。

《注　動詞「組む」を南九州方言の文法で活用させると左記になる。（　）内は発音。

四段活用

未然形	組まじ、　否定	（クマジ）
連用形	組み申《まう》す、　肯定	（クンモス）
連用終止形	組み	（クン）
連体終止形	組む	（クン）
連体形	組むども	（クンドン）
已然形	組めば	（クメバ）
命令形	組め	（クメ）

下二段活用

未然形　　組めじ、　否定（クメジ）

連用形　　組め申《まう》す、　肯定（クメモス）

連用終止形　組むり　　（クムイ）

連体終止形　組むる　　（クムッ）

連体形　　組むるども（クムッドン）

已然形　　組むれば　（クムレバ）

基幹母音連係三段活用＝南九州方言で基幹母音（ア・イ・ウ）に連係して活用する語法。

四段活用未然形「組ま」と連係して活用する場合

認定形（ア母音）組まあ（クマァ）↓標準語「組んでやるは」の意味

指定形（イ母音）組まい（クマイ）↓標準語「組んでやるに」の意味

推定形（ウ母音）組まう（クマゥ、約音化でクモ）↓標準語「組んでやろう」の意味

＊

指定形の「クマイ」を約音化発声すると「クメ」になり四段活用命令形の「クメ」と同じ形になる。そうすると語法に混用をまねく恐れがあるため同方言では基幹母音連係三段活用の語法では「クマイ」と約音化せずに発音する。但し、推定形の「クマゥ」は約音化発声して「クモ」となる。父の解説記の文中に「組」が活用すると「クモ」になる……云々の記述があるが、これは推定形の「クマゥ↓クモ」にあたる。

名詞の形となる「組《くみ》」と連係して約用する場合

南九州方言では「組」を名詞として語法に用いる場合は「クン」と発音する。

認定形（ア母音）組《クン》にぁ（クンニア、クンナとも発音）↓標準語で「組は」の意味

指定形（イ母音）組《クン》にぃ（クンニィ、クンニとも発音）↓標準語で「組に」の意味

推定形（ウ母音）組《クン》にぅ（クンニゥ、クンヌとも発音）↓標準語で「組を」の意味

＊「クン」という語尾が撥音（n）の用語を基幹母音と連係して活用させると直接に約音化して「クナ、クニ、クヌ」となってしまう。それを防ぐためにn音を増音して「クンニァ、クンニィ、クンニゥ」となる。

また、別の視点から捉えて「組《くみ》」を名詞として用いる語法では「組《くみ》」は体言となるので文法上は活用してはならないことになる。よって、この場合は「約用」という形式の用語で表示した。

『南九州方言の文法』（飯野布志夫著、高城書房刊）参照》

宇比地邇の神（ウヒチニノカミ、注＝原文は宇比地邇上神）

この神名の宇（ウ）は古語の大（ウ）であろうから大きなことである。又次の比（ヒ）は語原的には肉眼では容易に確認するを得ない神秘体のことである。例えば火や氷（ヒ）神（ヒ）日等のことで種類は極めて多い。故にここで言う比（ヒ）は性器のことで男性のものに解したい。この呼称は今日殆ど忘れられておるが今尚奄美大島地方では聞かされる名である。だが太古は日本国中が陰（ヒ）と呼んだものではあるまいか。何故ならあれの匂いを陰会臭い（ヒエクサイ、注＝南九州方言の発音はヒエクッセ）と云うし、又あれの座する所を膝（ヒザ）則ち陰座（ヒザ）

と云うからである。そうすると宇比（ウヒ）と云うことは増大（ウ）した陰茎（ヒ）と解せずばなるまい。

次に地邇（チニ）は発音が地邇（チン）となるから同じく性器のことであろう。何故ならあれの別名を地邇穂（チンポ）とも地邇矛（チンポコ）とも云うようであるからである。すると地邇（チニ）の語原は血新（チニ）であって血を新しくすると云うことではあるまいか。即ち世代を新しい子供に変わらせると云うことである。但し古語社会では「チンコ」と云うので血を新しくするためにくっついて（コ）おるものと云うことであろうか。そうすると宇比地邇の神と云うことは大きく膨れ上がる陰（ヒ）の性欲を司る神（感）と解する外ないのではなかろうか。

《注「チニ」を南九州方言で「チン」と撥音転化する語法については説明済み。》

須比智邇の神（スヒチニノカミ）

この神名の智邇（チニ）も地邇《ちに》と同断であろうから説明の要はあるまい。すると須比の発音は須比（スイ）になるから吸い着くの吸いに考えるかそれとも仕事をするのする（スイ）に考えても良いことに言える。だがこの須（ス）は臼《うす》則ち大巣（ウス）の巣《す》に考え其の巣となる比《ひ》則ち陰《ひ》にたとえると臼（大巣《ウス》）と杵（生根《キネ》で搗く）の関係からして妥当なようにも考えられる。だとすれば何れにしても須比智邇《すひちに》の神と云うことは女性の陰（ヒ）のはたらきを現わした神のことに解せざるを得ないであろう。

角杙の神（ツヌクイノカミ）

この神名は古語の常識語で説明がして見たい。古語では何かの容器例えば擂鉢《すりばち》如きの中に擂粉《すりこ》木《ぎ》等棒状のものを突き込んで容器中の粘泥《ねばどろ》状物を塗《ぬ》り繰《く》り着《つ》けることを角杙（ツヌクイ）と云うのである。だから突き塗り繰ることが角杙であると解せねばなるまい。よって角杙が何を意味した語であるかこれ以上深入りした説明は省略して御推測にまかせるのが賢明であろう。

《注　説明文中に「塗り繰り」という動詞が使われているが、これは南九州方言特有の用語で意味は「繰るように塗りたくる」ことを表現した方言である。》

活杙の神（イキグイノカミ）

この神名の説明も要すまいが活杙（イキグイ）は生食（イキグイ）に解すべきであろう。だとすれば生きたまま丸呑みに食うことになるのでこれ以上のことは御推察にまかせ賢明の仲間入りがしたい。

意富斗能地の神（オホトノヂノカミ）

この神名の意（オ）は御（オ）に解すべきであろう。勿論基本意通り合着（オ）に解してもよろしい。そして次の富斗（ホト）は古語の女陰（ホト）に解せねばなるまい。だが古語である当地に於いても今は陰（ホト）の名は使用されていない。然し次のような語例からして古代は陰（ホト）とも言ったことが疑えないと思う。例えば臼での米搗きに軽く搗《つ》くことを「ホト知る」

と言い又御飯粒等が雨に打たれて形を崩しておることに「ホトビレ」ておると云うのである。又雑草の「メヒシバ」のことには「ホトクイ」と云うのであるがこの語原も陰（ホト）の周囲（ワキマワリ則ちクイ）の草と云うことでしかない名になる。御承知でもあろうが和名の「メヒシバ」も女陰（メヒ）芝（シバ）と云う名でしかないのである。余談になるが各位に於かれても殆どの「ホト」やほとほと困ると云う語等の語原を究めて御覧じられたらさぞかし面白い結論が生まれるのではあるまいか。

次の能地（ノチ）の語原はからみ合い（ノ）着（チ）くと云うことであるが発音すれば能地（ノッ）となる。よって共通語の「乗り」に解すべきであろう。果たして何に乗るのであるかは意富斗能地であるから各位に於いて解明されたいものである。

《注　動詞「乗る」を南九州方言の文法で活用すると左記になる。（　）内は発音。

四段活用

未然形	乗らじ、	否定	（ノラジ）
連用形	乗り中《まう》す、	肯定	（ノイモス）
連用終止形	乗り		（ノイ）
連体終止形	乗る		（ノッ）
連体形	乗るども		（ノッドン）
已然形	乗れば		（ノレバ）
命令形	乗れ		（ノレ）

下二段活用
未然形　　乗れじ、　否定（ノレジ）
連用形　　乗れ申《まう》す、　肯定（ノレモス）
連用終止形　乗るり　（ノルイ）
連体終止形　乗るる　（ノルッ）
連体形　　乗るるども　（ノルッドン）
已然形　　乗るれば　（ノルレバ）
基幹母音連係三段活用＝南九州方言で基幹母音（ア・イ・ウ）に連係して活用する語法。
四段活用未然形「乗ら」と連係して活用する場合
認定形（ア母音）　乗らあ（ノラァ）↓標準語「乗ってやるは」の意味
指定形（イ母音）　乗らい（ノライ）↓標準語「乗ってやるに」の意味
推定形（ウ母音）　乗らう（ノラゥ、約音化でノロ）↓標準語「乗ってやろう」の意味
＊指定形の「ノライ」を約音化発声すると「ノレ」になり四段活用命令形の「ノレ」と同じ形になる。そうすると語法に混用をまねく恐れがあるため同方言では基幹母音連係三段活用の語法では「ノライ」と約音化せずに発音する。但し、推定形の「ノラゥ」は約音化発声して「ノロ」となる。
『南九州方言の文法』（飯野布志夫著、高城書房刊）参照》

大斗乃辨の神（オホトノベノカミ）

この神名の大斗は大斗（オホト）と訓ましてあるから意富斗《おほと》と同義に解せねばならぬ。陰（ホト）の語原は最勝最善（ホ）が寄り集まる（ト）ことで穂戸（ホト）である。すると御陰（オホト）を乃辨（ノベ）則ち延べることになるから言うを要すまい。

本文

【次に游母陀流《おもだる》の神、次に妹阿夜訶志古泥《あやかしこね》の神。次に伊邪那岐《いざなぎ》の神、次に妹伊邪那美《いざなみ》の神。上《かみ》の件《くだり》国の常立《とこだち》の神より、伊邪那美《いざなみ》の神まで、併せて神代七代とまをす。】

語句の解説

游母陀流の神（オモダルノカミ）

この神名の游母（オモ）は説明までもあるまいが語原は合着（オ）して漏（モ）ると云うことである。だとすれば精液にしか考えようはあるまい。然し古語社会では「ヨダ」と云うから語原は新生命としての代（ヨ）を持つものが動きを停止（ダ）しておると云う名になる。勿論この「ダ」は涙の「ダ」でもある。そして次の陀流（ダル）は垂る（タル）であろうから射出のことに解すべきであろう。だとすればこの神も成人の男性各位には御賢察がつく筈である。

余談になるが游母（オモ）と云うのは共通語社会にも使われておる語であって主（オモ）と語原は同一にせねばなるまい。游母《おも》即ち主《おも》の語原は合着（オ）して漏（モ）ることだと説明したが雨が漏ることは守ることであって雨水が家の中に守られることである。だとすれば游母陀流と云うことは游母が垂れて母胎中に守（漏）られ新生命に生長することだと理解が成り立つであろう。

阿夜訶志古泥の神（アヤカシコネノカミ）

この神名の阿夜（アヤ）は古語の語法からすれば阿夜（アヨ）に訓むべきでなかろうか。阿夜（アヤ）であれば語原が上層に浮上進出（ア）する矢（ヤ）になるので張り切った活力のことになる。古語では疲れが出たことに「アヤ」が無いとか切れたとかに云う。だが阿夜（アヨ）であれば上層に浮上進出（ア）する代（ヨ）になるので自分の一身上の事が絶頂に達したことになる。だから古語ではあまりに激しい刺激的な感激感触に思わず発する感嘆詞を「アヨ」と云うのである。そして又この阿夜（アヨ）を更に著しく（イ）した感嘆詞にする場合は阿伊夜（アイヨウ）と長音の発声で表現しておる。

次の訶志古泥の訶志（カシ）は樫であり又畏であろうから緊張に身を固くすることに解せねばなるまい。そして古泥（コネ）はくっついて（コ）おる根（ネ）になるので子根即ち子供の根に解しても悪くなかろう。だとすれば阿夜訶志古泥の神と云うことは阿夜訶志のことによって導かれた極感が子根に結ばれると云う神に解してもよさそうに思う。

伊邪那岐の神（イザナギノカミ）

この神名についても諸説が多いようであるから語原に基づいた説明で解決したい。伊（イ）は特に著しいことが基本意であるから通例に勝れて御出ることに解すべきであろう。次の邪（ザ）

は座敷とか雑魚（ザコ）とか又は様（ザマ）とかの邪（ザ）になるので社会の底辺即ち足下に踏み敷かれたようなつまらない事に解せねばなるまい。そして次の那岐（ナギ）は海が凪《な》ぐとか風が凪ぐとかの凪ぎであろうから平和太平のことに解すべきであろう。那岐（ナギ）の語原は名議（ナギ）でもあって名とは其の本質真体を表明したものであらねばならぬ。このことは神々の御名や命達の御名を解読すればはっきりするであろう。又議（ギ）とは何人と雖《いえど》も侵すことを許さない不動の姿のことである。故に古語は絶壁のことを崖（ギシ）と言い重大審議を吟味（ギンミ）と云う。

故に伊邪那岐の神と云うことは如何に俗悪低劣で複雑な問題であっても動ずることなく平静に取計い本然の姿である平和に導くと云う神に理解すべきであろう。だから云うところの和魂（ニギミタマ）の神に解しても良いのではあるまいか。

伊邪那美の神（イザナミノカミ）

この神名は伊邪那岐の神の那岐（凪ぎ）が那美（名見）則ち波に変わっただけの違いである。従って世の中に於ける「イザコザ」事に対処する心の姿勢が過大誇張で益々波風を高くする神と解せねばなるまい。このことは後の火の神の出生や黄泉比良坂《ヒラサカ》に於ける出入りでも明らかになるであろう。

神代七代（カミヨナナダイ）

ここに云う神代は吾人が常識とする神代ではなく全然趣きを異にした神代のようである。即ち以前解説した感や勘に及んだ神で人間の生体が生れ出るに至る各過程の神秘的人類の本能を神格化した神（感）の取扱いのように解せられる。

尚七代と云うのは原文末に次のような註がしてある。上二柱は独り神にませば各一代に云う。次の雙《ならべり》十神は各二神を合せて一代に云う也とある。よって一代は国の常立《とこたち》の神、二代は豊雲野《とよくもの》神、三代は宇比地邇《うひちに》並須比智邇《すひちに》の神、四代は角杙《つぬくい》並活杙《いきぐい》の神、五代は意富斗能地《おほとのぢ》並大斗乃辨《おほとのべ》の神、六代は游母陀流《おもだる》並阿夜訶志古泥《あやかしこね》の神、七代は伊邪那岐《いざなぎ》並伊邪那美《いざなみ》の神と云うことになる。

よって之等神代七代の神は人類の本能の神に解すべきでなかろうか。

《注　一代目から六代目までの神が人間の本能に宿る煩悩の神と解することもでき、その本能の行為によって七代目になって実存の神である人間が誕生したとも解釈できる。》

第三節　修理固成《つくりかためな》せ

本文

【ここに天つ神、諸々《もろもろ》の命《みこと》もちて、伊邪那岐《いざなぎ》の命、伊邪那美《いざなみ》の命二柱の神に、此の多陀用幣流国《ただよへるくに》を、修理固《つくりかた》め成《な》せと詔《の》りごちて、天の沼矛《ぬぼこ》を賜いて、こと依《よ》さし賜いき。】

語句の解説

天つ神（アマツカミ）

この天つ神は「こと天つ神」である。従って人為の奥に位する天地の理法であって具体的には人類が授かっておる本性本能を司どる神であると解したい。

諸々の命（モロモロノミコト）

命のことには古語は単に命（コッ）と云うのである。だから事（コト）や言（コト）であったものが後に御（ミ）を冠して敬称し命《みこと》（御言《みこと》）にしたものであろう。従って語原はくっついて（コ）寄り集まる（ト）と云うことになる。よって其の仰《おお》せ言《ごと》や仰せ事に諸人が従属（コ）蝟集《いしゅう》（ト）して奉ずる人であることから命《みこと》（御言《みこと》）であると解したい。

余談になるが命達の在する高天原は薩摩半島の東部山脈になるので古語は東から吹く風のことを命風（コッカゼ）と云い又肌ざわりが固く言葉遣いの荒い人には命漢（コッゴロ）と云うのである。更に又蜘蛛（クモ）も其の性格は命達に似た点があるからであろうか蜘蛛（コッ）と云うので昆虫仲間の命《みこと》と云う名であろうか。

《注　南九州方言による「事《こと》・言《こと》・命《こと》」の基幹母音連係三段約用
　=基幹母音（ア・イ・ウ）に連係して約用する語法。
体言「事《こと》」が連係して約用した場合の語形、（　）内は南九州方言。
認定形（ア母音）　事あ（コチァ、拗音でコチャと発音）↓標準語「事は」の意味
指定形（イ母音）　事い（コチイ、約音でコチと発音）―↓標準語「事に」の意味
推定形（ウ母音）　事う（コチゥ、約音でコツと発音）―↓標準語「事を」の意味

＊　この語形からみて「こと=事、言、命」は南九州方言で表記すると正しくは「コチ」になる。
この「コチ」を同方言で発音すると促音で「コッ」となる。
なお、「こと=事、言、命」は名詞として用いられている用語であるから文法上は体言とな

るので、この語形変化は「活用」ではなく「約用」という言葉で表現した。
『南九州方言の文法』（飯野布志夫著、高城書房刊）参照》

多陀用幣流国（タダヨヘルクニ）

このことは言うまでもなく漂える国であろう。すると前に述べた浮く油の如くであり又水母《くらげ》なす世情のことでもある。従って離合集散常なく混乱騒然の国情に解せねばならぬ。

修理固成（ツクリカタメナセ）

この修理（ツクリ）は一体不可分（ツ）の努力を繰（クリ）返すことであり固（カタメ）は「カ」の作用を最高（タ）に居住（メ）せしむることである。粘土を固むるにしても圧力と云う「カ」を其の中に貯めしむることであろう。従って修理固成《つくりかためなせ》とは混乱荒廃の極にある国土を整えて人倫を明らかにし道を敷きて産を興し国力を培養して民生の安定をはかることだと解したい。否更に言うならば肇国の基礎を固むることであろう。

詔りごちて（ノリゴチテ）

この詔《の》りごちては詔《の》りごとにしてと云うことの古語体であって言（コト）の「コ」を「タ行」に活用した語法である。詔《の》りは乗《の》りと同一語原であってからみ着く（ノ）ことに云う。よって古語社会の実例によって御理解が願いたいと思う。私の地方では物を配分する場合に平等を計るため自分の希望する所に金子《きんす》を上乗りさせて入手せしむる方法が用いられておる。そして其の金子《きんす》高の競り合いを詔《の》り則ち乗《の》りと云うのである。よって既得権の上に更に上積みするのであるから宣言（ノリ）則ち乗りであろう。だから詔《の》りごちと云うことは支配権如き既得権の上に更に上積みして発する宣言や命令と云うことにならねばならぬ。

天の沼矛（アメノヌボコ）

説に従えばこの天の沼矛《ぬぼこ》の沼（ヌ）は玉の意であって立派な矛のことであると云う。勿論表面的な解説としてはこれに賛意を表さねばなるまい。だがこの玉の矛を何の玉矛に見るべきかと云うことに問題はのこされるのである。そこで考えられるのが天の沼矛の天のと云う語であるがこれは先きに説明した「こと天つ神」のことからして人類の本性本能として天つ神に授かった沼矛と云うことに解せねばなるまい。

そうすると沼矛の沼（ヌ）の基本意は濡れるとか塗るとかの「ヌ」であって塗り潰すか塗り隠すかするものでなければならぬもののことになる。だとすれば俗間《ぞっかん》常識語として通用される濡れ事や濡れ場の濡（ヌ）に解しても良いことになるであろう。尚このことは後に高志《こし》の沼河比売《ぬなかわひめ》の沼（ヌ名）や其の他で度々解説を要する場合が多いので意に止めておいていただきたい。

だとすればこの沼矛と云うのは男性各位が天地の理法に基づいて天つ神に授かっておるものに解せねばなるまい。それで地方によっては地邇矛（チンホコ）の名にしておる所もあるやに承るが如何であろう。又矛（ホコ）の語原は最勝最善（ホ）のことがくっついてはなれない（コ）ことになるので参考とされたい。

尚余談になるが古語では共通語の「怒（オコ）り出した」と云うことに「怒（ホコ）い出した」と云うのであるが、此のことは「ホコ」とは天の沼矛が本性本能をむき出しにして猛り狂うことになぞらえた語法ではあるまいか。若しそれとすれば語原的解釈は面白く一致を見ることが出来る。だが共通語の通り怒（オコ）りであれば語原的解決は不可能と言えよう。

そして又古語は植物が目ざましい発育をすれば「ホコイ出した」と云うが、共通語の「誇り」ともからみ合せて「怒（ホコ）り」則ち「矛（ホコ）い」は語原上面白い一致を見るのである。

本文

【故、二柱の神、天の浮橋《うきはし》に立たして、其の沼矛《ぬぼこ》を指し下して、畫《か》き給えば、塩許遠呂《しおこおろ》、許遠呂《こおろ》邇《に》、畫《か》き鳴《な》して、引き上げ給う時に、其の矛《ほこ》の末《さき》より垂《したた》れ落ちるの塩、累積《つも》りて島と成る。是れ淤能碁呂島《おのころじま》なり。】

語句の解説

天の浮橋（アメノウキハシ）

この天の浮橋は空中に架せられた橋であるとするのが通説のようである。勿論表面的に言えることはそれでよいのであろう。だが人の世の実際問題としてはあり得ることではあるまい。そうすると空中に架せられた浮橋にも種類があることに考えねばならぬ。

そこで天の浮橋であるがこの天のは「こと天つ神」の計いになるから人類の本性本能に基づく神《カン》（感）ごとに考えねばなるまい。そして次は浮橋であるがこの浮（ウキ）は「ウ」が「カ行」に活用される語であるから多い（ウカ）、浮き（ウキ）、浮く（ウク）、受く（ウク）、浮け（ウケ）、受け（ウケ）、多い（ウケ）、請け（ウケ）、浮こ（ウコ）、多く（ウコ）等の語にならねばならぬ。よって後の天孫降臨の節の「天の浮橋」とある「浮」はこの浮け（ウケ）則ち受（ウケ）に解すべきものであろうが、ここに云う「浮橋」は浮き（ウキ）則ち大気（ウキ）に解すべきものであろうと思料される。

だとすれば浮（ウキ）の語原は大気（ウキ）になるから増大（ウ）する気（キ）と云うことになるので結局は浮き浮きした浮いた気持の橋に考えねばならぬことになる。そうすると橋と云うことは橋に限らず箸であっても食器（ハシキ）であっても橋渡しすることが語原になるから伊邪那岐伊邪那美両神の浮いた本性本能の天つ神（感）を橋渡しする所に立たしてと解せねばならぬことになる。

《注　動詞「浮く」を南九州方言の文法で活用すると左記のようになる。（　）内は発音。

四段活用

未然形	浮かじ、	否定（ウカジ）
連用形	浮き申《まう》す、	肯定（ウキモス）
連用終止形	浮き	（ウキ、発音はウッ）
連体終止形	浮く	（ウク、発音はウッ）
連体形	浮くども	（ウッドン）
已然形	浮けば	（ウケバ）
命令形	浮け	（ウケ）

＊「浮く」は下二段活用もするが、説明は省略する。

基幹母音連係三段活用＝南九州方言で基幹母音（ア・イ・ウ）に連係して活用する語法。

四段活用未然形「浮か」と連係して活用する語法

認定形（ア母音）　浮かあ（ウカァ）↓標準語「浮いてやるは」の意味
指定形（イ母音）　浮かい（ウカイ）↓標準語「浮いてやるに」の意味
推定形（ウ母音）　浮かう（ウカゥ、約音化でウコ）↓標準語「浮いてやろう」の意味

＊指定形の「ウカイ」を約音化発声すると「ウケ」になり四段活用已然形の「ウケ」と同じ発音になる。また、次の形容詞「多い＝南九州方言はウカイ」の指定形でも約音化して「ウケ」と発音する。そうすると語法に混用をまねく恐れがあるため同方言では動詞未然形「ウカ」を基幹母音連係三段活用させた語法では「ウカイ」と約音化せずに発音する。但し、推定形の「ウカゥ」は約音化発声して「ウコ」となる。

形容詞「多い」が基幹母音と連係して活用する語法

認定形（ア母音）　多《う》かあ（ウカァ、約音化でウカ）↓標準語「多くあらぁ」の意味
指定形（イ母音）　多《う》かい（ウカイ、約音化でウケ）↓標準語「多くに」の意味
推定形（ウ母音）　多《う》かう（ウカゥ、約音化でウコ）↓標準語「多くを」の意味

＊この活用で注意しなければならないのは、動詞「浮か」の認定形「ウカァ」と形容詞認定形「ウカァ」は形式的には同じ表記になるが、同方言では発音の違いにより区分している。

『南九州方言の文法』（飯野布志夫著、高城書房刊）参照》

沼矛を指し下して、畫き給えば（ヌボコヲサシクダシテ、カキタマエバ）
この沼矛の説明は要すまい。尚畫くについては自とく則ち手淫のことに俗間畫く（カク）と言っておるように理解する。

塩（シオ）
この塩は語原上の「シオ」であって食塩のことではあるまい。塩の語原は堀り下がって自己完成（シ）して合着（オ）することであるから丁度の頃合いを潮刻（シオドキ）と云うあの「シオ」のことに解したい。言うまでもなく塩は海水の純度分であるから此の際の頃合いに見る純度分が何を指すかは御推測にまかせる。
余談になるが塩は古代に於ける最上の調味料であったらしく古語では今に尚最高の味を持つ料理のことに塩気（シオケ）と云うのである。或いは塩飼（シオケ）であるかも知れないので参考とされたい。
《注　昭和五十二年代の南九州方言の調査で同地の古老たちの間で精液のことを隠語で「塩」と呼んでいたことを確認した。》

許遠呂、許遠呂邇（コオロ、コオロニ）
このことも直感としては転々（コロコロ）を長音に読ませた言葉にも受取られ勝ちであるが前後の関係から考察すれば其のまま許遠呂、許遠呂邇に読み「子居《コオ》ろ、子居《コオ》ろに」と解するのが正意のように思料される。

淤能碁呂島《おのころじま》（オノコロジマ）

この島についても諸説が多いようであるが結論的な説は聞くを得ない。又実際に現地を見渡しても離島など考える余地のない所である。よってこの名は淤（オ）の頃（コロ）の島と云う名であって筑紫《つくし》日向之《ひゆかの》橘《たちばな》小門《おど》とある小門《おど》の小（オ）の頃の島と云う意に解すべきであるように思う。すると語原的には合着（オ）の頃の島となるので御結婚御当初の頃の島と云うことに解せられる。

そこで島の語原であるがこれは堀り下がって自己完成（シ）しておることが真（マ）と云うことになるので語原上からは取締りの締（シマ）や縞（シマ）も島であると言わねばならぬ。それで他からの介入を許さず自分達だけで自主独立の生活を営んでおる所には古来島と呼んでおる例が乏しくない。故に離島だけが島ではなく内陸部の方々にもこうした環境の地が随所に見られるので島の地名にしておる所も少なくないのである。このことを大きく取り上げれば古事記は国生みで国より更に広大な地域を島の名にしておることに留意ありたい。故にこの淤能碁呂島《おのころじま》は二神が初めて御出合いの頃の御所領のことに受取りたいのである。

そこでそれと推量される地帯に島の名がつく地を探して見ると海岸近く（注＝南九州市頴娃《エイ》町）に位置する高取（タカトリ）部落より少しく引き上った所に島本（シマンモト）と云う字名が二字在し、又少しく引き上った所に島巡（シマメグイ）の字名を見ることが出来るのである。

そして其の周辺に杮場（ハシバ）と云う土器製造を語る地名や大森（オモイ則ち御住居）、宇都（ウト則ち大御殿）、桑木原（クワノッバイ、注＝養蚕用）等関係深そうな地名が遺されておる。尚この付近一帯を衣《エ》の郷《ゴ》之《ノ》原《ハイ》（エノゴノハイ）と呼んで近隣に聞こえた上耕地であることも注目すべきであろう。更に高取《タカトイ》部落の名が伊邪那岐の命と申す「高《たか》の命《みこと》が取り」と云う名に解すると更に関心を深うせざるを得ない。

第四節　伊邪那岐《いざなぎ》の命《みこと》と伊邪那美《いざなみ》の命《みこと》の神婚

本文

【其の島に天降《あも》りまして、天の御柱《みはしら》を見立て、八尋殿《やひろどの》を見立て給いき。ここに其の妹《いも》伊邪那美《いざなみ》の命《みこと》に「汝《な》が身はいかになれる。」と問い給えば「吾《あ》が身は成《な》り成りて、成り合わざる処一処《ところひとところ》あり」と申し給いき。ここに伊邪那岐《いざなぎ》の命《みこと》詔《の》り給わく「我が身は成り成りて、成り余れる処一処あり、故、此の吾《あ》が身の成り余れる処を、汝が身の成り合わざる処に、刺《さ》し塞《ふた》ぎて、国土《くに》生みなんと思うは如何に」と宣《の》り給えば、伊邪那美《いざなみ》の命《みこと》「然《し》か善《よ》けん」と申し給いき。】

語句の解説

天降りまして（アモリマシテ）

これを字義の通りに解すれば天から御降りになったことに解せねばならぬ。だが語原から求むれば些か意味を異にするのである。天（ア）は基本意を上層に浮上進出したことにするので高天原に解せねばなるまい。そして降り（モリ）は子守りにしても雨漏りにしても他所への移行を許さず其処に居着せしむることであろう。だとすれば天降（アモリ）と云うことは其の地に浮上進出した地位で定住されたことになる。よって之を具体的に言えば淤能碁呂島《おのころじま》の地に支配者としての最高の地位身分で君臨になり八尋殿《やひろどの》を建てて定住されたと解せねばなるまい。そして其の八尋殿の地は宇都（ウト）の所であり御家庭は大森（オモイ）の地ではあるまいか。

天の御柱を見立て（アメノミハシラヲミタテ）

柱（ハシラ）と云うのは共通語であって古語は柱（ハシタ）である。従って柱の意を家屋で言えば屋根構造と地上とを橋渡しをしている手（タ）と云う名であろう。だとすれば天の御柱の具体的な意は天つ神の御神意を淤能碁呂島《おのころじま》との間に橋渡しする橋手（柱）と云うことになる。よって、後の山戸の岳即ち高千穂の山に解すべきであろう。何故なら久士布流之岳《くしふるのたけ》にも天の一つ柱と云う別名があるからである。尚古語の見立ては選定のことになる。

八尋殿（ヤヒロドノ）

この八尋《やひろ》は数沢山な尋（ヒロ）のことで、広大な御殿のことであろう。だから、当地に数多く名を遺しておる宇都（大戸《ウト》）のことではあるまいか。当地の高天原山中には日の命に類する偉い神や命が在したと見らるる場所に、必ずと言ってよいほど宇都（ウト）の地名が遺されておるのである。

国土生み（クニウミ）

この国土生み（クニウミ）の語は一寸耳障りに聞こえる語かも知れないが語法の基本から言えば当然の言葉と言える。生み（ウミ）の語原は増大（ウ）を見（ミ）ると云うことであるから国土の増大を見ることは国《くに》生《う》み則ち国《クニ》大《ウ》見《ミ》であらねばならぬ。又子供が生まれることにも家族の増大を見ることであるから子生みと云うであろう。

余談になるが、綿や大麻を縒（ヨ）り合せて糸にすることにも「績（ウ）む」と言ったものである。従ってこの語例は乏しくない。

本文

【ここに伊邪那岐《いざなぎ》の命《みこと》「然らば吾《あ》と汝《な》と、是の天の御柱《みはしら》を行《ゆ》き廻《めぐ》り逢《あ》いて、美斗能麻具波比《みとのまぐはひ》せん」と宣《の》り給いき。かく云いちぎりて乃ち「汝は右より廻り逢え、我《あ》は左より廻り逢わん」と宣り給い。ちぎり竟《お》えて廻ります時に、伊邪那美《いざなみ》の命《みこと》先づ「阿那邇夜志愛《あなにやしえ》上袁登古袁《おとこお》」と宣り給い、後に伊邪那岐の命「阿那邇夜志愛《あなにやしえ》上袁登売袁《おとめお》」と宣り給いき。各《おのおの》宣り給い竟《お》えて後に、其の妹《いも》に「女《おみな》を言先《ことさき》だちてふさわず」と宣り給いき。しかれども久美度《くみど》に興《おこ》して、御子水蛭子《ひるこ》を生み給いき。此の御子は葦船《あしぶね》に入れて流しすてつ。次に淡島《あわしま》を生み給いき。是も御子の数《かず》には入らず。】

語句の解説

行き廻り（ユキメグリ）

この行き廻りについては別に云うことはない。然しこれと関連した事柄について南薩摩地方の古習と古語の立場から少しく触れて見たい。

古語では幸運に恵まれたことを「廻り合せが良かった」と云い、反対であれば「廻り合せが悪かった」と云うのである。それで廻りの語原は芽繰り（メグリ）であって自今伸び上る芽の繰り合せが云々と云うことに考えられる。それで今日でも勝負事等に対して芽が出たなどと云うのであろう。だが芽の原形は「マイ」らしいので真（マ）が著しい（イ）と云うことに考えられる。よってこの芽（メ）は運勢のことに解せねばなるまい。従って行き廻りと云うことは行き芽繰りで行く先き先きの芽の繰り合せと云う意に解すべきではなかろうか。

次に両命が行き廻り給う時に伊邪那美の命は右より廻り初め伊邪那岐の命は左より廻り初めて御出になる。するとこのことは伊邪那美の命は左り廻りと云うことになり伊邪那岐の命は右廻りと云うことにならねばならぬ。だとすれば太陽の運行にも逆行することになるので天地の理法にも背いたことに言える。今日でもつむじ曲りのことには左巻きと云うであろう。又古語社会ではこの左廻りを喜ばないのである。故に奈辺のことが伊邪那岐伊邪那美の御名になったものと解したい。

尚この二神の行き廻られた天の御柱は尾巡山（オメグイヤマ）ではあるまいか。行き廻の廻（メグリ）と名前が一致するのもおかしい。そして後に至り淡島《あわしま》が大倭豊秋津島《おおやまととよあきつしま》に発展した時に尾巡山《オメグイヤマ》の南に接する大野岳（オノタケ）を山戸とし天の御柱とされたものではあるまいか。何故なら尾巡山《オメグイヤマ》の周辺には鬼《オンノ》の須戸《スド》を初め神代関係の地名が集中しており、又近隣にまで鳴り響いた木戸峠（キドントゲ）も北方間近かであるからである。

尚余談になるが、尾巡山《オメグイヤマ》の名は尾巡則ち御巡《おめぐ》りに作れると共に、一方では古語の妻繰（オメグリ）と云う語にも作れるのである。古語では妻のことを妻（オメ）の名にしているからである。

美斗能麻具波比（ミトノマグハヒ）

この美斗（ミト）は言うまでもなく古語の夫婦のことである。共通語では夫婦（ミョウト）に呼んでおるが古語は夫婦（ミト）なのである。よって語原は身（ミ）が一体に寄り集まる（ト）仲と解せねばならぬ。

次は麻具波比（マグハヒ）であるがこれは真食合い（マクアイ）に解すべきではあるまいか。そうすると麻具波比の語原は麻（真）具（食）波比（ハヒ則ちワイ則ちアイ）で、真（マ）を食い合うことになる。そこで此の「真」であるがこれは真事（誠）の真であって誠心誠意のことにならねばならぬ。だとすれば人類が命をかけて真（マ）を発揮することは他の生物例と同じく種族保存の本能行為を出づるものはないであろう。だからこそ古語は両性共に性器の名には語頭に真（マ）を冠しておるのだと思う。そうすると誠（マコト）と云う語原も結局はここに起因しておる語と解されてくる。故に麻具波比と云うことは両性の性器なる真がお互いに食い合うことでなければならぬ。

余談になるが性交のことに麻具（マク）と云うのは今日聞かれないようであるが古語社会では男色のことに「マク」と云うていたようである。

阿那邇夜志（アナニヤシ）

この阿那（アナ）は穴にもなるが語原は上層に浮上進出（ア）する名（ナ）になるので上向き

の感動を受けることにも解せられる。従って共通語の「アナ貴《とうと》し」の「アナ」に考えてもよいのではあるまいか。

次に邇夜志（ニヤシ）の邇夜は「ニヤニヤ」笑うの「ニヤ」でもあり、又古語で「ニヤけた男」と云う「ニヤ」でもあらねばなるまい。だとすれば「ニヤけた男」と云うのは一寸抓み食いしても良さそうな男と云うことになるので語原は新矢（ニヤ）則ち新しい男と云うことになってくる。それで邇夜志男《にやしおとこ》と言えば一目惚れ若しくは好奇心をそそり立てる男と云うことになる。つまり婚前の心境とでも言うべきであろうか。

愛上袁登古袁（エオトコオ）

この愛（エ）の下には上の字が註してあるから上位の愛（エ）に解せねばなるまい。だとすればこの愛（エ）は鎌等の柄（エ）になる「ア行」の「エ」ではなく「ヤ行」の「ヱ（注＝表記はエとする）」であって、良い（ヨイ）が語法により「エ（ヱ）」になったものと解すべきであろう。自分等の世（ヨ）が著しい（イ）ことになれば良い（エ）ことであるに違いない。だから古語は良いことに「ヨカ」こととか「エ」こととかに云うのである。

尚次の袁登古袁（オトコオ）は「男を」であろうから説明は要すまい。だが男の語原は合着した尾（オ）で寄り集まる（ト）子（コ）となるので男性の本性をあらわした名に言える。従って落すとか音とかの「オト」とも語原は一致するであろう。又女（オナゴ）の語原は男性が持つ合着の尾（オ）を名（ナ）とする子（コ）になるので同じく本性をあらわした名と言わねばならぬ。故に古語の仰向く（オナク）や仰向け（オナケ）寝るの語原もわかるであろう。

女人先言不良（オミナヲコトサキダチテフサワズ）

これは「女を言先立《ことさきだ》ちてふさわず」と訓むものらしい。後の「女賢うして牛売り損う」と同じことであろう。すると古代も女尊男卑ではなかったことが立証される。

久美度に興して（クミドニオコシテ）

古語の当地でも隠所（クミド）の名は聞かれない。だがこれと同類語に思う納戸（ナンド）の室は一番奥まった所に見ることが出来る。よって浮名の名に通じる名見戸（ナンド）則ち名を見る戸と云うことではあるまいか。だとすれば夫婦が組合う戸則ち組戸（久美度）と内容的には変わるところがない。

次の興しは寝た者の起こしもあれば炭火の興しや国の興しもある。だが語原は合着（オ）してくっついておる（コ）ことになるから旧態より新勢力に盛り上がることでなければならぬ。従ってこの場合の興りは性交上の盛り上がりでなければなるまい。古語では何等かを企てることにも使われるようである。

水蛭子（ヒルコ）

説に従えば御体弱く萎え萎えした水蛭《ひる》のような御子とある。そして又書紀の一書には満三歳に至るも脚尚不立《あしなおたたず》と伝えておる。故に人身に御生れの御子とすれば今日の小児麻痺見たいな御子に解する外あるまい。だが本文の前後からすれば此の水蛭子《ひるこ》は人身には在さず一つの国土（島）でなければならぬと思われる。故にこの水蛭子は淤能碁呂島《おのころじま》付近に開拓された一つの開拓地であると解したい。

　そしてこの開拓地と云うのは淤能碁呂島《おのころじま》で説明した如く海岸線近くの砂丘低湿地帯になっておるので地盤が軟弱で深田となり農耕に不適の地ではなかったろうか。加うるに水蛭《ひる》は多く豪雨の氾濫に手をやかれて開拓三年にして放棄されたものと解したい。それで水蛭子《ひるこ》の名が遺り又深田で足が立たなかったことから脚尚不立《あしなおたたず》と伝えられたものに思う。

　尚余談になるが、当地に神代の伝説として伝えられる捨子には次のことが聞かされたものである。昔開聞岳（オケムンドン）則ち久士布流之岳《くしふるのたけ》が御生みになられた御子の中で瘡蓋児《カサバッチョ》であられたので海に投げ捨てられたら枕崎《マクラザキ》市沖に浮き立って鹿籠（カゴ）の立神《タツガン》になられたと云う。そして又今一人は山川《ヤマガワ》町沖に浮き立っておる「マタゴシ殿」と云う立瀬《タツセ》になったと語られていたのである。よって水蛭子《ひるこ》の参考とされたい。

葦船に入れて流しすてつ（アシブネニイレテナガシステツ）

　この葦船についても諸説が多いようである。だが葦の船と云うがあろう筈もなければ又この船に入れて我が子を流し捨てる鬼畜の親が居よう筈もない。況んや伊邪那岐《いざなぎ》の命《みこと》と云う人倫の軌範を御名とする命に於いておやである。よってこの葦船の葦は既に説明してある葦牙（アシカビ）

の葦に理解し生活の基地となる土地柄即ち葦原国の葦に解せねばならぬ名であると解すべきであろう。

次は船であるが船（フネ）の語原は人の生活に幸せをもたらすもののことを古語は「フ」と云うのである。福であっても扶知や渕であっても発音すれば福（フッ）となるので此の「フ」を強化した語と解せねばならぬ。そして、反対にこの「フ」を敷きや砕き（シキ）にすると不思議（フ砕き）の語にならねばならぬのである。故に之等「フ」の根《ね》となるものが船《ふね》であると理解されたい。だから古語では馬の飼葉桶《かいばおけ》のことにも馬の槽（ウンマンフネ、注＝馬の船ともなる）と云うのである。それで船（フネ）と云う語の中には単なる水上に浮ぶ船だけではなく古語の世界にはいろいろな「フネ」があると了解せねばならぬ。古事記でも後には「天の鳥船《とりふね》」と云う船まで名を見せるに至るであろう。

だからこの葦船に入れて流しすてつとあることは葦原の諸民が幸（フ）の根となすため解放してやったと解すべきでなかろうか。特に葦船に乗せてでなく入れてとあることは葦原諸民の幸せの根となる所領に入れてと解さすべき筆法であると解したい。

淡島（アワシマ）

この淡島《あわしま》は伊邪那岐《いざなぎ》の命《みこと》の禊祓《みそぎばら》いで有名な阿波岐原《あわきわら》の阿波（アワ）でもなければなるまい。すると橘《たちばな》の小門（オド）と呼ばれる小門の宮の山戸即ち大野岳（オノタケ）を中心の地に考える必要がある。ところが幸いとでも云うべきか淤能碁呂島《おのころじま》の河を凡そ二千米位の上流に宮脇《ミヤワキ》と云う部落があって宮脇小学校や古来有名な神社も在するのである。そして其処の部落を木之元（キノモト）と云う。よってこの部落名は伊邪那岐《いざなぎ》の命《みこと》と申す生（キ）の命が単なる国土の増大即ち国生みをされたと云う事だけでなく生（キ）の命が肇国の基地とされたと云うことからの生（キ）之元則ち木之元であろうと思う。だからこそこの一帯を伊邪那岐の命の同族集団（牧《マツ》）と云う意で牧之内（マツノウチ）と云うのだと思う。

尚この木之元《キノモト》の地から凡そ三千米位の河上に至れば粟ヶ窪（アワガクボ）と云う地帯になって粟ヶ窪小学校も見られるのである。そしてこの粟ヶ窪の両隣りの谷を流れる大川の東岸に上川《カンノカワ》平《ヒラ》、中川平《ナカンカワヒラ》、下川原《シモンカワラ》と上中下の川名字地が接続しておるのである。だが残念な事にここには岐原《きわら》の名が見られない。だが粟ヶ窪地内の事故「阿波《あわ》の岐原《きわら》」であることは他例からして疑えまい。尚粟ヶ窪の粟は淡島の淡（アワ）であって粟ヶ窪の意は淡島に於ける最上主要の農耕地と云うことに疑うの余地はないと確信される。

ではここで淡島の名について解明しよう。淡の語原は上層に浮上進出（ア）した輪（ワ）になるから最も進歩した社会組織の島と云うことになる。だからこのことは穀物の粟で理解を求めたい。粟の一粒を一家と見れば数十粒が密着する団粒は一部落（組）であろう。そして其の団粒が数十個集まって粟穂を成しておる。よってこの穂を日子穂の伊邪那岐の命に取れば命の傘下には数十の国（組）が結集して淡島と云う大国を形成し国生みの母体となったことを示しておる。

第五節　布斗麻邇爾《ふとまにに》

本文

【ここに二柱の神、議《はか》り給いつらく「今吾《いまあ》が生めりし御子《みこ》不良《ふさわず》、猶《なお》天つ神の御所《みもと》に申すべし」と宣《の》り給いて、即ち共に参い上りて、天つ神の命を請《こ》い給いき。ここに天つ神の命もちて、布斗麻《ふとま》邇爾卜《ににうら》えて、宣り給いつらく「女を言先《こと》き立ちしによりてふさわず、亦還《またかえ》り降《も》りて改め言え」と宣り給いき。】

語句の解説

不良（フサワズ）

共通語では不良（フサワズ）にしておるが古語は不良（クソワズ）である。語原は食（ク）うに添（ソ）わずであるから生活に適応しないことになる。従って共通語糞（クソ）も誤りであって古語の屑素（クッソ）が語原的には正しいと言わねばならぬ。
余談になるが葡萄の一房（フサ）も古語は鎖（クサリ）と同一語原にして一房（ヒトクサイ）と云うので参考とされたい。尚更に鹿児島県には牛屎院《ウシクソイン》と云う古い行政区があるが殆どの人が牛の屎に考えて笑話の名にしておる。だが語原は大人（ウシ）食添（クソ）院であって大人（ウシ）の生活に適応（クソ）した立派な上地と云う名である。

参上（マイノボリ）

古語では参上のことを参い上げ申そ（メイアゲモソ）と云う。参り（マイリ）は舞い入りであって舞（マイ）が語法に従って舞（メ）になり舞入（メイリ）が舞入（メイイ）則ち参（メイ）になったものである。だから古語では墓参のことを墓参（ハカメイ）神社参拝を神参（モノメイ）と云う。よって参上（メイアゲ）の語は古語社会では日常語と言わねばならぬ。故にこの参上は古語の慣例からして参上（マイアゲ）と訓むのが良いのではあるまいか。

布斗麻邇爾（フトマニニ）

説に従えば布斗（フト）は太りとか布刀玉《ふとだま》の命《みこと》とかの布斗であって美称であると云う。そして麻邇（マニ）は神の「マニマニ」の意であるから合して太占（フトマニ）のことであるとしておる。だが私には以上で満足出来る納得は得られないのである。よってこのことについては語原上の所見を申し述べて御批正を仰ぎたいと思う。

布斗《ふと》は既に述べた如く人類が生活上幸せ（フ）となるものを寄せ集める（ト）ことであるからそれを行うことが布斗であり人（フト）であるとせねばならぬ。そして其の事が順調に運べば「太《ふと》る」ことであり人（フト）たることになるわけである。又其の精神面を司れば人魂（フトダマ）則ち布刀玉《ふとだま》の命《みこと》と云うことになるのである。よってこの布斗は人類が第一義とも言える種族保存の前提条件になる衣食住の人道に関する事柄と言わねばならぬ。

次の麻邇（マニ）は真新（マニ）ではなかろうか。人類は親と真実（マ）狂いない新（ニ）なる子供と云う新世代があってこそ次代に継承され永遠の繁栄と発展があるのである。そしてこの真新（マニ）に酷似したものを似（ニ）たものと云うからこれも真新（マニ）に準じた真似（マニ）に解すべきではなかろうか。

だとすれば布斗麻邇《ふとまに》に卜《うら》えてと云うことは人類の人道である人（フト）の道のことに真新《マニ》若しくは真似《マニ》の姿を描き出してこれにからみ合せつつ判断することが布斗麻邇に卜えてであると解したい。尚卜えについては次項を以て説明する。

《注　南九州方言では「人」のことを「フト」と呼ぶ場合と「ヒト」と呼ぶ場合の二通りがある。まず、「フト」とは自分の氏村内やはっきりと身分の分かっている人に対しての呼称で安心して会い交われる人に限って「フト」という言い方をする。しかし、初めて見たり、どこの誰かはっきりしない素性の人には「ヒト」という言い方をして区別する。漢字を充てれば前者が「幸人《フト》」で、後者が「秘人《ヒト》」となる。》

《注　南九州方言では「真似《まね》」のことを「マニ」と「マネ」の二つの語法に使い分ける。まず、「マニ」と言った場合には「真実に似る」ということで、正しい意味合いで「真似《まね》」をする場合は「マニ（真似《マニ》）」と言う。しかし、悪い意味合いで人真似などをする場合は「マネ」という言葉を使う。語形は「真無《マネ》」で「真実が無い」という用法になる。》

トえて（ウラエテ）

古語は梢《こずえ》（木末）のことを木の「ウラ」と言い、又陸地の末端にも浦（ウラ）と云う。故に人生の行く末も「ウラ」でなければなるまい。語原は増大（ウ）の極限（ラ）と云うことである。次の「ナイ」は縄綯《なわな》いの綯（ナイ）であって綯う（ナウ）の古語は綯（ノ）である。すると綯いも縫（ノ）もからみ合せる事になる。故に占いとは行く末の事を天つ神の人道にからませて判断することになる。

第六節　国土生成（一）

本文

【故、反《かえ》り降《も》りまして、更《さら》に其の天の御柱を、先きの如《ごと》往きめぐり給いき。ここに伊邪那岐の命先づ「あなにやし愛少女《えおとめ》を」と宣《の》り給い、後に伊邪那美の命「あなにやし愛少男《えおとこ》を」と宣り給いき。此の如く言い竟《お》えて、御合《みあ》いまして淡道之穂之狭別島《あわぢのほのさわけしま》を生み給いき。】

語句の解説

反り（カエリ）

古語で反り（カエリ）と言えば転覆や転倒又は反転のことになる。それで共通語の帰るには古語は戻（モド）ると云う。だからここに云う反り（カエリ）は布斗麻邇に卜えていただいたので直ちに反転して引き反したことに解すべきではなかろうか。

余談になるが返すと戻すとでは全然語原を異にするので古語の戻るが語原的と言える。返（カエ）は変えや換えになるが戻すは元や本になると承知されたい。

淡道之穂之狭別島（アワヂノホノサワケシマ）

この淡道（アワヂ）を淡路島に解するのは誤りであろう。今この島名を字義の通りに淡の道に解すれば淡島の本據地から筑紫の島や伊豫の二名《ふたな》の島並びに知訶の島や小豆島等北方の島々に往来する要衛になるので淡道に言えないこともない。然し古事記全体の流れから見れば字義よりも言葉そのものに重きを置くべきであるように思う。

だとすれば淡島や黄泉比良坂《ヒラサカ》並びに大気津比売《おおけつひめ》の神等の具体的関連事例から考察する時この淡道の道（ヂ）は地（ヂ）に解し淡地（アワヂ）として理解すべきではなかろうか。即ち淡島の在する平原と同一平原の地（ヂ）に在する島と云うことにである。そうするとこの淡道は淡島と同一平原続きの北端六千米位に位置するので地理的にも一致することに言える。そして又黄泉比良《ヒラ》坂《サカ》よりは西方二千米位になるので大倭豊秋津島《おおやまとあきつしま》の北端即ち秋端（アキバ）則ち秋葉《あきば》の地になることも疑えない。

そうすると大気津比売《おおけつひめ》の神が五穀の農耕を創始されたと云う地もこの淡道でなければならぬことになる。何故なら大気津比売の神の大気を古語に訓めば大気（ウケ）になって多い（ウケ）とか豊（ユタカ）とかの意になるが此の大気則ち大飼（ウケ）を部（ベ）にした部落名大飼部（ウケベ）則ち浮辺（ウケベ）が淡道の大半を占めておるからである。

故にこの淡道は北方諸島の開発振興の基地として淡島文化の穂（ホ）による生長繁栄（サ）を別けて移し植えたことから淡道の穂の狭別けの島と云うのであろう。勿論この地は先きに言った秋津国の北端即ち秋端（アキバ）則ち秋葉（アキバ）になるので大気津比売の神が秋葉神であることは疑えない。そしてそれを語る如く秋葉殿（アキバドノ、注＝南九州方言で発音すればアックヮドン）と云う古祠が宇都《ウト》（大戸）名と共に山中に現存しておる。尚この地が古く島であった証には大国主の命の宇迦《うか》の山本の近くを島巡（シマングイ）と云うので疑う余地あるまい。

本文

【次に伊豫《いよ》の二名《ふたな》の島を生み給う。此の島は身一つにして面《おも》四つあり。面毎《おもごと》に名あり。故、伊豫《いよ》の国を愛比売《えひめ》と云い、讃岐《さぬき》の国を飯依比古《いよりひこ》と云い、粟《あわ》の国を大宜都比売《おおけつひめ》と云い、土佐《とさ》の国を建依《たけより》別《わけ》と云う。次に隠岐《おき》の三子《みつご》の島を生み給う。亦の名は天の忍許呂別《おしころわけ》。】

語句の解説

伊豫の二名の島（イヨノフタナノシマ）

この島は淡道之穂之狭別の島の北方五千米位にあって通称を木佐貫原《キッヌッバイ》と呼ぶ台地のことである。知覧《チラン》町のほぼ中央に位し旧知覧飛行場のあった所で太平洋戦争では陸軍の特攻隊基地となり一千有余の若鷲が雲流るる果てに飛び去って帰らない古戦場でもある。よって四囲を概説して参考に資したい。

東方は高天原連山であって其の中に天照大御神陵及び其の山戸となる荒岳《アラタケ》並びに天の岩戸《ユワド》の山や黄泉比良坂《ヒラサカ》の比良の山《ヒランヤマ》等が間近である。又東南方には高木の神陵及び其の山戸の雪丸岳《ユッマイ》並びに伊邪那岐の命の山戸の大野岳《オノタケ》が八千乃至一万米位で見られ二万米の遠景では久士布流之岳《くしふるのたけ》が望見される。次に南方には大国主の命陵の越の塚《コシノチカ》が至近距離に見られ其の奥六千米位には月読《つきよみ》の命《みこと》の夜の食国《おしくに》の山（注＝虚空蔵殿岡《コッゾドンノオカ》）が姿を見せて海に至っておる。又西方には日子穂々手見《ひこほほでみ》の命《みこと》の高屋山上陵《たかやのやまのうえのみささぎ》（注＝高塚《タカチカ》）と天孫の可愛山陵《えのやまのみささぎ》（注＝高塚《タカチカ》）が三、四千の至近巨離であって西南方には塩椎《しおつち》の神の大隣岳《オッナイダケ》と建御名方《たけみなのかた》神の国見岳《クニンダケ》が一万米位であろう。尚北方には俗に高千穂の峯の名で知られる日子穂々手見の命の高千穂の宮の山戸の岳になる高屋霧《タカヤキイ》の岡や天孫の父神天の忍穂《おしほ》耳《みみ》の命《みこと》の御陵であろうか鎌塚《カマチカ》と云うが山頂高く姿を見せておる。

伊豫の国（イヨノクニ）

残念なことにこの伊豫の国名が現地と一致しないのである。そこで伊豫地方を探して見ると愛媛県境近くに飯野岳と云うが発見出来る。よって伊豫の原名は飯野（イノ）ではなかったろうかと疑いたくなる。若し飯野が原名だとすれば二名《ふたな》の島の西端を流れる天の安の河寄りに伊納比良（イノンヒラ）の地名を見ることが出来るのでそこであると解したい。そして其処の低地に古代部落があったのであろう。

余談になるのが、私の出生部落も飯野（イノ）である。祖父母の話によると、古名は星（ホシ）であったらしいが後に飯野に変わった所だと云う。勿論古名が「ホシ」であった実証は数ケ所の地名や書紀が伝える「ホシノカガセオノ神」の遺跡等が之を証明しておる。そして飯野の意は古語で担ぐことを担う（イノ）と云うので、飯野《イノ》部落は垂水《タイミッ》部落（可愛山陵《えのやまのみささぎ》）と浮辺《ウケベ》部落（大《おお》気津比売《けつひめ》の神）担う（イノ）ておるので飯野（イノ）になったのだそうなとのことであった。そうすると、伊納比良《イノンヒラ》の地も高屋山上陵《たかやのやまのうえのみささぎ》と可愛山陵《えのやまのみささぎ》の中間にあって両御陵を担う（イノ）ておることになる。

尚飯野《イノ》の具体的説明は可愛山陵《えのやまのみささぎ》に譲るが高屋山上陵《たかやのやまのうえのみささぎ》の伊納《イノ》と共に御陵の真正面に当るので神代に於ける御陵の遙拝所ではなかったろうかと思われる節が感ぜられる。兎に角之等のことを具体化出来る地名や伝説もあるので可愛山陵《えのやまのみささぎ》の条を参考とされたい。飯野《イノ》の語原は特に著しく（イ）からみつく（イ）であるから其の匂いが強いであろう。

愛比売（エヒメ）

愛比売の愛（エ）は古代史で衣（エ）の郡とか埃（エ）の国とかに云う衣（エ）のことであろう。現在も頴娃《エイ》町のことを衣（エ）と呼んでおるが往古は周辺一帯広大な地域を衣（エ）に呼んでいたものではあるまいか。隣りの天孫陵（注＝高塚《タカチカ》）も可愛山（エノヤマ）則ち衣の山（エノヤマ）である。そこで愛（エ）を語原から解すれば良い（ヨイ）が原形であろう。そして語法に従って良（エ）になったものと解せられる。だとすれば人類の生活する世（ヨ）が著しい（イ）ことになるので衣食住の給源が豊かに行われておる国が衣（エ）の国であるとせねばならぬ。

次の比売は性器の姿からして谷間であり低地でなければなるまい。誠に其の通り伊納《イノ》の地は天の安《やす》の河の流域で谷間であり且つ低地になっておるのである。

《注　南九州方言の語法では「良い（yoi）」は連なった二つの母音が集約して約音化発声となってヱ音（yoi→ye）の発音になる。『南九州方言の文法』（飯野布志夫著、高城書房刊）参照》

讃岐の国（サヌキノクニ）

讃岐の国は二名《ふたな》の島の東南方に位置する地帯のことのようである。そして其の名は此の台地を総称して木佐貫原《キサヌッバイ》と云うので其の木を略した佐貫（サヌキ）ではあるまいか。木佐貫の意は高天原の生（キ）の命達が生長発展（サ）の勢力を伸ばし（ヌキ）出た原と云うことに解したい。この台地も天の安《やす》の河と麓川に囲まれた流域は大水田帯を成し下手の海幸彦居住の地にも木佐貫迫《キサヌッザコ》の名があり上手の多紀理毘売《たきりひめ》御住居の奥津宮（胸形）にも木佐貫山《キサヌッヤマ》の名を見ることが出来る。故に生（キ）の命達が食糧給源地として勢力を伸ばされた台地であると解したい。

飯依比古（イヨリヒコ）

この名の飯依（イヨリ）を語原から言えば特に著しい（イ）寄り（ヨリ）と云うことになる。そして又比古（ヒコ）であるから比売とは正反対に高台か岡かが寄り合っていなければならぬ。ところが正しくこの讃岐の国は大国主の命陵に解する越の塚《コシノチカ》の西隣りに並ぶ横峯《ヨコミネ》の高台小丘と天の安の河を挟んだ対岸にある大島の尾《オ》の鼻《ハナ》と云う突出部が安の河の川巾で対峙しておるのである。そして其の上手は急に開けて永里《ナガサト》の大水田帯を成し又下手も急に開けて瀬世《セセ》の大水田帯を成しておる。故にこの事が飯依比古の名になったものであると解したい。

粟の国（アワノクニ）

この粟の国の粟も淡島の淡（アワ）も同義でなければなるまい。そして其の所在は二名《ふたな》の島の西北に当る粟ヶ迫《アワガサコ》地帯のことに解したい。現在の下郡《シモグイ》部落の南部のことになる。ところが面白いことに粟ヶ迫《アワガサコ》の西隣りは木花之佐久夜毘売《このはなのさくやひめ》の父神大山津見《おおやまつみ》の神に思う埋金《ウツンガネ》の地であり又天孫の宿泊に思う霧宿（キヤドイ）や諸巣ヶ谷（モロスガタイ）の地でもある。故に往古に於いても相当に発達を見た地帯ではなかったろうか。

余談になるがこの粟ヶ迫《アワガサコ》の水系は麓《フンモト》川になるが書紀が伝える「メラガ谷」であることに間違いあるまい。よって筑紫の島の筑紫の国及び肥の国並びに豊国の水を集めて流れる天の安の河と筑紫の国や能曽の国の水を集めて流れる麓川との中間台地が伊豫の二名《ふたな》の島になるのである。

大宣都比売（オオケツヒメ）

この大宣都比売も、古語に従って大宣都（ウケツ）比売に訓むべきであろう。従って、狭別《さわけ》の島の大気津比売と同義の御名に解せねばなるまい。勿論食糧等豊かな豊受《とようけ》神の受と一致するものであろうが、此の解説は後で大気津比売の神の節を設けるので其の節に譲りたい。尚、この地は大宣都比売と云う比売地であるから低地であらねばならぬ。よって、下郡《シモグィ》の水田帯を含むものと解せられる。

土佐の国（トサノクニ）

この土佐の国は二名《ふたな》の島の北部地帯のことであろう。この島は前にも触れた通り特攻隊基地であったから其の格納庫があった土佐の地に若鷲達の霊を慰めて特攻平和観音が祭祀されておる。そしてこの観音堂の北側に添って深く流れる谷を今に尚土佐の谷と呼んで古来難所にしていたのである。故にこの地が土佐の国であることは疑えない。土佐の語原は戸（ト）が生長発展（サンタイ《トサンタイ》）したことになるので高天原の宇都《ウト》則ち大戸（ウト）の勢力が伸びておる地に考うべきであろう。

するとこの土佐の地から千米余りの高天原突出部は須佐之男の命の生長期に於ける山であったらしく「天《あま》んじゃく」の名が衣（エ）の国の「ジャク」と云う意で円釈木場《エンジャクコバ》の名になっておる。そして又其の山麓が足名椎手名椎の居住地になる堤之原（ツッノバイ）則ち椎の原（ツッノハイ）の部落になるのである。尚この土佐の谷の地は深い谷が数条縦横に走り極めて要害を成しておるので後代には知覧域が築域され繁栄が見られたものらしい。よってこの土佐の谷の南限部落を打出口《ウッデグチ》の名にしておるのである。

建依別（タケヨリワケ）

この名は説明までもあるまいが二名《ふたな》の島の北端土佐の国は高天原の円釈木場《エンジャクコバ》の地に接着しておる。故に高天原の岳（建）寄り（依）に別けられておると云う名であろう。

隠岐の三子の島（オキノミツゴノシマ）

この三子の島と云うのは伊豫の二名《ふたな》の島から南に天の安の河を渡って瀬世の水田帯を通り越した所にある島のことであると思う。ここに一つの島と言える地域内に三つの部落が同居しておるので三子の島であると思う。この部落は現在富永（トナッガ）池之（イケノ）中野（ナカノ）の名にしておるが古称の富永門《トンナガンカド》、池の門《イケンカド》、中の門《ナカンカド》の名からすれば富永、池、中と云うのが古名であろう。

次にこの三子の島に沿って北側を天の安の河と平行に流れる小川があるが少しく下流で安の河に合流しておる。そしてこの小川は大島や女島（ヒメジマ）の南側を通って天照大御神の御住居になる中須《ナカス》部落方面に源を発しておるのである。よってこの故であろうか三子の島方面の人達は此の小川を用水とする水田のことを隠岐（オキ）がかりの水田と云う。そうすると隠岐の語原は合着（オ）する生（キ）になるので天照大御神と申す生（キ）の命に合着（オ）しておる用水と云うことであろうか。何れにしても此の地帯が隠岐《オキ》であることは疑えまい。

尚この三子の島の一番高い山頂を古巣山と言い竹山でないのに「タカヤマ」と云う山があることは注目すべきであろう。

天の忍許呂別（アメノオシコロワケ）

この名を平たく言えば三子の島が高天原から押し転がされて別れた島に見えるので地勢上からの名であろうと考えられる。

本文

【次に筑紫《つくし》の島を生み給う。此の島も身一つにして面《おも》四つあり。面毎《おもごと》に名あり。故、筑紫《つくし》の国を白日別《しらひわけ》と云い、豊国《とよくに》を豊日別《とよひわけ》と云い、肥《ひ》の国を建日向日豊久士比泥別《たけひむかひとよくしひねわけ》と云い、熊曽《くまそ》の国を建日別《たけひわけ》と云う。】

語句の解説

筑紫の島（ツクシノシマ）

今筑紫（ツクシ）と言えば全国中の殆どが九州のことに考えるであろう。だがこれも全然間違いであるとは言い得ない。何故ならこのことは知覧《チラン》町生れの私が九州生れですと云うに等しいからである。

よって此の神代の筑紫の島の輪郭を明らかにすれば南は伊邪那岐の命が黄泉軍を退けられた比良山山麓の黄泉比良坂《ヒラサカ》を南限として佐渡の島及び大倭豊秋津島に対し東は鹿児島湾に至っておる。そして北は川辺《カワナベ》町を流るる広瀬《ヒロセ》川に止まり西は葦原の中つ国に境する域内にことになる。そこで今少しく神代の経営面から言えば高御産巣日《たかみむすび》の神則ち高木の神以降伊邪那岐の命に至る統治地帯の以北の地で天照大御神以降神武天皇に至る高天原と云うことに言われるのである。よって更にこれを現在の行政区域で言えば頴娃《エイ》町、開聞《カイモン》町、山川《ヤマガワ》町、指宿《イブスキ》市以北の地で知覧《チラン》町を主体とした喜入《キイレ》町に跨る地域と言わねばならぬ。

筑紫の国（ツクシノクニ）

この筑紫の国と云うのは筑紫の島の北部地帯のことであると思う。四囲は西を天の安の河が天の岩戸《ユワド》の山麓で支流を成すものに境せられ、北は麓《フンモト》川、東は鹿児島湾、南は佐渡の島に境せられた域内のことのように思える。そして筑紫の名はこの国の第二の高峯荒岳（アラタケ）に発するものであろう。そして荒岳の原名は新岳（アラタケ）であると解したいのである。其の理由としては次のことが言えるのではなかろうか。

天照大御神の御時代に入るまでは高木の神に於かせられても佐渡の島中心であり伊邪那岐の命に於かせられても大倭豊秋津島《おおやまととよあきつしま》が中心であられたように見られるので現在の頴娃《エイ》町開聞《カイモン》町を中心に山川《ヤマガワ》町指宿《イブスキ》市方面の開発が進められたもののようである。ところが火の神を御生みになられたことやら其の地で伊邪那美の命との御夫婦別れにまで発展し伊邪那美の命は未開発の筑紫の島の肥《ひ》の国の伊邪那岐の命と勢力伯仲に思える黄泉神則ち八俣《やまた》の遠呂智《おろち》に思える人と再婚されたらしいことが祖父母に聞いた当地の伝説では語られておる。そして天照大御神も父神の山戸大野岳《オンタケ》の大噴火で壊滅的打撃を受けられた等の関係であろうか母神の後を追い筑紫の島への進出を決行され給うたもののように当地の伝説は語っておる。故に伊邪那岐の命の山戸であり高天原の山戸でもあったろう大野岳に代る山戸として新（アラ）たに創建され給うた山戸であることから新岳（アラタケ）則ち荒岳（アラタケ）であると解したい。之等の関係は後の須佐之男の命や八岐大蛇《やまたのおろち》退治とも関連面が多いので御注目が願いたい。

尚この荒岳の名についてては別名を「ツグシ」の岳と言ったり「ヒエ」の岳と呼んだりするとのことであるが不用意にして今は其の語ってくれた人を思い出せないのである。確かに山麓の二つ谷（フタッダイ）部落の人であったと思うので何人かによって明確に願いたいものである。当地で「ツグシ」と言えば小鳥の「ツグミ」のことになるのでこの小鳥も楠（クシ＝古語の呼称）の実等に蝟集《いしゅう》して離れないことからの名に考えられる。従ってこの「ツグシ」の鳥名も筑紫と同一語原の名であることに違いなかろう。筑紫は津籤（ツクシ）であって一体不可分（ツ）の籤（クシ）と云う語原である。従って自分のものとして引いた籤には無条件に従わざるを得まい。又櫛の前には髪の毛は絶対服従の外余儀ないであろう。故に久士布流之岳《くしふるのたけ》に降った天つ神の籤を一体不可分のものとして頂戴する岳が筑紫の岳であって御代御代《みよみよ》の日の命の山戸の岳が又其の一つであると解したい。要するに筑紫は誠意を尽すの尽しでもあるのである。

尚余談になるが古語の「ツグシ」と云う島名は楠（クシ）の実と云う楠（籤）に島は蝟集《いしゅう》し又楠（久士）の木と云う生（キ）の命は蝟集《いしゅう》する食物を与えて上下一体不可分に投合した姿を見せておるので津籤（ツクシ）の名を生むに至るのだと承知されたい。

又「ヒエ」の岳と云うのは神（ヒ）会（エ）の岳であって天つ神と云う神（ヒ）に御目見会（エ）して其の大御籤を御受けになる岳が神会（ヒエ）の岳になるのである。平安時代に至れば比叡山がこの神会（ヒエ）の岳であろう。地元の人達に聞けば今でも比叡（ヒエ）の岳の名にしておるそうである。そして「バスガイド」さんの説明では冷え（ヒエ）るからのことだろうかと仰言るから面白い。神が「ヒ」の一種であることは祭典の「ヒモロ木」が神貰木（ヒモロギ）であることからしても否めない。又笛の古語も笛（ヒエ）であるから神に会する時の楽器と云う名に違いない。私の祖母は笛《ヒエ》を出鱈目に吹くと神様達が集まって来るのでとんだ事態にも計り難いとたしなめたものである。

尚荒岳には笠置山に作れる鹿崎平（カサキデラ）の地名や天居（アマイ）に作れる余り（アマイ）比良の地名があることを加えておく。

白日別（シラヒワケ）

白を白（シラ）と訓むのは共通語であって古語で「シラ」と言えば空実のことになる。よって粃（シイナ）則ち粃（シラ）が古語と言わねばならぬ。山幸彦に豊玉姫《とよたまひめ》と共に国土をも献上したらしい綿津見《わたつみ》の神のことも奥羽地方では「御シラ様」の名にしておるらしい。又大国主の命も国譲り後は「御シラ様」であられたらしく其の山戸の岳に思う知覧《チラン》町最高の岳のことを白岳（シラタケ）と云うのである。山麓の小峯《コミネ》、小野《オノ》、滝川《タツガワ》、瀬世串《セセグシ》、樋高《テダカ》等の地名を究明すればこのことは疑えない。よって白日別と云う名は空位（シラ）になられた大国主の命と申す日の命の山戸の地と天照大御神と申す日の神の山戸の地とが別けられておる国と云うことに解したい。現地の実際も荒岳《アラタケ》と白岳《シラタケ》との間には七つ谷と云う深い谷があって別けられておる。

豊国（トヨクニ）

この豊国は例の通り十代国（トヨクニ）であって天照大御神の大御代が十代（永代）に栄えた国と云う名であろう。従って大御神が御家庭に於ける日常の御生活を御営み遊ばされた国と解せねばなるまい。後節で詳細な説明は加えるが御住居の場所も地名がこれを明らかにしておる。特に芫（オロ）や中須（ナカス＝中巣）杫場（ハシバ）等の地名は知覧《チラン》町内にある数ヶ所の実例から見ても疑えないであろう。又大御神の御陵に間違いなしと確信される伊勢塚《イセヂカ》もここに在するので一層其の感を深うする。立派な山顚《さんてん》古墳であることを加えておく。

次に豊国の四囲を述べておきたい。南方は大倭豊秋津島《おおやまととよあきつしま》に接し東は天の安の河を境として筑紫の国に連なり北は天の安の河を挟んで肥の国と向い合っておる。そして西方は平地帯で葦原の中つ国になるのである。

豊日別（トヨヒワケ）

この豊日とある十代（トヨ）に見られる日（ヒ）即ち神霊（ヒ）は天照大御神のことに相違あるまい。何故なら此の国には先きに言った通り天照大御神の御陵があり又日常の御住居地も存するからである。尚大御神の御子達の奥津島毘売や市寸島毘売もこの国と接合の形で在したことも疑えない。勿論天の忍穂耳の命は御家督を御相続であられよう。何故なら天孫が高天原からの御降臨も此の御住居からであろうことが疑えないからである。

故に豊日別と云うことは十代（トヨ）即ち永久に高天原の日の命に在する直系直統によって御統治になる国として別けられておると云うことに解すべきではなかろうか。

肥の国（ヒノクニ）

肥（ヒ）の基本意は其の常態を肉眼では見るを得ない神秘的な存在のことである。従ってこの肥（ヒ）は毘古や毘売の毘（ヒ）であると共に日の命の日（ヒ）にも解すべきでなかろうか。だとすれば此の肥則ち神（ヒ）の国は古事記の流れから見て黄泉神（ヨモツカミ）や八俣の大蛇（ヤマタノオロチ）の名で伝えられておる御人の国であることは絶対的であろう。この名の解説は後節に譲るが兎に角伊邪那岐の命の南方勢力に対抗した北方勢力であることは疑えない。すると肥の国の中心は三立山《サンタッヂャマ》になるが天照大御神も母神の三立山の東風隠（コッガクレ）則ち命隠（コッガクレ）に岩戸隠れなされたもののように思う。又須佐之男《すさのお》の命《みこと》もこの西端に生長されておる。

終りに肥の国の四囲は東が筑紫の国で北は麓《フンモト》川を挟んで熊曽の国となり西は二名《ふたな》の島から葦原の中つ国そして南は天の安の河を挟んで豊国と云うことになる。

建日向日豊久士比泥別（タケヒムカヒトヨクシヒネワケ）

この建日（タケヒ）は岳日（タケヒ）であって高天原が支配する山戸の日の命と云うことであろう。そうすると天照大御神の山戸であられる荒岳《アラタケ》則ち新岳（アラタケ）の日の命と解せねばならぬので天照大御神並びに其の御直統の日の命とせねばなるまい。

次の向日（ムカヒ）は向い日で相対立（ムカ）する日（ヒ）と云うことであろう。だとすれば此の解説にははなはだ恐れ入るが私見を述べさしていただきたい。

高木の神の高天原経営は佐渡の島を中心にして南方に進路を求められた伊邪那岐の命の勢力と北方に進出を決められた今一人の御子の二大勢力が在したものではあるまいか。自今の黄泉《よもつ》神や八俣の大蛇等を具体化するとこのことが強く感受される。若しそうだとすれば伊邪那岐勢力は古事記が伝える如く南方にすばらしい発展を遂げ偉大な成果をあげ給うたことになる。そして一方北方に勢力を張られた黄泉神であろうお方は筑紫の島は肥の国の三立山《サンタッヂャマ》を中心に発展されたもののようである。そうして伊邪那美の命が火の神の争いの後再婚された御夫君が此の人であることも当地の伝説からして疑えない。後の黄泉軍もこの三立山《サンタッヂャマ》から初められておるのである。

故に天照大御神が筑紫の岳に建日（岳日）の山戸を御制定になられても母神の新御夫君であられる黄泉神や八俣の大蛇に思える人は肥の国の三立山《サンタッヂャマ》に隠然たる勢力を保持されて南方勢力に対向しておられたものではあるまいか。よってこのことが向日であると解したい。

次は豊久士（トヨクシ）であるがこれは前例の通り十代籖（トヨクシ）であろう。だとすれば私見になるが高木の神の御神慮により大倭豊秋津島《おおやまととよあきつしま》等の南方地帯は伊邪那岐の命にそして北方の肥の国を中心とした地帯は黄泉神にと永久（十代）所領にして御決定（籖《クシ》）を給うておることに解すべきであろう。

次は比泥別（ヒネワケ）であるが古語では既に別けて仕舞っておることに「ヒンワケ」ておる

と云い又何かを条件にして別けておることには「ヒンネ」て別けておると云う。従って「ヒンネ」は共通語の引き成しの成しが語法により「ネ」になったものと解せねばなるまい。故にこの比泥別は古語の比泥（ヒンネ）別けであって高木の神の御神慮と云うことにより南北に各々の所領が別けられておることに解すべきでなかろうか。

そうすると建《たけ》日《ひ》向《むか》日《ひ》豊《とよ》久《く》士《し》比《ひ》泥《ね》別《わけ》と云うことは具体的には建日則ち高天原の日（ヒ）に在す天照大御神達に対して其の傘下に入らず対立しておる日（ヒ）即ち黄泉神と云う高木の神により自主独立の肥の国が与えられておる所と解すべきではなかろうか。

熊曽の国（クマソノクニ）

熊曽の国と言えば殆どの方が日本《やまと》武《たける》尊《のみこと》の熊襲（クマソ）征伐で御承知であろう。熊曽の語意を結論的に言えば周辺未開（クマ）の地に添（ソ）うておると云うことである。御承知の通り周辺未開の蕃人は獰猛のことからして熊や熊蜂になるのであろう。又隈は隅々のことで周辺の意にもなる。だから眼の周辺に色彩することを隈取《くまど》ると云うのであろう。従って熊曽の国と名がある以上は単に筑紫の島に止まらず高天原全体からしても最外端の国でなければなるまい。誠に其の通り高天原の最北限にあって隈の地に接するのが熊曽の国である。後日説明の機会はあろうかと思えるが天照大御神の第五子のお方がこの隈の国に御入りになり熊岳《クマダケ》や関係地名を遺して御出になる。

次は熊曽の国の四囲であるが南方は麓《フンモト》川を隔てて肥の国や筑紫の国であり東方は鹿児島湾に

臨み鹿児島市の谷山《タンニヤマ》地区に接する。そして北方は川辺《カワナベ》町の広瀬《ヒロセ》川を挟んで隈の国になるのである。又西方は国生みの小豆（アツッ）島で知覧町大字厚地（アツッ）に接し一部は裁判所や税務署役場等のある知覧町の中心地で高千穂の宮跡にもなっておる。

建日別（タケヒワケ）

この建日別（タケヒワケ）の名も熊曽の国を支配召さるる山戸の岳の日の命によって別けられておると云うことに解せねばなるまい。そうすると筑紫の国や肥の国並びに豊国は天照大御神と申す日の神によって支配召されて御出ることになる。だが熊曽の国は年代を経通した故であろうか曾孫日子穂々手見《ひこほほでみ》の命《みこと》から神武天皇に至る間の日の命が高千穂の宮によって御支配召された形跡が濃厚である。そして山戸の岳は母ヶ岳《ハハガダケ》らしいが母の名は別意のものらしいので別称の穂ヶ岳《ホガダケ》や「オゴッ」が関係古名であろう。特に母ヶ岳山頂の奥を高屋霧（タカヤキイ）と云うのはゆるがせに出来まい。何故なら御陵が高屋山上陵《たかやのやまのうえのみささぎ》であるからである。よって之等の詳細は後日日子穂々手見の命の節に於いて述べたいので一切を省略したい。

本文

【次に伊伎《いき》の島を生み給う。亦の名は天比登都柱《あめひとつばしら》と云う。次に津島《つしま》を生み給う。亦の名は天之狭手依比売《あめのさてよりひめ》と云う。次に佐渡《さど》の島を生み給う。次に大倭豊秋津島《おおやまととよあきつしま》、亦の名は天御虚豊秋津根別《あまつみそらとよあきつねわけ》と云う。故、此の八島ぞ、先づ生みませる国なるによりて、大八島国《おおやしまくに》と云う。】

語句の解説

伊伎の島（イキノシマ）

この伊伎（イキ）の語原は特に著しい（イ）生（キ）なる姿のことである。従って何者にも左右されない。自主自律の行い等と言わねばならない。生物の呼吸作用にしても全く自主自律の行いであるから呼吸（イキ）と云うであろう。又古語は事前に独断で飯を食うて仕舞ったことに「飯はもうイキ則ちイッ食た」と云うのである。故に伊伎の島と云うことは高天原の要請を受ける事前に自から進んで御子の数に入ったものと解せずばなるまい。

尚この伊伎の島は現在の開聞《カイモン》町のことであると共に豊受比売の神御発祥の地でもあることは諸種の資料からして疑うことは出来まい。そして此の地は高天原の南限になるので南は海に面し東は山川《ヤマガワ》町北は高天原山中で指宿《イブスキ》市に連なり西は頴娃《エイ》町に境にしておる島と言わねばならぬ。

天比登都柱（アメヒトツバシラ）

この天比登都柱は天一つ柱であろう。だとすれば古語では一つ（フトツ）でなければならぬ。然しそれはそれとして天一つ柱である以上は高天原に見るような山岳重畳の中に山頂だけをのぞかしておる山であってはなるまい。あくまで群を抜いた山であるかそれとも平地の中にあって天に沖し地上から天を支えておる柱の役を果して見える山でなければ天一つ柱の名とはなり得ないであろう。ところが恰もよし誠に其の通り開聞《カイモン》町の平地部海岸線に突出して山姿秀麗な開聞岳が薩摩富士の名を恣《ほしい》ままにしておるのである。雨が近づくと雲が山頂にかかるので里人は開聞岳（オケムンドン）が笠を被ったから雨が近いと天気予報に代用したものである。

古来里人はこの山は神々が土を運んで作った山であると言い伝え信仰の中心にされていたのである。それで神々が土を運ぶ時に持ち溢した土で出来た岡であると云う意で高天原寄りの鋸歯状をなす小さい山々を持溢れ（モッコボレ）の岡と云う。故にこの天比登都柱と云うのは開聞岳のことであって後には再び久士布流之多気《くしふるのたけ》の名で再登場するので御注目置きが願いたい。

津島（ツシマ）

この津島も伊伎の島と同じく現在の壱岐対島のことに考えられておるようだが誤解と云うの外あるまい。津島を語原から言えば一体不可分（ツ）の島と云うことになる。だから爪とか蔓（ツラ）とか面（ツラ）とかは一体不可の間柄にあるので離すことは出来まい。だが此の場合は島の津であるので陸と海との関係に考うべきではなかろうか。だとすれば往古は港のことを何々の津と言ったであろう。そうするとこの津島と云うのは良港を持つ島に解せねばなるまい。

そこで神代の国全体を眺め渡せば良港と云うのは鹿児島湾口の山川《ヤマガワ》港の外には考えられない。よって津島と云うのは現在の山川《ヤマガワ》町地方のことであると解したい。余談になるがこの山川港は神武天皇御東遷の第四準港となり最後の出帆港と伝えられる吉備《きび》の高島の宮にもなるので御注目置き願いたい。

天の挟手依比売（アメノサテヨリヒメ）

ここに云う「天の」は高天原のことであろう。津島には高天原山系が伊邪那岐の命の小門（オド）の山戸あたりから東走して薩摩半島の南海岸沿いに山川町方面に伸びておる。故に津島則ち山川町は高天原の最東端と云うことになる。

次の挟手依（サテヨリ）は全くの古語であって共通語で言えば「佐多に寄り」と云うことになる。今この語法について少しく説明すれば「佐多に」という語は「サタイ」となるが、「タイ」は古語の語法により更に「テ」に約言せねばならぬので「サテ」となる。故に「佐多に寄り」は「サタイヨリ」となるが約音で「サテヨイ」となるのが純粋な古語と云うことになる。

そうすると天の挟手依比売《さてよりひめ》と云うことは高天原が大隅半島の佐多岬《サタミサキ》地方に近寄った地形の低地（比売）と解せねばならぬ。誠にこの名の通り山川港は鹿児島湾に港口を開いておるので佐多地方には最至近の港と云う事になる。

佐渡の島（サドノシマ）

佐渡の地名は大倭豊秋津島と筑紫の島の中間で高天原の奥まった高原地帯に見ることが出来る。従って鹿児島湾が眺望される景勝の地であると共に高天原全体を掌握するにも恰好の中心地と云うことになる。佐渡の語原は生長発展（サ）をした戸（ト）と云うことに取れるから高天原初期からの繁栄を見た戸即ち宇《ウ》都《ト》（大戸）の地と云う名ではあるまいか。近くには示山（シメシヤマ、注＝シメンヤマとも呼ぶ）則ち注連（シメ）がされておる山の名が広範囲に亘っておるので神代の時代の聖域であった事には違いない。

又高木の神の御名からして其の御陵に信じられる木《キ》塚《ヂカ》名の字地で木塚を中心に多いのと山戸に解せられる雪丸岳《ユッマイダケ》や尾間様《オンマサア》、栗塚《アワヂカ》、芋塚《イモヂカ》等神代由縁の地名が枚挙に暇ないのである。故にこの佐渡の島は高木の神の御生活地で神代に於ける高天原の中枢地であったに違いない。天照大御神の御住居も程近くである。

大倭豊秋津島（オオヤマトトヨアキツシマ）

この大倭（オオヤマト）は大倭（オヤマト）に解したい。何故なら伊邪那岐の命の国生みで御子の数には入らなかった淡島が大生長して橘《たちばな》の小門（オド）の山戸となった大野岳（オノタケ、オンタケとも呼ぶ）の山戸のことに解されるからである。従って此の大野岳の山戸で支配する広大な頴娃《エイ》町大半の地域が大（オ）倭（山戸）豊秋津島であると解せねばなるまい。

だとすれば具体的には佐渡の島や筑紫の島以南の大山岳帯並びに附帯平地のことになる。そうすると現在の頴娃《エイ》町の殆どこの大倭則ち小門の山戸の支配下に入るのではあるまいか。そして又御子の数に入らなかった淡島が大倭豊秋津島に生長して御子の数に入ったことに考えられる。

次は豊秋津島であるがこの豊は例の通り十代（トヨ）で永久の意であろう。そして秋津は語原を上層に浮上進出（ア）することが生（キ）であって一体不可分（ツ）と云うことになるから衣食住の生活資源が豊饒で（ア）然かも安住して狂いなく（キ）一体不可分（ツ）に秋の豊かさが約束されておる国と云うことであろう。従って大倭豊秋津島と云うことは大野岳の小門の山戸で支配する衣食住の生活が永久に秋の季節の如く一体不可分にある上国と解せねばなるまい。

余談になるが明治の頃までは大野岳山頂即ち小門の山戸であったろう頂上の神社では頴娃《エイ》町最大の大祭が行われ数万の参拝者で賑わったものである。

天御虚豊秋津根別（アマツミソラトヨアキツネワケ）

この天御虚（アマツミソラ）は天つ神の天つで天地の理法とする絶対神のことであろう。そして御虚（ミソラ）の虚（ソラ）は語原から言えば添（ソ）うことが極限（ラ）と云うことになるから身近に接着しておることでなければならぬ。古語は「タワシ」も「ソラ」であり空（ソラ）も又身近かに接着しておる空界であろう。

故に天御虚（アマツミソラ）と云うことは天つ神の絶対界が身近に接着しておることになるの

で此の場合は高天原の最高祖神高御産巣日《たかみむすび》の神即ち高木の神の佐渡の島に接着しておることに解すべきでなかろうか。

すると次の根別はこの高木の神の佐渡の島の根を別けて成る島と云うことになるので主体地を同じくしておる分国と云うことに考えられる。誠に其の通り現地の地勢は佐渡の島を中心に南は大倭豊秋津島の連山が連なり北は筑紫の連山が連なっておるのである。

大八島国（オオヤシマクニ）

この大八島国も現在の通説とは全然異なる島のことになる。従って実際には知覧《チラン》町の北端から頴娃《エイ》町を経て開聞《カイモン》町及び山川《ヤマガワ》町に至る通称高天原と呼ばれておる山岳地帯のことになるのである。だから薩摩半島の東部を縦走する脊柱山脈とそれに附帯した平地帯のことと言わねばならぬ。尚このことを更に具体的に言えば知覧《チラン》町内には筑紫《つくし》の島と伊豫《いよ》の二名《ふたな》の島並びに淡道之穂之狭別《あわぢのほのさわけ》の島と隠岐《おき》の三子《みつご》の島の四島があり、頴娃《エイ》町には佐渡《さど》の島と大倭豊秋津島《おおやまととよあきつしま》の二島があることになる。そして次の開聞《カイモン》町の伊伎《いき》の島と山川《ヤマガワ》町の津島《つしま》を加えれば八島となるので大八島と呼んだものであろう。そうすると余談めいたことになるが此の大八島を合せ見たのが淡島《あわしま》の戸即ち大野岳の小門の山戸に思えるので合島（アワシマ）則ち淡島ではなかろうかとも思える。

第七節　国土生成（二）

本文

【然る後還《のちかえ》りましし時に、吉備《きび》の児島《こじま》を生み給う。亦《また》の名は建日別《たけひわけ》と云う。次に小豆島《あづきじま》を生み給う。亦の名は大野手比売《おおぬでひめ》と云う。次に大島を生み給う。亦の名は大多麻流別《おおたまるわけ》と云う。次に女島《ひめしま》を生み給う。亦の名は天一《あめひと》つ根《ね》と云う。次に知訶《ちか》の島を生み給う。亦の名は天の忍男《おしお》と云う。次に両児《ふたご》の島を生み給う。亦の名は天の両屋《ふたや》と云う。】

語句の解説

吉備の児島（キビノコジマ）

この吉備（キビ）の原形は生（キ）日（ヒ）であろう。そして発音は生日（キッ）となるから菊（キッ）でもあらねばなるまい。古語では菊（キッ）であっても又霧（キイ）であっても生

（キ）の姿を勝れたものにしたり著しくしたりするだけで殆ど同断の語法であると言える。故に吉備の国とは生（キ）なる日（ヒ）の命の国で社会秩序の嚴《きび》（吉備）しい高天原の国と解せねばならぬ。従ってこの場合は天照大御神の御子の島と云うことに解すべきであると思われる。

何故かと言えば此の国生みで奥まった所に天照大御神の姫御子多紀理毘売《たきりひめ》の命が祭神に間違いない胸形《むなかた》の奥津宮《おくつみや》の名になる神社が筑紫の島の豊国の一角に当る天の安《やす》の河沿いに見られるからである。よって吉備の児島と云う名は天照大御神の毘売宮多紀理毘売《たきりひめ》の命の御住居の島と云うことに解したい。

尚余談になるがこの社は薗田権現《そんだごんげん》と呼び部落を大久保（オッポ）と云うので大久保は奥穂（オッポ）で奥津宮の穂ではないかとも思う。この社は後節で詳細に説明する。

建日別（タケヒワケ）

この建（タケ）も岳のことに違いあるまい。だとすれば岳を支配する日の命に依って別けられておる島と解すべきであろう。そうするとこの薗田権現より少しく奥まった山を木佐貫山《キサヌッヂヤマ》と云うので天照大御神と申す生（キ）の神の御発展（サ）が御子として伸び（貫）出た山と云う名に解せられる。よってこの建日別と云う名は多紀理毘売の命と申す日の御子によって天照大御神の日（ヒ）の岳から別けられた島と云う名に解したい。現地の地勢も正しく其の通りである。

小豆島（アヅキジマ）

この小豆（アヅキ）は小豆（アツキ）に訓むべきであろう。古語では小豆のことを小豆（アツッ）と云う。其処でこの小豆島であるがこれは知覧《チラン》町大字厚地（アツッ）のことに違いなかろう。厚地は古来知覧町内でも地味肥沃で上地な所なので上層に浮上進出した（ア）土（ツッ）であるかも知れない。然し又この厚地の先きに説明した多紀理毘売の命と大国主の命との間に御生まれの阿遅志貴高日子根《あぢしきたかひこね》の命《みこと》の御所領であられたことも疑いの余地はないようである。故にこの命も月読《つきよみ》の命《みこと》と同じく月則ち椎（ツッ）であられたことが外の資料からして信ぜられるので此の椎を名にした阿遅志貴（アヂシキ）の阿椎（アツッ）則ち小豆（アツッ）ではないかとも考えられる。言うまでもあるまいがこの神は全国に有名な迦毛（カモ）の大神のことである。

大野手比売（オオヌデヒメ、注＝原文は大野手上比売）

この大野手の大（オオ）は古語からして長音の語には考えられない。よって大野岳や大島の大と同じく大（オ）に訓むべきではなかろうか。すると大野岳でも考えられた如く大（オ）は尾（オ）や岡の「オ」に考えてもよいであろう。そうすると大野（オオヌ）は大野（オヌ）になるので発音は大野（オノ則ちオン）にならねばならぬ。

次の手は古語が手（チェ）であるから手（ヂェ）に訓まねばなるまい。余談になるが古語で「テ」と発音する場合は原形が「タイ」であって語法に基づき「テ」になったものである。だから古語では鯛（テ）の魚であったり、又大概は大飼（タイガイ）が語原になるのであるがそれを大飼（テゲ）と云うのである。
よってこの大野手は尾の出（オンヂェ）に解すべきでなかろうか。そうすると小豆島の現況は高千穂の山の尾が裾野めいた高台地を成して突き出しておる姿に見せるのである。然し周囲が高天原の余りに高い山々に取り囲まれておるので比売に言える低地とも云うことが出来る。よってこのことが大野手比売（オオヌデヒメ）則ち尾の出比売（オンヂェヒメ）の名になったものではあるまいか。

大島（オオシマ）
この大島は伊豫《いよ》の二名《ふたな》の島と隠岐《おき》の三子《みつご》の島の中間に介在する島である。そして南の方は先きに説明した隠岐がかり（オッガカイ）の小川に境せられ北方は天の安《やす》の河に境されて伊豫の二名《ふたな》の島の讃岐《さぬき》の国や知訶《ちか》の島に対峙しておる。
だがこの大島の大は大野手比売《おおぬでひめ》と同じく単に大（オ）と訓むべきものであろう。何故なら讃岐の国を飯依比古《いよりひこ》の名にした大島からの突出部を尾の鼻（オノハナ）の名にしておるからである。この突出部は大島から半島状に突き出されておるので大島の鼻と云う意で尾の鼻であろうと思う。故に大島は尾島に見るのが正しいのではあるまいか。

大多麻流別（オオタマルワケ、注＝原文は大多麻上流別）
この名も古語で読めば大多麻流別（ウダマイワケ）でなければならぬ。だがそれはそれとして大多麻流別とある以上は大満る別けに解せねばなるまい。そうすると先づこの地勢を説明する必要があろう。先きにも言った通り大島の北側の大水田帯は天の安《やす》の河が流れておるであろう。ところがこの安の河が飯依比古の名になった大島の尾の鼻と讃岐の横峯《ヨコミネ》の山嶺部とが殆ど接合寸前に迫っておるのでここで安の河が塞き止められた形になっていたものではあるまいか。若しそうだとすれば大島の北側にある大盆地即ち今日の永里《ながさと》水田は往古飯依比古によって天の安の河が塞き止められ大水溜りになっていたであろうことが推測される。其の故であろうか大島の北側に近接の水田一帯は人の入るを許さない大深田であったと伝えられておる。故に長年月の間に天の安の河の河底が侵蝕されて今日の永里《ながさと》水田が現出したものではあるまいか。それで大多麻流別と云うことは此の天の安の河が神代の時代までは大きな水溜りを成していてこの水溜りで別けられていた島と云うことであるように解せられる。

尚余談になるがこの大島は高天原方面からの高台地の最末端になるので後に胸形《むねかた》の辺津宮《へつみや》と云う田寸津毘売《たぎつひめ》の命の所に解せられるのでこのことを加えておく。

女島（ヒメシマ）

この女島（ヒメシマ）はこの名前を語るものは何ものも遺されていない。然し女（比売《ひめ》）島の名前からして天照大御神の御子市寸島毘売《いちきしまひめ》の命に発する名前ではなかろうかとも疑える。恰かも胸形の奥津宮になる吉備の児島と辺津宮に想定する大島との中間に位置するので中津宮の地と云うことになる。

だが又この島は女（ヒメ）島であるから他の例からすれば低地に住家のある島でなければなるまい。そうすると吉備の児島の西方で大島との中間にある現在の和田《ワダ》部落がそれであると解せられる。中津宮に疑われる古祠も在するのである。

天一根（アメヒトツネ）

この天一根（アメヒトツネ）は常識から判断しても天（アメ）即ち高天原と同一地所に根をおろしておる島と云うことに解せねばなるまい。すると女島《ひめしま》に伸びて来ておる高台の地を辿って行くと凡そ二千米足らずで天照大御神の日常の御家庭が御営みであられたろう中須《ナカス》や芫跡（オロンアト）の地に達するのである。尚又天照大御神の御陵に絶対間違いあるまい伊勢塚《イセヅカ》の山もこの所である。よって和田《ワダ》部落の地が女島であることは揺ぐまい。特に市寸（イチキ）島の名を古語で解釈すればこのことを裏書きして余りあるものがあるように思われる。

知訶の島（チカノシマ）

この島名の知訶（チカ）は日本書紀には越《こし》の国と云うがあって知訶の国と云うはない。よって書紀が云う越の国とあるのは古事記が云う知訶の島のことでなければなるまい。そうするとこの島は「知訶」と呼んでも「越」と呼んでも通用する島に解すべきであろう。何故なら古事記でも直ぐ近くに住む人を高志（コシ）の沼河《ぬなかわ》比売《ひめ》と呼び二千米位の所の人を高志《こし》の八俣《やまた》の大蛇《おろち》と呼んでおるからである。

ところで誠に幸いとでも云うべきであろうか大島の大きな水溜りと天の安の河を隔てた対岸に讃岐《さぬき》の国と接して立派な山顚《さんてん》古墳を見ることが出来るのである。そして其の古墳の岡を里人は塚之越（チカンコシ）とも言えば又越之塚（コシノチカ）とも呼んでおる。だから既に御理解されたであろう通り古語は塚のことを塚（チカ）にしておるのである。若しこれが塚（ツカ）であれば刀の柄（ツカ）と同じで一体不可分（ツ）の関係になるので語原的にも塚のことにはならない。故に知訶の島と云うことは越の塚のある島のことに解すべきであろう。尚高志の沼河比売の附近は今も島の名で呼ばれておる。

天の忍男（アメノオシオ）

この天（アメ）は高天原のことであろう。そして次の忍（オシ）は古語で沢庵漬の重石を重石（オシ）と云う。故にこの重石を人に置き代えれば上位からの押さえの利く人が忍（オシ）則ち押さえの利く人でなければならぬ。だから古語では押（オ）を「サ行」に活用して押さえが利くようになった事を成人（オセ）になったと云う。そうすると天の忍男《おしお》と云うことは天の忍穂耳《おしほみみ》の命《みこと》と匹敵する御名になるので大国主の命を指した御名であることは間違いあるまい。

尚余談になるが越の国の越（コシ）は大国主の命の国譲りの頃の宮居は比越（ヒゴシ）の岡の山麓らしいのでこの比越の越を名にした越ではなかろうかと思う。

両児の島（フタゴノシマ）

この島も三子《みつご》の島の例からすれば一つの島に二つの部落が存在しなければなるまい。そして別名の天の両屋から判断すれば高天原地内でなければならぬと思う。だとすれば牧《マツ》と永野《ナガノ》が牧永野《マツナガノ》に、そして又中須《ナカス》と枦場《ハシバ》が中須枦場《ナカスハシバ》に連称されるので一応は疑いが持てるのである。だが両方共中間に小さい小川が流れておるので両児《ふたご》にはなり得まい。そうすると残されたのは横井場（ヨケバ）と牧添（マッゾエ）でしかないことになる。

この両部落は全く接着しておるので同一島内の両児に云うことが出来る。そして其の場所は吉備の児島から天の安の河を上流に千米余り行った南岸に位置しておる。故に天の岩戸《ユワド》の岡も指呼の間であり且つ天照大御神と須佐之男《すさのお》の命《みこと》とが御家庭に推定される元芫（モトンオロ）の地も牧添《マッゾエ》部落の近くに存するのである。この元芫は白石原（シテシバイ）と呼ぶ原中に存するが白石（シテシ）の名は須佐之男の命に関係の名と思われるので同命の高天原追放までの御住居地と解したい。ここからは出土品も少なくないのである。尚天の岩戸の変以降に天照大御神が新たな御家庭経営と推定される芫跡（オロンアト）の地は横井場《ヨケバ》部落の近くに存するが天孫降臨も或いはこの御住居からと推定される。何故なら猿田毘古《さるたひこ》の神の御住居がこの河下に見られるからである。

次は横井場《ヨケバ》の名であるがこれは横井場（ヨケバ）則ち徐場（ヨケバ）に取れるので概要な土地柄のことから一般人は除けて通ったことに発する名であるまいか。

天の両屋（アメノフタヤ）

この名を字義の通りに読めば高天原に二つの御住居と云うことに解せられる。すると既にご了解の通り天照大御神は天の岩戸の変の前と後にそれぞれ御家庭を御持ちになられるのでこのことを名にした天の両屋《ふたや》ではなかろうかと思う。

第八節　神神の出生（一）

本文

【既に国を生み竟《お》えて、更《さら》に、神を生みます。故、生みませる神の御名は、大事忍男《おおごとおしお》の神、次に石土毘古《いわつちひこ》の神を生みまし、次に石巣比売《いわすひめ》の神を生みまし、次に大戸日別《おおとひわけ》の神を生みまし、次に天の吹男《ふきお》の神を生みまし、次に大屋毘古《おおやひこ》の神を生みまし、】

語句の解説

神を生みます

神については既に一応の説明が了しておるので省略したい。だがここで云う神は経国の根底をなす基本精神のことのようである。即ち国生みによって領土の拡大を見たから自今《みずからいま》この大八島を初め六島の統治を如何にして行うべきかと云う神であろうと思う。

大事忍男の神（オオゴトオシオノカミ）

この大事（オオコト）はいろいろに考えられる名前である。古語は大きな事には太事（フテコッ）とか大事（ウゴッ）とかに云う。故に古語の大事（ウゴッ）は沢山のことでもあれば又騒動のことにもなるのである。よってこの大事忍男の神とは沢山な人が集まり又は大騒ぎの事を処するには断乎勇断を以てする忍男則ち押さえを利かせる神が必要と云うことに解せられる。

石土毘古の神（イワツチヒコノカミ）

この神名の石（イワ）は岩であって古語の岩（ユワ）に訓まねばなるまい。岩（ユワ）の語原は結束（ユ）する輪（ワ）の中にあることであって強固な団結のことである。例えば髪を結（ユ）ぅのも物（話）を言（ユ）ぅのも結束を計ることでしかあるまい。故に岩群（ユワムラ）則ち結輪（ユワ）法（ムラ）と云う古語にもなり又祝（ユアイ）と云う古語にもなるのである。祝の語原は結合（ユアイ）であって合（アイ）は語法により合（エ）になるので通例は祝（ユエ）で通っておる。尚又結輪（ユワ）の輪は世話の話（ワ）や河又は皮の「ワ」でもあると承知されたい。そうすると石位（イワクラ）則ち結輪座（ユワクラ）や岩酒（ユワサカ）の了解も成り立つであろう。

次の土（ツチ）則ち土（ツッ）は土壌の土ではあるまい。足名椎《あしなづち》とか手名椎《てなづち》とかに云う椎（ツチ）や書紀が云う塩土《しおつち》の翁《おきな》の土（ツチ）のことであろう。だとすれば之等の椎や土は皆先住族の首長に見られる人であり又高天原系では月読《つきよみ》の命《みこと》達の月（ツッ）のことにも考えられる。そうすると石土毘古《いわつちひこ》の神と云うことは統治下にある各島の先住族首長や各所に配置された命達に対して主権との石（結輪）に投合を計り其の上に立つ日の御子（毘古）としてあらねばならぬ神と云うことに解せられる。要するに後代の帝王学とでも云うべき神であろうか。

石巣比売の神（イワスヒメノカミ）

この神名の石（イシ）も石土毘古と同断に石（ユワ）でなければなるまい。そうすると巣（ス）の説明だけで足りるであろう。巣は鳥類や動物だけのものではなく人類に於いても家庭生活を営み子女を養育する所は巣と言ったのである。其の証には家庭のことを住居（スマイ）と云うであろう。住居は巣舞（スマイ）が語原であって巣に舞いすると云うことに外ならない。

御承知の通り舞《ま》いの姿は他所には去らないで同所の周辺を動き廻るだけであろう。そうすると人間が住居《すまい》（巣舞《すまい》則ち巣丸《スマイ》）しても生活のため家の周辺で動き廻っておると言えるのではあるまいか。だとすれば住居すると云うことは生活のため巣を中心に真心（マ）を著しく（イ）しておる活動と言わねばならぬ。

故に石巣比売《いわすひめ》の神とは結輪（ユワ）巣（ス）比売の神になるから一般萬民の結輪しておる家庭が一夫一婦の人倫を正して安定した生活が楽めるためには如何に祭政の道を行うべきかと云う神に解せられる。勿論この神は比売であるから対外的なことではなく対内的家庭的なことに見るべきと思う。

大戸日別の神（オオトヒワケノカミ）

この神名の大戸（オオト）は古語では大戸（ウト）になるので方々に見られる宇都（ウト）のことであろう。知覧《チラン》町にも秋葉神《あきはしん》（アックワドン）の宇都山《ウトヤマ》や天照大御神の宇都の迫《ウトンサコ》或いは天孫や日子穂々手見《ひこほほでみ》の命《みこと》の宇都山《ウトヤマ》等数々散見される。古語では大根や大木の腐れにも宇都《ウト》が入ったと云うので平常は「ガラン」としておる大きな建物のことであろう。然しこの宇都《ウト》の地名には著名な神や命達が在すのでこの命達に経営された建物と解せずばなるまい。

次に日別（ヒワケ）は之等の日《ひ》の命《みこと》や毘古《ひこ》達への別け則ち分与と云うことであろう。大八島国を投合され給うたのでこの領土の配分や命達の配置は極めて緊要なことと言える。公平無私諸人納得が行く線でなければ動乱の素因とも成り兼ねない。よって之等の思慮分別が大戸《おおと》日別《ひわけ》の神であると解したい。

天の吹男の神（アメノフキオノカミ）

この吹（フキ）の「フ」は既に説明した通り人類の生活に幸せをもたらす事柄のことであろう。そしてこの「フ」を「カ行」に活用した古語は「フ」が対外的に作用されておる状態のことに考えられる。例えば風が吹き出したとか屋根を葺くとか等もそれであろう。そこで吹（フキ）の語原になるがそれは吾人に幸せ（フ）をもたらす生（キ）なる状態のことになる。故に古語では福も福（フキ）に言ったり又語原を強めて福（フッキ）と言ったりするのである。それで天の吹男の神と云うことは天つ神の御取計らいである天地自然の恵みを如何にして頂いて吾人の頭上に合着《おつき》（オ則ち男）叶うかと云う神に解したい。言うなれば開運繁栄豊年満作の神と云うことでもあろう。尚吹には古事記原文で上の註がしてあるから吹はかく解すべきでなかろうか。

大屋毘古の神（オオヤヒコノカミ）

この神名の大屋は大屋でもよかろうが語原上からは大矢に解すべきでなかろうか。何故なら屋根の語原は矢根《やね》であると思われるからである。御承知の通り新築の上棟式には棟に矢を番えた弓を立てるであろう。棟には胸でもあるから胸の語原は相対立する（ム）根（ネ）と云うことになる。従って胸は自立立身の矢心を発進させる根になる所と言えるであろう。だから其の矢心を発する形を象ったものが上棟式に於ける弓矢であると解せられる。故に古語社会では此の矢の方向を近親者のある方向には向けないことに言われておる。それでこの矢の根となる所と云う意で矢根即ち屋根の名を生んだものと解したい。

そうすると同族各戸で各自に発する矢心を統括代表して大きな矢にまとめて発するのが大矢であると言わねばなるまい。即ち総本家直統の家により発する矢と云うことである。故に今日でも大家さんの名があるのではあるまいか。そうすると大屋毘古の神と云うことは総本家で天つ日継を知ろしめす日の御子則ち毘古と云うことに解せられる。これを平明に言えば天皇家の神と云うことである。

本文

【次に風木津別《かざきつわけ》の忍男《おしお》の神を生みまし、次に海《わだ》の神、御名は大綿津見《おおわだつみ》の神を生みまし、次に水戸《みなと》の神、御名は速秋津日子《はやあきつひこ》の神、次に速秋津比売《はやあきつひめ》の神を生みましき。】

語句の解説

風木津別の忍男の神（カザキツワケノオシオノカミ）

この神名は風には註がして加邪（カザ）の訓がしてあるから風（カザ）に訓まねばならぬ。だとすればこの神は風のことではなく風（カザ）に関する神に解すべきであろう。そうすると古語で「カザ」と云うのは匂いと同様一種の臭気のことになる。そうすると風（カザ）と云うのは或る所で発した「カ」の作用則ち香（カ）が風に解けこんで程度を落した（ザ）ままに漂うてくる臭気と言わねばならぬ。其処でこの風（カザ）を人の世のことに持ってくれば或る地域や人から発した「カ」に関することが風評から風評を生んで広く世間に伝えられて行くことと同じことになる。よってこの場合の風（カザ）は世の中に伝わる風評のことに解すべきであろう。

次の木津別（キツワケ）は聞き別（キッワケ）若しくは利き別（キッワケ）のことであろう。

即ち判別と云うことである。そうすると風木津別忍男《かざきつわけのおしお》の神と云うことは世評の真相真実を判別（聞き別）して善処を誤らないのが主権者即ち忍男の神であると云うことに解せられる。

海の神（ワダノカミ）

古語では陸のことを土地（ヂダ）と呼んでおるが語原は地（ヂ）として動きを停止（ダ）しておると云うことである。だから海（ワダ）と云うのも此の陸の周囲に輪（ワ）を成して動きを停止（ダ）しておるものと云うことになる。そうすると結局は海のことになるが陸地内でもこれと同じことに言える所は和田《ワダ》の地名にしておるようである。

余談になるがこの「ダ」は涙や旦那黙る抱く楽（ダク）等の「ダ」であり又地（ヂ）は生地（キヂ）爺（ヂヂ）直き（ヂキ）叔父（オヂ）等の「ヂ」でもあると承知されたい。

大綿津見の神（オオワダツミノカミ）

この大綿（オオワタ）は大海（オオワダ）であろうから大綿津見の神とは大海原と一体不可分（ツ）の関係に立って見（ミ）そなわす神に解すべきであろう。

速秋津日子の神（ハヤアキツヒコノカミ）

この神は水戸の神であるから港を基地として活動する神に解せねばなるまい。速（ハヤ）は羽矢でもあろうが語原上は端矢若しくは張矢で最も遠くまで達する矢心のことに思われる。従って舟足速く沖合遠くに乗り出して大漁を期することに解したい。
次は秋津であるが農耕の秋は五穀の秋に限られておる。だが海の秋は其の毎日毎日が秋とも言える。よって其の毎日の秋が一体不可分の津則ち港と云うことにも考えられる。故に速秋津日子《はやあきつひこ》の神と云うことは日子即ち男達は沖合遙かの海上に羽矢のように乗り出して豊漁と云う港の秋が一体不可分であるようにと云う神に解すべきでなかろうか。

速秋津比売の神（ハヤアキツヒメノカミ）

この神名は前神名の日子が比売にかわっただけのことであるから殆ど同断に解してもよかろう。だが比売達の活動する場所は海上ではなく陸地奥深い農村部落に至らねばならぬのである。御承知の通り古代は物々交換であるから比売達は日子達が獲って来た魚貝類を担いで未明に駆け出し遠く二十粁に余る隅々まで食糧等との交換に駆けめぐらなければならなかったのである。故に明治の頃までは大勢の比売達《ひめ》が夜明け頃海岸から七粁もある私の木戸の街道を走り抜けて行ったのが眼に浮んでくる。そして夕日の沈む頃より多くの穀類を担いで帰るものであった。鮮魚なるが故に比売達はかく走り廻ったものであろうが何れにしても比売達の商いも速を冠すべき商売ではあったと思う。

第九節　神神の出生（二）

本文

【此の速秋津日子《はやあきつひこ》、速秋津比売《はやあきつひめ》、二柱の神、河海《かわうみ》に因《よ》りて持ち別けて、生みませる神の御名は、沫那芸《あわなぎ》の神、次に沫那美《あわなみ》の神、次に頬那芸《つらなぎ》の神、次に頬那美《つらなみ》の神、次に天之水分《あめのみくまり》の神、次に国之《くにの》水分《みくまり》の神、次に天之久比奢母智《あめのくひざもち》の神、次に国之久比奢母智《くにのくひざもち》の神。】

語句の解説

河海に因りて（カワウミニヨリテ）

このことについてはいろいろな考え方も成り立つであろう。併し河と海に持ち別けてとある以上は河は陸上であり海は海上である。そうすると比売《ひめ》達が活動する地域と日子達が活動する地域とに持ち別けて生れ出づる神と云うことにも考えられる。

然し又河と海を語原的に考えれば別途な解釈も生れるのである。河は「カ」の作用に輪（ワ）をしておると云う名であるから河の外へは自由な出入は許されない。だが海は大見（ウミ）であろうから見渡す限り一望の中に入れることが出来る。そうすると河と云うことは自由な出入りが許されない特定区域のことになり海と云うのは自由勝手な出入りが出来る自由競争の地域と云うことになる。若しそれであるとすれば河は高天原地域に考えられ海は一般諸民の地域に考えられる。

沫那芸の神（アワナギノカミ）

この神名は沫（アワ）も淡島で説明した淡（アワ）と語原は同じでなければなるまい。そうすると合（アワ）せでもあって合体や共同のことにもなる。だとすれば海上の漁りは多人数が共同一致して行うことが安全でもあり成果もあげ得る。よって那芸《なぎ》（凪）則ち平和的であると云う神に解せられる。

沫那美の神（アワナミノカミ）

この沫那美の神と云うことは沫那芸の神とは反対に合同して行うことは却って那美（ナミ）則ち波立てて争いを惹起し結果は面白くないと云う神に解せられる。よってこれは主に比売達が陸に於ける行商の類ではあるまいか。商売には上手下手がある上に経済がからめば兎角沫那美の神に成り勝ちである。

頬那芸の神（ツラナギノカミ）

この頬（ツラ）は面（ツラ）のことであろう。面（ツラ）の語原は一体不可分（ツ）の関係が極限（ラ）と云うことである。従って一歩誤りこの関係が絶たるれば枯死するより外はないことになる。例えば面も胴体との関係が損わるれば生きておられないし又西瓜の蔓（ツラ）や葛（カツラ）も同断であろう。共通語には気の毒だが蔓（ツル）では弦（ツル）になって面白くない。故に此の面や蔓のような関係に立たされて離脱出来ないことを古語は面し（ツラシ）則ち辛しと云う。

故に頬那芸の神と云うのは総ての人が皆この面（ツラ）の間柄に立ち手を連（ツラ）ねて温顔笑顔で平穏平和にあるべきだと云う神に解せられる。

尚余談めくがでは何故に面を頬（ツラ）にしたかについて所見が述べて見たい。人が怒れば頬（ホホ）則ち古語の頬（フ）を脹らますであろう。だから脹らますとは古語の頬食ら（フクラ）かすであると解する。袋も頬食ろ（フクロ）であろうからこのことは疑いたくない。そうすると笑いも怒りも共に頬の相好に基因するので頬那芸《つらなぎ》にしたものであろう。

頬那美の神（ツラナミノカミ）

この頬那美の神は頬那芸の神の反面怒りの面と解すれば良いのであろう。

天之水分の神（アメノミクマリノカミ）

この水分（ミクマリ）には古事記原文で註がして分訓云久麻理とあるので水分（ミクマリ）に訓まねばならぬ。だが字義から解すれば高天原の水の分（クマリ）となるので一寸おかしい。よってこの語は語原的な解釈を求めることにする。

先づ水であるが水の原形は古語の語法からして水（ミヅ）ではなく水（ミヂ）であるように思える。そうすると水は身地（ミヂ）であって身体の本地を成すものと云うことに考えられる。それで古語では「水を」と云うことには「水（ミヅ）」と言い、「水は」には「水（ミヂャ）」と言い、「水に」と云う時は「水（ミヂ）」と言い又其の他の場合は総て「水（ミッ）」と云うのである。其処で同音になる道（ミッ）であるがこの道も身着（ミチ）が原形であって身の行く所に着（チ）いておるものが通路の道であり又人倫の道にもなるのである。ところがこの道に対しても古語は水同様に「道」をは「道（ミッ）」であり、「道は」には「道（ミチャ）」であり「道に」のことには「道（ミチ）」と言い、其他はすべて「道（ミッ）」と云うのである。尚又余談めくが水は水（ミヂ）則ち身地（ミヂ）でなければ水商売とか水上げとかの語は解決されまい。

次は分（クマリ）であるが、久麻理と言えば組まりであって、鉄砲に弾丸が込（ク）まりであり暴発の散弾が身体に込（ク）まり等である。そうすると水分（ミクマリ）を語原通りに水分（ミヂクマリ）則ち身地込まりに訓めば身体の地即ち本質の中に何か異物が込められておることに解せねばならぬ。だとすれば水（ミヂ）則ち身地に込められるものは妊娠の外に考えようはあるまい。よって天之水分の神と云うことは高天原に於ける妊娠分娩に関する神と解する外ないであろう。

《注

＊ 名詞の「水」と「道」が基幹母音（ア・イ・ウ）と連係して三段約用する語法

基幹母音（ア・イ・ウ）に連係して約用する南九州方言の特有の語法。名詞の「水」「道」は体言であるので文法上は「活用」しないことになるので「約用」という言葉で表現した。

名詞「水」が基幹母音（ア・イ・ウ）と連係して約用した場合の語形

（　）内は南九州方言

認定形（ア母音）　水《みぢ》あ（ミヂァ、ヂャ音は音声変化してミザとも言う）

↓標準語「水は」の意味

指定形（イ母音）　水《みぢ》い（ミヂイ、母音集約でミヂとも言う）

↓標準語「水に」の意味

推定形（ウ母音）　水《みぢ》う（ミヂゥ、母音集約でミヅとも言う）

↓標準語「水を」の意味

＊ この約用の語法から見て「水《みず》」の発音は、南九州方言では「ミヂ」であることが分かる。語尾のヂ音は同方言の語法では促音転化するので「ミッ」と発音する。

名詞「道」が基幹母音（ア・イ・ウ）と連係して約用した場合の語形

（　）内は南九州方言

認定形（ア母音）　道あ（ミチァ、チャ音は音声変化せず正しくミチャと言う）

↓標準語「道は」の意味

指定形（イ母音）道い（ミチイ、母音集約でミチとも言う）
　↓標準語「道に」の意味
推定形（ウ母音）道う（ミチゥ、母音集約でミツとも言う）
　↓標準語「道を」の意味

＊この約用の語法から見て「道《みち》」の発音は、南九州方言でも「ミチ」であることが分かる。語尾のチ音は同方言の語法では促音転化するので「ミッ」と発音する。
『南九州方言の文法』（飯野布志夫著、高城書房刊）参照》

国之水分の神（クニノミクマリノカミ）

この国之水分の神は天之を国之に置きかえれば足りるであろう。だが老婆心までに言っておくが水分（ミクマリ）を身込まりに置きかえても十分意は通ずるのではあるまいか。

天之久比奢母智の神（アメノクヒザモチノカミ）

古語で久比（クヒ）則ち久比（クイ）と言えば常識的には外囲のことになる。例えば圃場等の外周に排水と雑草類の侵入を防ぐため溝如きを設けるのであるがこれを久比（クイ）と云うのである。但し、厳密には除溝（ヨケンクイ）と云うので外部からの侵入に対してこれを除ける久比（クイ）則ち防禦線と云うことであろう。又一般常識の杭（クイ）にしても堤防等に用いられるので語原からしても防備の最前線のことに解せられる。従って久比を地域で言えば中央文化に遠ざかった未開辺陬の地と言わねばなるまい。余談になるが栗《くり》も古語は栗《クイ》（久比）であるから参考にされたら如何であろう。

次の奢（ザ）に説明した通りであるからこの際は座（ザ）に解したい。だとすれば久比奢（クイザ）と云うことは外周の座と云うことになるので具体的には外周未開の文化に恵まれない地帯や諸民と云うことになる。

そして次の母智は持ちであろう。そうすると天之久比奢母智の神と云うことは周辺未開の地にある人達を如何にして文化と繁栄に浴せしむるかと云う神に解せられる。

国之久比奢母智の神（クニノクヒザモチノカミ）

この神は天を国に解すれば足りるであろう。古語で座持ちが旨いと云えば主客外の人も外らさないことである。又高千穂の宮には上中下の三郡《クイ》（久比）の名が現存しておる。

本文

【次に風の神、御名は志那都比古《しなつひこ》の神を生みます。次に木の神、御名は久々能智《くくのち》の神を生みます。次に山の神、御名は大山津見《おおやまつみ》の神を生みます。次に野の神、御名は鹿屋野比売《かやぬひめ》の神を生みます。亦の御名は野椎《のづち》の神と申す。】

語句の解説

風（カゼ）

風の説明は今更要すまいが其の語原だけは知っていただきたい。「カ」については対外的な作用とだけ説明しておるが蚊（カ）の対外的作用は血の要求であろう。だから人で「カ」の要求をするのは蚊人（カド）で後代は帝（ミカド）と言ったのである。だが元来の蚊人（カド）は門松（カドマツ）の門（カド）で総本家則ち直統の家柄のことでなければならぬ。従って「カ」とは自主自律自発の行動で他に対して何等かの影響を与える作用と云うべきである。

次に風の「ゼ」は何物かを徴発し持ち去ることが基本意である。だから零（ゼロ）の意もわかるであろう。又「ゼ」を見るものは「ゼ見」則ち「銭（ゼン）」となるのでこれを以てすれば何物でも徴発が出来且つ持ち去ることも勝手である。それで古語は牛に後退を命ずる時には「ゼ」と云う。恐らく古代は「ゼ」が来たと言えば諸人が後退りしたものではあるまいか。だから人は皆「ゼ」の身の上を羨んで子供に名前をつける時に「ゼ」にあやかるようにと○○左エ門と左エ門（ゼ）の名前をつけたものに思われる。

以上で風の語意は御了解であろうが各位にはこの語原通りのことが時たまの風には見られないであろうか。尚余談に亘るが感冒（カゼヒキ）の名もこれに発するものと思う。

《注　南九州方言の語法で「左エ門」は「ゼ」と呼び伝えられている。たとえば、「伝左エ門」は標準語で「でんざえもん」となるが、同方言では「デンゼ」となる。同じように、関連した用法であるが「右エ門」は「ヨン」と呼び伝えられている。たとえば、「伝右エ門」は標準語で「でんうえもん」となるが、同方言では「デンヨン」となる。この「ヨン」という人名法も同地では広く用いられていた。「ヨン」に漢字を充てると同方言の語法では「世見《ヨン》」となるので「広く世を見渡せる＝大物」となる語形である。たとえば、古事記神代編に「月読命《つきよみのみこと》」という神がおられるが、この「読《よみ》」も同方言でいう「世見《ヨン》」のことと考えられるので、神代の古い時代から前述の「ゼ」と同様に「ヨン」も大物にあやかりたいという願望で人名法に用いられたと考えられる。》

志那都比古の神（シナツヒコノカミ）

この神名の志那（シナ）は品の語原と同一でなければなるまい。品（シナ）の語原は自から掘り下って自己完成（シ）することを名（ナ）にしておることである。すると自からを顧りみず名のために専心努めておることになる。だから品と云う場合は一次生産から二次三次と精製加工されて高度の価値が現出したものでなければならぬ。

そこでこのことを地上の自然界に見ると地上には煙が立ちこめたり臭気が漂ったり又は塵埃が舞うなどして極めて汚れた姿が多分に見受けられる。然し一度風が吹いて吹き払えば清浄な本の姿に戻ってくるであろう。そしてこの清浄な姿は高い山ほどに見られるのである。そうすると高い山ほど品が整うた所と言わねばならぬ。其の故であろうか。当地の天照大御神の山戸の荒岳《アラタケ》や日子穂々手見《ひこほほでみ》の命《みこと》の山戸の穂ヶ岳《ホガダケ》（注＝母ヶ岳）は志那志《シナシ》の地名が遺されておるのである。故に風は此の志那（シナ）の作用を完全に行うことから品と一体不可分と云う意で志那都比古《しなつひこ》の神の名であると思う。否、志那都比古の神によって風が塵埃を吹き払う如く社会悪を浄化することから此の神が風の神であるのかも計りがたい。

木の神（キノカミ）

木は生酒《きざけ》や生糸《きいと》の生（キ）でもあって不純物の混入しない純度の高いもののことである。昔から言われる通り山は木あるを以て貴しとするので樹木の生い茂った山に初めて生（キ）なる姿を見ることが出来る。よって生（キ）則ち木でもあると解したい。

久々能智の神（ククノチノカミ）

この神名はややこしい神名である。だが古語で久久（クク）と言えば食食（クク）であって共通語の食い食いのことである。だから能智（ノチ）を後（ノチ）に考えたら次のことが言えるのではあるまいか。即ち足もとの食うことだけに走らないで将来までも考えたら木を植えるに然かずと云うことである。よって久々能智の神と云うことは食い食いの後までを考えたら百年の計として木を植えよと云うことに解したい。

大山津見の神（オオヤマツミノカミ）

この大山も古語で訓めば大山（ウヤマ）でなければならぬ。従って樹木の増大（ウ）した山が大山と云うことになる。森林をしてかく大山たらしむるには山に愛情を注ぎ常に一体不可分の気持で手入れや見締まりを怠らなかったからであろう。故に大山津見の神とは大森林に育て上げるためにはこれと一体不可分（ツ）になって見取り（ミ）が肝要と云う神に解したい。

鹿屋野比売（カヤヌヒメ）

鹿屋野比売を発音すれば鹿屋野比売（カヤヒメ）になるので茅の比売であろう。そして茅は禾《か》本《ほん》科の草本のことから地表低く且つ迫地に良く育つので比売の名にしたものであろうか。古来茅は屋根茅として欠かせないものであったので各戸茅立野（カヤタテノ）と云うを造成して保護したものである。当地では松林の下地を茅立野に仕立てるのが茅の伸びも良く風害も受けないとされていた。よって茅の語原も山（矢間）と同じく茅（カ矢）の名にして山以上の矢心を必要とすることにしたものであろう。故に鹿屋野比売ではなかろうか。

野椎の神（ノヅチノカミ）

野椎の野（ノ）は着物を縫（ノ）うとか船に乗るとかの乗（ノ）とも同一語原であってからみ合うことである。野原も手前の山と向いの山とをからみ合わしておるであろう。すると次の椎（ツチ）は一体不可分（ツ）に着（チ）いておると云う語原である。若し共通語通り着（ツ）くであれば近くは近（ツカ）と言わねばならないことになる。故に「ツ」は一体不可分で絶対とも言えるほど離すことが出来ない関係であり「チ」は一体になっても容易に旧態に分離出来る関係である。だから野椎の神とは野に対して塩椎の神や足名椎が領民を見守る如く一体分に着き添って見守りをすべきだと云う神に解したい。

余談になるが古語は鶴のことを隊列からであろうか鶴（ツッ則ち椎）とも言えば鶴（ツン則ち津見）とも云うので面白かろう。

本文

【此の大山津見《おおやまつみ》の神、野椎《ぬづち》の神、二柱の神。山野に因《よ》りて持ち別けて、生みませる神の御名は、天之狭土《あめのさつち》の神、次に国之狭土《くにのさつち》の神、次に天之狭霧《あめのさぎり》の神、次に国之狭霧《くにのさぎり》の神、次に天之闇戸《あめのくらど》の神、次に国之闇戸《くにのくらど》の神、次に大戸惑子《おおとまどいご》の神、次に大戸惑女《おおとまどいめ》の神。】

語句の解説

天之狭土の神（アメノサツチノカミ）

この天之狭土の神以下の神々は山野経営の経験は勿論人生の体験から御生まれの神と解せねばなるまい。そうすると狭土の神の狭（サ）は花が咲（サ）くとか月が冴（サ）えるとか、或いは日が射（サ）し込むとかの狭（サ）であろうから極めて旺盛な生長発展（サ）のことになる。よって天之狭土の神とは高天原に於いても各々の山野の土に適合する適地適作の工夫が必要であり且つ又適地となり得るよう地力増進等の改善策が大事であると云う神に解せられる。

国之狭土の神（クニノサツチノカミ）

これは先きの高天原のことを国津神の平野部に移して考えたら足りるであろう。

天之狭霧の神（アメノサキリノカミ）

この神名の狭霧の狭（サ）は狭土の神の狭と同義でなければならぬ。霧は古語では霧（キイ）と云うから生（キ）が著しい（イ）ことになる。御承知の通り霧が立ち込めれば野も山も霧一色になり何者も姿を現わすことは出来ない。故に天之狭霧《あめのさきり》の神と云うことは極めて盛んな霧で覆い包まれたように高天原全体が君（生身）の生（キ）即ち御稜威で覆い包まれば国土発展と云う大きな成果が見らるると云う神に解したい。故に天之狭霧は語原からしても高天原の日の命の盛んなる御稜威のことに解すべきでなかろうか。当地の日子穂々手見《ひこほほでみ》の命《みこと》の高千穂の宮の山戸の岳には高屋霧《タカヤキイ》の名が遺されておる。

国之狭霧の神（クニノサキリノカミ）

この御名は天を国に取れば良いであろう。

天之闇戸の神（アメノクラドノカミ）

この闇戸（クラド）も此の字では一寸見当がつけ難い。よって語原からの説明に入ることとする。闇（クラ）の語原は食（ク）うことが極限（ラ）と云うことである。だから蔵も各種各様の物を食い収めるであろう。又各人が世帯主となり主婦となりして就く座（クラ）にしても人生を食うて生きる道でしかあるまい。勿論馬の鞍にしても西瓜の鞍築《くらつき》にしても同断である。故に闇（クラ）することは暮す（闇す）ことに外なるまい。だとすれば闇戸と云うことは語原的には「食ら戸」であって衣食住を営むために（暮ら）寄り集まる（戸）家庭と云うことであらねばならぬ。余談になるが宿（ヤド）と云うのも宿（矢戸）であって家を離れ（矢）て泊る戸と云うことである。

そうすると天之闇戸《あめのくらど》の神と云うことは高天原に於ける蔵戸でもあろうが各人が各家庭生活を営む衣食住の暮らし向きもよくなると云う神に解せられる。天照大御神の山中にも蔵ケ迫《クラガサコ》の名があるので雑のように其の日其の日を生きるのではなく貯えのある安定した生活の神と云うことにも考えたい。

国之闇戸の神（クニノクラドノカミ）

前同断のことを平野部に於ける国の姿にして考えたい。

大戸惑子の神（オオトマドイゴノカミ）

古語では小児が夜の小用等で方向を間違えて失敗することに「戸惑（トマゲ）をした」と云う。よってこの大戸惑子の神と云うことは各人の生活が向上して大戸（宇都）に住めるような身分になるとまま慢心を生み自分が主人公の日の命のような戸惑いを起こし兼ねないので其のことを戒めた神であると解したい。

大戸惑女の神（オオトマドイメノカミ）

この神名の惑女は単に子を女にしただけのものであろうか。それとも古語の惑うまいの「マイ」を語法に則り女（メ）にしたものであろうか。後者の線が強く感受される。

本文

【次に生みませる神の御名は、鳥の石楠船《いわくすふね》の神、亦の御名は天の鳥船《とりぶね》と申す。次に大宣都比売《おおけつひめ》の神を生みまし、次に火之夜芸速男《ひのやぎはやお》の神を生みます。亦の御名は火之炫毘古《ひのかがひこ》の神、亦の御名は火之《ひの》迦具土《かぐつち》の神と申す。】

語句の解説

鳥の石楠船の神（トリノイワクスフネノカミ）

この神名の鳥は古語の鳥（トイ）であるから、語原は、寄り集まる（ト）ことが著しい（イ）と云うことになる。御存じの通り鳥は、何処えでも寄り集まることが速やかであり且つ容易であろう。故に鳥の名になるのである。それでこの際の鳥は、語原が同じであるので取りに解せねばなるまい。

次の石（イワ）は既に説明した通り石（ユワ）であって結輪（ユワ）である。従って結束した集団の中に入ることでなければならぬ。又、次の楠も古語は楠（クシ）であるから久士布流之岳《くしふるのたけ》の久士であり且つ籤（クシ）でもあらねばならぬ。だとすれば楠は絶対至上の主権の類に解せねばなるまい。そうすると楠の木は植物界の王者と云うことになる。

尚、次の船は葦船で説明した如く吾人に幸せ（フ）をもたらす根（ネ）と云う名であろう。故に鳥の石楠船と云う名は諸人諸国を一緒に寄せ集めて社会集団の中にいらしめ以て其の施政の恩恵に浴さしめ人間としての幸せを築きつつ共々に進み行こうと云う神に解すべきであろう。

天の鳥船（アメノトリブネ）

この天の鳥船の名は鳥の石楠船の名を要約したものであって、高天原の取り船と云うことであろう。

大宣都比売の神（オオケツヒメノカミ）

この神名の大宣都（オオケツ）は古語に訓めば大宣都（ウケツ）でなければならぬ。宣（ケ）の原形は「カイ」であろうから「カ」の作用が著しい（イ）と云う語原になる。従って普通には飼い「カイ」等に考えてもよいのではあるまいか。故に書紀ではこの宣（ケ）を毛（ケ）にして毛人（ケド）と伝えておるが結局はこの飼い人則ち飼人（ケド）であろう。

このことを裏付するものとして神代の大命達が在した所には必ずと言ってよいほど飼人の居所への入口と云う意であろうか飼人の口（ケドンクッ）と云う地名が伝えられておるのである。勿論、日の命如き大命達の在した所には芫（オロ）又は篶（オロ）の字を使って芫之口（オロンクッ）の名が遺されておる。故にこの飼人を沢山養って大々的な農耕を営む人は大飼（ウケ）の人と言わねばならぬ。それで古語では物の沢山なことに多い（ウケ）と云うのである。よって大宣都比売の神と云うことは平地部（比売《ひめ》地）に於いて生活物資の豊富な増産に努め富有な社会を造成する神と云うことに解すべきであろう。

余談になるが伊勢の外宮豊受の大神も結局は十代（トヨ）に富有（ウケ）の大神であられて原形は十代大飼（トヨウケ）則ち十代大宣（トヨウケ）の大神であられると思う。

火之夜芸速男の神（ヒノヤギハヤオノカミ）

この火之夜芸速男の神を初め三柱の火の神は一般に字義の通り火の神に解させておるが神名は決して此の火の神ではない。よって古語で「ヒ」を名とするものの基本意を明らかにする必要を痛感する。

古語で「ヒ」と云うのは常態としては肉眼で確むるを得ない神通無碍《むげ》とでも云うべき神秘体のことである。例えば火にしても常態としては其の本体を確むるを得ないであろう。若し肉眼に映つる火が常態であるとするならば燐寸箱の中は火源の火が充満していなければなるまい。又太陽の日（ヒ）にしても、冷え込むの冷（ヒ）にしても目で確かめることは叶うまい。尚、又神にしても「ヒモロ木」則ち「ヒ貫木」の名からして「ヒ」であることは疑えないし、更に餓《ひも》じい（ヒダリ）とか光（ヒ刈）とか暇（ヒ間）とか等拾えば限りがない。然し之等の何れも肉眼を以ての確認は不可能であろう。

そこで最後に言いたいのは陰部の古名である。鹿児島県下の奄美大島では今も局部を陰（ヒ）

の名にしておると聞く。だが古代では陰（ヒ）と云うのが全国一律ではなかったろうか。何故なら全国的に火遊びはあぶないと云うようだし又膝関節から上方を膝（ヒザ）と云うからでもある。膝は陰座（ヒザ）であって陰（ヒ）の座する場所と云うことに解せられる。尚、古語の雑草陰咋（ホトクイ）には正式和名でも女陰芝（メヒシバ）男陰芝（オヒシバ）の名にしておるようである。よってこの際の火の神と云うのはお互いの陰の神に解すべきものではなかろうか。故に以下この解釈に立って説明を進めたい。

そうすると火《ひ》之《の》夜《や》芸《き》速男《はやお》の神と云う神名は極めて簡明である。火之夜芸の夜芸（ヤキ）は殆ど焼きに解されておるが原形は「ヤ」音を「カ行」に活用した語であるから焼くに解しても別段のことはあるまい。だとすれば夜芸（ヤキ）の語原は矢（ヤ）の生（キ）なる姿であり焼くは矢（ヤ）を食（ク）わされることになる。そこで伺いたいが各位にはこの火の神のことで矢を食わされたり食わしたりした覚えは如何であろう。古語ではこのことは犬も喰わないと訓《おし》えておるから深入りは省略したい。尚この神は速男の神であるから常に変わりて速やかであり且つ猛々しい神であることは云うまでもなかろう。

火之炫毘古の神（ヒノカガヒコノカミ）

この火之炫（カガ）は純然たる古語の語法であって語原は「カ」音を「ガ行」に活用した語である。従って炫（カガ）を共通語に言えば「火の鍵は」と云うことになる。そうすると火の鍵は毘古即ち男性にあると解せねばならぬ。要するに火を開く鍵は男性にあると云うことである。だとすれば火之夜芸速男の神の生れ出るのは其の多くを毘古の責任の負わすべきだと云う神に解せられる。

《注　名詞「鍵」が基幹母音（ア・イ・ウ）と連係して約用した場合の語形、（　）内は南九州方言。

＊　基幹母音（ア・イ・ウ）に連係して約用する南九州方言の特殊語法。

認定形（ア母音）　鍵あ（カギァ＝ギァ音は音声変化して、カガとも言う）

↓標準語「鍵は」の意味

指定形（イ母音）　鍵い（カギィ＝母音集約してカギとも言う）

↓標準語「鍵に」の意味

推定形（ウ母音）　鍵う（カギゥ＝母音集約してカグとも言う）

↓標準語「鍵を」の意味。

『南九州方言の文法』（飯野布志夫著、高城書房刊）参考》

火之迦具土の神（ヒノカグツチノカミ）

この神名の火之迦具（ヒノカグ）も又前同断で「カ」音を「ガ行」に活用した語である。従って炫（カガ）鍵（カギ）迦具（カグ）等の語になるのである。よって迦具を共通語で言えば鍵をと云うことになる。

次は土（ツチ）であるがこの土は如何ようにも考えて見たが何れも真意と思える語には結びつかないのである。よって記紀が次位に位置づける者に対して塩土《しおつち》の老翁《おぢ》にしたり又月読《つきよみ》の命《みこと》や足《あし》名椎《なづち》にしておることから土を次（ツッ）に読みかえて見た。そうしたら初めて真意と思えるものが把握されるに至ったのである。だから火之迦具土の神と云うことは火の鍵を次の段のことにして軽く見ようとする毘古神の身勝手な神と解せねばなるまい。それだから伊邪那岐の命御自身もこの身勝手な神のために豊宇気比売神の御出生となり伊邪那美の命との御夫婦別れと云う破乱を御招きなられたのである。

本文

【此の御子を生みますに因《よ》り、美蕃登《みほと》燃《やか》えて病臥《やみこや》せり。多具理《たぐり》になりませる神の御名は、金山毘《かなやまひ》古《こ》の神、次に金山毘売《かなやまひめ》の神、次に屎《くそ》になりませる神の御名は、波邇夜須毘古《はにやすひこ》の神、波邇夜須毘売《はにやすひめ》の神、次に尿《ゆまり》になりませる神の御名は、彌都波能売《みつばのめ》の神、次に和久産巣日《わくむすび》の神、此の神の御子を豊受毘売《とようけひめ》の神と申す。故、伊邪那美の神は、火の神を生みませるに因りて、遂《やら》いに神避《かみさ》りましぬ。凡そ伊邪那岐、伊邪那美二柱の神、共に生みませる島十四島《とおまりよしま》。神、三十五柱《みそじまりいつはしら》。】

語句の解説

美蕃登（ミホト）

この美蕃登は蕃登（ホト）を敬称しての御蕃登であろう。そうすると、蕃登の語原は穂戸（ホト）であって生物が生命をかけてあらわすものが穂である。従って最勝至善のものと言わねばならぬ。又、戸（登）は寄り集まる（ト）所のことになる。故に、的（真戸）の戸にも考えていただきたい。そうすると美蕃登は御穂戸則ち御陰（ミホト）であって、既に説明は了しておることになる。

尚、余談になるが共通語でも美蕃登のことに（ボボ）と云うであろう。だが古語では之を「ボンボ」とも云うのである。だからこの「ボ」は古語で陰茎のことに棒（ボ）と云うから陰茎のことに違いあるまい。そして語尾の「ボ」は穂（ホ）であって蕃登則ち穂戸の穂であろう。そうすると古語の「ボンボ」は陰茎則ち棒（ボ）の（ン）穂（ホ）が見られる所と云うことになる。

燃えて（ヤカエテ）

このことを火を以て焼き傷を負わされたと解すべきではあるまい。世間に数多い例の嫉妬（ヤキモチ）を焼かれたことに解すべきであろう。

病臥せり（ヤミコヤセリ）

この病みは間接的には病気のことでもあろう。だが古語で病み（ヤミ）と言えば矢見（ヤミ）で病気と云うより発熱で意識が闇（ヤミ）になると云う意味が強い。病気には病振（クサフル）と云ったり按排（アンベ）が悪いと言ったりする。按排の語原は上層に浮上進出（ア）を見（ミ）る張り合い（ハイ）がないことである。それでこの病みは矢見で上気発熱のことに解すべきであろう。だとすれば発熱の度が高くなれば闇の夜す則ち矢見の世となって正規の常識を失し度外れの行動を見せることも少なしとすまい。それで古語の社会では或る一事に熱中して常軌を逸した行動を見せることに「病み（ヤミ）入っておる」と云うのである。故にこの病みは発熱（矢見）で何かの矢を一心に見入って常識外れの行動のことに解すべきであろう。

次の臥（コヤ）せりは床に寝込まれたことであろうとの説も聞かされる。そこで古語の臥せりになる語を考えて見ると飛び越えることに「飛び越やす」と言ったり、又植物を根と共に抜き取ることを「引きこやす」と云うのである。そうすると臥せりの語原はくっついて（コ）行く矢（ヤ）になるので大屋と小屋の関係の如く大矢から別個に小矢として分離することに考えられる。だとすれば結局は別離した小矢の人生に生きることにならねばならぬ。

そこでこの病み臥せりを伊邪那岐の命と伊邪那美の命の二神の身上に置きかえて考えると次のことが言えるのではあるまいか。伊邪那岐の命が火之迦具土《ひのかぐつち》の神を御生みになり和久産巣日《わくむすび》の神により豊受毘売《とようけひめ》の神が御出生になられたので伊邪那美の命は御陰を嫉妬されて頭が上気発熱（病《や》み）し、度を踏み越や（臥《こや》）され、離別を決意されたと云うことである。当地の伝説では伊邪那美の命は三立山《サンタツヂヤマ》の黄泉《よもつ》神と再婚されていたことになっておる。

多具理（タグリ）

多具理の通説は嘔吐のことであると云う。だが古語でも嘔吐のことを多具理とは言わない。古語では吐きかぶりと言ったり単に上げると言ったりするのである。そこで多具理に近い語を探して見ると身体ぐるみに悶えることを「タグル」と云う。語原は最高（タ）に狂（クル）うであろう。そして又手足をばたつかして狂えば「バタグル」と云うのである。故にこの多具理は病み臥し則ち発熱（矢見）の度を越やして身の置き所もないまでに悶えられたことに解したい。尚、古語は呶鳴ることにも狂（クル）と云うのである。

金山毘古の神（カナヤマヒコノカミ）

この神名の金（カナ）は悲しいの悲（カナ）であろう。金（カナ）の語原は「カ」の作用を名（ナ）とすることである。従って金物で作られた刀剣類は絶対的な「カ」の作用を行うのでそれを受けるような思いが金しい則ち悲しいであると思う。故に悲しいとは石器時代から鉄器時代へ移行後の言葉であろう。余談になるが其れ以前は悲しいことは「シマヌこと（注＝南九州方言の発音はシマンコッ）」と言ったようである。

次の山は矢間（ヤマ）であろから手間（テマ）の如く手に取っての確認が出来ないので不安や疑問が持たれると言わねばならぬ。従って疚（ヤマ）しいの言葉もあることになる。故にこの金山の山はやまやまの山に解すべきでなかろうか。だとすれば金山毘古の神と云うことは伊邪那岐の命の御胸の中にも悲しい思い出となる事が山々に残ると云う神に解すべきであろう。

金山毘売の神（カナヤマヒメノカミ）

この神名は金山毘古を毘売にして考えれば足りるであろう。

屎（クソ）

この屎（クソ）も正確に言えば古語は屎（クッソ）則ち屑添（クッソ）でなければならぬ。だがこれを語原的に究明の必要は見られないので屎に従って説明を進めたい。御承知の通りお互いが困難に逢着すれば最後の踏張りに「何屎」と気力を振り絞るであろう。そして対外的には「屎垂れ」とか「屎度胸」とかに云うておる。よって此の屎は之等のことを意味した屎であると解したい。そうすると此の屎は捨ばち的なやせ我慢や意地の張り合いにも考えられるであろう。

波邇夜須毘古の神（ハニヤスヒコノカミ）

この波邇夜須（ハニヤス）の原形は端新矢巣（ハニヤス）にする名ではあるまいか。端新矢巣であれば最外端の圏外近くにまではみ出て（ハ）新しい（ニ）矢（ヤ）則ち生活の巣（ス）を営むと云うことになる。だとすれば波邇夜須毘古の神と云うことは御夫婦と云う固めを御破算にして遠い圏外の他人に等しい人となり新しい生活を営む巣につくであろう毘古神と云うことに解せられる。

余談になるが戦前紀元節に歌った海原なせる波邇夜須《はにやす》の池も今は池田池《イケダイケ》の名で和久産巣日《わくむすび》の神並びに豊受毘売《とようけひめ》の神の御宮に解される開聞《カイモン》神社の至近距離に見ることが出来る。又伊邪那岐の命晩年の淡海《あわみ》の多賀《たが》と云うはこの池の西岸山上の地になるのである。勿論、池田池の池田は語原的に恵まれた生活が営める最高の地と云うことに解したい。

波邇夜須毘売の神（ハニヤスヒメノカミ）

この神名も毘古神のことを毘売神に置きかゆれば足りるであろう。尚この毘売神の波邇夜須の地にされたのは遠く十五粁位を北上した筑紫の島は肥の国の黄泉神に再婚の公算が当地の伝説からしても動かせない。

尿（ユマリ）

この尿（ユマリ）も古語は小便に尿（ユマリ）とは言わない。よって類似語を求むる以外には道はないように思う。そうすると尿（ユマリ）の発音は尿（ユマイ）になるので言うまい（ユマイ）にしか考えられない。

だとすれば火之神の御出生以来各種各様の神の御出生を見られたわけであるが今となっては何を言っても致し方はないのでもう何も言うまい即ち言うことは止めようと云う神に解せられる。前後の神名からしてもかく解したいものである。

彌都波能売の神（ミツバノメノカミ）

この神名は純然たる古語の語法を以てした神名である。従って弥都波（ミツバ）の語は原形から言えば「道をば」になる語であるから語法の活用で道をば（ミツバ）になったものと解されたい。

尚、次の能売（ノメ）は呑め（ノメ）であろうから弥都波能売の神と云うことは道をば呑めと云う神で人倫の道に則かれと云う神に解せられる。よって自今此の両神は各々其の信ずる道に則って人生を歩かるることになるのである。故にこのことが伊邪那岐、伊邪那美の大神の御名にもなったものではあるまいか。疑いを持たざるを得ない。

和久産巣日の神（ワクムスビノカミ）

この神名の和久（ワク）を共通語に言えば「脇を」と云うことになる。従って「ワ」を「カ行」に活用（注＝正しくは約用）した語と言わねばならぬ。そうすると和久産巣日の神と云うことは火（陰）之迦具（鍵を）土（次）にすると云う神の出生により脇に結ばれた神と云うことになる。又産巣日は語原が語る通り相対立（ム）した人格が巣（ス）即ち一切空の人格で日則ち陰（ヒ）の神ごとを行うことである。よって伊邪那岐の神が伊邪那美の神以外の脇に産巣日されたことに解せねばなるまい。尚、産巣日（結び）とは息子（ムスコ）や娘（ムスメ）の「ムス」にする日（ヒ）と云うことになるので改たまった説明は要すまい。

尚、余談になるが豊受毘売の御宮と久士布流之岳の西麓に接した海岸部落を脇の浜《ワッノハマ》を云うので脇（ワッ）則ち和久（ワッ）でこの脇部落のお人が波邇夜須になられたお方ではあられまいかとも疑う。

豊宇気毘売の神（トヨウケヒメノカミ）

この神名は既に説明した通り十代（トヨ）に大飼（ウケ）則ち富有にあらせられる神と云う御名である。恐らくこの地帯は薩摩半島の南部に於いて先住民族により最も早くから開発が進んだ地方だったのではあるまいか。当地方では久士布流之岳《くしふるのたけ》も又豊宇気毘売《とようけひめ》の御社も共に大飼者殿（ウケムンドン）と呼んで尊信極めて篤かったことは既に説明を了していた今一般的な開聞《カイモン》岳の名について補説がしておきたい。

先づ当地方に於ける最近の呼称開聞岳の名前であるがこれは大飼者殿（ウケムンドン）と云うのが最古の名前のようである。従ってこの大飼者殿の大飼（ウケ）は豊宇気毘売の宇気（ウケ）であって豊宇気毘売の別称であると解せねばなるまい。ところがこの大飼者殿《ウケムンドン》の何十代かの後代の姫宮が絶世の姫君に在したので天智天皇の中宮大宮姫として宮中に御召しになられたらしい。当地の伝説では大飼者殿《ウケムンドン》は東の国の此の世に二人とない偉い人の所にお嫁入りされたと云うことになっておる。そして其の御寵愛を一身に集められたので他の女人衆の妬みを買うことになり次のような事件がおきたことに語られておる。

大飼者殿《ウケムンドン》は足の爪が牛爪《うしづめ》であられたので其れを恥ぢられ一生足袋《たび》をお脱ぎになられないお方であられたと云う。それで宮廷の女人達は此の足の秘密を発《あば》いて恥かしめようと衆議を決し或る大雪の朝全員素足で庭に降り立ち雪遊びをして御主君を御慰め申すことにしたそうである。致し方ないので大宮姫も足袋穿《ば》きのまま庭に降り立たれたと云う。すると女人全員が駆け寄り皆が裸足《はだし》であるのに貴女一人が足袋穿《ば》きであるとは許せない。直ぐ素足になりなさいと取り押さえるようにして総がかりで足袋を脱がせに取りかかった。其処で大宮姫は今はこれまでと御決意になり其の足で宮中を脱け出し其のまま郷里の開聞岳（大飼者殿《ウケムンドン》）まで逃げ帰られたと云うのである。

故に東国から御帰りになられたと云うことでお帰りの姫即ち御帰者殿（オケムンドン）の名が生れたものではあるまいか。御帰者殿を具体的に言えば御帰りが御帰り（オカイ）に成り更に語法に従って御帰《オカ》い（オケ）になり又者殿の古語は者殿（ムミトミ）であるから語原の対立（ム）

して見（ミ）る戸見（トミ）が者殿（ムンドン）と云う過程を辿ったものに思われる。

そうして古称であった豊宇気毘売の大飼者殿《ウケムンドン》がいつしか新しい大宮姫の御帰者殿（オケムンドン）に呼ばれるに至ったものと解される。そしてこの大飼者（ウケムン）又は御帰者（オケムン）が語形的な語法言うなれば半端共通語的な語法と混用して大飼者（ウカイモン）或いは御帰者（オカイモン）になって今日の開聞岳や開聞町になったものと思われる。

尚、余談になるが当地方で大飼者殿《ウケムンドン》と尊崇した神社は薩摩の一之宮を争った社でもあるが今は枚聞《ひらきき》神社の社名になっておる。だが延喜式では和多津見《わたつみ》神社であり祭神は塩土《しおつち》の神と猿田毘古《さるたひこ》の神であられたように思う。それが何時の頃から祭神が枚聞（ヒラキキ）神に変えられたかは知るを得ないが私見ではこの大宮姫が地方名を比良菊（ヒラギッ）の御名にせられたものではなかろうかと愚考される。開聞町方面でよく聞かれた婦人名でもある。尚、社宝の金の高蒔絵の御櫛笥類は大宮姫《おおみやひめ》の御持物ではあるまいか。又大宮姫の御足の牛爪は何であろうかを知るを得ないが伝説では開聞岳からこちら（北方）の人には必ず手か足かに牛爪があるのだそうなと語られていた。

尚、頴娃《エイ》町伝話では天智天皇も大宮姫を追うての御渡来説があるので全然無視は出来まい。御陵墓にも御遺体は在さぬのであろう。殊に当地の伝説では大宮姫《おおみやひめ》の姫宮が豊玉姫《とよたまひめ》と玉依姫《たまよりひめ》の御名で知覧《チラン》町の豊玉姫《トヨタマヒメ》神社と川辺《カワナベ》町の飯倉《イクラ》神社に御着任になって御出るのが不思議である。よって此の事は天智天皇が大友の皇子の乱等で大和朝廷を儚み神代の国再建に決意を召され勢力扶植のため有名神社に御子達を御差遣になられたものではあるまいか。特に其の御道中で「伊邪那岐《いざなぎ》、高《たか》木《ぎ》、天照大御神《あまてらすおおみかみ》、天孫《てんそん》、高屋山上陵《たかやのやまのうえのみささぎ》」の各山陵に御参拝なされて御出るのも意味深長に思う。よってこのことは改めて高千穂の宮で詳らかにしたい。

《注「開聞岳」の名称の由来について簡単に補足してみたい。

同岳は古代（神代）においては「ウケムンドン（大飼者殿＝受持殿）」の名で親しまれていたと考えられる。延喜式に同岳の祭神は塩土神で宮は「和多津見神社」とあるが、この「ワタツミ」は記紀が伝える「綿津見《わたつみ》」とか「海神《わたつみ》」であろう。よって、この社は神代と深く結びついていたことが分かる。しかし、その社の祭神は同時に「枚聞神《ひらききの》」とあり現在その社は「枚聞神社《ひらききじんじゃ》」と呼ばれている。前記にあるようにこの「ヒラキキ」の名は天智天皇の寵愛を受けた大宮姫（姫の本名が平菊《ヒラキッ》か？）の帰《かえ》り詣《もう》での行《ぎょう》に関連があると思われるのであるが、この姫が都から郷里の「和多津見神社」に帰られてその霊が祀られたと同時にこの宮は「枚聞《ひらきき》神社」と呼ばれるようになったと考えられる。祭祀する岳は「枚聞岳《ひらききだけ》」である。しかし、その頃からこの岳は「ウケムンドン（大飼者殿＝受持殿）」の呼び名の他に「お帰りなさい」の意味を込めて「オケムンドン（御帰者殿）」とも呼ばれるようになったと考えられるのである。そして、その祭祀の岳である「枚聞岳《ひらききだけ》」だけは後世の漢字充てで和訓「開聞岳《ひらききだけ》」と充てられたため、中近世に到り漢音読みとなって「カイモン」と呼ばれるようになったと考えられる。》

《注　以後の南九州方言調査で、「牛爪」とは「纏足」であるとの由緒を聞いたことがある。事実かどうかは不明である。》

二章　黄泉国

第一〇節　伊邪那美の命の神避《かみさり》

本文

【故、伊邪那岐《いざなぎ》の命詔《みことの》り給わく「愛《うつく》しき我《あ》が那邇妹《なにも》の命《みこと》や、子の一《ひと》つ木《き》に易《か》えつるかも」と宣《の》り給《たま》いて、御枕《みまくら》べに匍匐《はらば》い、御足べに匍匐いて、泣き給う時に、御涙に成りませる神は、香山之畝《かぐやまうね》尾《お》の木之本《きのもと》にます、御名は泣沢女《なきざわめ》の神、故、其の神避《かみさ》りまして、伊邪那美《いざなみ》の命《みこと》は、出雲《いづも》の国と伯《はは》伎《ぎ》の国の堺《さかい》、比婆《ひば》の山に葬《かく》しまつりき。】

語句の解説

愛しき（ウツクシキ）

これは愛（ウツク）しきに訓ましてあるが古語には美しいと云う語はないようである。よって別な訓み方はないであろうか。

那邇妹の命（ナニモノミコト）

この那邇妹（ナニモ）も今は古語でも聞かれない。よって語原上の説明しか出来ないことになる。すると那（ナ）は名であろう。だとすれば妻と云う名にしか考えられない。又次の邇（ニ）は例の通り新（ニ）であろう。尚、次の妹（モ）は基本意通り定住固着（モ）に解したい。但し原形は舞う（マウ）でなければならぬ。即ち住まうの「マウ」である。そうすると那邇妹の命と云うことは、私の妻と云う名の許に新たな人生を開き家の主婦として定住固着（住まう）してくれた命と云うことに解せられる。

子の一つ木（コノヒトツケ）

このことは通説でも子の一人と云うことに解されておる。だが何故に一つ木であるかは諸説が多いようである。然しこの語も古語の解釈ですれば至って簡単である。古語では馬の交尾にも馬の種付（タネツケ）と云う。従って人に移しても同断のことになる。よって子の一つ木（ヒトツケ）は子の一付（ヒトツケ）であって一回の交情に解すべきであろう。だとすれば此の場合は一度の浮気即ち火之迦具土の神による豊宇気毘売の御出生に解すべきではなかろうか。

匍匐い（ハラバイ）

この匍匐（ハラバイ）は語意からして腹這いであろう。だが古語で腹這うと言えば此の場の雰囲気とは合致しない不遜な寝そべりのことになる。ところが古語では這う（ハウ）は語法により這う（ホ）になるので揉み手で平伏の姿になることも素這う（スボ）と云うのである。故に伊邪那岐の命は迦具土の神のことからして和久（脇）産巣日（結び）されて豊宇気毘売が御出生になられたので伊邪那美の命の前にあらん限りの術を尽して御頭辺や御尻へ辺に匍匐（スボ）われて御詫びを入れ給うたのではあるまいか。

香山の畝尾（カグヤマノウネオ）

この香山（カグヤマ）は垣山や栫山のことであって具体的には伊邪那岐の命の山戸の山大野岳《オノタケ》の周囲を廻らしておる山々のことであろう。そして次の畝尾（ウネオ）は畝（ウネ）を成しておる山々の稜線即ち尾根に解せねばなるまい。従って具体的には大野岳の山裾が稜線となって垂れ伸びておる所のことで具体的には頴娃《エイ》町牧之内《マツノウチ》の西端のことになる。但し畝尾（ウネオ）は尾根尾（オネオ）でなければ古語にならないし且つ語原的にも一致出来ない。

木之本（キノモト）

この木之本は頴娃《エイ》町大字牧之内《マツノウチ》の木之元《キノモト》部落のことであろう。そうすると木之本と云う名は伊邪那岐の命と申す生（キ）の命が在したことから生の本（キノモト）の名が生れたものと解せられる。自分の居る所には此（コ）の元と言い郡司職が居た所には郡元《コオイモト》又日の命が居た所には日の《ヒン》元《モト》則ち麓（ヒンモト）と古語は言ったようである。だとすればこの木之元部落は伊邪那岐の命の淡島《あわしま》の宮居の地であり伊邪那美の命との御家庭の地であられたことが疑えない。殊にここにある古くからの有名な神社は其の名残りを止めておるものと解すべきであろう。阿波岐原《あわきわら》の禊祓いの場所と見る所も遠くない。

泣沢女の神（ナキザワメノカミ）

古語では台風寸前で葉擦れの音が高くなると風が「ザワメキ」出したと云う。そして又争いごとや酒宴等で騒ぎが大きくなっても大変な「ザワメキ」だと云うのである。よってこの泣沢女の神と云うのは火の神の出生を中心に淡島の宮が争論でざわめいたことではあるまいか。それとも又泣沢女の神であるから泣きざわめいた女神即ち伊邪那美の命と云うことであろうか。何れにしてもこの神は木之本に在すのであるから淡島の御住居でのことには違いあるまい。

出雲の国（イヅモノクニ）

この出雲の国は殆どの方が山陰地方の出雲の国に御考えのようである。然しそれでは神代の真相を捉えることは不可能であろう。出雲の国と云うことは稜威（ミイヅ）が稜威（御イツ）である如く出雲も出雲（イツモ）でなければならぬ。従って平常（イツモ）と云うことに語原は同じい。だから出雲の国とは語原的には稜威（イツ）守（モ）る国と云うことであって威令の行われておる国でなければならぬ。故にここに云う出雲の国は伊邪那岐の命の稜威（イツ）が守（モ）る国であるから淡島の宮を中心にした大倭豊秋津島《おおやまととよあきつしま》のことに解せねばなるまい。余談になるが神代の命達には各々出雲の国を御持ちであると解してこそ話は軌道に乗るのである。

伯伎の国（ハハキノクニ）

この伯伎（ハハキ）の国は伯耆（ホオキ）の国であると云う。だとすれば伯耆は古語の「ホキ」になるので箒（ホキ）や坈（ホキ）のことに解せねばならぬ。古語で坈（ホキ）と云うのは陥没した穴のことである。全く語原通り最勝至上（ホ）にして生（キ）なる穴と云うことが出来よう。又、箒にして箒の穂（ホ）は塵を掃き出して生（キ）なる姿に戻すであろう。故に伯伎（ホキ）の国と云うのは彦火《ひこほ》の火（ホ）や忍穂耳《おしほみみ》の穂であって高天原の主権者のことに解せねばなるまい。そして伯伎の伎（キ）は生（キ）であって純血直統の生（キ）の命のことであろう。そうすると伯伎（ホキ）の国と云うのは高木の神や天照大御神の如く高天原の大御神の国と云うことになる。正しく現地の実際からしても比良の山《ヒランヤマ》や高木の神陵天照大御神陵も程近くであって大倭豊秋津島《おおやまととよあきつしま》の出雲の国との接点にもなるのである。

比婆の山（ヒバノヤマ）

この比婆の山とあるのは黄泉比良坂の比良の山《ヒランヤマ》のことではあるまいか。若しそれだとすれば伊邪那岐の命の出雲の国と伯伎の国の国境近い山と云うことになる。そして又神話に度々見られる国境とも一致することになり且つ秋葉神の御名も合致することになる。

だがこの山名を折角比婆の山としてあるのだからこのことも正直に受取る必要があろう。そうすると古語で比婆と言えば曽祖母のことになるので其のお人の山と云うことであろうか。そこで比《ヒ》良《ラ》の《ン》山《ヤマ》の地名を調べて見ると宇都《ウト》、山神《ヤマンカン》、山神道《ヤマンカンミッ》等の字名が遺され且つ山神《ヤマンカン》の石祠さえ見られるのである。当町の実例からすれば山神《ヤマンカン》の地名は日の命の在したとする所にしか見られない地名のことからして果たして何人であろうか。兎に角日の命に類する高貴神が宇都《ウト》を中心にして在したことは疑うことは出来ない。そして又ここに在する評判の黒岩は何を語るものであろうか。

尚、この比婆（ヒバ）を語原的に考えれば神霊（ヒ）の場（バ）と云うことにも考えられる。そうすると古事記の本文でも、故、其の神避りまして、伊邪那美の命は、出雲の国と伯伎の国の堺、比婆の山に葬（カク）しまつりき。としてあるから葬（カク）しまつったのは神霊（心）であって肉体は当地の伝説通り御再婚なされたことに解しても良いことになる。そうとすれば比婆は神場（ヒバ）でも良いことに言えるようである。何れにしてもこの問題は複雑で素人無学の私には解決の与えようがない。博識専門の先覚者による解決に期待する。

第一一節　神神の化成（一）

本文

【ここに伊邪那岐《いざなぎ》の命《みこと》、御佩《みは》かせる十拳《つか》の剣を抜きて、其の御子《みこ》迦具土《かぐつち》の神の、首を斬《き》り給う。茲に其の御刀《みはかし》の前《さき》につける血、湯津石村《ゆついわむら》にたばしりつきて、成りませる神の御名は石拆《いわさく》の神、次に根拆《ねさく》の神、次に石筒之男《いわつつのお》の神。】

語句の解説

十拳の剣（トツカノツルギ）

この十拳の剣の拳（ツカ）は拳（コブシ）であろう。従って十拳の剣と云うのは十拳巾の剣になるから一米近い大剣のことになる。然しここで云う十拳の剣は真剣のことではなく自からの心を切る決断の剣であろう。だとすれば男性各位には自から御佩用の十拳の剣に解したが良いであろう。

御子迦具土の神（ミコカグツチノカミ）

この神は以前に説明した如く「ヒ」の神であるから御子の列であろう。従って心の隙間に宿る浮気心に解せねばなるまい。

御刀（ミハカシ）

これは御刀（ミハカシ）に訓むもののようである。だが古語の立場から言えば刀（カッナ）が望ましい。語原を勝名（カッナ）にするからである。然し迦具土の神と云う泥を吐かせる意味の御刀（御吐かし）であれば別に言うことはない。

湯津石村（ユツイワムラ）

この湯津（ユツ）は結津（ユツ）であって語原は結束（ユ）することが一体不可分（ツ）と云うことである。従ってここで言う湯津は夫婦と云う結束であろう。次の石（イワ）は石（ユワ）が古語であって結輪（ユワ）である。尚、次の村は群（ムラ）でもあって此の際は夫婦結束の法（ムラ）で慣習法のことになる。よって湯津石村と云うことはこの場合夫婦道と云う家庭生活を営む者が守らなければならぬ慣習法と云うことに解したい。古語社会では伝達事項を次々に言い継ぐことに村継（ムラツギ）と言ったものである。

尚、余談になるが湯も火熱と冷水が結いついで湯になるので結（ユ）則ち湯なのである。

石拆の神（イワサクノカミ）

この神名は字義通りのことで石（ユワ）即ち夫婦と云う結輪（ユワ）を裂いて元の他人に戻ると云う神である。従って離婚のことに考えねばなるまい。古語社会では正式の使者を立てて妻の実家に至り暇を遣ると宣告し本人を引き渡した時初めて自由の身となれたものであった。だがここで云う石拆の神は単なる基本意のことだけではあるまい。迦具土の神の首を斬り給うて後に御生まれの神であられるから社会秩序の基本である夫婦道の結輪を裂いて仕舞ったと云う反省と悔悟の神であると解すべきでなかろうか。

根拆の神（ネサクノカミ）

この根拆も根裂くであろうから根本から裂くと云う神であろう。従って離婚に伴って発生する諸問題にまで及んで裂くことに解せられる。例えば結婚問題にからんだ勢力の分野等限りないであろう。だがこの神も基本意だけのことではあるまい。言うまでもなかろうが最も世評にのぼり易い人倫の石村を破ったと云うことで社会的批判の矢面てに立たされることにもなる。だから経国のため計って来た人道も社会秩序も一切の過去を台無しにしたと云う反省後悔の神であるとも解したい。

石筒之男の神（イワツツノオノカミ）

この神名を古語に訓めば石筒（ユワツッ）の男の神となる。従ってこの神名は結輪（ユワ）筒（ツッ）の男の神であると解したい。筒の中に在れば絶対に外に外れ出ることは出来ないであろう。そうすると石筒之男の神と云うことは夫婦道の石村（注＝磐村《ユワムラ》）と一体不可分になって住まわれることになる。殊に此の神は男の神であられるから其の事に対して積極果敢であられることを意味するであろう。よって伊邪那岐の命の御名をあらわす本然の清明心がここに頭角をのぞかせたことに解すべきではなかろうか。

本文

【次に御刀《みはかし》の本につける血も、湯津石村《ゆついわむら》にたばしりつきて、成りませる神の御名は、甕速日《みかはやひ》の神、次に樋速日《ひはやひ》の神、次に建御雷《たけみかづち》の神、亦の御名は建布津《たけふつ》の神、亦の御名は豊布津《とよふつ》の神、次に御刀の手上《たがみ》に集まる血、手俣《たなまた》より漏《くき》（久伎）出て、成りませる神の御名は、闇淤加美《くらおかみ》の神、次に闇御津羽《くらみつば》の神。

上《かみ》の件《くだり》、石拆の神より下《しも》、闇御津羽の神まで併せて八柱は、御刀に依りて生《な》りませる神なり。】

語句の解説

御刀の本（ミハカシノモト）

この御刀（ミハカシ）もことここに至れば男性各位が身に佩かした一本刀に解すべきであろう。そして其の本となれば御刀が持って生れた本能本性本質に解せねばなるまい。

たばしり

御刀の正体が理解出来ればたばしるも感得して貰わねば困る。古語で「ハシル」と言えば単に走るだけのことではない。共通語の弾けるにも「ハシル」と云うので大豆の莢が弾けても又爆竹のことにも「ハシル」と云うのである。だから御刀のことにも「ハシケ○○」と云う。そうすると走ると云うことは内部に「うつぼつ」と蓄積された精力が外部に向けて送り出ることと言わねばならぬ。だとすれば血が「たばしり」則ち最高（タ）に走り着いたと言えば何に解したら良いであろう。

露（チ）や乳（チ）に解されぬでもなかろうが真実は血の道や血の病と言った血即ち血統持統の血に解すべきであるまいか。

甕速日の神（ミカハヤヒノカミ）

この甕（ミカ）も古語に戻せば剝か（ミカ）になって共通語の剝きはと云う語に作れる。古語では蜜柑の皮を剝くにも剝（ミ）くと云う。共通語の剝（ム）きが正しければ右手にも右（ムギ）手と言わねばならぬことになる。余談は抜きにしてだとすれば各位の御刀《みはかし》の剝かれた部分と言えば言うを要すまい。

そうすると甕速日の神と云うことは亀頭部は速やかなる日則ち陰（ヒ）の要求頻りと云うことになる。御刀をして迦具土の神を斬り捨てしめ石筒之男の神になられた男性ありとすれば御理解は容易であろう。

樋速日の神（ヒハヤヒノカミ）

この樋（ヒ）は既に火の神で説明は尽しておるので語原の解説は省略したい。丸竹を二つ割りにして使えば樋（トイ）則ち古語の樋（テ）になるが円筒のままに使えば筧（掛樋）と云う。円筒内の流水は見るを得ないから樋（ヒ）である。そうするとこの事を男性の小便に移して考えると小便の通路は樋（ヒ）であろう。だとすれば樋速日の神と云う事は陰茎部が速日の神であることになる。

建御雷之男の神（タケミカヅチノオノカミ）

この神名の建（タケ）は高いが語法により高い（タケ）になったもので岳（タケ）にもなり高天原のことにもなる。次の御雷（ミカヅチ）は原形が御（ミ）雷（イカヅチ）であると思う。即ち御（ミ）は母音を「イ」にするから次音雷（イカヅチ）の「イ」は省略して御雷（ミカヅチ）にしたものと解したい。

そうすると雷の「イカ」は語原を著しい（イ）「カ」の作用にするから「怒（イカ）る」や「烏賊（イカ）る」の形相を考えられたい。又厳めしいは烏賊眼《いかめ》しいに考えてもよかろう。次は雷（イカヅチ）の「ヅチ」であるが発音は「ヅッ」となるので古語の頂辺のことになる。古語では樹木や岡の頂上を「ヅッ」と言い又頭にも頭（ヅッ）が悪いなどと云う。そうすると建御雷之男の神と云うことは高天原の君達が猛り狂う如く其の形相物凄くはり切っておる神と云うことになる。各位が御刀のことに睾丸則ち君魂（キミタマ則ちキンタマ）と云う尊称を奉っておる所以を究明されたら御理解が得られるのではあるまいか。

建布津の神（タケフツノカミ）

この建（タケ）を語原的に言えば高いであるから最高（タ）の飼い（ケ）と云うことになる。では最高の飼いとは何になるであろう。自然人であれば衣食住になるであろう。だがこの建布津の神の成られたのは御刀の本につける血であるから其れなるお人が本来御好みの血の道であらねばなるまい。

次の布津（フツ）は語原から言えば幸せ（フ）になるものと一体不可分（ツ）と云うことである。従って常人であれば福（フッ）でもあれば扶知（フッ）でもあらねばなるまい。そうするとここで云うお人の福（布津）則ち扶知となるものは御理解叶えないであろうか。老婆心で暗示するならば此のお人に建布津則ち扶知となって不自由させなかった伊邪那美の神は神去り給うたのでそれに代る扶知則ち幸せ（フ）の着（チ）の強い要望である。

豊布津の神（トヨフツノカミ）

この神名の豊も例の通り十代（トヨ）であって永久の意に解したい。そうするとこの神名は永久末代までの夫婦が何よりの幸福であると云う神名に解せられる。

手上（タガミ）

この語は字義通りのことで手でする働きを上位よりすることであろう。御承知の通り手を上位に置き絶対の立場で行動することには手を手（タ）に発音するようである。例えば手綱（タヅナ）助（タシケ）工（タクミ）等がそれである。故にこの手上は手を上よりして押さえつけておることであろう。

漏出て（クキデテ）

この漏には久伎（クキ）と註がしてある。よって漏（クキ）に訓まねばなるまい。すると漏（クキ）の発音は漏（クッ）となるので首（クッ）に解すべきでなかろうか。だとすれば前句で説明した如く手上にして手で押さえつけていたものが手の俣から首をもたげて出しておることに解せられる。

闇於加美の神（クラオカミノカミ）

この闇（クラ）も別意の闇であってこの際は乗鞍の鞍（クラ）に解すべきであろう。そして次の淤加美（オカミ）の発音は淤加美（オカン）になるので「置かん」に解せねばなるまい。そうすると闇淤加美の神と云うことは鞍置かんと云うことになる。だとすれば此の鞍に乗るお人は御刀と云うお方にならねばなるまい。古語社会では一人前の女性に生長したことを鞍が置けるようになったとも云うのである。結局この鞍は暮らすの暮ら（クラ）にもなると承知されたい。

闇御津羽の神（クラミツバノカミ）

前の闇淤加美の神が鞍を置きたいと云う神であったからもはや此の神名は説明を要しないであろう。何故なら先きに弥都波（ミツバ）能売の神で説明してあるからである。故にこの闇御津羽の神と云うことは鞍の道即ち夫婦道をば不自由なく果たしたいと云う神に解すべきであろう。

余談になるが以上伊邪那美の神、神避りましし後闇御津羽の神に至る間の神々は伊邪那岐の命の御刀を通して孤閨の淋しさに堪え難い性情と其の厳しさを現したものであろう。

第一二節　神神の化成（二）

本文

【殺されまし迦具土《かぐつち》の神の、御頭《みかしら》に成りませる神の御名は、正鹿山津見《まさかやまつみ》の神、次に御胸《みむね》に成りませる神の御名は、淤縢山津見《おどやまつみ》の神、次に御腹《みはら》に成りませる神の御名は、奥山津見《おくやまつみ》の神、次に御《み》陰《ほと》に成りませる神の御名は、闇山津見《くらやまつみ》の神。】

語句の解説

正鹿山津見の神（マサカヤマツミノカミ、注＝原文は正鹿山上津見神）

この神名に云う正鹿（マサカ）に対して国語は真逆（マサカ）の字を適用しておるが語原からして適当であろうか。正鹿（マサカ）の語原は真実（マ）なる生長発展（サ）が「カ」の作用に入らんとすることである。よって真坂《まさか》でもあれば真酒《まさか》でもあり又真盛《まさか》でもあることになる。従って真実狂いない盛りの姿が実施に移行せんとする時であらねばならぬ。古語では発情のことを盛りが来たと云うからこの際は真盛（マサカ）が真意を得ておるかとも思う。勿論、真（マ）は性器の古名にも通うと承知されたい。だとすれば正鹿と云うことは一旦緩急の事態に突入せんとする時でもあれば性交等に入らんとする時のことでもあることになる。

次の山津見の神の山は説明までもあるまいが昔御婦人方に山の神様と言ったり単にお神さんと言ったりしたあの山のことである。御納得の行かれない方は蜀山人の狂歌とかに伝え聞く「裾野よりまくり上げたる富士の山、甲斐で見るより駿河云々の山」と承知されたい。すると正鹿山津見の神と云うことは真盛の時は山を一体不可分になって見る神と云うことになる。

淤縢山津見の神（オドヤマツミノカミ）

この淤縢（オド）は橘之小門（オド）とある大野岳（オノタケ）の山戸即ち大戸（オド）にも考えられるが此の場合であるから語原は同一になるので却って男戸（オド）に解すべきではあるまいか。勿論、男戸の男（オ）は男（オトコ）の男（オ）に解してもよいし又女（オナゴ）則ち男名子（オナゴ）の男（オ）に解しても良いのである。男（オ）の基本意は合着即ち合う（オ）ことになるので合着する戸と言えば説明は要すまい。戸は的（真戸）の戸であるから寄り集まることが基本意であろう。そうすると淤縢山津見の神と云うことは合わさるために寄り集まる山に一体不可分となって見る神と云うことになる。

奥山津見の神（オクヤマツミノカミ）

この奥山津見の神は説明を待たず御了解の方も多いのではあるまいか。御承知の通りこの山津見の神であられる山の神様の御座所は辺津山や中津山ではあられない。膝（ヒザ）則ち陰座（ヒザ）の奥も奥真に行き詰まりの奥深い所に御座所を占めて御出になる。故に奥山津見の神と云うことはこの奥深い座所に御出る山と一体不可分になって見る神と云うことに解すべきであろう。

尚、余談になるが其の家の御当主の御令室になる御婦人に対して奥方様とか奥様とかの敬称が使われておるがこの語原も案外下町辺のお神さん或いは山之神様と同様に奥山津見の神の奥様ではなかろうかと疑いたくなる。但し間違いであったら低頭して陳謝する。

闇山津見の神（クラヤマツミノカミ）

この闇山津見の神に対しては三様の解釈があるようである。其の一つは前に解説した鞍に解し其の鞍となる山と一体不可分になって見る神であり今一つはこの闇を字義通りに解し其の暗い座所に在す山と一体不可分になって見る神と云うことである。

だがこれを語原的に解すれば闇（クラ）の語原は食（ク）うことが極限（ラ）と云うことになる。従ってこの闇（クラ）は一歩度を過ごせば零落の一途を辿らねばならない。奈良の都も名（ナ）が極限（ラ）を過せば零落したと同じである。故にこの山を一体不可分に見て決して零落せしむることはないと云う神に解すべきではないかと思う。

本文

【次に左の御手に、成りませる神の御名は、志芸山津見《しぎやまつみ》の神、次に右《みぎり》の御手に、成りませる神の御名は、羽山津見《はやまつみ》の神、次に左の御足に、成りませる神の御名は、原山津見《はらやまつみ》の神、次に右の御足に、成りませる神の御名は、戸山津見《とやまつみ》の神、故、斬り給える御刀《き》の名は、天之尾羽張《あめのおはば》りと云う。亦の名は伊都之尾羽張《いつのおはば》りと云う。】

語句の解説

志芸山津見の神（シギヤマツミノカミ）

古語で志芸（シギ）と言えば内容物はそのままにして押しひしぐことであって潰すと言えば腫物の如く膿を摘出してひしぐことになる。だから牛骨類を骨粉肥料にすることにも骨（タテ）を志芸（シギ）と云う。故に志芸山津見の神とはあの山を押しひしいでぐなぐなにする神であらねばなるまい。

右の御手（ミギリノミテ）

この右を右（ミギリ）に訓ましてあるが握りはあっても右（ミギリ）の古語は聞かれない。だがそれはそれとして殺され給うた迦具土の神は人身では在さない。故に一つの心即ち感（神）でしかあられないので頭や手足などあられよう筈もない。

そこで右や左の語原であるが右手とか左手とか云うのは食事に際しての手の使い方による古名であろう。古語では飢《ひも》じいことに飢《ひも》じ（ヒダリ）と云う。よって飢《ひも》じい時に左手を使って喰べ物を口に運んだことからの名と解せられる。飢《ひも》じ（ヒダリ）の語原は生命を支配しておる神秘（ヒ）が疲れ（ダレ）たと云うことになる。古語は疲れを「ダレ」とも「ダリ」とも云うが「ダ」は動きを停止することだから語原的にもこの語法は正しい。

次に右（ミギ）は古語の発音が右（ミッ）であるから果物類の皮を剝きの剝（ミキ）に考えられる。この語も又剝（ミキ）でなければ語原に添わないことになる。よって古代食は芋類の如く左手に持って右手で皮を剝き左手が口に運んだことから右（剝）左（飢）の名を成したものと解したい。

余談になるが左右の名と共に古代は左右のことを「シ」「コ」とも呼んだものではあるまいか。古語社会では今日でも牛に対する左右の指令を「シ」「コ」と云う。よって醜（シコ）の御楯とか相撲の四股を踏むと云うのも左右のことに解すべきではなかろうか。

羽山津見の神（ハヤマツミノカミ）

この神名の羽（ハ）は張（ハ）や端（ハ）でもあって最外端に張り出して最も人目を引くもののことであろう。例えば草木の葉や歯又は肌（ハダ）であっても其の通りである。故にこの羽（ハ）を名にすれば花（羽名）になり手にすれば派手（羽手）になるであろう。それで人生の花であり又一面派手な取引の行われるこの羽（ハ）の山を一体不可分に見る神が羽山津見の神であると思う。

原山津見の神（ハラヤマツミノカミ）

この原を原（ハラ）と読むのは共通語であって古語は原（ハイ）である。従って針であり春であると共に張りでもあらねばならぬ。語は端（ハ）に向っての活動が著しい（イ）ことになる。故に原山津見の神とは張り切って突き進むことが著しい神と云うことに解せねばなるまい。

尚、共通語の通り原（ハラ）と訓むものであれば原（ハラ）は腹（ハラ）に作れるから腹を御座所とする山に一体不可分となって見る神と云うことになる。

戸山津見の神（トヤマツミノカミ）

この神名の戸（ト）は的（真戸）の戸でもあるから寄り集まる所に解せねばなるまい。そうすると此の戸を陰（穂戸）の戸に解すれば陰（ホト）に在する山に対して一体不可分の見守りをする神と云うことになる。

天之尾羽張（アメノオハバリ）

この天之尾羽張は迦具土の神を斬り（絶縁）し給うた変な御刀（ミハカシ）のことであろう。よってこの尾（オ）は男（オ）か御（オ）に解すべきでなかろうか。そして又羽張（ハバリ）は威圧に類する古語のことに解したい。古語で巾（ハバ）を利かすと言えば実力以上の威圧的見せかけをすることになり羽張（ハバイ）と言えば更にその意を強化したことになる。だから共通語でも古語で威張（イバイ）と言っても理解出来るであろう。故に天之尾羽張と云うことは否応なしに応ぜざるを得ない魅力の御刀《みはかし》と云うことに解すべきであろう。勿論、天之は天つ神に授かった人類天授の本能に解せねばなるまい。

伊都之尾羽張（イツノオハバリ）

この伊都（イツ）は稜威（ミイツ）の「イツ」で語原は著しい（イ）一体不可分（ツ）と云うことである。古語では氷雨降る北風の烈しい日を「イツ」し日和だと云う。故に主権の如く離れられない厳しい日和と云うことになる。よって伊都之尾羽張と云うことは離脱するにも離ることの出来ない尾羽張と云うことに解せねばなるまい。

第一三節　黄泉国《よもつくに》

本文

【ここに於いて其の妹《いも》、伊邪那美《いざなみ》の命《みこと》を、相見まく思ほして、黄泉国《よもつくに》に追い出でましき。即ち殿《と》騰戸《のど》より出でむかえます時、伊邪那岐《いざなぎ》の命《みこと》語らい給わく「愛《うつく》しき我《あ》が那邇妹《なにも》の命《みこと》、吾《あ》れ汝《みまし》と作りし国、未だ作り竟《お》えずあれば還りまさね」と宣《の》り給いき。】

語句の解説

相見まく思ほして、（アイミマクオモホシテ、）

この相見まく思ほしての語は其の通りであろうから別に言うことはない。然し当地の伝説では伊邪那岐の命の戸見さん（注＝南九州方言の発音はトンサン）は零落して放浪中となっておる。そして或る夕暗迫る頃燈火を見つけ一夜の宿を求めたのが曾《かっ》ての妻「オサン」の家であったのである。又其の所は三立山《サンタッチャマ》と伝えるから肥の国の山奥深い所になる。故に決して死後の国に訪ねられたわけではない。よって其のつもりで本節はお聞取りを願うことにする。

黄泉国（ヨモツクニ）

通節では黄泉国は黄泉国（ヨモツクニ）と訓み死後の国とされておる。然しこのことは先きにも言ったように古事記の書法は文字を読んでは駄目であって言葉で読み取らない限り真相の把握は出来ないと云う見本の一つにすべきであろう。

ではこの黄泉国とは何の事かと言えば世持国（ヨモツクニ）であって一定の領国を持ち一つの時世を築いておる国のことである。言うなれば独立した国のことになる。又これを黄泉（ヨミ）の国に読んでも月読の命の読（ヨミ）即ち世見（ヨミ）の国になって夜の食国と同じい国になる。だから古代人も世見えの立身を祈って何右エ門と云う右エ門（ヨミ則ちヨン）と云う名をつけたものと思う。

殿騰戸（トノド）

この殿騰戸も通説としては殯歛処（アガリド）のことだとされておる。そして騰の字は延佳本も真福寺本も共に滕の字であると云う。然しそれ等のことは字を読まないのだから別に問題ではない。そこで、之等の問題解決のため必要と思うので当地の伝説を紹介して参考に資することとする。

伊邪那岐の命に思える人は「トンサン」の名で語られていたから「戸見さん」であろう。又伊邪那美の命と思う人には「オサン」の名で語られていたのでそれに従って語は進めることにする。勿論、戸見は登美毘古《とみひこ》等の登美で山戸や宇都《ウト》（大戸）の戸見と解されたい。

戸見《トンサン》さんはこの世に較べる人はないと云う偉い人で頴娃《エイ》町（衣《エ》）の東の山あたりの人であったそうだが何かの失敗（ツマヅキ）で放浪（ナグレ）た旅に出ていたそうである。ところが三立山《サンタッヂャマ》（知覧《チラン》町）のほとりに来た時日が暮れて薄暗くなって来た。戸見さんが困ったと思っていたら程遠からぬ所に燈火が見えたので助かったと思い一夜の宿を求めて訪ねて行った。

そして庭《にわ》（土間のこと）の入口の戸の外から案内を乞い一宿の願いをしたそうである。だが屋内から主婦らしい人の声で只今は主人が留守であるから特に男の人の宿は出来ないとすげない謝絶であったそうである。然し戸見さんはここを出れば野宿の外ないので事情を訴え無理強いの頼み入れをした。すると今度は主婦がそれは御困りであろうから主人が帰ってくるまで庭（土間）の隅ででも待ちなさいと土間の戸を明けてくれたと云う。

そして其の一瞬主婦の顔を見た戸見さんが驚いた。「嗚呼御前は曾《かっ》ての妻オサンではないか。」と驚声をあげたのである。又オサンも驚いたがつもる話をする中にお互いに心も解けて来て立話でもあるまいと座敷に上ることを奨めた。そこで戸見さんも喜んで「トント」座敷に上り込んでの話は打解けた話に進行したらしい。そして戸見さんからは復縁の話まで持ち出され了解が成立したと云う。然しそれにはオサンからの条件があった。曰く妾は既に今の主人の妻となり主人の飯を貰って喰べておる。故に主人に了解を求めて暇（ヒマ）を貰ってからのことにしたいとのことであった。古語社会の暇を貰うとは離婚承認のことである。そして更に言葉を継いで今夜は夜明けを待って帰るように奨め帰る順路には張番の場所があるが其処はかようにして通るべきであると其の手段を教えてくれたことになっておる。

かくする中に急にオサンが聞耳を立てて主人達が帰ってくる声が聞える。急いで隠れないと危いと言い戸見《トン》さん《サン》を何かにくるんで二継（フタツギ）の上に載せて隠したと云う。だがこのくるんだ物が何であったか記憶に残らないのは残念である。又二継と云うのは大きな竹か丸太を三本並べて梁材等に結び着けた一種の棚見たいなものであった。そしてオサンは小声で私共が寝静まるのをここで待って未明には帰りなさい。決して夜半に眼を覚ますことのないよう取計うからくれぐれも私共の寝室を覗いてはならないとかたく注意した。

ほどなく主人が手下を従えて帰って来た。そしていきなり「今日は男の人が訪ねて来たな」と声が厳しい。オサンはぎくりとしたが平気をよそって男など影も見せないと云う。すると主人は隠し立てしても駄目だ。この家には○○の花が植えてある。男が訪ねれば花が開き女が訪ねれば花は萎むことになっておる。今その花が開いておるので来ないとは言わせないぞと詰め寄る。(但しこの○○の花も何の花であったか全く記憶にない。又花の開萎も反対であったかも知れない)

するとオサンは当惑顔していたが「嗚呼それなら思い当ることがないでもないと言い妾はこの以前から月の物が止まっておるが若しやそれではお腹の子が男の子に決まったのではあるまいか」と云う。それを聞いた主人は大変な喜びようでそれは大手柄だ早速大祝いにしようと手下共を引き連れて奥の間に入り大酒宴に移ったとのことである。

では話の途中であるが一応この物語りはここで中止し本文に揚げた殿騰戸の解説に入りたい。だが其の前に言って置きたいのはこの物語りの具体的発展は何処までであったのか祖父は話してくれなかったことである。然し其のかわりに次のことをつけ加えたことを記憶する。曰く女心と云うものは計り知れないものであるから例え子を成すに至っても最後の心底は許してならぬと云うことを訓えた物語りであると言ったので加えておく。

それでは愈々本論に戻り先きに題目とした殿騰戸（トノド）の解説に入りたい。然し二千六百年（皇紀）の太古殯歛処とは如何であろう。よってこの殿騰戸は語音からして次の事に解したいものである。古語では夫のことを夫（トノジョ）と云う。語原は寄り集まり（ト）からみつく（ノ）最勝至善（ジョ）のものと云うことになる。勿論、妻は嫁女（ヨメジョ）であるから世（ヨ）の芽（メ）を見る最勝至善のものと云うことであらねばならぬ。

そうすると夫（トノ）の出入りをする戸口は夫戸（トノド）則ち殿騰戸（トノド）に言えるのではあるまいか。古語社会である当地方では明治の頃までも男尊女卑の風習が濃厚で洗面器から物干竿に至るまで別々にする例は珍らしくなかった。そして格式のある家では玄関口まで別々に設けてある家も見られたものである。勿論、この女卑は婦人の経血を汚れの最なるものとした古習の名残りであろう。故に殿騰戸を夫の出入りする玄関口に解しても決して悪いとは考えられない。

又先きの物語りで「戸見さん《トンサン》」は「トント」上り込んで話しに花を咲かせたのであるがこの

「トント」は語原からは「戸見と」であって戸見は其の家乃至は部族の主人公でなければならぬ。だとすれば「トント」上り込んだと云うことは主人公気取りで上り込んだことになる。よってオサンは先夫であることから戸見の礼で主人の出入り口から招じ入れたと解しても良いのであろう。

本文

【ここに伊邪那美《いざなみ》の命《みこと》、答えて申し給わく「悔《くや》しきかも、速《はや》く来まさずて、吾《あれ》は黄泉戸食《よもつへぐい》しつ、然かれども、愛《うつ》しき我《あ》が那勢《なせ》の命《みこと》、入り来ませることかしこければ、還りまさむを、先《ま》づつばらかに、黄泉神《よもつかみ》とあげつらわむ。我《あ》れをな見給いそ」かく申して、殿内《とのうち》に入りませる程、いと久しく待ち給いき。】

語句の解説

黄泉戸食（ヨモツヘグイ）

この黄泉神は言うまでもなく世持つ神で一国を領する独立神と云う意である。そして次に戸食（ヘグイ）は基本的には茶碗に盛った喰物を食うことになる。何故なら古語では手摑みに喰べないで茶碗についで喰べる物を戸（へ）と云うからである。例えばどろどろの喰物には「ドロべ」ずるずるした喰物には「ズイベ」と云うが如きことになる。勿論、鍋も其の一例であろう。

尚、戸（へ）の語原は次によるものと思う。古語でも一碗の飯のことに一杯（イッパイ）の飯と云う。然しこの一杯の杯（ハイ）は語法に従い杯（へ）にならねばなるまい。だから古語は一碗の飯のことに一杯（イッペ）の飯と云うのである。以上で戸食（ヘグイ）と云うことが茶碗についだ飯を食うことであるとおわかりであろう。だが此の一杯は漢語であるから古語としては一張（イッパイ）でなければなるまい。

次に御了解を頂きたいのは其の家で茶碗の飯を食うと云うことは其の家人の列に入ったことになる古習である。言うなれば家人としての岩村に入った証になることである。だから伊邪那美の命が黄泉神の岩村から離脱して伊邪那岐の命の許に御帰りになるには黄泉神の許しを得て暇を取り赤の他人に帰らない限り岩村が許さないのである。

尚、余談になるが家人でなく単に喰べさせられて貰う者は飼人《ケド》（毛人）であって茶碗での戸食（ヘグイ）は叶わなかったものらしい。何故なら桶則ち合着（オ）した飼（ケ）とか大飼（ウケ）とか笊（ソケ）とか云う如き容器の名前から判断すると容器中の喰物を手摑みに取って喰べたものらしく考えさせられるからである。

那勢の命（ナセノミコト）

この那勢の命は夫君の尊称であると説明されておるが全く同感である。古語では青年のことをニオ（ニセ）新勢（ニセ）呼ぶのであったろう。然しこの新勢（ニセ）は総称であって一対一の夫婦間には通用しない。それで夫婦の間柄を語る語としてはこの勢（セ）や精（セ）を共にすると云う表現にならなければなるまい。即ちこの勢（セ）を共に行うことを名としておる者同志が夫婦であることになる。故に那勢の命は名精の命であらねばならぬことになる。

つばらかに黄泉神とあげつらわむ。（ツバラカニヨモツカミトアゲツラワム。）

この原文は旦具与黄泉神相論とある。よってつばらかには具《つぶ》さにの意にして解してもよいであろう。又あげつらわむは「上げ連らわむ」で成就のことに解してよいのではあるまいか。尚、原文の相論は相話の意味に解してよいものと思う。そうするとこのことは当地の伝説通り黄泉神の了解を得て岩村を解除し赤（垢）の他人に帰ってから復帰したいと云うことになってくる。

我れをな見給いそ（アレヲナミタマイソ）

このことは言うまでもなく、姿を御覧になってはいけませんと云うことである。勿論、之は黄泉神との寝姿を見られたくなかったこともあろう。然しそれと共に伊邪那美の命の御心には危険にさらされておる伊邪那岐の命を安全に護り、且つ以前の御夫婦に帰られることではなかったろうか。其のためには、伊邪那岐の命がそこいらにうろついて発見されることを第一に恐れねばなるまい。

殿内に入りませる程、（トノウチニハイリマセルホド、）

この事は当地の伝説では黄泉神初め手下共を酔い潰さす工作の大酒宴になっておる。

本文

【故、左の御美豆良《みみづら》に刺させる、湯津津間櫛《ゆづつまぐし》の男柱《おばしら》一つ取り闕《か》ぎて、一つ火《ひとび》ともして入り見ます時に、宇士多加礼斗呂呂岐弖《うしたかれとろろきて》、御頭には大雷《おおいかづち》居り、御胸には火《ほ》の雷《いかづち》おり、御腹には黒雷《くろいかづち》居り、御陰《みほと》には拆雷《さくいかづち》居り、左の御手には若雷《わかいかづち》居り、右の御手には土雷《つちいかづち》居り、左の御足には鳴《なる》雷《いかづち》居り、右の御足には伏雷《ふしいかづち》居り、併せて八くさの雷神《いかづちのかみ》成り居《お》りき。】

語句の解説

御美豆良（ミミヅラ）

この御美豆良は耳面（ミミヅラ）であろう。でも古語では耳面（ミンジラ）と云うようであるが耳面の訛りであると解したい。又古語は茸類のことを茸（ナバ）とも云うので耳茸（ミミナバ）則ち耳茸（ミンダバ）にも訛らしておる。然し耳面に津間櫛を刺すとは考えられない。よって耳を身身に解し身の身即ち心の奥深く刺しておる湯津津間櫛と云うことに解したい。

湯津津間櫛（ユヅツマグシ）

このことの説明は今更要すまい。一体不可分に結束（湯津）する一体不可分の間柄（津間則ち妻）の櫛（籤）と云うことである。伊邪那岐の命に要請された復縁のことを伊邪那美の命が御承諾なされたことから湯津津間櫛の岩村が成立したことになるのであろう。櫛は籤になるから絶対服従の外は余儀ない慣習法（岩村）と解せねばなるまい。

男柱取り闕ぎて（オバシラトリカギテ）

この場合の湯津津間櫛は伊邪那岐の命と申す男柱と伊邪那美の命と申す女柱の二柱が合意合体して新たに成立した湯津津間櫛即ち夫（ツマ）妻（ツマ）の籤と云うことであろう。だがこの津間櫛達成のための条件であった約束を伊邪那岐の命は破棄して室を覗かれるのだから男柱は不履行と云うことになる。よって男柱一つ取り闕ぎであると解したい。

一つ火（ヒトツビ）

古代の燈し火は松脂の凝固した松材を小割にして用いたものらしい。古語は、この松脂材を「ツグヮ」と言い不病健康体のことにも言っていた。然し、実際問題としてはこの松脂材（ツグヮ）も一本の一つ火は燈らないのである。だからこの一つ火と云うのは、一つ陰（ヒ）であると解したい。

湯津津間櫛の間柄は陰陽二つの陰（ヒ）が合体してこそ初めて人生の火は燃えあがる筈であ

る。だからそれが単なる一方的な単独の陰（火）であっては如何に燃えようとあせっても燃え上がることはあり得まい。故にそのことが一つ火ではなかろうか。だとすれば伊邪那岐の命は又元の一人者と云う孤独な一つ火になって室を覗かれたことになる。

宇士多加礼（ウシタカレ）

この宇士（ウシ）は蛆（ウジ）に訓ませたい語であろう。だから通説では蛆に訓んでの説明がなされておる。然し原文が宇士である如く古語も蛆（ウシ）と云うのであくまでも宇士（ウシ）に訓まねばならぬ。だとすれば宇士と云うのは動物の世界では牛になるが人の社会に於いても大人（ウシ）になるであろう。当地の伝説でも宴席には多くの配下が酔い伏していたことになっておる。故にこの宇士は黄泉国の大人（ウシ）則ち部将達に解すべきであろう。

次は多加礼（タカレ）であるがこの語は語原から言えば最高（タ）に「カ」の作用を「ラ行」に活用しておることになる。従って古語で多加礼ておる（注＝タカレチョルと発音）と言えば異状な蝟集をなしておることになるのである。

斗呂呂岐て（トロロキテ）

この語を通例で言えば自然薯の摩り潰したものを斗呂呂と云う。御承知の通り斗呂呂は柔軟泥状で粘っこい団結の姿である。何も気負い立った姿は見せていない。故に黄泉神の一党が祝い酒に酔い潰れて転び伏しておる姿に言ったものと解したい。

大雷（オオイカヅチ）

この雷（イカヅチ）の説明は既に建御雷之神でなしておるので省略したい。要するに厳めしい相好をした人のことであろう。そしてこの雷は大雷であるから大将分の雷に解せねばなるまい。だとすれば黄泉神以外には考えられない。雷の座所も御頭となっておるから間違いなかろう。

以上は極く表面的な考え方であって裏面的にはもっと奥深いものがあるように思えてならない。何故なら当地の伝説では戸見さんは宴席も静かになり皆が寝静まったらしい気配を感ずるのにオサンが訪ねてくれないので不審を抱き寝室等を覗いたことになっておる。そしたら酒席には配下達が酔い伏しており寝室にはオサンが黄泉神と褥を同じくして寝乱れ姿をさらしていたと云うのである。故に伊邪那岐の命は再婚を約した伊邪那美の命の其の姿を御乱になり大憤怒の大雷が自分の頭に発し給うたのではなかろうかとも考えられる。後に於ける阿波岐原《あわきわら》の禊祓いからしても考えられないことではない。

火の雷（ホノイカヅチ）

この火の雷は火（ホ）に訓ましてある。すると火が猛烈に燃え出した時が焔（ホ）となるので火（ホ）の雷と云うのは火則ち陰（ヒ）に油を注いだような雷と解せねばなるまい。そうすると伊邪那岐の命の御胸を火で焼くような雷と云うことになる。尚この火は火則ち陰（ヒ）に訓んでも火（ホ）則ち陰（ホト）の「ホ」に訓んでも良いことに注目ありたい。

黒雷（クロイカヅチ）

この雷は御腹に居られた雷である。よって伊邪那美の命には腹黒いたくらみがあったとして伊邪那岐の命の御腹に据えかねた雷のことであろう。

拆雷（サクイカヅチ）

この拆くは裂くであって従来培って来た愛情や岩村を裂くべきであると云う雷に解したい。拆（サク）の語原は生長発展（サ）を食（ク）うことである。

若雷（ワカイカヅチ）

この若は浅く考えれば若いが故の雷にも考えられる。然しこの命達は既に相当な御年配の筈である。故にこの若（ワカ）は湯を沸かすの沸（ワカ）や別れるの別（ワカ）に解したい。そうすると沸いても別れても世辞を沸かすような問題を提起することになる。当地の伝説でも伊邪那岐の命は伊邪那美の命が困る問題を残して立ち去られた事になっておる。

土雷（ツチイカヅチ）

この土雷の土（ツチ）は前きに解説した迦具土の神の土と同じことであろう。そうすると土雷と云うことは伊邪那美の命を次の次世の人並み以下に見ると云う雷に解せられる。

鳴雷（ナルイカヅチ）

この鳴るは鈴が鳴るのも鳴るであるが雷が鳴るのも鳴るである。よって先づ鳴（ナル）の語原から説明しておこう。語原は鳴（名る）であって其の本性本質即ち名を現わすことである。よって人が御成りになるのも柿が成るのも結局其の本性本体を具現することであろう。故に古語は大声で吸鳴り出すと鳴り出したとも云うのである。それでこの鳴雷は伊邪那岐の命が御腹に据えかねて吸鳴られたことに解すべきであろう。

余談になるが当地の伝説でも戸見《トン》さん《サン》は大声でオサンをののしりつつ退散されたことに伝えられておる。

伏雷（フシイカヅチ）

この伏しは節（フシ）でもあって語原は自からの幸せ（フ）のため堀り下がって自己完成（シ）の姿にあることである。だから竹の節でも自分を固持しながら竹の中に伏在しておるであろう。故に伏雷は伊邪那岐の命が伊邪那美の命との間に発した雷を黄泉神等には明かさず自からの胸中に伏せられたまま退散せられたことに解すべきであろう。

八くさの雷（ヤクサノイカヅチ）

これは八種の雷神であるから伊邪那岐の命の御心にわだかまる八通りの御憤怒と解せねばなる

まい。

第一四節　黄泉軍《よもついくさ》

本文

【ここに伊邪那岐《いざなぎ》の命《みこと》、見かしこみて、逃げ出でます時に、其の妹《いも》伊邪那美《いざなみ》の命《みこと》「吾《あ》れに辱《はじ》見せ給いつ」と申し給いて、やがて豫母都志許売《よもつしこめ》を遣わして、追わしめ給いき。爾《ここ》に伊邪那岐の命、黒御鬘《くろみかづら》を取りて、投棄《なげう》て給いしかば、乃ち蒲子《えびかづら》生《な》りき。これを摭《ひり》い食《は》む間に、逃げ出でますを、猶追いしかば、亦其の右の御美豆良《みみづら》に刺させる、湯津津間櫛《ゆづつまぐし》を引き闕《か》きて、投棄て給えば笋《たかむな》生《な》りき。こを抜き食《は》む間に逃げ出でましき。】

語句の解説

豫母都志許売（ヨモツシコメ）

ここに云う豫母都（ヨモツ）は今までは黄泉（ヨモツ）になっていた。そこに古事記の良心を認めて貰いたいものである。豫母都とある以上は世持つに解することを期待しての善意と解したい。又、次の志許売の志許（シコ）は相撲の四股等と共に左右（シコ）にもなると説明した筈である。よって豫母都志許売は黄泉神と云う独立した豪族の首長のお側近くに侍る側女達のことに解すべきであろう。

黒御鬘（クロミカヅラ）

この黒御鬘については諸説が多いらしい。例えば髪飾りに用いた蔓（カヅラ）であるとか又は髪鬘《かみかづら》の名もあるとか等がそれである。だが当地に於いてはそれ等の語は聞かれない。でも元結いに用いたらしい元結蔓（モテカヅラ）と云う名は今に伝えられておる。

よって黒御鬘は語音通りに黒い実の蔓と云うことに解したい。そうすると野葡萄のことでしかないことになる。そして又当地の伝説とも一致し御逃走されたと見る経路の地名とも一致することになる。

蒲子（エビカヅラ）

この蒲子は野葡萄のことであると説明されておる。全く御説の通りであると思う。然し、この名は鬚《ひげ》が蝦（エビ）に似ておることからの名であると云う説明には、賛意を表するわけには行かない。

古語では野葡萄のことを蟹蝦（ガニェッ）と云うのである。蟹の古語は蟹《かに》（ガ根《ニェ》）であるが根の正しい古語は根（ニェ）でなければならぬ。根（ネ）であれば古語は無いことになる。だから蟹の語原は恐くて寄りつけない（ガ）根（ニェ）則ち本性と云うことである。

次の蝦には蝦（エビ）とも云うが又蝦（エンビ）とも云う。故に古代の人達が最も恐がり生命を奪うとされていた「ヒ」の顔を凄い蝦の顔に見たてての名ではあるまいか。そうすると蝦の語原は会（エ）する神秘体（ヒ）と云うことになる。では何故に古代の人達は野葡萄を蟹蝦（ガニェッ）の名で呼ぶに至ったのであろうか。それは次の事由としか解せられない。

当地方では古来野葡萄が熟する頃の蟹や蝦は決して喰べてならないと云うのが特に子供に対する厳重な注意事項とされていた。その理由は野葡萄と共に蟹や蝦を喰べると必らず死に至るとされていたからである。又、それとされ勝ちな死亡事例もよく聞かされたものであった。現代の常識ではおかしな話しだが古代の知識では野葡萄が熟する頃の高温で蟹や蝦の蛋白腐敗が意外に速くその中毒の烈しさを知らなかったと解する外あるまい。

尚、余談になるが蟹（ガ根）の根（ニェ）は母音が「エ」になるから蝦の「エ」は省略して蟹蝦（ガニェッ）となるのが正しい古語と云うことになる。

摭い食む（ヒリイハム）
説明によれば摭い（ヒリイ）は拾いの古語であると云う。だがそんな古語は当地には聞かれない。古語では拾うことに拾う（フル）と云うので幸せ（フ）のことにする（ル）と云うことであろう。従って語原的にも叶っておると思う。だがそれはそれとしてここらあたりから又古事記は当地の伝説と其の内容を異にしておるようである。

当地の伝説では蟹蝦ヶ迫（ガニェッガサコ）に至れば番人共が屯しておる。よって其処を通り抜けるには其の路傍の野葡萄（ガニェッ）を取り口中にしたら直ぐ吐き出しなさい。若し喰べるようなことがあると直ぐ怪しまれて危険身に迫るであろう。だが其のまま吐き出せば番人共は見ておるだけであるから黙って通り過ぎればよいとオサンに教わっていたことになっておる。それで其の通りにして通り抜けられたことに当地の伝説はなっておる。ところで其の場所であるがそれは天照大御神の豊国《とよくに》地内であって御常住地に解する所から少しく西寄りに当る蟹蝦ヶ迫（ガニェッガサコ）と云う字名の地に間違いあるまい。黄泉神の三立山《サンタッヂャマ》から南に凡そ二千米位である。

笋（タカムナ）

説明によれば笋は笋（タカンナ）で竹芽名（タカメナ）が語原であろうと云う。然し古語の当地でも筍には筍（タケンコ）と云うので古くから筍（タケノコ）ではなかったろうか。そして筍も今日の猛宗竹《もうそうだけ》等はなかった時代であるから小さい筍であったに違いない。然し当地の伝説は之等のこととは全くその内容を異にしておるのである。

それでこの節の右の御美豆良《みみづら》に刺させる湯津津間櫛《ゆづつまぐし》とあるのは別意を表明した創作ではあるまいか。何故なら先きに黄泉国の所で左の御美豆良に刺させる湯津津間櫛は男柱であられたのに対し今度の湯津津間櫛は右の御美豆良に刺さして御出るので女柱に解し伊邪那美の命御自身が湯津岩村の津間櫛即ち妻籤を破棄されておると云う意志表示のことに解されるからである。

そうすると本文に生れる筝（タカムナ）を抜き食む間に逃げ出でましきとあることも伊邪那岐の命の問責に対して抗辯を繰り返す間にと解しても悪くあるまい。何故なら筝（タカムナ）は語原的に解明すれば高い（タケ）対立（ム）をした名（ナ）になるからである。従って具体的には世評高く大評判を生むに至るであろう御両人の間に対立をもたらした乱れた関係の名と云うことになるであろう。勿論、対立の名（ムナ）は空しいの空（ムナ）にもならねばならぬ。

次に当地の伝説によるとこの番所には牡牛（コッテウシ）が通路の両側から角を突き合せて道を塞いで居たと伝えられる。故に路傍の小竹で竹鞭を作り強く空間を切って風音を「ヒュー」と立てれば牡牛は自《おの》づと後退するので其の機に通り抜けるが良いとオサンに教わっていたことになっておる。然しこの牡牛（コッテウシ）と云うのもおかしいので此の正体は黄泉神と云う命の手に属する大人（ウシ）と云うことではあるまいか。牡牛（コッテウシ）は命（コッ）手（テ）大人（ウシ）に作れるであろう。

尚、この場所は蟹蝦ヶ迫（ガニエッガサコ）の番所から南に千米位の小竹之元《コタケンモト》と云う字名の地と解したい。当地の伝説通り小竹の鞭であれば当を得た地名である。当地には弓矢用であったろうか特殊な小竹の群生地の要所であったらしい所に散見出来ることを加えておく。

本文

【また後にはかの八くさの雷神《いかづちのかみ》に、千五百《ちいほ》の黄泉軍《よもついくさ》を副《そ》えて追わしめき。爾《ここ》に御《み》はかせる十拳《とつか》の剣を抜きて、後手に布伎《ふき》つつ逃げ来ませるを、猶追いて黄泉比良坂《よもつひらさか》の坂本《さかもと》に到る時に、其の坂本なる桃《もも》の実《み》を三つ取りて、待ち撃ち給いしかば、ことごとに逃げ返りき。ここに伊邪那岐《いざなぎ》の命《みこと》、桃に宣り給わく、「いまし吾《あ》れを助けしがごと、葦原《あしはら》の中《なか》つ国《くに》にあらゆる現《うつ》しき青人草《あおとぐさ》の苦《うき》瀬《せ》に落ちて、苦しまん時に助けよ」と宣り給いて、意富加牟豆美《おほかむづみ》の命と云う名をたまいき。】

語句の説明

千五百（チイホ）

古語の立場から言えば神代に千五百（チイホ）と云う数の表現があったろうとは考えられない。但し後代の語としては私の知る限りではないので何とも言えないことになる。でも語原から言えば着（チ）いておる特に著しい（イ）穂（ホ）になるので黄泉神に従属して（チ）おる最も勝れた（イ）精鋭（ホ）に解しても良いのではあるまいか。

黄泉軍（ヨモツイクサ）

この黄泉の説明は要すまい。次の軍は軍（イクサ）に訓ましてあるが古語は軍（イッサ）である。従ってこの「イツ」を稜威（御イツ）の「イッ」に解すれば特に著しい（イ）一体不可分（ツ）のことが生長発展（サ）したことに解せられる。

だが古語の常識から考えれば戦いは叩き合いの約言であろう。そして又争いのことには争い（イサコ）と云う。依ってこの争い（イサコ）や勲《いさお》及び勇《いさ》む等の「イサ」を強化峻烈にする場合の古語の語法に基づく「イサ」則ち「イッサ」ではなかろうかとも思われる。古語は不意に水をかけられても「イッサ」と云うのである。

後手（シリエデ）

この後手は古語は後手（ウシトヂェ）であって後手（尻会手）とは言わない。だが古語社会では河童に尻を抜かれないために夜は鎌等の金物を尻にぶら下げる風習はあったようである。よって次の布伎（フキ）の語からしてこの後手（尻会手）は伊邪那美の命の巧言に尻は抜かれないぞと云う意志表示の仕草のように解せられる。だとすればこの時に抜かれた十拳の剣も御刀（ミハカシ）に解せねばなるまい。

布伎都都（フキツツ）

この布伎（フキ）は古語の振りであろうと云う説もあるように振りつつに考えたい語でもあ

る。若しそれだとすれば十拳の剣の御刀を尻会手に振りつつ逃げられたことになるのでこの際の話としては全く申し分ない。

然し布伎都都（フキツツ）を古語に発音すれば布伎都都（フッツッ）にも作れるので断然断絶と云うことにもなる。風の吹き（フキ）であっても雑巾での拭き（フキ）であっても吹き則ち拭き取られた後には何物も残さないであろう。

黄泉比良坂（ヨモツヒラサカ）

この黄泉比良坂は今一般に平坦な所の意で黄泉と現界との境であると云う。そして古事記が出雲の国の伊賦夜坂となも云うとあることからして出雲の国に解されておるようである。然し之等一般の通説は完全なる誤解であると断言しても敢えて過言ではあるまい。
では、実際の黄泉比良坂は何処であるかと言えばそれは高天原山中の筑紫の島に在る比良の山《ヒランヤマ》の西麓のことになる。比良の山山系が小山系を成して西方葦原の中つ国に向けて走っておるが、其の中程にある山越えの坂が比良坂《ヒラサカ》なのである。そしてこの比良山系より以南が現《うつ》つ国とも呼ばれた大倭豊秋津島《おおやまととよあきつしま》であり、以北が筑紫の島になるのである。従ってこの比良坂近くには天照大御神の須佐之男命時代に思われる元芫《モトオロッ》の地があり、又御陵に間違いない伊勢塚《イセヅカ》も程遠くない。故に、比良坂《ヒラサカ》の名は比良の山《ヒランヤマ》山麓を越える坂道であることからの名であろう。尚、以降に見せる地名も之を証する。

坂本（サカモト）

この坂本は坂元であって比良坂《ヒラサカ》にさしかかる北口のことである。此の所は今日白石原（シテシバイ）と呼ばれておるが白石（シテシ）の名は須佐之男の命に関係の名のように思われる。だから白石原《シテシバイ》には天照大御神の元芫《モトオロッ》も存することになる。又其の直ぐ西隣りが桃の実に関係の桃木迫《モモノッザコ》になるのである。そしてこの附近には比良《ヒラ》を附した地名も広範囲に亘っておる。

桃の実（モモノミ）

桃の実は説明を要すまい。だがおかしなことにトンサン（戸見さん）オサンの物語りでこの桃の話は聞いた記憶がない。だが戸見さん《トンサン》の話とは別途で桃のことに関して祖父から注意を呼ばれたことが思い出される。

それは私が五〜六才頃であったろうか私の家の井戸端に「カタシ桃」と云う大きな桃の木があった。入梅の頃だったろうと思うが腐った桃が沢山落ちていたので私が土足で踏み潰して遊んでいたのである。すると祖父がやって来て土足で桃を踏み潰すと罰があたるぞと云うのである。そして曰く桃は昔悪者に追われて困った人が腐れ桃を拾って悪者に投げつけたら桃の腐肉が飛び散ったそうだ。ところがまだ薄暗かったので悪者は血が吹き出したと勘違いして逃げ出したそうである。それで其の人が助かったことから桃は腐ってまで人助けをすると云うので粗末にしてはならぬことに神様がされておるものだとのことであった。余談になるが此の「カタシ桃」と云うのは今は見ることを得ないが椿《つばき》の実そっくりの桃で品質は粗悪であったことを記憶する。又、古語は椿のことを「カタシ」とも云うので椿桃と云う名であったことになる。

宇都志伎（ウツシキ、注＝宇都志伎は原文による）

この宇都（ウツ）は辞書を引いて見ても古語とは一致出来ない。従って宇都志伎青人草は現在の人民のことだと云う通説とは全面的な同意は致しかねる。

御承知の通り夫婦とか親子とかのように小さな一体不可分関係であれば最善の見取りが出来る筈である。だがこれが何千何万と云う大集団になれば眼の届かない大ざっぱな面も止むを得まい。よってこのことが増大（ウ）した一体不可分（ツ）の間柄で宇都（ウツ）ではなかろうかと思う。

大病や眠気等で「ウツウツ」しておることも又古語で「ウツラ、コツラ」しておることも完全な五官の機能には触れていないことであろう。故に宇都志伎青人草と云うことは細かい点まで手の行き届かない施政統治の下敷（志伎）になっておる青人草と解すべきでなかろうか。勿論、青人草は上層への浮上進出（ア）に合着（オ）する幸せを築き（フト）おのづから発展生長すると云うことである。

余談になるが「空胴（ウツロ）」「うっけ者（ウッケムン）」「移す」「写す」等のウツも語原から究められたら「現《うつ》し世」「現《うつ》し身」「うっかり」とか等も理解出来て面白いであろう。

苦瀬（ウキセ）

この苦瀬は浮瀬（ウキセ）で浮き上った瀬のことであろう。すると足場が大地を離れておるので安定がなく浮浪の生活でしかないことになる。瀬は勢や精でもあって生活の基台となるもののことである。

意富加牟豆美の命（オホカムヅミノミコト）

この御名は語原で説明して見たい。意富（オホ）は合着（オ）する穂（ホ）であろう。そうすると此の桃の実と伊邪那岐の命の御考えが一致しておることになる。又、次の加牟は発音が加牟（カン）になるので感や神に解せられる。尚、豆美は既に説明の通り最上位に見ることであろう。そうすると意富加牟豆美の命と云うことは相一致した処世観を持ち最上位の見解を有する命と云うことになる。

尚、この場所は小竹《コタケン》の元《モト》から東に約千米位の桃木迫《モモノッザコ》の地であろう。だが桃木《モモノッ》は桃木でもあろうが、又「モモ退《の》き」で深く深く立ち退いておる迫にも考えられることを加えておく。

第一五節　黄泉比良坂《よもつひらさか》

本文

【最後《いやはて》にその妹伊邪那美《いもいざなみ》の命《みこと》、身自《みみずから》追い来ましき。即ち千引《ちび》きの石《いわ》を、その黄泉比良坂《よもつひらさか》に引《ひ》き塞《さ》えて、其の石を中に置きて、相むき立たして事戸《ことど》を度《わた》す時に、伊邪那美《いざなみ》の命《みこと》申し給わく「愛《うつく》しき我《あ》が那勢《なせ》の命《みこと》、此《か》くし給わば、汝の国の人草《ひとぐさ》、一日に千頭《ちがしらくび》絞り殺さな」と申し給いき。ここに伊邪那岐《いざなぎ》の命詔《みことの》り給わく「愛《うつく》しき我が那邇妹《なにも》の命《みこと》、然し給わば吾《あ》は一日に千五百《ちいほ》産屋《うぶや》立ててむ」と宣り給いき。是を以て一日に必ず千人《ちびと》死に、一日に必ず千五百人《ちいほびと》なも生まるる。】

語句の解説

千引きの石（チビキノイワ）

この千引きの石と云う語は古語には聞かれない。よって後代に生れた語ではあるまいか。だが強いて古語に求れば血引きの結輪（ユワ）則ち岩（ユワ）が考えられる。古語社会では通例を越えた情誼や厚遇には「血が知っておる」とか「血が引いておるからだろう」とか等に言って耳馴れた言葉になっておる。よって血族間の結輪の固さを古代は血引《チビキ》の《ノ》結輪《ユワ》と言ったのでこれが千引《ちびき》の石《いわ》になったものと解したい。

事戸を度す（コトドヲワタス）

この事戸は事度（コトド）が原意でなかろうか。度（ド）の基本意は不確定又は未確認事項に決定や確認を与えることである。だから古語社会では刑罰の量決定にも度当てと呼んでいた。それで伊邪那岐の命が伊邪那美の命の犯した罪に対して其の処罰の度を宣言されたことが事戸を度すであると解したい。

余談になるが酒でも二十度と言えば酒精量に決定を与えることであり又何処（ドコ）とか何方（ドナタ）とか言っても不確定に確定を求むることであろう。

一日（ヒトヒ）

この一日には古語は一日（ヒシテ）と云う。原形は日下にであって其の日の太陽の下にある間が一日（ヒシテ）である事になる。

本文

【故、其の伊邪那美《いざなみ》の命《みこと》を黄泉津大神《よもつおおかみ》と申す。又其の追い斯伎斯《しきし》を以て、道敷《みちしき》の大神と申すとも云えり。又其の黄泉《よみ》の坂に塞《さや》れりし石《いわ》は、道返《みちかえ》しの大神とも申し、また塞《さや》ります黄泉戸《よみど》の大神とも申す。故、其の所謂《いわゆる》黄泉《よもつ》比良坂《ひらさか》は、今は出雲の国伊賦夜坂《いぶやさか》なり。】

語句の解説

黄泉津大神（ヨモツオオカミ）

ここでは黄泉津大神と津の字が挿入されておるが従前も黄泉で黄泉（ヨモツ）と訓ましておったので言葉としては同断であろう。よって従来通り世持つ大神に解しても決して悪くあるまい。だとすれば黄泉神の支配した肥《ひ》の国を中心の筑紫の島の大神であり更には北方勢力の大神であるとも言えるのではあるまいか。

余談になるが伊邪那美の大神の御子でもあられよう天照大御神がこの比良《ヒラン》の山《ヤマ》中心に豊国を持たれ筑紫の島を御支配召さるるに至るので天照大御神の南北統一の遠因がここに孕んでおると注目すべきではなかろうか。故に今後の高天原の動きに対してはこの点を深く注目して見守るべきであろう。

追い斯伎斯（オイシキシ）

この追い斯伎斯は追い敷きしであろう。そして敷きは既に説明した通り下風に立っての自己完成（シ）に異心ない（キ）ことである。通例でも尻に敷くと云うであろう。御承知の通りこの事件は迦具土《かぐつち》の神の出生に端を発するので伊邪那岐の命は終始追い敷かれる立場であられたに違いない。

道敷の大神（ミチシキノオオカミ）

夫唱婦随は古来の夫婦道であるとも言われていた。だがこれは一般的なことで天つ神の夫婦道は平等でなければなるまい。例えば火の迦具土の神の如きは面白くない。故に伊邪那美の命はこの一線を断乎固守されて一歩も譲歩はなさらなかったようである。よってこのことが婦道の立場を固く守り抜いたと云う意の道敷《みちしき》の大神ではあられまいか。

道反しの大神（ミチカエシノオオカミ）

この神名は平たく考えれば伊邪那美の命に追い敷かれた道を今度は逆に事戸《ことど》を度して追い返されたのだから其の意の道反《みちかえ》しの大神であるとも受取れる。だがこのことを別な角度から考えれば伊邪那美の命は黄泉神との縁を断ち再縁復帰のことに全部をかけて追われたことにも考えられる。よってこの立場から言えば伊邪那美の命の取られた道を返されたことにも解したくなる。

以上のことは何れとしても此の道反しの大神である大岩は、白石原《シテシバイ》方面の北口から黄泉比良坂《ヒランサカ》を登り大倭豊秋津島《おおやまととよあきつしま》に越える峠を少しく降った所に今も立派に現存しておるのである。実は大小二個の大岩が存するのであるが、上方にある小さい岩は多人数なら動かすことが可能かも知れない。然し下方数十米の大岩は人力では不可能であろう。数千米の遠方からでも遠望出来る大岩である。

余談になるがこの大岩の山麓部落は知覧《チラン》町の上加治佐《カンカッサ》部落（注＝カンカッチャとも言う）であるが里人の語るところによれば此の大石は大昔に鬼（オイ）が此処まで担いで上ったが担棒が折れたので其のまま此の坂道に放置されてあるものだとの事である。鬼（オイ）は既に説明した通り部族集団の首長のことであるから伊邪那岐の命も鬼の御一人と言わねばならぬ。よってこの鬼の在した所は折尾（オイオ）又其の入口は折口（オイクッ）等の地名になっておるようである。

尚、又この大石のある所は二つ石（フタッイシ）の字名になっておるが此の発音は同時に古語の塞ぎ石（フタッイシ）にもなるので何れが真であるかは断じ難い。後節に入ると天の尾羽張《おはばり》の神の所で同断の地名が見られることを加えて置く。

黄泉戸の大神（ヨミドノオオカミ）

この神名は既に説明してある通り黄泉戸（ヨミド）は世見戸（ヨミド）に解し黄泉神と申す八《や》俣《また》の大蛇《おろち》に思えるお人の支配する大戸（ウト）の大神と云うことであろう。

余談になるがこの黄泉国である筑紫の島は後に天照大御神が御支配召されるのである。だがそれと同時に月読《つきよみ》の命《みこと》は南西四五千米の夜の食国《おしくに》（注＝比定地は高吉《タカヨシ》）に御進出になり、又須佐之《すさの》男《お》の命《みこと》が肥《ひ》の国の西端になる円尺木場《エンジャクコバ》に御進出になって生長期を過ごされたことは大きく注目すべき事柄ではなかろうか。そして天の岩戸の変があり続いて八俣の大蛇退治となるのであるが其の経緯は何に起因するのであろうか。広く神代の勢力分野に注目すべきであると思う。そして又其の隙間を縫って大国主の命の葦原の中つ国統一と国譲りに至る間の事情等を考察すれば如何に天照大御神が神代の国御統一と肇国の大業に大御心を注ぎ給うたかが其の御盛徳と共に明らかになるであろう。

伊賦夜坂（イブヤザカ）

この伊賦夜坂は古事記の原文に故其の所謂黄泉比良坂は出雲の国伊賦夜坂なりとあることからして今は一般に山陰の出雲の国に解されておる。然しこの出雲の国も例の通り神代の平常（イツモ）の国に間違いあるまい。

だとすればこの際の出雲の国は筑紫の島になるので天照大御神の平常の国であられようか。それとも又母神伊邪那美の命の平常の国を言ったものであろうか。何れとも判断に迷う。然しこの伊賦夜坂の名は現地の実際からして杭山坂（イグヤマザカ）が誤り伝えられたものではあるまいか。此の黄泉比良坂の峠の東側にある岡を杭山（イグヤマ）の岡と云い里人はこの坂道を杭山の坂（イグヤマンサカ）と云うのである。よって北口からの登山道を比良坂と云い南口への下山道を杭山坂と言ったことになる。

又、この杭山（イグヤマ）は筑紫の島への入口に当る要害のため杭（クイ）を打ち込んで防塞に備えた場所ではあるまいか。南北勢力の接点になるので考えられることである。又、天孫の葦原国の要所にも杭山の名が遺されておる。尚古語は杭に杭（イグ）とも云う。

第一六節　阿波岐原《あわきはら》の禊祓《みそぎはらい》（一）

本文

【是を以て、伊邪那岐《いざなぎ》の大神《おおかみ》詔り給わく「吾《あ》は伊那志許米志許米岐《いなしこめしこめき》、穢国《きたなきくに》に到りて在《あ》り祁理《けり》。故、吾《あ》は御身《おおみま》の祓《はら》いせな」と宣り給いて、竺紫《つくし》日向《ひむか》之《の》橘《たちばな》　小門《おど》之《の》阿波岐原《あわきはら》に到りまして、禊祓《みそぎはら》いたまいき。】

語句の解説

伊那（イナ）

通説ではこの伊那（イナ）を否（イナ）に説明しておるようだが、古語の立場では意味を異にすると思う。伊那を語原から言えば特に著しい（イ）名（ナ）になるので、世人を吃驚させるような行為のことになる。だから古語社会では、峻厳過当をも敢えて顧みない人には「イナ者《ムン》」と云うのである。よって、常識外れの行き過ぎを敢えて行う者が「伊那者」でなければならぬ。共通語で異なことを承ると云う「異な」もこの一種ではあるまいか。勿論、田舎の「イナ」もそれであろう。

志許米志許米岐（シコメシコメキ、注＝原文は志許米上志許米岐）

この志許米は既に黄泉志許売で一応の説明はした筈である。だが今度は志許売が志許米になっておるので文章の前後からして志許目（注＝シコメ）に考うべきでなかろうか。そうすると人間の習性として見てはならぬ物又は見たくない物を見る時には左右上下の眼瞼を寄せて目を細めながらも凝視するであろう。このことを古語は「志許目（シコメ）をする」と云うのである。よって志許米志許米岐《しこめしこめき》は眼を細めなければ平然とは見られない物や事を見せつけられた事に解すべきであろう。

穢国（キタナキクニ）

この穢国の説明は要すまい。だが古語は穢国（キッサナカクニ）でなければならぬ。よって語原は生（キ）の語意を更に強化して生っ（キッ）則ち屹（キッ）とし其の生長発展（サ）が無い国と解せねばなるまい。要するに清純な道義や習俗のない国と解すべきであろう。

御身（オオミマ）

説明によれば御身（オオミマ）は大御身であると云う。だがこの語も今に至っては古語社会でも聞くを得ない。然し、高木の神の山戸と解する雪丸岳《ユツマイダケ》には尾間様（オンマサマ）と云う祠が遺されておる。そして古語の原形は尾見真様（オンマサマ）であろうと解される。だとすれば尾見真（オンマ）は鬼真（オンマ）になるので伊邪那岐の命にも通用する尊称と云うことになる。そうすると御身（オオミマ）の発音は御身（オンマ）になるので、今は聞かれない古語と云うことになる。

竺紫（ツクシ）

この竺紫（ツクシ）については先きに説明した筑紫の島で御了解済みであろう。よってここでは竺紫の語意について具体例を申上げ御理解を深めたいと思う。古語の社会では草原に於いて馬に草を喰ませる場合には串を突き立ててこれに馬を繋ぐのである。そして其の串のことを「ツ串《グシ》」と云う。馬はこの串を離れて他所へは行けないが又一方ではこの串の周辺で食が与えられ生活も保証されておることになる。だから馬に取っては「ツ串」則ち一体不可分の串であると言えよう。故に尽しであってもよい事になるであろう。

日向（ヒムカ）

この日向の訓み方にもいろいろ聞かされるが語原からして日向（ヒユカ）が原形のように思

う。そして日向の日は日の命の日に解したい。又日向の向（ユカ）は語原通り結束（ユ）する「カ」の作用であろう。ではこれを具体的にするため座敷の下に置かれる床（ユカ）について説明して見よう。昔の床は今日の如く板張りではなくすべて拇指大の竹を並べて動かないよう縄で編みながら結束したものであった。一本の竹では支えられないが多数が結束すれば絶対の安全が保証される。そして其の床竹は一生表面に姿を現わすことのない畳の下敷で日陰者の生涯を終らねばならぬのである。だのにいささかの不平不満ももらさず只黙々として与えられた任務に専念しておる。だからこうした姿の人が床しい人と云うことになるのである。

故にこの床（ユカ）のように床しい心がけの人々が日の命の許に参じて床しく尽した所が竺紫日向の地であると解せねばなるまい。従ってここに云う日向は現在の日向の国ではなく筑紫の岳に山戸のある神代の国に以てしてこそ初めて具体化が叶うことになる。

尚、余談になるが古事記の原文には竺紫日向之と一連にしてあるから竺紫日向を一連にして考える時初めて具体化が出来るであろう。決して今日言う如く「九州は鹿児島県川辺郡知覧町」と云う如き整然たる地域表示ではないように解せられる。又、神代の昔そんな区画割があったろうとは考えられない。

橘（タチバナ）

この橘も同じ語音の語の当て字でしかあるまい。よって橘（タチバナ）になる語を考えて見ると立鼻や達鼻等しか考えられないことになる。そこでこの立や達を語原から言えば最高位（タ）

に着（チ）いておることになってくる。だが古語の発音は立（タッ）や達（タッ）になるので既に滝（タッ）や竜（タッ）で絶対高位のものと説明したように思う。そうすると絶対の高位に在する日の命達が御出になられた鼻が立鼻や達鼻でなければならぬことになる。だとすれば其の鼻は薩摩半島のことにしか考えられないように思う。何故なら神代の昔日の命達の在した所には達山《タッチヤマ》又は立山《タッチヤマ》、竪山《タテヤマ》等の地名が方々に見られるのが薩摩半島であるからである。故に橘と云うのはこの日の命達の在した鼻と云うことであると解したい。

尚、余談になるが立山の山形は遠望すれば山頂が段を成した如く一段上がりに高くなっておる山姿に見受けられる。

小門（オド）

この小門（オド）を語原から言えば合着（オ）して寄り集まる（ト）と云うことになる。よって尾戸（オド）に解すべきでなかろうか。そうすると伊邪那岐の命の山戸に確信せられる大野岳（オノタケ）の山戸即ち大戸（オド）と云うことに解される。我田引水かも知れないがこの山戸を小門則ち尾戸に読んだ理由は大野岳《オノタケ》の地元巷間に於ける呼称は尾之岳《オノタケ》であって決して字義の大野岳ではないからである。現在でも其の山戸の名残りであろうか山頂には立派な社があって頴娃《エイ》町最大の大祭が無慮数万の参拝者を集めて賑ったものである。だから此の小門と云う山戸は頴娃町牧之内《マッノウチ》の通称大野岳殿（オノタケドン）と云う神社のことに相違あるまい。勿論、この地は橘（達鼻）に言える薩摩半島の鼻でもある。従って海までもさして遠くない。

余談になるが小門（尾戸）の名前について愚見が述べて見たい。伊邪那岐の命は淡島を御生みになられたが御子の数には入れず其の周辺一帯の大倭の地を合併して大倭豊秋津島《おおやまととよあきつしま》の御名にして御出になる。よって後の一国一域の主の上に連合政府とでも云うべき進歩した組織の山戸を大野岳に定め給うたので合着（オ）した戸（ト）と云う意で小門（オド）と呼んだものではあるまいか。

阿波岐原（アワキハラ）

この阿波岐原も、前に説明した筑紫と日向及び橘と小門が一連の語に解すべきであったと同様に阿波と岐原も各々独立した名前であると解せねばならぬ。然し又阿波の岐原と一連に解すべきであることは勿論である。だとすればこの阿波は伊邪那岐の命の御子の数には入らなかった淡島の淡（アワ）であることは言うを要すまい。故に命が家庭生活を営み給うた香山の畝尾の木之本を中心にした地帯のことに解せられる。具体的には現在の頴娃《エイ》町木之元《キノモト》部落の神社附近のことになる。

次には岐原（キハラ）であるがこれは木之元《キノモト》部落から二千米位の北方馬渡《ウンマワタシ》川の東岸のことに解したい。何故ならここに上の川平《カンノカワヒラ》、中の川平《ナカンカワヒラ》、下の川原《シモンカワラ》と云う三つの字地名が接続しておるからである。故にこれが上《かみ》つ瀬《せ》、中《なか》つ瀬《せ》、下《しも》つ瀬《せ》を語るものと解したい。又、その下流が瀬谷《セタイ》字二つと平瀬《ヒラセ》字六つで占めておることも面白いと思う。然し残念なことに岐原《きわら》の名を見ることが出来ないのである。でもこの禊祓いの地が淡島の主要農耕地であったことを語っておる粟ヶ窪《アワガクボ》と云う台地の西方谷間に位置することから阿波（粟）の岐原であったことは揺がないであろう。尚、この周辺の地名には稲羽《イナバ》（白兎）を初め尾塚《オヂカ》、高峯《タカミネ》等神代関係の地名が少なくないこともこれを裏付するのではあるまいか。

尚、次に阿波と岐原の分離について理解を深めるために紹介しておきたいことがある。天照大御神の岐原となる地は大御神の御住居地に源を発する加治佐川《カッチャガワ》の中流にあって海岸から凡そ五千米位の所である。そして其処に上木原《カンキワラ》、中木原《ナカキワラ》と云う両部落と下木原《シモキワラ》と云う地名だけが遺されておる。そして其処を知覧（チェラン）の木原（キワラ）と云うのであるが地名の意味は天照大御神と申す照（チェラ）の御方が見（ミ）供わす照見（チェラミ）則ち知覧（チェラミ則ちチェラン）の岐原則ち木原（キワラ）であると解する。

尚、今日では信濃の国に閉居されたことにされておる建《たけ》御《み》名方《なのかた》神の岐原は枕崎《マクラザキ》市の海岸から千米位の所に鹿篭（カゴ）の木原《キワラ》と云う部落を成しておるのである。よってこの名の意味も籠の鳥同様に籠の生活を余儀なくされた建御名方の神と申す籠の人の岐原則ち鹿籠（カゴ）の木原と云う名であろう。だとすれば神代の日の命達は各々岐原を有してここで禊祓いを受け清浄な心身となられて山戸のある領国に帰られたものではあるまいか。

そうすると伊邪那岐の命の阿波の岐原に於ける禊祓いもわかるように思う。勿論、岐原は生原（キワラ）であって清純の生（キ）が充満（ワラ）しておることである。古語は露が充満しておれば露原（チワラ）と言い草が充満しておれば草原（クサワラ）と云う。故にこの原は原（ハラ）でなく充満（ワラ）の意に解せねばならぬ。

禊祓い（ミソギハライ）

この禊祓いも古語社会の当地に於いてさえ今は神事の外では見るを得ない。故にまことに私見で恐れ入るが雨の語原は「ア舞い」即ち天上に於ける天つ神の舞いに用いられた水が地上に降り注ぐと云う古代思想らしく考えられるのである。よって天つ神の舞いを人の手を以て臨時に招請し地上の河水を代用して心身を清浄化すると云う行事が禊祓いではあるまいか。明治の頃までは火事等の汚れも一雨降れば汚れが祓われたとして諸道具も屋内に持込まれたものである。

余談になるが当地の有名神が在した所には水洗《ミツヂャレ》の地名が方々に見られるのでここで水洗いして身心を清めたものではあるまいか。又流行病等の祓いには少年団行事として青竹の小笹を左右に打振りながら列を組み、声を和して部落外遠く追い出して行ったことを未だに記憶する。

本文

【故、投げ棄《う》つる、御杖《みつえ》に成りませる、神の御名は、衝立船戸《つきたちふなど》の神、次に投げ棄つる、御帯《みおび》に成りませる、神の御名は、道之長乳歯《みちのながちば》の神、次に投げ棄つる、御裳《みも》に成りませる、神の御名は、時置師《ときおかし》の神、次に投げ棄つる、御衣《みけし》に成りませる、神の御名は、和豆良比能宇斯《わづらいのうし》の神、次に投げ棄つる、御褌《みはかま》に成りませる、神の御名は、道俣《みちまた》の神。】

語句の解説

御杖（ミツエ）

この杖も正確に言えば杖（チエ）でなければならぬ。身に着（チ）ける柄（エ）であるから着柄（チエ）である。従って、血統（チ）を維持するために会（エ）すると云う身血会（ミチエ）を隠語にした御杖ではあるまいか。そうすると、男性の所持するものを身血会にしての御杖と云うことになる。余談になるが、杖（ツエ）であれば杖は爪の如く手と一体不可分の関係にあらねばならぬ。

衝立船戸の神（ツキタチフナドノカミ）

この神名の衝立（ツキタチ）は言うまでもなく突き立ちで佇立《ちょりつ》のことであろう。黄泉国での目に余る出来事に茫然自失して佇立されて御出ることに解せられる。次に船戸は船の寄り集まる（戸）所になるから船だまりに解せねばなるまい。そうすると衝立船戸の神と云うことは茫然自失して衝き立っておる心事は船だまりの船が動揺頻りなように心の動揺に揺れ動いて御出る神と云うことに解せられる。古語では厩《うまや》（注＝タッド＝立戸）内で体を左右に揺さぶる習癖を「フナヨイ」と云う。

御帯（ミオビ）

帯の語原は合着（オ）せしむる強制力（ビ）と云うことに思う。だから古代社会では各部落ごとの支配者を帯名とした帯名（オッナ）と云い権力の家柄にしたものである。塩椎の翁（オキナ）もこの帯名のことであろう。又、古語は桶類の箍（タガ）も帯である。故に御帯は身帯で自律自制のことにも思う。

道之長乳歯の神（ミチノナガチバノカミ）

この神名の道は人道の道であろう。そして次の長乳（ナガチ）は古語が長いを長い（ナゲ）の語法にするから長い乳は長乳（ナゲチ）になる。そうすると長乳（ナゲチ）は古語の歎（ナゲッ）に作れるであろう。又、次の歯は場に解せねばなるまい。だとすれば道之長乳歯の神と云うことは道のために巡り合せた愁嘆場の神と云うことであって、伊邪那美の命との夫婦道の歎き場の神であろう。

御裳（ミモ）

古代には御裳と云う名があったかは知らないが今は聞くことを得ない。故にこの名は語原通りに解し心の中に（ミ）定住固着（モ）しておる「身モ」とし愛憐の絆にかけられた名であると解したい。

時置師の神（トキオカシノカミ）

この神名は語音通り時を貸しの神であろう。世の中の事は如何な悲惨事も時日を経過すれば脱脚出来ると云う神に解したい。

御衣（ミケシ）

この御衣（ミケシ）の名も今は公然とは聞くを得ない。よって出雲の神の神語りにある「ぬばだまの黒きみけし」に隠語を持たせる御衣ではあるまいか。だとすればこの御衣は頭の剥けたお人に考えねばならぬ。

和豆良比能宇斯能神（ワヅライノウシノカミ）

この神名は古語とは解し難い。よって共通語通りに煩いの憂《う》しの神とすべきであろう。そうすると伊邪那岐の命の御衣（ミケシ）が和豆良比能宇斯能神であられた事になる。

御褌（ミハカマ）

この御褌が褌（フンドシ）であれば語原的にいかがわしいが御褌（ミハカマ）であれば古語の褌（マワシ）と大差ない語原と言える。褌（マワシ）の語原は真輪し（マワシ）であって其の輪をされておる真（マ）は男女の性器の名に冠されておるであろう。但し女は大阪方面で探究されたい。又褌（ハカマ）であれば端構（ハカマ）であって一番外っ端（ハ）から構（カマ）っておると云う名に解せられる。だとすれば褌（マワシ）も褌（ハカマ）も共に真（マ）なるお人の自由奔放を制しておると云う名に解せられる。

よってこの御褌（ミハカマ）は伊邪那岐の命の身褌（ミハカマ）であって御衣（ミケシ）なるお人の奔放なる活動の統御にかけられた名と解すべきであろう。

道俣の神（チマタノカミ）

この道俣（チマタ）を常識的に考えれば巷（チマタ）のことになる。然し古語では巷の語は聞かれない。よってこの巷は原形が道俣（ミチマタ）であって、これが約言された巷であると解したい。

すると道と云うのは道路であっても人道であっても常に身に着いておると云う意で身着（ミチ）であると解せられる。よって伊邪那岐の命の御身に着いた人道も道の俣にさしかかられて自今如何に処すべきかの岐路に御迷いの神であると解したい。

本文

【次に投げ棄《う》つる、御冠《みかんむり》に成りませる、神の御名は、飽咋之宇斯能神《あきぐいのうしのかみ》、次に投げ棄つる、左の御手の手纏《たまき》に成りませる、神の御名は、奥疎《おきさかる》の神、次に奥津那芸佐毘古《おきつなぎさひこ》の神、次に奥津甲斐辨羅《おきつかいべら》の神、次に投げ棄つる、右の御手の手纏《たまき》に成りませる、神の御名は、辺疎《へさかる》の神、次に辺津那芸佐《へつなぎさ》毘古《ひこ》の神、次に辺津甲斐辨羅《へつかいべら》の神。

右の件船戸《ふなど》の神より以下辺津甲斐辨羅《へつかいべら》の神まで十二柱は御身につける物を脱ぎ棄て給いしに因りて生りませる神なり。】

語句の解説

御冠（ミカブリ）

この御冠を後代の冠（カンムリ）に考えてはなるまい。従って通例の被り物に解すべきである。だがその被り物にも種々あるので此の際は語音通り身被りに解したい。そうすると御杖や御衣になるものが頭に身を被っておると言えば言うを要すまい。

飽咋之宇斯能神（アキグイノウシノカミ）

この神名の飽咋（アキグイ）は飽食いで飽食のことになる。そして次の宇斯（ウシ）は憂しに解したい。だとすれば御衣（ミケシ）なるお人も度が過ぎれば御冠（身被り）も飽食して憂しを覚ゆると云う神になる。

手纏（タマキ）

この手纏についてはいろいろと丁重な説明がなされておる。よってそれはそれで良いであろう。だがここで云う手纏の正体はそんなものではあるまい。語原から言えば最高（タ）にして真（マ）なることが生（キ）一本であらねばならぬ。御わかりであろう。

奥疎の神（オキサカルノカミ）

この神名の奥は原文に奥（淤伎）と註がしてあるから奥（オキ）と訓まねばならぬ。するとこの奥は起きにも作れる。だとすれば手纏の常態は寝たる姿であるからこれが起き上ったことに解せねばなるまい。

次の疎も又疎云奢加留としてあるので疎（サカル）に訓まねばならぬ。だとすれば疎は盛るに解すべきであろう。古語で盛ると言えば発情のことにもなる。よって奥疎の神と言えば起き盛りの神になるのでおわかりであろう。特に手纏は丸生（タマキ）にも作れる。

奥津那芸佐毘古の神（オキツナギサヒコノカミ）

この神名の奥津は手纏が起きて目的物と一体不可分になることであろう。そして次の那芸佐は発音が那芸佐（ナッサ）になるので慰みの古語慰（ナッサ）に解すべきでなかろうか。古語では慰安行楽のことに慰み（ナッサン）に行くと云う。だとすれば起き立って慰み則ち那芸佐みに行く毘古であるから御理解が得られるであろう。

奥津甲斐辨羅の神（オキツカイベラノカミ）

この神名の甲斐（カイ）であるが古語では陰茎の縊れた部分を甲斐首（注＝カイクッ）と云う。従って甲斐は古語であって「かかり」と云うことであろう。又、次の辨羅（ベラ）は箆棒の箆（ベラ）であって萎びたことであり用を成さないことではあるまいか。古語ではぐんなりと萎びて無気力になったことを「ベラッ」なったと云う。御承知の通り甲斐首は手纏が奥津那芸佐毘古の後は「ベラッ」となって無気力に萎びるであろう。だとすれば奥津甲斐辨羅の神と云うことは起きていた甲斐首も辨羅（ベラッ）となって仕舞うと云う神であろう。

辺疎の神（ヘサカルノカミ）

先きには奥を淤伎（沖）に見せたので今度は辺（ヘ）にしたものであろうか。然し辺（ヘ）の原形は「ハイ」であるから張り出す（ハ）ことが著しく（イ）なければならぬ。だから灰や蝿にしても這いや屁にしても張り出ることが著しいであろう。だから古語は之等のものに対してすべて「へ」と云うのである。だが共通語は屁（へ）だけに限るのはどうしたわけであろうか。

余談はさておいて古語は海浜のことに辺手（へタ）と云うので沖に向って張り出す手と云うことであろうか。然しこの張り出しも自からの実力をわきまえず無謀無暗な張り出しは実効が伴わない。故にそうしたことを下手（へタ）と云うのだと思う。余談になるが上手と云うのも古語は上手（ジョシ）であるから嫁女（ヨメジョ）晴衣（ベンジョ）根性（コンジョ）等の最勝最善（ジョ）をしたと云う語原であろう。従って成就（ジョシ）と関連の語と解されたい。

以上説明した辺（へ）によって辺疎の神の説明は要しないであろう。張り出ることの著しい盛りの神と云うことである。

辺津那芸佐毘古の神（ヘツナギサヒコノカミ）

この神名も今更解説の必要はあるまい。地元則ち身体から発散する張り出しの著しい那芸佐即ち慰安を要求して止まない毘古の神と云うことである。

辺津甲斐辨羅の神（ヘツカイベラノカミ）

この神名も同様に解説の要はあるまい。身内から起き立った甲斐の勢いも那芸佐毘古によって辨羅になったと云う神である。

第一七節　阿波岐原の禊祓（二）

本文

【ここに「上《かみ》つ瀬《せ》は瀬《せ》速《はや》し、下《しも》つ瀬《せ》は瀬《せ》弱《よわ》し」と詔《の》りごち給いて、初めて中つ瀬に随《お》（堕）り迦豆《かづ》伎《き》て、滌《そそ》ぎ給う時に、成りませる神の御名は、八《や》十《そ》禍《まが》津《つ》日《ひ》の神、次に大《おお》禍《まが》津《つ》日《ひ》の神、この二神は其の穢《きたな》き、繁国《しきくに》に到りましし時の汚垢《けがれ》に因りて、なりませる神なり。】

語句の解説

上中下つ瀬

この上つ瀬中つ瀬下つ瀬は既に説明した通りである。頴《エ》娃《イ》町牧之内《マツノウチ》に上の《カンノ》川平《カワヒラ》、中の《ナカン》川平《カワヒラ》、下《シモ》の川原《ンカワラ》の字名がある所以は神代からの地勢と川の流れによるものであろう。伊邪那岐の命の山戸大野岳《オノタケ》の西端に位置するので周辺の枇木《ヒノッ》、佃岡《ツッダオカ》、赤豆穴《アッンアナ》、宇《ウ》祢《ネ》岡《オカ》、神亀《カンガメ》、銭亀《ゼンガメ》等の地名を解明すれば其の関係も明らかになり面白いと思う。

随迦豆伎て（オリカヅキテ）

この随の字は降りの誤りであろうと説かれておる。だが、真福寺本では堕の字になっておるらしい。それで通説では降り潜（カヅキ）にしておるもののようである。然し、古語でも水中に潜ることを潜（カヅキ）とは言わない。だとすればこの語は、語原から究明する以外に途はないであろう。

そうすると問題になるのは随の字であるがこれは却ってこの随の字が誤字で楕円形の楕若しくは橢であるか真福寺本の堕落の堕に取るのが正しいのではあるまいか。堕落の堕（ダ）は基本意を動きが停止しておることにするから楽（ダク）疲れ（ダレ）黙る（ダマル）団子（ダ粉《ゴ》）等の古語になるのである。では御理解を容易にするため簡単な類似の語から説明に入って見よう。

御承知の通り近付きと云う語は語原的には着（チ）迦豆伎で至って接近（チ）した「カ着き」である。だとすれば随迦豆伎（ダカヅキ）と云うことは自からの動きを停止して神神の「カ」の作用にまかせきった着き方でなければならぬ。御存じの通り何物かを出（ダ）すことも逃がしたり隠したりはせぬであろう。そうすると伊邪那岐の命も黄泉国での一切を包み隠しなく祓いの神にさらけ出して神の「カ」の前に着くことだと言わねばなるまい。言うなれば神に抱きかかえられた無心の姿で神の心に着くことであろう。だとすれば堕迦豆伎は抱か着きに作ってもよいのではあるまいか。余談めくが抱（ダ）は古語で「カ行」に活用するので抱か抱き抱く抱け抱こになるのである。よって堕迦は抱かに解しても決して悪いとは考えられない。

《注　南九州方言の語法で「ダカヂク」という用語は日常的に使われている。漢字を充てると「抱か着く」となる。意味合いは子ども等が甘えてお母さんなどにしっかりと抱きつくことを表現した用語である。》

八十禍津日の神（ヤソマガツヒノカミ）

この八十（ヤソ）も玄孫のことに玄孫（ヤシマゴ）と云うことからして八十（ヤシ）に解したい。そうすると古語では貪り欲しがることに卑し（ヤシ）と云うので卑しいことにもなる。又、次の禍津（マガツ）は曲っ（マガッ）に作れるので曲りの語意を徹底強化した語に考えられる。曲りの語原は真（マ）苅（カリ）で真実が苅られておることになる。

又、次の日も前後の経緯からしてこの場合は陰（ヒ）に解すべきであろう。そうすると八十禍津日の神と云うことは卑しい人道に外れた性行為が反省される神と云うことになる。祖父の語り草からしても黄泉国に於ける伊邪那美の命との御出合いには八十禍津日の行いがあられたらしく聞き取られる。

大禍津日の神（オオマガツヒノカミ）

この神名は八十禍津日の神の八十が大になっただけの違いである。だから大同小異でほぼ同断のことに解しても良いのであろう。

穢き（キタナキ）

穢（キタナキ）は共通語であろう。だから語原を求むれば生（キ）の最高（タ）が無いになるので一寸おかしい。故に生手（キタ）無いにでも見るべきだろうか。だが古語では穢（キッサナカ）と云うので吉備（キッ）則ち菊（キッ）見たいな生長発展（サ）が無いと云うことになる。

繁国（シキクニ）

これは繁国（シキクニ）と訓むものらしい。そうすると其の支配国に席が敷かれたように何かの事が行き渡っておる国と解せねばならぬ。これを語原から言えば堀り下がって自己完成（シ）しておることが生（キ）のままにある国と云うことになる。よってこの繁国は穢き未開蕃風《ばんぷう》に明暮れの国と云うことであろう。

汚垢（ケガレ）

この汚垢（ケガレ）の「ケ」は飼（ケ）であって蚕（飼児）や家来（飼ライ）等の飼（ケ）でもある。そして其の飼が枯れるようなことが飼枯れ則ち汚垢と云うことになる。又生物はこの飼（ケ）があればこそ生きて居られるのだから古語は死ぬる事に飼死ぬ（ケシン、注＝文法上は「飼死む」となる）と云うのである。よって飼（ケ）は生命保持の基本であると言わねばならぬ。故に汚垢と云う事はこの生命の飼を枯らすような事柄に云うのだと解せねばなるまい。

《注　標準語で「死ぬ」という動詞はナ行で五段活用するとされる。しかし、南九州方言ではこの動詞は接頭語ケを添えて「ケシン」と言う。漢字を充てると「飼死む」となる。そしてマ行で四段に活用する。同方言の最大の特徴はナ行で活用する動詞はまったく見られないことである。》

本文

【次に其の禍《まが》を直《なお》さんとして、成りませる神の御名は、神直毘《かむなおひ》の神、次に大直毘《おおなおひ》の神、次に伊豆《いづ》能売《のめ》の神、次に水底《みなそこ》に滌《そそ》ぎ給う時に、成りませる神の御名は、底津綿津見《そこつわたつみ》の神、次に底筒之男《そこつつのお》の命、中に滌ぎ給う時に、成りませる神の御名は、中津綿津見《なかつわたつみ》の神、次に中筒之男《なかつつのお》の命、】

語句の解説

神直毘の神（カムナオヒノカミ）

この神名の神（カム）は神（カン）になるので感か勘かに解すべきであろう。又、次の直毘（ナオヒ）も直毘（ナオイ）になるので直り（ナオイ）に解したい。そうすると黄泉国に於いてたかぶった感情が平静に戻られたことが神直毘の神であると思う。

大直毘の神（オオナオヒノカミ）

この神名は、大きく立直ると云う神であろうから、神直毘の神と大同小異に考えて差支えあるまい。

伊豆能売の神（イヅノメノカミ）

この神名の伊豆（イヅ）は稜威（御イツ）の稜威（イツ）であろう。語原は特に著しい（イ）一体不可分（ツ）のことになるのでこの際は統治権のことに解すべきでなかろうか。又、次の能売（ノメ）は呑めに解せられる。そうすると大八島国を統治する最高責任者が単なる一身上の家庭問題等で大騒ぎするのは好ましくない。このために大八島に騒乱を招くようになっては取返しのつかぬ事になる。すべからく稜威（伊豆）の大事を身に呑み込んで大八島の統治に専念すべきであると云う御自覚の神に解すべきであろう。

底津綿津見の神（ソコツワタツミノカミ）

一般的な定説からすればこの神は海を支配なさる神で綿津見（ワダツミ）と申す御名のようである。そうするとこの海（ワダ）を一体不可分（ツ）にして見（ミ）供わす神が綿津見の神と云うことになる。そこで綿の語原であるが御承知の通り海は陸に対して完全な輪を成しておるであろう。故にこの輪を最高（タ）の輪と見れば綿津見（ワタツミ）の神と云うことになる。渡ると云う言葉から見れば綿津見（ワタツミ）が原形のようにも思える。だが又海と云う輪は河と云う輪の如く流れ去らないので動きを停止した「ダ」の姿にも見られるので海津見（ワダツミ）であっても語原には叶っておるようである。

それはそれとして此の禊祓いの淡島を中心とした大倭国の地勢を見渡せば太古は相当に奥深く

まで海が入り込んで現在の御領《ゴリョウ》水田帯（注＝頴娃《エイ》町）は其の殆どが遠浅の海ではなかったろうかとも考えられる。よってこの地帯には綿津見の神の支配下にある。農漁民達が漁りで生計していたのではあるまいか。故にこの底辺に生活する庶民達とのつながりを如何に見るべきかと云う神が底津綿津見の神ではなかろうかと思う。

底筒之男の命（ソコツツノオノミコト）

この命名については各種各様の考え方が成り立つであろう。例えば包みや慎ましいの筒（ツツ）もあれば蝶々（ツツ）や躑躅（ツツシ）の筒（ツツ）もある。そして又天孫陵の如き主要地には天包（アマツツミ）と云う筒見（ツツミ）の名も見ることが出来る。だがこの底筒はそうした筒ではあるまい。

よってこの筒（ツツ）は発音が筒（ツッ）となるので土（ツッ）や地（ツッ）又は先住族のことになる椎（ツッ）に解したら如何であろう。そうすると天（アメ）に対す地（ツチ）であって食糧の給源地となる農耕地帯のことや天人に対する先住民族のことになってくる。だとすれば衣食住資源増産の底辺に活動する一般諸民を如何に指導し如何に開発を進むべきかと云う積極的な姿勢が底筒之男の命と云うことに考えられる。

そうすると伊邪那岐の命と底辺社会との中間社会が中津綿津見の神や中筒之男の命であり又命の身辺に御仕えする上流社会が上津綿津見の神や上筒之男の命と云うことになる。

《注　南九州方言では「喋喋」のことを「テウテウ」と言ったり「ツツ」と言ったりする。》

本文

【水の上に滌《すす》ぎ給う時に、成りませる神の御名は、上津綿津見《うわつわたつみ》の神、次に上筒之男《うわつつのお》の命、この三柱の綿津見《わたつみ》の神は、阿曇《あづみ》の連《むらじ》等が祖神《おやがみ》と以《も》ち伊都久《いつく》神なり。故、阿曇の連等は、此の綿津見の神の御子、宇都志日金拆《うつしひかなさく》の命の子孫《すえ》なり。其の底筒之男の命、中筒之男の命と、上筒之男の命三柱の神は、墨《すみ》の江《え》の三前《みまえ》の大神なり。】

語句の解説

阿曇の連（アヅミノムラジ）

この阿曇（アヅミ）は語音からして阿津見（アツミ）に解すべきでなかろうか。古語は鶴のことを津見（ツン）とも言えば椎（ツッ）とも呼ぶのである。よって阿曇は阿津見（アツン）であれば阿椎（アツッ）でもあると解せねばなるまい。そうすると国生みの小豆島を支配された迦毛の大神の阿遅志貴高日子根の命は厚地（アツッ）に在すので小豆（アツッ）則ち阿椎（アツッ）のことになる。そして又阿曇の連は阿津見（アツン）に発音される同格の神に解すべきであろう。尚、ここで附記しておくが頴娃《エイ》町西部の海岸線は「ツ」の詰った発音を「ン」に発音するので阿椎（アツッ）であっても阿津見（アツン）になることを了解されたい。

　そこで言いたいのは伊邪那岐の命の禊祓いの地に推定する下の《シモン》川原《カワラ》に接続して赤豆穴（アツンアナ又はアツッアナ）に呼ばれる字名が二字存することである。よって阿曇の連はこの赤豆穴《アツンアナ》を中心に繁栄した先住族ではなかったろうか。そうすると阿津見（阿曇）の語原は上層に浮上進出（ア）して一体不可分（ツ）に見（ミ）る連になるので伊邪那岐の命に早くから随身して頭角を現わし格別の待遇を受けて繁栄した集団と解せねばなるまい。

　余談になるが迦毛の大御神の御住居の上にも厚木穴（アツッアナ）字名があり又天孫や天照大御神達にも大きな洞窟が見られるので非常時の待避所に供えたものだろうか。

宇都志日金拆の命（ウツシビカナサクノミコト）

　この命名の宇都志（ウツシ）は移しに解したい。そして日は従属しておる主権者で日の命のことであろう。又、金（カナ）は「カ」の作用を名とする者のことで絶対権力であろう。古語では鉋のことも鉋（カナ）と云うので、其の一枚づつを剝ぎ取る行為に御理解願いたい。そして次の拆（サク）を裂くに考えれば、宇都志日金拆の命と云うことは従来の苛斂誅求《かれんちゅうきゅう》の頭首から離脱して新たなる日の命伊邪那岐の命に参同した命と云うことに解せられる。だがこのことは墨の江の大神のことにも言えるようであるが、伊邪那岐の命の禊祓いによる底津綿津見の神によるものであろうか。

伊都久（イツク）

伊都久は斎（イツク）で特に著しい（イ）着き（ツキ）であろう。

墨の江の三前の大神（スミノエノミマエノオオカミ）

この墨の江の大神は別名を住吉の大神とも申し上げるがこの御名は何れも御所在の位置を御名にされたものと解したい。墨の江を具体的に言えば隅の衣（スンノエ）と云うことである。即ち神代に於いて衣（エ）又は埃（エ）と呼ばれた国の隅と云うことになる。すると現在の頴娃《エイ》町の西南隅に鎮座する神のことと言わねばならぬ。言うまでもなかろうが南薩地方一帯では今も頴娃町のことは衣（エ）で通用しておるのである。

この神社は当地の通称を釜蓋殿（カマフタドン）と言い頴娃町別府大川《ウカワ》部落の岬に鎮座し住吉《スンヨシ》の浜と云う入海を抱いて在すのである。里人はこの神を荒神であると言い通例の通り南向きに社殿を作れば沖合航行の船を転覆せしむるとの理由で異例の北向きの社になっておる。尚、この釜《カマ》蓋殿《フタドン》の名を解明すれば次のことになると思う。釜は構いの構（カマ）であって苛斂誅求《かれんちゅうきゅう》の主権者達の鎌（カマ）則ち構（カマ）に痛めつけられておる庶民の上に蓋をして保護救出されたことからの御名であると解したい。だが里人の間には出征等の場合には玄関口で釜の蓋の下を潜らせて送り出す風習も見られたものである。兎に角この神社の大祭は正月五月九月の二十三日であったが遠く二十数粁の道程を徒歩で参拝し掛小屋が出来る程の賑いであったことを記憶する。

次は住吉の大神の御名であるがこれは衣《エ》の国の隅《すみ》（スン）に在す世人（ヨシ）と云う御名では

あるまいか。そしてこの神の御名を取って其処の入江を住吉《スンヨシ》の浜と云うのだと思う。伊邪那岐の命や月読の命は高（タカ）の御身分に在する世人（ヨシ）であられたから其の御居住の地を高吉（タカヨシ）の名にしておるのである。よって此の神が住吉《スンヨシ》則ち隅世人（スミヨシ）の大神であられても決して悪くはあるまい。

尚、次は全く憶測の域を出ないが海岸より五千米位の奥地に篤（オロ）、中次《ナカツツ》、源黒《ゲンクロ》、冷水《ヒヤミツ》、小園《コゾン》、堀之元《ホイノモト》、後園《ウシトゾン》、辰《タツ》バミ、釜迫《カマガサコ》、鳥ケ迫《トイガサコ》等の地名が集団しておるので此の方面に開発を進められたのではなかろうかと思う。

第一八節　三貴子《うづのみこ》の出生

本文

【ここに左の御目を洗い給いし時に、成りませる神の御名は、天照大御神《あまてらすおおみかみ》、次に右の御目を洗い給いし時に、成りませる神の御名は、月読の命《つきよみのみこと》、次に御鼻を洗い給いし時に、成りませる神の御名は、建速須佐之男の命《たけはやすさのおのみこと》。

右の件八十禍津日の神より、速須佐之男の命まで十四柱の神は、御身を滌《すす》ぎ給うに因りて、生まれませる神なり。】

語句の解説

左の御目を洗い（ヒダリノミメヲアライ）

御目を御洗いになられて貴子が御出生になられよう筈はない。よってこの貴子は心身を洗い清め給うて心眼を御開きの時に御生まれの御子神であると解したい。故に具体的に言えば天照大御神、月読の命、建速須佐之男の命と云う三大方針を実践項目にすることを御悟り遊ばし貴子と云う御名を以て実施に移されたことに解したい。

天照大御神（アマテラスオオミカミ）

この御神名は説明するまでもなかろうが天（アマ）は天であると共に高天原のことであろう。従って天照と云うことは高天原を最善の御手腕と知徳を最大限に傾注召されて御統治遊ばした御方と云うことに解したい。天（アマ）は語原から言えば上層に浮上進出（ア）した真（マ）になるので高天原社会に於ける最高位者と云うことになる。

次の照（テラシ）は正確に古語で言えば照（チェラシ）でなければならぬ。照しの「チェ」は手（チェ）であって五体中で最も器用に働き且つ活動の主体となるところである。そして又知謀術策にまで手を用いると云うであろう。若しこれが手（テ）であれば原形は「タイ」になるから鯛（テ）や樋（テ）になって望みは高いが手は届かぬと云うことになる。従って太陽が照るのも古語は日が照（チェ）るでなければならぬ。

次の「ラ」は上にある語音が最大限にあることを意味するので大御神の御活動が最高度に遊ばすことになる。寺（チェラ）と云う名も最高度の技巧（手）が尽されておる建物であろう。又、次の「シ」は立派に自己完成されたお人と解したい。そうすると天照大御神と申す御名は高天原に於かせられて最大限に御手腕を発揮召され地域社会の向上発展に尽し給うた大御神と云うことになる。よってこの御名は大御神の御神徳を讃え奉った御名と解せねばなるまい。

尚、余談になるが当地では大御神の御名を日本書紀が伝える「オオヒルメムチの尊」になる大昼殿（ウヒイドン）の御名で其の御仁徳が伝えられておる。そして又当地方は天照大御神の照で見供わした土地柄と云うことであろう古くから照見（チェラミ）と言ったものらしい。文字の無かった農村の末端では明治の頃までも知覧（チラン）のことを照見（チェラン）に呼んでいたのである。故に知覧は照見の宛字と云うことになる。

月読の命（ツキヨミノミコト）

天体の中心は太陽（日）であって其の次位にあるものを月にしたであろうことは否めまい。そうすると月（ツッ）と云う名は次（ツッ）と云う古語に基因する名であると解してもよいであろう。又、月の次に位するものは星であることも否定は出来まい。だから其の位置にある者を烏帽子岳の神にしたのだと思う。だが古語では烏帽子（ヨボシ）と言い鳥にすれば鶏冠（ヨボシ）になるので世穂人（ヨボシ）であることも納得出来るのではあるまいか。日本書紀が伝える「星のカガセオの神」と云う人も私の部落の人であったことは疑いの余地はないようである。

そうすると太陽に位する天照大御神の次（月）の位置にあって世を見供わしたお方が月読の命則ち次世見の命であろう。この命は夜の食国を御支配のことになっておるが実際には私の部落の東端を流れる加治佐川《カッサ》を渡った所にある高吉《タカヨシ》の岡に在されたことは疑えない。尚この命は御名を血座（チクラ）月右エ門殿（ツキヨンドン）にして面白い伝説を当地に伝えておる。

建速須佐之男の命（タケハヤスサノオノミコト）

この御名は建速（タケハヤ）と須佐之男の命の二つに別けて考えて見たい。建速の建（タケ）は例の通り岳で高天原のことであろう。そして次の速（ハヤ）は羽矢でもあろうが羽矢は端矢にもなるので最外端まで達する矢でもなければならぬ。だが速（ハヤ）と云う古語は「張りは」という語法になるのでこの際は此の「張りは」を「ハヤ」に解すべきでなかろうか。だとすれば建速と云うことは高天原に於ける「張りは」に解せねばならぬ。勿論、「張りは」の張りには威張りの張りもあるが男前を見せる交際的張りもあると承知されたい。

誠に私見で恐れ入るが伊邪那岐の命の貴子の一人はこの建速須佐之男の命で在するので南方勢力を拡大して北方勢力を圧伏し統一を期したいと云う思し召しにより須佐之男の命に其の工作を命じ給うた手段が建速であって恩誼を施し人心を収攬すると云う張り（速）ではなかったろうかとも解せられる。

次は須佐之男の命の御名であるがこの須（ス）は巣（ス）が原形であろう。巣は言うまでもなく家庭にもなるから対立する者もなく安心して労作も休めるだんらんの場と言える。故に徒手空拳何も身に着けないことから素手とか素裸とかの語にもなるのである。それで須（ス）と云うことは徒手空拳無一物のことに解したい。

次の佐（サ）は例の通り生長発展のことである。そうすると須佐（スサ）は徒手空拳が生長発展したことになるから全くの裸一貫のことになる。然かもそれに男（オ）が附せられるので類例の少ない零落と云うの外ない。だが此の零落は勿論須佐之男の命御自身のことにもなろうが言わんとする真意は高天原に於ける諸神糾合策としての建速の完敗則ち追放と云う零落のことではあるまいか。

第一九節　三貴子の分治委任

本文

【此の時伊邪那岐《いざなぎ》の命《みこと》、大《いた》く歓喜《よろこば》して詔《の》り給わく「吾《あ》は、御子生み生みて、生みの果てに三柱の貴子《うづのみこ》得たり」と詔り給いて、即ち其の御頸珠《みくびたま》の玉の緒《たまのお》、母由良邇《もゆらに》、取由良迦志《とりゆらかし》て、天照大御神に給いて、詔り給わく「汝《な》が命は高天原を知らせ」と事依《ことよ》さして賜いき。故、其の御頸珠《みくびたま》の名を、御倉板挙《みくらたな》の神と申す。次に月読《つきよみ》の命《みこと》に詔り給わく「汝《な》が命は夜の食国《おすくに》を知らせ」と事依さし給いき。次に建速須佐之男《たけはやすさのお》の命《みこと》に詔り給わく「汝《な》が命は海原《うなばら》を知らせ」と事依さし給いき。】

語句の解説

貴子（ウヅノミコ）

貴子（ウヅノミコ）の「ヅ音」が正しく「ヅ」であれば増大（ウ）する御子になるから諸人

の頂位に成長する御子と云うことになる。古語では「ヅ」の語意を強化して「ヅッ」と言えば頂端のことになってくる。だから樹木の梢末は木の「ヅッ」であり頭の頂辺は頭（ビンタ）の「ヅッ」である。

尚、余談になるが古語には「ヅ」と「ヂュ」の中間音になって「ヅュ」に聞こえる発音もあるがこれは容器則ち入れもののことになるので御注意を願いたい。

御頸珠（ミクビダマ）

この原文は御頸珠になっておるがそれはそれでよいのであろう。古語は猫の首輪にも首玉（注＝クッダマ）と言い又肥満体の頸に作れる縊れにも首玉が出来たと云うのである。

玉の緒母由良に（タマノオモユラニ）

この説明では玉の緒と母由良（モユラ）を二語に区分した説明も聞かされる。そして母由良の母（モ）は真（マ）であって菓子の最中（モナカ）が真中であるに等しいと云うのである。然しこの最中説は誤解であるとしか考えられない。最中の名は餡子が御菓子の体中に守っておると云う意の守中（モナカ）が原意のように解せられる。

故にこの語は古語の形からして「玉の緒も、由良に」と読むべきものだろうと思う。古語の由良はゆらゆら揺れるの由良でもあるが又転じて木竹の樹幹のことにもなるのである。だから古語では樹幹の長大な林相には由良が良い（注＝ユラガエ）と云う。揺れる幹が良いと云うことであろうか。よって玉緒も由良にと云うことは樹木の幹が和風に静かな揺るぎを見せるように玉の緒を静かに揺り動かしてと解すべきであろう。余談めくが古語で由良と言えば「ゆとり」のことにもなるし、又軟か（ユラシ）の「ユラ」にもなるので結束（ユ）が限度（ラ）になって弛みを生じておることになる。

御倉板挙之神（ミクラタナノカミ）

説明に従えばこの神名は御倉の中の棚に奉安して大事にする玉とのことである。最もな説明には聞こえるが今少しく立入った究明がして見たい。この御倉は御位や御座にも作れる名であろう。高倉天皇を申す高（タカ）の御座の天皇に作れる天皇も在すのである。だとすれば天照大御神の高天原に於ける玉座の地位は日の神の御座（ミクラ）でもあらねばなるまい。そして其の玉座の棚に奉安奉る玉であるとするならば天照大御神を御あらわし申す玉と云うことになる。

だがこの板挙は単に板挙（棚）に解すべきものであろうか。勿論、棚（タナ）であっても語原は最高位（タ）の名（ナ）になるので悪くはなかろう。然し折角板挙（イタアゲ）の字が用いられておるので其の語原も究めて見たい。そうすると特に著しい（イ）最高位（タ）に挙げる神と云うことになる。だとすれば御倉板挙之神と云うことは高天原に於ける日の神の御身分を立証する絶対権威の玉として其の地位に就かれる命に挙げる則ち上げる神と云うことに解すべきでなかろうか。

夜の食国（ヨルノオスクニ）

如何に神代の時代とは云え人類が月の世界や夜の国を支配するなどとは考えられないであろう。そこで夜の食国であるが古語には夜（ヨル）と云う語法はない。従って夜のことには夜（ヨ）、宵（ヨイ）、晩（バン）かでなければならぬ。だから古語で夜（ヨ）が入ったと云う夜の語原は今日一日照り輝いた太陽の世《よ》（代）が入ったと云うことに解せねばなるまい。そして明日の太陽との中間が世と世の中で世中則ち夜中の字になるのだと思う。又、宵（ヨイ）と云うのは太陽の世が入ると云うことで世入り（ヨイイ）則ち宵（ヨイ）と解すべきであろう。だが宵（ヨイ）は語法により宵（エ）にもなるので古語は宵之口を宵之口（エンクッ）と云うのである。又、次の晩（バン）は夜ともなれば番を必要とするので番則ち場見（バン）であろう。だから古語は夕方のことを場見境元（バンサケモト）と云う。尚、又見晴らしの利く足場のよい所には場《ば》見場《みば》則ち番場（バンバ）らし所と云うのである。

以上、大変長々しい説明を夜に試みたがこれで夜の意味が把握叶ったであろうか。古語では宵（ヨイ）を語法により宵（エ）にすると申し上げた筈である。すると夜は古語にないので宵（ヨイ）になり宵（エ）にならなければならぬ。だとすれば神代の衣（エ）の国のことになり現在の頴娃《エイ》町のことに考える以外はないであろう。天孫陵可愛山陵《えのやまのみささぎ》もこの夜の国から西方に三千米とは離れていない。

次は食国（オスクニ）であるがこの食を食（オス）に読むとすれば押すにもなり襲う（オス）と云う古語にもなる。そして食（オシ）に読めば天之忍穂耳の命や天の忍男の忍（オシ）にもなることになる。だがこの食（オス）は「オ」を「サ行」に活用する語であるから食（オス）でも食（オシ）でも支配者であることに変わりはない。恰もこの月読の命が御着任召された所（高《タカ》吉《ヨシ》）は別府台地と呼ぶ大平地のほぼ中央に位する小さな山岳群であって台地全体が一望の中に入る要衝の地にもなっておる。故に月読の命が御支配召される衣（エ）の国であることからして夜の食国としたものではあるまいか。

では次に周辺の地名を参考として挙げておきたい。

高吉（タカヨシ）―地名

この部落名の高は伊邪那岐の命の晩年の淡海の多賀（タカ）とある高（タカ）であろう。だとすれば月読の命も同じく多賀の御身分で在したことを語ることになる。又、高吉《タカヨシ》の吉（ヨシ）は世人（ヨシ）に解したい。すると高吉《タカヨシ》の名は月読の命に発したことになる。勿論、淡海の多賀にも高吉《タカヨシ》がある。

トンキョン岡（トンキョン岡）―地名

恐らく此の岡名が此の岡最古の名ではあるまいか。語原を探れば戸見（トン）の生（キ）なる世見（ヨン）となるので月読の命に発する名であることは疑えない。山麓の東の谷間には人工が加えられた形跡も見られ且つ古来の祠も存したのである。又、西方山麓の畑地には「コラ層」の下に極めて多量の土器の破片と焼石が出土し且つ鏃石も散見される。

又、此の岡は「コッゾドン」の岡とも呼ぶがこれは山頂に石祠があって天然痘の神にしていたからのことであろう。

コシキ塚（コシッヂカ）―地名

古語社会では癩病のことを「コシキ」と云う。従って月読の命は癩病を御病みではなかったかと云う説も聞かれるので若しそうだとすればこの塚が月読の命の御陵ではあるまいか。「トンキョン」岡の東南方近くに名を止めておる。そしてそれで無いとすれば近くの小塚《コヂカ》か尾塚《オヂカ》がそれではあるまいか。

中次（ナカツギ）―地名

この中次の地名は高木の神の山戸に思う雪丸岳《ユツマイダケ》西麓の只角（タダスン）部落と須佐之男の命の須賀《スカ》の宮の地並びにこの高吉《タカヨシ》の三ヶ所に集中して見ることが出来る。果して何を語る中次であろうか。（注＝正しい発音はナカツッである）

尾蔵迫（オクラザコ）―地名

これは月読の命の御蔵があった場所であろう。有名神の所に見られる名前である。若しかしたら中次の蔵かとも思われる。

小星（コボシ）―地名

この小星《コボシ》は四字に亘るから相当の広さである。そして其の近くが干原（ホシバイ）であるから星原に作れる。よって月読の命以前に私の部落に居た「星のカガセオの神」の子供か何かが居たのではあるまいか。私の部落の「カガセオ」の神の亡された所は宮入松（グレマッ）の名にしておるがここにも同じく「グエマッ」の字名があるのもおかしい。宮入松《グレマッ》の名は討伐された集団と云う意になる。

愛宕岡（アタゴオカ）―地名

この岡は高吉《タカヨシ》山群の東端であるがこの岡にも祠があって愛宕殿《アタゴドン》と云う。愛宕《アタゴ》の語原は上層に浮上進出（ア）した最高位（タ）の子（コ）であろうから阿多の国とか頭（アタマ）の「アタ」とかの子と云うことになる。そうすると月読の命も愛宕《アタゴ》の御一人と言わねばならぬ。

外戸口（ケドンクッ）―地名

これは飼人の口（ケドンクッ）であって今日で言えば奴隷の居所の入口と云うことになる。大豪族や有名神の在した所によく見られる名前である。

コゴイノ（コゴイノ）―地名

この名は鹿児島県史に衣《エ》の許督衣《コゴイ》の君弖自美《キミテジミ》とある人に関連の名であろう。筑紫の総領に討伐されたことになる人であるがこのことから判ずれば此の地帯は衣の郡（エノコオリ）の小郡（コゴオイ）ではなかったろうか。山中には屋敷跡と思える敷地も影を止めておる。そして加治佐川《カッサガワ》を渡る所を打越《ウッゴシ》と云う。勿論、郡（コオイ）は小鬼（コオイ）で小首長の統治領と云う名である。私の幼年時代までは少年団行事として馬追い（注＝ウンマンエ）の行事が行われていたのである。

　次は月読の命に思える人の伝説を紹介しておきたい。昔々血座（チクラ）月右エ門殿（ツッキョンドン）と云う人がいたそうである。或る日池のほとりに通りかかると沢山な鴨が池面に浮いておるので何とかしてこれを捕えたいと思い頭から桶を被って水中を鴨に近着いた。そして鴨を水中に引ずり込んでは首を締めて帯に吊るして次々と進んで行った。ところが腰のまわり一ぱいになった頃急に鴨が息を吹き返し月右エ門殿《ツッキョンドン》諸共に大空に大空に舞い上ったそうである。しばらく飛んでから前方を見ると海が見えてきた。これは大変、海の真中に降ろされたら命がないと思い帯を解いて落ちた所が此處だったと云うのである。そして曰く落ちた所は山頂の大岩の上であったが其の大岩石は微塵に砕けて飛び散ったと云う。然し月右エ門殿《ツッキョンドン》の尻には豆粒程の瘤も出来なかったと云うのである。説明までもあるまいが血座（チクラ）は血統の座で高天原の日の命でなければ就けない座のことであろう。

海原（ウナバラ）

古語は艶名のことに大名（ウナ）と云う。古来津々浦々には艶名の地が少なくないので大名原

（ウナバラ）ではあるまいか。

第二〇節　須佐之男《すさのお》の命《みこと》の神遂《かみやらい》

本文

【故、各《おの》も各《おの》も依さし給える、命《みこと》（御言）の随《まにま》に、知《し》ろす召す中《なか》に、速須佐之男《はやすさのお》の命《みこと》、所命《よさ》し給える国を知《し》らさずて、八拳須《やつかすむ》心前《なさき》に至るまで、啼《な》き伊佐知伎《いさちき》。其の泣き給う状《さま》は、青山を枯山なす泣き枯らし、河海《かわうみ》は悉《ことごと》に泣き乾《ほ》しき。是を以て悪神《あらぶるかみ》の音ない、狭蠅《さばえ》なす皆満《みなみ》ち、萬《よろづ》の物の妖《わざわ》い悉に発《おこ》りき。】

語句の解説

随に（マニマニ）

古語社会でも随に（マニマニ）の語は聞かれない。だが似通った語に間に間に（マンマイ）と云う語はある。然しこれはだんだんに近い語になるので全然意味が違う。よってこの随には其の儘《まま》にの儘を「真に真に」と云ったものではあるまいか。

八拳須（ヤツカヒゲ）

通説ではこの八拳須を八拳須（ヤツカヒゲ）に読み八握りにも及ぶような長い顎髭（アゴヒゲ）のことだと云う。だが本文の前後から判断すれば須佐之男の命は未だ青年期に入られたか否かの御時代のように推測される。だとすればそんな御若年でそのように長い髭などが生えられる筈はない。依ってこの八拳須は字音を其のままに読むべき語ではなかろうか。そうすると八拳須（ヤツカス）に読まねばならぬことになる。だとすれば八拳須は矢搗《やっ》かすに作れるであろう。そうすると矢は弓矢とだけには限るまい。男性各位のものも一つの矢と云うことになる。そして其の矢で米を搗くように搗かすとなれば如何ようなことになるであろうか。よってこの八拳須は春情を知る頃と解すべきであろう。

心前（ムナサキ）

この語も心前（ムナサキ）に至るまでと訓ましてあるが私は不分にしてわからない。よって私は私なりに心前（ココロマエ）と読んで結構と思うのである。そして心身の成長と云うことに解したいと思う。

啼伊佐知伎（ナキイサチキ）

この語も啼伊佐知伎（ナキイサチキ）と訓んだのでは古語で聞かれる言葉にはならない。よって伊佐知の知を知るの知（シ）に訓んだら如何であろう。古語からすれば知る知らぬはわかるが、知伎（チキ）であれば着き（チキ）になるので面白くない。故にこの啼伊佐知伎は「泣き居さしき」と解すべきであろう。

青山を枯山なす（アオヤマヲカラヤマナス）

このことを常識的に考えれば如何に泣いたとて青山が枯山になることはあるまい。だが古語社会では最大級の悲泣悲哀を「青《あお》れっ萎《しお》れっ泣く」と云うからこのことの形容であろうか。然し又青山は高天原のことになるから高天原を指したものにも考えられる。そうすると枯山（カラヤマ）成すと云うことは高天原の山々を枯山（カラヤマ）則ち空山（カラヤマ）の空虚にして仕舞うと云うことにも解せられる。信は置けないが御生長期に思う円尺木場《エンジャクコバ》の北方に枯木尾《カレキオ》の字名があるのを加えておく。

河海を悉に泣き乾しき。（カワウミヲコトゴトニナキホシキ。）

このことも古語の社会では子供が余りにも泣き止まぬ時に地割れがして水が漏り飲めなくなるぞとか青物は萎れて飯が食えなくなるぞとかにおどかしたものである。よってこの事を言ったものではあるまいか。当町にもこれに類した水と里芋の伝説が二ヶ所ある。

五蝿（サバエ、注＝原文は狭蝿）

この五蝿についても説が多いようである。然し古語から言えば浮塵子（ウンカ）のことでしかない。地方農村では今も浮塵子には五蝿（サヘ）と云う。勿論、蝿（ハイ）は蝿（へ）になるのが古語の語法である。

萬の物（ヨロヅノモノ）

古語の萬（ヨロヅ）は沢山の意ではあっても万と云う数ではあるまい。共同の事を萬手（ヨロッヂエ）と云うので一緒に人々が寄り合うことが萬（ヨロッ）であろう。だから男女が親しくなれば寄り合う（ヨロ）ておると云う。故に鎧も同類語ではあるまいか。

本文

【故、伊邪那岐《いざなぎ》の大御神《おおみかみ》、速須佐之男《はやすさのお》の命《みこと》に、詔《の》り給わく「何の由を以て、汝は事依《ことよ》させる国を治《し》らさずして、哭《な》き伊佐知流《いさちる》」と詔り給えば、答えて白《まう》さく「僕は妣《はは》の国、根《ね》の堅洲国《かたすくに》に、罷《まか》らんと思うが故に哭《な》く」と申し給ひき。ここに伊邪那岐《いざなぎ》の大御神《おおみかみ》、いたく忿怒《いから》して「然らば汝は此の国には住みなそ」と詔り給いて、乃ち神夜良比爾夜良比《かみやらひにやらひ》賜いき。故其の伊邪那岐の大神は淡海《あわみ》の多賀《たが》になもまします。】

語句の解説

伊佐知流（イサチル）

この語も伊佐知伎と同断に伊佐知流（イサシル）と訓み「居さしる」に解したい。

妣の国（ハハノクニ）

この妣（ハハ）の国とあるは母の国のことであろう。然しこの妣が何を意味する字義であるかは不文にして知るを得ない。でも御正后に在さないことは疑いなかろう。でなければ淡島でなく根の堅洲《かたす》国な事が解けない。

根の堅洲国（ネノカタスクニ）

この根は根域の根で御出生の地と解したい。次の堅洲《かたす》の名は頴娃《エイ》町御領《ゴリョウ》の中心部落にある小字名「カタス」の地に見るべきでなかろうか。語原は「カ」の作用が最高（タ）な巣（ス）と云うことになる。よって先住族であろうか兎に角豪族が勢力を振るっていたろうことが推測される。何故なら周辺地名に土佐《トサ》、塚山《チカヤマ》、宮田《ミヤタ》、楠田《クスダ》、利田《トシダ》、泊園《トマイゾン》、大園《ウゾン》、浦園《ウラゾン》、九玉《クダマ》神社、興玉《コシダマ》神社、若宮《ワカミヤ》、大明神《デメヂン》、然田《スカダ》等太古に関係の地名に囲まれておるからである。そして淡島の木之元《キノモト》の地とも極めて近い。尚この「カタス」は古語の参加のことにもなるので伊邪那岐の命の小門の山戸に参同したことにも考えられる。

尚ここで私見になって恐れ入るが御参考までに申し上げて見たい。伊邪那岐の命は老境に御入りのため淡島の木之本の宮を御子の御一人に思われる大屋毘古《おおやひこ》の神に御譲りの上御自分は淡海《あわみ》の多賀《たが》即ち頴娃《エイ》町台場（タイバ）に御隠居召されたことが古事記の語る通りではあるまいか。そして御遺言的に天照大御神には高天原の統治統一を仰せ付けになり月読の命には新開地夜の食国《おしくに》を経営開発するよう仰せられたものと思われる。余談めくが大屋毘古の神の御名は大矢毘古の神にも作れるので淡島の木之本の宮を御相続のように思う。

次は須佐之男の命であるがこの命は大屋毘古の神の御子で伊邪那岐の命から言えば直統の御孫ではあられまいか。御孫であれば天照大御神や月読の命と肩を並べて御子の扱いを受けられても決しておかしくない。殊に大屋毘古の神の居住地から見て海原の御支配は当然のことに言える。だから若し大屋毘古の神の御子でないとすれば脇腹の御子に解するのが正しいであろう。

そこで問題になるのが天照大御神に仰せ付けられた南北高天原の統一である。何故なら北方勢力の雄に黄泉神が在すからである。故にこの解決には過去に関係がないお若い須佐之男の命が最適任とされたものではあるまいか。よって建速《たけはや》を冠した御名にされたものと解せられる。

故に建速即ち高天原の張合いのために海原とは全く関係のない高天原の一角に当座的な着任をなされたものと解したい。この着任地は既に述べた通り黄泉神の肥《ひ》の国の高天原山系が伊豫の二名の島に向って突出しておる先端であって字名を円尺木場《エンジャクコバ》や円釈木場《エンジャクコバ》にしておる。御承知の通り須佐之男の命には天之尺（アマンジャク）の別名があるであろう。だが実際は衣（エ）の国の御出生であられるから神代の現地では衣の尺（エンジャク）に呼ばれたものと思う。故に現地では須佐之男の命御生活の場と云うことで円尺木場《エンジャクコバ》の名にしておることになる。里人は此の山岳は一夜にして出来た岡と伝説しておるが須佐之男の命の勢力が一夜にして張られたことからの話しであろうか。何れにせよ神話が語る高天原の関係や天照大御神の御夫婦関係等もかく見ることに於いて古代社会の実情にも則することになるようである。

神夜良比（カミヤラヒ）

この神は既に説明した通り、神であると共に勘や感でもあろう。又、夜良比（ヤラヒ）は遣らい（ヤライ）で当地の一部地帯に使用されておる語法になる。従って神や勘を以て遣られるのだから感情的義絶と解せねばなるまい。日本書紀であったか、このことに神度の語が使われていたようだが此の神度（カンド）が今日の勘当になるのである。故に、神夜良比は勘当に解すべきであろう。

《注　南九州方言の語法で基幹母音連係三段活用（または約用）については再々述べてきたが、ここでいう「遣《ヤ》らい」もその一つである。すなわち、「遣る」の未然形「ヤラ」に基幹母音（ア・イ・ウ）が連係すると「ヤラァ」「ヤラィ」「ヤラゥ」と活用するのである。》

淡海の多賀（アワミノタガ）

この地についても諸説が多いようである。だが既に御老体に思える命が近江や淡路あたりまで御出かけになれる筈がない。だから淡海と云うは淡見（アワミ）であって淡島の本宮直轄の地に解すべきであろう。従って木之元《キノモト》の宮からさして遠くない所でなければならぬ。又、次の多賀は多賀（タカ）が原形であろう。伊邪那岐の命も高（タカ）の御身分に在するから月読の命の高吉（タカヨシ）と同義に解すべきでなかろうか。

そうすると伊邪那岐の命の山戸の岳である大野岳の東麓で高天原山中の高台盆地に台場（タイバ）と云う部落がある。そしてそこに高吉《タカヨシ》と云うがあって高吉《タカヨシ》姓の人も多い。よってそこが淡海の多賀であると解したい。台場《タイバ》の語原は最高（タ）にして著しい（イ）場（バ）であることに注目すべきであろう。

尚この台場《タイバ》の東に接して上塚《カンヂカ》中塚《ナカヂカ》西ヶ塚《ニシガヂカ》と云う三つの山顛古墳が見られる。規模の広大さから何れとも定め難いが其の一つが伊邪那岐の命の多賀陵に相違あるまい。特に目を引くのは久士布流之岳や木之本の宮に最も近いことと西ごろと云う貝が煮ても焼いても食えない貝であること及び西は虹に通う名であること等からして西《ニシ》ケ《ガ》塚《ヂカ》が怪しいと思う。

三章　天の石屋戸

第二一節　須佐之男《すさのお》の命《みこと》の昇天

本文

【故、ここに速須佐之男《はやすさのお》の命《みこと》、申し給わく「然らば天照大御神に、請《まう》して罷《まか》りなむ」と申し給いて、乃ち天に参い上ります時に、山川悉《ことごと》に動《とよ》み、国土皆震《くにつちみなゆ》りき。ここに天照大御神聞き驚かして「我《あ》が那勢《なせ》の命の、上《のぼ》り来ます由は、必ず善《うるは》しき心ならじ。我が国を奪わんと欲《おもほ》すにこそ」と詔り給いて、】

語句の説明

天に参い上り（アメニマイノボリ）

天に参い上りとあれば何か大空に舞い上るように思えぬでもない。だが現地の地勢はそんな険しい所ではなく却って平凡な場所にも言える。だから後代の言葉に言えば高天原に参上しと読んだが当を得ておると思う。今この地理を具体的に言えば円尺木場《エンジャクコバ》から二千米位を緩な坂道を永里《ナガサト》水田帯に降り天の安《やす》川を渡って今度は緩い登り坂を四千米近く比良山《ヒラヤマ》山麓の白石原《シテシバイ》にある元芫《モトオロ》の地に行くことになる。従って直線距離は四千米位いであろうか。尚、余談になるが古語の他家の訪問は入口の外で参上（メイアゲ）申そ（モソ）と案内を乞うのが常習である。

山川悉に動み（ヤマカワコトゴトニトヨミ）

この句の「動み」は一つの形容詞であろう。だが須佐之男の命の同勢を引き具した一隊が豊国に向けて進発したので地域住民がどよめいたことは否めまい。

国土皆震りき（クニツチミナユリキ）

このことも前同断のことであろう。国土震れきとあるは地域社会が動揺したことではなかろうか。それとも土とあるは先住族の椎のことであろうか。

那勢の命（ナセノミコト）

この呼称は既説の通り御夫君を指すものである。よってここで天照大御神が我が那勢の命と申されたことはわからない。我が国を奪わんと欲ほすにこそと申されたことからして敵意の間柄でしかあられまいに。

本文

【即ち御髪《みかみ》を解《と》き、御美豆羅《みみづら》にまかして、左右の御美豆羅《みみづら》にも、御鬘《みかつら》にも、左右の御手《みて》にも、各《みな》八尺《やさか》の勾璁《まがたま》之、五百津美須麻流之珠《いほつみすまるのたま》を、まき持たして、曽比良《そびら》には、千入《ちのり》の靫《ゆき》を負い、五百入《いほのり》の靫《ゆき》を附け、亦伊都《いつ》の竹鞆《たかとも》を取り佩《は》かして、弓腹《ゆばら》振り立てて、堅庭《かたにわ》は向股《むかもも》に踏《ふ》み那豆美《なづみ》、沫雪《あわゆき》なすくえ散《はら》らかして、伊都之男建《いつのおたけぶ》踏《ふ》み建《たけ》びて、待ち問い給わく「何故上り来ませる」と問い給いき。】

語句の解説

御髪を解き（ミカミヲトキ）

天照大御神が女神に在したことは当地の伝説でも女の神様とはっきり伝えられておる。故に女装に在した大御神が高天原の総支配者たる日の神の御威容を御示しのため男装の日の命に御姿を変装なされたものと解したい。

御美豆羅（ミミヅラ）

御美豆羅は御角髪（ミミヅラ）で髪型のことであると云う。勿論、そうであることに相違あるまい。だが御美豆羅を語原から言えば前の御美豆良と同じことで耳面（ミミヅラ）に解せねばならぬ。従って耳朶（ミミタブ）の上に髪を結束した髪型と云うことに解せられる。そして其の髪型を御角髪と言ったかは私の知り得る限りではない。

余談になるが後代にはいろいろな髪型が生れたらしい。然し最も古くて普遍的な髪形は詰み込み髷（ツンクンマゲ）と云うが一般女性の髪形であった。簪《かんざし》一本で止める髪結いで竹箸等も代用されていた。勿論、櫛に巻けば櫛髷である。

八尺の勾璁（ヤサカノマガタマ）

このことについても諸説が多く聞かされておる。だが八尺（ヤサカ）の語原は次々に（ヤ）生長発展（サ）する「カ」の作用と云うことになる。従って次々と発する矢心が成果を収めて「カ」の作用が盛り行くことになる。よって現代的に言えば子々孫々の御子に伝えて栄え行くと云うことになる。

次の勾璁（マガタマ）は真（マ）が玉（タマ）ではあるまいか。前にもあったように天照大御神の御住居への入口は牧口原（マクッバイ）と云うから真口原（マクッバイ）であって大御神と申す真（マ）の御所への入口と云う名であろう。又、高天原と云うのも原形は高天原（タカアマガハラ）であって語法に従い高天原（タカマガハラ）にしておるものと解する。そうすると天（アマ）と云うのも上層に浮上進出（ア）した真（マ）であるから日の神や命達のことになる。依って之等の主権を行う神や命達の中の真の総主権者に在すことを証する御印（ミシルシ）として次々の御子達に伝える玉が勾璁であると解したい。そうすると八尺の勾璁と云うことは後代の三種の神器と同じものでこの場合は高天原の最高主権者天照大御神をあらわす御玉のことになる。

五百津（イホツ）

この五百津も既説の通り五百と云う数ではなく庵（イホリ）と云う御居住地のことであろう。鳥が砂浴をしておれば庵（イボイ）がしてあるとか庵（イボッ）ておるとかに云うので結局は特に著しい堀と云うことになる。太古に有名神達が在したと見られる地には必ずと言ってよいほど堀《ホイ》の地名が遺されており特に要衝と見られる所には二重堀《ニジュウボイ》の地名が遺されておる。故に五百津は庵（イボッ）になるので特に著しい堀に考えねばならぬ。よって要害堅固にした立派な御屋敷のことに解すべきであろう。

美須麻流之珠（ミスマルノタマ）

この美須麻流についても諸説が多いようである。勿論、結論的には御統（ミスマル）でもよいのであろう。然し語原的には御巣丸（ミスマル）に考うべきではなかろうか。巣は子女養育の場即ち御家庭のことであり丸（マル）は丸（マイ）になるから真居（マイ）であり舞いでもあって遠くに離れず定着のことに解すべきである。舞（マイ）は語法により舞（メ）にもなるが舞っておる姿は鳥であっても神舞であっても、又木の舞（芽）であっても基地は離れないであろう。故にこの丸は城の本丸や二の丸であり具体的には巣丸則ち住居（スマイ）にも解せねばならぬ。日の丸の旗は日の神の定住する旗である。又、金子が溜る（タマル）は最高（タ）の丸（マル）で同断の語原になる。（注＝丸《まる》は南九州方言でイ転音発声してマイ）

それでこのことを皇室に例を取れば五百津美須麻流の珠と云うことは立派な城廓の中の御住居（ミスマイ）即ち本丸にあるべき珠と云うことに思う。故にこの珠は三種の神器の「ヤサカニノマガタマ」と同じで其の前時代の御名と解すべきであろう。だから皇室に於かせられても皇居内に陛下御自から御親祭遊ばされると承わる。

曽比良（ソビラ）

古語の社会でも今は曽比良の語は聞くを得ない。だが体を後に反って同意しないことには曽根張（ソネバル）と云い又話の糸口を失したことには「言《ゆ》そびれた」と云うので順当な動きをしない比良（斜面）と云うことになる。よって背中のことに解せねばなるまい。古語では家の裏口を曽戸の口（ソドンクッ）と云うのである。

千入の靫（チノリノユキ）

千入の入の字には原文で註がして能理とあるから千入（チノリ）と訓まねばならぬ。そしてこの千入には和名抄の例もあげて説明がなされておるが結局は私にはわからないのである。よって語原からの説明に私見を交えたいので御参考として御聞取り願いたい。

千入の千（チ）は着（チ）でもあるが、又、露（チ）や血（チ）でもあって基本意は接着（チ）になる。よって旧態えの復帰は容易な姿である。又、次の入（能理）は糊（ノリ）でもあるが、乗りや詔《のり》でもあらねばならぬ。従って、語原はからみ着く（ノ）ことが著しい（イ）ことになる。だとすれば、千人と云うことは血詔（チノリ）や血糊（チノリ）に解しても決して悪いことはなかろう。

そこで私見に入って恐れ入るが原始未開の時代に於ける烈しい生存競争に打ち勝つためには血族的同族集団の力で対抗する以外にはなかったのではあるまいか。其の自然発生的に生んだ生存競争の原則が今日尚幾多見られる同族間の強靭な団結力であると思う。

故に天照大御神の大御心としてはここで決して同族間の争い事を起こしてはならない。何処までも平和的な解決に導くべきであると思し召されて表面的な動きとは別に裏口から千入則ち血詔《ちのり》の暖かい御手を差しのべ給うたことに解したいのだが如何であろう。若しそれとすればこの千入の靭は曽比良に負わせ給うて御出るので古語の曽戸の口（ソドンクッ）即ち裏口から差し向け給うた御仁徳と解せねばなるまい。

靭（ユキ）

この靭（ユキ）は雪であっても語原は同断で結末（ユ）することが生（キ）又は気（キ）で純粋無垢良心的であると解せねばなるまい。雪は寒冷と水気とが生（キ）なる姿で結（ユ）い着いておるから雪であろう。火熱と水が結い着いたのは水が姿を変えないので単なる湯（結）でしかあるまい。よってこの靭（ユキ）も天照大御神の平和発展のために抱かせ給う高遠雄大正純無垢な大御心をあらわした名に解すべきでなかろうか。

五百入りの靭（イホノリノユキ）

このことは今更説明までもあるまいが庵詔《いほのり》か乗りかの靭《ゆき》に解すべきであろう。具体的には天照大御神の御詔言《みのりごと》か御入来の結気（ユキ）かに解すべきであろうと思う。

伊都の竹鞆（イツノタカトモ）

この伊都（イツ）の語原は特に著しい（イ）一体不可分（ツ）のことである。従って稜威（イツ、ミイツとも訓む）にもならねばならぬ。又、竹鞆（タカトモ）は弓を射る時に左の臂に着けて弦音を高くするものだと云う。然しそれ等は何れも表面上のことではあるまいか。

そこで語原は同じだから伊都を何時までもの何時（イツ）に考えれば常時と云うことにもなるであろう。又、竹鞆（タカトモ）を高供（タカトモ）に解すれば高の御身分に応わしい供揃いのことになる。従って本文に云う伊都の竹鞆取り佩かしてと云うことは稜威（イツ）を誇示する高（タカ）の御身分に応わしい供揃いを須佐之男の命に帯同せしめてと解しても悪くはあるまい。

弓腹振り立て（ユバラフリタテ）

このことも表面的には常識的解釈で結構に思う。然し弓の語原は結身（ユミ）であるか結三

（ユミ）であるかであろう。即ち弓体と弦及び矢の三者が一体に結うた時初めて其の威力が発揮されるのである。だからこの弓腹振り立てと云うことも天照大御神は平和解決を決し給い結身（ユミ）の御腹を振り立ててと解すべきでなかろうか。

堅庭（カタニワ）

この表面的な解釈も御随意でよかろう。だが何を目的に堅庭の語を用いたかは考えねばなるまい。よって裏口的な説明だけに止めることとする。堅（カタ）の語原は「カ」の作用が最高（タ）と云うことである。従って容易には動じないことに言える。そして庭（ニワ）は新しい（ニ）輪（ワ）と云うことであろう。故に庭には祝賀の庭もあれば軍の庭もあるし又俄かと云う俄（ニワ）もあることになる。だとすれば天照大御神に御取り申して堅庭即ち生涯を通じて不動のことであられよう新しい輪に踏みなづまれ給うことは何であろう。本文の経緯から御判断願いたい。

向股（ムカモモ）

表面上のことは説明を要すまい。だが古語では向股のことには向脛（ムカスネ）と云う。故に何故に向股にしたかが問題である。向股の語原は向（ムカ）は向うになるから対立のことになる。そして股は桃で説明した如く深く守り守るであるからこの際は家庭生活の中に対立を解いて入ることに考えても悪いことはないであろう。

踏み那豆美（フミナヅミ）

私が参考にした一書にはこの那豆美を泥み（ナヅミ）に解いたものもある。然しそれでは隠語としての真意は把握出来ないであろう。だと言って古語社会でも那豆美の語は聞かれないのである。よって類似語からの類推と語原からの究明しかないことになる。

古語では火事が下火になったことを火が「サヅミ」だと云う。すると火の生長発展（サ）が頂上（ヅ）を見（ミ）たと云う語原になる。従って火の勢いが峠を越したことになるであろう。又、古語は何々の「ハヅミ」でこうなったとも云う。そうするとこれは端豆美（ハヅミ）であって張り出しの勢いでと云うことに考えられる。

だとすれば那豆美と云うことは名豆美であって名が頂上を見たことでなければならぬ。古語で名が立ったと言えば性道のことになるので馴染則ち名染と紙一重の語と言える。すると踏み那豆美の踏みは実践のことになるから名の頂上を見る事を実践することに言える。

《注　ここでいう古語社会とは南薩摩半島域のことになるが、以外の九州全域で「なづむ」という方言の言葉は聞くことができる。漢字を充てれば「名積む」であろう。意味合いは「名が回りに溶け込んでいく」となる。》

沫雪なす（アワユキナス）

この沫雪も表面的な解釈としては沫雪に解すべきであろう。だが隠語の言わんとする沫（アワ）は淡島の淡（アワ）ではあるまいか。そして雪は語原通り結生（ユキ）に解すべきであろう。御承知の通り淡島の山戸に在す伊邪那岐の命は須佐之男の命を神逐《かみやら》いに逐い給うて（注＝神《かみ》逐《やら》い＝神遣《かみや》らいで勘当のことか）御出るので伊邪那岐の命（沫）に結生（ユキ）なすことになれば須佐之男の命は高天原に受け入れられないことになる。故にその道を天照大御神が御取りになるとすれば同族相せめぎ平和的解決は期待されないことにならねばならぬ。そうするとこのことは高天原盛衰の岐路に立たされた重大局面と言わねばなるまい。よって天照大御神の御裁定に深く注目し敬意を捧ぐべきでなかろうか。

蹶散らかし（クエハララカシ）

このことも表面上は字義の通りに解すべきものであろう。だがこの語は古語に読めば蹶（ケイ）散（チラ）かしでなければならぬ。然しここでは蹶を蹶（クエ）に訓ませてあることに問題があるのであろう。故にこの蹶（クエ）は崩（クエ）に解すべきでなかろうか。そして又散（ハ）ららかすは晴れるの晴ららかすに解すべきもののように思う。そうすると前句に沫雪とあった伊邪那岐の命の神逐《かみやら》い即ち淡（アワ）に結生（ユキ）したことを御破算にして須佐之男の命を晴天白日の御身の上に戻されることに解されてくる。

伊都之男建（イツノオタケブ）

この男建の建には註がして多祁夫とあるから建（タケブ）と訓まねばなるまい。建（タケブ）

は建（タケ）を「バ行」に活用して建ば建び建ぶ建べ建ぼなる語であるから建（タケブ）であっても建（タケビ）であっても語意の上にはたいした変化は見られない。

そこで建（タケブ）の語原であるが最高（タ）に「カ」の作用を著しく（イ）することが高いになるので語法に従えば建（タケ）にならねばならぬ。そうすると支配者や統治者如きが絶対の権力を発動する時の如く意気込んだり興奮状態を見せたりすれば建（タケ）であってその状態をあたりに誇示することが建（タケブ）であったり建（タケビ）あったりすることになる。

だから古語の社会では子供等が一人よがりに偉くなった気持で能弁にまくし立てると気建（キダケ）ておると云い、その興奮状態を積極的に行動の上にも誇示するに至れば建（タケッ）則ち猛っておると云うのである。故に伊都之男建と云うことは峻烈骨身に徹する主権の如き厳しさを示す男建（オタケ↓オタケブ）のことであろう。勿論、男建は積極果敢なる猛々しさのことに解せねばなるまい。

蹈み建び（フミタケビ）

この蹈みは実践であるから蹈み建（フミタケビ）とは天照大御神の高天原御統治の統治権のもとに御自からの主義方針に則り改むべきは改めて正々堂々と実践に移すと云う大御心を建（タケ）ばれたことに解したい。

本文

【ここに速須佐之男《はやすさのお》の命《みこと》、答えて申さく「僕は邪《きたな》き心なし、唯大御神《ただおおみかみ》の御言《みこと》以《も》ちて、僕が哭《な》き伊《い》佐知流《さちる》事を、問い賜いし故に白《まう》し都良久《つらく》、僕は妣《はは》の国に往《まか》らんと思いて哭《な》くと申ししかば、大御神、汝は此の国にはな住みそと詔り給いて、神夜良比《かみやらひ》（神逐《かみやら》い）、夜良比《やらひ》賜う故に、罷《まか》り往かなむとする状を、申さんと思いてこそ、参上《まいのぼ》りつれ、異心《けしきこころ》なし」と申し給えば、天照大御神「然らば汝の心の清明《あか》きことは、何にして知らまし」と詔り給いき。ここに速須佐之男の命「各各《おのもおのも》宇《う》気比《けひ》て、御子《みこ》生まな」と白し給いき。】

語句の解説

宇気比（ウケヒ）

宇気比は誓約であると云う。だが古語で宇気と言えば大飼（ウケ）でもあるが又自分の責任に於いて行う事でもある。例えば請負事業如きになる。故にこの宇気比は各々の責任に於いてする比のことに解したい。

第二二節　天《あめ》の安《やす》の河《かわ》の宇気比《うけひ》

本文

【故、ここに各各《おのもおのも》、天の安《やす》の河《かわ》を中に置きて、宇気布《うけふ》時に、天照大御神先づ、建速須佐之男の命《みこと》の佩《は》かせる十拳《とつか》の劔《つるぎ》を乞《こ》い度《わた》して、三段《みきだ》に打ち折りて、奴那登母母由良爾《ぬなとももゆらに》、天の真名井《まない》に振り滌《そそ》ぎて佐賀美爾迦美《さがみにかみ》て、吹《ふ》き棄《う》つる気吹《いぶき》の、狭霧《さぎり》に成りませる神の御名は、多紀理毘売《たぎりひめ》の命、又の御名は奥津島比売《おきつしまひめ》の命と謂《まう》す。次に市寸島比売《いちきしまひめ》の命、亦の御名は狭依比売《さよりひめ》の命と謂す。次に多岐《たぎ》津比売《つひめ》の命。】

語句の解説

天の安の河（アメノヤスノカワ）

この天（アメ）は言うまでもなく高天原のことであろう。そして次の安（ヤス）は安（ヤシ）

に訓むべきではなかろうか。すると語原は八人（ヤシ）や矢人（ヤシ）で直接の扶養者ではない縁遠い間接的類系のことになる。故に人にすれば八十（ヤシ）神と同断である。従ってこの安の河は天照大御神の直轄地だけでなく方々からの支流が合流しておる大川と云う名に解せられる。具体的には知覧《チラン》町の中央部を西走する永里《ナガサト》川のことになるがこの河は源を天照大御神の山戸の岳である荒岳《アラタケ》や高木の神の佐渡及び示山《シメシヤマ》に発しておる。

次は余談めくが本文に天の安の河を中に置きとあるのは天の安の河の南岸に天照大御神の豊国が所在し、又一方北岸には須佐之男の命の円尺木場《エンジャクコバ》がある肥《ひ》の国が接合しておるからのことではあるまいか。

宇気布（ウケフ）

古語で布（フ）と云えば生活上幸せのために身に着ける必須な物のことになる。そうすると宇気布と云うことは自分の身に受（宇気《ウケ》）けて生れついた布（フ）と云うことにも考えられる。例えば赤ん坊のことには子見布（コンブ）即ち子を見た布（フ）と云う名にしておるが如きである。船（布根）福（布食）袋（布食ろ）等皆同断であろう。又、古語は極感に発する大息を宇気住む（ウケズン）と云うのである。

乞い度して（コイワタシテ）

説に従えば古代は受け取ることにも度し（ワタシ）であったと云う。だが古語の当地にも其の語法はなく且つ語原的にもおかしい。渡すと云うことは輪足す（ワタス）であろう。故に金子を渡すとか渡されたとかであって共通語と同じである。然し丸太類で簡単な橋を架することには橋を渡すと云うので此の乞い度すは十拳の剱を乞い度されたことに解すべきではなかろうか。

三段に打折りて（ミキダニウチオリテ）

古語で段（キダ）と言えば通例では大便の一片を一段（ヒトキダ）と云う位のものである。語原は生（キ）が沈黙して動きを停止（ダ）しておることになる。従って湯気の立ちのぼる生（キ）なる姿でなければなるまい。勿論、「ダ」は涙の「ダ」でもあれば黙れの「ダ」でもあらねばならぬ。そうすると生（キ）が沈黙しておるものとは何であろう。其の段（キダ）は三つに別けられて生（キ）が涙の如く静止沈黙しておることに考えを及ぼされたい。

奴那登母母由良爾（ヌナトモモユラニ）

通説に従えばこの語は瓊音（ヌナト）も瑲瑲爾（モユラニ）であると云う。そして玉をゆらゆらに揺り動かして良い音を立てながらと云うことであるらしい。勿論、一般的な解釈としてはそれで十分であろう。然し隠語の解釈は今少しく別でなければなるまい。

そうすると、解読も奴那登（ヌナト）母母由良（モモユラ）にと読むべきではあるまいか。奴那登は奴名戸であって水を名とする戸であれば水名戸則ち港と云う。そこで問題なのは奴（ヌ）であるが、此の奴は塗るとか濡れるとかの奴にも作れるであろう。後には高志の沼（奴名）河比売の名にも作られてくるが濡れることを名にする戸と云えば了解が生れるであろう。又、母母由良は説明するまでもなく、母母は桃でもあり股（モモ）にも作れる。だとすれば、母母由良（モモユラ）を股揺ら（モモユラ）に解すれば多くを言う必要はあるまい。自からに顧みて適宜な御判断を乞う。

天之真名井（アメノマナイ）

この天之真名井は天の真沼の井と云う意で天上の井に言われるものだとのことである。そして古代は泉も河もすべて水を汲む所は井と言ったので天の安の河の河瀬の何処かであろうと云うのが通説になっておる。だが古語では湧水に対しては著しい（イ）川（カワ）と云う意で井川（イガワ）に呼んでおるが井戸に対しては「ツレ」と云う。多分、釣瓶《つるべ》で釣ると云う意の釣れ（ツレ）であろう。然しそれ等はそれで良いとしても天之真名井に対する通説は表面上のことに過ぎまい。

よって語原的な説明に入りたいと思うが語原の説明をすれば隠語が明らかになるので戸惑いを感ずるが御容謝いただきたい。真（マ）は既に説明した通り真実を現わすもので両性共に古語は性器の語頭に冠する名であろう。そして其の真（マ）を名とするものとなれば多言を要すまい。況んや更に其の真名が井であるとなれば露骨に過ぎると思う。尚、この天之とあるは天つ神のことで天つ神に賜っておる本能に解せねばなるまい。

佐賀美爾迦美て（サガミニカミテ）

通説に従えば佐賀美（サガミ）は堅いものを噛むことだと云う。然し古語の具体例からすれば妥当ではあっても適確ではない。単なる加美（噛）がそれである。古語で佐賀美と言えば「サ噛み」であって語原的には生長発展（サ）した盛んな噛みと云うことである。従って息を弾ませて忙しく噛み、且つ、呑み込むことになる。

余談になるが古語で噛むと云うのは固形の食物で歯音が立つようなもののことであって軟かいものには食うと云うのである。だから胡瓜や梨、筍、鳥獣肉、魚肉等は噛むであり一方の西瓜や南瓜、甘藷、熟柿、飯類に対しては食うと云う。

吹き棄つる（フキウツル）

この語を古語に言えば吹き棄っするであろう。そうすると吐き出す息になるので忙しい呼気に解せねばなるまい。

狭霧（サギリ）

霧（キリ）は古語では霧（キイ）にならねばならぬ。従って生（キ）の著しい（イ）ものが霧と云うことになる。だから生（キ）の勝れたものは菊（キッ）であり生（キ）の著しいものは桐（キイ）と云うことにもなるのである。故に皇室の御紋章でもあろう。そうすると狭霧と云うことは最高至上に生長発展した精気にと解せねばなるまい。

多紀理毘売の命（タギリヒメノミコト）

この御名は文字を置きかえれば多桐（霧）毘売の命であっても同じことであろう。そうすると御名の意は最高（タ）にして生（キ）なることが特に著しい（イ）毘売の命と解せねばなるまい。天照大御神の御長女として云う御身分に御生まれであられるから当然の御名と言える。又、古語では御湯の沸騰にも多紀理（タギイ）と云うから天照大御神の最高にして生（キ）なる血液が極めて温いと云う御名にも解して良いのではあるまいか。

尚この毘売命は国生みの吉備《きび》の児島《こじま》に御住居のようであるが此の吉備の児島と云う名も別名の建日方別《たけひがたわけ》の名と共に多紀理毘売の命に発する名のように考えられる。そして正しくこの島名通りの場所に御住居であられる。

奥津島比売の命（オキツシマヒメノミコト）

この御名は御住居になられた島の位置から申し上げた御名であろう。先きにも説明した通りこの比売神は吉備の児島に宮居の御様子に拝されるが吉備の児島は天照大御神の宮居に信ずる芫之跡《オロンアト》の西隣りになるので葦原の中津国から言えば一番奥まった位置の島と云うことになる。故に奥津島比売の命と申すのであろう。勿論、天の安の河の南岸であって天照大御神の芫之跡《オロンアト》の下流になっておる。

尚この神は薗田権現《ソンダゴンゲン》（村の名は大久保《オッポ》）と申し上げ現在に於いても里人の尊崇を篤くしてお

る。知覧《チラン》町内でも権現を名にしておる社は天孫の竹屋様権現《タケヤサアゴンゲン》とこの薗田権現《ソンダゴンゲン》の二社しか見られない。里人はこの比売神を高千穂の宮の末に思う豊玉《トヨタマ》姫神社と大国主の命陵に信じる越之塚《コシノチカ》とに深い関係を御持ちの神としていろいろに伝説されておる。従って祭典も豊玉《トヨタマ》姫神社の前夜如きにして行い又社殿は大国主の命陵越之塚《コシノチカ》に正面を向けて建てることに伝承されておることにも内容には深い意味があると思う。

市寸島比売の命（イチキシマヒメノミコト）

この御名も御居住になる島によって発した御名に解せられる。何故なら古語で市寸（イチキ）と言えば居付（イチキ）にしか考えられないからである。古語の社会では家付の娘に聟養子に行くとあの奥さんは居付（イチキ）の人であると言い又他所の家に入院等を含めて入り浸り家を顧り見ないと他所に居付（イチキ）になっておると云うのである。

それでこの市寸島比売の命が居付則ち市寸の島にされた所は母神天照大御神の御居住なさる島に解しても良いであろう。だとすれば筑紫の島でもあるが具体的には大御神の豊国に解すべきでなかろうか。そうすると他例からして中須《ナカス》及び杤湯《ハシバ》の地名が見られる所でなければならぬ。幸いにして中須《ナカス》及び杤湯《ハシバ》部落の近くには天照大御神の御陵に確信したい伊勢塚《イセヂカ》や芫之跡《オロンアト》の地になるので正しく豊国の一角女島（ヒメシマ）の地に御居住のことが推測可能である。何故なら薗田権現《ソンダゴンゲン》西隣の下流であって中津宮になる地であると共に薗田権現《ソンダゴンゲン》の祠に準ずる古祠も見られるからである。又、女島の女（ヒメ）も市寸島比売の比売に疑いが持たれる。

狭依比売の命（サヨリヒメノミコト）

この御名の狭（サ）は例の通り生長発展の意であるから盛名を高くされたことに解すべであろう。そして次の依（ヨリ）は古語の発音が依（ヨイ）になるから世（ヨ）又は代（ヨ）を著しく（イ）されたことに解せねばなるまい。御承知の通り良い（ヨイ）ことであっても寄り（ヨイ）であっても自分の世（代）を著しくしておることであろう。故にこの比売命は母神の島に於いて名声を博され立派な御代を築かれたお方と解せねばなるまい。そして又市寸の御名からして天照大御神の御陵墓を見守られたのではないかとも思う。

多岐津比売の命（タキツヒメノミコト）

この御名を古語に発音すれば多岐津（タキッ）比売の命になる。そこでこの御名を語原から言えば最高（タ）にして生（キ）なることが一体不可分（ツ）に在す比売命と云うことに解せねばならぬ。そしてこの多岐津（タキッ）は既に解説したことがある通り多菊（タキッ）にも作れるので最高の菊則ち吉備に見るお方と云うことにも解せられる御名である。言うなれば多紀理毘売の命が多桐（タキイ）毘売の命に作れたと同様に此の多岐津比売の命は多菊（タキッ）比売の命で高天原の菊と桐であられたことにも解せられる。

本文

【速須佐之男の命、天照大御神の左の御美豆良《みみづら》に纏《まか》かせる八尺《やさか》の勾璁《まがたま》の五百津《いほつ》の美須麻流《みすまる》の珠《たま》を乞《こ》い度《わた》して、奴那登母母由良爾《ぬなとももゆらに》、天の真名井《まない》に振り滌《そそ》ぎて、佐賀美邇迦美《さがみにかみ》て、吹き棄《う》つる気吹《いぶき》の、狭霧《さぎり》に成りませる神の御名は、正勝吾勝勝速日天之忍穂耳《まさかつあかつかつはやひあめのおしほみみ》の命《みこと》。亦右の御美豆良《みみづら》に纏《まか》かせる珠《たま》を乞い度して、佐賀美邇迦美《さがみにかみ》て、吹き棄つる気吹《いぶき》の狭霧《さぎり》に成りませる神の御名は、天之菩卑能《あまのほひの》命《みこと》。亦御鬘《みかつら》に纏《まか》かせる珠《たま》を乞い度して、佐賀美邇迦美《さがみにかみ》て吹き棄つる気吹《いぶき》の狭霧《さぎり》に成りませる神の御名は、天津日子根《あまつひこね》の命。亦左の御手に纏《まか》かせる珠《たま》を乞い度して、佐賀美邇迦美《さがみにかみ》て吹き棄つる気《い》吹《ぶき》の狭霧《さぎり》に成りませる神の御名は、活津日子根《いくつひこね》の命。亦右の御手に纏《まか》かせる珠《たま》を乞い度して、佐《さ》賀美邇迦美《がみにかみ》て吹き棄つる気吹《いぶき》の狭霧《さぎり》に成りませる神の御名は、熊野久須毘《くまのくすひ》の命。】

語句の解説

正勝吾勝勝速日天之忍穂耳の命（マサカツアカツカツハヤヒアメノオシホミミノミコト）

この御名の正勝（マサカツ）は語音からして正株（マサカッ）に解したい。正（マサ）は語原が示す通り真（マ）の生長発展（サ）になるので血統の正流が真っ直ぐに流れておることに解せねばならぬ。木目に云う柾目も他との乱れがないことであろう。そして次の勝は発音が勝（カッ）となるので古語の株（カッ）や梶（カッ）と共通の語原でなければなるまい。従って「カ」の作用が特に勝れ（カッ）ておることになる。だから其の血統に属する同属は其の株の中に在って本統に根をおろした生活を営み大家族制を見るに至ったものであろう。そして其の心を伝えるのが今日の門松であると解せられる。明治の頃までは血統を重んじ士族の株であるとか何の株であるとか言ったものである。

次は吾勝（アカツ）であるがこの語も勿論吾株（アカッ）でなければならぬ。そして語原的には上層に浮上進出（ア）した株（カッ）と云うことになる。従って高天原貴族中の最高貴族と解せねばなるまい。

次は勝速日（カツハヤヒ）であるが、此の勝も株であることは否めない。そして速日（ハヤヒ）は例の通り羽矢日でもあり又端矢日でもあって、矢心の張り出ておる日に解すべきでなかろうか。すると吾勝の中に於かれて最も強大な矢心即ち主権の威令が最外端にまで及んで御出る日の命と云うことになる。余談になるが御承知の通り流行（ハヤイ）病であっても又世上一般の流行（ハヤイ）であっても余す所なく風靡するので速日は流行（ハヤイ）にもなったものではあるまいか。

最後は天之忍穂耳の命（アメノオシホミノミコト）であるがこの天之は高天原のと云うことに異論あるまい。次の忍（オシ）は古語の押さえる人即ち押人（オシ）に解したい。漬物の重石にも古語は重石（オシ）と云うし又押さえ付けることにも押しつけると云う。故に忍は最高権力者のことに解すべきであろう。古語社会では鴛鴦（オシドリ）のことを鳥の王者に語られ其の所以は鏡の羽毛を持つが故とされていたので結局は忍鳥であろう。だとすれば、この忍（オシ）は「オ」を「サ行」に活用した語になるので村長（ムラオサ）や機織で横糸を織り込む機具の「オサ」及び成人のことに云う大人（オセ）になった等も同系列の語と言わねばなるまい。

尚、次の穂は高千穂の穂でもあって最勝至善のものと説明しておる筈である。故に稲や粟の穂に見る如く其の最勝位に見られるので人類社会に於いては主権者に解する外あるまい。そして次の耳（ミ）を見（ミ）に解すれば穂耳（ホミ）と云うことは主権を見供わす命と云うことになる。故に正勝吾勝勝速日天之忍穂耳の命と申す御名は正系正統の御血統で而かも高天原最高の血族集団の支配者であられると共に高天原各部族が結集して成る高天原大集団の統合主権者として祭政を見供わす大命と云う意に解せねばならぬ。

天之菩卑能命（アメノホヒノミコト）

この御名が菩卑能命（ホヒノミコト）と読むものであれば通例からして菩卑命で足りる筈である。然るにこの御名には特に能の一字が挿入されておるので菩卑能の命（ホヒノミコト）と読むものではあるまいか。だとすれば天之は勿論高天原のことであろう。そして次の菩（ホ）は忍穂耳の命の穂と語原的には同一でなければなるまい。だがこの場合は菩卑（ホヒ）とあるのでこの菩は卑に対する菩であるように思われる。だとすればこの卑（ヒ）は祖神等諸々の神霊のことに解すべきでなかろうか。そうすると菩卑と云うことは祖神等の神々に対しての菩になるから神事を司ることに考えられる。

尚、次の能（ノ）は基本意がからみつくことであるから菩卑能（ホヒノ）と云うことは此の命の穂（菩）は卑即ち神々にからみついておると云うことになってくる。従って天之菩卑能の命は高天原に於いて神々の祭祀を主管された命ではあられまいか。

余談になるが当地では明治時代まで神主さんのことに菩卑殿（ホイドン）とも呼んでいたのである。故に神代に於ける菩卑能（ホイノ）命の御名が其のまま神主さんの名として伝えられたものではなかろうかと疑われる。又、一方では白蟻の羽化したもの即ち成虫にも菩卑（ホイ）と云うのである。故に泥土（ドブ）社会の頭人（ヅシ）と云う意で白蟻（ドッヅシ）の名を得ておる白蟻が一夜にして羽化して高天原の神々に仕える菩卑の命に見るようなすばらしい姿をあらわすので菩卑の命になぞらえて同じく菩卑（ホイ）に呼んだものではあるまいか。

更に又酒宴等で酒が入り愉快になれば各自に「ホイ、ホイ」と声をあげ手振り、足振り面白く踊り出すのが古習であるがこれも菩卑の命の神事直会いの余習であろうか。

天津日子根の命（アマツヒコネノミコト）

この御名の天津（アマツ）は高天原と一体不可分のことに解したい。従って天照大御神と同じ筑紫の島に御住居の方ではあられまいか。次の日子根は日の神に根をおろして御生れの御子と云うことであろう。だが古語の社会では大樹があって直根ではなく支根や細根は遠くまで張り廻らしておることに日子根を張っておると云う。故にこの神は日の神の直統に在さぬ支族又は支流として御育ちのことを御名にされたものと解したい。

活津日子根の命（イクツヒコネノミコト）

この御名を活津（イクツ）に訓めば古語は鬼唇のことにもなるので面白くない。よって活（イク）は「イ」を「カ行」に活用するので活津（イキツ）に訓みたいものである。そうすると活津は大八島の伊伎の島と一体不可分になられたことに解せられる。伊伎の島には天一つ柱の久士布流之岳があるので極めて大事な島と言わねばならぬ。過去に於いても高天原の統制や勢力の分野で御配慮一方ならぬものが偲ばれる。よって南方勢力の鎮撫融和のための伊伎（活）の島御差遣であろうか。若しそうとすれば伊伎の島の清見《キヨミ》岳則ち生世見（キヨミ）岳の名が頭に浮び上がってくる。尚それとすれば天津日子根の命は北方勢力えの御配慮と言わねばなるまい。

熊野久須毘の命（クマヌクスビノミコト）

この御名の熊野（クマヌ）は古語の態ん（注＝熊の）であるから態の久須毘の命と解せねばならぬ。久須毘は楠日（クシビ）でもあって正しくは久士布流之岳の久士である。従って絶対至上の権威則ち籤や櫛の事になる。故に高天原の殖民地であろう。楠原《クシハラ》部落や仁之野《ニノノ》（新之野）部落等の名が之を裏書しておると思う。

そこで其の熊の地であるがこれは筑紫の島の熊曽の国が添（曽）うておる所でなければならぬ。そうすると隣接する川辺《カワナベ》町の広瀬《ヒロセ》川を渡った山岳帯のことになってくる。恰もそこに熊岳《クマダケ》と云う高い岳もあるので若しかしたら熊野久須毘の命の山戸の岳ではあるまいか。立入った研究調査を期待して止まない。

第二三節　御子《みこ》の詔別《のりわけ》

本文

【是に天照大御神、建速須佐之男の命に告《の》り給わく「是の後《のち》に生まれませる五柱の男子《ひこのみこ》は、物実《ものざね》我《あ》が物に因りて成りませり。故、自《おの》づから吾《あれ》が御子なり。先に生まれませる三柱の女子《ひめのみこ》は、物実《ものざね》汝《いまし》の物に因りて、成りませり。故、乃ち汝の御子なり」斯く詔り別け給いき。】

語句の解説

物実（モノザネ）

ここに言う物実の物（モノ）を共通語の物や者に考えてはなるまい。共通語の物や者は古語では物（ムミ則ちムン）であって相対する（ム）間柄に見（ミ）ると云うことになる。だから、共通語流では虫（モシ）とか昔（モカシ）になるのでおかしいであろう。

余談はさておいて古語で「モノ」と云うのは心の中や体の中等に守（モ）り隠れておる物が他の物とからみ合う（ノ）ことである。例えば「物言えば唇寒し秋の風」と云う句の物は言葉のことであろう。言葉は言端で心の中に伏在（モ）しておる事を他人にからみ合わせるから物なのである。だから古語は自分の心中を神にからみ合せることを神参（モノメイ）と言い米も神に奉るから米搗も物搗と云う。故にこの物実の物は人間の生命力として体中に伏在しておるものがからみ合わんとして現れ出るものに解せねばなるまい。

次の実（サネ）は生長発展（サ）する根（ネ）であるから説明を要すまい。蜜柑の実（サネ）であり桃の実（サネ）である。従って発芽する生命力を宿したもののことになる。之に対して種子となれば最高（タ）の根（ネ）であるから選り抜いたものでなければ種子とは言い難いことになる。

故にここで云う物実（モノザネ）と云うのは人間形成の伏在した生命力がからみ合うことによって生長発展を見せる根源と云うことに解すべきでなかろうか。

《注　南九州方言では実際に実存する物体である「物」に対しては「ムン」と言う。同じように「者」も「ムン」と言う。よって、これらは物体・物品・人物であるから「ムン」という言葉遣いになると考えられる。例えば、「食《く》う物《もの》」は「クムン」と言い、「着物《きもの》」は「キムン」、「名ぐれ者」は「ナグレムン」と言うのである。しかし、「物事」「物言い」「物思い」「物語」「物悲しい」「物ぐさ」「物心」等の「もの」という言葉遣いの場合は同方言でも明確に「モノ」と発音している。すなわち、これら「モノ」という言葉の意味を考えてみると、実存しない（目には見えない）が人間の心のなかにある情念とか理念を表現した用語であることが分かる。とすれば、これらの「モノ」という言葉には物体を表現した「物」・「者」ではなく、心の本性を表現した「申《もの》」・「言《もの》」・「倫《もの》」「詣《もの》」等の漢字を充てた方がよかったのではないかと考えられる。》

第二四節　宇気比の八神

本文

【故、其の先きに、生まれませる神、多紀理比売《たぎりひめ》の命《みこと》は、胸形《むなかた》の奥津宮《おくつみや》に坐す。次に市寸島比売《いつきひめ》の命《みこと》は、胸形の中つ宮に坐す。次に田寸津比売《たぎつひめ》の命《みこと》は、胸形の辺津宮《へつみや》に坐す。此の三柱の神は、胸形の君等が、以伊都久《いいつく》、三前《みまえ》の大神なり。】

語句の解説

胸形の奥津宮（ムナカタノオキツミヤ）

この胸形の地は今日では筑前の宗像郡が定説のようになっておる。だが神代の胸形が筑前の宗像にあろうとは考えられない。大体胸形の原形は峯方（ムネカタ）と云う古語でなければならぬ筈である。峯を峯（ミネ）と云うのは共通語であって古語は今でも峯（ムネ）と云う。峯（ムネ）の語原は家の棟や人身の胸と同じことであって山頂に棟（ムネ）を上げた山が峯（棟）のある山でなければならぬ。従って山頂に墳陵等を設定し土を盛って棟を作った山が峯《ムネ》（棟《ムネ》）であると思う。家の棟が他の家々と相対する（ム）根則ち値（ネ）であるように陵墳の峯もこれを現出したものでなければなるまい。言うなれば人が棟の下に安楽な生活をするように死者も峯（ムネ）の下に安住が叶うようにと云う思いやりも含めたものではあるまいか。

次は形（カタ）であるがこれは方（カタ）に間違いあるまい。古語社会では東方の大隅《おおすみ》半島のことを東方（ヒガシカタ）とか東目（ヒガシメ）とかに云い西の方を西方（ニシカタ）や西目（ニシメ）の人とかに云う。そして南の方の枕崎《マクラザキ》市や坊津《ボウノツ》町方面を南方（ミナンカタ）の名にしていたのである。故にこの胸形と云う地方は峯方の地方であって古来の有名古墳群の地帯と云うことに解せねばなるまい。では胸形の奥津宮を中心にして如何なる古墳が見られるであろうか。

先づ直線距離六千米位以内と思えるものには東方に鵜葺草葺不合《うがやふきあえず》の命《みこと》の吾平山上陵《あひらのやまのうえのみささぎ》及び天照大御神《あまてらすおおみかみ》陵の伊勢塚《イセヂカ》や高木《たかぎ》の神陵の木塚《キヂカ》があり、南方に月読《つきよみ》の命《みこと》陵（注＝高吉《タカヨシ》のコッゾンドンの岡）、西方に天孫陵の高塚《タカチカ》、及び日子穂々手見《ひこほほでみ》の命《みこと》陵の高塚《タカチカ》が間近い。又、北方間近に大国主《おおくにぬし》の命《みこと》陵越の塚《コシノチカ》があり、遠景には天之忍穂耳《あまのおしほみみ》の命《みこと》陵に疑う鎌塚《カマヂカ》が見られる。尚、東南方一方米位には伊邪那岐《いざなぎ》の命《みこと》陵に思う西ヶ塚《ニシガヂカ》が中塚上塚《ナカヂカカンヂカ》と共に在する。そして其の外塚主不明の粟塚《アワヂカ》、小塚《コヂカ》、尾塚《オヂカ》、藤塚《フッヂカ》等二十基余りが介在するのである。

故に神代の胸形の奥津宮は知覧《チラン》町永里《ナガサト》の吉備の児島にある薗田《ソンダ》権現《ゴンゲン》の事に解したい。

胸形の中つ宮（ムナカタノナカツミヤ）

この中つ宮は奥津宮の下流に接続した女島《ひめしま》に在る祭神不明の古祠のことに解したい。

胸形の辺津宮（ムナカタノヘツミヤ）

この辺津宮も女島《ひめしま》の下流に接続する大島の祭神不明な古祠のことであろう。そして此の神は地方名を梅の御名にしたものではなかったろうか。島え渡る唯一の小橋に思う梅橋《ウンメバシ》と梅の婦人伝説が余りにも有名である。

本文

【故、此の後に生まれませる。五柱の御子の中に、天の菩比《ほい》の命《みこと》の御子、建比良鳥《たけひらどり》の命《みこと》（此は出雲の国の造《みやつこ》、無邪志《むさし》の国の造、上《かみ》つ菟上《うながみ》の国の造、下《しも》つ菟上《うながみ》の国の造、伊自牟《いじむ》の国の造、津島の県《あがた》の直《あたえ》、遠江《とほつあふみ》の国の造等の祖なり）次に天津日子根《あまつひこね》の命《みこと》は（凡河内《おふしかふち》の国の造、額田部《ぬかたべ》の湯坐《ゆえ》の連《むらじ》、茨木《いばらき》の国の造、倭《やまと》の田中の直《あたえ》、山代《やましろ》の国の造、馬来多《うまくた》の国の造、道の尻の岐閇《きへ》の国の造、周《す》芳《ほう》の国の造、倭《やまと》の淹知《あむち》の造、高市《たけち》の県主《あがたぬし》、蒲生《がまふ》の稲寸《いなき》、三枝部《さきくさべ》の造等が祖なり）。】

語句の解説

建比良鳥の命（タケヒラドリノミコト）

この御名の建（タケ）は高天原のことであろう。そして次の比良は高天原で比良と呼ばれる地は黄泉比良坂《ヒラサカ》の比良山《ヒラヤマ》しか考えられない。よってこの比良山《ヒラヤマ》を中心に御生活なされたお方ではあるまいか。そうするとこの命は天照大御神と須佐之男の命との御時代の地を領地とされたことになる。だとすれば建比良鳥の命と云う御名は高天原の比良山《ヒラヤマ》をお取りになった命と解せねばならぬ。若しそれとすれば比良山《ヒラヤマ》山中の山神や石の祠等はこの比良鳥（取）の命であろうか。

出雲の国の造（イヅモノクニノミヤツコ）

この出雲の国は現在の出雲の国のことであろう。又、造（ミヤツコ）は宮則ち御矢仕《みやつか》うが語原ではあるまいか。

無邪志の国（ムサシノクニ）

これも現在の武蔵の国であろう。無邪志の語原は相対して（ム）生長発展（サ）する人達（シ）の国と解したい。

上つ菟上（カミツウナガミ）

これは上総の国海上郡で、今の市原郡のことであると云う。菟上は海上（ウナガミ）と解されたい。

伊自牟の国（イジムノクニ）

これは上総の国夷隅郡のことだと云う。但し此の名は神代の国にも出ておる。

津島の県直（ツシマノアガタアタエ）

これも神代の津島ではなく現在の対島であろう。上県郡のことであると云う。

遠江の国（トオッアフミノクニ）

この国名は古くは遠江（トオッアフミ）とか近江（チカッアフミ）とかに呼んだらしく受取れるが古語の立場からは面白くない。又、遠江（トオッアフミ）であれば全然意味を成さないことにもなる。古語では遠くのことを遠見（トオミ則ちトオン）と云う。語原は寄り集り（ト）の山の尾（オ）を見（ミ）ると云うことになる。従って広域の山々の尾が一望の中に入ることでなければならぬ。それに対して近江（アフミ）は会う見（アウミ）であるから会う見（オウミ）にならねばなるまい。尚この二つの国名に何故に江の字を用いたかは知らないが神代の高天原が衣（エ）の国に接続し遠景に見られたからではなかろうかとも思われる。従って遠江は遠遠見（トオトオミ）が古語の形と言わねばならぬ。

凡河内の国（オフシカフチノクニ）

凡（オフシ）は大の意であるから大河内のことで今の河内の国であると云う。

額田部の湯坐の連（ヌカタベノユエノムラジ）

説によれば額田部から分家した湯坐の連であって湯坐は子供に湯浴みを掌る者で乳母の如き者だったと云う。そして又額田の地名は大和や河内にあるとのことである。

茨木の国（イバラキノクニ）

これは常陸の国茨木郡のことであると云う。常陸（ヒタチ）は日達（ヒタチ）になるので神や命達の国と云う古名になる。

倭の田中の直（ヤマトノタナカノアタエ）

倭は大和のことであろう。高市郡や生駒郡に田中の地名があると云う。

山代の国（ヤマシロノクニ）

これは現在の山城の国であろう。山城は山背（ヤマシロ）であるとも言われるが古語から言えば山代（ヤマシト）であろうと思う。代（シト）は仕戸（シト）であって何かの仕事の事初めのことに解したい。苗代や社であっても其の意のことに解せられる。伊邪那岐の命の所には志戸部《シト》落があり天孫への通路には志戸道《シトミツ》（注＝南九州方言で参道のことをシトミッと言う）に作れる地名がある。又、神代の地には田代（タシト）小田代（コダシト）等代（シト）の地名が見られ殊に高天原山中の高台には小田代（オダシト）があるから尾田代（オダシト）であろう。故に山代（ヤマシロ）の国とは山代（ヤマシト）であって何かの事の事初めの国ではあるまいか。

馬来田の国（ウマクタノクニ）

これは上総の国望田郡のことであると云う。然し古語で馬来田と言えば美味しい物を食うたと云うことにもなる。

道の尻の岐閇の国（ミチノシリノキエノクニ）

この国は陸奥らしいが未だに不明とのことである。古語の慣例からすれば主要道に外れた下手部落を道の尻の名にしておる。そして又岐閇（キエ）は古語の気会（キエ）で気の合った気入りのことになる。

周芳の国（スホウノクニ）

これは山口県周防の国に間違いなかろう。又、鹿児島県にも贈於（ソオ）郡と云うが大隅《おおすみ》半島にあるが類系語原の名ではあるまいか。贈於（ソオ）であれば添会う（ソオ）になるので夫婦関係如きに言われておる。故に周防（スオ）であれば巣会う（スオ）になるので同家族として仕えることになる。従って嫁姑の間柄に使われていたようである。

倭の淹知（ヤマトノアムチ）

これは大和の国山辺郡に庵治と云うのがあるので其処であろうと云う。

高市の県主（タケチノアガタヌシ）

これは大和の国高市郡であろうと云う。

蒲生の稲寸（カマフノイナキ）

これは近江の国蒲生郡のことであると言われておる。

三枝部（サキクサベ）

これは魚の「クサベ」から考えて開拓の先導を承る部ではなかったろうか。

第二五節　須佐之男の命の勝佐備《かちさび》

本文

【ここに速須佐之男の命、天照大御神に白《まう》し給わく「我《あ》が心晴明《あか》き故に、我が生めりし御子、手《た》弱女《わやめ》を得つ、此に因りて言《まう》さば、自ら勝ちぬ」と云いて、勝佐備《かちさび》に天照大御神の営田《みつくだ》の畔離《あばな》ち溝《みぞ》埋《う》め、亦其の大嘗食《おおみえきこ》し召《め》す、殿《との》に糞麻理散《くそまりち》らしき。】

語句の解説

手弱女（タワヤメ）

この手弱女はたわたわとした意の手弱女であると云う。稲が穂首を重たげに垂れ撓《たわ》んでおる姿に見れば同感である。だがその事には古語は「ダワン、ダワン」しておると云うので動きを停止（ダ）した輪（ワ）中に見（ミ）ると云うことになる。従って旦那（ダ見名《ンナ》）衆に見る気高いつつましさやしとやかさのことにならねばならぬ。

勝佐備（カチサビ）

説に従えば佐備（サビ）はすさびの約言で、すさびは進みの意であると云う。従って勝たれたと云う勢いで進み荒ぶることを言ったものとのことである。なるほど表面的な解説はそれでよいのであろう。だが古語で荒み（スサミ則ちスサン）と言えば鶏の軟卵の如く空虚な生長発展を見たことになるので一寸おかしい。故にこの勝佐備は古語の発音が勝佐備（カッサッ）となるので被さることに云う古語の被さる（カッサッ）に解すべきでなかろうか。そうすると須佐之男の命の傲慢不遜が天照大御神の清明に覆い被さったことになる。余談になるが勝佐備は黴錆（カビサビ則ちカッサッ）に解しても語原上は良いであろう。

営田（ミツクダ）

この営田が通説の通り御作り田の約言であれば別に言うことはない。当地の実際から見ると営田に思える名には佃（ツクダ）や鶴田（ツッダ又はツンダ）及び園田（ソミダ則ちソンダ）等が見られる。そうすると営田は佃《ツクダ》や園田《ソンダ》（添見田）であって鶴田《ツッダ》は津見田や椎田であろうか。だがこの営田にも身突く田（注＝ミツックダと読める）の如き隠語があるように思えてならない。

畔離ち《あばなち》（アバナチ）

この語の定説とするところは阿（ア）を畔（アゼ）に訓み、畔離しと云うことにしておる。勿論、表面的な解釈としてはそれで良いのであろう。だが疑って読めば阿が畔であることに納得が出来ない。畔の語原は上層に浮上進出（ア）した瀬（セ）であるから水面上に浮かび出た瀬のことになる。そしてこの名は全国的にも通用するであろう。又、古語でも畔落しとは言うが畔離しとは言わない。

そこで考えられるのが、古語社会に於いて未婚の男女間に行われた「ヨバナシ」の古習である。共通語社会では夜這いと云うようだが、古語の「ヨバナシ」も夜話しには考えられないので世放し（ヨバナシ）であろう。即ち股間の人達を其の世に開放すると云うことでしかないように思う。だとすれば既婚の須佐之男の命にこの世放しが許されよう筈がない。よってこの命のすることは上層に浮上進出（阿）した離しにしかなるまい。よって浮気と言わねばならぬことになる。故に、阿離しは「阿放し」であって、定説のような乱行と共に不行跡な身持ちを隠語にしたものと解したい。

溝埋め（ミゾウメ）

このことも表面的には字義通りの解釈で結構であろう。だが実際問題とすれば溝をこわすのは容易でも埋めるのは容易ではあるまい。そこで溝の語原であるがそれは水添（ミゾ）であって水が添うて流れる施設のことであろう。だとすれば此の水添（ミゾ）を身添（ミゾ）に置きかえて考えたら如何であろうか。そうすると其の身添を埋めるとなれば何で埋めるか知らないが阿離しと同様に不倫行為の隠語になるであろう。余談になるが古語社会ではあれを溝渫え（ミゾサラエ）とも云うのである。

大嘗（オオニエ）

これは書紀の新嘗や統日本紀の大新嘗からして大きな新餌（ニエ）に疑えない。従って煮え（新会）にもなるので新穀類で献立された御試食初めのことであろう。

殿（トノ）

この殿は、御殿のことであろう。然し古語の殿（トノ）は夫君のことになるので高天原山中の宇都（大戸）のことに解したい。

屎麻理散らしき（クソマリチラシキ）

このことも通説では屎を座敷にまき散らした事にしておるが余りに大人気ない。又、大嘗の人混みで出来る事柄でもなかろう。従ってこの屎（クソ）は古語の適応（クソ）に解したい。すると共通語の応わしいの応（フサ）を応（クソ）と云うので適応（クソ）のことになる。勿論、屎（クソ）の古語は屑素（クッソ）でなければならぬ。又、次の麻理は発音が麻理（マイ）になるので屎麻理（クソマイ）散らしきと読まねばならない。そうすると大嘗の大勢の中で天照大御神は適応（クソ）わないと言い觸らしたことになってくる。古語は触らすことを散らすと云うのである。

本文

【故、然《しか》すれども天照大御神は、登賀米受《とがめず》て告《の》り給わく、「屎《くそ》なすは酔《え》いて吐《は》き散《ち》らす登許曽《とこそ》。我《あ》が那勢《なせ》の命《みこと》此《か》く為《し》つらめ。又、田《た》の畔離《あばな》ち（阿離《あばな》し）溝《みぞ》埋《う》むるは、地《ぢ》を阿多良斯登許曽《あたらしとこそ》、我が那勢の命此く為つらめ」と詔り直し給えども、猶《なお》、其の悪《あ》しき態《わざ》止まずて転《うたて》あり。天照大御神、忌服屋《いみはたや》に坐《ま》して、神御衣《かみみそ》織《お》らしめ給う時に、その服屋《はたや》の頂《むね》を穿《うが》ちて、天の班馬《ぶちうま》を逆剝《さかはぎ》に剝《は》ぎて堕《おと》し入るる時に、天の御衣織女《みそおりめ》見驚《みおどろ》きて梭《ひ》に陰上《ほと》を衝《つ》きて死せき。是に天照大御神見畏《みかしこ》みて、天の岩屋戸《いわやど》を閇《た》てて、刺許母理《さしこもり》坐《ま》しましき。】

語句の解説

登賀米受て（トガメズテ）

この登賀米受（トガメズ）は咎めずであろうから説明は要すまい。然し咎めの語源は集中（ト）して「カ」の作用を舞い（メ）することである。従ってお構い下さいますなと云うような善意の構い（カ舞）もあるが之を集中（ト）すれば自由を束縛するので集中構（トガメ）則ち咎になるわけである。

屎なすは酔いて吐き散らすとこそ（クソナスハエイテハキチラストコソ）

この屎なすはとあるは適応（クソ）わないと云うことはに解すべきであろう。でなければ次の酔いて吐き散らすとこその語と一致しない。御承知の通り屁であっても屎であっても其の姿は見るを得ないから放る（ヒル）の語法を用いておる。然るにそれを吐き散らすとこそとある以上は口から吐く以外には考えられない。故に天照大御神は私が適応（クソ）はないと多人数の前で言い触らしたこと即ち吐き散らしたことは酒の上でのことであろうと御咎めになられなかったことに解せねばなるまい。今日でも白状のことに泥を吐くと云うであろう。尚、酔うの古語は酔食ろ（ヨクロ）であるから自からの世を食ろうておると云う語原になる世食ろ（ヨクロ）であることも参考とされたい。勿論、黒も食ろであり暮れも食れが語原であろう。

地矣阿多良斯登許曽（ヂオアタラシトコソ）

この地は地（トコロ）に訓ませてあるが表面上の解説としては地（トコロ）に訓み阿多良斯は惜しいに解して良いのであろう。だが古語の本形から言えばそれでは済まされそうにない。故に地はあくまで地（ヂ）であって生地（キヂ）や本地の地（ヂ）に取り地質や本質のことに解すべきであろう。

次の阿多良斯（アタラシ）は古語に解すれば惜しいことではなく新鮮の意である。古語は鮮魚や新宅等のことに阿多良斯（アタラシ）と云う。故に惜しいことには味垂らし（アッタラシ）でなければならぬ。故にこの地を阿多良斯登許曽と云うこととは地（ヂ）即ち須佐之男の命が生地として求めるものは新《あたら》しとこそであって若い女をと解すべきであろう。勿論、地は天地の地でもあって天（陽）地（陰）に解すれば具体的な解決が導かれる筈である。古来畳と何とかは新《あたら》しいに越したことはないと云うのが古語社会の陰口でもある。

転あり（ウタテアリ）

説に従えばこの語は転（ウタタ）が転（ウタテ）になりそれに動詞が添えたものであると云う。そして元から有ったことが一層甚しくなったことであるとしてある。勿論この説に異論をはさもうとは思わない。だが古語の立場から言えば転（ウタテ）と云うことは追い出しのことになるのである。即ち古語では追い出しを急ぐことに追立て（ウタテ）ると云う。すると須佐之男の命が天照大御神を追い立てると云う隠語に解してもよいのではあるまいか。

忌服屋（イミハタヤ）

この忌服屋を書紀では斎服にしておるようである。説に従えば神御衣を織る所であると云う。そして萬事に斎戒して慎しむので忌服屋と云うたのであると説明されておる。だがこの忌服屋の忌を現代語的に忌み嫌うの忌みに解すべきであろうか。神代で云う忌（イミ）の語は決してそんな常道に外れた語ではなかったと解したい。

天孫に随従された五部神の一人布刀玉の命は神に奉仕することを職掌とされたので忌部（イミ

べ則ちインベ）の首等が祖神としておる筈である。だとすればそんな忌み嫌れるような人柄が神に奉仕する聖職たり得る筈はなかろう。殊に布刀玉の命と云う御名は人魂（フトダマ）の命と云う古語で人道の軌範を語っておる筈である。

そこで忌（イミ）の語原を究めると特に著しい（イ）見守り（ミ）をすることになる。故に神に仕えて忠実なことが直ちに忌部の名であると解せねばならぬ。だから忌部が神に仕える如く人に仕えて忠実な動物も犬（イミ則ちイン）の名を得ておるのである。勿論、古語は共通語の如く犬（イヌ）ではなく犬（イミ則ちイン）と云う。又「アイヌ」人も古語は「アイミ」人であって神代の肥の河の下流で天の安の河に合流する河には古事記は藍見河（アイミガワ）の名にしておる。そうすると古語の「いみじく」や「いみし」の語も了解が得られるであろう。

故に忌服屋と云うことは誠心誠意を尽して神に奉仕する服屋に解せねばならぬ。尚、服屋は機屋でもあろうが語原は手の働きを最端てまで張り出す精巧な仕事になるので端手（ハタ）か張手（ハタ）かに解せられる。

《注　「犬」は南九州方言で「イン」と発音する。インの語原は記述にある通り「忠実に仕える」という用法になるが、飼い主に忠実に仕える動物の犬も同方言ではインと言う。これは擬観で生まれた言葉遣いであろう。とすれば人間社会においても首長の下で忠実に仕える部下は「イン」の称号が与えられたと考えられる。それが後世になって「院《いん》」という官の称号を生み出したものと考えられる。ところで、犬は飼い主に懐いても敵対する人間には歯向かう習性がある。よって、敵対する側から見れば犬は敵対する側を裏切ることになるので「裏切り野郎」

とか「犬畜生」などと言って最大の侮蔑語になったと考えられる。》

神御衣（カミミソ）

これは説明までもなく神に奉る御衣裳（ミイソ）のことであろう。衣裳（イソ）の語原は特に著しく（イ）身に添（ソ）うておると云う名である。従って衣裳の名は漢字導入以前の名と解せねばならぬ。故に陸地の衣裳は磯と云うことになる。

尚、神御衣（カミミソ）の原形は神御衣裳（カミミイソ）であろう。だが語法に従い御（ミ）の母音は「イ」になるので次音の衣装（イソ）の「イ」は省略して神御衣（カミミソ）になったものと解せねばなるまい。

頂（ムネ）

この頂（ムネ）は棟（ムネ）に解するのが通説のようである。勿論、表面的解釈はそれでよかろう。然し棟の字を外にして何故に頂の字にしたかは考えねばならぬ。又、具体的問題として如何に大の男とは言え馬を家の棟まで運べる筈もない。よってこのことは各位の御推測に御まかせしたい。語原からと頂の字の解読から詰めで行けば自づと納得の線が生れるであろう。さして難解ではあるまい。不審の方には天の班馬の熟読を望む。

天の班馬（アメノブチウマ）

この天の班馬は戦前の御育ちであれば殆どの方がお耳にされた神話であろう。通説に従えば白黒の班毛の馬のことであると云う。だがそんな毛色の馬は見たこともなければ聞いたこともない。だが日本書紀はこれを天の班駒（ブチゴマ）に伝えておる。よってこの天の班馬も班馬（ブチゴマ）に訓むべきではなかろうかと思う。何故なら須佐之男の命も男馬になぞらえる男性に在すからである。

そこで班（ブチ）であるが「ブ」の基本意は好ましからぬことになる。例えば喰物の好き嫌いにも古語は醜（ブ）だと言えば嫌いなことである。又、容姿にも醜男（ブオトコ）とか醜女とかに云う。又、共通語でも不調法とか豚とかに言われるようだが魚（ブチョ）の穂（ホ）が不調法（ブチョホ）であり醜（ブ）の最高（タ）が豚であると御知りであろうか。そうすると「ブ」と云うことは程度の落ちたことであり程度の落ちることは嫌いであり好ましくないことに解すべきであろう。

そして其の好ましからぬ醜（ブ）が着（チ）いた場合が班（ブチ）であると解せねばなるまい。だから身体を打たれて内出血したり食中毒で蕁麻疹が出たりすると古語は班（ブチ）が出たと云うのである。尚、又この班（ブチ）と語原を同じくするものに鞭（ブチ）があることになる。共通語では鞭（ムチ）と云うようだが古語の鞭（ブチ）と何れが正しいかは語原が決めるであろう。

次は馬であるが古語は馬（ウンマ）と云うので共通語の旨かった則ち馬かったには美味（ウン

マ）かった則ち馬（ウンマ）かったと云うのである。果して大真（ウマ）が正しいか大見真（ウンマ）が正しいかは多くの語例や語原が決めるであろう。然し其の旨（ウマ）や美味（馬）の語原に溯及して具体的事例を求むれば成る程と了解が成る筈である。そうすると班馬であっても班駒であっても最終的には一致点が見られることになる。だが不審の解けない方は書記が伝える班駒の説明で納得を得られたい。

駒（コマ）と云うのは御承知の通り牡馬のことであるが語原はくっ着いておる（コ）真（マ）と云うことである。股間にこの真（マ）を冠する名のものをくっ着けておるから牡馬は駒（コマ）と云うことになる。ではこの「コマ」と同一語原の名で呼ばれるものは何であろう。それは言うまでもなく独楽（コマ）でしかあるまい。私共の幼少な頃は手製の鞭独楽（ブッゴマ）と云うを廻して夢中に遊んだものである。鞭独楽（ブチゴマ）の名は鞭の先きに楮《こうぞ》皮等の紐房《ひもふさ》を結いつけてこれで独楽の胴体を叩きつつ廻したからのことであろう。今にして思えば鞭独楽は男性の「コマ」と相似形であると思う。そうすると鞭独楽の独楽と言うは男性の「コマ」に発した名ではあるまいか。すると天の班駒は天津神に本能として授かっておる股間のお人のことに解せねばなるまい。

故にこそ古代は陰陽崇拝の思想かは知らないが「コマ」に象る地形や山等には駒の名を以てあらわしておるようである。例えば高天原にも駒瀬《コマガセ》の地名があり枕崎《マクラザキ》市には駒ヶ水《コマガミツ》や八尻《ハッシィ》（恥尻）の部落が見られる。全国的にもこの例は極めて多いであろう。尚NHKの四十九年十月二十八日の放送で独楽の名は北朝鮮に発するものと放送されたがそれでは困るや細《こま》やかの「コマ」にならないのであくまで日本古有の名であると解したい。

逆剝に剝ぎて（サカハギニハギテ）

天の班馬の正体が明らかにされた今は説明の要はあるまい。御不審であれば自からの班馬の亀頭部から皮を逆剝ぎにして確められてもよかろう。

堕し入るる（オトシイルル）

この堕し入るるも同断のことで何処に落し入れようとするのか自明であろう。

梭（ヒ）

この梭（ヒ）も、定説では機織で横糸を通すに用いた梭（ヒ）のことに言われておる。勿論、この梭も古語で梭（ヒ）と呼ばれていたから止むを得まい。だがこの梭は、長さ五十糎位もあって中央部の太さは経が五六糎もあったろうと思う。そして、両端は細めてはあるが円めてあるので決して突き刺さる用具ではない。依ってこの梭（ヒ）と言うは、当地の伝説通り「ヒ爪」と呼んでいた鉄針のことであると解したい。「ヒ爪」と言うのは機織の糸車、但し当地では糸機（イトバタ）と呼んでいたに取り着けられた長さ三十糎位の鉄針のことで、千枚通しを長大にしたようなものである。

余談になるがある日私の祖母が昼飯の時糸車から「ヒ爪」を取りはづして箱の中に格納した。

そしたら食事が終ると又「ヒ爪」を取り着けて前の仕事を続けるのである。子供心にも不審に思われたので何故又取りつけねばならぬのに外して格納したり取り出してつけたり面倒なことをするのだと聞いて見た。すると祖母が曰く昔若い娘が糸機で仕事をしていたら壮年（アラシカ）の男が襲いかかって来たそうである。そこで娘は驚いて逃げ出そうとしたはづみに「ヒ爪」を局所に突き刺さして死んで仕舞ったとのことであった。そして祖母は更に言葉をつづけてだから女は糸機の仕事を止める時は必らず「ヒ爪」は始末をすることに固く言われておるものである。若しそれが出来ないような女はだらしない女として世の中の人に笑いものにされるのだとのことでもあった。

陰上（ホト）

原文には陰上の下に訓陰上富登としてあるから富登（ホト）に訓まねばならぬ。富登の名は今日に至っては殆ど聞かれないが語原から言えば生物は其の真生命力を発現することが穂（ホ）であろう。稲も穂を出さなかったなら稲の生命価値は無いと同然である。すると穂は種の維持保存の基底とも言えるのではなかろうか。そして種の維持繁栄（ホ）を計るために寄り集まる（ト）所が富登であらねばなるまい。

古語社会でも富登の名は聞かれないようだが雑草の「ホトクイ」や雨に打たれた飯粒の「ホトビレ」は其の名を伝えるものであろう。又、共通語の方も「ホト、ホト」に困るや「ホトボリ」がさめる又は「殆ど」等の語原を究明されたら面白かろう。

天の石屋戸を閇てて（アメノイワヤドヲタテテ）

この天の石屋戸については諸説も多く通例では天の岩戸で通っておる。然しそれは石屋戸であっても又岩戸であっても語原的な基本意にはたいした影響はあるまい。但し定説に考えられておる岩窟の岩屋に御隠れと解するのは見当違いと言わねばならぬ。

石屋戸の石（イワ）は岩のことであろうが岩に岩（イワ）と云うのは共通語であって基本意はあくまで古語の通り岩（ユワ）でなければならぬ。岩（ユワ）の語原は統合結束（ユ）の輪（ワ）が固いことからの名になるがこの名を生んだことは人類社会の固い結束の輪になぞらえたものであろう。従って岩はどこまでも結輪（ユワ）でなければならぬ。だから記紀が言う岩村（ユワムラ）とか岩群（ユワムラ）とか云うことも統合結束（ユワ）の法（ムラ）であって結輪の慣習法に解すべきである。

尚、この結輪（ユワ）を著しく（イ）すれば祝（ユワイ）になる。だが祝いの「ワイ」は語法により「ワ行」の「エ」になるので古語は祝（ユヱ）をすると云うのである。又この結輪（ユワ）を増大（ウ）すれば祝う（ユワウ）にならねばならぬ。だがこれも語法により「ワウ」は「ワ行」の「ヲ」にならねばならぬので古語は祝（ユヲ）ことにしたなどと云う。尚、又この結輪（ユワ）に酒宴が伴えば祝い酒即ち結輪酒（ユワサカ）になるのである。決して岩を以てする工作ではない。

従ってこの結輪（ユワ）を石（ユワ）にしたのは適当とは言い難い。何故なら石はあくまで石

（イシ）の語原に従うべきであるから一族一身上の事には見られるかも知れないが高天原と云う大社会の結輪法（ユワムラ）には大岩石を意味する結輪（岩）でなければならぬと思われるからである。

次は石屋戸の屋であるが屋（ヤ）の基本意は矢であろう。屋根と云うのも其の原形は矢根であって上棟式の時に建てる矢の根元と云うことでなければならぬ。即ち自今家の当主が対外的に発動するであろう矢心の根城と云う意であって決して家のことではないのである。そうすると石屋（ユワヤ）と云うことは高天原結輪の法によって内は高天原社会に向かい外は外郭の諸勢力に対して発動する矢心即ち主権行使の矢に解せねばなるまい。

次は石屋戸の戸であるが通例であれば戸に解すべきであろうがこの際は前後の経緯からして発音通り戸（ド）に解すべきでなかろうか。だとすれば戸（ド）は度（ド）になるので不確定不確認の事項に決定を与えることに解せねばならぬ。例えば何方（ドナタ）ですかとか何処（ドコ）まで行きますかと尋ねることでも不確定に決定を求めることであろう。だから古語社会で度当（ドアテ）と言えば刑罰の決定をして之を科することになるのである。よって天の石屋戸と云うことは高天原の慣習法に基づいて須佐之男の命に対し如何なる刑罰を科すかを決定し之を科する高天原総会のことに解すべきであろう。

尚、余談になるがこの天の石屋戸の行われた場所は知覧《チラン》町東別府《ヒガシビュ》横井場（ヨケバ）部落の小字後岩戸《ウシトユワト》、前岩戸《マエユワト》、岩戸比良《ユワトビラ》とある附近であろう。隣接地を宇都の迫（ウトンサコ）と云うので其処に立てられてあった大戸（ウト）でのことではあるまいか。尚、岩戸《ユワト》字の山頂は大岩石群であって其処に古来の石祠牧神殿（マッガンドン）も在すのである。そして又岩戸岡《ユワト》の南谷底に当る天の安の河沿いには十数畳敷もある大岩窟も在しておる。

刺許母理（サシコモリ）

これは表面的には刺籠りであろう。だが古語は久しい事に久し（サシ）と云うのである。故に久しい籠り即ち永久の離別を御決意召されての引退に解すべきではあるまいか。何故なら母神の再婚先き三立山《サンタッチャマ》に東風隠れ（コッガクレ）と云う命隠れ（コッガクレ）にも作れる地名があるのが不審でならない。それで天照大御神は離婚の古習に従い母神の許に帰って御仕舞いになられたものではあるまいか。そうすると大御神は北方勢力である黄泉神の許に御身を寄せ給うたことになる。

第二六節　天の石屋戸《いわやど》（一）

本文

【すなはち高天原皆暗《みなくら》く、葦原《あしはら》の中つ国悉《ことごと》に闇《くら》し。此れに因りて常夜往《とこよゆ》く。ここに萬《よろず》の神の声《おとない》は、狭蠅那須皆満《さばえなすみなわ》き、萬《よろず》の妖《わざあ》い悉に発《おこ》りき。是を以て八百萬《やおよろず》の神、天の安《やす》の河原《かわら》に、神集《つど》い集《つど》いて高御産巣日《たかみむすび》の神の御子《みこ》、思金《おもいかね》の神に思わしめて、常夜《とこよ》の長鳴鳥《ながなきどり》を、集《つど》えて鳴《な》かしめて、天の安の河の河上の、天の堅石《かたいわ》取り、天の金山《かなやま》の鉄《まがね》を取りて、鍛人天津麻羅《かぬちあまつまら》を求《ま》ぎて、】

語句の解説

高天原皆暗く（タカマガハラミナクラク）

この暗くは太陽が沈んだ暗くではなく世の中に例の多い家の大黒柱を失っての真暗闇であり又暮れの闇だと言ったりする暗くであろう。繰り返すようであるがここで重ねて当地に伝えられた天照大御神の伝説を申し上げて治下の四民が天の石屋戸の悲報を如何に受け止めたかの参考に願いたいと思う。

昔我が家あたりにはこの川の川上に大昼殿（ウヒイドン）と云う偉い女の神様が衣（エ）の方面から渡って来られて米作りや百姓の事は勿論女の着穂事（チホゴッ）即ち機織裁縫に至るまで御教へになり田も畑も多いことから何処とも比較にならない良い所だったそうである。そして又大昼殿《ウヒイドン》が言われるにはこの川筋（加治佐《カッサ》川）に住む人は皆私の子であるから蛭もこの人達の血を吸うてはならぬ。若しこれを犯せば口を横裂きにして他国に投げすてると仰せたそうだ。それでこの川筋には今も蛭はいない。若しいても其の蛭は人の血は吸わないと云うのである。

以上が祖母達から聞いた昔話であるが誠に其の通り加治佐《カッサ》川流域には蛭が居ないのである。恐らく二千六百年（皇紀）も経たであろう明治の頃まで里人の口に語り継がれた御仁徳と御功績から考えると御在世時代の御盛名が偲ばれる。そして又御引退の悲報を聞いた諸民の悲しみも口に尽せないものだったろうと思われる。

常夜往く（トコヨユク）

このことは通説の通り永久の夜に解しても悪くはあるまい。だが真実言わんとする心は常（永久）に夜の道を往くであって人生の裏街道を歩こうとすることではあるまいか。

萬の神の声（ヨロヅノカミノオトナイ）

この萬（ヨロヅ）は例の通り数ではなく、古語の寄り合う（ヨリオ則ちヨロ）のことであろう。だから古語は男女間が他人でなくなれば寄合（ヨロ）ておると云う。従って萬の神と云うことは高天原の岩村の中に直接又は間接の共同生活をしておる神達のことになる。

尚、声（オトナイ）は音成り（オトナイ）が原形であろう。従って音（オト）の語原は合着（オ）する寄り集まり（ト）になる。但し「ト」の説明はくどいので結論的な寄り集まりに説明して来たが真実の基本原形は「タウ」であって最高（タ）に増大（ウ）することである。有難う（アリガタウ）が有難（アリガト）になると同じい。従って音（オト）を厳密に言えば合着（オ）を最高（タ）に増大（ウ）したことになるのである。

又、声（オトナイ）の「ナイ」は柿が成るの成り（ナイ）や縄綯いの綯い（ナイ）でもあるので綯う（ナウ）にもならねばならぬ。従って語原は名（ナ）を著しく（イ）すれば成り（ナイ）になり名（ナ）増大（ウ）すれば綯う（ナウ）になるのである。然し古語の語法は「ナイ」であれば同行の「ネ」に「ナウ」であれば同行の「ノ」にならねばならない。故に「ナイ」は無いに通用されて無（ネ）になることに注目願いたい。又、成り（ナイ）の如く「リ」を「イ」に発音するのは語尾の時に限るようなので一種の約音ではなかろうかとも思われる。

そうすると声（オトナイ）は訪ないであって訪うにも解せねばなるまい。古語で便りのことに訪（オト）をするとも云う。よって萬の神の声（オトナイ）と云うことは高天原に在す諸々の神達が岩村を中心にした沸騰する世論に解すべきであろう。尚、私見で恐れ入るがこのことには南北勢力の葛藤を頭において考うべきではなかろうか。

狭蠅那須皆満き（サバエナスミナワキ）

このことは既に説明した通り狭蠅は古語の狭蠅（サヘ）で浮塵子（ウンカ）のことになるから浮塵子が飛び交うように浮動混乱したと解せねばなるまい。

天の安の河原（アメノヤスノカワラ）

この河原は例の通り永里《ナガサト》川の河原のことであろう。具体的には横井場《ヨケバ》部落の少し上流で安の河が支流を発し岩戸比良《ユワトビラ》と宇都《ウトン》の迫《サコ》の間を流れておるのでこの附近であろう。

神集い（カミツドイ）

この神集いには言うことはない。だが古語社会に於ける岩戸の慣習を参考までに申し上げて見たい。集い（ツドイ）の語原は一体不可分（ツ）の責任で寄り集まる（ト）ことが特に著しい（イ）ことになる。だから藁苞の如き苞（ツト）の姿が特に著しいことに考えてもよいのではあるまいか。今日的に言えば罐詰の集会である。この神集いに思える集会では欽席は勿論中座も許されないのが古習であった。だから神集いの神は神逐いの神であって勘当の勘に解すべきものであろう。

当地では最も重大な事件には十五、六十寄りと言って十五才から六十才までの男子全員の集会にしていたようである。又、犯行の当事者と類系の近親者は全部退座が命ぜられ別宅で命を待たなければならなかった。そして衆議が纏まると犯行の当人は全員車座の中に呼び出され烈しい詰問の後岩村の除名を最高にそれ相応の罰則が科せられたものであった。故に除名者は自今村人との対話は勿論途中の挨拶さえ許されなかったのである。

高御産巣日の神（タカミムスビノカミ）

この神は頭初に御説明申し上げた神で皇祖に在し別名を高木の神と申す神にあらせられる。御陵は頴娃《エイ》町上別府《カンベップ》木塚原《キヂカガハラ》の木塚《キヂカ》の岡であると信ずる。高木の神の御名は高の御身分に在する純血生粋な生（キ）の神と云うことである。従って木塚《キヂカ》も生塚（キチカ）が正しい古語と云うことになる。

思金の神（オモイカネノカミ）

この神名の思いの「モイ」は「マ行」になるので思い（オメ）に訓まねばならぬ。そうすると思金の神の御名は思金（オメガネ）の神と云うことになる。だとすれば思金（オメガネ）は御眼識（オメガネ）になるので鑑識眼の高くあらせられた神と云うことに解せねばなるまい。

常世の長鳴鳥（トコヨノナガナキドリ）

この長鳴鳥が鶏であることは言を要すまい。だが何故に長鳴鳥を鳴かせたかと云うことになるとそれは長鳴鳥の鳴声と岩戸の習俗によるものであろう。古語では鶏の鳴声を人語に訳して「チョカ、コッコウ」と鳴くと云う。「チョカ」は御承知でもあろうが焼酎の燗をする酒器であって燗瓶《かんびん》の代用もつとめる便利なものである。

次の「コッコウ」共通語に言えば「これこうして」と言う言葉遣いになる。従って燗瓶（チョカ）の酒を手に捧げ持って「これこうして」御詫びの酒を奉りますからどうぞ御受け下さいと云うことに解せねばなるまい。だとすれば長鳴鳥は燗瓶（チョカ）を手にして御詫びの酒を奉る岩戸の仕草を其の鳴声と姿勢で代弁しておると解すべきである。

要するにそこに大きな問題点があるのである。先きに説明した如く一たび岩村から除外された者が罪の償いを成して再び仲間入りを許されるためには身元引受人立会いの上衆人環視の中で一人一人に盃を献上しつつ謝罪と指導を仰いで車座を一巡せねばならぬ。故に燗瓶（チョカ）の口を握った人と言えば刑余の人同様に卑下し家族の結婚問題にまで響いたものである。だから古語社会ではこの岩戸を恐るること一通りではなく幼少の頃から常に親達の注意を受けて育ったことが思い出される。

故に第一点には天照大御神の大前に常世の長鳴鳥を鳴かしめたと云うことは長鳴鳥に至るまで地上の生きとし生ける者が天照大御神の御出ましを御願いして止まぬことを御伝えする意に解すべきではあるまいか。

次の第二点は鶏鳴暁《けいめいあかつき》を告げるの語がある通り岩戸解決は種々な儀礼や法則に手間取り結論が生れるのは殆ど鶏鳴を聞いた後になるものであった。故に長鳴鳥を鳴かしたと云うことは夜が更けて来たと云う時間を御知らせする意味もあるのではあるまいか。古代は一日休めば一日の生活に支障を来すので昼間の仕事を邪魔するような岩戸は殆ど見られないのが通例であった。

次は第三点であるが須佐之男の命も高天原追放の岩戸により一生を泣かねばならぬ長鳴鳥であろう。よって岩戸の決議で長鳴鳥の罪科に処したから御赦しが願いたいと云う衆議を天照大御神に御報告申し上げる常世の長鳴鳥ではあるまいかとも思う。

天の堅石（アメノカタイワ）

これは高天原の堅い石のことで今日に言えば金床（カナトコ）のことであると云う。然しこれも表面的なことでしかあるまい。天の安の河の河上には高木の神の聖地や天照大御神の山戸の岳等はあっても特別に固い石は見当らない。よって真実言わんとする天の堅石は高天原の鞏固（堅）な結輪（石）に解すべきであると思う。即ち只今混乱を招いておる天の岩戸のような事態が再び発生しないように高天原の中心人物に在す日の神をあらわす神器みたいな制度を取り（定め）と解すべきであるように思う。

天の金山の鉄（アメノカナヤマノマガネ）

ここに天の金山の鉄とあるが此の附近に鉄鉱石の山があろうとは考えられない。高天原内の肥か筑紫かに思える所に金山《カナヤマ》の谷と云うがあるが鉄を取った所ではないと思う。よってこのことも真意は別にあるのではあるまいか。

通例であれば鉄の古語は鉄（クロガネ）でなければなるまい。然かるにそれを鉄（マガネ）と訓むところに何かが感じられる。鉄（マガネ）の語原は真実（マ）なる「カ」の作用を行う根（ネ）である。すると高天原の日の神（マ）として主権（カ）を行い給う根（ネ）となるものを取り入れと云うことに解されてくる。勿論、金山は「カ」を名（ナ）とする山であるから絶対主権者の山に解せねばなるまい。だとすれば天の金山の鉄を取りと云うことは高天原の山戸によって御支配召されるに当り基本的になる地位権力の確立を計ると云うことに解しても良いのではあるまいか。所謂主権の確立である。

鍛人天津麻羅（カヌチアマツマラ）

通説に従って解すればそれで足りるのではあるまいか。語原的に解しても別に取り立てて説明する必要も認めないので省略したいと思う。

本文

【伊斯許理度売《いしこりどめ》の命《みこと》に、科《おお》せて、鏡《かがみ》を作らしめ、玉の祖《おや》の命《みこと》に科《おお》せて、八尺《やさか》の勾璁《まがたま》の五百津御須《いほすみす》麻流之珠《まるのたま》を作らしめて、天《あめ》の兒屋《こやね》の命《みこと》、布刀玉《ふとだま》の命《みこと》を召《よ》びて、天の香山《かぐやま》の真男鹿《まおしか》の肩を内抜《うつぬ》きに抜《ぬ》きて、天の香山《かぐやま》の天の波波迦《ははか》を取りて、占合麻迦那波《うらないまかなは》しめて、天の香山《かぐやま》の五百津真賢木《いほつまさかき》を、根《ね》許士《ごし》に許士《こし》て、上《かみ》つ枝《え》に、八尺《やさか》の勾璁《まがたま》の五百津之御須麻流之玉《いほすのみすまるのたま》を取り着け、中《なか》つ枝《え》に、八尺《やあた》の鏡を取り繋《つ》け、下《しも》つ枝《え》に、白和幣青和幣《しろにぎてあおにぎて》を取り垂《し》でて、此の種々《くさぐさ》の物《もの》は布刀玉《ふとだま》の命《みこと》、布刀御幣帛《ふとみてぐら》と取り持たして、天《あめ》の兒屋《こやね》の命《みこと》、布刀詔詞言禱《ふとのりとごとね》ぎ白《まう》して、天の手力男《たぢからお》の神、戸掖《とわき》に隠《かく》り立《た》たして、天の宇受売《うずめ》の命《みこと》、天の香山《かぐやま》の天の日影《ひかげ》を手次《たすき》に繋《か》け、天の真析《まさき》を鬘《かつら》として、天の香山《かぐやま》の小竹《ささ》葉《ば》を手草《たぐさ》に結《ゆ》いて、天の石屋戸《いわやど》に汗気《うけ》伏《ふ》せて、踏《ふ》み登杼呂許志《とどろこし》、神懸《かみか》かりして胸乳《むなち》を掛《か》け出《だ》し、裳緒《もひも》を番登《ほと》に忍垂《おした》れき、爾に高天原動《ゆす》りて、八百萬《やおよろず》の神共に咲《わら》いき。】

語句の解説

伊斯許理度売の命（イシコリドメノミコト）

この御名の伊斯（イシ）は石（イシ）でもあるが語原は著しく（イ）堀り下がって自己完成

（シ）することである。従って石は如何なる処遇を受けても片言の不平も漏らさない。そこで此の石の姿を人に移せば唖になるであろう。だが唖（オシ）と云うのは共通語であって古語では唖（イシ）と云うのである。従ってこの伊斯は唖則ち石でなければならぬ。

次の許理（コリ）は凝（コリ）であって語原はくっ着いて（コ）おることが著しい（イ）ことになる。だから古語は凝を凝（コイ）と云う。又、次の度売（ドメ）は止めであろう。そうすると伊斯許理度売の命と云うことは黙りこんで一言も語らなくなられた御心の凝りを止められた命と解せねばならない。天照大御神に於かせられても傍若無人な須佐之男の命の行動に高天原の日の神と云う御責任から責めを痛感遊ばされ唖のように無口に御成り遊ばされたのではあらるまいか。そして其の凝り固った御心をほぐし奉ったのがこの命名であると解したい。

玉の祖の命（タマノオヤノミコト）

この命はいろいろな玉を作る玉作部の祖神であられることから其のことを御名とされたものであろう。

天の兒屋の命（アメノコヤネノミコト）

この命名は天の兒屋（コヤネ）の命と訓ませてあるから兒屋（コヤネ）の解明をすれば足りるであろう。今これを語原から言えば従属即ちくっ着いて（コ）おる矢（ヤ）の根（ネ）と云うことになる。即に解説してある如く児（コ）は小さいから子供ではなく親に従属した立場の者であるから子であった筈である。故に小屋も大屋あっての小屋であり此の人と言っても小さい人とは限るまい。従ってこの兒は日の神や日の命に従属して御出ると云う意に解せねばなるまい。

次の屋（矢）は大きな事で言えば主権の如きになるから主権を代行したり補佐したりすれば小矢と言えるであろう。又、次の根（ネ）は根であるから根元とか根源とかに考えればよいことになる。そうすると天の兒屋の命と申す御名は高天原に於ける天照大御神の主権御行使の補佐役として献策申し上げた命と云う名に解すべきであろう。

余談になるが矢根を松の矢根（ヤニェ）に考えれば松脂（ヤニ）になる。古語では脂のことに脂（矢根）と云うので参考にされたい。尚、納豆菌如き粘り気のものには矢根と云うから目脂を初め糸を引くものが矢根と云うことになる。但し矢根の正音は矢根（ヤニェ）であるから共通語でも脂（ヤニ）と云うのだろうか。

布刀玉の命（フトダマノミコト）

この御名は結論から言えば人魂（フトダマ、注＝南九州方言では人のことを通常はフトと言う）の命であろう。従って人としての魂の在り方即ち人道のことを司る命であられたと解せねばなるまい。故にこそ神に奉仕することを其の職務とされ子孫を忌部《いんべ》氏と云うたのではあるまいか。若し共通語の如く人（ヒト）であれば古語に不届《ふとど》け者則ち人除け者に成る語がある筈はない。又、蒲団（フトン）とか懐（フトコロ）とかの語も生れない筈である。殊に人（ヒト）であれば常態を見るを得ないので雲雀（ヒバリ）見たいな存在になって大変困ることになると思う。

人（フト）の語原は人生に幸せをもたらす（フ）ものを寄せ集める（ト）と云うことであるから他の動物見たいに其の日暮らしを成さないことを意味する名である。従って明日への生活を築いて行くところに人の人たる所以はあると解せねばならぬ。故にこそ福《ふく》・扶持《ふち》・太《ふと》い・脹《ふく》れ・不《ふ》思《し》議《ぎ》（フ敷）等の言葉もある事になる。

余談になるが書記は毛人（ケド）と肥人（ヒド）の名を伝えておる。勿論、毛人は飼人（ケド）で養い飼われておる家臣（ケライ）の祖名であろうが、肥人は日の命達の「ヒ」への奉仕者ではあるまいか。そして共通語はこの肥人を「人」に勘違いしたものではなかろうか。

《注　「不届《ふとど》け者」という用語の「不届《ふとど》け」は現代国語辞典では「不届き」で解説され、語意は「行き届かないこと、不注意、不行き届き」とされて、物を届けずに失礼な者というような意味遣いの用語とされているようである。ところが、この用語は南九州方言でも日常的に使われて「フトドケムン」の語形で伝えられている。この語法に漢字を充てると「人《フト》除《ド》け《ケ》者《ムン》」となり、辞典とはまったく異なって「人を退かして出る失礼な者、あるいは行列のなかに人を退かして入り込む失礼な者」となる意味遣いの用語になる。》

天の香山（アメノカグヤマ）

この天の香山と云うのは石屋戸周辺を廻らしておる山々であろうから現在の知覧《チラン》町有林等のことに解せられる。

真男鹿（マオシカ）

これは真男鹿（マオシカ）に訓ましてあるが古語は猪（イノシシ）鹿（カノシシ）であるから真男鹿（マオカ）に訓むのが本当ではなかろうか。説明では真は美称で牡鹿のことであると云う。

内抜き（ウツヌキ）

説に従えばこの内抜きは全抜（ウツヌキ）であって、全体を其のまま抜き取ることだと云う。だが古語から言えば内抜きは打ち抜きではなかろうかと思われる。

波波伽（ハハカ）

説によれば、波波伽は朱桜であってかば桜とも云うのだそうである。そして朱桜の皮を燃やして真男鹿の肩の骨を灼いて占にするのだと云う。私は之等の事に全く無知なのでこれを信じたいと思う。だが全くの私見で恐れ入るが、古語の立場からの所見を許していただきたい。

この占いの一方は真男鹿（マオカ）であるので、語意から取れば本当（マ）に合着一致（オ）するか（カ）と云う言葉にも取れる。そして又、波波伽（ハハカ）は端端伽に作れるので真実に外れた端（ハ）の端（ハ）であるか（カ）と云うことにも受取れる。そうするとこの占いは真男鹿則ち本当かと端端伽則ち嘘か（注＝はずれか）の二者を同一火に灼いて判断する二者択一の原始的占いのことにも解される。だがこれは全くの私見に過ぎないので聞き捨てに下さって結構である。

占合麻伽那波して（ウラナイマカナハシテ）

この占合（ウラナイ）の占（ウラ）は樹木の梢を木の末梢（ウラ）と云うから先き先きの行末に解したい。又、合（ナイ）は縄綯いの綯（ナイ）でからみ合せることであろう。そして麻伽那波（マカナハ）してと云うことは賄わしてと同一語原でなければなるまい。賄いの語原は真実（マ）なる「カ」の作用を綯わする（ナワする）則ち縄することである。従って当方の誠意を先方が心よく受けて一体化することが賄いであると解せられる。そうすると占合麻伽那波してと云うことは将来の行末に対して二つの行方をからみ合わして何れが是であり非であるかを判じた上これを正しきにからみ合せる手段と解せずばなるまい。尚、麻伽は任（マカ）に解しても同じであろう。

八尺の勾璁（ヤサカノマガタマ）

この名は既に説明した通りである。八尺（ヤサカ）は矢栄（ヤサカ）で次々に子々孫々と受継がれる大御代に高天原の御当主となられる大御神（マ）の御爾となる玉と云うことである。

五百津御須麻流の珠（イホツミスマルノタマ）

これも既に説明の通り宮居を定め給う御屋敷（五百津）に壮大に建てられた御住居（御須麻

流）の中に奉祭する珠と云う事である。

尚、余談に亘るが現況から受ける私見を許されたい。天照大御神は須佐之男の命時代の一切を断ち切り給い新たなる構想に基づき新居を御造営召され新大御代の開設を遊ばされたので其の段取りがかく種々に述べられておるのではあるまいかと思う。

五百津真賢木（イホツマサカキ）

この五百津は石屋戸の近くに見受けられる新宮居造成地のことであろうか。そして其処に真賢木が新植されたもののようにも解される。又、周辺の天の香山を屋敷に見立ててのことであっても悪くはないと思う。当地では真賢木のことを神棚と云う。尚、古語社会では元気で無事だったかと云う挨拶には「サカシカッタカ」と云うので榊（サカキ）の名は無事息災の木と云うことに解される。

尚、余談めくがここに真賢木と真の一字が挿入されておる所以は古語の社会に於いて「ヒ榊」や「浜榊」のことに対しても同じく榊と云うからのことであろう。

根許士（ネゴシ）

根許士は根越しであって根諸共に引越させると云うことであろう。但し古語の実際は根こやしに引きこやして、直して植えると云うようである。

八尺の鏡（ヤアタノカガミ）

この鏡名の八尺は原文に八尺云う八阿多《やあた》とあるから八尺（ヤアタ）の鏡と読むのが原形であろう。だが八（ヤ）の母音は阿（ア）になるので次音の阿多の阿は省略して八尺（ヤタ）になるのが古語の語形と言わねばならぬ。故に八阿多の鏡は通例の通り八尺（ヤタ）の鏡に訓むのが正しいと言える。故に八尺の勾璁の八尺と混読しないために八咫（ヤアタ）の鏡に書くことは当を得ておると思う。

そこで八尺の鏡の語原であるが語原は自分と相隔たる次々の子孫（ヤ）として御生まれ御子達で最上層に浮上進出（ア）し高御座（タ）に就かせられる御人の御持ちになる鏡と解せられる。従って具体的には子々孫々に伝えて高天原の日の神の座に就かせ給う大御神の鏡と云うことであろう。故に八尺則ち八阿多の阿多は頭（阿多真《あたま》）の阿多や新鮮（阿多らし《あた》）の阿多を参考にすれば理解が容易ではあるまいか。

白和幣（シロニギテ）

この白和幣の原文は白丹寸手（シロニキテ）になっておる。故に正確に古語で読めば白丹寸手（シトニキチエ）でなければならぬ。白（シト）の語原を正しく言えば原形は白（シタウ）であろうから掘り下って自己完成（シ）することが最高（タ）に増大（ウ）と云うことになる。従って慕う（シタウ）と語原を同じくすることが白（シト）でもあると解すべきであろう。兎に角、白は純白であるから絹布で白妙のことであると云う。

次の丹（ニ）は新（ニ）であろうから真新しい織りおろしの物でなければなるまい。又、次の寸（キ）は生（キ）であって純潔無垢のことに解せられる。そうすると白丹寸手と云うことは清新な生糸で織られた手にするものと云うことであろうか。

青和幣（アオニギテ）

この青和幣は大麻の織物が稍々青味をおびておることから麻織物であると説明されておる。よってこれに従いたい。余談になるが丹寸手（和幣）の語から受ける感想を次に述べて御叱正を仰ぎたい。

丹寸手（ニギテ）は既に説明した通りであるがこれが常用されておる語は余り見受けないようである。強いて求むれば賑やかとか握るとか等が浮び上ってくる。すると賑やかは丹寸矢かで新たに（ニ）正純（キ）な矢（ヤ）即ち空気が発散して満ち満ちたことに考えられる。又、握るは新着る（ニキル）であって新たに（ニ）正常当然（キ）な姿で手にされることだと思う。そうすると丹寸手（ニギテ）則ち和幣とは主権者的立場の神々と施政下にある一般諸民との間に和幣を通して心と心の握手が成立しておる表現に解しても悪くはないように思う。

取り垂で（トリシデ）

原文には垂の下に訓垂云う志殿とあるので取垂（トリシデ）と訓まねばなるまい。ところでこの垂（志殿）であるがこの殿（デ）は古語の出（ヂェ）に解すべきではなかろうか。出の基本意は永続性のことであり長持ちのことでもある。従って減退しないことになる。だから木の芽が出るのもお金の使い出があるのもこの意味になるであろう。すると志殿の語原は掘り下って自己完成（シ）することが間断なく現れ出でて減退しないことになる。よって志殿は永代無限に貢ぎ奉ることに解すべきでなかろうか。勿論、幣もこの意に解し又仕出しの仕出も同意に解したい。

種種の物（クサグサノモノ）

この説明は要しないと思われるが古語と常識とは少しく異なるので補足しておきたい。古語の房（クサ）や鎖り又は草や病気（クサ）はすべて他体に食い入って（ク）生長発展（サ）しておることである。従って通例よりは多量が混み入っておることになるであろう。昔は枡（マス）での盛り立て量りに「神田クサ量り」と言ったものである。そして又叮重な口利きをしないと「くさ、くさっ」物も言わぬと言い、予想以上の貰い物等には「くさ、くさっ」貰ったと云う。故に種々と云う古語は予想外の発展的大量のことに解すべきであろう。

布刀御幣登取持（フトミテグラトトリモツ）

この原文は布刀御幣であるが訳文には布刀御幣帛としてある。依って原文に従って解説は試みることにする。布刀（フト）は太で大きいに解してもよいであろう。だが正確には幸せとなる（フ）ものの寄り集まり（ト）に解すべきである。又、次の御幣（ミテグラ）は満座（ミテグラ）で奉るものが充満する意と説明されておる。然しこの解説には語原からして聊か言い分があるように思う。

私共一般民が御宮に参拝すれば宮飼（ミヤゲ）則ち土産として頂いた豆飼（マメゲ）則ち赤飯（オゴッ）や粢（シトッ）等の喰物を手にして帰る。そして又お互間の日常でも手土産と名のつく物を持たして帰す例は少なくない。だが神様や日の命達に手土産則ち宮飼と云う失礼なことはあり得まい。故に手土産に代るものとして御蔵に収め給う貢物等の献上物が御手蔵ではあるまいか。古語では懐中のことにも一体不可分の（ツ）蔵（クラ）と云う意て懐中（ツクラ）と云う。故に懐中にし給うことにも御手蔵と言える筈である。

尚、取持ちは接待の古語であって御馳走が多く接待が叮重であれば良い取持ちであったと言い反対であればしかと取持ちもなかったと云うのである。

布刀詔戸言（フトノリトゴト）

この布刀も太であって天照大御神の御幸せに（フ）なることが御身辺に集中（ト）するような事柄でなければなるまい。又、詔戸言は訳文の通り詔詞言であって語原から言えば大御神の御業績の上に更に上積（ノリ）した事柄の申し言と解すべきであろう。

天の手力男の神（アメノタヂカラオノカミ）

この神名の説明は今更必要ないと思えるが古語の立場から所感が述べておきたい。力の語原は着（チ）いておる「カ」の作用を最大限（ラ）に現わすことになる。そしてこの場合は手（タ）

力男の神であられるから手（タ）の働きが最高度（タ）の姿で積極的（男）に行われたと解せねばなるまい。従ってこの神の成された御行為は天照大御神の御意志の如何にかかわらず無理強引に御出ましを願われたと解すべきであろう。特にこの事の成否は南北勢力の統一に響き引いては高天原の興亡にも及ぶ危機一髪の折柄にも考えられるので手力男の神と云う神にも注意を拂うべきあるように思う。

天の宇受売の命（アメノウズメノミコト）

この御名の宇受売（ウズメ）の命は本当は古語の追詰（ウヅメ）の命ではあられまいか。古語では追い詰め即ち追い通しのことに追詰（ウヅメ）と云う。故にこの宇（ウ）は「ワ行」の「ウ」ではなかろうかと思う。「ワ行」の「ウ」は宇宇の二音を一音の宇（ウ）にして発するもののように解される。従って増大の意を倍加した宇（ウ）に解したいのである。

そうすると天の宇受売の命と云う御名はある事柄に対してそれを遥かに上廻る努力を以て対処召され常に物事を追う立場で事を御運びになる命と云うことに解される。言うなれば他との対応にも常に優位の立場を保持成さるる命と云うことである。でなければ後の御名面勝神との一致は見られない。

天の日影（アメノヒカゲ）

この天の日影と云うのは高天原山中に自生していた当地の日陰の蔓草（ヒカゲノカヅラ）のこ

とであろう。然し日陰の蔓草の名はあっても蔓草ではない。一種の苔類で蔓草のよう蔓を網の目のように張り伸ばし日陰の地表を覆うて繁茂するものである。色は新鮮な濃緑で夏場の沫味を誘うことから観賞用として用いられておるのも見かけられる。

余談になるが私の幼い頃余りに見事なので路傍の日影（ヒカゲ）を取って遊んでいたら祖母がやって来て日影を土足で踏む所に捨ててはいけない。神様が祟ると言って山の中に捨てさしたことを記憶する。故に古くは何かの伝説があったものではあるまいか。

天の真栣（アメノマサキ）

不勉強にしてこの蔓草の和名を知らない。たしか「イタビカヅラ」の一種ではなかろうかと思えるが自信はない。古語では「モテカヅラ」の名にしておる。古語の「モテ」は元結いことであるから古代は髪の元結いに使ったものであろう。純白で強く且つ容易に裂けることから真栣ではなかろうかと思う。明治の頃までは大きいのは牛の鼻環等にも使われていたようである。

小竹葉（ササバ）

この小竹葉は原文に訓小竹云佐佐とあるので小竹葉（ササバ）に訓むべきである。小竹則ち笹（ササ）の語原は生長発展（サ）の意を重ねておるので極めて旺盛な生長発展力の物と解せねばならぬ。然かもそれが最高（タ）に「カ」の作用が著しい（イ）ことを原形とする高いが語法により竹（タケ）になっておる笹であるに於いておやである。故にこそ松竹梅ともなり祓いの用具ともなるのであろう。私の少年時代には少年団行事として道路の左右を小竹葉で打祓いつつ流行病の追放に当ったものである。

汗気伏せて（ウケフセテ）

この汗気についても諸説が多いようであるが私の聞き知った大飼（ウケ）からすれば程遠い説と言わざるを得ない。よって其の大飼の紹介がして見たい。

私がまだ廿才前後の頃であったろうか知覧《チラン》町上別府《カンビュ》の峯苫（ムネツマ）部落と云う高屋山《たかやのやまの》上陵《うえのみささぎ》の東隣りに叔母が縁着いていた。田植の加勢に行った時其の主人が教えてくれたのである。曰くお前達はこれにも田舟《たぶね》と呼んでおるようだがこれは田舟ではない。田舟と云うのは底を舟底形に反らして作ったものでなければならぬ。然るにこれは普通の箱形で底は少しも反らしてないであろう。故にこれは田舟ではなく汗気（ウケ）則ち大飼（ウケ）と呼ぶのが本当の名前であると教えてくれた。よって今日多人数の宴席の際料理を運ぶのに長方形の木箱が用いられるであろう。あの板箱に考えれば間違いあるまい。

すると汗気（ウケ）即ち大飼（ウケ）と云うのは古代の飼人則ち毛人（ケド）と云う大衆労務者如きに食を給するために用いられた給食箱であったと解せねばなるまい。言うまでもなかろうが桶は「お飼」であり笊（ソケ）は「ソ飼」であって共に大勢の給食用具の名であるように解せられる。故に石屋戸に集まった八百萬の神々の給食に此の汗気（ウケ）が用いられていたのではあるまいか。何枚かを並べれば立派な舞台になった筈である。

蹈み登杼呂許志（フミトドロコシ）

これは踏み轟かしであろうから説明は要すまい。だが登杼呂については一言しておきたい。古語で登杼呂と言えば垣根の支柱に轟木（トドロッ）と云う。よって語原を求めれば原形は最高に増大（ト）する自力が不定動揺（ド）である（ロ）ので其の力を培う木と云うことに解される。御承知の通り垣根の竹や柴木には自立は望めまい。よって垣柴に自立の力を与えて確固不動にする木であるから轟木であろう。

又、杼呂（ドロ）則ち泥は最高増大の自主力が不定動揺であるから泥でしかあるまい。人がどろどろ歩くのも同断である。故に蹈み登杼呂許志と云うことは汗気則ち大飼を踏み轟かしでもあろう。だが隠語としては今日尚右顧左眄《うこさべん》して去就を明らかにしない神々に対し時局と事態の深刻さを汗気踏み鳴らして訴え大御神の大戸に参同を求められたものと解したい。故にこそ八百萬の神もこれに参同召され共に咲いて幕が明けられたものと思う。

第二七節　天の石屋戸（二）

本文

【ここに天照大御神、怪《あや》しと思ほして、天の石屋戸《いわやど》を細目に開《ひら》きて、内より告《の》り給えるは「吾《あ》が隠《こも》りますに因りて、天の原自ら闇《くら》く、葦原《あしはら》の中つ国も、皆闇《みなくら》けむと思うを、何由を以て天の宇《う》受売《ずめ》は楽《あそ》びし、亦八百萬《やおよろず》の神も諸咲《もろもろわら》うぞ」と詔り給いき。すなはち天の宇受売《うずめ》「汝《な》が命《みこと》に益《まさ》りて、貴《とうと》き神坐《ま》すが故に、歓喜咲楽《えらぎあそ》ぶ」と言《まう》しき。】

語句の解説

楽び（アソビ）

ここでは楽を遊びに訓ましてある。そして楽（アソビ）と云うのは歌舞音楽を成すことだと云う。だが古語で云う遊びは遊び（アスビ）であって語原は上層に浮上進出（ア）した人達のように家則ち巣（ス）にある日（ヒ）と云うことになる。故に家（巣）に在る日は勿論であるが冠婚葬祭等で農作業を休んでも遊びだったと云う。それで農具類を手にしない手は巣にある時の手であるから巣手則ち素手の語にもなるのだと思う。

咲う（ワラウ）

ここでも咲うを笑うに訓ましておる。笑うの語原は笑（ワラウ）であるから割らうであろう。従って四角四面に固まった顔が割れを大きくしたことに解せられる。それで古語は「笑われた」ことにも笑われた（ワイワレタ）と云う。即ち、「割り割れた（ワイワレタ）」であるから疎外されたことになる。だから、この割り割れ（ワイワレ）は更に語意が拡大されて我れ我れ（ワイワレ）の語にもなるのである。然し割りに割れたものであるから古語で我々（ワイワレ）と云えば各々各自の自分個人のことになるのである。故に共通語の我々（ワレワレ）も原意は一個人のことではあるまいか。

又、花も固い蕾が割れて咲くのだから語原上は咲くも笑うも似たり寄ったりであろう。古語では咲くは裂くになるので、咲い（サイ）を「セ」の語法にして咲（セ）たと云う。

尚、余談に亘るが私見を許されたい。本文の天の石屋戸を細目に開きて内より告《の》り給うたことを如何に解すべきかであるが素直に読めば表面的には結構である。だが、天照大御神は伊斯許理《いしこり》度売《どめ》の命《みこと》で説明した如く啞《おし》（石、注＝南九州方言では啞《おし》をイシと言うので擬観で石の漢字を充てることもできる）に御成りであらせられる。そして岩屋戸《ゆわやど》則ち結輪矢戸《ゆわやど》は石屋戸とも書かれているので則ち「石《いし》（啞《イシ》）矢度《やど》」とも表現できることになるが、大御神は高天原の主権を放棄遊ばされ其の結輪《ゆわ》の矢《や》が行う度《ド》を八百萬の神に御任せの上啞《おし》（イシ、石）に御成りであらせられる。従って御自分から所見を述べて自己弁護的な行為は避けて御出るのが啞の所以であると思う。だとすれば石屋戸の戸を細目に開き云々は当地の古習であった結輪度の解決から見て大御神も母神達と共に別座に待機して在されたに違いあるまい。そして其処で使者の者にひそかに語られたのが告り給うたことであろう。かく見ることが岩戸解決の古習と一致するのである。尚この解決には黄泉神の発言が大きく影響しておるものと解したい。

本文

【斯く言《まう》す間《あいだ》に、天の兒屋《こやね》の命《みこと》、布刀玉《ふとだま》の命《みこと》。其の鏡を指し出て、天照大御神に示《み》せ奉る時に、天照大御神、愈々《いよいよ》奇《あや》しと思ほして、稍《やや》戸より出でて臨《のぞ》みます時に、其の隠り立てる手力男《たぢからお》の神、其の御手《みて》を取りて、引き出《いだ》しまつりき。即ち布刀玉《ふとだま》の命《みこと》、尻久米縄《しりくめなわ》を其の御後方《みしりへ》に控《ひ》き度《わた》して「此《ここ》より内にな還《かえ》り入りましそ」と申しき。故、天照大御神、出《いで》ませる時に、高天原も、葦原《あしはら》の中つ国も、自づから照り明かりき。】

語句の解説

尻久米縄　（シリクメナワ）

通例の注連縄は藁の根元即ち尻を長く垂らして左縄に綯ったものである。それに対して普通の縄は尻が出ていないのですべりがよくなければならぬ。この縄も藁の尻を縄の中に綯い込むとある。故に古語の久米は共通語の込めであって尻久米縄とは尻込め縄で尻の出てない通常の縄に解してもよいことになる。

第二八節　千位置戸《ちくらおきど》

本文

【ここに八百萬《やおよろず》の神、共に議《はか》りて速須佐之男の命《はやすさのおのみこと》に、千位置戸《ちくらおきど》を負《お》せ、亦鬚《ひげ》を切り、手足の爪を抜かしめて、神夜良比夜良比岐《かみやらひやらひき》。】

語句の解説

千位（チクラ）

ここに言う千位（チクラ）は血位か血座かに解すべきものであろう。当地に伝えられる伝説の人である月読の命も「チクラ、ツキヨン殿」の御名である。故に同じ血位であると解したい。古代は世襲制度であったから血統の人でなければ其の座には着けなかった筈である。況んや須佐之男の命は高天原の日の神天照大御神の夫の君であられるから尚更のことである。尚、又血は着

じである。

(チ) と同一の基本意になるから須佐之男の命が身に着けていた御夫君の座に解しても結局は同

置戸 (オキド)

この置戸を共通語通りに置戸 (オキド) に読み戸を度 (ド) に解すれば千位を置いて行けと云う度 (ド) 即ち処罰になるので言うことはない。然しこれを古語で言えば置戸 (ウェキド) にならねばならぬのである。置きであれば沖や起きであって面白くない。故に古語は置きを置き (ウェキ) と云う。語原は増大 (ウ) の会 (エ) と云うことだろうか。兎に角古語では「ワ行」の「ヱ」の発音を「ウェ」にするようなので此の「ヱ」に解したい。すると追い散らす (ウェチラス) や置く (ウェク) 置け (ウェケ) 等になって又驚いて逃げ出す時にも「ウェー」と悲鳴をあげるのである。だからこの「ヱ音」は大会 (ウェ) に聞えるので大きな会 (エ) と云うことではなかろうか。そうとすれば語原は「ワイ」が基本形であって輪 (ワ) を著しく (イ) したことになる。従って割り (ワイ) にもなるので仲間割れがして別個の立場におかれることになる。だからこそ「ヱー」の悲鳴をあげて逃げるのであろう。又、置 (ヱ) かれるのだとも思う。そうすると置戸則ち置度は其処に置いて行かせる度であって剝奪の処罰即ち素っ裸にしての追放と云うことになる。

鬚を切り（ヒゲヲキリ）

毛は出生の時から生えておるものであるが鬚則ち「ヒ毛」は眼に見えなかった（ヒ）毛が後に至って生えるもののことである。勿論、毛は飼（ケ）であろうから他人であろう。

爪を抜かしめ（ツメヲヌカシメ）

爪の語原は詰まり即ち古語の詰まり（ツマイ）が原形であって一体不可分（ツ）に真（マ）著しい（イ）と云うことであろう。そして舞いが舞（メ）になる如く、詰まいが詰め則ち爪になったものと解したい。当地では此の須佐之男の命の古事の関係であろうか今に尚夜に爪を切ることを厳しく嫌う。

神夜良比夜良比岐（カミヤラヒヤラヒキ）

これは神逐いのことで既説の通り勘当である。よって高天原から一切の資格を剥奪して勘当（神度）の上追放したことに解すべきである。

第二九節　須佐之男の命の苦難

この二十九節は実際は古事記には無いことである。然し千位置戸の節と次の大気津比売の節との間が中断の形に見えて物足りないので大方の脱文説に従い日本書紀を借入したものである。

本文

【既にして諸神《もろのかみ》、素戔嗚《すさのお》の命《みこと》を嘖《せ》めて曰く「汝《いまし》が所行《しわざ》甚《いた》く無頼《あづきな》し。故に天上に住《とどま》るべからず。葦原の中つ国にも居むべからず。宜急《すみやか》に底つ根《ね》の国に邇《い》ね」といいて、共に逐降《やら》い去《や》りき。時に霜《しも》ふりしかば、素戔嗚《すさのお》の命《みこと》、青草を結束《ゆいつか》ねて、笠蓑《かさみの》と為し、宿を衆神《もろがみ》に乞うに、衆神の曰く「汝《いまし》は躬《みの》の行《おこない》濁悪《けがらわ》しくて、逐《やら》い譴《せ》めらるる者なり。如何ぞ宿を我《あ》れに乞う」といいて、遂《つい》に同《とも》に距《ふせ》ぎぬ。ここを以ちて風雨《かぜあめ》甚《いた》く吹き降れども、留《とど》まり休むことを得ず。辛苦《たしな》みつつ降りましき。それより以来《このかた》笠蓑《かさみの》を着て、他人の屋内に入るを諱《い》む。犯すことあらむにはかならず解除《はらい》を債《おほ》す。】

諸神嘖めて云々（モロノカミセメテ…）

この説明は当地の古習を述べて参考とするに止めたい。先づ当人を全員車座の中央に座せしめて各人が口々に其の非行を烈しく責めたまには暴力も加えられた上最後に処罰の度が宣告されるのである。そして其の以降は一、追放者を家に入れてはならない。二、又途中で行き会っても挨拶してはならぬ。三、若し右を犯せば同罪として岩村で処断する。四、追放者の家族に対しても同断とする。五、笠蓑姿で他人の屋内に入らないことも明治の頃までは盛んに言われ且つ実行されていた。

《注　南九州地方の門村《カドムラ》に伝承された制裁会議がある。シワスザンニョ（仕和す算用）と呼ばれ毎年年末に車座になって決行された苛烈な行事である。この会議で罪を暴かれた氏人にはドアテ（度当て）という罪科が科せられる過酷な処罰があった。筆者も十五歳（昭和二十二年）のときに出席したことがあるが、その時代はすでに戦後であったのでかなり緩くなった会議であったが、それでもその期間中に村を覆った独特の恐怖の雰囲気は今も忘れられない。なお、この会議の名称であるシワスザンニョの「シワス」が後世になって「師走」の当て字になったと考えられる。》

無頼し（アヅキナシ）

これは今の呆気（アッケ）なしであろうか。古語は「アッケンネ」と云うので味気なしにも考えられる。

底津根の国（ソコツネノクニ）

これは既説の妣の国根の堅州国であろう。すると潁娃《エイ》町の南部御領《ゴリョウ》のことになる。

四章　八俣の遠呂智・稲羽の素菟

第三〇節　大気津比売《おおけつひめ》の神《かみ》

本文

【又食物《おしもの》を、大気津比売《おおけつひめ》の神に乞い給いき。爾に大気津比売《おおけつひめ》、鼻、口、又尻より種々《くさぐさ》の、味物《ためつもの》を取り出でて、種々《くさぐさ》作り具《そな》えて、進《たてまつ》る時に速須佐之男《はやすさのお》の命《みこと》、其の態《わざ》を立ち伺いて、穢汚物《きたなきもの》を進《すす》め奉《たてまつ》ると為《おもほ》して、乃ち其の大宜津比売《おおけつひめ》の神を、殺し給いき。】

語句の解説

食物（オシモノ）

古語では食物のことに食物（オシモノ）とは言わないようである。だが最上のもてなしを受けたことには「惜し物（オシモノ、注＝南九州方言の発音はオシムン）はなかった」と云う。故に其の意の食物（オシモノ）であろうか。だとすれば通常の食ではなく取って置きの材料でする特別誂らえを求められたことになる。

大気津比売の神（オオケツヒメノカミ）

この神名の大気津比売《おおけつひめ》とある大気《おおけ》も又大宜津比売《おおけつひめ》とある大宜《おおけ》も共に古語では大気（ウケ）と訓まねばならぬ。そして、尚大気（ウケ）は大飼（ウケ）でもあるから多数の飼人（毛人）等を養って大農耕を行った神に解すべきではあるまいか。

そしてこの神の在した所は天の岩戸から南西に三千米余りの知覧《チラン》町東別府《ヒガシビュ》浮辺（ウケベ）の地であることは間違いあるまい。浮辺《ウケベ》の名は大気津比売の大気（ウケ）部（べ）と云う意で大気部（ウケベ）であると思う。そして又大飼（ウケ）や豊受神の受（ウケ）にもなるので受部（ウケベ）であってもよいことになる。尚、受は大気、大飼、大宜等の何れを問わず多いことであり大量のことであると承知されたい。言うまでもなかろうが此の地は以前に一寸触れた如く伊邪那岐の命の国生みで云う淡道之穂之狭別《あわぢのほのさわけ》の島である。

次にこの浮辺《ウケベ》に東接する高台地即ち高天原の西端は宇都山（ウトヤマ）や「ヨンゴ松」であるが此の宇都山《ウトヤマ》は大気津比売の神即ち別名の秋葉神の大戸（ウト）である大御殿が建てられてあった山ではあるまいか。又「ヨンゴ松」は世見子町（ヨンマッ）即ち月読の命の読子町（ヨンゴマッ）にも作れるので世見の命の御子の集団と云うことに解せられる。すると大気津比売の神は世見の命の御子と云うことになるので伊邪那岐の命の御子ではあられまいか。若しそうだとすれば淡道之穂之狭別《あわぢのほのさわけ》の島と云う名も具体的となる。尚この二つの地名は日子穂々手見《ひこほほでみ》の命《みこと》の高千穂の宮の近くに於いても見ることが出来る。

次に伊邪那岐の命がここよりは現《うつ》つ国（秋津国）と宣言された黄泉比良坂《よもつひらさか》は東方千米位である。故にこの浮辺《ウケベ》の地は大倭豊秋津島《おおやまととよあきつしま》の最北端に位置するので秋津国の北の端（ハ）即ち秋端（アキハ）に言えるであろう。故に大気津比売の神を秋端神（アキハガミ）と申し上げたものではあるまいか。そしてそれが今日の秋葉神であるように思う。でなければ宇《ウ》都山《トヤマ》と一連と思える山頂に大昔からの秋葉殿（アックワドン）と申す古い石祠が遺されておる筈がない。古語では常緑葉（トキハ）を常緑葉（トッグヮ）に発音するので秋端が秋葉（アックヮ）になるのは当然の語法と言える。

以上のことからしてこの大気津比売の神は大気（ウケ）津比売の神と訓むべき御名であって物の多い（ウケ）ことが一体不可分（ツ）に在す比売と云う御名に解したい。但し比売とあることは女性を意味することを疑いたくないが依地《よりち》に解しても良い所ではある。

鼻、口、又尻より（ハナ、クチ、マタシリヨリ）

このことは身体の鼻、口、尻ではあるまい。古語の語法による他の鼻、口、尻のことに解すべきであろう。古語で鼻と云うのは端名（ハナ）で突端等のことにもなるが此の場合は来る早々のことを来た鼻と云うので須佐之男の命の御出早々に差し上げた食物に解したい。又、次の口は古語社会でよく母親が口にする子供可愛さには口に入った物まで出して喰べさせると云う意のことであろうか。それとも又入口の口にもなるので最初からのことに解すべきであろうか。更に次の尻と云うのは最後（シリ）に奉った食物に考えたい。併しこれも又惜しいので後（シリ）に隠してあった取って置きの食物を差し上げたことにも解せられる。

味物（タメツモノ）

古語では貯金が出来ると金子を貯（タメ）ておると言い又呼吸を止めていて吐き出すと溜め息をしたと云う。故に溜（タメ）の語原は最高（タ）に舞い（マイ）したことが原形になるから完全に定住固着しておることになる。よってこの味物（タメツモノ）は余りにも美食のためふだん食には勿体なくて取って置きの美食のことに解すべきであろう。

穢汚物（キタナキモノ）

古語は「キッサネ」とか「キッサナカ」とかに云う。故に生（キ）を強化して菊（キッ）にし其の生長発展（サ）振りがないと云う語原の語になる。

本文

【故、殺さえ給える、神の身に生《な》れる物は、頭《かしら》に蚕生《かいこな》り、二つの目に稲種生《いなだねな》り、二つの耳に粟生《あわな》り、鼻に小豆生《あつきな》り、陰《ほと》に麦生《むぎな》り、尻に大豆生《まめな》りき。故、是に神産巣日《かみむすび》の御祖《みおや》の命《みこと》、これを取らしめて、種《たね》となし給いき。】

語句の解説

五穀の種（ゴコクノタネ）

ここに五穀としてあるのは稲、粟、小豆、麦、大豆となっておる。故に其の当時までは之等の作物は高天原にしか耕作されず葦原の中つ国には無かったものと解せねばなるまい。そして神産巣日の御祖の命を以て種子に取らしめ給うたことは御許しが出たことに解せねばなるまい。そうすると当地の伝説として語り継がれていた通り大昼殿（ウヒイドン）即ち天照大御神が神産巣日御祖の命の御許しを受けて葦原の中つ国の国人のために之等五穀の普及増産につとめ給うたことと一致してくる。故にこそ当地の原住民は二千六百年（皇紀）後の今日まで天照大御神の御神徳を絶対の救世主として讃え祀ってきたのである。

余談になるがそれ以前の常食は稗であって相当後代まで続いたもののようである。大体稗と云う名は古語の飢餓（ヒダリ）の「ヒ」に餌（エ）とする物と云う名であろう。従って古代の常食が稗であったことは其の名からしても疑うことは出来ない。

蚕（カイコ）

蚕（カイコ）の語原は飼児（カイコ）である。然し飼（カイ）は語法により飼（ケ）になるから飼児（ケゴ）と云うのが古語と言わねばならぬ。買物は買物（ケムン）になり家内中は飼根（ケネ）中になるのである。

稲（イネ）

稲（イネ）の語原は最も勝れた（イ）根（ネ）である。但し正確には根（ニェ）でなければならぬ。そして根は、値（ニェ）でもあれば願う（根乞う）の根でもあることになる。故に根は本質とか価値とかに解すべきである。それで稲と云う名は最も勝れた本質を持ち価値ある物と解せねばなるまい。

粟（アワ）

粟（アワ）の名は淡島でも説明した如く上層に浮上進出（ア）した輪であって進歩発達した社会組織のことでもある。一粒則ち一個人が集まって団粒則ち部落を形成し又団粒則ち団体が結合して穂則ち国を成しておるであろう。

小豆（アツキ）

小豆（アツキ）の語原は上層に浮上進出（ア）した一体不可分（ツ）の生（キ）なるものと云うことである。従って月読の命の月であり塩椎の神の椎（ツッ）でもあらねばならぬ。だから食糧の仲間に於いても赤飯（オゴッ）等になるので第一流の穀類と云う名に解せねばなるまい。余談になるが古語の赤飯（オゴッ）が御馳走の原形ではあるまいか。

麦（ムギ）

麦（ムギ）の語原は相対立（ム）して介入を拒否（ギ）すると云うことに思う。そうすると麦の名は其の穂の性格から生れたものではあるまいか。御承知の通り麦の穂は鋭い芒を着けていて鋭く突き刺さるので簡単には寄りつけない。殊に脱穀は夏の炎天下を選ばねばならぬので舞い上がる芒が汗ばんだ五体に舞い着き其のむづ痒い苦痛は今だに忘れることは出来ない。よって麦の名は之等のことからの名ではあるまいか。

大豆（マメ↓ダイヅ）

この大豆は小豆に対する大豆で其の原形は台豆（ダイヅ）若しくは代豆（ダイヅ）ではあるまいか。そして古語は語法により代（ダイ）を代（デ）にして代豆（デヅ）と云うのではなかろうかと思う。そうすると大豆は動じない代を頭位即ち頭（ヅ）に置く食料と云うことになる。余談になるが古語には大（ダイ）と云う語法はないので大は台や代にしか考えられない。だから橙橙は代代（デデ）であり又台地の極大（ラ）は台ら（ダイラ）で台ら（デラ）と云うのである。

第三一節　肥《ひ》の河上《かわかみ》

本文

【故、逐《やら》われて出雲《いづも》の国の、肥《ひ》の河上《かわかみ》なる、鳥髪《とりかみ》の地に降《も》りましき。此の時しも、箸《はし》其の河より流れ下《くだ》りき。ここに須佐之男《すさのお》の命《みこと》、其の河上に人ありと思ほして、尋覓上《まぎのぼ》り往《い》でまししかば、老夫《おきな》と老女《おみな》と二人ありて、童女《おとめ》を中に置きて泣くなり。「汝等《いましら》は誰ぞ」と問い給えば、其の老夫《おきな》「僕は国津神《くにつかみ》、大山津見《おおやまつみ》の神の子なり」。……】

語句の解説

出雲の国（イヅモノクニ）

この出雲の国を須佐之男の命の出雲の国に考えれば命が婚前に御住居になっていた円尺木場《エンジャクコバ》の地が先づ考えられる。然し次の鳥髪《とりかみ》の地から考えると肥《ひ》の国に解した方がよいのではあるまいか。即ち円尺木場《エンジャクコバ》を含めた肥の国と云うことである。そうすると疑いなく須佐之男の命の出雲（イツモ）則ち何時も（イツモ）の国と云うことになる。

肥の河（ヒノカワ、注＝原文は肥上河）

この肥の河の名は今は伝えられていない。だが原文には肥の下に上と註がしてある。よってこの肥は肥の中に於いても上位の肥に解せねばなるまい。即ち肥と呼ぶ中には火（ひ）があり氷（ヒ）があり無数であって麦蛾《ばくが》や蚕の蛾《ひむし》も蛾（ヒ）と云う。尚、又日の神や日の命もあるであろう。故にここで言う上とある肥は日の神か日の命に類する高貴な御方に解すべきであろう。そうすると現地の実際からしてこの河は黄泉神や天照大御神の山戸方面に源を発する河に解すべきでなかろうか。

だとすればこの河は天の安の河から分岐して鳥髪に解する部落の西端を北上し比越（ヒゴシ）の岡を廻って肥の国の奥深く進入しておる河のことに解せねばなるまい。よって比越《ヒゴシ》の名は肥越の国であって日の神達の所に越す岡と云う意に解すべきであろう。そうするとこの河が肥の河であり肥の国であることは国生みで説明した通りで疑うの余地はあるまい。余談に亘るが足名椎手名椎の地や八俣の大蛇退治に推定される地も上流の沿岸二千米内外である。又大国主の命が国譲りされたと見る地の河もこの肥の河に合流しておる。

鳥髪（トリカミ）

この鳥髪（トリカミ）の名も今は聞くを得ない。だが鳥の発音は古語で鳥（トイ）と云うので樋（トイ）でもあらねばならぬ。「ト」の音は「タ行」であるから樋（トイ）は語法によって樋（テ）にもなるのである。だから古語は樋のことに樋（テ）と云う。よって本文に鳥髪とある古語の鳥（トイ）は樋（テ）に解すべきでなかろうか。そして次の髪は神に解したい。

するとこの鳥髪部落であろうと見る地を当地では樋与上（テヨカミ、注＝南九州方言の発音はテヨカン）と呼ぶのである。だがこの樋与上《テヨカン》の原形は樋世神（テヨカミ）ではなかろうかと思う。そうすると古事記は樋世神の世を脱落して樋神（トイカミ）則ち鳥髪（トイカミ）で伝えておることになる。

古語では「タ行」の鯛（タイ）や樋（トイ）の如く「イ」を語尾にする場合は「テ」に発音するのである（注＝約音転化の語法）。従って基本意通りに常人では手の出せない高所高位のものになる。樋にしても次々と高位からでなければ通水はしないであろう。古語は次第に上下に向うことを樋ー樋（テーテ）良くなるとか悪くなるとかに云うのである。だから樋世神と云う神は常人に絶した高貴な世に在した神と解せねばなるまい。そうすると須佐之男の命を樋世神に解しても悪くないであろう。

偶々この樋与上《テヨカン》部落には白石殿（シテシドン）と呼ぶ社格のあった社が見られるのである。高天原追放の人には白石（シテシ）の名が疑われるので此の白石殿《シテシドン》も須佐之男の命に疑われてならない。殊に天照大御神との御同棲時代の地を白石原（シテシバイ）と云うに於いておやである。

故に白石殿《シテシドン》は樋世神であり樋世神は須佐之男の命であると解したい。

余談になるが大国主の命や須佐之男の命の如く高天原の日の命の地位を退かれたお方には天つ日高に対し樋高（テダカ）等の如きに呼んだものではあるまいか。喜入《キイレ》町の樋高《テダカ》部落の名も其の感を深うせしめる。

箸（ハシ）

箸については説明は要すまい。然し箸は橋と同一の語原であろう。橋は境界の外端即ち端（ハ）にあって自からは掘り下がって自己完成（シ）の為めに努めておることになる。故に他意のままに物の受け渡しに専念しておるであろう。これと同様に箸も又茶碗と口の間にあって食事を受渡す任に専心しておる。故箸なのである。

余談になるが須佐之男の命は肥の河に流れる箸を見て河上に人の集まりを知り八俣の大蛇を退治されたことになっておる。故にこのことは里人に大変な驚愕を与え迷信的な伝説を生んだものらしい。当地では屋外の野山で箸を使った場合は必ず折って捨てよと注意されていた。理由を聞くと其の箸を「キッ」が見つけると後を尋ねて来て大変が起こると云うのである。「キッ」と云うのは狐（キツ根）にもなるが吉備（キビ、注＝南九州方言の発音はキッ）則ち生（キ）日（ビ）が吉備（キッ）になるのでこの際は吉備の国人須佐之男の命を指すものと解したい。

尋覓（マギ）

尋覓の発音は尋覓（マッ）となるので真（マ）を強化した真（マッ）であろう。故に真直（マッスグ）とか丸で（マッデ）とかの真（マッ）で脇目も振らず目的に向かって直進することに解したい。

老夫（オキナ）

この老夫（オキナ）は山幸彦と関係の深かった塩土の翁（オキナ）同じい国津神であろう。大昔から在住した先住族の部落支配者であって当地方では帯名殿（オッナドン）の名にしていた。そして明治の頃までは豪農の聞え高かった家柄が多い。又この老夫は具体的には知覧《チラン》町堤之原（ツンノハイ）部落の帯名（オッナ）であったと解したい。

大山津見の神（オオヤマツミノカミ、注＝原文は大山《上》津見神）

この大山津見の神の原文には大山の下に上と註がしてある。故にこの大山は通例の大山ではなく特別高貴な大山と解せねばなるまい。すると黄泉神とも八俣の大蛇とも書かれておる伊邪那美の命の再婚された大神の御住居になる大山ではあるまいかと疑われる。そして其の大山を一体不可分（ツ）になって見（ミ）ると云うことが大山津見の神則ち上とある所以に解せられる。勿論、地理的関係や其他の事情を考慮した上でのことである。

尚この堤之原《ツンノハイ》方面を一般に山下（ヤマゲ）とも呼んでおるがこれは山飼（ヤマゲ）で黄泉神に

飼われていたと云うことではあるまいか。飼は食を受けることで主従関係にあれば家来則ち飼来（ケライ）になるであろう。よってこの大山津見の神は黄泉神と主従関係にあったお人と解したい。故にこそ堤之原《ツンノハイ》部落は津見の原（ツンノハイ）であり又足名椎の椎之原（ツッノハイ）でもあるのだと思う。

本文

【……僕が名は足名椎《あしなづち》、妻《め》が名は手名椎《てなづち》、女《むすめ》が名は櫛名田比売《くしなだひめ》」と謂《まう》す。亦「汝《いまし》の哭《な》く由は何ぞ」と問い給えば「我《あ》が女《むすめ》は本より八稚女《やおとめ》ありき。是に高志《こし》の八俣《やまた》の遠呂智《おろち》なも、年毎に来て喫《く》うなる。今其れ来るべき、時なるが故に泣く」と申《まう》す。「其の形は如何さまにか」と問い給えば、】

語句の解説

足名椎（アシナヅチ、注＝原文は足上名椎）

この足名椎の足の下にも又上の註がしてある。故に人体で云う足の如く低位に解すべきではあるまいか。だとすれば葦原の中つ国と同じに解すべきであろう。足の語原は上層に浮上進出（ア）するために自からは掘り下って自己完成（シ）に満足することである。故にこの場合は大山の高貴神が高天原に於ける活動を盛んにするため自からは足となって葦原の中つ国で資源開発に努めておる椎と云う意であろうか。それとも大山の高貴神を後の主君須佐之男の命に置きかえて考うべきであろうか。御娘櫛名田比売《くしなだひめ》の御名からすれば後者の線が強いように思われる。

尚、余談になるが現地の西隣台地は旧陸軍の知覧《チラン》飛行場で伊豫《いよ》の二名の島であり又東南隣は知《ち》訶《か》の島即ち越《コシ》の国であって美濃（峯）の国とか胸形（峯方）とかに呼ばれておる穀倉地帯になっておる。故に此の大生産地を一体不可分（ツ）にして見（ミ）ると云うことから津見（ツン）であり又椎（ツッ）であろう。そしてこの足名椎等が住居して居たのでこの部落を堤之原（ツッノハイ）又は堤之原（ツンノハイ）と云うのだと解せられる。

尚、後で名を見せる藍見河方面からこの堤之原《ツンノハイ》に渡って出られる所を鶴渡瀬（ツッワタヂェ）即ち渡れば鶴（ツッ）則ち椎（ツッ）に出ると云う名にしておることからも此処に足名椎や大山津見の神が在したことは疑うべくもない。勿論、古語は鶴に鶴（ツッ）又は鶴（ツン）の鳥と云うのである。

手名椎（テナヅチ、注＝原文は手上名椎）

この手名椎も正確な古語に発音すれば手名椎（チェナヅチ）でなければならぬ。従って手を鯛（テ）や樋（テ）と混同したのでは言葉にならない。御承知の通り手（チェ）は五体中でも最も器用な活動が可能な部分であろう。だから或る事物であっても其の中で最高の機能が発揮された場合は手（チェ）でなければなるまい。例えば太陽が最高の能力を発揮する時は照《チェ》る（手《チェ》る）であり武人が最高の能力を発揮すれば手柄《チェガラ》と云うことになる。又、頭脳が能力を策謀に用いれば手《チェ》を用いたと言い一族一党の首領には手人（チェシ）と云う。だから古語ではこの手人の住居する戸（ト）の攻略には「手人戸（チェシト）行け」と最後の気勢をあげたものらしい。だが共通語ではこの手人（チェシ）を亭主にしておるようなのでいささか不服と言いたい。尚、古語の萬歳の掛け声は「チェイヨ」の歓声をあげていたが照る世（チェイヨ）になるので面白いであろう。

　すると之等の手を使ってする仕事を名とする椎が手名椎と云うことになる。従って婦人に科せられた機織、裁縫、手芸等を掌る人のことに考うべきではなかろうか。古語では之等のことを女の着穂事（チホゴト）即ち高千穂の千穂（着穂）に言っていたので疑うべくもない。よって古代に云うた手末の貢を管掌した椎に解すべきであろう。

櫛名田比売（クシナダヒメ）

　この比売名の櫛は例の通り久士布流之岳の久士や御御籤の籤（クシ）でもあらねばなるまい。従ってこの櫛（籤）の前には絶対服従の外生きる道はなかったものと解したい。次の名はこの櫛（籤）を名としたことであって須佐之男の命との御夫婦と云う名であろう。又、次の田（タ）は須佐之男の命の御下命による櫛名を最高（タ）のものにしてと云うことに解せられる。よって櫛名田比売と云うことは須佐之男の命の仰せを絶対至上のものとして承諾するの運命に置かれた比売と解すべきであろう。

　余談になるが私が幼時祖父から聞いた伝説によると櫛名田比売は八俣の大蛇一家の若君であったろうと思える人と結婚式当夜の出来事であったことになっておる。そして其の御聟さんも当夜殺されたことになっておるのである。櫛名田比売としては多分意中の御聟さんに在したのではあるまいか。そして其の意中の御聟さんを殺した須佐之男の命の妻になると云う運命は人生至上の悲劇でしかあるまい。よって其の悲劇が櫛名田比売の名を生んだものと解したいのである。

高志（コシ）

説に従えばこの高志（コシ）は和名抄に出雲の国神門郡古志と云うがあるとのことである。そして今日の簸川郡古志村のことであると云う。だが私は私として自からの信ずるところが述べて見たい。直観的にはこの高志は日本書紀が伝える越《こし》の国の越であって又当地で云う越の塚《コシノチカ》の所在する越《こし》であると信じたい。尚、古事記では知訶《ちか》の島になっておるが知訶（チカ）は塚《チカ》の古語である。然し当地ではこの越の塚《コシノチカ》を塚の越（チカンコシ）とも云うことからして知訶《ちか》（塚《チカ》）の島にしたのが古事記であって一方越の塚《コシノチカ》の越《こし》を取ったのが書紀の越《こし》の国であると思う。

だが以上の如くに考えてもまだ一つの疑惑が残されるであろう。何かと言えば当地に現存する著名塚名を見渡せば其の殆どが塚《チカ》の当主か若しくは関連のことを名にしておることである。だが又一方では塚《チカ》の当主を実際的事実として他地に越して行かれた哀憐の人と同情し越しさんの優しい呼びかけが越《こし》の名になったものとも考えられる。

又、大国主の命に関係の深い高志《こし》の沼河比売《ぬなかわひめ》は越の塚《コシノチカ》の東方千米足らずであることも疑いの余地をなくする。更に又其の東方二千米足らずの肥の河上が国譲りを成された晩年の御住居であられたことも地名がこれを証しておる。よって此の地一帯が越《こし》（高志《こし》）の国であって大国主の命の治国と云う名の所であったに相違あるまい。

余談になるが大国主の国譲りの場所近くに山仁田（ヤマンタ）と云う部落がある。そして以前に述べた山下（ヤマゲ）則ち山飼（ヤマゲ）の中心地にもなっておる。よって全くの私見に過ぎないが此処が鶴園（ツッゾン）則ち椎園（ツッゾン）であることと肥の河上であることからして八俣の遠呂智が退治られた所ではなかろうかと云う疑いを持たざるを得ない。又八俣の大蛇の八俣（ヤマタ）はこの山仁田（ヤマンタ）ではなかろうかと疑う。位置は例の比越《ヒゴシ》の《ノ》岡《オカ》の北麓であって此の奥深い所が肥の国は黄泉神の三立山（サンタッヤマ、注＝南九州方言の発音はサンタッチャマ）になるのである。三立（サンタッ）は神武天皇名の佐野（サヌ則ちサン）達（タッ）の山で日の命達の山に解せねばならぬ。尚、山仁田（ヤマンタ）は山の田（ヤマンタ）にもなるので語原的には山（ヤマ）の最高位（タ）者になることを加えておく。

八俣の遠呂智（ヤマタノオロチ）

この八俣（ヤマタ）の「ヤマ」は山でもあるが矢間にも作れる。大体山と云うのは農耕地と異なり朝夕の管理は不可能な所であろう。従って自分を離れた矢心で見締りをするのが通例である。よって山則ち矢間であることになる。又次の「タ」は最高が基本意であるから八俣（ヤマタ）と云うのは山に於ける頭首のことに解せねばなるまい。古語が頭のことを頭（ビンタ）と云うに同じい。だとすれば八俣になる御人は須佐之男の命の高天原に於ける横暴を御許しにならない御人であると共に天の石屋戸で主動的役割を果された御人のことに前後の関係からして解すべきでなかろうか。そうすると高天原に於ける一方の旗頭否それ以上の御人に解せられる。そしてそれらの積もる恨みが此の度の八俣の遠呂智退治に発展したものではあるまいか。要するに南北勢力の抗争がこれによって終結を迎えたことに解したい。

次は遠呂智（オロチ）であるが何故にこれを大蛇（オロチ）にしたのであろう。古語では蛇のことを蛇（ヘミ）則ち蛇（ヘン）と言ったらしいのでこのことからであろうか。蛇（ヘミ）を語原から言えば這（ヘ）身（ミ）であると思う。既に御理解であろうが這い（ハイ）は語法により這い（ヘ）になるので蛇（ヘミ）とは這い身であって平伏の姿のことになる。依って須佐之男の命の前に退治されてしまった大きなる蛇（這身）則ち変（ヘン）見たいな奴に解すればわからぬでもない。だが古語では大き蛇を大蛇（オロチ）とは言わないので次に其の解説を試みて見よう。

私の地方には夜間恐怖を抱かせる鳴き声の夜鳥が居て幼児は泣くのも止まるものであった。多分梟（フクロ）ではなかろうかと思われるが不勉強で断言は出来ない。そしてこの鳥には古語は「ヒコロッ」と云うのである。そこでこの「ヒコロッ」と云う名を考えて見ると「ヒコオロッ」が原形に相違なかろうと考えられる。即ち比古遠呂智（ヒコオロチ）である。何故なら比古（ヒコ）の「コ」は母音を「オ」にするから次の遠呂智の「オ」は省略して「ヒコロッ」にするのが古語の語法に言えるからである。そうすると遠呂智（オロッ）と云うことは大声を発して呼ぶことになる。故に遠い距離で人と話しあうことに遠呂智とか又は「オラッ」とかに云うのが古語社会である。そうすると「ヒコロッ（注＝原形はヒコオロッ）」と云うことは何々彦とか云う日子が大声を発して何事かを宣言布告することに解せねばなるまい。然らばこの「ヒコロッ」が何事を宣言布告しておるかと言えば当地ではこれを人語に訳して次のように鳴くと云うのである。

「オー、オー、コノツッ、カドド」と鳴くと云うのである。この「オー、オー」は今日の警蹕《けいひつ》であって神殿開扉の際は神官がこれを発するであろう。日子の重大宣言であるから当然のことに思う。そして「コノツッ」は此の次であろう。又、其の次の「カドド」は共通語で言えば「吾は天皇（御帝《みかど》）ぞ」と云うことになる。「カド」は門松の門（カド）で御を冠して尊称すれば御門（ミカド）則ち帝（ミカド）であろう。故に警蹕《けいひつ》を発して然かる後此の次の日の神ぞと宣言布告したことになる。それで当地ではこの鳥が鳴くと死人等何かの変事が発すると言い屋根山で鳴くのを不吉としたのである。

故に八俣の遠呂智と云うことは筑紫の島に肥の国の山々を支配した頭首であっていろいろな宣言布告を発せられた命の御一人であられたことは疑うの余地あるまい。若しかしたら伊邪那美の命と黄泉神との間に御出生の御子ではないかとも疑う。

喫う（クウ）

この喫うを食い殺すに考えてはなるまい。飯を食うのも自分の体中に収め入れて一体になることであろう。故に八稚女を喫うても八俣の遠呂智一家の一員として迎え入れられたことに解すべきである。今日の嫁に喫（呉《く》）れないかも語原は同じことになる。

本文

【「彼が目は赤加賀智《あかかがち》なして、身一つに頭《かしら》八つ、尾《お》八つあり。亦、其の身に蘿《こけ》、檜椙《ひすぎ》生《お》い、其の長さ谿八谷《たにやたに》、峡八尾《おおやお》を度《わた》りて、其の腹を見れば悉《ことごと》に、常《つね》も血爛《ちあえただ》れたり」と申す。爾、速須佐之《はやすさの》男《お》の命《みこと》、其の老夫《おきな》に「是れ汝《いまし》の女《むすめ》ならば、吾《あ》れに奉らんや」と詔り給うに「恐《かしこ》けれど御名を知らず」と申せば「吾《あ》は天照大御神の、伊呂勢《いろせ》なり。故、今天より降りましつ」と答え給いき。ここに足名椎《あしなつち》の神「然まさば恐《かしこ》し奉らむ」と白《まう》しき。】

語句の解説

赤加賀智（アカカガチ）

この赤加賀智は原文に註をして「此に謂赤加賀智者今酸醤《さんしょう》也」としてある。そして酸醤《さんしょう》は「ホホヅキ」であると云う。だから赤加賀智は「ホホヅキ」に解せねばならぬ。明治の頃までは童女達が赤い眼球のような「ホホヅキ」を口中で軽く嚙み絞り独特の音を発せしめて口遊びしたものである。それで表面的には赤い眼球を連想せしむるために赤加賀智としたものであろう。だが真意は全然別段のことにあるようなので例による古事記の詐術的書法と言うの外あるまい。

そこで「ほほづき」であるが古語は頰のことを頰（フ）と云う。従って頰着（ホホヅキ）にも頰着（フヂキ）と云うのである。それで頰着の語原は生活物資等幸せ（フ）をもたらす物が身に着く（チク）ことになる。従って目が赤加賀智即ち頰着（フヂキ）成してと云うことは目（芽）に福相をたたえておると解するのが作者の言わんとする心中であろうと思う。即ち諸人になつかれる温容福相に在したと解するのが正解ではあるまいか。

特に赤加賀智の赤を赤（セキ）に訓むべきであるのを感づいたのは私も古事記を読み初めて三十年後の事である。すなわち赤加賀智は「セキカカチ」となる言葉で、これを古語で発音すると「セッカカチ」となり、意味は「寄り着く」だがより積極的な行為を意味した音の用語になる。よって作者の苦心に敬意が表したい。

《注　セッカカチと促音で発音した文法上の正しい語形はセッカカルで漢字で書けば「追《せっ》懸《か》かる」となり、南九州方言特有のラ行四段活用の動詞である。》

身一つに（ミヒトツニ）

これを大蛇に考えれば胴体のことにしかならない。だがこの大蛇を八俣の遠呂智と云う今のことに考えれば其の命の御一身にと云うことに解せられる。

頭八つ（カシラヤッツ）

如何な大蛇であっても頭が八つあるとは考えられない。それで頭は頭（カシラ）であって頭八つとは配下にある武将達のことであろう。配下につく武将には支配する所領を有し頭に呼ばれる人が多数居たに違いない。先きの大山津見《おおやまつみ》の神も其の一人であろう。又、黄泉軍では八種の雷神《いかづちのかみ》が待っていたろう。

尾八つ（オヤッツ）

この尾も又頭と同じであろう。尾（オ）は合う（アウ）を原形とするから合着のことになる。従って四辺を合着せしめ頂位にある姿に言える。例えば岡であっても中尾や高尾であっても其の姿であろう。故に翁則ち帯名（注＝オビナは古語でオッナと発音）で説明した首長達のことに解したい。

蘿（コケ）

この蘿（コケ）は苔（コケ）でもあろうが又身体の汚垢（コケ）であっても語原に変わりがあってはなるまい。苔（コケ）の「コ」は飼う（カウ）が原形であるから飼人（カウ）に考えられる。従って子（コ）の如く従属して離れないものに考えてよかろう。又「ケ」は飼い（カイ）が原形であるから飼い（ケ）と云うことになる。故にこの蘿（コケ）は子飼（コケ）に解し直接子飼いの者即ち後代の旗本如き直臣に解すべきでなかろうか。

檜（ヒ）

人類社会に於ける絶対者は久士布流之岳《くしふるのたけ》の久士であるに対し樹木の世界ではこれを楠（クシ）にしておる。そして又人類の最高位者は日の命と云う日（ヒ）であるに対し樹木ではこれを檜（ヒ）にしておるのである。だから本文では檜（ヒ）にして書かれておるが本当は人類界の日の命の日（ヒ）をあらわしたものに解すべきであろう。だとすればこの檜（ヒ）は高天原の日の神か日の命の系列に入る人がこの八俣の大蛇の一族をなして繁栄していたと解せねばなるまい。そして其の日（檜）の直系が八俣の遠呂智であると解すべきであろう。

椙（スギ）

この椙（スギ）は勿論杉のことでもあらねばなるまい。又、杉の名は真直の直（スッ）が語原であろう。余談めくが古語社会で古代から焦れを表現しておる初夢は一久士《クシ》（共通語は富士）ニ鷹《タカ》三茄子《ナスッ》と言われておる。だが本当は一久士とは久士布流之岳《くしふるのたけ》の久士《クシ》であり、二鷹とは天津日高《あまつひだか》の高《タカ》である。そして三茄子《ナスッ》も同音の名直（ナスッ）で直系直統のことでしかない。よって以上のような古代思想から考えると此処に言う椙《すぎ》も樹木を以てあらわしておるが本当は直系直統の方を言ったものに解したい。そうすると高木の神の御血統と云うようなことに解すべきであろうか。私見で恐れ入るが南方発展に進路を開かれた伊邪那岐の命の許から離婚され北方経営に道を求められた黄泉神と伊邪那美の命とが再婚されて在すことからしていろいろに考えられる。少なくとも徳川家に於ける御三家格がこの八俣の遠呂智ではあるまいか。

谿八谷、峡八尾を度りて（タニヤタニ、オオヤオヲワタリテ）

このことも大蛇の体長に考えさせられるがそんな巨大な蛇がこの地上で見られる筈がない。よってこれは八俣の大蛇（遠呂智《おろち》）が支配した領国の広さに解すべきであろう。具体的には肥《ひ》の国三立山《サンタッジャマ》を中心にした地帯のことに解せねばなるまい。

其の腹を見れば、（ソノハラヲミレバ、）

このことも表面的には大蛇の腹であろう。然し本当に言わんとする心は心底のことに云う腹であると解せねばなるまい。

悉に常も血爛れたり（コトゴトニツネモチアエタダレタリ）

この悉（コトゴト）には事毎に解すべきであろう。例えば伊邪那岐の命の火の神の出生事件から初まり伊邪那美の命の再婚問題更には天の石屋戸に至るまで高天原の諸問題のことであると解せねばなるまい。

次の常もは平素からと云うことであろう。従ってかね平生からと云うことになる。だとすれば又も私見になって恐れ入るが南北勢力の絶え間ない葛藤のことに解せられる。

次は血爛れ（チアエタダレ）たりであるが表面的には大蛇の腹に血が流れ滲んで爛《ただ》れておると解して良いのであろう。だがそれでは真意に触れることは叶うまい。よって以下古語の立場からこれを考えて見たい。

古語で「アエ」と言えば上空から地上に向って落ちてくることである。従って語原は上層に浮上進出（ア）したところから地上の吾人に会（エ）してきたことになる。だから古語社会に於いては小雨がぱらつくと「アエがして来た」と云い又熟柿が落ちてくると「熟柿がアエタ」と云うのである。然しここでは血が「アエて爛《ただ》れて」いなければならぬ。そうするとこの血は出血の血ではなく高天原の日の命と云う純血無垢な血統を意味する血に解すべきではあるまいか。長年月の間には高天原の高貴な血液（血統）も次第に地上社会にまで流れ及んで爛《ただ》れてきたと云うことに解すべきもののように思われる。後代の社会史等を読んでも此の事例は多く聞かされるところのように思う。よって血爛（チアエタダレ）たりと云うことはこの血統の乱脈が血で血を洗う結果を招いておると云うことに解したい。

伊呂勢（イロセ）

この伊呂勢（イロセ）は同母兄（イロセ）であるとの説も聞かされる。だが古語には伊呂勢の名は聞かれない。又、天照大御神の御生地に疑う伊瀬知《イセチ》と須佐之男の命の根の堅洲《カタス》国とでは巨離的にも同母兄とは考えられない。天照大御神は高天原の日の神で在する。だとすれば其の上位を意味する勢（背）の君で須佐之男の命が呼ばれる筈はあり得まい。よって単なる夫婦道上の勢の人と云う意味での色勢（イロセ）ではあるまいか。又、後代の女帝の御夫君は何と申したであろうか。

第三二節　八俣《やまた》の遠呂智《おろち》

本文

【ここに、速須佐之男の命《はやすさのおのみこと》、すなはち其の童女《おとめ》を、湯津爪櫛《ゆづつまぐし》に取りなして、御美豆良《みみづら》に刺して、其の足名椎《あしなづち》、手名椎《てなづち》の神に告り給わく「汝等《いましら》八塩折《やしおおり》の酒を醸《か》み、且《また》、垣《かき》を作り廻《まわ》らし、其の垣に八つの門《かど》を作り門毎に八つの佐受岐《さずき》を結い、其の佐受岐毎《さずきごと》に酒船を置きて、船毎に其の八塩折《やしおおり》の酒を盛《も》りて、待ちてよ」と詔《の》り給いき。】

語句の解説

湯津爪櫛（ユヅツマグシ）

この湯津爪櫛は黄泉国で説明した湯津津間櫛《ゆっつまぐし》と同断である。従って語原は一体不可分に結い着いた（湯津）一体不可分の間柄（爪則ち妻）の運命（櫛則ち籤）と云うことになる。

御美豆良（ミミツラ）

以前には耳面（ミミヅラ）で説明したが今度は別な角度で説明がしたい。豆良は面（ツラ）であり蔓（ツラ）であると説明し又語原は一体不可分の関係が最大限のことであったろう。そうすると眼近なことに云う古語の眼面（メッラ）や路傍のことに云う道面（ミッツラ）の語にもなる。だとすれば御美豆良は御身面（ミミヅラ）にも作れるので御身辺間近のことに解すべきであろう。

八塩折の酒を醸み（ヤシオオリノサケヲカミ）

古語社会では八塩折りの名も聞かれないし又酒を醸（カ）むと云うも聞いたことがない。だが説によれば幾度も折返して醸造した上酒のことであると云う。そして醸（カ）むは古代は原料を口で噛んで唾液と混じ醗酵せしめたからだとのことである。最もな説として敬聴の外ない。又、八塩折を語原から言っても次々（ヤ）に掘り下がって自己完成（シ）したものが合着（オ）を著しく（イ）したとなれば八塩折になるので叶っておることになると思う。

然し本節のことは私見で恐縮に在ずるが遠呂智を八頭八尾の大蛇に見せてあることからして作者の創意工夫が過分に加えられておると解したい。何故なら当地の伝説では次のように語られておるばかりかそうした時間的余裕はなかったと思えるからである。

昔、酢壺三右ェ門（スッポンサンヨン）と云う怖い人がいて結婚式（ゴジョムケ）の当夜押し入り酢壺（注＝スッポ＝すつぼ）の陰に隠れて時の至るを待った。酒宴も終り皆が酔い潰れ倒れ伏して寝込んだのを見計い酢壺の陰から現れたサンヨンは寝転んでいる人達を片っ端しから次々に斬り殺して行ったと云う。其の斬られた人達の泣き叫ぶ声はこの世のこととは思えぬ烈しさを極め、皆生きた心地はしなかったそうである。しばらくしてほとぼりが醒めて見たら殆どの男は斬られ当の花嫁まで強奪（オッ取イ）されて居なくなっていたと云う。尚、最後に祖父が加えて言うには酢壺の酢のことは「ス」と云うが「アマン」とも云うので、このスッポンサンヨンという方はアマンサンヨン（天之三右ェ門、注＝天《あま》は天津系のことか）とも云う人であったと伝えられているとのことであった。

　故にこの人が須佐之男の命ではあるまいか。三（サン）は佐《さ》野《ぬ》の命《みこと》の佐野《さぬ》（古語はサン）であって、右ェ門（ヨン）は月読《つきよみ》の命《みこと》の読《よみ》（古語はヨン）に解せられる。尚、古語の結婚式（ゴジョムケ）は処女迎い（オゴジョムケ）と云う語であることを加えておく。

佐受岐（サズキ）

これは古語の桟敷（サシキ）のことであろう。結婚式に参列する外来客が多いので住家だけには収容出来ないことから俄造りの桟敷が設けられたものであろうか。だが大蛇の酒船用桟敷とは考えたくない。若しそれであるとすれば桟敷ではなくて櫓でなければならぬ筈である。古代山戸のあった深山には桟敷《サッシガオ》ケ尾の地名が止められておる。

酒船（サカブネ）

ここに酒船とあるのは古語の常識からして酒槽（サカブネ）に解せねばなるまい。古語は水を溜める容器を槽（フネ）と云い馬槽も馬槽（ウンマンフネ）である。又、石を刳り抜いて作った貯水槽にも石槽（イシブネ）と呼んでおる。

本文

【故、告り給える隋《まま》にして、かく設《もう》け備《そな》えて待つ時に、其の八俣《やまた》の遠呂智《おろち》、まことに言いしがごと来つ。乃ち船毎に、おのもおのも、頭を垂《た》れ入れて、其の酒を飲みき。ここに飲み酔《え》いて、死せる由にて伏し寝たり。】

語句の解説

死せる由にて伏し寝たり（シセルヨシニテフシネタリ）

この死せる由の文字については学者間でも疑義が多いらしい。私の用いた参考書は原文を「死由伏寝」としてあるからそれに従ったまでである。故に正否のほどは私にはわからない。当地の伝説では遠呂智一族が酒に酔い潰れて死んだ者のようになって寝込んだところを殺されたとしておる。故に死せる由（様子）にと解すれば当地の伝説と一致することになる。だが真福寺本は死由と一字のことからこれを皆や留に解する等でさまざまであると云う。余談になるが古語は様子を様子（ヨシ）と云うので由（よし）にしたのではあるまいか。

第三三節　草那芸之大刀《くさなぎのたち》

本文

【すなはち、速須佐之男《はやすさのお》の命《みこと》、其の御佩《みはか》かせる十挙《とつか》の剱《つるぎ》を抜きて、その蛇《へみ》を切り散り給いしかば、肥の河血に変りて流れき。故、其の中の尾を切り給う時、御刀《みはかし》の刃《は》毀《か》げき。怪《あや》しと思ほして、御刀の前《さき》を以《もっ》て、刺し割きて見そなわししかば、都牟刈《つむがり》の大刀《たち》あり。故、此の大刀を取らして、異《あや》しき物ぞと思ほして、天照大御神に申し上げ給いき。是れは草那芸《くさなぎ》の大刀なり。】

語句の解説

十挙の剱（トツカノツルギ）

この名は既に説明しておるので重ねての説明は不要であろう。だが古語拾遺によればこの剱は天《あま》の羽々斬《はばき》りとも云うらしい。羽々は巾でもあるが実際以上に威嚇的なことにも巾を利かすと云う。故に一見して恐怖を与える劔と云う名に解せられる。今この劔は大和の国山辺那石上神宮にあると云う。

蛇（ヘミ）

頭初は遠呂智《おろち》とあったものが次は大蛇となり今度は蛇に成り下って人に近づいておる。故に絶対権力者遠呂智が大蛇に低下し今は単に蛇（這身）に失墜したことを語るものであろう。蛇の古語は蛇（ヘミ則ちヘン）で這身（ヘミ）が語原である。故に遠呂智が這いつくぼうたことに解せられる。だから古語は蛇のような行動を蛇（ヘン）なことをすると云う。今は変（ヘン）にして疑わないが語原は蛇（ヘン）であろう。又、古語の迷信からして大変も谷蛇（タイヘン）ではあるまいか。

肥の河血に変りて流れき。（ヒノカワチニカワリテナガレキ。）

肥の河は一つの小川に過ぎないので此のことが言えるかも知れない。然しこの言は惨殺者が余りにも多かったことの表現であろう。当地の伝説でも阿鼻叫喚の声が凄かったことを伝えておる。そしてこの世の中で一番怖い物語りとして祖父に聞かされたことからして古代最大の惨事であったのだろう。

其の中の尾（ソノナカノオ）

八頭八尾の大蛇で書き出したからには其の中の尾でなければ辻褄が合わされまい。よって其の中の尾と云うことは沢山居た頭領株の中の其の頭領即ち男（オ）の八俣の遠呂智と解すべきであろう。

都牟刈の大刀（ツムガリノタチ）

説によれば大神宮の御神宝の中に須我流《すがる》の大刀と須我利《すがり》の大刀と云うがあるそうである。そして其の大刀で刀身が細く尖ったものを須我利又は都牟刈の大刀と云うのであるらしい。なるほどと感服させられるが其の名についての説明が聞かれないのは残念である。よって此の名を語原から究明がして見たい。

須我利（スガリ）は素刈りにもなるので古語で水田を素刈りにすると言えば一本も残さず総刈りにすることである。故に一挙果断殲滅を計る大刀のことに思える。又、須我流（スガル）は素刈るであると共に縋るにもなるので素刈りにされる以前に自から縋りついて投降して来ると云う威圧の大刀のことのように思う。そうすると此の須我利の大刀が都牟刈の大刀であるとするならば一網打尽一人余さず打ち取る大刀が都牟刈の大刀と云うことになる。

古語で都牟（ツム）と言えば茶を摘むとか指を詰むるとか又は頭（オツム）とかに言うので頭の出過ぎた者はこれを摘む（詰む《ツムッ》）と云うのが都牟刈の大刀ではあるまいか。若しそれとすれば都牟刈の大刀は高天原の日の神が御所持になるべき武をあらわした大刀と解せねばなるまい。

尚、余談になるが古語は突き貫くことに突貫る（ツンヌクル）と云うので都牟刈の大刀は突き刺し貫く大刀と解しても悪くないように思う。

草那芸の大刀（クサナギノタチ）

この大刀のことを日本書紀では八岐の大蛇が住居して居た山々に常に叢雲《むらくも》が立ち込めていたことから天の叢雲《むらくも》の劔に命名されたと伝えられておる。だとすればこのことは八俣の遠呂智が高天原の武力の上に大きな実力を掌握していてそれを背景に高天原の自主尊厳を覆い隠し暗いかげりを投げかけていたことに解すべきではなかろうか。

では三種の神器の中で武を象徴する此の都牟刈の大刀を八俣の遠呂智が所持していた所以は如何に解すべきであろうか。然し今に至っては知るべき由もなかろう。だが何れにせよ強大な武力を掌中にしていたことは疑うべくもあるまい。そして之等の暗影が高天原の御威光を覆い南北の勢力争いを激化せしめたものとも解せられる。故に之等の遠因や天の石屋戸の近因が須佐之男の命をして八俣の遠呂智退治を決意せしむるに至ったものと解したい。

次に草名芸の劔の名は後に日本武尊が東北地方御平定の際草を薙ぎ拂って賊が放った火難を免かれ給うたことから草薙の劔と申し上げたことに伝えられておる。そこでこの劔名を語原から言えば草は雑草の草であっても又病気の病（クサ）であっても人に災いをもたらすものは「クサ」に変わりはない。戦いも「イクサ」と云う著しい（イ）草（クサ）である。故に須佐之男の命の大蛇退治も草薙であれば日本武尊の東北平定も草薙と云うことに言える。よって神代の昔から草薙の大刀の名はあったと考えても悪くないと思う。

余談になるがよく弔辞等に草葉の陰と云う文字と用語が用いられておるがこれは大きな誤りであろう。語原からすれば病気（クサ）場（バ）の陰であると了承いただきたい。尚「クサ」の語原であるがこれは飯を食うの食うた（クタ）ものが生長発展（サ）したことになるので中毒と云う病気（クサ）もあることになるわけである。勿論、体中に食い入れる物には飯の外病原菌や毒物もあるとせねばならぬ。又、古語は刺（トゲ）も刺（ク）であるから之が手足に立つと「クサ、クサ」して痛いと云うのである。そして此の「クサ」の著しい（イ）物が鎖《くさり》（クサイ）になると承知されたい。

第三四節　須賀《すか》の宮《みや》

本文

【故、是を以て速須佐之男《はやすさのお》の命《みこと》、宮造るべき地《ところ》を、出雲の国に求《ま》ぎ給いき。ここに須賀《すか》の地《ち》に到りまして、詔り給わく「吾《あれ》、此に来まして、我《あ》が御心《みこころ》須賀須賀《すかすか》し」と詔り給いて、其の地になも、宮作りましける。故、其の地をば、今に須賀《すか》とぞ云う。】

語句の解説

出雲の国（イヅモノクニ）

ここに言う出雲の国は須佐之男の命の出雲の国でなければなるまい。すると御母の国である根の堅州《かたす》国附近と云うことになる。そしてこの堅州（カタス）には然田（スカダ）の外須賀に作れる地名が外にも見られる。よって須賀の地と関係の深いことは疑えない。特に本然原（モトスカバイ）の名は古い須賀はここではなかったろうかとも疑う。

須賀（スカ）

この須賀も伊邪那岐の命の多賀（タカ）の地と同じく須賀（スガ）ではなく須賀（スカ）に訓むのが正しいようである。若し須賀（スカ）が正しいとすれば往古遣唐船の寄港で有名な石垣《イシカケ》浦のことになる。この河口港の東岸は石垣《イシカケ》であるが西岸部落は須下の浜《スカンハマ》の名にしておるのである。よってこの地が須賀の宮御造営の地であると解したい。尚この西方に接して鯨ケ宇都《クジラガウト》の地名が広域に亘るのでこの宇都《ウト》（大戸）が須賀の宮跡を語るものではあるまいか。だとすれば須佐之男の命は「鯨」の御名で海の猛者でも在したことになる。古語は片隅のことに隅鯨（スンクジラ）と云うがこの語は須賀の宮が片隅（注＝古代衣《エ》の国の片隅ということか）のことから須佐之男の命に発した名ではあるまいか。尚、「鯨」の語原は身勝手な不平小言をほじくることに解せられる。

次に須賀の地名であるが本文に我が御心（身心か）須賀須賀しとあるので御心則ち身心がすがすがしくなられたので宮造りを定め給うたものであろう。だが古語にはすがすがしと云う語は聞かれない。然し古語社会では心身の重荷をおろして素裸になれば其の気持を「スカッ」なったと云うのである。故にこの須賀は古語の「スカッ」で全てを空にした「素か」ではあるまいか。古語は病後等で身体の軽く感ずることにも「スカン、スカン」すると云う。（注＝空になった状態をスカスカになったと表現する用法もある）

尚、余談なるが須下（須賀）周辺の地名について少しく触れておきたい。対岸の石垣は石垣

（イシカケ）が古称であるから石椊（イシカコイ）が原形であろう。そして其の奥まった所は若林（ワカベシ）であるから事代主の神の御子のことであろうか。又、其の対岸即ち須賀の上手は鶴留（ツッドメ）であるから足名椎達《あしなつち》が稲田の宮主になって住まわれた所であろう。又、其の上手には須佐之男の命の御子孫として名を止めて御出る深渕之水夜礼花（フカブッノミッヂャレンハナ）の神になる地名の所である。尚、其の上手は吉崎《ヨシザキ》になるがこの吉（ヨシ）則ち世人（ヨシ）は果して何人に見るべきであろう。神武天皇東行の阿岐の国多祁理《たけり》の宮もこの所である。

第三五節　八雲起つ

本文

【茲《こ》の大神、初《はじ》め須賀《すか》の宮作らしし時に、其の地より雲立ち騰《のぼ》りき。爾、御歌作《よ》み給う。其の御歌は

夜久毛多都　　(八雲起《やくもた》つ)
伊豆毛夜幣賀岐　　(出雲八重垣《いづもやえがき》)
都麻碁微爾　　(夫妻隠《つまご》みに)
夜幣賀岐都久流　　(八重垣造《やえがきつく》る)
曽能夜幣賀岐袁　　(其《そ》の八重垣《やえがき》を)

ここに於いて、其の足名椎《あしなつち》の神を喚《め》して「汝《いまし》は我《あ》が宮の首《おひと》たれ」と告り給い。且《また》、名を稲田《いなだ》の宮主《みやぬし》、須賀《すか》の八耳《やみみ》の神と負《お》せ給いき。】

語句の解説

八雲起つ（ヤクモタツ）

八雲起つとは次々に雲が立ちのぼることを歌ったものであろう。現地の実際からして石垣川《イシカケガワ》の河水が靄（モヤ）になって立ちのぼる景観であると解したい。朝夕に須賀の宮の東窓に望まれる近景である。

出雲八重垣（イヅモヤエガキ）

原文では伊豆毛とある。通説では出雲の国とされている。しかし、出雲の国に解してはなるまい。即ち稜威（ミイツ）の威（イツ）が守（モ）る国と云うことである。従って何時も（イツモ）住居しておる所と平たい気持に解したいものである。そうすると出雲八重垣と云うのは何時も八雲が起って自分の住居に八重垣を作っておると云うことになる。

夫妻隠みに（ツマゴミニ）

原文の都麻碁微爾を夫妻隠みにと解したのは先賢の誤認であろう。都麻（ツマ）と云う古語を夫（ツマ）や妻だけに考えてはいけない。都麻の語原は一体不可分（ツ）の間柄（マ）であるから勿論夫妻も都麻である。だがこの外にも都麻となるものは少なくない。例えば詰まるとか抓むとか東（アヅマ）とか西（サツマ）とか等がそれである。よってこの場合の都麻は東（アヅマ）

西（サツマ）の語原で説明して見よう。

家屋の建築は保温日射の関係から殆ど南向きである。従って平屋建ての屋根構造は棟に於いて東西両側は各々詰まり一体不可分（ツ）の間柄（マ）を示すであろう。だから古語は家の東西を都麻《ツマ》と云い南北を比良《ヒラ》と云うたのである。よってこの関係から太陽の上る（ア）方向即ち東を東（アヅマ）と云い、又太陽の盛る（サ）方向即ち西を西（サツマ）にしたもののように思う。

そして又殆どの家が東の都麻に台所と通用口を設けこれを踏み込み（フングン）と呼んでいたのである。故にこの都麻碁微《つまごみ》は家の都麻の通用口即ち踏み込みの都麻込みであると解したい。須賀の宮は石垣港《イシカケ》の西岸であるから東の都麻には石垣川《イシカケガワ》が流れておる。故に其の河から立ち上る八雲が都麻込みに見える筈である。それでこの歌意は何時もでさえ東方遥かな高天原とは八重垣が作られておる自分なのに更にこの住居にまで迫った八雲が立ち込め八重垣を作ることよと云う高天原との疎遠を歎じ給うた御歌であると解したい。

首（オヒト）

首（オヒト）の語原は原形から言えば上層に浮上進出（ア）が増大（ウ）した人と云うことになるので須賀の宮支配下の領民を掌握する首長（注＝アウヒト↓オヒト）に解すべきであろう。

稲田の宮主（イナタノミヤヌシ）

この稲田が何処であったかは知る由もない。だが須賀の宮から上流に千米位行けば犬田《インタ》と云う三字が見られる。よってこの犬田《インタ》は忌部の忌田（インタ）で足名椎のことではあるまいか。他例からして考えられる名である。

須賀の八耳の神（スカノヤツミミノカミ）

この神名の八耳も八つの耳では解しようがない。よって八（ヤツ）は役（ヤク則ちヤッ）に解したい。すると語原は矢（ヤ）食（ク）になるから古語では役立つとか役せぬとかの語法にしておる。そして次の耳は忍穂耳の命の耳（ミミ）に解したい。そうすると須賀の八耳の神は須賀の宮の諸役を総括して一切を見る神と云うことに解せられる。

第三六節　須佐之男の命の御子

本文

【故、其の櫛名田比売《くしなだひめ》を以て、久美度邇起《くみどにおこ》して生みませる神の御名は、八島士奴美《やしまじぬみ》の神と云う。又大山津見《おおやまつみ》の神の女《むすめ》、名は神大市比売《かみおおいちひめ》に娶《みあ》いまして、御子《みこ》大年《おおとし》の神、次に宇迦《うか》の御魂《みたま》の神を生みましき。】

語句の解説

久美度（クミド）

久美度は既に説明した通りである。従って通説の通り隠寝所（クミド）に解してもよかろう。だが語原としては込度（クンド）か組度（クンド）に解すべきである。

八島士奴美の神（ヤシマジヌミノカミ）

この八島は伊邪那岐の命の大八島とは異なる須佐之男の命の八島であろう。推測からすれば頴《エ》娃《イ》町別府《ベップ》地帯のことに思われる。兎に角次々に数多い（ヤ）島や国を総括して支配された神に違いあるまい。次の士奴美は（ジヌミ）は既に解説したと思う甚句（ジンの歌）の甚見（ジンミ）になるから送り出るものを見ることになる。よって無限の増産発展に解せねばなるまい。

大山津見の神（オオヤマツミノカミ）

この神名は櫛名田比売の御祖父に当る神になる。故に別人の神であられよう。

神大市比売（カミオオイチヒメ）

御名の頭に神が着くとはおかしい。よってこの神は神ではなく頴《エ》娃《イ》町別府《ベップ》方面の上（カミ）則ち神であると解したい。又、次の大市は古語に発音すれば大市（ウイッ）である。そうすると古語では大息（ウイッ）にしか考えられない。だとすれば大息は感極まった溜息にもなる。よってこの神は上《カン》の別府《ベップ》方面のお人で諸人に感歎の大息をつかしめた比売と云うことに解せられる。

大年の神（オオトシノカミ）

この神名も大年（ウドシ）でなければなるまい。古語で大年（ウドシ）と言えば豊年のことである。従って大増収は大穫（ウドレ）であり大捕者や大漁にも（ウドレ）と云う。又歌も増大

（ウ）の最高（タ）の時であろう。故に大年の神は豊年満作の神に解せねばなるまい。

宇迦之御魂の神（ウカノミタマノカミ）

この宇迦（ウカ）は宇（ウ）を「カ行」に活用される語である。よって宇迦を更に著しくして大飼（ウカイ）にすれば語法により大飼（ウケ）にならねばならぬ。だから豊受神の受や大気津比売神の大気（ウケ）並びに宇迦之御魂の神の宇迦も共に同じ系類の語と云うことになる。故に古語は大量豊富なことに宇迦（ウカ）とも言えば又大気（ウケ）とも云うのである。従って宇迦之御魂の神の御名は食糧等の増産開発に対して特に勝れた知識技能を御持ちの神と解せねばなるまい。

余談になるが大国主の命の宇迦の山本や大気津比売神の大気部（ウケベ）則ち浮辺《ウケベ》等から考えるとこの宇迦の御魂の神も秋葉神と同一系統の神ではあるまいかと思われる。

第三七節　大国主《おおくにぬし》の神の出生

本文

【御兄八島士奴美《みあにやしまじぬみ》の神、大山津見《おおやまつみ》の神の御女《みむすめ》、名は木《こ》の花知流比売《はなちるひめ》に、娶《みあ》いまして生みませる御子、布波能母遲久奴須奴《ふわのもちくぬすぬ》の神。此の神、淤迦美《おかみ》の神の女《むすめ》、日河比売《ひがわひめ》に娶《みあ》いまして、生みませる御子、深渕《ふかぶち》の水夜礼花《みずやればな》の神。此の神、天之都度閇知泥《つどへちね》の神に、娶《みあ》いまして生みませる御子、淤美豆《おみづ》奴《ぬ》の神。】

語句の解説

木の花知流比売（コノハナチルヒメ）

この御名の木（コ）は木ではあるまい。八島士奴美の神の御宮に云う「コ」であろう。そうすると八島士奴美の神の御宮の花として散って行かれた比売と云うことになる。

布波能母遅久奴須奴の神（フワノモチクヌスヌノカミ）

此の神名は布波（フワ）の母遅久奴（モチクン）の須奴（スン）の神に解せねばなるまい。大変混み入った御名に聞こえるが実は御住居の位置を御名にしたものと解せられる。即ち布輪（布波）と云う持国（母遅久奴）の隅（須奴）の神と云う古語のように思う。古語は国（クン）であり隅（スン）である。だとすれば既に説明した墨の江《スノエ》（住吉）の大神で俗称を釜蓋殿（カマフタドン）で親しまれておる古来の有名社と一致する。

余談になるが伊邪那岐の命の淡（阿輪）の地は古代衣（エ）の国の東部山岳帯である高天原とこれに接続する淡島を中心にした平野部であると思う。そして更に西方に接した平地帯に根の堅《カタ》洲《ス》国があり又更に葦原の中つ国との間に布輪（フワ）の国が形成されていたもののようである。従って頴娃《エイ》町の東部阿輪《あわ》（阿波）の国であり西部は布輪《ふわ》（布波）の国であったと理解すべきであろうか。北限に近い宝代（フデ）則ち布出と青戸《アオト》の両部落名関係もこれを語っておるように思う。兎に角阿波に対する布輪は幸（フ）輪（ワ）であるから須佐之男の命系は幸せの輪則ち布波を名にされたものであろうか。御子孫の大国主の命を古語は大命（デコッ）殿則ち大黒（デコッ）殿にしておるが又大福（デフッ）殿の名でも伝えられておる。故にこの布輪を名にした福（フッ）であろう。

淤迦美の神（オカミノカミ）

この御名は伊邪那岐の命が黄泉比良坂で桃の実に賜った神名と同じであろう。

日河比売（ヒガワヒメ）

この御名を語原から言えば神（ヒ）の御用水が湧出（河）する所の比売に考えられる。よって須賀の地からすれば清水川（シミッガワ）のことであろうか。

深渕之水夜礼花の神（フカブチノミヅヤレバナノカミ）

この神名の深渕は文字通り深い渕のことであろう。するとこの須賀の宮上流の程近かい所に当地方で古来有名にした深渕がある。今は根古木（ネブルキ）に登録されておるが数字名が見られる。然し広く一般社会に通用されておる名は「エボロッの谷」である。故に衣（エ）の国の足場がなく「ボロッ」と落ちる深い谷と云う名に思う。古語は後頭部のことを「ボロッタ」と云うが足場はないであろう。故にこの深渕とあるのはこの根古木《ネブルキ》の深渕のことに解したい。

次は水夜礼（ミヅヤレ）であるがこれは水洗いの古語であると思う。水洗いを古語では水洗い（ミヅアレ）にするが発音を詰めるので水洗（ミッヂャレ）又は水洗（ミジャレ）にもしておる。よってこの水洗が水夜礼であると解したい。そして古くは此処で水洗いをして心身を祓い清めたものではあるまいか。天孫の笠沙《カササ》の宮や塩土の神の所にもこの水洗《ミヂャレ》の地名を見ることが出来る。故にこの水夜礼とあるは須賀の宮の北方千米位にある水洗（ミヂャレ）又は「ミダレ」とも云う字名の地に解したい。今は其の水を利用してであろうか温泉場も経営されておる。

　尚、次の花は鼻に間違いなかろうから先端の出鼻に解したい。そうすると深淵之水夜礼花の神と申す神は頴娃《エイ》町大字別府《ベップ》の「エボロッの谷」と云う四隣に響いた深い渕のある水洗いの鼻の地に御出ましになる神と云うことになる。そうすると水洗《ミチャレ》の近くに名を見せておる藤塚《フッチカ》は何か関係のある塚ではあるまいか。日子穂々手見の命の高屋山上陵《たかやのやまのうえのみささぎ》近くにも藤塚《フッチカ》の名を遺しておる。

天之都度閇知泥の神（アメノツドヘチネノカミ、注＝原文は天之都度閇知泥上神）

　この神名の天之は言うまでもなく高天原のことであろう。そうすると此の御時代には再び高天原との交流が開かれたことになる。次の都（ツ）は一体不可分のことであるがこれは次の度閇知泥（ドヘチネ）にかかった都（ツ）であると解したい。度閇知泥を古語に発音すれば「ドヘッ寝」と云う熟語になってくる。古語で「ドヘッになって寝ておる」と言えば食足り物満ちて満腹感にひたりきりゆったりした気持ちで寝転んでおることになる。恐らくこの状態は古語社会に於ける最上級の生活で諸人が均しく羨望した生活ではなかったろうか。原文には度閇知泥の下に上の註がしてあるから最上級の度閇知泥に解せねばなるまい。そうすると天之都度閇知泥の神は高天原に於かれて富有な豪家に御育ちで安楽に寝転んで暮らされた神と解せねばなるまい。

　余談になるが古語で度閇（ドヘ）と言えば「ゲップ」のことになる。御承知の如く多食して腹に満つれば屁みたいに臭い「ゲップ」が出る。よって古語はこれを度屁（ドヘ）と云うのである。然し屁（ヘ）の原形は屁（ハイ）であったろう。故に度閇知泥は這（ハイ）を取って度這着寝に解されたい。

淤美豆奴の神（オミヅヌノカミ）

この淤美は鬼（尾見則ちオン）でもあり又大臣（オオオミ）の臣《オン》でもあろう。次の豆奴（ヅヌ）は頭抜けの頭奴（ヅヌ）にも解せられる。よって此の淤美豆奴の神は鬼《オン》や臣《オン》（オミ）と呼ばれる命達の中でも特に頭抜けた大臣や大命に解すべきであろう。

本文

【此の神、布怒豆怒《ふぬづぬ》の神の女《むすめ》、名は布帝耳《ふてみみ》の神に、娶《みあ》いまして生みませる御子、天の冬衣《ふゆぎぬ》の神。此の神、刺国大神《さしくにおおかみ》の女《むすめ》、名は刺国若比売《さしくにわかひめ》に、娶《みあ》いまして生みませる御子、大国主《おおくにぬし》の神。亦の御名は大穴牟遅《おおなむち》の神と謂《まう》し、亦の御名は八千予《やちほこ》の神と謂《まう》し、亦の御名は宇都志国玉《うつしくにたま》の神と謂《まう》す。併せて御名五つあり。】

語句の解説

布怒豆怒の神（フヌヅヌノカミ）

この神名の布怒の布（フ）は須佐之男の命の治国に思える布輪（フワ）の布であるまいか。だとすれば布怒は布怒（フン）になるので布輪のと云うことの布の（フン）に解せられる。尚、次の豆怒も同じく頭抜けの頭抜（ヅヌ）に解したい。そうすると布怒豆怒の神と云うことは布波（布輪）の国で有名な神と云うことになる。具体的には頴娃《エイ》町宝代（フデ）あたりの神ではなかろうかと思われる。

布帝耳の神（フテミミノカミ）

この神名の布帝（フテ）は古語の太いが語法により太い（フテ）則ち布帝（フテ）になったものであろう。古語では太い事を言えば太い事（フテコツ）云うたと云う。だから布帝耳の神は太い耳の神と解せねばなるまい。ところが古語の社会では太い耳の人にはすばらしい福運があって且つ長壽の相であるとしてたたえられるのである。よってこの神もこのことをあらわした神ではあらるまいか。

天之冬衣の神（アメノフユギヌノカミ）

この天之は例の通り高天原の御人と云うことであろう。次の冬衣は古語の発音では冬衣（フイギン）になるので通俗的には褌を締めない振睾（フイギン）のことになる。然しそんな御名は考えられないので同語原ではあるが別な角度から考えて見たい。

冬を正しく訓めば「フ」を「ヤ行」に活用する語になるので語原は幸せ（フ）となるものに結（ユ）い着くことになる。時期的にも秋の稔りが貯えられてあるので食糧等（フ）に結（ユ）いつけるであろう。古語では寒さに焚火から離れたくないことにも「フユ」が取り着いたと云うが語原は同じである。要するに食糧もあり農閑期でもあることから冬であり「フ結」であるのだろう。故に冬衣の神の冬は富有に結い着いておると解せねばなるまい。

次の衣を衣（キヌ）と訓むのは共通語であって古語は衣（キミ則ちキン）である。語原は生（キ）なる実（ミ）即ち君達の着る着物であるから絹（キミ則ちキン）であらねばなるまい。だから卵の君は黄味（キン）であり衣類の衣（キヌ）も絹（キン）であることになる。依って天之冬衣の神とは高天原の富有な生活に結い着いて在す君の神と云うことに解すべきであろう。

刺国大神（サシクニオオカミ）

この神名の刺国は字義通りのことではあるまい。よってこの刺（サシ）は共通語の久しいになる古語の久し（サシ）に解したい。古語は久し振りのことに久しか振り（サシカブイ）と云う。そうすると刺国と云うことは久しい繁栄を続けて長い歴史を持つ国と云うことになる。尚、余談になるが人伝えに聞く大国主の命の体位等から判断してこの刺国は頴娃《エイ》町の宝代（フデ）から下加治佐（シモカッサ又はシモカッチャとも云う）方面のことではあるまいか。但し信念があってのことではない。知覧《チラン》町内に入る上加治佐（カンカッサ又はカンカッチャとも云う）は天照大御神の系列であろう。

刺国若比売（サシクニワカヒメ）

この刺国若比売については説明の要はなかろう。刺国大神の御女であられるから当然若比売であられねばならぬ。余談になるがこの刺国が下加治佐《シモカッサ》方面であるとすれば月読の命の夜の食国に隣り合せとなる。尚この地帯の人は身長が幾分低いと古来言われていたことを加えておく。

大国主の神（オオクニヌシノカミ）

この御神名は果して神代から大国主の神であられたろうか。若し大国主であれば古語は大国主（ウクンヌシ）でなければならぬ。だがこの神の治国である当地には大国殿（ウクンドン）の名は伝えられていない。

故にこの大国は民間に広く愛称されておる大黒《だいこく》様の大黒を大国《だいこく》に取って大国主《おおくにぬし》の神としたものではなかろうか。実際問題として大黒様では古語は大黒殿（ウコッドン）になるので大黒の字では意味をなさないのである。故に大の字は台（ダイ）若しくは代（ダイ）の字にすべきであろう。又、黒（コク）の字も古語は命のことを命（コッ）と云うから命にすべきでなかろうか。そうすると大国主は大黒様になり大黒様は台命様と云うことになる。当地方では古くから国の土台となる命として台命殿（デコッドン）で尊称し又家の土台となる柱という意で台命柱（大黒柱）と云うを立てたものである。そして多くの家庭にも祭祀されていたことを記憶する。

余談になるが大国主の命の名は諸命達の領有する小国を統合統一して其の上に大きな国造りをなし其の主となる意であろうことはよく理解できる。だがそれであれば伊邪那岐の命の例からして淡（阿波）の国でなければなるまい。

大穴牟遲の神（オオナムチノカミ）

この神名の大穴は大穴（オオナ）に訓むものらしい。だが大の古語は大（ウ）であるから大穴（ウナ）と訓まねばならぬ。又、古語で大穴（ウナ）と言えば大名（ウナ）になるので大評判となった名のことに解せられる。古代の社会に於いて次から次へと大評判となる話題と言えば色道になって浮気話の例が少なくない。故に古語で大名（ウナ）が立ったと言えば悉く浮名を流したことになるのである。其の故であろう穴があれば直ぐにもぐり込む鰻（ウナギ）の名もこのことに発する大名気（ウナギ）であると解せられる。

以上のことからしてこの道にも発展されたこの神を大穴牟遲の神の字を以て表現した作者の気持ちも理解が出来る。勿論、牟遲は持ちか向きかであろう。

八千矛の神（ヤチホコノカミ）

この八千矛の神についてはいろいろな考え方があろう。だが語原から言えば八（ヤ）は矢（ヤ）でもあって自分を離れた他体に至って作用することである。そして千（チ）は着（チ）であるから八千則ち矢着は他体に接着することでなければならぬ。又次の矛は穂（ホ）とする「カ」の作用が増大（ウ）する「カウ」則ち「コ」が原形である。故に矛（ホコ）とは其の穂とする最秀の能力を最大に発揮するものでなければなるまい。だが御承知の通り矛は天に向って突き立っておるものであろう。だから稲や粟の穂のように垂れ下がった状態では矛とは言い難いことになる。従ってあくまで目標物を突き伏せる能力が伴わなければならぬ。

そこで余談になるが当地の具体例で八千矛の説明がして見たい。当地ではお互いに矢心を着け合っても不安ないと思う信頼出来る間柄の人には奴則ち矢着（ヤチ）と云う。だからこの奴（ヤチ）は八千であり矢着であろう。各位青春に立ち返って各自の矢着となる矛を顧みたら了解されるのではあるまいか。尚、縁結びの神は出雲の神であり又夫婦和合の神語りもこの八千矛の神で語られておることに御注目ありたい。

宇都志国玉の神（ウツシクニタマノカミ）

宇都志（ウッシ）の語原は増大（ウ）の姿を一体不可分（ツ）にして自から掘り下がって自己完成（シ）を計ると云うことである。故に平たい言葉で言えば移しでもあり写しでもあらねばなるまい。これを具体的に言えば物を移し植えても又書き写しであっても移し写されたものは新しい生命に生きるのではなく受け継いだ生命力の保持発展に生き行くことである。

次の国玉は国魂でもあり国霊でもあろう。そうすると宇都志国玉の神と云うことは大国主の神の御神徳や御精神を其のまま一般諸民が自分の心として心中に移し植えて国民精神に培い且つは愛国心に育て上げて今日の隆盛を導き出すに至らしめた国本となる神と云うことに解すべきであろう。故にこそ今日尚大黒様の名で尊信を篤くされるのだと思う。

第三八節　稲羽《いなば》の素菟《しろうさぎ》

本文

【故、此の大国主《おおくにぬし》の神の、御兄弟《みあにおと》、八十神《やそがみ》坐《ま》しき。然れども皆国《みなくに》は、大国主の神に避《さ》けまつりき。避けまつりし所以《ゆえ》は、其の八十神各々《おのおの》、稲羽《いなば》の八上比売《やがみひめ》を、婚《よば》わむの心ありて、共に稲羽に行ける時に、大穴牟遅《おおなむち》の神に、袋《ふくろ》を負《お》わせ、従者《ともびと》として率《ひきい》て往《ゆ》きき。ここに気多《けた》の前《さき》に到りける時に、赤裸《あかはだか》なる菟《うさぎ》伏せり。】

語句の解説

兄弟（アニオト）

兄弟を兄（アニ）弟（オト）訓むのは共通語であろう。古語の原形は兄（アニョ）と弟（オトッ）でなければならぬ。兄（アニョ）の語原は「阿新代」であって上層に浮上進出（ア）し新しい（二）自からの代（ヨ）を成す人と云うことであろう。従って、兄さん（アニサン）にも言えば兄さん（アンサン）にも言うことになる。尚、弟（オトッ）については「音」や「落し」で説明してあるので省略したい。要するに「音」の語原が一体不可分（ツ）になれば「弟」と云うことになる。

余談めくが、共通語では兄弟を「キョウダイ」に訓み甚々しきは姉妹を別にしておるようでもある。然しこれは語原上から言って誤りではあるまいか。古語は男女を問わず兄弟（キョデ）である。兄（キョ）の語原は生代（キョ）であろう。即ち父母の純血を生（キ）のままに受けて人の代（ヨ）を得ておる者と云うことである。又弟（ダイ則ちデ）は代（ダイ則ちデ）ではあるまいか。そうすると兄弟（キョデ）と云うことは、父母と云う同じ台の上に父母の子として生（キ）なる代（ヨ）を得ておる者と云うことになる。故に兄弟（キョウダイ）は男女を問うべきであるまい。

尚、余談になるが古語では同族間のことを兄弟村（キョデムラ）と云う。遠祖から見れば兄弟の法（ムラ）の人達であると言えよう。故に大国主の神の御兄弟八十神もこの兄弟村の八十神達ではあるまいか。

八十神（ヤソガミ）

この八十神も天の安の河で説明した安（ヤシ）に同じで直親の神ではあられまい。だから古代の大家族制度からして扶養を受けていた同族の若者達であろう。

稲羽（イナバ）

この稲羽（イナバ）も通説では中国地方の因幡（イナバ）の国とされておる。だが神代の稲羽はそんな所ではないらしい。薩摩半島の南端頴娃《エイ》町の大字御領《ゴリヨウ》に在る小字名稲葉（イナバ）の地であるように解せられる。この地は伊邪那岐の命が禊祓いをされた阿波岐原より少しく下流の西岸に位置しておる。そして南隣りは尾塚《オヂカ》であり北隣りは金右ェ門《キンヨン》岡である。金右ェ門は「君世見（キンヨン）」に作れるので神代の何々の君かが在したのではあるまいか。又、船迫の地名は船溜りが考えられ桑木原は養蚕が連想される。尚、外戸口（ケドンクッ）は他例と同様に飼人（ケド）による大農耕が偲ばれる。更に高場佐馬の岡（コバサマノオカ）や枦場《ハシバ》の国等も研究すれば面白いであろう。須佐之男の命の母の国根の堅洲《カタス》国も同水系で下流に二千米とはない。

八上比売（ヤガミヒメ）

この御名も説に従えば和名抄に因幡の国八上郡とあるのでこの地名を取った御名であるとされておる。だがこれには従いたくない。だと言っても附近にこれを語るものは何も発見出来ないのである。然し無理に求むれば稲葉の向い合せが佃田弥（ツッダヤ）になっておるので其の弥上則ち矢上に解せられないでもない。阿波岐原の禊祓いの場から直ぐ川下で、重要な地名の多い所である。

袋を負わせ（フクロヲオワセ）

この袋は問題の袋であって曲者である。私共が小学校時代教科書の挿絵で見た大国主の命が肩にかけられた袋は当地で座頭（ザッツ）袋と云う袋であってここに云う袋ではない。故にこれを無理に袋に求めるならば当地方で明治の頃まで各家庭に使われた「コンツン」と云う袋でしかないことになる。この袋は一種の廃物利用で織布の五乃至十糎位いの端片を何枚か継ぎ足して円筒を作りこれに経十五糎近い衣を縫い着けたものである。袋の口は羽織紐と同じい孔を数個取りつけ緒を通して用いていた。そして此の袋には主として白米等を入れ他家への持参物用として使われたようである。ではこの袋に白米を一ぱい詰めたら何の形を示すであろうか。経十五糎位で長さ二十五ないし三十糎位の硬直した姿になるので御勘考いただきたい。

そこで大国主の命であるが八十神達が八上比売の許に婚いして若しも目的が達せられたとしたら屋外で張番の役である八千矛の神は其の気配を感受して如何ような経過を辿るであろうか。コンツン（子の包）袋が白米を一ぱい詰めたように膨張充実してくるのではあるまいか。だとすれば重くなるので肩に担ぐ以外下げてはおられまい。古語社会では従者がこの状態に立たされたことを袋を担いだ（カタゲタ）と言ったのである。

故に大国主の命が負わされた袋と云うのは仮説の袋であって大国主の命御自身のコンツンブクロ（子を包んだ袋）即ち八千矛の神が異状な興奮状態を示したことを言うたものである。要するに古代社会の人達により面白おかしく語られた譬喩の語法と解せねばなるまい。

気多の前（ケタノサキ）

この気多の前も通説では因幡の国気高郡末恒村大字内海杖衝坂の突出部で今は正木が鼻と云う所だとされておる。そこで先づ気多（ケタ）の語原から説明がして見たい。気（ケ）の原形は飼い（カイ）であって語法により飼（ケ）になったものと解せられる。だとすれば気多の語原は「カ」の作用を著しく（イ）する最高（タ）若しくは手（タ）と云うことになる。そこで気多を家屋構造の主材桁（ケタ）置きかえて考えて見よう。古来の建築法では南側と北側に主材の桁を置きこの両桁を梁材で結合して屋根組みを固めたものである。故にこの桁は親材に見られ他の諸材は子や孫材に見られて飼われておる形を成しておることに言えるであろう。そうすると桁（ケタ）則ち飼手（ケタ）の語原とも一致することになる。

そして遠祖達はこの考え方を山岳構造の上にも及ぼしたものではあるまいか。先きに解説した稲葉（イナバ）の地から東に千米余り又伊邪那岐の命の山戸大野岳《オノタケ》よりは西に数百米の山岳中に後山桁《ウシトヤマケタ》並びに下山桁《シモヤマケタ》と桁《ケタ》の名を持つ字名が三つ存在しておる。故に神代ではこの地帯を気多《けた》則ち桁《ケタ》と呼んだものではあるまいか。そして地勢から判断すると伊邪那岐の命の大野岳《オノタケ》の桁《ケタ》のようにも思える。

だとすれば気多の前と云うのはこの山桁の先きであろうから山桁の先端を探すと先きに説明した佃田弥（ツッダヤ）付近のことになってくる。そうすると気多の前は稲葉と河をはさんだ真向いの地になるわけである。

赤裸の菟（アカハダカノウサギ）

この赤裸は一糸纏わぬ素っ裸のことであろう。古語は全くの他人に対して赤の他人と云う。然し赤だけが他人はおかしいので原形は垢（アカ）の他人ではあるまいか。垢は身体に纏着はしておるが容赦なく洗い流すので全くの他人と言えよう。

本文

【八十神《やそがみ》其の莵《うさぎ》に言いけらく「汝《いまし》、為《せ》まくは、此の潮《うしお》を浴《あ》み風の吹くに当りて、高山の尾《お》の上に伏してよ」と言う。故、其の莵、八十神の教ゆる従《まま》にして伏しき。ここに其の潮の乾くままに、其の身の皮悉《ことごと》に、風に吹き拆《さか》えし故に、痛苦《いたみくるしみ》に泣き伏すれば、最後《いやはて》に来ませる大穴牟遅《おおなむち》の神、其の莵を見て、「何故、汝《いまし》泣き伏せる」と問い給うに、莵答えて言《まう》さく「僕は淤岐《おき》の島に在りて、此の地に渡《わた》らまく欲《ほ》りつれども渡らん因なかりし故に、海の和邇《わに》を欺《あざむ》きて言いけらく、吾《あ》と汝《いまし》の族《ともがら》の、多き少なきを競《くら》べてむ」。】

語句の解説

為まく（セマク）
原文は将為者であって古事記伝は「せむは」に読んでおるらしい。

高山の尾の上（タカヤマノオノウエ）
高い山の尾の上であるから高い山の頂きのことであろう。

風に吹き拆えし（カゼニフキサカエシ）

この風に吹き拆（サ）えては皹（ヒビ）のように皮膚が吹き裂けることであろうか。

淤岐の島（オキノシマ）

この島も今は隠岐の島が絶対のようである。だがそれは誤りであろう。だと言っても今は気多の前には島は見られない。然し大昔遣唐船に関係あると見られる唐船ヶ尾（トセンガオ）の数字名は海から二千米近くも奥地になっておる。故に現在の陸地でも地勢から判断して気多の前になる下出《シモデ》あたりは満潮時は島であったろうことも十分に考えられる。

和邇（ワニ）

この和邇（ワニ）も殆ど鰐（ワニ）に解されておるが之も誤認であろう。実際は刳舟のことである。昔は刳物をすべて椀《わん》（輪見）と言うたものらしい。例えば刳舟、吸物椀、湾等がそれである。故に当地の海岸線の人達は今も伝馬船の如き小舟を「おわん」と云う。故に和邇は刳舟の舟人に解したい。

本文

【「故、汝《いまし》は其の族《ともがら》の、在《あ》りの悉《ことごと》く率《ひきい》て来て、此の島より気多《けた》の前《さき》まで、皆《みな》列《な》み伏《ふ》し渡《わた》れ。吾《あ》は其の上を踏《ふ》みて、走りつつ読み渡らむ。ここに吾《あ》が族《ともがら》と、何《いづ》れ多きと云う事を知らむ。かく言いしかば、欺《あざむ》かえて列み伏せし時に、吾は其の上を踏みて、読み渡り来て、地に下りむとする時に、吾《あれ》、汝《いまし》は我《あ》れに欺《あざむ》かえつと言い意《よ》れば、即ち最端《いやはし》に伏せる和邇《わに》、我《あ》れを捕《とら》えて、悉《ことごと》に我《あ》が衣服《きもの》を剝《は》ぎき。此れに因りて、泣き患《わずら》いしかば、先立ちて行《い》でませる八十神の御言《みこと》以ちて、潮《うしお》を浴《あ》みて風に当りて伏せれと誨《おし》え給いき。故、教えの如《ごと》せしかば、我《あ》が身《み》悉《ことごと》に傷《そこな》えつ」と告《まう》す。】

語句の解説

衣服（キモノ）
ここに衣服とあるので菟は人の事が明らかであろう。古語は嘘の露見を嘘の皮が剝げたと云う。故に菟の皮を剝いだことも大広言の皮が剝がれたことに解したい。

本文

【ここに大穴牟遅《おおなむち》の神、其の菟《うさぎ》に教えたまわく「今急ぎ此の水門《みなと》に往《ゆ》きて、水《みず》以《も》て汝《な》が身を洗い。即ち其の水門の蒲《がま》の黄《はな》を取りて、敷き散らして、其の上に輾転《こいまろ》びてば、汝《な》が身《み》、本《もと》の膚《はだ》の如、必ず癒《い》えなんものぞ」と教え給いき。故、教の如せしかば、其の身本の如くになりき。此れ稲羽《いなば》の素菟《しろうさぎ》と云う者なり。今に菟神となも云う。故、其の菟大穴牟遅《おおなむち》の神に白《まう》さく「此の八十神は、必ず八上比売《やがみひめ》を得《え》給《たま》わじ。袋を負い給えども、汝《な》が命《みこと》ぞ獲《え》給《たま》いなむ」と白《まう》し給いき。】

語句の解説

蒲の黄（ガマノハナ）

この原文は蒲黄とあって蒲（ガマ）の黄（ハナ）に訓ましてある。然し古語社会の実情と古語の立場からすれば蒲（カマ）の黄（穂《ほ》又は気《き》）に訓みたいものである。何故なら古語ではこの類の花には穂が出たと云うからである。故に表面的には黄は穂に解し実際的には黄（キ則ち気）に解したいものと思う。よって古代社会の実状と岩村と古習に基づいて所見が述べてみたい。

蒲（カマ）は鎌でもあり又釜にもなる。そして鎌を著しくすれば「鎌イ」構い（カマイ）の語に変転する。そして又構い（カマイ）の語は語法に基づいて亀や瓶（カメ）にもならねばならぬ。故に蒲（カマ）とは対外的に発動する「カ」の作用が真実（マ）行われておることに解すべきであろう。だとすれば此の際の蒲（カマ）則ち争いの原因は白菟が和邇達を欺いたことに因る仕返しでしかあるまい。よって此の解決策は白菟が蒲（鎌）の黄（気）を取り敷いて陳謝の外にはないようである。故にかくするためには先づ白菟が水門《みなと》に住む和邇達の生活や習俗を成す岩村に馴染むことが肝要であろう。このことを古語は土地の水（ミヂ）馴染むと云う。それで大穴牟遅の神はこの軌道に導くために今は急ぎ水門に往きて水以て汝が身を洗い蒲の黄を取り敷き云々と倫理を教え給うて御出るのである。故にこの蒲《かま》の黄《き》は構《かま》いの気《き》に解し菟（広言）が岩村の気に触れたと解せねばなるまい。

水門の蒲の黄を取りて、敷き散らし（ミナトノガマノハナヲトリテ、シキチラシ）

このことは既に説明の通りである。水門には港の自治を守る慣習法がなければならぬ。故に其の岩村則ち蒲（カマ）の黄則ち心気を自分の身にも受け入れて敷き散らすと解すべきであろう。言うまでもあるまいが敷き散らした以上は再び広言の態度が表面に現われ出ることはない筈である。かくなることによって菟と和邇の膚ざわりも人間性の本来に立ち帰り暖かい人間関係が復活したであろう。

輾転び（コイマロビ）

この輾転（コイマロビ）は古語の輾（コロビ）転（マクル）であろう。古語は道路に転んでも「コロッ、マクッタ」と言い又座敷に寝転んで休んでいても「コロッ、マクッテ」おると云う。故にこの輾転は心を許し安心した気持の生活と云うことに解したい。

素莬（シロウサギ）

この素（シロ）は素人（シロト）の素であろう。素（シロ）は原形を「シラウ」にするから、穀類の粃（シラ）が増大（ウ）したことになる。よって素人とは、内容の空虚な人と言わねばならぬ。

尚、莬の語原は増大（ウ）した生長発展（サ）する広言（ギ）と云うことになる。古語社会では兎が逃げる時は足に慢じて尻を喰えと古代最悪の侮言を放つと云う。だからこの素莬も兎のように楽々と逃げ伸びると信じ自惚の広言を和邇に放ったことからして兎みたいな浅薄な諸民の一人と解したい。

第三九節　手間山本《てまやまもと》の赤猪《あかい》

本文

【ここに八上比売《やがみひめ》、八十神《やそがみ》に答えけらく「吾《あ》は汝《いまし》等の言《こと》は聞かじ、大穴牟遅《おおなむち》の神に、嫁《あ》わな」と云う。故、ここに八十神怒りて、大穴牟遅《おおなむち》の神を殺さむと欲《おも》い、共に議《はか》りて伯伎《ははき》の国の、手間《てま》の山本《やまもと》に至りて云いけるは「此の山に赤猪《あかい》あるなり。故、和礼共《われども》追い下りなば、汝《いまし》待ち取れ。若《も》し待ち取らずば、必ず汝《いまし》を殺さむ」といいて、猪《い》に似たる大石を、火もて焼きて転がし落しき。かれ追い下り取る時に、其の石に焼き著《つ》かえて死せ給いき。】

語句の解説

伯伎の国（ハハキノクニ）

この伯伎の国とあるは現在の伯耆の国であると云う。然し神代の伯伎が現在の伯耆であるとは考えたくない。伯耆（ホキ）は古語の伯者（ホキ）になる名であるが古語で伯伎（ホキ）と云えば陥没地のことである。陥没地は四囲絶壁（注＝出入口になる谷の地形はある）で極めて要害であろう。そして又三方が絶壁になって一方に入口が開けた場所はこれを「オロ」と云うのである。そしてこの「オロ」には日の命達の御住居が察せられる。尚、又古語は箒も箒（ホキ）である。

　そこで伯伎（ホキ）の語原であるがこれは穂（ホ）生（キ）であろう。即ち其の持てる生命価値（ホ）が生（キ）であると云うことになる。例えば箒であっても其の生命価値は生（キ）なるが故に塵を拂って奇麗にするであろう。だとすれば人類社会を見供わす命達も社会秩序の維持繁栄を計られるから其の穂は生（キ）の方と言わねばならぬ。故に神代ではこうした日の神達の在す所を伯伎（穂生《ホキ》）の国とも又は「オロ」の地とも言ったものではあるまいか。

　故に天照大御神の筑紫の島豊国にも伯伎の国の名を見せるのであろう。又、伊邪那美の命を葬《かく》しまつった出雲の国と伯伎の国の境にある比婆の山とあるのも比良《ヒラ》の山《ヤマ》に間違いなかろうから伯伎の名は疑えない。

　よって本節で云う伯伎の国は高木の神の伯伎の国であると解したい。何故なら高木の神の山戸の岳に推定される雪丸岳《ユツマイダケ》の近くにこの物語りと関係深い地名が見られるからである。そして地勢が伯伎（ホキ）になっておるばかりでなく周辺一帯に神代を語る古墳や重要地名が集中しておるからのことでもある。

　尚、余談になるが当地では伯伎（ホキ）に対しては坑（ホキ）、「オロ」に対しては知覧《チラン》町が芫（オロ）頴娃《エイ》町が篶（オロ）の字を案出して使用しておることを加えておく。又、千米以内位の主要地名としては示山《シメシヤマ》、高山《タカヤマ》、扇山《オッジヤマ》、富ヶ尾《トンガオ》、松尾《マッポ》、ガイ塚《ヂカ》、宇都道《ウトンミッ》、建山《タテヤマ》、鼻《ハナ》フタキ、小塚《コヂカ》、小和塚《コワヂカ》等があげられる。

手間の山本（テマノヤマモト）

この地名も和名抄に伯耆の国会見郡天萬郷とある所だと云う。但し現在は西伯郡天津村になっており出雲の能義郡に跨る手間の山がそれであるとのことである。然し神代の手間の山がそれであるとは信じられない。だと言っても当地に手間の山があるわけではない。

然し手間に疑わしい地名に手牧（テマッ）字名四字が現存しておる。故にこの手牧《テマッ》が手間《てま》に伝えられたものではあるまいか。手牧《テマッ》の意は手撒で猪を集めるために撒餌《まきえ》をして之を捕えた古代狩猟の場所と解したい。何故なら入篶原（イオロバイ）と云う字名が五字ほど手牧《テマッ》の字名と入り乱れておるからである。

篶（オロ）は先きに説明した通り三方が絶壁で一方に入口が開けただけの要害である。故にこの篶に猪を追い込んだら捕えるのは容易ではなかったろうか。そうすると入篶原《イオロバイ》は居篶原にもしてあるが本当は猪篶原《イオロバイ》であって猪を撒餌で集めて捕える原と云うことに解せられる。だとすればこの手牧《テマッ》（手撒）入篶《イオロ》（猪篶）は古代の猪の猟場であったので大穴牟遅の神に猪を抱き取らせる誘いも疑われることなく運ばれたものと解せられる。尚、ここに丸木込《マルキゴメ》めの字もあるので加えておく。

本文

【ここに其の御祖《みおや》の命《みこと》、哭《な》き患いて、天に参上りて、神産巣日《かみむすび》の命《みこと》に、請《まう》し給う時に、乃ち𧏛貝《きさがい》比売《ひめ》と蛤貝比売《うむぎがいひめ》とを遣《おわ》せて、作《つく》り活《い》きしめ給う。爾、𧏛貝比売《きさがいひめ》岐佐宜《きさぎ》集めて、蛤貝比売《うむぎがいひめ》水を持ちて母《おも》の乳汁《ちしる》と塗りしかば、麗《うる》わしき壮夫《おとこ》（袁等古）になりて、出《い》で遊行《ある》きき。】

語句の解説

御祖の命（ミオヤノミコト）

この御祖の命は御親の命に解し母神に在す刺国若比売の命のことに解したい。

𧏛貝比売（キサガイヒメ）

説に従えばこの𧏛貝《きさがい》は蚶《かん》であって赤貝のことであると云う。すると古語ではこれを赤貝（アカゲ）と云うのである。だから𧏛貝（キサガイ）比売は𧏛貝（キサゲ）比売と訓まねばなるまい。そうすると𧏛貝比売と云う意の原形は𧏛貝（キサガイ）比売で𧏛貝（気下がり）比売であるが古語の語法では𧏛貝（気下げ）比売と云うことになる。よって共に興奮した気持を和らげ下げる比売と云うことに解せねばなるまい。古語社会では話術が巧みで人を外らさない挨拶上手な人を気拶（キサッ）の良い人と云う。故に蚶貝比売も気拶の旨い人で大穴牟遲《おおなむち》の神《かみ》の御心を旨く捉えて外らさない比売であられたに違いない。

余談になるが二枚貝は女性のものを象っておる。故に古語社会ではこの意味にも通用させるのである。故に赤貝比売は一人前に成人された比売と解せねばなるまい。何故なら古語は未だ親の巣（懐）にある娘には巣住居（スズマイ）則ち巣住女（スズメ）と言ったらしいからである。だから鳥の小さい巣住居《すずまい》には雀と云い、二枚貝の小さい巣住居貝《すずまいがい》には雀貝（スズメゲ）と云う。共通語では蜆貝《しじみ》にしておるようだが何かの誤解が生んだ転訛ではあるまいか。

蛤貝比売（ウムキガイヒメ）

説によれば蛤貝（ウムキガイ）は蛤（ハマグリ）のことでもあると云う。そして古代はこの貝類を総称して蛤（ウムキ）貝と云うたとのことである。そして又其の中の小さいのが蛤（ハマグリ）であったとも説かれておる。そうすると二枚貝の中でも大きい貝が蛤（ウムキ）貝であったことになる。そこでこの蛤（ウムキ）を古語に見て語原を求むれば蛤（ウムキ）は大向き（ウムキ）に作れるので大人向きと解せねばなるまい。するとこの蛤貝比売は成人のお方で蚶貝比売より年長のお人と解すべきであろうか。

作り活きしめて（ツクリイキシメテ）

このことを大国主の命が赤猪で死亡されて再び活き返られたと解しては活殺自在で人の世にあるべきことではない。故に赤猪で焼け死なれたのは大穴牟遅《おおなむち》の神《かみ》と云う神であられたと解すべきであろう。お互いの人の世では功績を妬まれて焼かれる例はまま聞かされる話しである。よって大穴牟遅の神も八上比売のことで八十神《やそがみ》達に焼かれたと解すべきでなかろうか。だが神産巣日《かみむすび》の命《みこと》や蚶貝比売《きさがいひめ》蛤《うむきがい》 見比売《ひめ》達の取りなしで再び大穴牟遅《おおなむち》の神《かみ》が息を吹き返したと解すべきであるように思う。

岐佐宜集めて（キサギアツメテ）

このことは既に蚶貝比売で説明した通りである。故に岐佐宜集めてと云うことは沈んだ気持を引き立てるために必要な態度話術等を寄せ集めてと解すべきであろう。

水を持ちて（ミズヲモチテ）

このことは説明までもなく色情の熱を冷ますことには水をさすと云う。よってはやる情熱を冷却に導いたことであろう。

母の乳汁と塗り（オモノチシルトヌリ）

母乳は母性愛の代名詞でもある。先きには水持ちてとあったが袋を負う思春期に入ったばかりの大穴牟遲《おおなむち》の神《かみ》には母性愛に発する真心の指導や指示も必要であろう。故に理性的な水と温かい母乳の両面から大穴牟遲の神の理性を呼びさまし且つ励まして人道の正しきに導いたと云うことに解したい。

第四〇節　冰目矢《ひめや》

本文

【ここに八十神見て、且《また》、欺《あざむ》きて山に率《い》て入りて、大樹《おおき》を切り伏せ、矢を茹《は》め、其の木に打立て、其の中に入らしめて、即ち其の冰目矢《ひめや》を打離ちて、拷殺《うちころ》しき。爾、亦其の御祖《みおや》の命《みこと》、哭《な》きつつ求《ま》けば、見得て、即ち其の木を拆《さ》きて、取り出で活かして、其の御子に告《の》り給わく「汝比《いまし》にあらば、遂いに八十神に滅さえなむ」と告り給いて、乃ち木《き》の国の大屋毘古《おおやひこ》神の御所《みもと》に、速《いそ》がし遣《や》り給いき。】

語句の解説

大樹を切り伏せ（オオキヲキリフセ）

古語の実際からすれば山の下拂い等で切り捨てることには切り伏せると言うが大樹は切り倒し

であって切り伏せとは言わない。それでこの大樹を古語通りに大樹（ウキ）に訓めば、大気（ウキ）則ち浮（ウキ）にも作れるように思う。然し又他方では、大木は大人にも解されるので未婚者間の婚前交際である夜這（世放し）行為ではなく許されない不倫行為に解される。文章の前後から判断すれば暴力的策謀が疑える。若しそれとすれば、切り伏せるも妥当な語法に言わねばならぬ。

矢を茹め（ヤオハメ）

この矢にもいろいろあるが大樹（ウキ）則ち浮（大気）に茹《は》める矢とあれば多くを語る必要はあるまい。

其の中に入らしめて（ソノナカニイラシメテ）

このことは八十神《やそがみ》達がもくろんだ大樹に茹める矢の一人に入らしめることであろう。だとすれば輪姦を含めた謀議の色を濃くせずばなるまい。

氷目矢（ヒメヤ）

この矢は秘め矢でもあろう。だとすれば常には見るを得ない矢に解せねばならぬ。大体秘密と云う文字からが陰道（ヒミツ）ではあるまいか。又、只管《ひたすら》とかひたむきとかも然かりである。だとすれば氷目矢は八千矛の神と云う矢に解する外なかろう。そうするとこのことはますます集団暴行輪姦と云う線が濃厚にならざるを得ない。そしてこの場所は先きの手牧《テマツ》や入篤原《イオロバイ》の地から少しく奥山に入った一夜込《イッチャゴン》と云う地名の所に解したい。一夜込《イッチャゴン》は発音からして生矢込《いきやごみ》にも作れるので疑いないのではあるまいか。だとすれば大評判となるので如何な大穴牟遅《おおなむち》の神《かみ》でも世評に拷殺されるであろう。

木の国（キノクニ）

これは先きに説明した伊邪那岐の命の淡島の宮のある生（キ）の国で頴娃《エイ》町牧之内《マツノウツ》の木之本《キノモト》部落の宮の地であろう。冰目矢《ひめや》の地から五千米位の南方である。

大屋毘古の神（オオヤヒコノカミ）

この神名の大屋は古語の大矢（ウヤ）に解せられる。伊邪那岐の命は三貴子を別領に配置されたので本領の大野岳《オノタケ》や淡島の相続者が表面上に見るを得ない。故に大屋は伊邪那岐の命の大矢であって大矢毘古《おおやひこ》の神《かみ》が直統の跡目相続者であると解したい。

本文

【爾、八十神覓《ま》ぎ追い至りて、矢刺す時に、木の俣《また》より漏《く》き逃れて、去り給いき。御祖《みおや》の命御子《みこと》に告り給わく「須佐之男《すさのお》の命《みこと》の坐《ま》します、根《ね》の堅洲国《かたすくに》に参向《まいで》てよ。必ず其の大神議り給いなむ」と詔り給う。故、詔命《みこと》のままに須佐之男《すさのお》の命《みこと》の御所《みもと》に参到《まいいた》りしかば、其の御女《みむすめ》須勢理毘売《すせりひめ》出《い》で見て、目合《まぐは》いして相婚《みあ》いまして、還《かえ》り入りて其の御父に「甚麗《いとうる》わしき神参い来つ」と言《まう》し給いき。】

語句の解説

根の堅洲国（ネノカタスクニ）

この名は既に解説した須佐之男の命の母神の国根の堅洲《カタス》国と同一であろう。須佐之男の命の須《ス》賀《カ》の宮方面には水田地が乏しいので老後は母神の国に御住居であられたのだろうか。五千米位しかないので日常の往来も可能な筈ではある。この堅洲《カタス》に接して須賀田《すかた》に作れる然田《スカタ》等の名があるので或いは堅洲《カタス》にも居を持たれたものであろうか。

須勢理毘売（スセリヒメ）

この御名は既に常識からして御理解の方も多かろうと思う。殊に須勢理を巣競り（スセリ）に置きかえれば一層明らかとなろう。巣即ち住居（巣丸）に於いて競り合う事と言えば説明する事柄ではない。この毘売の爾後の御態度にもこのことが濃厚にうかがえるから其れが御名になられたものと解する。

尚、余談になるが此の御二人の御結婚が大国主の命を須佐之男の命六世の孫と解すれば年代の隔たりからしてあり得ることではない。故に古事記の本文速須佐之男の命の御子の節にある御兄八島士奴美《やしまじぬみ》の神が木花知流比売《このはなちるひめ》に娶いまして生みませる御子布波能母遅久奴須奴《ふわのもちくぬすぬ》の神。此の神日《ひ》河比売《かわひめ》に娶いまして云々の此の神とあるは八島士奴美の神のことに解すべきではなかろうか。そうすると大国主の命は八島士奴美の神の第五子と云うことになる。若しそうだとすれば須佐之男の命の末娘は御孫と結婚されたことになるので世の中にあり得ない例とは言い得ない。

だが、そうとは言ってもあまり好ましい結婚の間柄とは言い難いであろう。否、むしろ異例に属する結婚と云うの外ない。故に須佐之男の命に於かせられても出来得ればこれを避けたいと思し召され、次節以降に述べるような処置を御取りになられたのではあるまいか。例えば蛇の室屋に寝さしめ給うたり、又は呉公（ムカデ）や蜂の室屋に入らしめ給うたり、或いは野火を放った大野に鳴鏑《なりかぶら》を射入れて其の矢を取らしめ給うなど、常識で考えられる事柄ではない。それで須佐之男の命の御心としては、之等の難題を科せられて大穴牟遅《おおなむち》の神《かみ》の立ち退きを望まれたものと解したいものである。

尚かく考えることに於いて神代の諸問題特に年齢的関係が合理化してくるように思う。例えば天照大御神と大国主の命との国譲り御接渉時代の御年齢的関係や天照大御神の御子胸形の奥津島毘売と大国主の命との間に御生まれの御子関係等がそれである。

第四一節　須勢理毘売《すせりひめ》の命

本文

【爾、其の大神出《い》で見て「此は葦原色許男《あしはらしこお》と謂《い》う神ぞ」と告《の》り給いて、やがて喚《よ》び入れて、其の蛇《へみ》の室屋《むろや》に寝せしめ給いき。ここに其の御妻《みめ》須勢理毘売《すせりひめ》の命《みこと》、蛇《へみ》の比礼《ひれ》を、其の夫《ひこぢ》に授けて曰《の》り給わく「其の蛇咋《へみく》わんとせば、此の比礼《ひれ》三度《みたび》挙《ふ》りて、打祓《うちはら》い給え」と詔り給う。故、教えの如為《な》し給いしかば、蛇《へみ》自から静まりし故に、平《やす》く寝て出で給いき。】

語句の解説

葦原色許男の神（アシハラシコオノカミ）

この葦原については説明の要はあるまい。そこで色許男（シコオ）であるが語原から言えば掘り下がって自己完成（シ）し総ての人に「カ」の作用を増大（ウ）した「カウ」則ち「コ」にくっつき合い其の上に合着（オ）しておると云うことである。従って精鋭（シコ）とか左右（シコ）とかの中で一きわ抽《ぬき》ん出た（オ）神と云うことになる。従って具体的には早くから葦原国の諸民の中に降り立って其の徳望と手腕で万民を収攬し其の最高位者に奉られた神と云うことである。忍男が自からの実力で主権者たるに対し色許男は徳望で奉られた主権者と云う感じが持たされる。

蛇の室屋（ヘミノムロヤ）

蛇は既に説明した如く古語は蛇（ヘミ）であるから這身（ハイミ則ちヘン）が語原と解せねばならぬ。だがこの場合の蛇は人間の蛇であろうから被征服者等強制的な飼人や捕虜の類に解せねばなるまい。だとすれば此の蛇は敵意を有するかそれとも好意を寄せない蛇（ヘミ）則ち変（ヘン）な人達であると解すべきであろう。

次の室屋は今日の種子麹類を製造する室屋如きに解すべきではあるまい。古語は室屋（モイヤ）であるから定住固着（モ）が著しい（イ）屋（ヤ）と云うことになる。よって自由な行動が束縛された牢屋如きものではなかろうか。

御妻（ミメ）

この原文は単に妻となっておるがこれを御妻（ミメ）と訓むものらしい。だが当地は妻のことを妻（オメ）と云うので御妻（オメ）に訓むべきではなかろうか。妻（オメ）の原形は妻（オマイ）になるから合着（オ）が真（マ）で著しい（イ）と云う名になる。

蛇の比礼（ヘミノヒレ）

比礼（ヒレ）は御承知の如く魚の鰭（ヒレ）にしても人類の平伏（ヒレフス）にしても身振いや戦きを示しておるであろう。故に如何ともしがたい神秘力（ヒ）の絶対的（レ）なことが比礼であると解したい。例えば生（キ）が絶対的であれば切れになり「カ」の作用が絶対的であれば枯れたり苅れたりすることになる。故に強制収容者等に対して神秘力を徹底的に誇示するものが比礼であろう。恐らく石器時代であるから鉄器の類ではなかったろうか。

蛇咋わんとせば（ヘミクワントセバ）

これは蛇が食らいついて来ようとすればと云うことであろう。

三度拳りて（ミタビフリテ）

この三度拳りての原文は三拳打祓とある。よって三度振って打ち拂うと云う意に解せねばなるまい。我が国古来の慣習は何に因るものであるかは知るを得ないが三度目には退っ引きならぬ断が下されるとして細心の注意が拂われたもののようである。例えば佛の顔も三度と言い又相撲の勝負も三本勝負としていた等がそれである。又ここに云う三拳打祓《みたびふりて》は神前のお祓いでも左右左の三動作を以ってお祓いをする。故に三拳打祓《みたびふりて》は過誤なきを期する決断であると解したい。

本文

【亦、来る日の夜《よ》は、呉公《むかで》と蜂《はち》との室屋《むろや》に、入れ給いしを、且《また》、呉公《むかで》と蜂《はち》の比礼《ひれ》を授《さず》けて、先の如教え給いし故に、平《やす》く出で給いき。亦、鳴鏑《なりかぶら》を大野《おおぬ》の中に射《い》入《い》れて、其の矢を採《と》らしめ給う。故、其の野《ぬ》に入ります時に、即ち火《ひ》以《も》て其の野《ぬ》を焼《や》き廻《めぐ》らしつ。ここに出でむ所を知らざる間に、鼡《ねずみ》来て云いけるは「内は富良富良《ほらほら》、外は須夫須夫《すぶすぶ》」斯《か》く言う故に、其処を踏《ふ》みしかば、落ち入り隠りし間に、火は焼け過ぎぬ。ここに其の鼡《ねずみ》、かの鳴鏑《なりかぶら》を咋《く》い持ち出で来て奉りき。其の矢の羽《は》は、其の鼡《ねずみ》の子等皆喫《く》いたりき。】

語句の解説

呉公（ムカデ）

呉公（ムカデ）は百足（ムカデ）にも書き人にも咬みつく毒虫である。だがここで云う百足はこの毒虫のことではなく人間の呉公と解せねばなるまい。百足の古語は百足（ムカゼ）であるから立ち向って来る「ゼ」と解せられる。「ゼ」は既に解説の通り物を無償で徴収する者のことである。故に古語は物貰いの盲女を瞽女（ゴゼ）と云うのであるが語原は郷（ゴ）中を貰い歩く

(ゼ)と云う名になる。又、銭や膳も原形は「ゼミ」則ち「ゼン」が古語に考えられるが之等を使用した場合は結局は無償徴集になるであろう。故に呉公なる虫は百足の足が隊列を組んだ形であることからして権力や実力を背景にした集団徴発者に発した名であると解したい。余談になるが古人は呉公(ムカゼ)なる人の身分を羨んで生れた子供にも何々左ェ門と左ェ門(ゼ、注＝南九州方言では左ェ門をゼと発音する)なる名をつけたものではあるまいか。

蜂(ハチ)

蜂も又猛然と人を襲い毒針を以て刺す強か者である。故に呉公と何れ劣らぬ実力者のことに解したい。神代に命達が在した所にはこの蜂(ハッ)を萩(ハッ)にして萩元とか萩久保とか等の地名がよく見受けられる。よってこの蜂は人間の張切者の張(ハッ)であって一部族乃至は数部族を率いた首長のことであると解したい。斯く解することによって古代社会の具体化が可能なように思う。

鳴鏑(ナリカブラ)

古事記伝によれば鳴鏑の矢は鳴神夫理矢であると云う。成る程と感銘させられる。古語では雷が鳴ることに雷(カンダレ＝神垂れ)が鳴ると云い又人が呶鳴ることにも鳴り(ナイ)出したと云う。故に鳴り(ナイ)は「名イ」であって名を著しくしたことに解せねばならぬ。柿が成るのも又人が御成りになるのも同断の語原である。

次に鏑（カブラ）であるが古語では赤ん坊に頭を左右に振らせる練習に「カンブイ、カンブイ」せよと教える。だから「カンブイ」は髪振（カンブイ）で頭（カミ）を左右に振ることになり又諾否の教えと云うことにもなる。すると古事記伝の鳴神夫理と云うことは名を著しくする頭振りと云うことになる。

するると須佐之男の命が放たれた鳴鏑の矢と云うことは自分の御子であり御孫である御両人が気持ちにそぐわない結婚に進まれておるので何とかしてこれを阻止しようとする鏑（神夫理）であり又其の理由を口にされない呶鳴が鳴りになった鳴鏑の矢であると解せられる。

大野（オオヌ）

大野を何故に大野（オオヌ）に訓まねばならぬのであろう。ここに古事記の書法があると見るべきであろうか。大野（オオヌ）を古語に訓めば大野（ウヌ）と訓まねばならぬ。そうすると古語は汝のことを汝（ウヌ）と云うのである。だとすればこの汝（ウヌ）は自惚（ウヌボレ）の自（ウヌ）にもならねばなるまい。よってこの大野に射入れた鳴鏑の矢と云うのは大国主の命則ち汝（ウヌ）に射入れた矢に解すべきであろうか。それとも又、其の矢を大国主の命に取らしめ給うたことから考えると此の矢は須佐之男の命御自身の心の苦に対して放たものであろうか。

其の矢を採らしめ（ソノヤヲトラシメ）

この矢を採らしめは説明までもあるまい。この矢は須佐之男の命が大野（ウヌ）に向けて放たれた鳴鏑であるからこれに対して如何に処置するかと解答を求められたことでしかあるまい。

火を以て其の野を焼き廻らしつ（ヒヲモテソノヌヲヤキメグラシツ）

この火も通例の火ではあるまい。伊邪那岐の命が御生みになった火の神の火に解すべきであろう。そうすると火を以て其の野を焼き廻らしつと云うことは大穴牟遅《おおなむち》の神《かみ》と須勢理毘売《すせりひめ》のお二人が火（陰）の情熱に燃え盛って心身を野（ヌ）則ち塗り固めて御出ることに解せねばなるまい。だから其の野を焼き廻らすのであろう。

出でむ所を知らざる間に（イデムトコロヲシラザルアイダニ）

このことも火に逃げ場を失ったと見るべきではあるまい。須佐之男の命に解答を求められた鳴鏑に対し大穴牟遅の神は如何に御解答申したら御承諾が得られるかの道が得られぬ間にと解すべきであろう。

鼡（ネズミ）

この鼡も只の鼡に解してはなるまい。鼡は「根住み」であって屋根下のことは隅から隅まで知り尽しておるので鼡（根住み）の名を得ておるものと思う。だから古語では人知れずそっと抓んで注意することに抓み（ネズミ）と云うのである。故にここに云う鼡は須佐之男の命の側近で命の心中等を一から十まで知り尽しておる者と解せねばなるまい。それで其の人がそっと注意を呼びかけて教えたと解すべきである。

内は富良富良外は須夫須夫（ウチハホラホラソトハスブスブ）

この語は内はほらほら外はすぶすぶと読まねばならぬ。そして又単が大穴牟遅の神に教えてくれた古語でもあることになる。共通語で富良（ホラ）と言えば法螺（ホラ）になったり洞穴になったりするであろう。だが古語で富良富良と言えば幼児に珍らしい手土産などを与えて更に喜びを大きくしようとする場合に手に取って「ホラホラ」と揺すりながら歓心をそそるのである。故に富良富良はいや上にも喜んで貰いたい言葉に解せねばならぬ。

次の須夫須夫は一寸おかしいと思う。若しこれが逆に夫須夫須（ブスブス）であれば恰好の古語と云うことになる。古語で「ブスブス」言うと言えば煮えきらない不平不満を一人言みたいに口中でつぶやきながら憤っておることになる。故に夫須夫須であるべきものを作者の誤解か写字の誤りかによって須夫須夫にしたものではなかろうか。共通語で云う火が燻ぶることにも古語は「ブスブス」燻る（スモル）と云う。よって燃え上がり得ない憤りのことになる。

そうすると内は富良富良外は夫須夫須と云うことは内心ではほくほく歓びに湧いておりながら外面だけは口やかましい小言を並べておられるのだと単に教わったことになる。故に富良（ホラ）と云う語法は心から歓んで与える時に附する語法と了解されたい。

落入り隠りし間に（オチイリカクリシアイダニ）

このことも大穴牟遲の神が洞穴に落ち入ったと解してはなるまい。否却って内は富良富良の急所を大穴牟遲の神に踏まれたので高姿勢の須佐之男の命が落ち入り御引込みの間にと解すべきであろう。

其の矢の羽は鼡の子等皆喫いたり（ソノヤノハハネズミノコラミナクイタリ）

問題の鳴鏑の矢は既に鼡が咋い持ち出でて奉ったのである。即ち側近の鼡が大穴牟遲の神に御知らせ申して御出る。故に今となっては須佐之男の命に鳴鏑を用いる要は在さないことになる。然し鼡としてはこのために須佐之男の命が御困りでは申訳がない。よって問題の円満解決のために打つべき手だてが要所要所に手ぬかりなく打たれたに違いあるまい。それで其の事が矢の羽即ち鳴鏑の矢の端し端しに附随していて問題となりかねない事柄を残らず鼡の子等が皆喫うて処理して仕舞ったと解すべきでなかろうか。

本文

【ここに其の御妻須勢理毘売《みめすせりひめ》は、喪具《はふりもの》を持ちて、哭《な》きつつ来まし、其の父の大神は、既に死《みう》せぬと思ほして、其の野《ぬ》に出で立たせば、すなはち其の矢を持ちて奉る時に、家に率《い》て入りて、八田《やた》間《ま》の大室《おおむろ》に喚《よ》び入れて、其の御頭《みかしら》の虱《しらみ》を取らせ給いき。故、其の御頭を見れば、呉公《むかで》多かり。ここに其の御妻《みめ》、牟久《むく》の木の実と赤土《はに》とを其の夫《ひこぢ》に授け給えば、其の木の実を咋《く》い破り、赤土《はに》を含みて唾出《つばきいだ》し給えば其の大神、呉公《むかで》を咋《く》い破りて、唾出《つばきいだ》すと思ほして、御心《みこころ》に愛《いと》しく思ほして、御《み》寝《ね》ましき。】

語句の解説

喪具（ハフリモノ）

喪具の原文は抛具（ハフリモノ）としてある。だが喪具に変わりはないと云う。そこで喪（ハフリ）の語原であるがこれを古語の発声に詰むれば喪（ホイ）にならねばならぬ。何故なら、這う（ハウ）は語法で這う（ホ）になるからである。すると、喪（ハウリ）は喪（ホイ、注＝イ転音発声の語法）にならねばなるまい。だとすれば喪（ハフリ）は共通語の放り（ホオリ）であり、古語の放り込み（ホイクン）や放り出す（ホイダス）等にならねばならぬ。そして更に強化すれば「ほっとけ」や「ほったらかし」にもなるであろう。そうすると喪（ハウリ）の語原は最外端（ハ）にすることを増大（ウ）且つ著しく（イ）することになるので、淋しい限りの仕草とも言える。

古語で喪（ホイ）と言えば投げ与える時の言葉でもある。故にここで云う喪具は放り具であろうから鳴鏑等の一切を過去に喪り去る意か、須勢理毘売《すせりひめ》を心より放り投げて大穴牟遅《おおなむち》の神に与える意かに解すべきでなかろうか。

八田間の大室（ヤタマノオオムロ）

この八田間（ヤタマ）は八咫《やあた》の鏡で説明した通りのことであろう。従って次々の御子孫で（ヤ）跡目を御相続の首領（タ）たる御方の御座所とする間（マ）と云うことに解したい。それで諸種の行事関係等で大室（オオムロ）であられたのであろう。

尚、余談になるがこの八田間の大室に大穴牟遅の神を御入れ申したと云うことは既に鳴鏑が解消し且つ其の矢も鼡の協力で大穴牟遅の神の手から御返し出来ておるので大国主の命に八田間の御譲渡を御決意召されてのことに解しても良いのではあるまいか。然し大国主の命は数多い御兄神達や其の他の事情を御配慮召され御神宝等の御譲渡を御受けの上北方開発に道を開き給うたものと解したい。

御頭の虱（ミカシラノシラミ）

このことも御頭の虱と字義通りのことに解してはなるまい。昔の人は虱取りを虱狩りと言って野良仕事の休憩時間にもよく行われたものである。そして虱の卵には虫の子と言い幼虫で白い間は「コマゲイ」更に成虫になって黒くなると「ゴラ」と呼んでいたと思う。

故にこの虱は単なる虱に解せず御頭に生活する者であるから虱が有する名の語原通りのことに解し其の人達があわよくば後継者たらんとしておることに解したいと思う。よって虱を取らしめ給うことは之等の人達との溝を如何にして取除くかと云うことに解したい。

御頭を見れば呉公多し（ミカシラヲミレバムカデオオシ）

この御頭は須佐之男の命の頭の中即ち御心中のことであろう。大国主の命と申す末弟にと云う不平不満を呉公《むかで》にして反抗する者が多くはなかろうかの御憂慮に解せられる。

牟久の木の実（ムクノキノミ）

このことも通説としては椋《むく》の木の実に解されておる。然しそれは古事記の書法であって表面上のことでしかあるまい。お互いは人間である以上時偶には腹に据えかねて忿懣《ふんまん》（ムッ）とすることがあるであろう。よって、その忿懣（ムッ）の気（キ）に実（ミ）が入ったことが牟久の木の実であると解せねばなるまい。だとすればこの牟久の木の実と云うことは須勢理毘売が大穴牟遅の神に対し頭首として立たれた上は呉公《むかで》如きがあった場合断乎とした態度で臨み容赦しない気魄を示せよと訓えたことに解せねばなるまい。

赤土（ハニ）

これを赤土（ハニ）に訓むのは共通語でなかろうか。古語では赤土（ハニ）の名は聞かれない。又、語原から言っても赤土（ハニ）では意味をなさないと思う。よって赤土とあるのは粘土のことであろうから古語の粘土（カマツチ）に解すべきでなかろうか。粘土（釜土）の名は風呂釜や竈等をこの土で作るからのことであろう。

そうすると釜土の釜は既に鎌で説明した如く構いの構（カマ）でもあって処刑や処罰のことにもなる。そして又粘土（釜土）の発音は構槌（カマツチ）にも作れるので呉公《むかで》の如き道ならぬ者には断乎としてこれに処刑の槌《つち》を振い道を明らかにすることを示したものと解される。要するに破邪顕正《はじゃけんしょう》を糺すべきことを御妻須勢理毘売が大穴牟遲の神に授けたと解せねばなるまい。

御心に愛しく思ほして御寝ましき。（ミココロニイトシクオモホシテミネマシキ。）

大穴牟遲の神は御妻須勢理毘売に授かりし如く反抗する呉公《むかで》の類に対しては牟久の木の実を咋い破って憤然たる御態度で御臨みになり且つ赤土（構槌《カマツチ》）を振って口中に嚙み砕き唾き出す等堂々たる主権者の威容を御示しになられたので須佐之男の命もこれを御覧になりこれならば如何な傲慢不遜の呉公《むかで》共と雖も歯は立つまい。よき後継者を得たと云う御安心でぐっすり御寝ましになられたものと解せられる。

尚、余談になるが当地の伝説としては大国主の命即ち大黒様（台命様、注＝同地方にデコッドンの名で伝わる伝説神）は打出（ウチデ）の小槌（コヅチ）と云うを御所持でこの小槌を打ち振ると悉く思いのままに物が得られると語られていた。故に赤土則ち釜土則ち構槌の槌もこの打出の小槌と軌を一つにする伝のものではあるまいか。又この場所は神武天皇御東行の第三準備港に伝えられる頴娃《エイ》町須賀《スカ》の多邪理《たけり》の宮でのことではあるまいか。

本文

【ここに其の大神の、御髪《みかみ》を握《と》りて、其の室《むろ》の椽毎《たりきごと》に結《ゆ》い著《つ》けて、五百引石《いほひいわ》を其の室《むろ》の戸に取り塞《さえ》えて、其の御妻須勢理毘売《みめすせりひめ》を負《お》いて、其の大神の生大刀《いくたち》、生弓矢《いくゆみや》、又其の天の詔琴《のりごと》を取り持たし、逃げ出でます時に、其の天の詔琴《のりごと》、樹《き》に拂《ふ》れて、地《つち》、動鳴《とどろ》きぬ。故、其の御寝《みね》ませる大神、聞き驚かして其の室《むろ》を、引き仆《たお》し給いき。然れども椽《たりき》に結える御髪《みかみ》を解かする間に、遠く逃げ給いき。故、ここに黄泉比良坂《よもつひらさか》まで追い出《い》でまして、遙《はろ》ばろに望《みさ》けて、大穴牟遅《おおなむち》の神を呼びて、曰《の》り給わく「其の汝《いまし》が持たる生大刀《いくたち》、生弓矢《いくゆみや》を以て、汝《いまし》が庶兄弟《あにおと》どもおば、坂の御尾《みお》に追い伏せ、河の瀬に追い撥《はら》いて、意礼《おれ》、大国主《おおくにぬし》の神となり、亦宇津志国玉《うつしくにたま》の神となりて、其の我《あ》が女《むすめ》、須《す》勢理毘売《せりひめ》を嫡妻《むかひめ》として、宇迦《うか》の山《やま》の山本《やまもと》に、底津石根《そこついわね》に宮柱《みやばしら》布刀斯理《ふとしり》、高天原に氷木多迦斯理《ひぎたかしり》て、居れ是奴《こやつ》よ」と詔《の》り給いき。】

語句の解説

御髪（ミカミ）

この御髪も又字義通りのことではあるまいと思う。髪（カミ則ちカン）は神にも作れ又感にも作れるから御感《みかん》則ち御考えのことに解したい。そうすると御髪を握（ト）りてであるから須佐之男の命の御考えを取りと云うことになる。然らば何故にかくあらねばならぬかと言えば家庭の御事情であろう。大穴牟遲の神には異母兄即ちここで云う庶兄弟が御ありである。故に之等の御兄達の手前かくあらざるを得なかったものと解せられる。

何故なら生大刀《いくたち》、生弓矢《いくゆみや》を初め天の詔琴《のりごと》並びに布輪《ふわ》（布波）の領国まで一人占めにしたのでは四囲の情勢平穏に済まされまい。よって鳴鏑の経緯や諸般の事情から斯くすることを最善の道と信じ須佐之男の命の御考えを酌み取ってと云うことに解したい。

椽（タリキ）

この椽（タリキ）は垂木のことに違いなかろう。だが垂木は総て棟木から垂れ下がっておる木である。故に垂木は悉く棟木に結い着いており又棟木には矢が立てられて対外的活動の姿勢を示しておるのが家と云うことになる。そこでこのことを須佐之男の命にあてはめれば棟木となって矢を着けて御出るのが須佐之男の命であられ垂木（垂気）となって結い着いて御出るのが総の御子達と云うことになる。故に須佐之男の命に於かせられても人の子の親として総ての御子達にそれぞれの御髪（御感《みかん》、注＝転音発声）が垂木（垂気）して在すことは言うを要すまい。故に奈辺の事情を御推察の大穴牟遲の神は大神の御髪（御感）を垂木に結い着けて自分は生大刀生弓矢天の詔琴を手にして北方開発に向かわれたものと解する。

五百引の石（イホビキノイワ）

この五百引の石は例により庵引《いほびき》の結輪《ゆわ》に解したい。すると大穴牟遅の神は須佐之男の命の布波（布輪）の大室即ち庵（五百）を立退いて結輪を離脱（引石）する御決意であられるので五百引の石と云うことになる。又、其の布波の庵（五百）は兄神達に引き継いで頂き結輪の本據（引石）に引き塞えて御立退きであられるからこれ又五百引の石として遺されたことになる。

生大刀（イクダチ）

この生大刀の生は生きるの生（イキ）に解すべきであろう。すると語意は伊伎の島の伊伎（イキ）であり呼吸の息（イキ）でもあらねばならぬ。だから古語の生（イッ）と云うのは自主自発的に指令を待たず実行されることになる。故に生大刀と云うことはこの大刀を用いる以前に恐れ入らしめる大刀と云うことになる。又、生弓矢についても同断であろう。そうすると萬民を生かしめるための生大刀であり生弓矢であって治世の極意にも解せられる。古語は勢いづいたことに生っ立った（イッタッタ）と云う。

天の詔琴（アメノノリゴト）

この天の詔琴も神代の大昔に琴があったろうとは考えられない。若しやあったとしても此の天の詔琴は天の詔言（ノリゴト）のことに解したい。そうするとこの天の詔言は高木の神の御神勅であるとか天照大御神の御神勅であるとか等の如く高天原の遺習慣例に基づくものであってこの際は布波の国の元首須佐之男の命の御勅命と云うことに解すべきではなかろうか。

樹に拂れて地動鳴きぬ（キニフレテツチトドロキヌ）

これは樹（キ）に拂（フ）れて地（ツチ）動鳴（トドロ）きぬと読むものらしい。そうするとこの樹（キ）は気（キ）に解すべきであろう。だとすれば此の句は須佐之男の命の御気に触れて癇癪を発し給い布波の国土が揺れ動く大騒ぎになったと解せねばなるまい。然らばそれは何故かと言えば折角須佐之男の命が大穴牟遲の神のために好意的な決断を下されて大神の良き後継者として安堵召されて在すところに御髪を椽に結わえて出奔を計られたからであろう。本文の流れからしても斯く解したいものである。

御寝ませる大神聞き驚かして（ミネマセルオオカミキキオドロカシテ）

この御寝は御就寝のことではあるまい。良き世継の御子を得たと云う御安堵のことであろう。そして大穴牟遲の神の辞退による立退きを御聞きになって驚き給うたものと解したい。

室を引き仆し給い（ムロヲヒキタオシタマイ）

このことも髪の毛を室（ムロ）の椽（垂木）に結い着けられて在したから引き倒したと解するのは早計であろう。大穴牟遲の神が庶兄弟に御遠慮申し上げ御髪を椽に結うて御立退きを計られたからそうした配慮は無用であると云う具体的な御示しが大室の引き仆し即ち組織の解体であると解したい。

椽に結える御髪を解かす間に（タリキニユエルミカミヲトカスアイダニ）

このことも既に説明したことで御了解であろう。要するに庶兄弟達との間に話合いをつけ事情を解きほぐし了解を求める間にと解せねばなるまい。特に古代は末子相続が通例のことを見逃してはいけない。

黄泉比良坂（ヨモツヒラサカ）

この黄泉比良坂《よもつひらさか》は伊邪那岐の命の黄泉軍の比良坂《ヒラサカ》と同じである。すると大穴牟遅の神御夫妻は根の堅洲国《カタス》を経て少し東寄りに道を取り気多（桁山《ケタ》）の前附近に至って高天原山系の西麓を北上し御母神であられる刺国若比売《さしくにわかひめ》の附近を通り抜けて更に北上し黄泉比良坂に到達されたことになる。この道程は大体一万米位になるであろう。そしてこの比良坂《ヒラサカ》越の山系を西に添うて約二千米位行けば宇迦の山本の地に達するのである。

宇迦の山の山本（ウカノヤマノヤマモト）

これは通説の通り宇迦の山の麓と云うことになる。宇迦と云うのは先きに説明した五穀の神大《おお》気津比売《げつひめ》の神の大気（ウケ）と同義の名である。語原から言えば「ウ」を「カ行」に活用して成る語であって宇迦を著しくすれば「宇迦イ」則ち大飼（ウカイ）になる。だが語法によって大飼

（ウカイ）は大飼（ウケ）にもならねばならぬ。故に古語では宇迦（ウカ）と言っても大飼（ウケ）と言っても同じで多いと云うことに変わりはない。

故に宇迦の山本と云うのは大気津比売の神の在した浮辺《ウケベ》（大気部）の山本と云うことであり又秋葉神の在した宇都（大戸）山の山本と云うことでもあらねばならない。浮辺（ウケベ）については既に大気津比売の神で説明してあるので参照されたい。

次はこの宮居の場所であるがこれは浮辺の田付（タッケ）部落に相違あるまい。何故なら私の幼児期に祖父が話したことを忘れないからである。曰く浮辺《ウケベ》の田付《タッケ》にある日高屋敷（ヒダカヤシキ）と飯野《イノ》の武田屋敷（タケダヤシキ）とは余りにも位が良過ぎて位負けの故か人が適応（クソ）はないと昔から言われる屋敷とのことであった。飯野《イノ》の武田屋敷《タケダヤシキ》は少し上手に「星のカガセオの神」の塚があるからのことであろうか。又、田付《タッケ》の日高屋敷《ヒダカヤシキ》と云うのは祖父が話した道路の関係からして現在の田付《タッケ》公民館の敷地に相違あるまい。そうすると日高屋敷《ヒダカヤシキ》と云う名からしてこの日高は大国主の命に対し一般諸民は天津《あまつ》日高《ひだか》と尊称申していたからのことではあるまいか。

尚、須佐之男の命が宇迦の山本と名指しされた所以は此の地が大気津比売の神により開拓された上耕地即ち淡道《あわぢ》之《の》穂《ほ》之《の》狭別《さわけ》島と御承知の上でのことに解せられる。では以下少しく周辺地名を参考としてあげて見たい。

田付（タッケ）—地名

この田付（タッケ）は達飼（タッケ）であろう。従って大国主の命と申す達（タッ）が御住居された事に発する名と解したい。もし、これが田付であれば古語は田付（タチッ）でなければならぬのに実際は「タッケ」で伝わっておる。周辺には出土品も多い。

児渡瀬（チゴワタシゼ）―地名

頴娃《エイ》町の下加治佐《シモカッサ》（注＝シモカッチャとも言う）部落方面から加治佐川《カッサ》（注＝カッチャ川とも言う）を渡って田付《タッケ》部落に出る所を児渡瀬（チゴワタシゼ）と云う。従ってここを渡れば稚児（チゴ）さんの所に出ると云う名に解せられる。古語では若主人等成人頃迠を最大に尊称して稚児さんと称するのである。よってこのチゴさんと呼ばれた方は大国主の命のことではあるまいか。この児渡瀬《チゴワタシゼ》から真っ直ぐに北上した突き当りが田付《タッケ》の日高屋敷《ヒダカヤシキ》である。

柿之尻（カッノシイ）―地名

古代有名命達が在した所の周辺には垣山が廻らされてあったらしく垣之内（カッノウッ）の名が柿之木（カッノッ）になったり柿之尻（カッノシイ）になったりしておる。故にこの柿之尻も垣之尻が原名であろう。

流合（ナガエ）―地名

田付《タッケ》の西隣りの部落を流合（ナガエ）と云う。阿多《あた》の長屋《ながや》の笠沙《かささ》の岬《みさき》と云う長屋に解したい所でもある。長屋は勿論古語の長家（ナガエ）に解してのことである。又、笠沙を加治佐（カッサ）に解すると下加治佐《シモカッサ》は対岸になっておる。過去の排水事業では石器類の出土度品も多く私も石の茶碗を拾ったのである。又この対岸は月読の命の夜の食国になっておる。尚、参考となる地名が少なくないがこれで省略したい。

宮柱布刀斯理（ミヤバシラフトシリ）

古語は手杵（棒状の杵のこと）をもって米類を軽く搗くことに穂戸斯理（ホトジリ）と云う。そして又愛撫のため軽く叩くことには叩斯理（タタジリ）と云うのである。そうすると穂戸斯理は陰斯理（ホトジリ）に作れるので今更説明の要はあるまい。だとすればこの宮柱布刀斯理と云うことは宮柱を太く突き刺し立てて安隠平和な世を大きくして楽しく送れるようにと云う願いを込めてと云うことになる。勿論、宮柱は御屋柱であると共に御矢柱でもあるから施政の主義方針でもあらねばなるまい。又、布刀は幸せ（フ）を寄せ集める（ト）ことであるから太（フト）であると共に富栄を意味することでもある。

冰椽多迦斯理て（ヒギタカシリテ）

この冰椽（ヒギ）の冰（ヒ）はこの際は神神のことに解すべきであろう。だとすれば冰椽は神椽であって神々を御招請する椽《たるき》と解すべきであろう。又、次の多迦斯理（タカシリ）は古語で貝殻が三角錐をなす一枚貝のことを多迦斯理（タカジイ）と云うのでこの貝に見られることに解せねばなるまい。多迦斯理貝は三角錐の尖った部分を天に向け天に突き刺さって行く姿を見せておる。故に宮則ち御屋の神椽（ヒギ）もこの如く天に向って突き刺さる姿を示し神々の御到来を計ると共に御神威の発展を計っておるものと解される。

だとすれば高天原に氷椽多迦斯理てと云うことは神々を御招きする神椽を高天原に届けとばかり高く突き立てて神々の御出入に便宜を計り其の交流を深め祭祀、敬仰、尊信の誠を尽して神の御心に叶う清く明るい国土建設の道を歩めと云うことに解せられる。そうすると多迦斯理の多迦は皇祖神高木の神の高であり天津日高の高でもあらねばなるまい。尚、斯理は尻であり知りであるから自から掘り下がって自己成就することであらねばならぬ。従って己れを知り人を知って分を守り最善を尽すことに解すべきである。

本文

【故、其の大刀弓《たちゆみ》を持ちて、其の八十神を追い避《さ》くる時に、坂の御尾《みお》毎《ごと》に追い伏せ、河の瀬毎に追いはらいて、国作り始め給いき。故、其の八上比売《やがみひめ》は、先きの期《ちぎ》りのごと美刀阿多波志都《みとあたはしつ》。故、其の八上比売《やがみひめ》は、率《い》て来ましつれども、其の嫡妻須世理毘売《むかひめすせりひめ》を畏《かしこ》みて、其の生ませる御子をば、木の俣《また》に刺し狭《はさ》みて返《かえ》りましき。故、其の御子の御名を木の俣《また》の神と申《まう》す。亦の御名は御井《みい》の神とも申す。】

語句の解説

美刀阿多波志都（ミトアタハシツ）

古語では夫婦のことには夫婦（ミト）と云う。よって語原は身刀（ミト）であって身（ミ）を一つに寄せ集むる（ト）と云う名ではあるまいか。又、次の阿多波志都（アタハシツ）は能わしつに違いあるまい。するとこの事は夫婦道を果たされたことになる。

木の俣に刺し狭み（キノマタニサシハサミ）

如何に神代のこととは云え苟しくも人の子を母なる八上比売《やがみひめ》が木の俣に刺し狭んで帰られるとは考えられない。よってこの木の俣は気の俣ではなかろうか。

八上比売と美刀能わし給うただけで直ちに御子の御出生とは、さすがに御驚きで在したろう。そして又身近かには嫡妻須世理毘売も御出である。故に兎やせけむ角やせむの戸惑いが木の俣則ち気の俣であると解したい。それで八上比売は大穴牟遅の神の御心に失望し、且つは須世理毘売を畏みて御子に相違無きを確信するがままに心を鬼にして、御子の行末のために大穴牟遅の神の気の俣に強引に刺し狭んで御帰りになられたものと解したい。古い社会では決して見られない例ではない。

御井の神（ミイノカミ）

この神名も純粋の古語に解すれば見い（ミイ）にしか考えようがない。通例の子供は母親が見取（見い）して養育をする。だがこの御子ば大穴牟遅の神が見取して養せねばならぬので大穴牟遅の神見いの神であろう。

《注　「見イ」を標訳すると「見り」となる語形である。》

五章　大国主の神の系譜

第四二節　沼河比売《ぬなかわひめ》

本文

【この八千矛《やちほこ》の神、高志《こし》の国の沼河比売《ぬなかわひめ》に、婚《よば》いに幸行《いでま》しし時、其の沼河比売の家に到りて、歌いたまわく。

夜知富許能　　八千矛の
迦微能美許登波　　神の命は
夜斯麻久爾　　八島国
都麻麻岐迦泥弖　　妻覔きかねて
登富登富斯　　遠々し
故志能久邇邇　　越の国に
佐加志売遠　　さかしめを
阿理登岐加志弖　　ありと聞かして
久波志売遠　　くはし女を

阿理登伎許志弖　ありと聞こして
佐用婆比爾　さよばひに
阿理多多斯　ありたたし
用婆比邇　よばひに
阿理加用婆勢　ありかよはせ
多知賀遠母　大刀が緒も
伊麻陀登加受弖　未だ解かずて
淤須比遠母　おすひをも
伊麻陀登加泥婆　未だ解かねば
遠登売能那須夜　処女《おとめ》のなすや
伊多斗遠　板戸を
淤曽夫良比　おそぶらひ
和何多多勢礼波　我がたたせれば
比許豆良比　引こづらひ
和何多多勢礼婆　我がたたせれば
阿遠夜麻邇　青山に
奴延波那伎　鵺《ぬえ》は鳴き
佐怒都登理　さぬつ鳥

岐芸斯波登与牟　きぎしは響む
爾波都登理　庭つ鳥
迦祁波那久　鶏はなく
宇礼多久母　うれたくも
那久那留登理加　鳴くなる鳥か
許能登理母　この鳥も
宇知夜米許世泥　打ちやめこせね
伊斯多布夜　いしたふや
阿麻波勢豆加比　天走せ使ひ
許登能　事の
加多理其登母　語りことも
許遠婆　こをば】

語句の解説

八千矛の神（ヤチホコノカミ）
この八千矛の神は既に大国主の命の別名として説明したところである。よって此処では大国主の命の御所持になる八千矛の神（注＝比喩で陰茎）が語る語りごとに解すべきであろう。

高志（コシ）

この高志（コシ）は日本書紀が伝う越の国であり又古事記で云う知訶（塚《チカ》）の島のことである。従って当地で越の塚《コシノチカ》乃至は塚の越《チカンコシ》と云う大国主の命陵の塚周辺のことであって具体的には知《チ》覧《ラン》町永里《ナガサト》の小学校附近のことになる。丁度小学校本門前の部落を尾籠（オゴモイ）と云うので其処のことに解したい。何故ならこの部落名は処女（オゴ）居住（モイ）と云い古来の有名美人「センガメ女」で名高いからである。宇迦の山本の宮（注＝浮辺《ウケベ》地方）から北上して約四千米位であろうか。

沼河比売（ヌナカワヒメ）

現地には沼に見られるような地帯もなければ又古語では沼と云う名も聞かれない。よって男性のものを八千矛《やちほこ》に呼ぶことからして女性のものを沼河の名にしたものではあるまいか。古語ではこれを河の名にした例も珍らしくない。例えば萬葉でも「此の河に浅名洗う児汝も吾れも夜露（ヨチ）をぞ持てる丈夫な手（イデ）児たばり」にと解されている歌などもある。故に沼河と云うことは濡（ヌ）れごとの名（ナ）を流す河（カワ）と云う事に解したい。

恰も先きに述べた尾籠（オゴモイ）部落には大昔「尾籠センガメジョ」と云う絶世の美人がいたことを今も知覧節《チランブシ》の歌詞にして歌われておる。余談になるが当地には神武天皇妃に間違いなかろう門園《カドンソン》の「ゴンニョン」則ち阿多の君《アタンキン》の「チョゲサ（注＝記が伝える阿多《あた》の小椅君《をばしのきみ》の妹《いも》、名は阿比良比売《あひらひめ》のことと考証）」と云う令人とが往古双璧の美人として今に伝えられておる。

夜知富許能（八千矛の）

各人が矢として身に着（チ）けておる矛と云うことであろう。

迦微能美許登波（神の命は）

この神は感や勘に通ずる神であって其の本質本性なる神の御事に解したい。

夜斯麻久爾（八島国）

この地は伊邪那岐の命の大八島にも接しておるが真実言わんとする夜斯麻は八千矛の八島で矢島であると解したい。山幸彦の返歌「カモドク」島の島である。

都麻麻岐迦泥弖（妻まきかねて）

都麻は妻で一体不可分（ツ）の間（マ）であるから夫婦道に発する名である。そして又麻岐は遘合（マキアイ）の遘（マッ）であるから交合に解せねばなるまい。

登富登富斯（遠遠し）
宇迦の山本からの道程のことであろう。

佐加志売遠（さかしめを）
これは賢し女であると共に花の盛りの盛し女でもあると解したい。

阿理登岐加志弖（在りと聞かして）
これは説明の要はあるまい。

久波志売遠（くわし女を）
通説では名ぐわしや香ぐわしのくわしで精美の意で麗わしいことだと云う。だが古語でくわしと言えば精通の意になるので婦道各般に亘り精通達者で婦女の鑑みとなる人に解したい。

佐用婆比爾（さよばひに）
これを語原から考えれば生長発展（サ）した夜這いと云うことに考えられる。然し古語はそんな不名誉な呼称ではなく自からの世に解放すると云う意で世放し（ヨバナシ）と云う。よって夜這いは共通語でしかあるまい。但し夜這いの原形が世張り（ヨバイ）であれば問題は別である。

阿理多多斯（ありたたし）

これは相立たしで出発のことであろう。然し、それとも八千矛の神御自身の相立たしであろうか。

用婆比邇（よばひに）

さよばいの佐が除かれておるので通例の用婆比に解すべきであろう。

阿理加用婆勢（ありかよわせ）

これは相通わせで言うことはなかろう。

多知賀遠母（大刀が緒も）

説によれば古代は三四米の組緒を身につけそれに大刀を垂れ佩いたものだと云う。然しこの多知賀遠は大刀が緒でも八千矛の神に十拳の剱と言ったあの大刀が緒か若しくは八千矛の神達と云う達が緒かであろう。するとこの大刀が緒は褌（マワシ）に解せねばならぬ。褌の語原は性器即ち真（マ）なる人に輪（ワ）をして（シ）おると云うことである。長さも三四米であろう。

伊麻陀登加受弖（未だ解かずて）

これは通説通り未だ解かずてであろう。

淤須比遠母（おすひをも）

説によれば淤須比は襲いになる語で古代は長さ八米位で二巾もある白絹に紐を着けて身体の後から襲いかけるようにして着たものだと云う。だが大刀の緒が褌にかけた名であるように此の淤須比も襲う（オス）陰（ヒ）であって女性の腰巻のことに解すべきでなかろうか。然し古語は腰巻のことに女垂（メダレ）と云う。二巾物で一米位であろう。

伊麻陀登加泥婆（未だ解かねば）

これも未だ解かねばで云うことはない。

遠登売能（おと女の）

これも通説通り乙女で処女の事であろう。

那須夜（なすや）

これも成すやで云うことはない。

伊多斗遠（板戸を）

これも通説の如く板戸であろう。

淤曽夫良比（おそぶらひ）

この淤曽夫良比を簡単に考えれば揺ぶらいのようにも思う。だが語音通り遅ぶらいに考えれば待ち遠しいぞと云う板戸からの合図のようにも聞くことが出来る。

和何多多勢礼波（我が立たせれば）

このことは八千矛の神の八千矛則ち矢着矛が立たせればと云うことに解したい。

比許豆良比（引こづらひ）

古語では手が長い涎（ヨダレ）を垂らして地上に引きずることを引こずらいと云う。だから涎れ見たいな粘液を立たした八千矛が引こづらいと言えば何かわかるであろう。

和何多多勢礼婆（我が立たせれば）

このことは前同断である。

阿遠夜麻邇（青山に）

この阿遠夜麻を青山に解したのでは表面的に過ぎないので真意の半も尽くせまい。青（阿遠）は古語の会をう（アヲ）であって山（夜麻）は会いたいはやまやまの「やま」や「やましい」ことの「やま」でなければならぬ。「やま」の語原は矢間（ヤマ）則ち山でもあるが矢真（ヤマ）になるとやまややましいの「やま」にならねばならぬ。真（マ）は既に解説の通り性器名の頭音でもあるからやまやまとかやましいとかの気持わかるであろう。従って阿遠夜麻はこの際会いたいがやまやまと云うことに解せねばなるまい。

奴延波那伎（ぬえは鳴き）

この奴延（ヌエ）を辞書で引いて見たら「トラツグミ」とあった。私の言う鳥がそれであるかは自信が持てないので申訳ないが兎に角夜鳥である。夕暮れから鳴くこの鳥の鳴声を古語社会では人語に訳して「ヂェシケ、コッコ」と鳴くと云う。だから古語社会では此の鳥を「ヂェシケ、コッコ」の名にして呼んでおる。そこでこの人語を共通語に訳すれば出て来いよ（出しけ）こっちだ、ここだと云うことになる。よって八千矛の神の会いたい見たいがやまやまの青山心がこの奴延鳥を使って思いを告げておることに解せねばなるまい。勿論、奴延（ヌエ）は濡れるの濡（ヌ）に会（エ）すると云う名になるので濡れごとに会（エ）したいと云う名の鳥に解すべきでなかろうか。

佐怒都登理（さぬつ鳥）

この鳥も又おかしな鳥名である。表面的には伊豫の二名《ふたな》の島の讃岐の国が西隣りに接しておるのでそれに考えられないでもない。然しこの鳥名も前同様に取りに解し佐怒都（サヌツ）取りに見るべきものではなかろうか。今これを語原から言えば生長発展（佐）した濡れ又は塗り（怒）が一体不可分（都）のことになる。よって古語社会の語法を参考として申し上げて見たい。

古語では寝ることに寝（ネ）るとも云うが又寝（ヌ）るとも云うのである。よってこの寝るの語原には二様があるのではあるまいか。例えば単なる安眠休養のための寝るは寝（ネ）るに間違いなかろう。然し寝るにも安眠ではなく濡れ事のための寝るもあるであろう。故に後者は濡れ事であるので原形は寝（ヌ）ると言ったものではあるまいか。だとすれば佐怒都登理は生長発展（サ）濡れ事（ヌ）に一体不可分（ツ）となる鳥則ち取りと云うことに解される。勿論、生長発展した濡（塗）れ事であるから通例の雨に濡（塗）れるような事柄ではあるまい。

岐芸斯波登与牟（きざしはとよむ）

この岐芸斯（キギシ）は雉子《きじ》であり登与牟（トヨム）は響む（トヨム）であると云う。勿論、響むでもあろうが語原の通りに寄り集まる（ト）二人の世（ヨ）を見（ミ）ようと云う夫婦生活の意にも解したい。

では何故に雉子を引合いに出したかと言えばそれは其の鳴声によるものであろう。古語では雉子の鳴声を「ケン、ケン、バタバタッ」と云う。この「ケン、ケン」は鳴声であるが次の「バタバタッ」は飛立つ羽音のことである。そうすると「ケンケン」は飼見（ケミ）飼見（ケン）で一切の扶養を見ると云う言葉であり次の羽音は一気呵成に結着を着けたいと云う促進のことに聞こえる。そうすると一日も早く二人の新婚家庭を持ちたいと云うのがこの岐芸斯波登与牟《きぎしはとよむ》ではあるまいか。古語の社会では子供の頃足が汚れておると雉子の鳥が聟に取ると云うぞと、からかいともたしなめともつかぬことが言われていた。

爾波都登理（庭つ鳥）

この爾波都登理は言うまでもなく庭つ鳥であり鶏のことであろう。だが鶏はこの場合に限り二羽都鳥則ち新輪都取り（ニワットリ）にかかるものと解したい。即ち八千矛の神と沼河比売と云う二羽の鳥が一体不可分（都）となって新家庭と云う新輪都取（ニワットリ）になると云うことにである。

余談になるがこの庭は新輪（ニワ）でもあるから此の新輪に「カ」の作用が加われば俄（ニワカ）の語にならねばならぬ。従って新婚家庭如きも新輪の一列と言える。

迦祁波那久（かけは鳴く）

この迦祁（カケ）は鶏であると云う説が聞かれるが勿論賛成である。だが鶏は鶏であってもこの迦祁は雄鶏が刻を告げる鳴声のことでなければなるまい。古語の社会では大勢の酒宴等で両方に別れて歌の競合をやることに賭歌（カケウタ）をすると云う。よって遠近の鶏が刻を告げて競合をするので人の賭歌になぞらえた迦祁（賭）であると解したい。

宇礼多久母（うれたくも）

この宇礼（ウレ）を憂えに解し恨めしとする説もあるようであるが古語には憂えの語は聞かれない。宇礼（ウレ）の語原は増大（ウ）され（レ）ることであって「ウ」が「ラ行」に活用される語である。だから古語は旱天の慈雨に良い慈雨（ウレ）がしたと云う。故にこの慈雨見たいなことが嬉し（ウレシ）ことでなければならぬ。又、売れても熟れても嬉しことに違いなかろう。だからこの宇礼多久母は嬉れたくもに解すべきでなかろうか。

然からば何故に迦祁が鳴くのが嬉たくもあるかと言えばそれは其の鳴き声からのことであろう。この鳴声については先きに常夜の長鳴鳥として天の石屋戸で説明してあるので参照されたい。兎に角迦祁の鳴声は問題が円満解決して新たな結輪（ユワ）が結ばれ祝いの固めの人語になっていた筈である。そうするとこの場合は八千矛の神と沼河比売の間柄が目出度く解決し契り固めの盃の遣り取りが初められることに聞いての嬉たくもであると解せられる。

那久那留登理加（鳴くなる鳥か）

これは鳴くなる鳥で云うことはない。

宇知夜米許世泥（打ちやめこせね）

このことも打止め許（コ）せねであろうから言うことはない。許（コ）は子と同じであるから従属の形でくっつき合う嬉しい競いごとに解せられる。古語では駆けっこ競争に走り比許（ハシイクラゴ）と云い、酒飲みには名見許（ナンコ）と云う賭け遊びをする。

伊斯多布夜（いしたふや）

このことも語原から言えば特に著しい（イ）慕うと云うことになる。故に慕うは掘り下がって自己完成（シ）することが最高（タ）且つ増大（ウ）でなければならぬ。

阿麻波勢豆加比（天走せ使ひ）

古語の社会では切ない慕情の訴えや会いたい見たいの心止み難いことに鳥の身の上を羨んだ言葉がよく使われておる。故にこの天走せ使いは「ヌエ」を初め各種の鳥をして大空をかけらせ思いを伝えたいと云うことであろう。

許登能加多理碁登母（事の語りごとも）

この許登（コト）は八千矛の神が沼河比売に対して頻りなる慕情のことであろう。そして其のことにまつわりくさぐさに述べられた心中の語りごとであると解したい。

許遠婆（こをば）

この許遠婆（コオバ）を共通語に言えばこれをばと云うことになる。古語では「これをば」には「こいをば」と云う。そして更に約言して「こゆば」とも云うのである。故にこの「こゆば」

であるか「こいをば」であるかを許遠婆（コオバ）にして八千矛の神の八千矛を示しておるものと解したい。

本文

【ここに其の沼河《ぬなかわ》比売《ひめ》、未だ戸を開かずて、内より歌い給わく、

夜知富許能　（八千矛の）
迦微能美許等　（神の命）
怒延久佐能　（ぬえ草の）
売邇志阿礼婆　（女にしあれば）
和何許許呂　（我が心）
宇良須能登理叙　（浦洲の鳥ぞ）
伊麻許曽婆　（今こそは）
知杼理邇阿良米　（千鳥にあらめ）
能知波　（後は）
那杼理爾阿良牟遠　（和鳥にあらむを）
伊能知波　（命は）
那志勢多麻比曽　（な死せたまひそ）
伊斯多布夜　（いしたふや）
阿麻波世豆迦比　（天馳せ使）

許登能　(事の)
加多理碁登母　(語りごとも)
許遠婆　(こをば)
阿遠夜麻邇　(青山に)
比賀迦久良婆　(日が隠らば)
奴婆多麻能　(ぬば玉の)
用波伝那牟　(夜は出なむ)
阿佐比能　(朝日の)
恵美佐迦延岐弖　(笑み栄え来て)
多久豆怒能　(栲綱の)
斯路岐多陀牟岐　(白き腕)
阿和由岐能　(沫雪の)
和加夜流牟泥遠　(軟やる身根を)
曽陀多岐　(そだたき)
多多岐麻那賀理　(たたきまながり)
麻多麻伝　(ま玉手)
多麻伝佐斯麻岐　(玉手差しまき)
毛毛那賀爾　(股長に)

伊波那佐牟遠　（寝はなさむを）
阿夜爾　（あやに）
那古斐岐許志　（な恋ひきこし）
夜知富許能　（八千矛の）
迦微能美許登　（神の命）
許登能　（事の）
加多理碁登母　（語りごとも）
許遠婆　（こをば）

故、其の夜は婚《あわ》さずして明くる日の夜、婚いし給いき。】

語句の解説

沼河比売未だ戸を開かずて（ヌナカワヒメイマダトヲヒラカズテ）

この沼河比売とあるは大国主の命の八千矛を擬人法で八千矛の神にしたように沼河比売の沼河を同じ擬人法で沼河比売にしたものであろう。そして又この開かない戸も恐らく古語の夫婦（ミト）か陰（ホト）かの戸に解すべきものではなかろうか。従って内より歌い給わくも処女たる比売の心の中を歌にあらわしたものと解したい。

八千矛の神の命（八千矛《やちほこ》の神の命《みこと》）

これは沼河比売が八千矛の神の命よと云う呼びかけに解したい。

怒延久佐能（ぬえ草の）

この怒延（ヌエ）は既に説明したのであるが更に具体的説明がして見たい。怒（ヌ）の基本意は濡れや塗るであって他物を濡らしたり塗り潰したりすることになる。それで表面的には其の塗ったものが取ってかわって主たる役割を果しておることになる。例えば盗人や糠についても其の事が言えるであろう。其処でこのことを情事の世界に移して考えれば人間本然の理性は情意に塗り潰されて情熱にたぎる世界のことになる。だから此の世界を濡（塗）れ場と云うのである。

次に延（エ）の原形は会い（アイ）であって語法により会（エ）になったものである。だから怒延（ヌエ）は濡れ事に会うことでもあると解せねばならぬ。又、次の久佐（クサ）は草とだけには限らない。病気も久佐であれば死後の世にも病気場（久佐場則ち草葉）の陰と云う。尚、又葡萄も一房（一《ヒト》久《ク》佐《サ》）であれば丹毒のことにも燃久佐（ムエクサ）と云うのである。故に久佐（クサ）とは体内に食（ク）い入れたものが生長発展（サ）したことに解せねばならぬ。そして此の久佐（クサ）が著しく（イ）なれば鎖り（クサイ）になると承知されたい。そうすると情事の熱原が体内に食い込まれていて生長発展すれば濡会病気（ヌエクサ）と云うことになるであろう。古語は情交のことを抱き鎖り（ダックサイ）とも云うのである。

売邇志阿礼婆（女にしあれば）

これは文意の通りで怒延久佐の春情が本能的に萌え盛る女にしあればであろう。

和何許許呂（我が心）

このことも文意通りで云うことはない。但し心とは自分の身体に従属（コ）して執着しつつ移動（ココロ）するものと云うことで此頃（ココロ）若しくは子転（ココロ）に解すべきものでなかろうか。

宇良須能登理敍（浦洲の鳥ぞ）

この宇良須（ウラス）を浦洲に解するのは如何であろう。陸地の末端も浦（宇良）ではあるが又木や竹の梢末も同じく宇良（ウラ）である。故にこの浦洲の鳥は木竹の梢末に巣をかけておる鳥と解すべきでなかろうか。梢末の巣にある鳥は風の吹くままにまに何方にも靡く（名引く）であろう姿を乙女心と其の身上にかけられた言葉に解したい。

伊麻許曽婆（今こそは）

このことも説明の要はあるまい。だが今こそはの今は八千矛の神の御言葉を受け入れての御答えであろう。

知杼理邇阿良米（千鳥にあらめ）

この千鳥にあらめは千鳥ではあるまいと云う「まい」が語法により「め」になったものである。では何故に千鳥にあらめであるかと言えばそれは千鳥の鳴声からのことであろう。古語では千鳥の鳴声を「ヒョロ、ヒョロ」と鳴くと云う。この「ヒョロ」は陰寄ろ（ヒョロ）で浮気心の過多なことが原形であるかも知れない。だから古語では一定職もなくあちこちとうろついておる者のことを「ヒョロ、ヒョロ」しておると云う。尚、又酔歩まんさんの足取りにも千鳥足と云うであろう。故に千鳥にあらめと云うことは千鳥が鳴くように「ヒョロ、ヒョロ」と浮いた気持ではなくこれからは心身共に堅固な婦道を歩むと云うことに解せられる。

能知波（後は）

説明までもなく以降はのことである。

那杼理爾阿良牟遠（な鳥にあらむを）

この那杼理は和鳥（ナドリ）であるとの説も聞かされるがこれは名取りにかけられた名鳥が真意であろう。即ち八千矛の神に結ばれておると云う名を取っておることの名取り則ち名鳥であると解せられる。

伊能知波（命は）

この伊能知則ち命（イノチ）は語原から言えば特に著しく（イ）からみ合った（ノ）血（チ）と云うことである。だから具体的には交合則ち新生命の発生にまで及ぶことになる。余談にも聞こえるが古代は精液を血漿則ち新生命則ち血統として考えたらしいことが精液（ヨダ＝世陀、注＝擬観で塩とも言う）等の名からして察知出来る。故に命（イノチ）と云うことは生命の授受夫婦道のことに帰るべきものではなかろうか。

那志勢多麻比曽（なしせ給ひそ）

この那志勢（ナシセ）を「な死せ」に解した説もあるようである。だがこの那志勢は広く古語社会に使用されておる「名しせ」ではあるまいか。共通語に言えば「何して」と云うことのようでもある。するとこの何して則名にしてを具体的に言えば名のものにしてと云うことであろう。だとすれば那志勢多麻比曽は八千矛の神のものと云う名にして給いそと云うことになる。

伊志多布夜（いしたふや）

これは既に前段で説明の通り著しく（イ）慕うと云うことである。

阿麻波世豆迦比許登能（天馳せ使い事の）

このことも前段同様である。

加多理碁登母許遠婆（語りごともこをば）

この句も前段同様に解されたい。

阿遠夜麻邇（青山に）

この阿遠夜麻（アオヤマ）も表面的には青山で結構であろう。然し隠語の世界としてはそれでは済まされまい。故にこの際は青山の山をお神さんとか山の神とかに呼ばれる山に解しても良いのではあるまいか。だが結論的には逢をう（アオ）とする心が山々にあることに変わりない。

比賀迦久良婆（日が隠らば）

このことも表面的に解すれば日が隠らばで言うことはない。だが青山を隠語の青山に解すれば其の盛り場は日が隠れてからのことになる。だとすれば日が隠らばと云うことは八千矛の神達の世になればと解せねばなるまい。尚、又日が隠らばを隠語の陰（ヒ）が隠語の青山に隠らばと解することもあながち不可能ではあるまい。

奴婆多麻能（ぬば玉の）

この奴婆多麻（ヌバタマ）が黒や暗夜の枕詞であることは言を要すまい。だが言葉に当初から枕詞として生れた語がある筈はない。真っ黒いものの代名詞としていたので枕詞と云うに至ったものであろう。よって更に奴婆玉を語原から追及して見よう。

奴（ヌ）は既に説明した通り他を濡らしたり塗り潰したりして己れが取って代ることである。次の婆（バ）は波（ハ）であって発音の語呂上婆（バ）になったものと思う。だから葉や張（ハ）又は花（張名）春（張る）等が示す如く外界に向けて派手な張り出しをしておることに解せねばならぬ。又、多麻（タマ）は玉でもよかろう。兎に角最高（タ）にして真実（マ）なるものでなければなるまい。

そうすると奴婆多麻と云うことは塗り濡れ潰された張り切り屋の玉と云うことになる。そこで此の際の玉は睾丸と云う玉に考うべきではあるまいか。勿論、睾丸の原形は君玉（キミタマ則ちキンタマ）であると解する。そうすると奴婆多麻は張りの脱けた八千矛の神と云う君玉に解すべきであろう。

用波伝那牟（夜は出なむ）

古語は夜が入るとは云うが夜が出るとは言わない。よって夜が入ると云うことは今日の太陽の世（代）が入ると云うことであって夜が入ると云うのは間違いと解せねばなるまい。従ってこの用波伝那牟（ヨハデナム）と云うことは八千矛の神達の世は出なむと云うことに解すべきでなかろうか。云うなれば奴婆多麻が我が世を得たりと云う張切りである。

阿佐比能（あさ日の）

この阿佐比（アサヒ）も殆ど朝日に解されておる。だがそれでは表面的には兎も角として真意にはなり得まい。朝日の語原は上層に浮上進出（ア）して生長発展（サ）する日（ヒ）と云うことである。ではこれと語原を同じくする阿佐比なるものは何であろう。結局は上層に浮上進出（ア）して生長発展（サ）の盛りを見せる陰（ヒ）に解する外ないのではあるまいか。

恵美佐迦延岐弖（笑み栄えきて）

このことは前句の阿佐比が理解されれば自づと了解されるであろう。栄えは盛りの生長発展（サ）する「カ」の作用に会（エ）することである。つまり盛り（発情）に会（エ）すれば栄えと云うことになる。

多久豆怒能（栲綱の）

この多久豆怒は殆どの説が栲綱（タクヅヌ）に解されておるようである。だが大麻や棕櫚《しゅろ》の綱に比したら数等落ちねばなるまい。栲（タク則ちタッ）は既に説明した通り古語では細葉犬枇杷《びわ》のことであるが栲（タッ）と名を得ておる以上は太刀、滝、龍、達等の如く最高位（タ）を特に勝れたものにした名に解せねばならぬ。故にこの際の多久（タク則ちタッ）は絶対最高位のものに解すべきである。

次の豆怒（ヅヌ）は綱（ヅヌ）に解すべきではあるまい。古語で「ヅンヅンしておる」と言えば極めて壮健で暮らし向きが向上の一途を辿っておることである。そして又「ヅンヅン行く」と言えば他を排し先頭切って直進することになる。故に豆怒（ヅヌ）は頭見（ヅミ則ちヅン）で最頂位を見ると云うことに解すべきであろう。そうすると多久豆怒を具体的に言えば人身の五体の中で何処の部分も味えない卓絶した最頂位を味い得るものに解すべきでなかろうか。かく申したら既に御理解でもあられようが名前から判じても五体の中には君玉と云う絶対至上の名前の箇所は見られないであろう。故に多久豆怒はこれが興奮の極にある姿と解したい。

斯路岐多陀牟岐（しろきただむき）

これは八千矛の神の白い腕（タダムキ）であると云う説が大勢のようである。だが本文の前後から判ずれば白き腕では表面的でしかあり得まい。又、古語では腕のことを腕（タダムキ）とは言わない。よってこの語は語原から究明する以外に方途はなかろう。

斯路岐（シロキ）は白きであろうが古語は白（シト）でなければならぬ。だとすれば白の原形は白（シタウ）であって語法により白（シト）になったものと解せねばなるまい。そうすると白きの原形は何事かを白（シタウ）岐（キ）であって語原的には掘り下がって自己完成（シ）することが最高（タ）且つ増大（ウ）する岐（キ）と云うことに作れる。古語でも何事かが仕度う（シタウ）なったことに白（シト）則ち仕度う（シト）ござると云う。御承知の通り綿や大麻の繊維類でも自己完成の晒しを掘り下がって行えば純白になるであろう。勿論、人間の心事も同断である。故に斯路岐は何事かが仕度い気に解すべきではなかろうか。

次の多陀（タダ）はいろいろに考えられるが結局は只（タダ）に帰らざるを得ないようである。すると只は古語の常識からして只管（ヒタスラ）とか只向（ヒタムキ）にも相通ずる語に解せられる。尚、次の牟岐（ムキ）は向き（ムキ）に解したい。そうすると多陀牟岐は只向（タダムキ）にも解されるであろう。よって斯路岐多陀牟岐は何事かの仕度いことに只向（ヒタムキ）になることだと解したい。そしてこの道の正直は経済を遊離しておるので只向（タダムキ）にも言えることであろう。ついでに只（ヒタ）の語原を究めたら面白いのでなかろうか。

阿和由岐能（沫雪の）

これは殆ど淡雪に解されておる。だが淡雪では表面的解説にはなっても正意である隠語の扉は開かれまい。よってこの阿和由岐は逢わんがための往きに解すべき語であろう。即ち逢わ往きである。斯路岐多陀牟岐に逢わ（合わ）さるる往き（結気）とあれば御了解成るであろう。

和加夜流牟泥遠（軟やる身根を）

このことは珍らしく軟（ワカ）やる身根（ムネ）と隠語に通う解説がなされておるのでこれに従っても結構であろう。大体和加夜流牟泥（ワカヤルムネ）は若やる胸であろうから具体的には若やいだ胸に考えられる。従って春情に萌え立ち心身共に若やいだ胸のときめきを覚ゆることに解したい。

尚、通説とされておる軟（ワカ）やる身根（ムネ）を字義通り軟かい身の根元に考えれば何処のことになるかは説明までもなかろう。古語で身（ミ）と言えば勿論身体のことでもあるが又肉のことにも肉（ミ）と云うのである。故に身根を峯に考えれば共通語ではあるが一層明確化されるようにも思う。然し峯の古語は峯（ムネ）則ち棟（ムネ）になるので山の神の山に考えても悪くあるまい。

曽陀多岐（そだたき）

この語は「そ叩き」であろうから曽（ソ）の説明だけで足りるであろう。曽は添（ソ）でもあるが身辺に著しく（イ）添（ソ）うておるものは衣裳（イソ）になる。よってこの曽（ソ）は衣料の原料になる大麻等の繊維類即ち古語の素（ソ）に考えねばなるまい。だがこの素（ソ）も晒したりしてなるべく純白に努めた筈である。そして其の一つの手段として手頃の棒で軽く叩きながら漂白したもののように聞かされる。よってこの棒での素叩きが曽陀多岐であると解したい。余談になるが古語は陰茎のことにも棒（ボ）と云うのである。そして此の棒（ボ）を以てする叩きにも古来の名言が聞かされるものであった。又、共通語の人も棒（ボ）とは言わないとは言わせない確たる証拠の名前が現在も使われておるのである。

多多岐麻那賀理（たたきまながり）

この多多岐（タタキ）は叩きに違いあるまい。多多を多多斯留（タタジル）に言えば愛撫のことであったろう。故に棒（ボ）での叩きであるから結局は愛撫に解する外あるまい。又、次の麻那賀理（マナガリ）は真名がりに解したい。勿論、賀理（ガリ）は嬉しがりの「がり」である。そうすると真名（マナ）とは何になるかであるが既に説明してある通り古語は両性共に性器の頭音を真（マ）にするのである。大阪方面の人達まではわかるのではあるまいか。故にこの真（マ）は誠則ち真事の原形になる真（マ）であって人類からこれを除去したら凡その人は人生を失ったに均しい結果を招くであろう。だとすれば真名がりと云うことはある意味に於ける人生至上の名がりに解せねばなるまい。

麻多麻伝（ま玉手）

この麻多麻伝（マタマデ）は「ま玉手」に説かれておるが表面的解説でしかあり得まい。では麻多麻伝とは何の事かと言えば本文の前後からして至極簡単に股辿（マタマデ）と解すべきであろう。結局は沼河比売に云う方の御座所のことになる。古語は股張（マタバイ）と云うので語原的に究明されたら一切がはっきりするであろう。

多麻伝佐斯麻岐（玉手差しまき）

このことも通説の通り玉手差しまきでは表面上の解説にしかならない。故に多麻伝（玉手）は先きに説明した八千矛の神の別称である君玉（キミタマ則ちキンタマ）の「玉で」に解せねばなるまい。古語では単に玉（タマ）でも通用しておる。又、佐斯（サシ）は差しでも刺しでもよかろうが兎に角挿入のことに解すべきであろう。尚、又麻岐（マキ）は交合のことを古語は遘合

（マクアイ）と云う如く麻岐（マッ）と云うのである。古語社会では今日も男色のことには麻岐（マッ）と云う。故に多麻伝佐斯麻岐は説明までもあるまい。

毛毛那賀爾（もも長に）

この毛毛那賀も股長（モモナガ）に解し足を長々と伸ばすことだとする説も少なくない。だが真意は百長（モモナガ）ではあるまいか。百（モモ）は桃で説明した如く守り守るで永住定着の意である。故に末長くこの熱愛の中に生き行こうと云うことに解したい。

伊波那佐牟遠（寝はなさむを）

このことも伊（イ）を寝（イ）に解し寝（イ）はなさむものをとした説も聞かされる。若しそうだとすれば此の伊（イ）は共通語の結い（ユイ）を古語は結い（イ）と云うので結いのことに解したい。結（イ）と云うのは甲乙両人が共同して甲乙両家の仕事を交互に行うことである。そうするとこの伊波那佐牟遠は結いを成さむをで八千矛の神と沼河比売とが一体になり各々の能力を出し合って交互に出たり入ったりの仕事を行うことにも考えられるであろう。但しこの場合の結い（イ）は入り（イイ）の約音「ヰ」であるように思われる。

尚、伊（イ）を基本意通り著しい（イ）に考えれば著しい離さむをになるので絶対に放さないと云うことにも解せられる。

阿夜爾（あやに）

この阿夜爾（アヤニ）は既に説明したことがある通りに上層に浮上進出（ア）せんとする矢（ヤ）則ち生気のことである。故に向上発展を期する活気に解せねばなるまい。だとすれば心身に強い刺戟を与える矢となるもののことになる。よってここで云う具体的な阿夜則ち「ア矢」は何を語っておるか各位に於いて究めていただきたいものである。

那古斐岐許志（な恋ひきこし）

これは名残い聞こしであろう。だが名残りの字では名恋の語原にならない。古斐（恋）は従属したくっ着きで離れない（コ）ことが著しい（イ）ことである。故に名恋か名凝いかが適当と思う。子供には別れは惜しんでも名残りを惜しむとは古語は言わない。そこでこの那古斐の那（名）となるものは何の名であるかを各位に於いて明らかにしていただきたいものである。沼河比売が最後に申し入れた切なる御願いに受取れる。

其の夜は娶さずて明くる日の夜、娶い給いき。

（ソノヨハアワサズテアクルヒノヨ、アイシタマイキ。）

このことは古代社会の性倫理を語っておると思う。古代の未婚女達は一夜男には肌は触れないと云うのが鉄則であった。若し一夜の男が直ぐに目的を達するような女であれば多情者の評判を受け立派な青年との結婚は期待出来ないことになる。よって誠意を有し結婚を目的の青年は重ね重ねの接渉に熱意を示さなければならなかったのである。

第四三節　八千矛《やちほこ》の神《かみ》の御詠《みうた》

本文

【また其の神の嫡后《おおきさき》須世理毘売《すせりひめ》の命《みこと》、いたく嫉妬《うわなりねたみ》し給いき。故、その日子遅《ひこぢ》神、和備弖《わびて》、出雲より倭国《やまとのくに》に上りまさむとして、装束《よそおい》し立たす時に、片御手《かたみて》は御馬《みうま》の鞍《くら》にかけ、片御足《かたみあし》は御鐙《みあぶみ》に踏み入れて歌い給わく。

奴婆多麻能　（ぬばたまの）
久路岐美祁斯遠　（黒き御衣を）
麻都夫佐爾　（ま具に）
登理与曽比　（取装ひ）
淤岐都登理　（沖つ鳥）
牟那美流登岐　（胸見る時）
波多多芸母　（はたたぎも）
許礼婆布佐波受　（これは応はず）

幣都那美　（辺つ浪）
曽邇奴岐宇弖　（そに脱きうて）
蘇邇杼理能　（鴗鳥の）
阿遠岐美祁斯遠　（青き御衣を）
麻都夫佐邇　（ま具に）
登理与曽比　（取装ひ）
淤岐都登理　（おきつ鳥）
牟那美流登岐　（胸見る時）
波多多芸母　（はたたきも）
許母布佐波受　（こも応はず）
幣都那美　（辺つ浪）
曽邇奴棄宇弖　（そに脱きうて）
夜麻賀多邇　（山がたに）
麻岐斯　（求きし）
阿多泥都岐　（茜つき）
曽米紀賀斯流邇　（染木が汁に）
斯米許呂母遠　（染衣を）
麻都夫佐邇　（ま具に）

登理与曽比　　　（取装ひ）
淤岐都登理　　　（沖つ鳥）
牟那美流登岐　　（胸見る時）
波多多芸母　　　（はたたぎも）
許斯与呂志　　　（是しよろし）
伊刀古夜能　　　（いとこやの）
伊毛能美許等　　（妹の命）
牟良登理能　　　（群鳥の）
和賀牟礼伊那婆　（吾が群行なば）
比気登理能　　　（ひけ鳥の）
和賀比気伊那婆　（吾が引け行なば）
那迦士登波　　　（泣かしとは）
那波伊布登母　　（汝はいふとも）
夜麻登能　　　　（山との）
比登母登須須岐　（一本すすき）
宇那加夫斯　　　（うなかぶし）
那賀那加佐麻久　（汝が泣かさまく）
阿佐阿米能　　　（あさ雨の）

佐疑理邇　　　　（さ霧に）
多多牟叙　　　　（たたむぞ）
和加久佐能　　　（若草の）
都麻能美許登　　（つまの命）
許登能　　　　　（事の）
加多理碁登母　　（語りごとも）
許遠婆　　　　　（こをば）】

語句の解説

嫡后（オオキサキ）
ここでは大姤（オオキサキ）に訓むべきだと云う。そして、正姤の意には変わりないとのことである。

嫉妬（ウワナリネタム）
説に従えば嫉（ウワナリ）は後妻のことで第二夫人以下のことであると云う。そして之等の人を妬むから嫉妬（ウワナリネタム）であると説明されておる。だが古語の常識からすればこの語原は嫉（ウラナリ）ではなかろうかと思う。何故なら古語は南瓜や胡瓜等の二番三番成りを「ウラ成り」と云うからである。然し又嫉（ウワナリ）が正しいとするならば「ウワ」は上（オワ）にするのが原形ではあるまいか。古語は鶏等の新勢力が旧勢力を排除して牝鶏を掌握すれば上鳥（オワドリ）になったと云う。故に嫡妻を踏まえて寵愛の上取り則ち上鳥になったと云う意の上成（オワナリ）ではなかろうかと思われる。

日子遅（ヒコヂ）

日子遅（ヒコヂ）は夫君のことである。故に夫を夫（ヒコヂ）に訓ましてもあったようである。日子遅は日子地（ヒコヂ）で日子血統の地質は男系にあると云う考えからであろう。余談になるが古語は父を地緒（ヂオ）母を端緒（ハオ）とも呼んでおる。結局は爺さんの爺（地）伯父の父（地）でもある。

出雲の国（イヅモノクニ）

この出雲の国は山陰の出雲に考うべきであるまい。例の通り平常（イツモ）御住居の国であるからこの場合は宇迦の山本の宮に考うべきであろう。だが本文の前後から見てこの場合の出雲を穿った推測から申上げると高志の沼河比売の山の神に云う其の山本がこの際の八千矛の神の出雲の国であるように考えられる。

倭国（ヤマトノクニ）

この倭（ヤマト）も大和地方のことに考えてはなるまい。又、大国主の命の山戸の岳は喜入《キイレ》町境にある。知覧《チラン》町の最高峯白岳《シラタケ》（注＝知覧《チラン》町郡《コオイ》地区の人はシラタケと呼ぶ）らしいがこれも表面的なことにしか考えられない。よってこの倭も山戸で出雲の国と同様に別段の山戸に見るべきではなかろうか。すると具体的には須世理毘売の命の山の神の名になる山本のことに解せられる。説明までもあるまいがあの山の戸と言えば陰（ホト）や夫婦（ミト）等からして納得が得られるであろう。

御馬の鞍（ミウマノクラ）

この御馬も又鞍も表面的には宇義の通りに解してよいのであろう。だが古語の慣用例と御詠の内容からすれば其のまま受取るわけには行くまい。馬の古語は馬（ウンマ）で増大（ウ）を見（ミ）る真（マ）と云うことであったろう。古語では最高の美味のことにも旨（ウンマ）かったと云う。それで完熟（ウミ）、化膿（ウミ）、生み（ウミ）等の語からして馬則ち旨（ウンマ）の語原を究めて欲しい。

尚、古語はあれへの乗り心地を馬の鞍に托し鞍が置けるようになったと言えば一人前の女に生長したことになるのである。よって馬や牛と云う名の語原も摑めるのではあるまいか。かくして馬の全貌が具体的となることに於いて御馬の鞍に片御手をかけと云うことも何処の鞍に片御手をかけられたかが明らかとなるであろう。

御鐙（ミアブミ）

この御鐙も前句の御馬から推して表面的な鐙でしかあるまい。言うまでもあるまいが鐙（アブミ）の原形は足踏（アシフミ）であってそれが鐙（アブミ）に約言されたものであろう。そうすると本文には片御足は御鐙に踏み入れとなっておる。よってこの本文が云う心は片御足を足を踏む所に踏み入れと解してもよいのではあるまいか。だとすればこのことを両命の具体的な姿勢に移せば説明を要すまい。八千矛の神が沼河比売の出雲の国から須世理毘売の命の倭（山戸）の国に上りまさんとする時のことである。

奴婆多麻能（ぬばたまの）

このことは既に解説した如く緊張感がぬけて萎縮した八千矛のことである。

久路岐美祁斯遠（黒き御衣を）

この久路岐（クロキ）は通説の通り黒きであろうから「ぬばたま」の肌色のことになる。そして次の美祁斯（ミケシ）は御衣（ミケシ）に言われておるようだがこれは語解でしかなかろう。勿論、古語は御衣のことに御衣（ミケシ）とは言わない。よってこの美祁（ミケ）は共通語の剝（ムケ）則ち古語の剝（ミケ）に解したい。そして又剝（ミケ）が語原から言っても正しいと言える。だとすれば美祁斯を剝け人（ミケシ）に解すれば何人になるであろう。言うを要すまいが八千矛の亀頭部は剝けておるであろうと言いたい。

麻都夫佐爾（ま具に）

このことは通説の通り真具にであろうから真剣周到な配慮が整えられておることに解したい。

登理与曽比（取装ひ）

このことも常識通りのことで装備を整えて一気可成を待つことであろう。

淤岐都登理（沖つ鳥）

このことも表面的には沖つ鳥でよいのであろう。だが沖つ鳥ではこの場合無縁ではあるまいか。よって真意は別であって古語の雄っ津鳥即ち男鳥と云うことに解したい。古語は淤岐（沖）には沖（オッ）と云う。尚、男鳥には雄（オッツ）又は雄（オンヅ）と云い女鳥には牝（メッツ）又は牝（メンヅ）と云うのである。

牟那美流登岐（胸見る時）

この語は通説通りに胸見る時で結構であろう。但し自分の本心又は良心に映し見る時と解せねばなるまい。

波多多芸母（はたたぎも）

この語は今日云う鶏の羽撃（ハバタキ）の古語である羽叩（ハタタキ）であろう。御承知の通り鶏は朝鶏小屋から降りると直ぐ牝鶏目がけて雄鶏が羽叩きを初める。恐らく直後の動作から見て準備工作ではあるまいか。余談になるが古語の社会では鶏が朝の鳥小屋降りと男の旅帰りはあのことが行われる既定のことに語られておる。

許礼婆布佐波受（これは応はず）

この語も通説通りにこれは応わずで結構であろう。但し応わずの正しい古語は応（クサ）わずでなければならぬ。

幣都那美（辺つ浪）

この幣都那美は通説の通り辺つ波に解しても表面的には良いのであろう。磯辺に寄せた波は直ぐに取って返すので或る程度の意は尽しておることになる。だが古語は寸秒を急ぐことには「へっと云う間（マ）に」と云う。即ち「へっ」と云う返事をする間に行へと云うことである。故にこの「へっ」を利用した「へつ並み」が幣都那美ではあるまいか。余談になるが「へ」の原形は「ハイ」であるから張い（ハイ）を更に強化した幣都（ヘッ）になるので極めて俊敏な行動と言わねばならぬ。

曽邇奴岐宇弖（そに脱きうて）

この曽については諸説が多いようである。本居先生は礎であると説かれ橘守部先生は極であると説明されておる。又、背とする説もあるやに聞く。だが曽（ソ）の基本意は添（ソ）であって衣裳（イソ）や磯（イソ）の添（ソ）であらねばならぬ。よって衣裳の添は着物になるので繊維を細糸にした織糸も古語は木綿素（モメンソ）であると説明した筈である。勿論、畳糸は畳素（タタンソ）馬の尾毛は馬の素（ウンマンソ）と云う。

ところが之等の添（曽）はすべて何物かの周辺に添うておるものであって津（ツ）や食（ク）の如く身体と直結の関係にあるものではあるまい。だから身体では痛いと感ずることも衣裳等の素（ソ）は「曽知らぬ」顔でおることになり、反対に衣裳は破れるような傷を負うても身体の方は「素知らぬ」顔で済まされることになる。従ってこの曽は身近かなことでありながら直接かかわりないことに解せねばなるまい。側《そば》（添場）や其処《そこ》（ソコ）も添（ソ）の一つである。だとすればこの際の曽は須世理毘売の命達の情念に直結しない周辺の事柄化することに解すべきであろう。要するに曽知らぬ顔（素知らぬ顔）で済ますことになる。

次の奴岐宇弖の奴岐（ヌキ）は訳文通り脱きに解してもよかろう。だが古語では着物を脱ぐことには脱ぐ（ニグ）と云う。よって着物から逃げ出すことが脱ぐの語原ではなかろうか。そして古語では暑いことに暑い（ヌキ）と云う。そうすると暑気や熱気に塗り覆われたことが暑い（ヌキ則ち塗気）であることになる。よってこの奴岐は共通語であると解せねばなるまい。

又、奴岐宇弖の宇弖（ウテ）も打てには考えたくない。古語では疎い（ウトイ）ことにも語法通り疎い（ウテ）と云うのである。故にこの宇弖はぬば玉の黒き御衣では疎いと云う意に解すべきでなかろうか。そうするとこの奴岐宇弖は曽知らぬ顔で早々に脱け出て疎いことにしておけと解せねばなるまい。

蘇邇杼理能（鴗鳥の）
この鴗鳥（ソニドリ）は今日の川蟬（カワセミ）のことであると云う。古語は川尻（カワシイ）と云うようだが川鳴（カワシギ）だろうか。そしてこの鳥は羽毛が翠色で美しいことから緑りが「ニドリ」になったものだと説明されておる。だが古語の社会では大昔から冠婚葬祭には供え（ソニエ）物と言って若い娘達が美しく着飾り近隣縁者に配膳して廻ったものである。よってこの供え取りの娘達になぞらえた供え（ソニェ）鳥ではあるまいかと考えたい。

阿遠岐美祁斯遠（青き御衣を）
これは鴗鳥が青い羽毛の鳥であることからこれに名揃えた青き御衣《みけし》（剝け《ミ》し）であろう。従ってぬば玉の黒き御衣より一歩前進した静動脈の張り立った青き御衣に解せねばなるまい。だが静動脈が張り切っただけでは中途半端の域は脱し得ないであろう。故に次の句になるまで具《つぶさ》に取装《とりよそお》い以下そに脱《ぬ》きうてに至るまでは前段の解説と同じことになる。

夜麻賀多邇（山がたに）

このことも通説としては山県（ヤマアガタ）であって班田《はんでん》即ち御料田のことであると云う。だが表面上の解説はそれで良いとしても本文の前後からはそれでは済まされまい。よって夜麻賀多（山県）は前例の通り須世理毘売が山の神であられる所以の山に解し其の山の方にと解すべきでなかろうか。

麻岐斯（求きし）

この麻岐（マキ）は例の通り古代は遘合（マキアイ）と交合のことを言ったであろう。御納得が得られない方は農耕の種子播きに考えてもよかろう。語原は同一である。

阿多泥都岐（茜つき）

この阿多泥（アタネ）を茜（アカネ）に解したのでは表面的解説にしかなり得まい。太古は茜草を搗いて赤の染料にしたと云う話は聞かされたものである。だから茜（赤根）の名があるものと解せられる。

そこで阿多泥の語原であるがこれは最上層に浮上進出（ア）した最高（タ）の根（ネ）になるものの搗（都岐）である。だとすればこの語原通りのことは夜麻賀多（山方）の所でなければ出来ない都岐（搗き）であろう。古語の社会ではこの行為を種子付けとも言っておる。

曽米紀賀斯流邇（染木が汁に）

この曽米紀を訳文通り染木（ソメキ）に解すれば染（ソメ）の原形は染まり則ち古語の染まい（ソマイ）であって語法に基づいて染め（ソメ）になったものと解せられる。従って染木（ソメキ）の語原は色情と云う色に染まる気（キ）即ち染気と解せねばなるまい。そして次の斯流（シル）は汁でも結構であろう。だが曽米岐賀斯流の岐（キ）を更に気（キ）から前進せしめて生（キ）に解すれば染生（ソメキ）が汁となるので具体的説明は要すまい。古語は精液を生（キ）とも言えば汁とも云うのである（注＝同地の風習で精液を塩という言い方もある）。

斯米許呂母遠（染衣を）

この斯米許呂母を染衣に解するのは表面的には兎も角として真意には受取り難い。曽米（染）の原形は添まい（ソマイ）であってこれが添丸（ソメ）や添舞（ソメ）になったものである。従って染（曽米）は染料が添うて舞い則ち芽（メ）を出しておることに解せねばならぬ。見初めの初め（ソメ）も同じことに言えるであろう。

だが斯米（締め）は原形が締まり（シマイ）であって仕舞（シメ）でも〆（シメ）でも良いことになる。従って締めは調味料等其他のものが自から掘り下がって其の中に自己完成して芽（舞）を出しておることでなければならぬ。例えば煮〆《にしめ》であっても其の通りであろう。故に煮〆に煮染と書くのは色合いだけで内容は伴わないことになる。

次の許呂母（コロモ）は衣（コロモ）であっても又頃も（コロモ）であっても語原は同じで

くっついて離れない（コ）であろう（ロ）ことが定住固着（モ）の姿にあることである。よって許呂（コロ）と云うことは頃（コロ）であっても転（コロ）ぶであっても確定不動の姿ではなく大体其の附近を遊動しておることに考えられる。だから斯米許呂母は締め頃もであるか〆衣（シメコロモ）であるかに解すべきでなかろうか。兎に角締めつけた附近を遊動さして他にはやらないことに解せねばなるまい。

然らば何故にかく判断に迷う語を用いたかと云うことになるがそれは前に美祁斯《みけし》の語を御衣（ミケシ）に誤認せしめておるからのことであろう。よってそれを補捉する必要から許呂母則ち衣（コロモ）に作れる語を用いたものと解せられる。

尚、余談になるが前段の事からすれば黒き美祁斯が青き美祁斯になっておるので三段目は赤き美祁斯にならねばならぬものを其れを言うていない。そして赤きに代って茜搗きに誤認せしむる語が使われておる。尚、又更に染木が汁と誤認の度を深めておるであろう。故に赤き美祁斯即ち動脈の張り立った姿は言わなくてよいことになる。だが美祁斯を言わないわけには行かないので御衣（ミケシ）になる語として許呂母則ち衣（コロモ）になる語を用いたものと解する。

許斯与呂志（是しよろし）

この語は常識的には訳文通り是しよろしで是れはよろしいと解してよかろう。だが古語からは腰よろしでも悪くあるまい。

伊刀古夜能（いとこやの）

この語にもいとしい人とか説があるようである。よって語原的な解明が試みたい。常識としての伊刀古（従兄弟）は説明の要もあるまい。だが語原から言えば特に著しい（イ）寄り集まり（ト）でくっつき合って離れない（コ）間柄である。恐らく太古の烈しい生存競争に勝ちぬくために大家族制の一員として共に辛酸を嘗め合った間柄と言えよう。故に糸（伊刀）が一本に結合して強力な如く離れない（コ）間柄の人達を伊刀古《いとこ》と言わねばなるまい。つまり糸子である。よって具体的には血統のつながりであり同族のことと言わねばならぬ。古語社会では兄弟の子供を伊刀古《いとこ》と呼び其の間柄を伊刀古半《いとこはん》とか二伊刀古《にいとこ》、二伊刀古半、三伊刀古等に呼んでおる。そして又それ以上の古い間柄にも伊刀古村と呼び格別な親密度が保持されていたものである。

ところで夫婦と云う間柄はこの血統関係即ち伊刀古を遥かに超越した結合と云うことが出来よう。然らばこの夫婦間を斯く絶対の姿に導いたものは何かと言えばそれは特殊な八千矛の神と云う矢の交流があるからのこととしか言えまい。古語社会では此の外の矢であっても絶対的で建築や工作にも微動だにさせないための締めつけには矢が用いられたものである。

だとすれば伊刀古夜と云う夜（ヤ）即ち矢なるものは果して何を意味するであろうか。言うまでもあるまいが八千矛の神の八（ヤ）則ち矢に解する外あるまい。従ってこの矢は伊刀古以上の間柄にした矢と云うことで伊刀古夜（矢）にしたものであろう。

伊毛能美許等（妹の命）

この伊毛（イモ）を妹と同義に解してはなるまい。妹の古語は妹（イモッ）である。故に語原は著しく（イ）守（モ）るを強化して守っ（モッ）にした居守っ（イモッ）であろう。古語で居守っておると言えば家に居ることになる。従って妹は自分より後まで父母の許に居守っておる者と解せねばならぬ。

だがここに言う伊毛（イモ）は単に伊毛であるから芋（イモ）と同じことになる。従って自分の身辺に著しく（イ）定住固着（モ）しておるものと解せねばなるまい。勿論、妹の如く良縁あれば直ぐにでも出て行くものであってはならぬ。だとすればこの伊毛は妻に解する以外はなかろう。然し伊毛の命とあるので疑えば八千矛の神が伊毛する命と云うことで矢を立たする所かとも考えられる。

牟良登理能（群鳥の）

この牟良登理（ムラトリ）も表面的には群鳥に解して結構であろう。だが具体的には八千矛の神と須世理毘売の命とは御夫婦と云う間柄であって其の法（ムラ）の支配下に在すのである。よってこの牟良登理は御夫婦と云う法（ムラ）取りであって法取（ムラトリ）則ち群鳥（ムラトリ）であると解さなくてはなるまい。

和賀牟礼伊那婆（わが群いなば）

この和賀牟礼（ワガムレ）を共通語に言えば我が法（ムラ）にと云う古語になる。そして伊那婆（イナバ）は居（イ）たならばと云うことであろう。共通語の社会には帰ることに帰る（イヌル）と云う地方も見られるがこれは家に居（入）て代表すると云う古語の名残りであろう。そうすると和賀牟礼伊那婆と云うことは私の法取（群鳥）として私の法（ムラ）の中に居たならばと云うことに解すべきではなかろうか。

比気登理能（ひけ鳥の）

この比気登理（ヒケトリ）も諸説紛々のようである。よって先づ語原からの解明に入りたい。比気（ヒケ）の原形は比飼（ヒカイ）であって語法により比飼（ヒケ）になったものではあるまいか。だとすれば此の比（ヒ）を何に解するかが問題になるがこの場合であるから陰（ヒ）に解したいものと思う。まことに恐れ入るが夫婦道は相共に結ばれておる相手の陰（ヒ）を飼って行くことに倫理があるのであろう。そうとすれば完全円満な比気登理則ち陰飼取（鳥）たらんためには自重自粛して放漫であってはなるまい。よってこの気持を引け目則ち陰飼目（ヒケメ）と云うのではあるまいか。そうすると引け鳥であってもよいことに言えよう。

和賀比気伊那婆（吾が引け行なば）

この和賀比気伊那婆（ワガヒケイナバ）は訳文にある通説通り群鳥の岩村から引け則ち退けて

行ったならばで結構である。

那迦士登波（泣かしとは）

この那迦士登波（ナカシトハ）は訳文の通り泣かしとはで言うことはない。

那波伊布登母（汝はいふとも）

この那波伊布登母（ナハイフトモ）は通説の通りで汝は言うともであろう。汝（ナ）は名であって貴方（ア名タ）の名である。又、伊布（云う・言う）は古語が単に言（ユ）であるから湯宇か結宇かが原形と言えよう。

夜麻登能（山との）

この夜麻登（ヤマト）も表面的には倭であってもよかろう。だが隠語として真実を語る夜麻登は大和や山戸ではあっても山の神の名を生んでおる山の戸でなければなるまい。言うを要すまいが八千矛の神が寄り集まるところの山の戸である。

比登母登須須岐（一本すすき）

この比登母登須須岐も表面的には一本薄（ヒトモトススキ）に解してよいのであろう。では一本（ヒトモト）がどう云う隠語になるかを語原から究明して見たい。一本（ヒトモト）の語原は陰（ヒ）に寄り集まる（ト）ものを定住固着（モ）させるために寄せ集める（ト）ところと云うことに考えられる。だとすれば夫婦道の基本を言った隠語とは言えないであろうか。又、比登母登（ヒトモト）は陰戸許（ヒトモト）にも作れるであろう。

次の須須岐（ススキ）は薄（ススキ）のことであろうが古語では薄（スッコ）とも云う。そして古語で「芒（ススッ）なった」と言えば暮し向きも気候も寒々となったことになる。故に芒（ススッ）の名は其の尾花の開花期が寒々となった冬枯れの季節と離れないことからの名ではあるまいか。そうすると須世理毘売の命も八千矛の神と申す群鳥が群を離れて出て行（イ）かれたのでは須世理毘売の命の山戸の御方が寒々とした一本芒の淋しさ即ち一人暮らしの淋しさに泣くようになるのではないかと云うことに解してもよいように思われる。

宇那加夫斯（うなかぶし）

この語の宇那（ウナ）は大名（ウナ）であって大評判となる名のことであったろう。だから通俗的には浮気にからむ名であると説明がしてある筈である。又、次の加夫斯（カブシ）を古語の通例から言えば魚釣りをする際に魚を寄せ集めるため餌を撒き散らすことに加夫斯と云う。故に餌の香（カ）に伏さしめると云う意の香伏（カブシ）ではあるまいか。そうすると宇那加夫斯と云うことは大名香伏しであって淫奔者浮気者と云う大評判の名を撒き散らすと云うことになる。

那賀那加佐麻久（汝が泣かさまく）

この那賀那加佐麻久は訳文の通り汝が泣かさまくで言うことはあるまい。

阿佐阿米能（あさ雨の）

この阿佐阿米（アサアメ）は浅雨であろうかそれとも朝雨であろうか。何れにしてもしっぽりと深く濡れ切らない情事にかけた隠語であろう。何故なら浅雨が濡れ通らないのは勿論であるが古語は朝雨にも朝雷は粟干せ（アワホセ）と云う。即ち朝立ちの雨は雷が鳴っても粟が干せる好天になると云うことである。

佐疑理邇多多牟叙（さ霧にたたむぞ）

この佐疑理邇多多牟叙（サギリニタタムゾ）は前句の阿佐阿米（アサアメ）にかけられた語句であろう。即ち浅雨でも朝雨でも直ぐに好天に戻る筈である。故に佐疑理邇多多牟叙の語になったものと解したい。

では佐疑理とは狭霧（サギリ）でもあろうが其の言わんとする真意は何であろうか。今これを語原から捉えて見よう。語原は生長発展（サ）する純正無垢（キ）なものが著しい（イ）と解せられる。だとすればこの場合の実情と語原を一致せしむれば子孫を生長発展に導くためには純正無垢な夫婦道と云うことに帰らざるを得まい。この倫理こそが佐疑理則ち狭霧（サキイ）であることは否めないであろう。よって須世理毘売の命と云う御名から判ずれば今は嫉妬（ウラナリネタミ）のため御機嫌を損い浅雨のように濡れきらない心情に在しても夫婦の道は朝雨が粟を干せるように平和絶好な日和が訪れて萌え盛るものぞと云うことに解せられる。

和加久佐能（若草の）

この和加久佐（ワカクサ）は訳文の通りに若草であろう。だがこの語の奥には若草則ち若人の人生はこれからであって大きく生長し立派な花を開き良き実を結んで子孫の繁栄に努むべきであることを暗に物語っておると解すべきでなかろうか。

都麻能美許登（つまの命）

この都麻能美許登（ツマノミコト）は妻の命に解してもよいであろう。だが妻は一体不可分（ツ）の真（マ）又は間柄（マ）であるから夫婦共に夫（ツマ）であり妻（ツマ）であることを語るものであろう。

許登能加多理碁登母（事の語りごとも）

この許登能加多理碁登は夫婦道の語り事と云うことであろう。

第四四節　須世理毘売《すせりひめ》の命《みこと》の御詠《みうた》

本文

【ここに其の后《きさき》大御酒杯《おおみさかづき》取らして立ちより、ささげて歌い給わく。

夜知富許能　（八千矛の）
加微能美許登夜　（神の命や）
阿賀淤富久邇奴斯　（吾が大国主）
那許曽波　（なこそは）
遠邇伊麻世婆　（男に坐せば）
宇知微流　（打ち見る）
斯麻能佐岐邪岐　（島のさきざき）
加岐微流　（掻き見る）
伊蘇能佐岐淤知受　（磯のさき落ちず）
和加久佐能　（若草の）

都麻母多勢良米　（妻持たせらめ）
阿波母与　（吾はもよ）
売邇斯阿礼婆　（女にしあれば）
那遠岐弖　（汝をきて）
遠波那志　（夫《お》（男《お》）はなし）
那遠岐弖　（汝をきて）
都麻波那斯　（夫はなし）
阿夜加岐能　（綾垣の）
布波夜賀斯多爾　（ふはやが下に）
牟斯夫須麻　（むしぶすま）
爾許夜賀斯多爾　（にこやが下に）
多久夫須麻　（栲ふすま）
佐夜具賀斯多爾　（さやぐが下に）
阿和由岐能　（沫雪の）
和加夜流牟泥遠　（わかやる身根《むね》を）
多久豆怒能　（栲綱の）
斯路岐多陀牟岐　（白き腕（タダムキ））
曽陀多岐　（そだたき）

多多岐麻那賀理　（たたきまながり）
麻多麻伝　（ま玉手）
多麻伝佐斯麻岐　（玉手差しまき）
毛毛那賀邇　（股長に）
伊遠斯那世　（寝をしなせ）
登与美岐　（豊御酒）
多弖麻都良世　（献らせ）

かく歌ひて、即ち宇伎由比《うきゆひ》して、うながけりて、今に至るまで鎮《しづ》まります。此れを神語《かみごと》といふ。】

語句の解説

大御酒杯（オオミサカヅキ）

この大御酒杯（オオミサカヅキ）も表面的には言うことはない。だが隠語の立場から言えばこの際での大御杯は少しくおかしい。よってこれは大身逆突（オオミサカヅキ）か大身盛着（オオミサカヅキ）かに解すべきでなかろうか。勿論、大身（オオミ）は合身（オオミ）にも解してのことである。そうすると天の班駒《ぶちこま》も皮を逆剝《さかは》ぎとあるから同様に逆突《さかつ》きにもなるであろう。そして又盛りの着いた盛着（サカヅキ）に解すれば須世理毘売の御持ち物にもなるであろう。だとすれば大御杯を取らして立寄り献げると云う意味は具体的な了解が叶える筈である。

夜知富許能加微能美許登夜（八千矛の神の命や）

この御名は既に説明したことで表裏両面の御理解が叶えておる筈である。

阿賀淤富久邇奴斯（吾が大国主）

この御名も表面上は大国主で結構であろう。だが古語は国も組も共に「クン」と発音するので大国主は大組主にも作れることになってくる。よって隠語は大組主に解するのが具体的ではなかろうか。又、大国主の御名は古語の大黒様則ち台命（デコッ）様が共通語化された御名のように考えられる。

那許曽波（なこそは）

この那許曽（ナコソ）は一般に汝こそに解されておるようである。だが古語の姿からすれば名こそに解すべきでなかろうか。すると名ある人即ち有名人と云う尊称に変わる。

余談になるが他本は単に許曽波（コソハ）であるらしい。古語で「こそこそ」すると言えばこっそりと秘事如きを行う事になるのでこの場合に通じないこともあるまい。だが本文全体の姿からすれば那許曽波が正しいのではあるまいか。

遠邇伊麻世婆（男に坐せば）

この遠邇伊麻世婆（オニイマセバ）は訳文の通り男に居ませばで結構であろう。

宇知微流（打ち見る）

この宇知微流（ウチミル）は表面的には打見るで言うことはあるまい。だが古語には打ち見ると云う語は聞かれない。よって宇知微流は内見る（ウチミル）であって内緒で見ることではあるまいか。

斯麻能佐岐邪岐（島のさきざき）

この斯麻能佐岐邪岐（シマノサキザキ）も島の先き先きで表面的には言うことはなかろう。だが斯麻（シマ）則ち島や縞の語原は掘り下がって自己完成（シ）しておる間（マ）と云うことになる。そしてこの縞や島を更に著しく（イ）して斯麻伊（シマイ）にすれば締り（シマイ）や仕舞（シマイ）になって他と判然とした一線を劃することになるであろう。故にここに云う島は離島のことよりも身辺にある島に解すべきではあるまいか。

よってこの際の斯麻（島）は、山幸彦が豊玉姫に返歌された「カモドク島」と同一の島に解したい。そうすると、この島は股間奥深く仕舞って御出る山の神の山の島のことになる。だとすれば、この打（内）見る島の先き先きも島の隅々に至る内々のこと一切を知りつくすに解すべきであろう。

加岐微流（掻き見る）

この加岐微流（掻き見る）を表面的に解してもいささか戸惑わざるを得ない。然し何れにしても次句の伊蘇（イソ）からして掻き明けて見ることに判ぜずばなるまい。

伊蘇能佐岐淤知受（磯のさき落ちず）

この伊蘇能佐岐淤知受も表面的には訳文の通り磯のさき落ちずで良いのであろう。だが伊蘇（イソ）の語原は説明までもなく人の身辺に著しく（イ）添（ソ）ぅておるものは衣裳（イソ）であり陸地の周辺に添うておるものは磯であった筈である。よってこの伊蘇（イソ）とあるは衣裳の隠語に解せねばなるまい。そして淤知受（オチズ）も落ちずではあるが取り落しなくの落ちずに解すべきであろう。そうすると此の裏言葉は衣裳の先きも取り落しなく掻き明けて見ることになる。

和加久佐能（若草の）

この和加久佐（ワカクサ）は若草であって既に説明した通りである。

都麻母多勢良米（妻持たせらめ）
この都麻母多勢良米（ツマモタセラメ）も訳文の通り妻持たせらめであろう。だが古語は妻と言わないようなので此の妻は第二夫人以下を指すものではなかろうかとも思う。

阿波母与（吾はもよ）
この阿波母与（アハモヨ）は表面的には吾はもよに解してよいのであろう。古語で吾はもよと言えば私もそうであるよに解される。然し阿波母与は少しく異にも響くので更に語原的な解明を加えて置きたい。
阿波母与の語原は上層に浮上進出（ア）した輪（ワ）に母与（モヨ）ておることになる。古語で母与（モヨ）ておると言えば守り合い（モヨ）であって定住固着（モ）し合う代（ヨ）になるので肉体関係の間柄になることである。従って阿波母与は私は既に夫と夫婦道の仲に置かれておる身の上であるからと云うことにも解される。

売邇斯阿礼婆（女にしあれば）
この売邇斯阿礼婆（メニシアレバ）は訳文の通り女にしあればであろう。

那遠岐弖（汝をきて）
この那遠岐弖（ナヲキテ）は名を着てと名置きての二様の解釈があると思う。名を着てに解すれば八千矛の神の嫡妻と云う名を着てになり名置きてに解すれば貴方と申す夫を置いてと云うことになる。然し結論的には何れも貞操の堅固を語るものであろう。

遠波那志（男はなし）

この遠波那志（ヲハナシ）は訳文の通り男はなしで結構であろう。そしてこの遠（男）は夫以外の男と云うことに解したい。

都麻波那斯（夫はなし）

この都麻波那斯（ツマハナシ）は訳文の通り夫（ツマ）はなしに解したい。

阿夜加岐能（綾垣の）

説に従えばこの阿夜加岐（アヤカキ）は綾垣で寝所の隔てに用いた綾絹の帷帳（トバリ）とのことである。勿論、表面的解説としてはそれで良いのであろう。だが裏言葉としての阿夜（アヤ）は既に説明した通り上層に浮上進出（ア）せんとする矢（ヤ）である。故にこの際の阿夜（アヤ）は性感の極致を求める矢に解しても良いことに考えられる。おかしな例になるがこの夜（ヤ）を精（セ）に置きかえると阿精加岐即ち汗掻きになるであろう。だとすれば上層に浮上進出せんとする精力を拂えば汗掻きと云うことになる。

そうすると阿夜加岐と云う隠語の矢が何になるかであるが説明の言葉にも困らされる。よって八千矛と云う名だけに止めたい。古語では精根尽した大活動には阿夜（アヤ）が切れたと云う。そして又夜（ヤ）を代（ヨ）に置きかえて阿代（アヨ）の嘆声にすれば感極まって五体を緊張に縮めることになる。

布波夜賀斯多爾（ふはやが下に）

通説に従えば布波夜賀斯多爾（フハヤガシタニ）は「ふわふわ」した帷帳の下にと云うことであると云う。勿論、表面上の解説としてはそれでよいのであろう。だが裏言葉として隠されたものはそれでは済まされまい。

布波夜（フワヤ）を古語に言えばふわふわした矢のことになる。そうすると布波夜は弾力のある軟かな矢に解しなければなるまい。だとすれば軟かで弾力を持ち且つ他体に込められる矢を以て任ずるものは果して何であろう。つまりは八千矛の神に解する外ないのではあるまいか。殊に布波矢が下にとあることからしてもかく信じたい。

牟斯夫須麻（むしふすま）

この牟斯夫須麻（ムシフスマ）は古事記伝では蒸被（ムシフスマ）に解し暖かい衾と説かれており橘守部先生は虫被（ムシフスマ）で蚕の絹衾と説いて御出る。何れも表面的解説としては御最もと言わざるを得ない。そしてこの牟斯（ムシ）は古事記伝が云う如く蒸しに解すべきであろうと思う。但し古語は蒸し（モシ）であり室屋（モイヤ）であるからこの牟斯（ムシ）は共通語に言った蒸（ムシ）であると解せねばなるまい。
次の夫須麻（フスマ）は伏す間（フスマ）に解すべきではあるまいか。通説の通り衾に解しても結構である。だが衾（フスマ）は衾でもこの衾は俗間に言う肉衾とか肉蒲団とかの類に解すべきであろう。八千矛の神の衾はそれ以外のものには考えられない。

爾許夜賀斯多爾（にこやが下に）
この爾許夜賀斯多爾（ニコヤガシタニ）には柔かい夜具裏の下にと解かれておる。だが裏の言葉はそれではあるまい。爾許夜は説明までもなくにここにこした矢であろう。そうすると八千矛の矢の下にと云うことになる。

多久夫須麻（栲ふすま）
この多久（タク）は栲（タク）や滝、達、龍等で説明は尽しておる。よって多久夫須麻（タクフスマ）は絶対最高の衾（伏間）と解すべきであろう。火を焚くことも火の勢いを最高にすることでしかあるまい。

佐夜具賀斯多爾（さやぐが下に）
説に従えば佐夜具（サヤグ）は栲の質が硬いのでさやさやと音を立てるからのことであると云う。だが古語はさらさらであってさやさやとは言わない。よってこのことも表面的な説明としか聞くことは出来ない。
そこで佐夜（サヤ）の語原であるがこれは生長発展（サ）する矢（ヤ）と云うことになる。故に刀に例を取っても鞘（佐夜）は刀身と云う矢となるものが収まる所であり又大豆の莢であっても矢となって弾け飛ぶ種実の収まる所であろう。それでこの佐夜則ち生長発展する矢となって刀身が走り出ることから鞘走りと云うのではあるまいか。又、大豆の莢も莢が弾けて種実が矢となって弾けて飛ぶから莢（佐夜）であると思う。古語はこの莢が弾けることにも走ると云うから同じく莢走りであると解せねばならぬ。故にこの佐夜は鞘であり莢であって生長発展（サ）した矢（ヤ）が出入りすることからの名であると解したい。
尚この佐夜は「カ行」に活用されるので「サヤカニ」とか「サヤケキ」とかの語となる。よってこの佐夜具を佐矢食（サヤグ）に解すれば佐矢を食うことになるので下にの説明は要すまい。勿論、佐夜は布波夜と同類に考えねばならぬ。尚、又米搗きが臼（大巣）と杵（生根）佐夜藁（サヤワラ）で行う事も参考にされたい。

阿和由岐能（沫雪の）
この語は既に説明したので省略する。

伊遠斯那世（寝をしなせ）
この伊（イ）は先きに沼河比売の節で具体的説明がしてあるのでそれに従いたい。そうするとこの伊（イ）は古語の伊で両家の仕事を甲乙両人が共同して同一仕事を交互に行うことになる。よってこの場合の伊は八千矛の神と須世理毘売の命が両者の事を共同して交互に行うと解せねばなるまい。そうすると伊を斯那世（シナセ）も具体的になろう。

登与美岐（豊御酒）

この登与美岐（トヨミキ）も表面上は訳文の通り豊御酒に解し永久に欽がさない十代（トヨ）の御酒（ミキ）に見てもよいのであろう。だが隠語としての登与美岐は別段のことでなければなるまい。然らば裏言葉の登与美岐は何かと言えば同一の語音ではあるが全然別意の十代剝き（トヨミキ）であると解したい。何故かと言えば古語の剝き（ミキ）は既に説明してある如く美祁斯（剝けし）の剝け（ミケ）と同じ事であって美（ミ）を「カ行」に活用した語になるからである。

多弖麻都良世（献らせ）

この多弖麻都良世（タテマツラセ）も献らせに解するのは表面的でしかあり得まい。故に隠語の多弖麻都良世は立てまつらせであって前句の十代剝きと云う頭の剝けた人を立てまつらせでなければなるまい。

宇伎由比（うきゆひ）

この宇伎由比（ウキユヒ）にも諸説が少なくないようである。だが何れも表面的域は脱は脱し得ていないと思う。故に此の語を語原的に考えると大気（ウキ）結い（ユイ）に解されるであろう。すると大気（ウキ）は浮き浮きした気持の大気になり結い（ユイ）は結合結束のことになる。だとすれば前句の十代剝きを立てまつらせて宇伎由比となるので以下は語るを要すまい。殊に宇伎由比の由比（ユヒ）を結陰（ユヒ）に解するに於いておやである。

宇那賀気理弖（うながけりて）

この宇那賀気理（ウナガケリ）も表面的な諸説が多い。然し宇那即ち大名（ウナ）の古語は浮名のことであるから濃厚な情事に言える。故にこの宇那賀気理弖は大名翔りて（ウナカケリテ）の隠語に解したい。

神語（カミゴト）

この神語は古事記伝では神語（カミゴト）に古史成文では神語（カミガタリ）に読ませてあると云う。

第四五節　宇伎由比《うきゆひ》

本文

【故、この大国主《おおくにぬし》の神、胸形《むなかた》の奥津宮《おきつみや》にます神、多紀理毘売《たぎりひめ》の命《みこと》に娶《みあ》いまして、生みませる御《み》子《こ》、阿遅鉏高彦根《あぢしきたかひこね》の神、次に妹高比売《いもたかひめ》の命《みこと》、亦の御名《みな》は下光比売《したてるひめ》の命《みこと》、此の阿遅鉏高彦根《あぢしきたかひこね》の神は、今迦毛《かも》の大御神と申す神なり。】

語句の解説

胸形の奥津宮（ムナカタノオキツミヤ）

この胸形の奥宮津は既に説明した御社である。胸形は峯の古語が峯（ムネ）則ち棟（ムネ）であることから峯方（ムネカタ）が原形でなければならぬ。従って古墳群の地と云うことになる。

そして其処に吉備の児島があってこの島に多紀理毘売の命の奥津宮が薗田権現《ソンダゴンゲン》の御名で今に現存

しておる。高志の沼河比売の所からは千米位であろうか。又、天孫降臨時の猿田毘古神の所は至近距離である。尚、大国主の命陵の高志（越《コシ》）の塚とは相向き合っており千米余りであろう。

阿遅鉏高彦根の神（アヂシキタカヒコネノカミ）

この神名の阿遅（アヂ）は阿地（アヂ）で上層に浮上進出（ア）した地（ヂ）と云うことであろう。従って其の地は肥沃で生産力の高い地と解せねばなるまい。勿論、食物の味（アヂ）も同じ語原である。そうすると阿遅（阿地）は国生みの小豆島で古来豊饒の地として知られた知覧《チラン》町厚地《アッツ》のことになる。又、次の鉏（シキ）は敷であり布きであろうから領有支配のことに解せねばなるまい。だとすれば阿遅鉏は地味豊饒な土地を領有支配して在すことに解すべきであろう。

尚、高彦根の高は例の通り天津日高の高であろうから高天原最高貴族のことになる。よって具体的には大国主の命と多紀理毘売の命と申す御両親の血統に解すべきであろう。そして、其の日の命と云う根に御子として御生まれであるから日子根別彦根であると解したい。従ってこの神は御所領であられた知覧《チラン》町厚地《アッツ》の総氏神として松尾《マッボ》神社の名で盛大な祭祀が続けられておる。松尾神社は松尾殿（マッボドン）と云うから同族集団（マッ）の穂（ホ）で中心人物に解すべきであろう。

又この神の宮居の場所は後に日子穂々手見の命が高千穂の宮を開かれた穂ヶ岳《ホガダケ》（注＝現在の登記上の名称は母ヶ岳）の西麓で中須《ナカス》及び枦場《ハシバ》の地帯に考えられる。そして其の上手にある厚木穴《アッツアナ》の名は他例からしても見逃せまい。尚、其の他松山《マッヤマ》、平木場《ヒラコバ》、丸野《マイノ》、皆尾《ミナオ》、山神《ヤマンカン》、古巣《フッノス》、大丸《ウマイ》、扇山《オッヂャマ》、竹渡瀬《タケワタヂェ》等の名も関係地名として研究すべきでなかろうか。最後にこの神の御陵は厚地《アツッ》の西端にある小高い岡で俗称の伊椎殿（イッツドン）ではあるまいか。伊椎（イッツ）は著しい（イ）椎（ツッ）になるのでこの神に考えられる。昆虫社会では「コホロギ」が「イッツ」であるが蝗（イナゴ）則ち古語の蝗（タカ）に類似の姿をしておるであろう。

高比売（タカヒメ）

この御名は地位身分をあらわした御名に解したい。天津日高に血縁する多紀理毘売の命と大国主の命の御子として御生まれであるから日高の高を取っての高比売であろう。

下光比売（シタテルヒメ）

この御名は古語の姿からして下層社会即ち葦原の中つ国の一般諸民に好評を受けた比売と云う御名ではあるまいか。御母神の手許に御育ちとすれば周囲の環境からしても斯く考えられる。殊に天若日子の妻であられたことからして一段と其の感を深うする。何故なら奥津宮は猿田毘古神の所より一歩葦原国寄りの地であり且つ天若日子との御家庭は完全に葦原国に見られるからである。

迦毛の大御神（カモノオオミカミ）

この神は延喜式に大和の国葛上郡高鴨阿治須岐託彦根神社とあるものだと云う。だが、御神名の迦毛は構う（カマウ）の古語構う（カモ）に発するものに違いなかろう。よって迦毛の御名は、天若日子の葬儀に大暴れの構い則ち構う（カモ）を発し給うたことに基づく御名であると解したい。

第四六節　大国主の神の御子と御裔

本文

【大国主《おおくにぬし》の神、また神屋楯比売《かむやたてひめ》の命《みこと》に、娶《みあ》いて生みませる御子、事代主《ことしろぬし》の神。また八島牟遅《やしまむち》の神の女、鳥耳《とりみみ》の神に、娶いて生みませる御子、鳥鳴海《とりなるみ》の神。この神、日名照額田毘道男伊許知邇《ひなてりぬかたひぢおいこちに》の神に、娶いて生みませる御子、国忍富《くにおしとみ》の神。この神葦那陀迦《あしなだか》の神、亦の名は八河江比売《やかわえひめ》に娶いて、生みませる御子、速甕之多気佐波夜遅奴美《はやみかのたけさはやぢぬみ》の神。この神天之甕主《あまのみかぬし》の神の女、前玉比売《さきたまひめ》に娶いて生みませる御子、甕主日子《みかぬしひこ》の神。この神淤加美《おかみ》の神の女、比那良志比売《ひならしひめ》に娶いて生みませる御子、多比理岐志麻流美《たひりきしまるみ》の神。この神比比羅木之其花麻豆美《ひひらぎのそははなまづみ》の神の女、活玉前玉比売《いくたまさきだまひめ》の神に娶いて、生みませる御子、美呂浪《みろなみ》の神。この神敷山主《しきやまぬし》の神の女、青沼馬沼押比売《あおぬまぬおしひめ》に、娶いて生みませる御子、布忍富鳥鳴海《ぬのしとみとりなるみ》の神。この神若昼女《わかひるめ》の神に娶いて、生みませる御子、天《あめ》の日腹大科度美《ひばらおほしなどみ》の神。この神天《あめ》の狭霧《さぎり》の神の女、遠津待根《とほつまちね》の神に、娶いて生みませる御子、遠津山岬多良斯《とほつやまさきたらし》の神。

右の件《くだり》、八島士奴美《やしまじぬみ》の神より下《しも》、遠津山岬多良斯《とほつやまさきたらし》の神まで十七世の神と云う。】

神屋楯比売の命（カムヤタテヒメノミコト）

この神の御名にある神は上（カミ）に解したい。そうすると地域に云う上、下の上（カン）と云う古語になる。尚、次の屋楯（ヤタテ）は矢立てであろう。だとすれば大国主の命が早くから白羽の矢を立てて在した上（カミ）地方の比売命と云うことになる。

事代主の神（コトシロヌシノカミ）

この神名の事は字義の通り事に解したい。何故ならこの神は御在世中に驚天動地の大事を平和の中に解決を計り給うたからである。其の大事とは言うまでもなく国譲りであるが父神の御問いに対しても其れはよろしかろうと御返事されたことに伝えられておる。故にこの神名の頭字とする事は国譲りの事を指すものと解したい。

次の代（シロ）は古語に言えば代（シト）でなければならぬ。例えば地名の田代（タシト）や小田代（コダシト）等がそれである。尚、又水田作業の口明けにも代明（シトアケ）と云う。よって代明けは仕事の戸明けと云う意で仕戸明けが語原でなければなるまい。そうすると社（ヤシロ）も矢仕戸（ヤシト）が語原と云うことになる。社（ヤシト）は山戸や大戸（宇都）に同じい戸であるから戸でない社はあり得ないであろう。要するに神霊が矢心となって諸人に接する所が社である。だとすれば事代主の神と云う御名は国譲りと云う大きな事の仕戸（シト）を明け給うた主体の神と云うことに解すべきであろう。

余談になるがこの神は巷間恵比須様の名で親しまれて御出ることは御承知の通りである。だが古語社会では「エベシ様」で通っておる。そこでこの御名の語原になるが語原は古語であって良い（エ）返事（ヘシ）と云う御名である。だから古語社会では良い返事（エベシ）殿（ドン）で親しんでおる。国譲りの後は父神の隠世地から東方三千米位の布波《ふわ》の国であったらしい頴娃《エイ》町水《ミ》成川《ナイガワ》港に住まわれたものであろうか。ここに蛭子川（エベシガワ）の地名を見ることが出来る。又、水成川《ミナイガワ》の東方二千米位の須佐之男の命の須賀《スカ》の宮の港奥に若林（ワカベシ）部落が在する。若林《ワカベシ》は若返事（ワカベシ）に作れるので御子のことであろうか。兎に角大国主の命も御返事をされたので関係の地三ヶ所に「ヘシ」の名を止めておる。

八島牟遲の神（ヤシマムチノカミ）

この神名の八島は多くの島と云う意であろう。だが島は今日の部落程度のことに解したい。然し今日であっても一部落を領有するとあれば大豪家に違いなかろう。故に八島を領有する神とあれば大豪族と言わねばならぬ。尚、次の牟遅（ムチ）は大穴牟遅《おおなむち》の神と同じく持ちに解すべきでなかろうか。

鳥耳の神（トリミミノカミ）

この神名の鳥は古語の鳥（トイ）である。そして又古語は山戸等の戸に入る所も戸入（トイ）と云うので発音は戸入（トイ）になる。よって之等の戸に越えて入る所は鳥越《トイゴエ》の地名にしておる所が少なくない。又、鳥居も原形は戸入（トイイ）であろうから古語は同じく鳥居（トイ）と云う。それでこの神名の鳥も戸入（トイ）であって父神の後継者になられた比売神に解したい。又、次の耳は天の忍穂耳《おしほみみ》の命と同じく耳（ミ）に訓み見に解したいものである。そうすると鳥耳の神と云うことは戸に在して父神の後を見供した比売神と云うことに解せられる。

鳥鳴海の神（トリナルミノカミ）

この神名の鳥は母神同様で説明の要はあるまい。すると鳥鳴海の発音は戸に成る身（トイナルミ）に作れるであろう。だとすれば母神は女神故父神の相続は出来ないので其の御子が祖父神の跡目を相続して戸見になられたので鳥鳴海則ち戸に成り見の神の御名があるに至ったものではあるまいか。

日名照額田毘道男伊許知邇の神（ヒナテリヌカタヒヂオイコチニノカミ）

この神名は日名照額田毘道男伊許知邇（ヒナテリヌカタヒヂオイコチニ）と読むものらしい。極めて長い御名であられることからして評判になることが多かった神と解せねばなるまい。日名照（ヒナテリ）は御雛様の雛（日名）が照り輝いておることであろう。すると御幼少の頃から美貌の誉れが高かったお方と解せられる。天孫陵のある山戸より水戸への通路に思える所にも雛《ヒナ》ケ《ガ》迫《サコ》の地名が見られることを加えておく。

次の額田（ヌカタ）の額（ヌカ）は額突（ヌカヅク）の額であり又米糠等の糠（ヌカ）でもあらねばならぬ。そして其の額が最高（タ）であった場合が額田（ヌカタ）と云うことになる。従ってこの比売神は身だしなみが深く礼儀作法等其の身辺を包むものが御しとやかで謙譲に在したと解せられる。

次は毘道男（ヒヂオ）であるがこの毘（ヒ）を何に考えるかが問題である。然し古事記の通例から見ればこの毘は直系直統の高貴神に用いられておる。故に其の意味に解すべきではなかろうか。又、次の道（ヂ）は淡道（アワヂ）の例から見ても地（ヂ）に解するのが正しいようである。従って本地とか本質本性に解せねばなるまい。尚、次の男（オ）は字義通り男に解する必要はあるまい。他例から見ても売（メ）や男（オ）があながち性を語っておるとは言えないようである。よってこの男（オ）は基本意通り合着が抽ん出ておることに解したい。だとすれば毘道男と云うことは貴相の地が抽ん出ておることに解すべきではなかろうか。

終りに伊許知邇（イコチニ）であるが伊許（イコ）の語原は著しく（イ）くっ着いて離れない（コ）ことである。だから古語は頭髪の「フケ」や魚の鱗にも伊許（イコ）と云う。従って鱗や「フケ」の如く身辺に密着して離れない地邇と云うことに解せねばなるまい。そうすると伊許知邇と云うことは御側を離れず仕える貞節なお方と解すべきであろう。

国忍富の神（クニオシトミノカミ）

この神名の忍（オシ）は既に説明した天の忍男の忍と同じで其の国の主権者のことになる。又、次の富（トミ）は戸見（トミ）であって、大戸（ウト）如き戸を見供わすことに解せねばならぬ。

葦那陀迦の神（アシナダカノカミ）

この神名の葦は葦原の中つ国と同一地のことであろう。従って葦原を名（那）にした神と解せねばなるまい。又、陀迦（ダカ）は高（タカ）であって葦原地方の一主権者に解せられる。高天原であれば天つ日高である。

八河江比売（ヤカワエヒメ）

この御名は判断に苦しむ。幾つかの河の合流地帯の比売に考えられるから根の堅洲国《カタス》地方のことであろうか。

速甕之多気佐波夜遅奴美の神（ハヤミカノタケサワヤヂヌミノカミ）

この神名は速甕之多気佐波夜遅奴美（ハヤミカノタケサワヤヂヌミ）の神と読むものらしい。そしてこの御名も難解の一つであろう。然し古語では一見しただけで気に入ったことを甕着（ミカヂク）と云い、気にくわぬことを甕着かぬと云う。故に甕と云うことは眼に見た直感によって良否善悪を決することに解せられる。それで速甕（ハヤミカ）と云うことは一見して即断即決を降すことではあるまいか。

次の多気佐波夜（タケサワヤ）は古語であって「岳の障りは」と云うことに解せられる。大体岳の裾野は表土が浅かったり山の障りがあったりして生産力の低下するのが通例である。故にそうした岳障りの地には即決で地質のせいに見て貢米等を軽減下さった神即ち遅奴美（ヂンミ）則ち地に見るであると解したい。要するにこの事が有名の神であられたことに解せられる。

天之甕主の神（アメノミカヌシノカミ）

この甕主の神の甕も速甕の甕も同断であろう。故に此の神は高天原に於いて主権を行使された部神のことに解したい。

前玉比売（サキタマヒメ）

この神名の前（サキ）は果物等で歯切れの良い梨や西瓜等に「サキサキ」すると云う。語原は生長発展（サ）が生（キ）なる姿のことになるから気持がさっぱりしたとか花が咲くとかの「サキ」にも通ずるものであろう。よってこの前玉比売の御名は諸般に亘って進歩発展的に在し且つ純心無垢生一本の御人柄にあられたので其のことが御名になられたものと解せられる。

甕主日子の神（ミカヌシヒコノカミ）

この神の母神の父が天の甕主の神であられる。よって母方の祖父神の後を継がれたことから甕主日子の名を得られたものではあるまいか。家族制度の昔に於いてはよく見られた例である。

淤加美の神（オカミノカミ）

この淤加美の神は既に説明しておるのでそれに従いたい。要するに岡見の神であるから陸見の神で農耕一途の神であられよう。

比那良志比売（ヒナラシヒメ）

古語で単に那良志（ナラシ）と言えば高い所を削り低い所に埋めて平面にすることである。そして又これが那良須（ナラス）であれば馴らすや鳴らす成らす等になるので別途なことになる。然し何れであっても比（ヒ）を那良志たり鳴らすようなことは具体的問題として考えられない。よってこの比那良志（ヒナラシ）は雛らしであって御雛様のように気高く美しく且つ若々しい御姿であられたことからの御名ではあるまいか。

多比理岐志麻流美の神（タヒリキシマルミノカミ）

この神名の多比理岐志（タヒリキシ）は平りきしであろう。だが平（タイラ）と云う語法は共通語であって古語の原形は平（ダイラ）でなければならぬ。そしてそれが語法により平（デラ）

にならねばならぬのである。従って語原は台（ダイ）の平面が極限（ラ）まで及んでおる所のことになる。故にこの多比理岐志は平りきして祝詞等に云う平らけく安らけくで平穏平和を意味すると解したい。

次の麻流美（マルミ）は丸見（マルミ）であろう。古語で丸見と言えば余すところなく其のままの姿を見ることになる。そして又円（マルミ）と言えば円満を意味する。故にこの神は平和を旨とし公平円満を計られたのでこの名があるものと解せられる。

比比羅木之其花麻豆美の神（ヒヒラギノソハハナマヅミノカミ）

この神名は比比羅木（ヒヒラギ）と云う木があろうとも考えられない。よって古語の語例からしてこの比比羅木を究明して見たい。古語はなよなよとした美人の手弱女《たわやめ》のことを比比羅（ヒヒラ）しい女と云う。今日では比比則ち狒狒（ヒヒ）のことを好色の動物に言っておるが古語から言えば狒狒（比比）は男性共が情炎を燃え上らせる深窓の美女のことになる。即ち其の深窓の美女らしい娘が比比らしい娘と云うことになるであろう。故に若しかしたらこの比比羅木が比比則ち狒狒の名の起原ではなかろうかとも疑う。

そうするとこの比比羅木は比比の手弱女《たわやめ》が最極限（ラ）に達して未だ生（キ）娘にあることだと解したい。だとすれば比比羅木之其花麻豆美の神と云うことはこの比比羅しい生娘に其の花が咲くのを先づ見の神であるかそれとも待つ身の神かに解すべきでなかろうか。要するに絶世の美人を娘に持たれた親神の親心を語る御名ではなかろうか。

活玉前玉比売の神（イクタマサキタマヒメノカミ）

この神名の前玉（サキタマ）は先きに説明したのでここは活玉（イクタマ）の解説で足りるであろう。活玉の活は発音が活（イッ）となるので既に解説した伊伎の島の伊伎（イッ）と同意である。よってこの活玉は自主自立率先事に当る勝れた御魂に解すべきであろう。古語では衆に絶した魂の人には活魂（イッダマシ）の多い人と云う。

美呂浪の神（ミロナミノカミ）

この神名の美呂（ミロ）は古語の見ろであろう。故に共通語の其れ見ろとは趣きを異にする。古語の見ろは太郎（タロ）や風呂（フロ）等の呂であってほぼ確定のことに意味される。例えば太郎は其の家の家督を相続して家長と云う最高（太）位がほぼ確定的（郎）の名であろう。又、古語の風呂（フロ）は竈（カマド）になるから食物（フ）が見られることは確定的な所と言える。故に美呂浪と云うことは其の所領を見供わす（ミ）ことがほぼ確定的（ロ）な神と云うことに解したい。勿論、浪は名見である。

敷山主の神（シキヤマヌシノカミ）

この神は敷国でなく敷山主の神であられるから高天原寄りの山岳帯を所領としこれを支配召された神であると解したい。

青沼馬沼押比売（アヲヌマヌオシヒメ）

この御名を古語に考えれば青馬のと云う語になる。原形は青馬の（アオウンマン）であるが約言するので青馬の（アオンマン）になるのである。古語の社会では未だ女らしさの現れない未通女のことを跳ね馬と云う。

故にこの比売は勝気で常の男性では手綱の取れない跳ねっ返りさんではなかったろうか。尚、押しは押しの強いことからして忍と同意の嬶天下に解すべきであろうか。それとも青馬からして馬に鞍を置くことに云う古語の押す則ち襲う（オス）に解すべきであろうか。兎に角青毛の馬は黒毛の馬になるので以前に解説してあることも参考としてじっくり御考え下さることを望む。

布忍富鳥鳴海の神（ヌノシトミトリナルミノカミ）

この神名の布忍（ヌノシ）の原形は布忍（ヌノオシ）であろう。だが、布（ヌノ）の「ノ」は母音を「オ」にするので、次音になる忍（オシ）の「オ」を省略した布忍（ヌノシ）であると解せられる。だとすれば、この布忍富鳥鳴海の神と云う御名は布（ヌノ）云う地方の忍（オシ）、則ち主権者として其の戸見（富）の地位を御取（鳥）に成る（鳴）身（海）の神と云うことに解せられる。

余談になるがこの布（ヌノ）は地名としてもおかしいし且つ神代の国では見当もつかない。よって須佐之男の命の布波（フワ）の国らしい布（フ）には読めないであろうか。そうすると一切が合理的となる。

若昼女の神（ワカヒルメノカミ）

この神名の昼は古語の昼（ヒイ）なるので蛭等と共に「ヒ」が特に著しい（イ）ことになる。昼であっても日の照るのが特に著しいから昼（日イ）と云うのであろう。するとこの神は高天原社会に於かせられても社会的地位や御身分の特に高い神に在したと解せねばなるまい。天照大御神も書紀は大昼女《おおひるめ》むちの命に作れる御名を伝えておるであろう。

天の日腹大科度美の神（アメノヒバラオオシナドミノカミ）

この神名は天の日腹大科度美（アメノヒバラオオシナドミ）の神と読むものらしい。よってこの天のは例の通り高天原のことであろう。次の日腹は毘腹（ヒバラ）で高天原の何某毘売と云う高貴神の御腹に御生まれと云うことに解したい。すると先きに説明した若昼女の神を指しておることになる。

次は大科度（オオシナド）であるがこれは大科戸（オオシナド）であろう。そうするとこの大科戸は神代に於ける山戸の地名等からして山戸の中の山戸即ち大山戸に解すべきもののようである。何故なら当地の大山戸に見らるる天照大御神の山戸の岳並びに日子穂々手見の命の高千穂の宮に呼ばれておる山戸の岳及び建御名方の神の山戸に見られる岳には何れも志那志（シナシ＝聖地）の地名が遺されておるからである。そうすると此の神は高天原山中に大きな山戸を経営して在した神と云うことになる。勿論、大科度美を大科戸見の神に解してのことである。尚、高天原山中には荒平岳《アラヒラダケ》や清見岳《キヨミダケ》等何れも山戸主の判断不能な岳が見られることを加えておく。

天の狭霧の神（アメノサギリノカミ）

この御名の狭霧は既に説明した通りであるから血統の正しい御近親の神であられると解したい。

遠津待根の神（トオツマチネノカミ）

この神名は遠津待根の神であられるから遠くの地に神武天皇と共に御東行された御子達を御生地の根の国即ち神代の故国で淋しく御待ちなされた神と云う御名ではあるまいか。

遠津山岬多良斯の神（トオツヤマサキタラシノカミ）

この神名の遠津山岬（トオツヤマサキ）は遠い遠い山や岬と云うことで海山を遥かに越えた隔遠の地と云うことであろう。そして又多良斯（タラシ）は垂らしに解したい。水であっても垂らした水は再び戻ることはあるまい。よって出郷した東国に定住して帰ることのなかった神と解したい。こうした裏話は神武天皇妬吾平津比売《あひらつひめ》にも伝えられておる。

十七世の神（トオマリナナヨノカミ）

この神は十五世しかない。よって二世祖父直統の神があるので其の関係であろうか。

第四七節　少名毘古那《すくなびこな》の神

本文

【故、大国主《おおくにぬし》の神、出雲の御大《みほ》の、御前《みさき》にます時に、波の穂《ほ》より天の羅摩《かがみ》の船に乗りて、鵝《ひむし》の皮を内剥《うちは》ぎに剥ぎて、衣服《きもの》にして帰り来たる神あり。かれ其の名を問わすれども、答えず。また所《み》従《ども》の諸神に問わすれども、皆「知らず」と申しき。ここに多邇且久《たにぐく》申さく「此は久延毘古《くえひこ》ぞ必ず知りたらむ」と申せば、即ち久延毘古を召して、問わする時に「こは神産巣日《かみむすび》の神の御子、少名《すくな》毘古那《びこな》の神なり」と申しき。】

語句の解説

出雲の国（イヅモノクニ）

この出雲の国は大国主の命の出雲の国であるから平常（イツモ）御住居の国と解せねばなら

ぬ。よってこの国は葦原の中つ国の北部地方で国譲りの行われた所の事であろう。

御大の御前（ミホノミサキ）

この名は通例としては美保の埼とも言われ現在は地蔵﨑に呼ばれる地であるとされておる。そして出雲の国八束郡美保ヶ関村の東にある岬のことだと云うのである。然しこれは根本的な誤認でしかあるまい。よって先づ御大に対する見解が述べて見たい。

私は全くの野人で浅学菲才と来ておるから御大が御大（ミホ）に訓める根拠さえも知らないのである。だがこの御大は現地の実状から見ると御大（ミオ）則ち御尾《みお》でしかないように思う。何故なら伊邪那岐の命の小門（オド）の山戸の岳も大野岳（オノタケ）であって尾之岳に作れるからである。よってこの御大も御尾に解し大国主の命の山戸の岳のことに解したいと思う。そうすると具体的な御大の御前と云うのは知覧《チラン》町の最高峯で大国主の命の山戸の岳に推定される白岳《シラタケ》（注＝地元の村人はシラタケ、知覧《チラン》町南域の海岸地方ではシタタケの呼称になる）の御前と云うことになる。だとすれば鹿児島湾沿いの喜入《キイレ》町内のことにならねばならぬ。現地の地勢や地名から推して瀬世串《セセクシ》や樋高（テダカ）附近が其の所ではあるまいか。

尚、又この御大が御大（ミホ）に訓むべきものであったとしても此の大（ホ）は日子穂々手見の命の高千穂の穂と同断に解すべきであろうから山戸の岳であることに変わりはないであろう。

次は余談になるが然らば何故にこの白岳《シラタケ》を大国主の命の御大に見たかと云うことについて解説を加えておきたい。先づ其の第一に挙げられるのは白岳（シラタケ）と云う名である。以前にも触れた通り古語で「シ」を「タ行」に活用すれば白（シタ）白（シテ）白（シト）等になり「ラ行」に活用すれば粃（シイナ則ちシラ）や知らぬ知り知る知れ知ろ等になるのである。故に白岳《シラタケ》と云う名は粃岳（シラタケ）であって空実の岳と云うことにしか考えられない。それで国譲りに依って天津日高の地位を降りられたので白岳《シラタケ》則ち粃岳（シラタケ）の名に呼ばれたものであろう。当地には先住族で同じく山戸を空（カラ）にしたと思える岳を唐松岳（カラマッダケ）と云うのである。即ち空町岳（カラマッダケ）に作れるので空虚（カラ）になった同族集団（マッ）の岳と云う名であろう。天孫や高木の神の山戸近くに其の名が見られることを加えておく。そしてこの白岳《シラタケ》の南隣りには天照大御神の山戸の岳荒岳《アラタケ》が在するのである。

次は周辺の地名になるが先づ東麓海岸部落を瀬々串（セセクシ）と云うのであるがこの瀬は精《せい》、勢《せい》、競《せる》等と同一語原の語である。故にこれが瀬々（セセ）となれば烈しい競り合いで狭まくるしい世のことになる。それで古語の瀬々り込む（注＝南九州方言の発音はセセイクン）は狭い所に身体を小さくして入り込むことに云う。だから瀬世串《セセクシ》と云う名は大国主の命が身を小さくして世の中を狭く暮らさなければならない悲運の籤（串、注＝南九州方言では籤もクシと言う）を引いたと云うことに発した名と解せられる。よってこの水戸に繁栄を極められたものではあるまいか。又これと同じく知覧《チラン》町中部の海幸彦が山幸彦に降伏した地には瀬世《セセ》の名が呼ばれておるのである。

尚、南隣りの海岸部落は樋高（テダカ）であるがこれは大国主の命の全盛時代を語る名ではあるまいか。即ち格段に偉い（テ）高（タカ則ち天津日高）の在した水戸と云うことに解したい。

更に大国主の命陵の越の塚《コシノチカ》には東西に小峯《コミネ》と横峯《ヨコムネ》があるがこの白岳《シラタケ》の西隣りの岡を小峯小野《コミネオノ》と云うのも不思議である。尚この外桜渡瀬《サクラワタシゼ》、滝川《タツガワ》（達川）芫（オロ）花貫《ハナヌッ》（鼻貫）場所谷《バションタイ》、七つ谷《ナナッタイ》等を究明すれば大いに参考となるであろう。

波の穂（ナミノホ）

通説に従えば穂は著しく現れて見える所に云うので波が立って白く見える所だと云う。然し古語では波の穂と言わないので如何であろうか。殊にこれでは骨（穂《ほ》根《ね》）や佛（穂解け《ほとけ》）の説明は出来ない。よって波は名見に解し波の穂は高天原の名（ナ）を見（ミ）せておる中心部の方（ホ）を踏み越えてと解したら如何であろう。古語は方（ホ）であって語原的には穂と変わるところはない。

羅摩の船（カガミノフネ）

これの解説に従えば羅摩（カガミ）は蔓草の名であると云う。又、一説では白蘞（カガミ）の皮を以て舟を作るとも言われておる。更に古史伝では羅摩の実は細長く十糎余りもあって糸瓜（ヘチマ）に似ており別名を雀の瓢（ヒサゴ）とも云うのだそうである。そして秋の末に熟して枯れ莢《さや》が二つに割れて中から綿ようのものが出るとされておる。尚、俗にはこれを和の「パンヤ」と云うとも言い又其の殻を割った形が船に似ておるとも説明されておるのである。

以上の解説と古史伝の説明によって私は羅摩の実体が何物であるかを知ることが出来たのであ

る。私が初めて羅摩の実木を見たのは塩椎《しおつち》の神の出生地に推定する大隣（オッナイ）岳の西麓にある大隣《オッナイ》神社の境内であった。樹高十数米もあろう雑木の大木にからみついて繁茂していた。この莢果《きょうか》は藤の莢果に似て秋の末になると二つに割れ中から蒲公英（タンポポ）の種子を大きくした風媒種子を風に散らすのである。其の種子の頭には真っ白い二三糎の旋毛を着け又長さ二、三糎で小さい円柱状の種子をぶら下げて風に飛んで行く。故に其の姿は鯨の潮吹く遠景を思わせるものがあると言ってよかろう。其の故であろうか古語社会ではこの蔓草を「シオフッ」と云う。よって潮吹（シオフキ）が原形ではなかろうかとも考えられる。

そうすると羅摩の船と云うのは潮吹の船と云う古語になるので船の舳先（ヘサキ）に水柱を立てて走る快速の船と云うことではなかろうか。勿論、莢の形は舳の高い汽船みたいな形を示しておる。

然し又一方からは羅摩（カガミ）の名に意味があるものとすれば次のようなことが言えるのではあるまいか。古語の社会で子供が親にかがい着いておると言えば親にぴったりくっ着いて親から一歩も離れないことである。又、農具の「カガイ」や鏡（カガミ）から考えると相接着接合の形で見ることになる。だとすれば羅摩の船と云うことは高天原の主権者層と不即不離の関係にある船であって具体的に言えば鏡同様一般人では望みは高くとも所持の叶わぬ高天原直属の御召船みたいな高級船のことではなかろうかとも言える。

鵤（ヒムシ）

この解説によると鵤（ヒムシ）は火虫であって鵤の字は蛾（ガ）の字の誤りではなかろうかと云う。だが私は鵤はやはり鵤が作者の心ではなかろうかと思う。何故ならこの字を分解すれば我れ鳥（取）であって利己中心のことにも解されるからである。大体鵤と云うのは火虫ではなく日虫に解すべきものであろう。勿論、日虫の虫は昆虫の虫ではなく人間の虫に解すべき虫ではなかろうか。虫の語原は相対立して同調しない（ム）関係にあって自からを掘り下げて自己完成（シ）しておるもののことである。だから虫と名のつくものは語原の如き性格の持主であろう。故に人間の社会に於いても往々にして見かける性格の人とは言えないであろうか。例えば学究の虫が居たり物欲の虫が居たりするようである。それで少名毘古那の神は高天原の命達にして自分自身のことばかりを考える日の虫が少なくないことに御不満を抱かれ高天原の新しい在り方を御求めになられたものと解する。このことは以降の解説で明らかになるであろうのでしばらく待たれたい。

尚、余談になるが別な考え方をすれば鵤の字は鵞の字にも作れるのではあるまいか。すると鵞鳥のことになる。鵞（ガ）の基本意は独善不協調のことのように解せられる。例えば古語は叱ることに叱る（ガル）と云うから御理解頂けるであろう。尚、河童（ガンパ）や洞穴（ガマ）蟹（ガ根《ニェ》）も同断に言える。だとすれば鵞の世界に住まわれる命達に対しては命（コッ）の古語が示すように一般諸民の協力が得られる筈はあるまい。鵞鳥の鳴き声や挙動からしてもこのことは言えるであろう。故にこの社会情勢を憂え給うた少名毘古那の神が高天原の改善のために独自の途を歩かれたと見るのも悪くないと解する。

内剝（ウツハギ）

このことは通説の通りに解しても悪いことはなかろう。だが実際問題として人間が鵝（ヒムシ）の皮を着て歩けるであろうか。故にこの内剝（ウツハギ）は古語に返して打剝（ウッパギ）に解したい。古語で打剝と言えば剝奪のことになる。故に少名毘古那の神は神産巣日の神の御子と云う立場でもって之等鵝（日虫）となられた安逸の命達を打剝いで新路線を歩かしめることを看板に着て歩かれたことに解したいと思う。

余談になるがこの時代は天照大御神の北方経営が天の岩戸を契機に着々と向上発展の一途を辿り初めた時代であり又他方では大国主の命の北方経営即ち葦原の中つ国の北方開発が進展の実績を挙げつつある時代と推測される。そして其れに対する伊邪那岐の命の南方勢力即ち大倭豊秋《おおやまととよあき》津島《つしま》中心の繁栄は大野岳《オノタケ》（小門の山戸）の噴火に憶測されるものがあって困窮不安の極にあった時代ではなかったろうかと推測される。よって之等の事柄が少名毘古那の神の行動に現れたものではあるまいかと判じられる。

衣服を着て（キモノヲキテ）

この衣服（キモノ）は果して着物のことであろうか。疑えば殊更に衣服の字が用いられておることにも疑問が持たされる。衣服は著しく（イ）服用することに考えられないでもない。又、着物も生物（キモノ）になるので生粋の信念を身に纏い着ておることにも受取れる。そうすると先きにも一寸触れた身上の表看板と云うことに解してもよいであろう。よって衣服を着てと云うことは高天原族の独善的思想打破の信念を身に着てと云う意に解したい。

多邇且久（タニグク）

この且の字は具の誤りであると云う。そして此の名にも諸説があって且久（グク）と啼くからのことだと言い又蝦蟇（ガマ）のことであるとも云う。だが古語から言えば多邇（タニ）は谷（タニ）であって谷（タイ）になり又且久（グク）は且久（グッ）になる。よって片口鰯のことに云う「タイクッ」雑魚《ザコ》のことにも解せられる。語原から言えば鯛屑（タイクッ）雑魚にもなるであろう。そうすると鯛と同じく光沢のある鱗をしておりながら屑魚の雑魚に仲間入りしておることに解せられる。故に多邇且久と云う名前は前身は血統正しい高貴族でありながら何かの理由で零落し下層民並みの扱いを受けておる者と解せねばなるまい。

余談になるが蝦蟇は古語で「トンカッドン」と云うから戸見垣殿に作れる。よって戸見であれる命達の人垣として身辺に待った近臣と解せねばなるまい。そして又の別名は「ワッドドン」であるから脇人殿に作れる。それで日の命の左右に待って護衛の任に当る者の名であることは疑えない。故に両手を前に突いて平伏の姿勢を見せておるのであろう。多分神代の十兵衛（ジュベ）の人達であると理解される。故に多邇且久ではあるまい。

久延毘古（クエヒコ）

この名の久延（クエ）は崩（クエ）に作れるので崩毘古に解すべきでなかろうか。そうすると何等かの事情で領国と共に一家が没落した毘古と云うことに解される。殊に単なる比古でなく毘古であることからして高貴な身分に在した方に解せねばなるまい。故にこそ少名毘古那の神が神産巣日の神の御子であられることを御知りであったのであろうと解せられる。

少名毘古那の神（スクナヒコナノカミ）

この神名についても各種各様の説が聞かされる。例えば少名（スクナ）は大穴則ち大名（ウナ）持の神の大名に対する小名であるなどと云う全く笑えないものまで誠しやかに説かれておるのである。

だがこの御名は決してそんな笑いものの御名ではないのである。各位に於かれても少ないの語意は御承知であられようが然し一歩進めて少ないの語原的意味は何かとなれば一寸御困りの方もあられるのではあるまいか。でも決してそんな難しい語原ではないのである。結論的に言えば直（スク）無いであって血統上の直系直統を名とする者が直名（スクナ）則ち少名になるのである。故に少ないとは真直なものは無いと云う事に外ならない。御承知の通り正月の初夢でも一富士（久士《クシ》）二鷹（高《タカ》）三茄子（名直《ナスッ》）と言われておるがこの茄子（ナスッ）は名直（ナスッ）であって直系直統の名の誤認でしかない。従って茄子の初夢では何にもならないことになる。

故に、少名毘古那の神と申す御名は直名日子名の神であられて具体的には神産巣日の神と申し上げる天つ神の直系直統の御子として御出生の日の御子の神と云うことに解せねばならぬ御名である。

本文

【故、ここに、神産巣日《かみむすび》の御祖《みおや》の命《みこと》に、申し上げしかば「こはまことに我《あ》が御子なり。御子の中に我が手俣《たなまた》より、久岐斯《くきし》御子なり。故、汝葦原色許男《みましあしはらしこお》の命《みこと》と兄弟《あにおと》となりて、其の国を作り堅めよ」とのり給いき。故、それより大穴牟遅《おほなむち》、少名毘古那《すくなびこな》と二柱の神相《あい》ならばして、この国を作り堅め給いき。さて後《のち》には其の少名毘古那の神は常世《とこよ》の国に渡りましき。故、其の少名毘古名の神をあらわし申せりし、所謂《いわゆる》久延毘古《くえひこ》は今に、山田之曽富騰《やまたのそほど》と云う者なり。この神は足は歩かねども、天の下の事をことごとに、知れる神にもなもありける。】

語句の解説

久岐斯（クキシ）

この久岐斯（クキシ）についても諸説が多い。書紀に漏堕とあることからして手の俣から生れ落ちたとする説が大勢のようでもある。然し如何に考えても御子が手の俣から生れ落ちる筈はない。よってこの漏堕は古語で手に余り親の手許から離脱して行く子に指の俣から零《こぼ》れた子と云うからそのことではあるまいか。だと言ってもこの久岐斯では語原的にも言葉にならないのである。よってこの久岐は久（ク）を「カ行」に活用した語になるので古語の久祁斯（クケシ）を久岐斯にしたものではあるまいか。

そうすると、古語の久祁る（クケル）は共通語の間引のことになるのである。そして又久祁（クケ）をすると言えば悔（クケ）をするであって後悔のことには後悔（アトクケ）と云う。よって間引を古代社会の産児制限に結びつけて考えれば間引（クケ）と悔（クケ）とが語原的に一致することの了解が得られるのではなかろうか。語原を言えば、原形は「クカイ」であって「ク」に対する「カ」の作用を著しく（イ）したことになる。よって語原の一致は言をまつまい。各位には「ク」を食（ク）や口（ク）に解し、「カイ」を飼（カイ）や苅（カイ）に解すれば了解が易かろう。

山田之曽富騰（ヤマタノソホド）

この山田は山間の田と云う意ではあるまい。伊勢神宮も宇治山田であり当地の初代伊勢《イセ》神宮跡に見られる近くも山田比良《ヤマダヒラ》である。よって八俣の大蛇の八俣にも通ずる山田ではあるまいか。よって具体的には山（ヤマ）戸に於ける最高臣（タ）のことではなかろうかとも疑う。

次の曽富騰（ソホド）は通説の如く案山子（カガシ）の類ではあるまい。案山子が天の下の事を悉に知る筈はないであろう。よってこの解説は語原を待つことにしたい。曽は添（ソ）であって身辺に添うておることである。古語では夫のことを添様（ソサマ）と呼んでおる。又、次の富（ホ）は穂（ホ）であろう。古語では其の言行に信頼が置ける人のことを穂のある人と云う。故にこの富（ホ）は人生経験豊かに高邁な識見を具備し信望高い人に解せねばなるまい。尚、次の騰（ド）は人（ド）であろう。古語は雇人（ヤトイド則ちヤテド）であり又肥人（ヒド）や毛人（ケド）も同断である。

そうするとこの山田之曽富騰と云う名は大国主の命の山戸に於ける祭政の執行に当り御身辺に待って助言補佐を行う最高の地位が与えられていた人と解せねばなるまい。前身が久延毘古則ち崩《クエ》毘古（注＝南九州方言では崩れることをクエルと言う）であられるから自国の崩壊後を大国主の命の所に寄せられた方と解せられる。少名毘古那の神との仲を取り持ち且つ神産巣日の神の支援を受けるに至ったので重用された方ではなかろうか。

尚、余談になるが少名毘古那の神の常世の国は書紀から判じても床に祭られる世で床世則ち神霊化した世のことであろう。そしてこの神の御墓は何も証するものはないが書紀の語り草からして佐渡の島の粟塚《アワヂカ》がそれではなかろうかと疑う。又、同所にある芋塚《イモヂカ》は芋の語原を追究すれば歩かぬことになるので山田之曽富騰の塚ではあるまいか。若しそれとすればすべてが合理化することになる。

第四八節　大物主《おおものぬし》の神

本文

【ここに大国主《おおくにぬし》の神うれいて「吾独《あれひと》りしていかでかも此の国を得《え》作らむ。何れの神と共に、吾は此の国を相作らまし。」とのり給いき。この時海原《うなばら》をてらしてより来る神あり。其の神言《の》り給わく「我が御前《みまえ》をよく治めば、吾れともどもに相作りなしてむ。もし然らずば国なりがたくまし」とのり給いき。故、大国主の神申し給わく「然らば治めまつらむさまはいかにぞ」と申し給えば「吾をば倭《やまと》の青垣《あおがき》東《ひんがし》の山の上《へ》にいつきまつれ」とのり給いき。こは御諸《みもろ》の山の上にます神なり。】

語句の解説

倭の青垣東の山の上（ヤマトノアオガキヒンガシノヤマノヘ）
倭（ヤマト）は山戸のある所でなければなるまい。然し山戸のある高天原も時代の流れと共に日の命の代も変わり何々岳と名を成した岳が少なくない。然し国生みの関係や高天原の勢力関係等から考えると伊邪那岐の命時代を築いた大倭豊秋津島と天照大御神以降の筑紫の島とに区分が出来ると思う。よってここに云う倭は大倭豊秋津島を指しての連山であると解したい。

次に青垣の青は既に解説済みの通り上層に浮上進出（ア）した山之尾（オ）と云うことであろう。すると青垣は大倭豊秋津島連山の山並のことに解せられる。従って青垣の垣は天之香久山の香久（カク）則ち垣（カッ）のことに解せねばならぬ。誠に其の通り葦原の中つ国方面から眺望される高天原の遠景は青垣の名にそむかないのである。

そうすると其の東の山の上と云うことは高天原山脈を越えた東にある山の上と解せねばならぬであろう。従って高天原山系とは別個な山のことになる。よって具体的には久士布流之多気である開聞岳《カイモンダケ》の東方遥かの海岸に屹立する海岸丘のことであろう。最近観光地として売り出した長崎《ナガサッ》鼻《バナ》東方の山上がそれであろうことは疑えない。

御諸の山の上（ミムロノヤマノへ）

この御諸は御室（ミムロ）が原意であろう。室（ムロ）の古語は室（モイ）であるから定住固着（モ）が著しい（イ）と云う語原になる。従って御諸の山の上は永久に御住み着きになる山の上と解せねばなるまい。其の故であろうか此の周辺の人達は今も神社のことを室殿（モイドン）の古語で呼ぶのである。

だが定説としてはこの神は大和の国三輪の旧官幣大社大神神社のことにしておる。だが神代初代の社は神代の国であらねばなるまい。そこで現地に基いて判断すると山頂に社があって古来有名なのは山川《ヤマガワ》町（神代の津島）長崎鼻《ナガサッバナ》近くの竹山殿（タケヤマドン）しか考えられない。峻険屹立した山頂なので参拝も容易でないが土地の信仰篤く例祭には数万人を数えたと云う。尚、其処の部落を「チョガ水」と云うが着世（チョ）が道で参道と云う名ではあるまいか。よって御諸の山の上の神は此の竹山殿《タケヤマドン》のことに間違いあるまい。

第四九節　大年《おおとし》の神の御子

本文

【故、其の大年《おおとし》の神、神活須毘《いくすひ》の神の女《むすめ》、伊怒比売《いぬひめ》に娶《みあ》いまして、生みませる御子大国御魂《おおくにみたま》の神、次に韓《から》の神、次に曽富理《そほり》の神、次に白日《むかひ》の神、次に聖《ひじり》の神。また香用比売《かよひめ》に娶いまして、生みませる御子大香山戸臣《おほかやまとおみ》の神、次に御年《みとし》の神。又天知迦流美豆比売《あましるかるみづひめ》に娶いまして、生みませる御子奥津日子《おきつひこ》の神、次に奥津比売《おきつひめ》の命、亦の名は大戸比売《おほべひめ》の神。こは諸人のもちいつく竈《かまど》の神なり。】

語句の解説

大年の神（オオトシノカミ）

この神名の大年を古語に言えば大年（ウドシ）になるので豊年満作の年のことになる。よってこの神は当地の古習や田之神舞《タンカンメ》の内容等から見て各地に祭祀されておる田之神《タンカン》になる神ではあるまいか。古語社会では田之神殿（タンカンドン）で親しまれておる。そうすると本節の書き出しや御名の内容から見て大物主の神と同一人で其の別名ではなかろうかと疑われる。勿論、大物主は大者主で四隣に名の響いた神であられたに違いない。そうすると此の神は御名からして利永（トシナガ）部落を據点に農耕を拓かれた神ではあらるまいか。天孫が菊永《キッナガ》の名を止めて御出るのと同断に解したい。

神活須毘の神（カミイクスヒノカミ）

この神名を全く古語に解読すれば神は感や勘になり活須毘は活須毘（イッスイ）と云う古語になる。そうするとこの神は農耕等の道に堪能な勘や手心で創意工夫を重ね次々と好成績を挙げ給うた神と云う意に解せられる。

伊怒比売（イヌヒメ）

この御名の伊怒（イヌ）は共通語の犬になる。だが古語の原形は犬（イミ則ちイン）でなければならぬ。即ち特に著しい（イ）見（ミ）と云う語原であるから衆に勝れて忠実に仕える者が伊怒（犬）である。だから人類社会では神に仕えて忠実な部族が忌部（イミベ則ちインベ）であり動物では人に仕えて忠実な犬が其の名を得たわけである。

故にこの伊怒比売は夫君達に対して忠実で優しかったことからこの名を得たものであろう。

尚、古は「アイヌ」に対しても藍見（アイミ、注＝南九州方言で発音するとアインになる）と云うておるから先住族の比売と云うことであるやも計りがたい。

大国御魂の神（オオクニミタマノカミ）

この神名は読んで字の如く広大な国土を開拓し其の中心人物即ち御魂に在したと云う御名であろう。

韓の神（カラノカミ）

この神名の韓（カラ）を語原から言えば「カ」の作用が極限（ラ）と云うことになる。従って最高（タ）の韓（カラ）を現わすものは宝（タカラ）になり、又着（チ）いておる韓（カラ）は力（チカラ）になるのである。更にこの韓が動きを停止（ダ）しておる場所は身体（カラダ）である。尚この韓が著し（イ）ければ辛い（カライ）と云う。そして此の韓が極限を越せば源泉が涸れて全くの空にならざるを得ないのである。

故にこの神名の韓はこれを如何なる韓に解するかが問題と言えよう。作物にしても稈（カラ）があり卵や貝類にしても殻（カラ）があるであろう。よってこの解説は「カ」の作用を最大限に神と云う原則論に止めておく。よって点数に辛かったり仕事が辛かったりすることも参考として結論を得られたい。

余談になるがこの韓を韓国に考えるのは如何かと思う。霧島の高千穂の峯の隣りの韓国岳なども噴火に伴う空国岳が原形ではあるまいか。

曽富理の神（ソホリノカミ）

この曽富理は古語の発音が曽富理（ソホイ）になるので周辺の開発にまで意を注がれた神と解したい。語原的には曽は添（ソ）であるから周辺のことになり又富理（ホイ）は穂（ホ）を著しく（イ）したことになる。よって熱意を注いだことに解せねばなるまい。そうすると富理は庵の「ホリ」や堀にも考えられるので曽富理は周辺の穂を著しくしたことになる。よって周辺にまで優秀な成果が見え初めたことに解せねばなるまい。

白日の神（ムカヒノカミ）

この神名は白日（ムカヒ）の神と訓むものらしい。すると向日（ムカヒ）になるので事に当り自主的勝気で積極的に立向って行く精神力の神に解すべきであろう。古語では心の痛手に「ヒが痛む」と云い根気強い活動には「ヒ強い」人と云う。故に生命支配の神秘を「ヒ」に見てのことと解せられる。

聖の神（ヒジリノカミ）

この聖（ヒジリ）については既に百も御承知の事と思う。よって語原的説明は止めにしたい。御承知の通り未知の世界を知るのは学問である。だが神秘の世界即ち古語の「ヒ」の世界を知るのは学問だけでは不可であろう。よって其の「ヒ」の世界まで知り得た人が古語の「ヒ知り」則ち聖であろうと解する。

香用比売（カヨヒメ）

この御名は原文に此神名以音と註がしてある。よってこれに従えば香用（カヨ）比売と訓むべきである。だが参考書には香用（カカヨ）比売としてある。よって此の御名は何れでも良い御名と解せねばなるまい。

だとすれば古語で香用（カヨ）でも香用（カカヨ）でも良い語となれば手出しをしたり関係をしたりすることになる。例えば古語は手出しや関係するなと云うことに「香用（カヨ）な」とか「香用（カカヨ）な」とかに云うのである。よってこの御名は手出しや関係如きに解せねばなるまいが果して何の手出しや関係であるかは知る由もない。然し憶測されることは良く他人の面倒を見ることが御好きな同情心の厚い優しい比売神ではなかったろうかと云うことである。

大香山戸臣の神（オオカガヤマトオミノカミ）

この神名の大香（オオカガ）を古語に言えば大香（ウカガ）になるので伺（ウカガ）に作れる。よってこの神名は伺候する山戸の臣（オミ）則ち鬼（オミ則ちオン）に解すべきでなかろうか。つまり山戸の旗頭である。

御年の神（ミトシノカミ）

この神名の御年の年（トシ）は寄せ集まり（ト）を掘り下げて自己完成（シ）することである。故に一年間の総てを取りまとめて反省し来たるべき年の発展を期することだと思う。故に古語は年齢のことを年齢（トシ根《ニエ》）と言い一年の年と区別しておるのである。それで御年の神と云うのは一年一年の年を祝い長幼の序を定め人間としての成長を計られた神と解したい。

天知迦流美豆比売（アマシルカルミヅヒメ）

この神名の天は原文に天如天と註がしてある。故に天の如くと解すべきであろう。すると天知（アマシル）は天が一切を平等に知らすが如く広き御心でたゆまざる大愛を以て諸民に接した比売と解せねばなるまい。

次の迦流美豆（カルミヅ）は背負うた道に解すべきでなかろうか。古語は背負うことを迦流（カル）と云う。例えば子供を背負うことも子供をカル（迦流）と云うのである。よって運命も迦流た運命（ゴ）と云うことになる。又、美豆（ミヅ）は美豆（ミツ）が原意ではあるまいか。伊豆（イヅ）が稜威（イツ）であり出雲が稜威守（イツモ）であると同断に解したい。すると美豆は道をと云う古語が道（ミツ）になるので道に解してもよいことになる。だとすればこの比売は天の如く広大な御心ですべてを自分が背負はされた道として大愛の人倫を生きぬかれた比売であると解せられる。

奥津日子の神（オキツヒコノカミ）

奥（オキ）は沖と共に合着（オ）することが生（キ）になるので諸人は容易に立入れない奥深い所になってくる。よってこの神は祭政の奥向きで枢要な事柄にたづさわる日子神であると解したい。

奥津比売の命（オキツヒメノミコト）

この御名は日子神を比売命にしただけのことである。よって後の後宮や大奥如きで比売命の範を示された方に解すべきであろう。

大戸比売の神（オオベヒメノカミ）

この神名の戸（べ）は鍋（ナベ）則ち菜部（ナベ）又は名部（ナベ）の部（べ）であろう。勿論、物部《もののべ》や大伴部《おおともべ》の部にもなる。古語で「べ」と言えば驚声にもなるので支配者にも解される。よってこの神は大戸比売であられるので配下にある多くの小戸達に対し賄い其他でよく世話し恩愛を施したので大戸の大成を見るに至ったと云う神に解せられる。

竈の神（カマドノカミ）

大戸比売の神を一家に移して考えれば主婦の任務に考えられる。すると主婦の務めは台所を預かり食生活の切り盛りにつとめ美食や健康に注意を拂い食あたり等をおこさないことが大事であろう。よって之等のことに対し盛名を馳せられた大戸比売の神を竈の神として各戸に祭祀し一家の安全息災を祈ったものではあるまいか。

本文

【次に大山咋《おおやまくい》の神、亦の名は山末《やまずえ》の大主《おおぬし》の神。この神は近つ淡海《あわみ》の国の日枝《ひえ》の山にます。また葛《くづ》野《ぬ》の松の尾にます。鳴鏑《なりかぶら》を用いし神なり。次に庭津日《にわつひ》の神、次に阿須波《あすは》の神、次に波比岐《はいぎ》の神、次に香山戸臣《かやまとおみ》の神、次に羽山戸《はやまと》の神、次に庭高津日《にわたかつひ》の神、次に大土《おほつち》の神、またの名は土《つち》の御祖《みおや》の神、

上《かみ》の件《くだり》、大年《おおとし》の神の御子大国御魂《おおくにみたま》の神より以下大土《おほつち》の神まであわせて十六神。】

語句の解説

大山咋の神（オオヤマクイノカミ、注＝原文は大山上咋之神）

この神名の大山の下には上と註がしてある。よって肥の河の大山津見の神と同じくこの大山も高天原の山戸の山如きを指すものに解したい。又、古語では圃場の外周に排水や雑草に備えて溝如きを設けこれを咋（クイ）と云う。よって大山咋の神と云う御名は高天原の山戸の外端に第一防禦線として防備を固めて御出る神と云う御名ではあるまいか。そうするとそれに該当する要衛大山（ウヤマ）部落に相当社格と思える社が国道添いにあったことが思い出される。尚、余談になるが日子穂々手見の命の高千穂の宮には上郡《カングイ》（咋）中郡《ナカグイ》（咋）下郡《シモグイ》（咋）と云う三段構えの防備が用いられておる。

山末の大主の神（ヤマズエノオオヌシノカミ）

この神名は読んで字の如くであろう。大山咋の神の所に説明した山川《ヤマガワ》町大山《ウヤマ》部落は其の西方に高天原山系の高山が迫っておるので正しく山末の大主の神と云うことになる。

近つ淡海の日枝の山（チカツアワミノヒエノヤマ）

このことは近江の国の比叡山のことであろう。地元では比叡（ヒエ）の岳と云う。従って後に遷座された社と解したい。

葛野の松の尾（クヅヌノマツノオ）

このことも山城の国葛野郡松尾村松尾神社のことらしい。よって同じく後代の遷座と解せねばなるまい。

庭津日の神（ニワツヒノカミ）

この神名の庭は字義の通りの庭でもあろう。然し庭の語原は新輪（ニワ）でなければなるまい。居宅を構えれば周囲に庭（新輪）を設定して特別な支配を行う。従って他人の自由通行は許さないであろう。それでこの新輪のように急に設定された「カ」の作用を俄（ニワカ）と云うのである。よってこの神は新興勢力として新しく支配圏を定めて建国され其の主権者（日）であられると云う御名の神ではあられまいか。

阿須波の神（アスハノカミ）

この神名の河を上層に浮上進出したことに解すれば須波（スハ）は巣輪（スワ）に解せられる。すると建御名方の神の諏訪（スワ）と同じいことになる。よってこの神は御住居を最上層に設営して守備を固められたものではあるまいか。従って他の立入りを拒んだことになる。

波比岐の神（ハヒキノカミ）

この神名の波比岐（ハヒキ）は波比岐（ハイキ）に発音される。よって古語の張気（ハイキ）に作れるであろう。すると大いに張り切って闘志満々たることになる。故にこの神は積極果敢の神に在そう。

羽山戸の神（ハヤマトノカミ）

この神名の羽（ハ）は外端の端（ハ）に解したい。すると支配領外端の山に建てられた宇都《ウト》（大戸）如きを支配する神と云うことになる。例えば秋葉《アックワ》神の宇都山《ウトヤマ》如きである。

香山戸臣の神（カガヤマトオミノカミ）

この神名の香山（カガヤマ）は結局は同意に帰るから天の香山（カグヤマ）と同様に高天原の大山戸を巡らす椁山のことに解したい。そうすると後代的には本城本丸の守りの山と云うことになる。そしてこの神は其の椁山の戸の臣の神であろう。だとすれば臣（オミ）は頂位にあって見ると云う意の尾見（オミ）則ち鬼（オン）則ち御（オン）が原形であると解せねばならぬ。するとこの神は後代の大臣（オオオミ）級の神に解せずはなるまい。

庭高津日の神（ニワタカツヒノカミ）

この神名は先きの庭津日の神に高が加えられただけの違いである。よって新たなる開拓団如きを大々的に推進し其の総括的立場に於いて新輪（庭）を経営し最高主権者として君臨し給うた神と云うことに解すべきでなかろうか。

大土の神（オオツチノカミ）

この大土（オオツチ）の土（ツチ）は足名椎《あしなつち》や塩椎《しおつち》の神の椎（ツチ）と同義に解すべきであろう。従って月読の命の月（ツッ）も又同じでなければならぬ。そうすると高天原を降りて平地部の第一線に農耕を見供わす神が椎則ち土であると云うことにもなるようである。古語の原形から言えば土も椎同様に解して決して悪いとは考えられない。

土の御祖の神（ツチノミオヤノカミ）

この御名は土や椎の御祖と云うよりも農耕の御祖即ち開拓による平地農業の開祖と云う意の御祖に解すべきでなかろうか。

第五〇節　羽山戸《はやまど》の神の御子

本文

羽山戸《はやまど》の神、大気津比売《おおけつひめ》の神に、娶《みあ》いまして、生みませる御子、若山咋《わかやまくい》の神。次に若年《わかどし》の神。次に妹若沙名売《いもわかさなめ》の神。次に弥豆麻岐《みづまき》の神、次に夏高津日《なつたかつひ》の神、亦の名は、夏《なつ》の売《め》の神。次に秋《あき》毘《ひ》売《め》の神。次に久久年《くくとし》の神。次に久久紀若室葛根《くくきわかむろつなね》の神。上《かみ》の件《くだり》、羽山戸《はやまど》の神の御子、若山咋《わかやまくい》の神より以下、若室葛根《わかむろつなね》の神まで、あはせて八神。】

語句の解説

大気津比売の神（オオケツヒメノカミ）

この大気津比売の神を須佐之男の命に殺され給うた五穀の神の大気津比売《おおけつひめ》や伊豫の二名《ふたな》の島の粟国の別名大宜都比売《おおけつひめ》と同一人に考えてはなるまい。然し御名の内容は同一であるから農耕の道を奨め食豊かにして富有な社会を築き給うた神であられることには疑えない。よって別人の大気津比売と解したい。

そうすると大物主の神以降の神々は主として頴娃《エイ》町の南部から開聞《カイモン》町（伊佊）山川《ヤマガワ》町（津島）方面の開拓に功労のあられた神のようである。故に久士布流之岳《くしふるのたけ》である現在の開聞岳《カイモンダケ》即ち古名の大飼者殿（ウケムンドン）を中心に繁栄された大気津（ウケツ）比売ではあるまいか。大飼（ウケ）は大気（ウケ）であり受（ウケ）になるので結局は豊受神のことになる。

若山咋の神（ワカヤマクイノカミ）

この神名の若山咋は若山繰り（クイ）に解したい。昔は今日の如く金肥はなかったから畑地は一定期間耕作すれば地力が消耗するので造林して其の恢復を計る切替畑式農業が行われたものである。故に若山でなければ古代の農具では開墾は不能であったに違いない。故に適当な若山の繰り合せが増産と労力の配分及び薪木対策として必要と云う神（感）ではあるまいか。余談になるがこの神以降の御子神は大気津比売神に授かった農事面の精神的な神則ち感であると解したい。

若年の神（ワカトシノカミ）

当地には古来若水汲みや若年の日があって精神的に若返り勤労に励んだものである。正月二日は若水汲みであり女達は誰よりも先きに若水を汲めば金の黄金水が汲めると語られていた。又この日は男子は暗い中に生木切りに出かけたものである。それで結局はこの若年の神と云うことは新年を若くなった気持で迎えて立ち働けば其の積算が有福に導くと云う神ではあるまいか。

若沙名売の神（ワカサナメノカミ）

古語の社会では若いうちの難儀は買ってでもせよと云うのである。よってこの神名は若い盛りの中に難儀苦労の人生経験を積めよと云うことに解したい。故にこの若沙名売は若さ舐めに解すべきであろう。古語の舐めは味わえでもあって経験の意にもなる。

弥豆麻岐の神（ミヅマキノカミ）

この弥豆麻岐（ミヅマキ）は常識的には水撒きにも解される。然し古語で水撒きと言えば暑気拂いの撒水にしかならない。従って農耕とは何等関係ないことになる。だがこの神は本文の前後からすると春の農事を語っておるように思える。よって春の主要作付である水稲作りに解すべきではなかろうか。だとすればこの弥豆麻岐は水撒きではなく水の中に種子を播く水稲栽培のことになってくる。よってこの神は水稲作りの技術技能の神則ち感に解せねばなるまい。

夏高津日の神（ナツタカツヒノカミ）

幼ない頃祖母が真夏の炎天下に白水《シトミッ》（注＝南九州方言では社殿《ヤシト》に通ずる参詣道を白道《シトミッ》と呼ぶ）の畑仕事での語り草に「昔神様が人間に向って真夏の真上を通る高い日に背を干すのが良いかそれとも冬になって腹を干すのが良いかと問われたそうである。そしたら人間が冬に腹を干すのが堪えられないと答えたと云う。それで人は真夏の暑い日盛りの下に長い日を働かなければ食えないことにされたものだそうな」と話してくれたことがある。故にこの間のことを語るのが夏高津日の神ではあるまいか。

夏の売の神（ナツノメノカミ）

この夏の売（ナツノメ）は共通語の夏の間にと云う古語である。古語では夏の間（マイ）とか夏の間（メ）とかに云う。故に夏の間に除草中耕等の手入に努めなければ秋の稔りは期せられないと云うのが此の神であろう。

秋毘売の神（アキヒメノカミ）

この秋毘売（アキヒメ）も共通語に言えば秋の暇（ヒマ）にと云う古語に作れる。大体古代の農業は水稲、稗、粟、大豆等が主作物で其の手入も殆ど八月中には終ったものではなかったろうか。そして蕎麦の播種が二百十日に地の中と言われていた。故に十月の水稲収穫に至るまでの九月の秋は比較的農閑期と言われたものである。よって人に依っては湯治保養に出かけたり又は一日の慰安を楽しんだりしたものでもあった。だからこの初秋を利用して仕事の遅れを取り戻したり或いは健康慰安のことも考えようと云うが此の秋毘売の神ではあるまいか。毘売の名や字体からしてもかく考えたいものである。

久久年の神（ククトシノカミ）

古語で久久（クク）と言えば食込（クク）であって飯等を口中にしたまま嚥下しない間のことになる。だから飯を食うと直ぐのことにも久久（クク）と云う。それでこの久久年の神と云うのは年間働いて秋の満腹が出来たと思ったら又直ぐ即ち久久（食込）次の年になると云う神に解したい。

久久紀若室葛根の神（ククキワカムロツナネノカミ）

この神名の久久紀（ククキ）は発音が久久紀（ククッ）となるので古語の食込っ（ククッ）であって腹一ぱい食い込んでになる。又、次の若室（ワカムロ）は古語の若室（ワカモイ）になるので若い力を盛り立てに解したい。尚、次の葛根（ツナネ）は綱根であろうから同族集団と云う大綱の根源たれと云うことに思う。そうすると久久紀若室葛根の神と云うことは腹一ぱいに喰べて若者の力を盛り上げ国力の総結集を大綱を見る如くにする原動力たれと云うことに解せられる。尚、綱は一体不可分（ツ）を名（ナ）にすることである。

六章　中津国の平定顛末

第五一節　天照大御神の大詔《おおみこと》

本文

【天照大御神の命《みこと》以ちて「豊葦原《とよあしはら》の千秋《ちあき》の、長五百秋《ながいほあき》の、水穂《みずほ》の国は、我《あ》が御子、正勝吾勝勝速《まさかつあかつかちはや》日《ひ》、天《あめ》の忍穂耳《おしほみみ》の命《みこと》の知らさむ国」と言《こと》よさし賜いて、天降《あまくだ》し給いき。是に天《あめ》の忍穂耳《おしほみみ》の命、天の浮橋《うきはし》に多多志《たたし》て詔《の》り給わく「豊葦原《とよあしはら》の千秋《ちあき》の、長五百秋《ながいほあき》の水穂《みずほ》の国は、伊多久佐夜芸弖《いたくさやぎて》ありけり」と告《の》り給いて、更《さら》に還り上らして天照大御神に申し給いき。】

語句の解説

天照大御神（アマテラスオオミカミ）

天照大御神については既に部分的な説明は終っておる。よってここでは之等を総合した具体的な説明が試みたい。私が祖母達から聞いた伝説では大昼殿（ウヒイドン）の御名で語られておると説明したであろう。すると昼の古語は昼（ヒイ）であるから御神穂（ヒ）が特に著しい（イ）御方と解せねばなるまい。よって大蛭に解しても語原的には良いことに言える。故に当地の伝説は日本書紀が伝える「オオヒルメムチの尊」の御名で伝えられておると言わねばならぬ。するとこの御名は太陽が正午の大昼に中天高く輝くように恩徳の慈光を四民の上に注ぎ給い、其の繁栄と福祉に大御心を垂れ給うたと解すべきであろう。然し之等の具体的事例は既に述べてあるので省略する。

次に私の育った町名は知覧《チラン》町である。然し知覧（チラン）と訓むのは現代式読書法で文字の無い明治の頃までの当地一般諸民の呼び方は知覧（チェラン）であったのである。故に天照大御神の照を取って照見（チェラミ則ちチェラン）が原形ではあるまいか。そうすると天照大御神の見供わした地と云う名になる。

又、天照の天（アマ）は天（テン）に解しても良かろうし高天原の天（アマ）に解しても良かろう。然し天（アマ）の語原は上層に浮上進出（ア）した真（マ）なることであるから地上に於ける至上至高の真（マ）に解される。尚、次の照（テラシ）は古語の発音が照（チェラシ、注＝南九州方言でテとチェは使い分けられてたとえば手はチェと発音する）になるので古語で云う鯛《テ》（タイ則ちテ）と手《チェ》（チエ）とは絶対的基本的違いであると言わねばならぬ。例えば鯛（テ）や樋（テ）は最高位が著しいに止まるが手（チェ）は五体中でも最高至善の知能や技工が発揮される所であろう。従って、これが照（チェラシ）と最大限に強化された語になれば太陽に例を取ると其の能力が最大限に発現される時のことになり、天照大御神で申せば大御神の御神徳御手腕が最高度に御発現を見せ給うて御出る時のことになる。故に之等のことがあらわされた建物は「寺（チェラ）」と云う古語になり、衣類では晴衣のこと等に「照（チェラシ）の着物」と云うのである。模様入りの着物のことであった。

以上の通り天照大御神の見供わした土地と云う照見（チェラミ）の名に対して知覧《チラン》の字が当用されたものであろう。故にこそ町内に筑紫の島や岳並びに天の両屋、天の岩戸と宇都、御陵伊勢塚等が在するものと解する。

豊葦原（トヨアシハラ）

この葦原は既に説明してあるので要約に止めたい。即ち人体の足と同じく足原であろう。足は頭部や胴体等上層部（ア）のために自からは掘り下がって自己完成（シ）の姿で奉仕しておる。そしてこれと同じく葦原は高天原の食糧給源地として十代（豊）に其の任を果たす平地と云うことに解せられる。従って葦原は川辺《カワナベ》町の広瀬《ヒロセ》川以南を含めた知覧《チラン》町を中心の地に解して間違いなかろう。

千秋の（チアキノ）

この千秋が字義通りであるとすればこれは後代の語ではあるまいか。神代に千（チ）の語があったろうとは語原的にも考えられない。そして又古語で百（ヒャク）と言えば終点のことにもなるからである。故に百姓も百性で人生の終点まで本性として従事せねばならぬと云う名ではあるまいか。だから千秋が神代ながらの語とすれば着秋（チアキ）であって豊かな稔りの秋が着いておると解したい。

長五百秋（ナガイホアキ）

この長は字義の通りに長いの意であろう。語原は名飼い（ナガイ）に解したい。次の五百（イホ）は五百に考えても其の事は悪くあるまいが、数のことには解したくない。やはり庵（イホリ）の「イホ」で永い住居のことに解すべきであろう。尚、次の秋は秋で永年の生活に秋の豊饒が約束されることに解すべきではなかろうか。

水穂の国（ミヅホノクニ）

この水穂（ミズホ）の国は殆ど水稲の国に解するのが定説のようになっておる。然しこれに対しては全面的な賛意は表し難い。日本書紀には瑞穂《みずほ》の国ともしてあるので或いはこれが真意に近いのではあるまいか。兎に角古事記、日本書紀と神代史はその間ずっといろいろな言葉により語り継がれて来た筈である。よって言葉の発音が作者の受取り方により又いろいろに解釈されたことであろう。よって大きな誤解も生んでおるように思う。

例えば君（キミ則ちキン）の鳶（トッ則ち最高主権者）と云う古語が「金の鳶」になって神武天皇の御弓（結身）に止まり金鵄勲章になったり、又は先住族の首長椎（ツチ）の命（ミコト則ちコッ）が古語の土蜘蛛（ツッコッ）になったりしておるが如きである。古語は命に命（コッ）

と云う。従って命風（コッカゼ）は東風（コッカゼ）と云うことになる。

だから水穂であっても又瑞穂であっても古語は水穂（ミッボ）であり瑞穂（ミッボ）である。故にこの水穂や瑞穂は満穂（ミッボ）に解し日の命の穂（威令）が限なく充ち満ちておる国と解すべきではなかろうか。即ち高千穂の穂が完全に行われて平和繁栄の国と云う意である。余談めくが古語では稲穂や米の穂には言うが水穂の名は聞かれない。又、古事記全体から眺めても穂（ホ）や火（ホ）はもっと枢要なことになると思う。

正勝吾勝勝速日、天の忍穂耳の命（マサカツアカツカチハヤヒ、アメノオシホミミノミコト）

この御名は既に説明したので要約に止めたい。正勝は正株で正流の血統を意味する。又、吾勝は最上位に位置づける株のことである。そして勝速日は其の所属する株即ち同族集団の最果てにまで威令の及んでおる日の命のことになる。尚、天の忍穂耳の命の御名は高天原の押さえとして祭政を見供わす統括者のことに解すべきである。

天の浮橋（アマノウキハシ）

この浮橋も既に説明した通りで高天原の天照大御神の大前で御詔勅を御受けする壇のことである。従って浮は浮（ウケ）に訓まねばならぬ。もっとも浮（ウキ）は「ウ」を「カ行」に活用する語であるから浮（ウケ）に訓んでも語原的には差し支えない。又、橋は古語で階段のことを階段（キザハシ）と云うから其の段（ハシ）に解すべきであろう。階段（キザハシ）は生（キ）の命の在す座（ザ）に至る橋と云うことに解される。

伊多久佐夜芸弖（イタクサヤギテ）

この語は至って騒ぎてであろう。

本文

【爾に高御産巣日《たかみむすび》の神、天照大御神の命もちて、天の安《やす》の河《かわ》の河原《かはら》に、八百萬《やおよろず》の神を神集《かみつど》えに集《つど》えて、思金《おもいがね》の神に思わしめて詔《の》り給わく「この葦原の中つ国は、我が御子の知らさむ国と、言《こと》よさし給える国なり。故、この国に道速振《ちはやぶる》荒振《あらぶる》国つ神等の、多《さわ》なると思ほすは、何れの神を使わしてか、ことむけまし」と詔り給いき。ここに思金の神、また八百萬の神たち議《はか》りて「天の菩比《ほい》の神是れ遣《つか》わしてむ」と白《まう》しき。故、天の菩比の神を遣わしつれば、やがて大国主の神に媚附《こびつ》きて、三年になるまで復奏《かえりごと》申さざりき。】

語句の解説

高御産巣日の神（タカミムスビノカミ）

この神については巻頭の天地初発の節で説明申してある。従って現在の日本が神代の国として肇国を見た皇室初代の神と解せねばならぬ。故に天照大御神よりは数代前の神に解すべきであろう。此の神の御陵は天照大御神陵よりはさして遠くない六千米位の東方奥地に別名高木の神の木を取った木塚《キヂカ》の名で現存しておる。又、其の山戸は天照大御神の御住居より南東六千米位の雪丸《ユッマイ》

名に作れる。よって其処に在する古社尾間（オンマ）様が名前からしてこの神の事に解される。
岳《ダケ》ではあるまいか。雪丸は結生（ユキ）丸に作れるので高木（生）の神の御住居（巣丸）と云う

道速振（チハヤブル）

この道速振についても諸説が多いようである。だが道速振は語原からして血速振であろうか。道の語原は身着（ミチ）であるから身に着いたものが羽矢（端矢若しくは張矢）のように常識を越えた勢いで振舞うことになる。よってこの道速振は血速振に解し血気無謀に振舞うことではあるまいか。古語で振（ブル）と言えば実際以上に見せかけをしておることになる。

荒振（アラブル）

この荒振を語原から言えば上層への浮上進出（ア）を最大限（ラ）に見せかける（振）ことになる。従って新玉の新（アラ）や天照大御神の山戸荒岳《アラタケ》にもなる。又、古語は屈強な男には「アラシカ」男とも云う。

多なる（サワナル）

この多（サワ）を語原から言えば生長発展（サ）の輪（ワ）になる。従って木の根等がこの多（サワ）拡大してくれば障りになり人の集団に移せば騒ぎになってくる。

天の菩比の神（アメノホヒノカミ）

この神は天照大御神の第二皇子にましまして既に説明はしておる。又、復奏についても論説が聞かれるがそれは私の手が及ぶ限りではない。だが丁度其の頃星の「カガセオ」の神が高天原に亡されたことを書紀は伝えておる。そしてその星は私の部落の古名になるが遺跡墳墓殺された場所等はほぼ地名に依って知ることが出来る。一つの墳からは土器と石が出たと語られておる。又高天原の星の「カガセオ」の神は高星《タカボシ》の地であろう。

第五二節　天若日子《あめわかひこ》

本文

【是をもて高御産巣日《たかみむすび》の神、天照大御神、また諸《もろもろ》の神たちに問い給わく「葦原の中つ国に遣わせる、天の菩比《ほひ》の神久しく、復奏《かえりごと》申さず。また何れの神をば、つかわしてばえけむ」ここに思金《おもいがね》の神申しけらく「天津国玉《あまつくにたま》の神の御子、天若日子《あめわかひこ》を遣わしてむ」と申しき。故、ここに天の麻迦古《まかこ》弓《ゆみ》、天の波波矢《はばや》を天若日子に賜いて遣わしき。】

語句の解説

天津国玉の神（アマツクニタマノカミ）

この神名の天津は高天原に一体不可分と云うことである。そして次の国玉は国魂であくまで高天原中心の国土経営即ち肇国精神を御堅持なされた神と云う御名に解される。

天若日子（アメワカヒコ）

この名は高天原一途に生きぬかれた天津国玉の神の若御子として生れた若日子（比古）と云うことに解したい。

天の麻迦古弓（アメノマカコユミ）

この弓名は如何ように考えても弓に取れる古語にはならない。又、通説に従っても麻は真（マ）で美称であるとし迦古は鹿児（カコ）であって鹿の子であると云う。そして其の理由としては猪に猪の子（イノコ）と言い馬に駒（コマ）と云うのと同じいとのことである。だから麻迦古弓とは鹿を射止める強烈な弓であるとされておる。だが古語は猪に猪の子とは言わないし又駒の名は別途の語原に基づくものである。故に真鹿児《まかこ》とする説には賛成しかねる。

そこで考えたいのは高天原と大国主の命との間柄である。大国主の命は須佐之男の命に発する御子であられると共に天照大御神の御子多紀理毘売の命との間にも二人の御子が在す極めて近親的な御関係に在する。故に高天原としても頭初から大国主の命を亡ぼしてまでも其の領国を手中に収めんとする非情な手段には立たれたものであらるまい。又、天照大御神の御仁徳と御人柄からはそんな非道は考えられない。

尚、天照大御神と大国主の命の両神は同族近親のことからして共に根底には高天原の勢威を傷つけたくないことで一致した御見解に御立ちのことであろう。故に高天原としてもあくまで骨肉相食むことを避け高木の神の御神慮に基づく大義に大乗的団結を求め給うたものと解せられる。故にこそ天の菩比の神にも何等武力を御授けにならなかったのではあるまいか。よってこの観点からして天の麻迦古弓に対する見解が述べて見たい。

天の麻迦古弓の天のは例の通り高天原のことで天照大御神の大御心のことであろう。そして麻（マ）は通説の通り真（マ）でもよかろうが此の際は真心則ち誠意に解したい。次の迦古（カコ）は結論から言えば古語の梈《かこ》う（カコ）則ち囲《かこ》う（カコ）であろう。古語で囲（カコ）と言えば手厚い庇護を保証しておることになる。例えば食糧等を囲（カコ）ておると言えば大事に格護の上保存することであり、又、妻妾を囲（カコ）ておると言っても同断で庇護しておることになるであろう。尚、次の弓は既に解説した通り結身（ユミ）であるから結束し合った身になり高天原の力を増強増大し合うことになる。よって具体的には高天原と大国主の命とが一体化して弓（結身）になることに解すべきではなかろうか。

そうすると天の麻迦古弓の真意は天照大御神の大御心は大国主の命と一体に団結した上は将来に向って手厚い庇護を保証するから投合結束して祖神高木の神の神慮達成に協力して欲しいと云う思し召しを天若日子に托し給うたことに解せねばなるまい。国譲り後の大国主の命に対する処遇から考えても言えることではあるまいか。故にこうした天照大御神の大御心を天の麻迦古弓と云う弓名に托した隠語と解すべきであろう。

天の波波矢（アメノハバヤ）

この天の波波矢（アメノハバヤ）も又天の麻迦古弓同様のことが言えるであろう。波波（ハバ）は巾（ハバ）に作れるから大国主の命に対する国譲りの条件や処遇については相当に巾のある考え方で接渉に当れよと仰せ出された天照大御神の大御心に解したい。尚、矢は先方に通達する物や事になるからこの際は国譲りの申し入れに解せねばなるまい。何物かを遣るとか遣れとか云うことも語原的には矢《や》れであり矢《や》るであろう。すると天の波波矢と云うことは高天原の相当に余裕のある巾を持たせた交渉と云うことに解せられる。

又この波波（ハバ）を悪い意味に解すれば実質以上に権勢等を見せかけようとする態度にも古語は「巾を利かす」とか或いは「巾をかける」とかに云う。従って其の意味に取れないこともないと言える。だが本文の前後や結末から考えると其の事は当らないであろう。

余談になるが天若日子の葬儀の模様等から見ても此の事件での天照大御神の温かい御心遣いは至るところに見られるので注意を払うべきではなかろうか。

本文

【ここに天若日子、かの国に降《くだ》りつきて、即ち大国主《おおくにぬし》の神の女《むすめ》、下照比売《したてるひめ》を妻《め》とし、また其の国を獲《え》むと思いはかりて、八年に至るまで復奏《かえりごと》申さざりき。故、ここに天照大御神、高御産巣日の神、また諸《もろもろ》の神等に問い給わく、「天若日子、久しく復奏《かえりごと》申さず、またいづれの神を遣してか、天若日子が久しく留《とど》まる故を問わしめむ」と問い給いき。ここに諸の神たち、又思金《おもいがね》の神申さく、「雉《きぎし》名《な》鳴女《なきめ》を遣わしてむ」と申す時に、詔《の》り給わく「汝行きて、天若日子に問わむさまは、汝を葦原の中つ国に遣わせる故は、其の国の荒振《あらぶる》神どもを、言《こと》むけ和《やわ》せとなり。など八年になるまで復奏《かえりごと》申さざると問え」と詔り給いき。】

語句の解説

下照比売（シタテルヒメ）

この比売は天照大御神の第一皇女多紀理毘売《たきりひめ》の命と大国主の命との間に御生まれの御子であられる。よって別名は高（タカ）の御身分をあらわして高比売の命とも申し上げる。故に下照比売の御名は葦原国に降り立たれて一般諸民との交誼を深め下層社会に御評判が高かった事からの御名ではあるまいか。

雉（キギシ）

この雉が野鳥の雉（キジ）であれば古語は雉の鳥（キシノトイ）である。だが雉（キギシ）に訓むものだとすれば生生人（キギシ）で高天原に於ける生（キ）の中の生（キ）なる人と解せねばなるまい。大体美麗な羽毛をした鳥は殆ど高天原の生人（キシ）に関係ある名前のようである。例えば三光鳥（サンコドイ）にしても神武天皇の御名佐野（サヌ則ちサン）の子（コ）と云う名である。勿論、佐野（サン）は生長発展（サ）を見（ミ）るで誰さん彼さんの「さん」になり最上の敬称と言える。尚、其の他山鳥（山戸等の山取）にしても君飼鳥（キンケドイ）にしても又「シタタケンタロジョ」則ち鶺鴒（セキレイ）にしても皆そうした語原の名に考えられる。故にこの雉は高天原生粋の人に解せねばなるまい。

だがこの雉（キギシ）とあるのを生議人（キギシ）に解するものとすれば高天原生粋の生れでありながら高御産巣日の神や天照大御神の御言に対し反抗反論之を阻止（ギシ）したことに考えられる。若しそうとすればこの人は天若日子に考えざるを得まい。でなければ古事記の原文に雉名と雉の下に名が挿入してある理由もわからないことになる。よって天若日子のことに解すれば高天原の命にそむき反抗の議を吐いた人になるので其の名を得た者と解することが出来る。古語では通行を阻止する絶壁のことを崖（ギシ）と云うので参考とされたい。そうすると大国主の命に対してはあくまで寛大平和的であるが高天原身内の岩村に対する反逆には峻厳で呵借のなかったことに考えられる。

尚、余談になるが遠慮のない考え方を述べて参考に資したい。大体雉の原形は雉（キジ）であろう。そして又古語の傷（キズ）にも作れる名である。古語は雉も傷も共に「キ」を「ザ行」に活用した語にするので雉（キジ）でも傷（キズ）でも原意は同一のことになる。よって高天原の社会秩序を傷つけた者に対する岩村の処置を雉の名を借りて語っておるのがこの節であると解したい。即ち雉則ち疵である。原文の雉名からしても天若日子を疵者の名にした強行処置としか考えられないであろう。従って天の岩戸の対外措置でもある。

尚、余談の余談になるが、当地では雉が屋敷内に飛来することが古来嫌われていた。其の理由は、大きな不幸（ツマヅキ）に遭遇するからとのことに伝えられる。それで野近の屋敷では松を植えてこれに備えたものである。理由は雉の飛来を松林の誤認にしたかったからのことと云う。よって古代社会では雉を疵に取り、社会からの疵（雉）者扱いされる不幸を避けたものではあるまいか。そうするとこの雉飛来の迷信も、雉名鳴女のことに根をおろすものではなかろうかと思われる。

名鳴女（ナナキメ、注＝原文は名上鳴女）

私の参考書では名を鳴女の上に冠して名鳴女にしておる。だが私は雉名として説明しておるので単なる鳴女にして説明が試みたい。だがこの鳴女は二様にも三様にもの憶測が生れるのである。先づその第一は雉の鳴き声であるがこれはすでに説明してある通り「ケン、ケン、バタバタッ」と云うのが古語である。だとすれば飼見（ケン）飼見（ケン）の飼見（ケミ）は食生活等の養いを見ることになり次の「バタバタッ」は一気呵成に決着をつけることになる。

次に第二は天若日子の葬儀に雉の哭（泣）女が参列しておるがこれとの関係とどう見るかと云うことである。字義の通りに泣女とばかりに解してよいのであろうか。

次の第三はいよいよ本論であるが本節の末尾にも書かれておるように古語で雉鳴女（キシナッメ）などと言えば大きな口を叩いて後で泣くまいぞと云うことになる。故にこの場合には高天原の施策に対して広言を拂っておるが其の反動が返ってきた時に泣くまいぞと云うことにも考えられる。

よってこの雉鳴女（キシナッメ）を具体的に言うならば大国主の命の婿気取りで後継者位に思い上り生意気な口を高天原に向って利くが後になって後悔で泣くまいぞと云う高天原の強硬決意を雉名に托して通達したことに解すべきであろう。

尚、余談になるが古語では生意気な口返しをすることに「何を（ナヌ）雉返す（キシカヤス）か」と云う言い方で切り返して相手を罵倒する。よってこの語も雉鳴女と同じく自分の疵になるような口返しするかと云うことであろう。

言むけ和せ（コトムケヤワセ）

この語法は恐らく後代のもので共通語的匂いのものであろう。説明までもあるまいが叮重な言葉遣いをさしむけて心を解きほぐし和解が成功の実を結ぶよう取り計らえよと云うことである。

第五三節　雉《きぎし》の頓使《ひたづかい》

本文

【故、ここに鳴女《なきめ》天より降りつきて、天若日子が門《かど》なる、湯津楓《ゆつかつら》の上に居て、まつぶさに天つ神の詔勅《おほみこと》のごとのりき。ここに天の佐具売《さぐめ》この鳥《とり》の言うことを聞きて、天若日子に「この鳥は鳴く声いと悪し、故、射殺《いころ》し給いね」と云い進むれば、即ち天若日子、天つ神の賜える天の波士弓《はしゆみ》、天の加久矢《かぐや》を持ちてこの雉《キギシ》を射殺しつ。ここに其の矢、雉《きぎし》の胸より通りて、逆さまに射上げられて、天の安の河原にましします、天照大御神、高木の神の御許《みもと》にいたりき。】

語句の解説

湯津楓（ユツカツラ）

この湯津楓（ユツカツラ）についても諸説が多いようである。だが納得の行く説明は聞くことが出来ないように思う。然しこの湯津（ユツ）については既に湯津爪櫛（ユツツマグシ）で説明した如く結束（ユ）が一体不可分（ツ）の姿であらねばならぬ。だがここで問題になるのは従来の湯津は殆ど人と人との関係に於いて説明されたことである。然しここで云う湯津は天若日子が門の上なる湯津楓であらねばなるまい。よってこのことを理解するには先づ古代住家の環境を知っておくことが必要ではなかろうか。

当地の一般的な慣例からすればおそらく天若日子が住居の周囲にも防風林を兼ねた広葉樹の自然林が垣山として巡らされていたに違いあるまい。古語社会ではこれを屋根山と呼んでおるが語原は矢根山であろう。自然林であるから林相は老若大小様々の混淆林と云うことになる。

するとこの矢根山の中で他木を圧して樹冠即ち面（ツラ）をもたげておる木があるとせねばなるまい。だとすれば其の大木は人体で言えば面（ツラ）が最上位に顔出しをして人体の代表であるが如く矢根山全体を代表して面（ツラ）を出しておる樹木と云うことになる。よってこの大木を代表木と云う意で湯津楓（ユヅカツラ）と言ったものではあるまいか。又、楓（カツラ）は鬘（カツラ）や蔓（カヅラ）に考えても語原的には悪くあるまい。

尚、古語社会ではこの代表木を神木と呼び木挽さん達も鋸を入れるのを余り良い気持ではしなかったようである。止むなく切り倒した場合は其の小枝を挿木にして代木とし神に謝したものであった。

故にこの湯津楓は古語社会が神木と信じ神が御止まりになる木としていた屋根山の代表木に解せねばなるまい。すると古代の住民はこの湯津楓を通して神との交流則ち湯津の関係が結ばれていたと解せねばなるまい。但し落葉樹の楓が「カツラ木」であり得る筈はない。よってこれには別意のあることではあるまいか。よってやはり楓（カエデ）には変え手（カエヂェ）に解すべきではなかろうかとも思う。即ち天若日子が高天原から大国主の命の勢力に乗りかえておるので、変え手則ち楓（カエデ）に対して詔勅を告げられたと云う隠意を含ませての楓（変手）にも解されるであろう。

天の佐具売（アマノサグメ）

この天の佐具売は須佐之男の命のことに「アマンジャク」とも云うであろう。古語の社会では子供等が如何ようになだめすかしても泣き止まずわめき狂うことに「天の佐具売（アマンシャッメ）をおこした」と云う。故に佐具売とは常軌を逸して手に負えないひねくれに解せねばなるまい。故に若しかしたら癪に障ったの癪舞い（シャクメ）が原形ではあるまいか。そして又この佐具売は天若日子の心中の一面をのぞいたものではなかろうかとも思われる。

此の鳥は其の鳴声甚悪し（コノトリハソノナキゴエイトワルシ）

この鳴声の原文は鳴音となっておる。故に此の鳥の鳴音には注意して解すべきでなかろうか。即ち取り（鳥）の泣きつきと云うことにである。後には天の島船と云う取船に解すべき名も見られるようである。

天の波士弓（アメノハシユミ）

この天の波士弓は先に賜った天の麻迦古弓《まかこゆみ》とは全然別途な弓に解せねばなるまい。古語では必至の打撃を波士（ハシ）やったと云う。波士は橋にもなるが橋を渡っても隔遠されたことになるであろう。故に天の波士弓と云うことは高天原の一矢必殺の剛弓に解するかそれとも高天原との断然訣別を意味した結身（ユミ）則ち弓に解するより外あるまい。

天の加久矢（アメノカクヤ）

この天の加久矢も天の波波矢《はばや》とは別意の矢であろう。加（カ）を「タ行」に活用すれば勝ちや勝つになるが「カ行」に活用すれば掻きや掻くになる。よって加久（カク）の語原は「カ」の作用を食（ク）ったと解せねばなるまい。例えば痒ゆい所を掻くと「カ」作用を食うて痒ゆさが止まるが如きである。又、首を掻かれたら人生も終りである。故にこの天の加久矢と云うのは高天原の一矢必殺の矢か若しくは天若日子の反逆の矢に解するより外はなかろう。

其の矢、雉の胸を通りて、（ソノヤ、キギシノムネヲトオリテ、）

このことの本文には其の矢雉の胸を通りて逆さに射上げられ天の安の河原にましますす、天照大御神、高木の神の御所に至りきとある。だがこのことを神代の神秘であるとすれば話はそれまでに終るが現実の事にして考えれば人の世にあり得ることではない。天若日子が住居地に推定出来る場所から安の河原の御所に見られる所までは直線距離にしても三千米近いであろう。だとすれば本当の弓矢が到達する距離ではない。

よってこの矢は天若日子が雉を射て同行者が其の矢を証拠に大御神達の許に御報告申したと解するのが表面的には良いであろう。然し実際的には天若日子反逆の広言（矢）が雉の胸を通じて天照大御神達に御報告されたと解するのが現実に則するのではあるまいか。尚、逆さに射上げられた矢と云う事からしても之を裏書きして余りがあると思う。

本文

【この高木《たかぎ》の神は、高御産巣日の神のまたの御名なり。故、高木の神其の矢を取らして、みそなわすれば、其の矢の羽《は》に血《ち》つきたり。ここに高木の神「この矢は天若日子に、賜えりし矢ぞかし」と告《の》り給いて、即ち諸々《もろもろ》の神たちに見せて、詔《の》り給えらくは「もし天若日子、命《みことのり》をたがえず、あらぶる神を射たりし、矢の来つるならば、天若日子にあたらざれ。若《も》しきたなき心あらば、天若日子この矢に麻賀礼《まがれ》」と其の矢を取らして、其の矢の穴よりつき返し給いしかば、天若日子が胡床《あぐら》に寝たる、高胸坂《たかむなさか》にあたりて身矢《みう》せにき。またかの雉かえらず。故、今に、諺《ことわざ》に雉《きぎし》の頓使《ひたづか》いと云う本《もと》これなり。】

語句の解説

高木の神（タカキノカミ）

この高木の神は既に解説に於いて高御産巣日の神の別名として取扱って来たので御理解のことと思う。御名の高（タカ）は天津日高の高（タカ）で語原は最高（タ）の地位で「カ」の作用即ちこの場合は主権を行うことになる。又、木は生（キ）で血統上の純血無垢を意味する。よって高天原に於ける最高主権者にましまして純血直統の皇祖神と解せねばなるまい。

其の矢の羽に血つきたり。（ソノヤノハニチツキタリ。）

この矢の羽の血を如何に解するかが問題の鍵であろう。このことについてはいろいろに憶測もされるがそれは各位の判断にまかせたい。兎に角この矢の羽に血つきたりは天若日子反逆の矢の外郭即ち端（ハ）には高天原血統の者着きたりと云うことであるには間違いなかろう。古語の社会では血族間が強固な団結力を持っておることに「血が知っておる」の語で表現しておる。故に多紀理毘売の命や御子の下照比売の命御兄妹が在すこと等は言い得るのではあるまいか。

麻賀礼（マガレ）

この麻賀礼（マガレ）は曲れ（マガレ）であろう。語原的には真苅れか真枯れかに解せられる。従って社会的にも又自からも正しいとした真（マ）を苅るか枯らすることに言わねばならぬ。古語では争論する片方に御前が曲れと言えば従伏せよと云うことになる。又人の死に対してもとうとう曲ったらしいと言わぬでもないようである。

矢の穴より衝き返し（ヤノアナヨリツキカエシ）

先きには天若日子の矢が雉の胸を通りて高天原に逆さに射上げられておる。だが今度は正常な道即ち高天原から葦原国に向けられるので矢の穴道から衝き返されたものであろう。そうするとこの矢は弓矢の矢ではなく結身（ユミ）矢の矢であって論争の遣り取りの遣（ヤ）に解せねばなるまい。天若日子も堂々と正面切って其の矢を返上したのではなく雉の胸を通しての裏道行動である。だから高天原でも天若日子討伐の抜穴即ち抜道に雉如きを通して衝き返されたと解すべきではなかろうか。

胡床（アグラ）

説によればこの胡は中国の胡国のことであって服を着るために床を作ったものらしいと云う。従って日本の安座（アグラ）とは意を異にするとのことである。だが胡床（アグラ）に訓ましてあることからすると安座（アグラ）の語意に解すればそれで足りるのではあるまいか。すると語原は上層に浮上進出（ア）した座（クラ）と云うことになる。勿論、座（クラ）は鞍でも塒（ネグラ）の「クラ」でもよいわけである。よって天若日子が大国主命の後継者を夢見て微笑の胸をふくらませて安住しておることに解すれば足りることになるであろう。又、殊更に胡床としてあることからすれば胡床の生活は胡国の王者ではあるまいか。だとすれば天若日子が其の地位を夢見た安住の生活に解してもよい事になる。

高胸坂（タカムナサカ）

この高胸坂は坂を坂（サキ）に訓むべきであると云う説も聞かされるがこの語の真意は胸の場所を云うた高や坂ではあるまい。よって高は天津日高の高か若しくは高慢（タカブル）の高に解すべきであろう。又、胸は胸には違いないが心中のことに解すべきでなかろうか。そして次の坂は坂や酒（サカ）でもあるが語原の通り生長発展（サ）する「カ」に解せねばなるまい。すると栄え盛（サカ）るの「サカ」になって酒の勢いのことにもなる。よって高胸坂と云うことは天津日高の夢に燃え盛かり途轍《とてつ》もない望みに酔い痴れた胸のことに解せねばなるまい。故にこそ天若日子は其の高胸坂の思い上がりを高天原の矢で衝かれたので抗弁の余地なく身矢せるに至ったものであろう。

尚、余談になるが天若日子が実際に殺されたと見らるる地について少しく述べておきたい。天若日子が居住して居た所は古事記が伝える喪山《もやま》の名や其の他のことからして知覧《チラン》町大字永里《ナガサト》の町《マツ》之原《ノハイ》であることは疑うの余地がない。そしてこの町之原《マツノハイ》から西に迫田になった二つの迫を渡れば千米余りで一つ葉の迫（フトッバンサコ）と云う長い迫がある。よってこの迫であると解したいのである。何故なら一つ葉の迫の名は原名が一打場の迫（フトウッバン迫、注＝南九州方言の意味は人を一気に打ち殺した迫）に解されるからである。そしてこの迫には古来人手を加えると祟りがあるとして恐れられておる場所があるのである。よって其の所が天若日子を一打ちに打ち果した所ではなかろうかと考えられる。でなければ普通にはこうしたおかしな名は考えられない。

雉の頓使い（キギシノヒタヅカイ）

この頓使いの頓（ヒタ）を語原的に考えれば日手（ヒタ）使いに考えられる。すると主権者（ヒ）の手（タ）の峻厳さのことに解される。古語の社会でも金子等を無暗やたらと使えば「お金子を頓使（ヒタチケ）にするな」と云うておる。故に共通語の人達に於かれてもこの頓（ヒタ）は「只管（ヒタスラ）に」とか「ヒタムキ」にとか又は「ヒタ走り」とか等の「ヒタ」に解しても良いであろう。

第五四節　喪屋《もや》

本文

【故、天若日子が妻《め》、下照比売《したてるひめ》の泣かせる声、風のむた響《ひび》きて、天に至りき。ここに天なる天若日子が父、天津国玉《あまつくにたま》の神、又其の妻子《めこ》ども聞きて、降《くだ》り来て泣き悲しみて、すなはち、其処に喪《も》屋《や》を作りて、河雁《かわかり》を岐佐理持《きさりもち》とし、鷺《さぎ》を掃持《ははきもち》とし、翠鳥《そにどり》を御食人《みけと》とし、雀《すずめ》を碓女《うすめ》とし、雉《きぎし》を泣女《なきめ》とし、かく行《おこな》い定めて、日八日夜八夜《ひやうかよやうよ》を、遊《あす》びたりき。】

語句の解説

妻（メ）

妻を単に妻（メ）と訓ましてあるが古語の実際からすれば妻（オメ）と訓むのが正しいであろう。語原は合着（オ）する女（メ）であるから何某と云う男（オ）に対する女（メ）と云う名に解される。

風の興響きて（カゼノムタヒビキテ）

ここでは風の興を興（ムタ）に訓ましてある。そして説明して曰く興（ムタ）は「ノ」とか「ガ」とかの助詞に添うて「と共に」の意味をなす詞だと云う。然し古語で「ムタ」と言えば牟田で湿田のことでしかない。よって興（ムタ）は「と共に」の意さえあればそれでよいことにせねばなるまい。そうすると古語では風評等直接の便りでないことには風の便りと云うから風の興響きては風と共に響き伝えられたと解すべきであろう。但し実際には二千米位の距離であるから其の日の中に評は伝わったのでなかろうか。

妻子ども（メコドモ）

ここでも又妻子を妻子（メコドモ）に訓ましてある。だが古語は妻子には妻子（オメコ）と云うから妻子（メコドモ）とあるからには六等親族の集まりに解せねばなるまい。するとこの妻子（メコドモ）は古語の蛭子供（メコドモ）に解すべきであるまいか。古語社会ではこうした冠婚葬祭の集まりを蛭子供沾の集まりという。

喪屋（モヤ）

この喪屋についても諸説があるように聞かされる。そして古代は住家は別に家を仮築して其処に柩を置いたと云うのである。然し当地では最早これを語るものは何等発見出来ない。でも葬式に際しては相続人と柩を担ぐ人には特殊な作りの草履を履かせ再び家に履いて帰ることを禁じられておる。そして又火事に履いた草履も同断であるから之等は何れも生命を奪い又は火事と成さしめた穢れある「ヒ」を嫌ってのことに解せられる。

そこで喪屋の語原になるがこれは定住固着（モ）する屋（ヤ）となるのであながち死者ばかりが定住する屋とは言い難い。よって此の喪屋は古語の実際から見て須佐之男の命の蛇の室屋（ムロヤ）則ち古語の室屋（モイヤ）則ち喪屋（モイヤ）に解すべきものではなかろうか。だとすれば定住固着（モ）が特に著しい（イ）屋となるので死者が永遠に居住の家にも解される。尚、古語で「モヤ」と言えば靄であり又黴（カビ）の一種でしかない。

そこで余談になるが当地方に於ける明治頃迄の風習では火災を受けた家の人達を穢れた「ヒ」が着いておると云う理由で他家に入るを許さず其の夜から仮設の掘立小屋を作って之に住まわしたものである。故に太古は死者もこれと同じで喪屋を作ってここに置かれたものであろうか。だとすれば天若日子の古墳に間違いなかろう塚の西隣りに室屋（モイヤ）の翁（帯名？）と云う古い家柄が伝わっておる。故に天若日子の塚守りと云う意の喪屋則ち室屋の名前ではあるまいか。

河雁（カワカリ）

この河雁（カワカリ）についても幾多の疑問が残され且つ諸説も多いようである。然しこれは河雁の名前からして河に住む鳥でなければなるまい。ところで其の鳥の本当の和名は不勉強で断言出来ないが「カイツムリ」のことであろう。古語では黒鳥と呼んでおるが名前の通り黒い羽毛をした鵜（ウヅラ）大の水鳥で河や池等に住みつき水中に潜って餌を求めておる。故に河雁はこの名があらわす意や次の岐佐理持ち等からして古語名の黒鳥のことに相違あるまい。殊に黒い羽毛（衣服）は喪服にも通ずるように思う。

次は河雁の名であるがこれは河借りに解すべき名であろう。河借りと云うことは死んだ人が死亡当時着ていた衣類等の洗濯に伴うことであってこの衣類には死に至らしめた穢れた「ヒ」が着いておるとして平常の洗濯場での洗濯は許されないのである。故にこの洗濯には死者に一番身近な婦人例えばこの場合は天若日子夫人が数人の従者婦人と共に日没を待って河に出かけるのを不文律としておる。そして先づ河の神に此の区劃内の河を御借し下さいと薪の燃えさしを河水に突き込んで一線を劃するのである。だから其の借り受けた区劃内で洗濯を済まして帰ることになっておる。よってこの河雁は河借りであって又この風習は今日迄も尚守られておる。勿論、河水に食塩を投入して行う事は言をまつまい。

そうするとこの河雁を岐佐理持ちにしたと云うことは河雁則ち黒鳥は水中に潜ることからしてこの動作を洗濯に見立ての岐佐理持ちではあるまいか。

岐佐理持（キサリモチ）

この岐佐理を発音すれば岐佐理（キサイ）になるので皇后（キサイ）に考えねばなるまい。皇后の宮に古語は「キサイの宮」とも申した筈である。よって各位に於かれて「キサイ」の語原を究められたら如何であろう。

鷺（サギ）

この鷺（サギ）も発音は鷺（サッ）になるので先き即ち先（サッ）に解すべきであろう。そうすると先き人のことに解せねばなるまい。古語では葬式等の行列で先頭を行く人を先供（サッドモ）と云う。

掃持（ハハキモチ）

掃（ハハキ）は箒（ホウキ）のことであろうか。古語では掃くことを掃く（ハワク）と云うから葉別く（ハワク）であって散らかっておる葉や端片を別けると云うことに考えられる。だとすれば掃（ハハキ）は掃（ハワキ）に訓んでもよいのではあるまいか。何れにしても行列の先頭に立って箒を引いて道路を掃き清める人のことには違いなかろう。

では何故に鷺の名を掃持にしたかと云うことになるがそれは広く言われておる通り鷺が飛ぶ時には二本の足が箒を引いた姿に見せるからのことであると解したい。

翠鳥（ソニドリ）

この翠鳥（ソニドリ）は八千矛の神の神語りにも見せた名であるがここで語原的な解説がしておきたい。古語社会では神佛等の祭事に御供えした食膳のことを供え（ソニェ）物と云う。だから語原は添（ソ）わした煮え（ニエ）物と云うことであろう。そうすると翠鳥は供え物取りに解しても良いことになる。

繰り返すようであるが古語社会ではこの供え物の料理をお膳にして近所隣りから遠縁の家まで配膳して廻る慣しがある。そしてこれには着飾った若い娘さん達が当ることからして供え取り則ち翠鳥の美しい鳥に托したものであろう。

御食人（ミケト）

この御食人（ミケト）も原形は御飼人（ミカイド）であって飼（カイ）が語法に従い飼（ケ）になり御飼人（ミケト）則ち御食人（ミケト）になったものと解せられる。すると供え物を近所隣りに配膳して廻る娘さん達が御食人であると解せねばなるまい。

雀（スズメ）

雀（スズメ）については既に説明したように思えるが原形は巣住居（スズマイ）であろう。そして語法に従って住居（スマイ）が住居（スメ）になり巣住居（スズメ）則ち雀（スズメ）になったものであろう。だがこの場合は巣住女（スズメ）に解してもよいのではあるまいか。語原的には同じことである。余談にも聞えるが蜆（シジミ）貝の古語は雀貝（スズメゲ）であることからして二枚貝になぞらえるものが極めて幼稚であると解せねばなるまい。そうすると未だ親の手許に育つ少女のことになるので未婚の処女に解すべき雀であろう。

碓女（ウスメ）

明治の頃までは冠婚葬祭等多人数の賄いが必要な場合には其の賄いのために精米則ち米搗きが混雑を極めたものである。特に葬式は急な出来事故部落中の婦人が総出で幾組にも別れて米を搗いたものであった。よってこの米搗の婦人達を碓女と言ったものであろう。

雉を泣女（キギシヲナキメ）

当地方では南方の如く泣女の遺習は聞かれない。却って屍体に涙がかかると浮かばれないと言い戒しめておる。

遊びたりき（アスビタリキ）

これは遊楽の意ではない。上層に浮上進出（ア）した巣（ス）に休める日（ヒ）と云うことである。古語社会では農耕の仕事を休めば遊（アスビ）と云う。

《注　南九州門村《カドムラ》に伝承された葬式の風習については、飯野布志夫著作集四『眠る邪馬台国』（鳥影社刊）や、『南九州門村《カドムラ》の「歳事しきたり」と「河童伝説《グワンパ》」』（高城書房刊）でも詳しく取り上げているので参照のこと。》

第五五節　喪山《もやま》

本文

【此の時、阿遲志貴高日子根《あぢしきたかひこね》の神来まして、天若日子が喪《も》を弔《とぶら》い給う時に、天より降り来つる天若日子が父、またその妻《め》皆泣きて、「我《あ》が子は死なずてありけり」「我が君は死なずて坐しけり」と云いて、手足に取りかかりて哭《な》き悲しみき。その過《あやま》てる故は、この二柱の神の容姿《かお》甚能《いとよ》く相似たり。この故を以て過《あやま》てるなり。ここに阿遲志貴高日子根の神、大《いた》く怒《いか》りて曰《い》いけらく「我は愛《うる》わしき友なればこそ弔《とぶら》い来つれ。何《なに》とかも吾《あれ》を穢《きたな》き死人に比《なぞら》うぞ」と云いて、御佩《みは》かせる十掬《とつか》の剣を抜きて、その喪屋《もや》を切り伏せ、足もて蹶《くえ》はなちやりき。此は美濃《みね》の国の藍見河《あいみがわ》の河上なる喪《も》山《やま》と云う山なり。その持ちて切れる大刀の名は大量《おほはかり》と云う。又の名は神度《かんど》の剣と云う。】

阿遅志貴高日子根の神（アヂシキタカヒコネノカミ）

この神は天照大御神の御長女多紀理毘売の命と大国主の命との間に御出生であられて既に説明の通りである。そして喪山の北方五千米位の小豆島に御住居であられる。

穢き死人に比う。（キタナキシビトニナゾラウ。）

この語は穢（キタナキ）死人（シニビト）に比う（ナゾロウ）と訓ましてある。だが古語の実際から言えば穢（ケガレ）に訓まなければ真意には添い得まい。古語は穢（キタ）ないことには穢（キッサ）ないと云うから菊（キッ）や吉備（キッ）の国見たいな冴（サ）即ち生長発展性がないと云うことである。

それに対し穢（ケガレ）は生命や生長が停止又は損傷されることになる。だから穢（ケガレ）の「ケ」は餇（ケ）であろう。餇いがあってこそ生長もあり生命もあるとせねばならぬ。故に古語では死んだことに餇死んだ（ケシンダ）と云うのである。又、次の「ガ」は独善不協和で追放除外の意にもなる。よって穢（ケガレ）は餇（ケ）が「ガ」されることになるから怪我（ケガ）されることに解してもよいであろう。

次は余談になるが古語社会の穢（ケガレ）を知る参考にされたい。例えば出血であっても其の餇（ケ）が既に「ガレ」ておる出血即ち経血如きに対する観念は特に著しく経血の附着したであろう腰巻は火災時の類焼防止に風下の各屋根で旗となって立並んだものである。其の理由は風の神が経血の穢れを嫌って風向きをかえると云う考え方に外ならない。それで八月十五夜の大綱や釣竿の如く縁起をかつぐ物は婦人が跨ぐことを大変嫌ったものである。特に鹿児島が男尊女卑であった如く言われるのも結局はこの経血が基因でしかあるまい。故に腰巻類が干された物干竿も穢れの一つで人が通行する所には渡さないのが儀礼とされていた。特に笑えないのは河童が人捕りしても物干竿で水中を攪拌すれば河童が穢れを嫌って屍体を手放すと云うのである。

《注　鹿児島地方の言葉遣いには男女平等の風習が見られるが、解説にあるように男尊女卑の習慣が見られるのは女性には経血の現象が見られるので差別の習慣が生まれたと考えられる。なぜなら、門村《カドムラ》の伝習で血統継承は最も大切な形態と考えられていたので、その血統の証となる血液を経血のために体外に排泄することは血筋を外に垂れ流すことと擬覵で見られていたので女卑の習慣が生まれたと考えられる。》

美濃の国（ミネノクニ）

説によればこれは美濃の国不波郡藍川郷であるとも又同国の武儀郡大矢田村が喪山の地であるとも言われておるらしい。だがこの美濃の国は美濃（ミネ）の国と訓ましてあるから峯（ミネ）の国に解すべきであろう。然し又峯は古語で峯（ムネ）になるから峯（ムネ）の国に解せねばならぬ。だとすれば先きに胸形の奥津宮で説明した如く山頂に人工が加えられた峯（ムネ）則ち棟（ムネ）が作られた御陵如き山がある地に解せねばなるまい。

今この喪山の地と絶対の確信が持てる所から西南方千米余りに大国主の命陵に確信する越の塚《コシノチカ》が在する。そして又西方四千米位には天孫の可愛山陵《えのやまのみささぎ》に揺ぎない高塚《タカチカ》（注＝通称は西別府之《ニシノビュン》高塚《タカチカ》と呼ばれる）があり更に西北方三千米位には高屋山上陵《たかやのやまのうえのみささぎ》に信ずる高塚《タカチカ》（注＝通称は上別府之《カンビュン》高塚《タカチカ》と呼ばれる）が在するのである。尚、翻って東方三千米位には吾平山上陵《あひらのやまのうえのみささぎ》に疑えない高塚《タカチカ》（注＝通称は東別府之《ヒガシビュン》高塚《タカチカ》と呼ばれる）があり東南方四千米位には天照大御神陵に断定出来る伊勢塚《イセヂカ》が在するのである。更に遠方を探れば六七千米に高木の神陵に信じられる木塚《キヂカ》があり尚遠くには伊邪那岐の命も在しておる。よってこの地帯が美濃（峯）の国であり胸形（峯方）の地であることは揺がないであろう。

藍見河（アイミガワ）

この藍見河は藍見を「ア」と「イミ」に区分して考えたが理解が容易であろう。藍見の語原は上層に浮上進出（ア）した特に著しい（イ）奉仕則ち見（ミ）方をすることになる。従って藍見の「イミ」を神に対して忠実に奉仕した忌部（イミベ）氏の忌（イミ）に解すれば人に対して忠実に仕える動物は犬（イミ則ちイン）と云うことになる。共通語は犬（イヌ）にしておるが語原は犬（イミ）が正しいと言わねばならぬ。

そうすると共通語の犬（イヌ）は古語の犬（イミ）であるから今日の「アイヌ人」は古語の藍見人（アイミヂン）であることになるであろう。よって「アイヌ」と云う名は肇国の当初から格別な忠実さで協力を惜しまなかった優秀な先住族即ち国津神と云う名であることを改めて見直すべきであろう。

だとすればこの藍見河は共通語の「アイヌ」河になるから流域の住人は神代に於ける「アイヌ」であったと云うことになる。すると具体的には須佐之男の命に随身した足名椎《あしなづち》、手名椎《てなづち》が居住した地帯のことに言わねばなるまい。何故ならこの藍見河となる河は大国主の命陵越《コシノチカ》の塚の東麓を流れて天の安の河に合流するが源は喪山西側の迫間を溯って足名椎の生地堤之原（ツッノハイ）の西端に発するからである。そして堤之原《ツッノハイ》部落の手前を鶴渡瀬（ツッワタヂェ）の地名にしておるからここを渡れば足名椎の所に出ると云う名に解される。よって此の喪屋の地や喪山の地は藍見河と須佐之男の命の肥の河とにはさまれた中間台地と云うことになる。

尚、余談になるが「アイヌ」語の中には処女を「オゴジョ」と云うなど鹿児島の古語と一致するものが多いように見受けられるので民族学の立場から研究が願いたいものである。神代は同じ国津神系ではあるまいか。

喪山（モヤマ）

この喪山も喪屋と同じく古語の基本意からして喪山（モイヤマ）でなければなるまい。若し喪山（モヤマ）であるとするならば藻山でもあって藻が山の如く自生する姿でもあり又藻に見る如く単にそこに根をおろしておるに過ぎないことにもなる。よって喪（モイヤマ）の如く永住の意にはなり得ないのである。又、全国的にも森山（モイヤマ）とか守山（モイヤマ）とか或いは飯盛山（イモイヤマ）とか等の名前が見られるが多分古代に於いて何人かの有名人が墳墓の地にしたか永住の地に定めたかの所ではあるまいか。勿論、森（モリ）の名も神社か人家かが建てられた事に初まる名である。

そこでこの喪山であるがこれも阿遅志貴高日子根《あぢしきたかひこね》の神が大暴れをなされたと見られる場所には見られない。然し其の場所から北に約五六百米位で上之町《ウエノマチ》と云う部落があって其の中に森山（モイヤマ）村と呼ばれる数軒の聚落がある。よってこの森山《モイヤマ》村が本文に云う喪山《もやま》ではあるまいか。又、森山《モイヤマ》村に接した数戸の集落を「ケガ村」と俗称しておるがこれは怪我村ではなかろうか。古語は受難のことにも怪我に遇ったと云うので天若日子の受難に発した名ではあるまいか。これを裏書きするものとして周辺部落の間ではこの部落は競り合い（セレ）村とも呼び古来葬式に関係ある名として語られておるとも伝う。するとこの競り合い（セレ）は高天原と大国主の命勢力との競り合いに見るべきではなかろうか。

又この隣り県立茶業試験場の西側は枦立（ハシタテ）の小字名にしておるが里人もこれは箸立であると語っておる。そこで箸立ての解説に入るが当地では古来の習俗として葬式の際には出棺直前に一族が霊前に集まり最後の会食を共にするのである。そして其の会食を出立（ウッタッ）の飯と云い一膳しか喰べないのが例とされておる。勿論、死人のお膳も同様の喰物が組まれるが違うのは箸が真っ直ぐに飯碗に突き立てられてあることである。よって箸立てのお膳と言えば人生最後の食膳と云うことになる。多分箸や橋は横に寝ておれば利用も利くが立った（絶った）箸や橋では再び利用は出来ないと云う訣別の意志表示ではあるまいか。

尚、阿遅志貴高日子根の神が神度の剣を振るわれた喪屋の場所に見られる所は森山《モイヤマ》（喪山）から南に約五六百米にある町之原《マツノハイ》台地であろう。この町之原《マツノハイ》の北端から東に位置する市の坪《イッツボ》部落（但し足名椎の堤之原《ツツノハイ》の一部）に通ずる道路があって町之原《マツノハイ》に隣り合う路傍北側に石体の神が藪だたみの中に在すのである。一般的には町之原《マツノハイ》の神様で通っておる。だがこの神様がおかしな神様で社前は絶対に死人は通せない神様と伝えられるのである。若しこれを知らない他町村人が間違ってでも死体を運ぶと忽ち大暴れ大嵐となって被害甚大に及ぶと巷間語られたものである。だから明治の頃までは屍体は遠く迂回して運ぶものであった。故にこの所が天若日子の喪屋の跡に解したいのだが如何であろうか。又、天若日子の墳墓は此の町之原《マツノハイ》台地南端の古塚《フッチカ》に解したい。

大量（オオハカリ）

この大量（オオハカリ）については二様の考え方があると思う。例えば喪屋を切り伏せた剣であるから大刀刈（オオハカリ）の剛剣に解しても悪くはあるまい。然し又一方では今回の事件は高木の神を初め高天原諸神達の空気が積極且つ険悪に感じ取られる。故に矢の羽に血つきたりの声も出たのであろう。そうすると阿遅志貴高日子根の神とされても我が身の潔白を証するための何等かの手段大謀計（オオハカリ）如きが必要になる。よって其の意味の大量にも解されるであろう。

神度の剣（カンドノツルギ）

この神度（カンド）は伊邪那岐の命の神逐いで説明した通り今日の勘当に解したい。古語は勘当のことに神度（カンド）と云う。故に神度の剣は天若日子に対して断然断絶を宣告した剣と解せねばなるまい。

本文

【故、阿遅志貴高日子根《あぢしきたかひこね》の神は忿《おもほて》りて、飛び去り給う時に、其の伊呂妹高比売《いろもたかひめ》の命《みこと》、其の御名をあらわさむと思いて歌いけらく。

阿米那流夜　（あめなるや）
淤登多那婆多能　（おとたなばたの）
宇那賀世流　（うながせる）
多麻能美須麻流　（玉の御統《みすまる》）
美須麻流邇　（御統に）
阿名陀麻波夜　（あなだまはや）
美多邇　（みたに）
布多和多良須　（ふたわたらす）
阿遅志貴多迦　（あぢしきたか）
比古泥能迦微曽也　（ひこねの神ぞや）

此の歌は夷振《ひなぶ》りなり。】

語句の解説

忿りて（オモホテリテ）

この忿りてを別な文字で現せば面火照（オモホテリ）であろう。古語では顔を真赤にして羞《は》ろう等のことを面（ツラ）が火照（ホテル）と云う。故に顔面を充血さして怒ったことに解すべきである。

伊呂妹（イロモ）

説明によれば伊呂妹は同母妹のことだと云う。だとすれば大国主の命には嫡后須世理毘売が在すので多紀理毘売を伊呂に見ての名であろうか。だとしてもこれは伊呂妹（イロイモ）に訓むのが本当のように思われる。

高比売の命（タカヒメノミコト）

この御名は前に説明した下照比売の別名である。父神大国主の命と母神多紀理毘売の命が人身の高に在すので其の御娘と云う意の高比売であろう。故に兄神阿遅志貴高日子根の神の高と同意に解せねばなるまい。兎に角この比売も母神の胸形の奥津宮に御育ちであろうから天若日子の喪屋の地からは南東二千米足らずに御育ちの方と言える。

阿米那流夜（あめなるや）

この阿米（アメ）は天のことにも又高天原のことにも解される。即ち阿米は天（アメ）にも雨にも解されるが原形は天居（アマイ）であろう。若し天居（アマイ）であるとすれば「ア舞い」であって住居（スマイ）則ち巣舞い（スマイ）と同じことになる。従って阿米は上層に浮上進出（ア）した舞い（丸）に考えねばならぬ。そうすると最上層の地位に在する社会生活のことに解されるであろう。当地のそうした最上層の山戸には余り（アマイ）比良の地名が見られるので参考にされたい。勿論、余りは天居が原形であろう。

淤登多那婆多能（おとたなばたの）

この淤登多那婆多の淤登（オト）は、語原から言えば合着（オ）して寄り集まる（ト）ことになる。そうすると既に解説した具体的な事例から言えば、伊邪那岐の命の禊祓いの地で橘の小門とある小門（オト）と同義のことになるであろう。小門の山戸は大野岳（オノタケ）の山頂に今も立派な社が遺されておる。従って淤登は多くの人々が参向参拝する山戸のことに解せねばなるまい。

次の多那（タナ）は最高（タ）の名（ナ）と云う語原であるから具体的には棚（タナ）になるであろう。棚には家長と雖も祖神の列に入らない限り着座叶わぬので最高の名に入る場所と言わねばなるまい。そこでこの事を人類社会に戻せば多那は語原からして日の命の如く至上至尊（タ）の名（ナ）に解することが出来よう。そして之等の日の命達は衆人より数段も高い段上に着座を置いたであろうと考えられる。そうすると古語では山岳等に段がついて見えると棚がついておると言い又棚の数で山の尊厳度にも見たようである。故にこの多那は山の棚に解すべきでなかろうか。勿論、阿遅志貴高日子根の神の山戸となさる岳の棚である。

そして次の婆多（バタ）は端（ハタ）であろう。井戸端と言えば井戸に近い所であり火の端と言えば火熱に近い所である。従って語原の如く張手（ハタ）で手を張り出せば届く所であらねばなるまい。そうすると家の棚には高祖神が在しこれを中心に次々の祖神達が在すことから家最上の聖座を棚端（タナバタ）と呼んだものではあるまいか。そして又それと同様に天津神を中心とした山戸の聖域も多那婆多に呼んだものと解したい。

余談になるが古老の信仰からすれば今日の七夕（タナバタ）もこの棚端と軌を一にするものではなかろうか。新霊も七日を経れば祖神の列に入ると云う信仰も佛教的かそれとも古来の神道的思想によるものと解したい。古老達は七夕星と呼ばれる牽牛織女の両星を哀憐の星とし天の川が大洪水のため三年に一度七夕の夜に逢瀬が叶えられると伝説しておる。そうすると祖神霊は天の川の周辺に集まると云う思想があったものであろうか。

兎に角以上のことからして淤登多那婆多とは地上の人類が最高に焦れの座としておる命達の山戸に営まれた善美の限りを尽した御住居のことに解すべきであろう。否玉座に解しても悪くあるまい。

宇那賀世流（うながせる）

この宇那（ウナ）は大名持の神で説明した大名（ウナ）になるので大評判の名に解せねばならぬ。だがこの際の大評判は山戸の日の命の如く社会的地位の大評判に解すべきであろう。そうすると宇那賀世流と云うことは古語の常識からして支配領地の最高主権者と云う大名（ウナ）が成して御出ると云う意に解せねばなるまい。

多麻能美須麻流（玉の御統《みすまる》）

この多麻（タマ）は其のまま玉に解すべきであろう。そして次の美須麻流（ミスマル）は発音が美須麻流（ミスマイ）になるので御住居（ミスマイ）に解せねばなるまい。故に多麻能美須麻流は玉のように善美を尽した御住居と云うことになる。

美須麻流邇（御統に）

この美須麻流邇は前句同断で御住居にであって別段の説明は要すまい。

阿那陀麻波夜（あなだまはや）

この阿那陀麻（アナダマ）は穴玉であるとの説も聞かれるがそうとは解したくない。

阿那（アナ）の語原は上層に浮上進出（ア）する名（ナ）であって貴方（アナタ）の「アナ」であり又「アナ畏」や「アナ嬉し」の「アナ」でもあらねばならぬ。地上に掘られた穴でも上に向いておることが名であろう。
次の陀麻（ダマ）は魂（タマ）であって御魂のことに解したい。だとすれば阿那陀麻波夜と云うことは阿遲志貴高日子根の神が社会の上層部へ浮上進出（ア）の名（ナ）を求め給うて御魂（タマ）は早や（ハヤ）と解せねばなるまい。

美多邇（みたに）

美多邇（ミタニ）は御谷（ミタニ）であって阿遲志貴高日子根の神が喪屋からの御帰りに渡られる谷のことに解したい。谷の古語は谷（タイ）であるから語原は最高（タ）にして著しい（イ）ことになる。よって日子穂々手見の命の高千穂の宮であっても天孫の山戸であっても神代の主要施設は殆ど大谷（ウタイ）を初め有名な谷名が遺されておる要害の地に在することを注目すべきであろう。

布多和多良須（ふたわたらす）

この布多和多良須は二渡らすであって御谷を二つ渡られることであろう。すると喪屋から知覧《チラン》町厚地《アッツ》（小豆島）の御住居まで御帰りになるには高千穂の宮を流れる麓川《ヒンモトガワ》（但し発音からして古語の日《ヒ》の本川《ンモトガワ》になる）と厚地川《アッツガワ》の二つの谷を渡られることになる。

阿遲志貴多迦比古泥能迦微曽也（あぢしきたかひこねの神ぞや）

この御名は阿遲志貴高日子根の神と同断であるが斯く迦微曽也（神ぞや）と申された事は古武士が戦場で名乗りをあげたのと軌を同じにすると解したい。従ってこの神を申されたことは高天原の一角熊曽の国に接合する最上国小豆島の主権を領有する天津日高の血統に御生まれの高貴な御身分の神に在らせらるるぞよと名乗りを紹介されたことになる。

迦毛の大神（カモノオオカミ）―参考

この神は延喜式に大和の国葛上郡高鴨に阿治須岐託彦根の命神社とあるらしい。だが神代初代の迦毛の大神は御在住の地知覧《チラン》町厚地《アッツ》の松尾《マツボ》神社でなければなるまい。この神社の祭神は味鉏高《あぢしきたか》彦根《ひこね》の命《みこと》不詳とあり社殿貳間四間境内七畝官有地氏子百七十三戸とある。尚、周辺の地名からしても疑うことは出来ない。

又この神名の迦毛（カモ）は構う（カマウ）であって古語は構うを構う（カモ）にする。鳥の鴨（カモ）であっても人が構われて「ギャー、ギャー」と悲鳴をあげるに似た鳴き声を出すことからの鴨則ち構う（カモ）であろう。故に迦毛の大神の御名は日天若子に対し喪屋に於いて神度の剣を振い大いに構（カモ）われたことからの御名ではあるまいか。

夷振り（ヒナブリ）

この名は後代雅楽寮でつけた名前であって書紀にある次の句「あまざかるひなつめ」の「ひな

振り」であると云う。

第五六節　建御《たけみ》雷《いかづち》之男《のお》の神

本文

【ここに天照大御神、詔《の》り給わく「また何れの神を遣わしてば善《え》けむ」。爾に思金の神、また諸《もろもろ》の神たち白《まう》しけらく「天の安の河上の、天の石屋《いわや》に坐《ま》す、名は伊都之尾羽張《いつのおはばり》の神、これ遣わすべし。若《も》しまた此の神ならずば、その神の御子、建御《たけみ》雷《いかづち》之男《のお》の神これ遣わすべし」。】

語句の解説

天の石屋（アメノイワヤ）

この天の石屋は先きに解説した天の石屋戸とは全然別な石屋のことであろう。天の安の河上とあることからして天照大御神の日常の御住居に考えられる芫跡（オロンアト）より河上に考うべきでなかろうか。すると天の石屋戸の行われた岩戸《ユワト》の岡の別称牧神殿（マッガンドン）の南麓に添って流れる天の安の河の河岸にある大岩窟のことに解される。広さは十数畳敷に及ぶと聞き及んでおるが健康上の理由で現地を確認出来ないのが残念である。だが町議会議員の三宅正志氏の証言であるから間違いあるまい。よって此の岩窟に御住居された神と解したい。

伊都の尾羽張の神（イツノオハバリノカミ）

この神名の伊都（イツ）は稜威（ミイツ）の「イツ」であって特に著しい（イ）一体不可分（ツ）の関係を云う。故に冬空の氷雨降る峻烈な日和も伊都し日和であれば非情苛酷な取扱いも伊都し取扱いである。尚、次の尾羽張は御羽張（オハバリ）であろう。古語では示威誇張の態度を巾を利かすとか巾をかけるとかに云うから其の巾を特に著しく（イ）することが「巾い」則ち羽張（ハバイ）になるわけである。要するに羽張りは端張りであろう。そうするとこの天の尾羽張の神は高天原の主権確保に徹底し其の尊厳護持のためには寸豪の仮借も許さなかった神に解せられる。

建御雷之男の神（タケミカヅチノオノカミ）

この神名の建（タケ）は例の通り岳であって高天原のことであろう。当地では今も高天原に住む人を岳の人と云う。

次の御雷（ミカヅチ）の原形は御雷（ミイカヅチ）に相違あるまい。御（ミ）の母音は「イ」であるから次の音になる雷（イカヅチ）の「イ」は省略して御雷（ミカヅチ）にするのが古語の語法である。従ってこの神名の解説は原形の御雷（ミイカヅチ）に従うべきであろう。

するとき雷（イカヅチ）の「イカ」は既に説明した如く特に著しい（イ）「カ」の作用である。だから他に対して恐怖感や威圧感を与えることに解せねばならぬ。だから凄い烏賊（イカ）の顔付は怒る（烏賊る）の語を生み又「ギョロリ」とした烏賊の眼からは厳めしい（烏賊眼しい）の語を生んだものと思う。次に雷の「ヅチ」は発音が「ヅッ」となるので古語で樹木の梢末を木の「ヅッ」と言い岡の頂上を岡の「ヅッ」と云うことからして頂点頂位のことに解すべきであろう。勿論、人の頭（アタマ）に対しても頭（ヅ）若しくは頭（ヅッ）と云うのが古語である。すると雷と云う名は怒りの形相が最頂位に達しておると云うことに解せねばなるまい。だとすれば建御雷之男の神と申す御名は高天原の方で怒られると形相物凄く恐怖戦慄を覚えしめる抜ん出た豪勇の神と云うことになる。

余談になるがこの神は鹿島香取の神として古来武神としての名が高い。然しこの鹿島は鹿の島の意ではなく「カ」の作用で締りつけると云う意が鹿締（カシマ）則ち鹿島であると解される。古語では金槌で金釘等の頭を叩きながら締付けることを「鹿締《カシ》め」と云う。よって高天原の絶対力で以て大国主の命を締めつけたことが鹿島（鹿締）でなければなるまい。勿論、島であっても締まりと同一環境と言えるから語原的には同じことである。

次は香取であるがこの名は大国主の命と申す帝（ミカド）則ち御香人から其の主権則ち香（カ）を御取り上げ申したと云うことからの主権（香）取り則ち香取であると解したい。

本文

【「先づ其の天の尾羽張《おはばり》の神は、天の安の河の水を逆《さかさま》に塞《ふた》き上げて、道を塞《ふた》き居《お》れば、あだし神は得《え》行かじ、故、別《ここ》に天の迦《か》久《く》の神を遣して問い給うべし」と申しき。故、ここに天の迦《か》久《く》の神を使わして、天の尾羽張の神に問う時に「かしこし仕え奉らん。然れども此の道には僕が子建《たけ》御雷《みかづち》の神を遣すべし」と申して乃ち貢進《たてまつ》りき。爾に天の鳥船《とりぶね》の神を建御雷の神に副《そ》えて遣しき。】

語句の解説

天の安の河の水を逆に塞き上げて、（アメノヤスノカワノミズヲサカサマニフタキアゲテ、）

この語についての説明は要すまい。然し現地での何処を塞き止めたかに就いての所見が述べておきたい。天の尾羽張の神の石屋を先きに解説した天の岩戸《ユワト》山麓の岩窟とすれば天の安の河が流れる横井場《ヨケバ》部落の少し上流と云うことになる。そしてここは両岸が迫り且つ河岸が高いので塞くには恰好の場所と言える。又、横井場《ヨケバ》の名が横井場（ヨケバ）であることからして除場（ヨケバ）に作れるであろう。そうすると神代には天照大御神の御家庭や天の石屋戸等枢要な場所が多かったので除けて通る施設がされていたことからの名ではあるまいか。そして又横井場《ヨケバ》の所から天の安の河が支流を発し二つ谷《フタツダイ》方面に向っておる。ところがこの二つ谷《フタツダイ》も古語では塞ぎ谷（フタッダイ）に作れるのである。よってこの合流点附近で天の安の河を塞き上げて要害にされたものではあるまいか。

天の迦久の神（アメノカクノカミ）

この神は高天原で天照大御神と同系同族で極く近親の神ではあられまいか。迦久は発音が迦久（カッ）となるので天の香具山の香具（カッ）や稲の一株の株（カッ）等に考えられる。だとすれば同系同族の近親に解しても悪いことはあるまい。私見になって恐れ入るが高天原の興亡にも関する重大事件なので近親にして御身分の高い神を遣わし礼を尽して御協力を乞われたものと解したい。

第五七節　天の逆手

本文

【ここをもて、この二柱の神、出雲《いづも》の国の伊那佐《いなさ》の小浜《おばま》に降《くだり》り着きて、十掬《とつか》の剣を抜きて、浪《なみ》の穂《ほ》に逆《さかさま》に刺し立てて、其の剣の前《さき》に趺《あぐ》み坐《い》て、其の大国主の神に問い給わく「天照大御神、高木の神の命《みこと》もちて、汝《な》が宇志波祁流《うしはける》葦原の中つ国は、我が御子の知らさむ国と、言依《いいよさ》し賜えり。故、汝が心奈何《いかに》ぞ」と問い給う時に、答えまつらく。】

語句の解説

出雲の国（イヅモノクニ）

この出雲の国は例の通り大国主の命の稜威（御イツ）則ち「イツ」が守（モ）る国であって具体的には其の御支配の国と解せねばならぬ。従って古事記が自から言っておる如く葦原の中つ国であらねばならぬことになる。そして実際に交渉が行われたのは大国主の命陵のある高志（越《コシ》）の国で美濃（峯）や胸形（峯方）とも呼ばれた地のようである。

伊那佐（イナサ）

この伊那佐も諸説が多く出雲の国簸川郡杵築町の海浜と云うのが主説のようである。又伊那佐は否さ（イナサ）であるとする説もあって面白い。だが伊那佐の語原は特に著しい（イ）名（ナ）の生長発展（サ）を見ることである。従ってここでは大国主の命と申す特に著しい（イ）名（ナ）の御方が生長発展（サ）された所のことに解すべきでなかろうか。稲や里芋の一株にも古語は株（カッサ）と云う。即ち株の生長発展の名である。

尚、古語では衆に勝れた立身成功を収めれば「イ名者」だと云い勝利を勝ち取れば「イナ事」をしたと云う。共通語でも稲荷則ち稲氷（イナヒ）様や嘶（イ名名き）稲（イ名）光等多く使われておるようである。すると大国主の命も伊那佐の語原通りに「イ名」生長発展を見られた御方と言えるであろう。故にこの伊那佐は大国主の命の御領国の特定地を指すものではなく田舎（イナカ）と云うが如く国生みの肥の国から知訶の島に亘る総体的な呼称であると解したい。

小浜（オバマ）

この小浜も単なる海辺の小浜に解すべきであろうか。浜の語原は端間（ハマ）であって陸地の張り出した間（マ）即ち海との接合点と云うことである。従って内陸部に端間（ハマ）があっても語原的には決して悪くあるまい。古語では仕事に骨身を入れれば「ハマイ」がよいと云い建築と敷地が整っておっても良い「ハマイ」だと云うのである。故にこの小浜の地も高天原山岳帯の山の尾と平地部との接点で具体的には比越《ヒゴシ》の岡と葦原国との接点のことに解したい。何故なら大国主の命が国譲りに因む名と解される。「ヘシトン川」と「ヘシトン迫」の地名が其処に現存しておるからである。「ヘシトン川」を共通語で言えば返事戸（ヘシト）の川であって大国主の命が国譲りの御返事を成された戸（御殿）の川と云うことになる。そしてこの川は有名な肥の河に合流し更に天の安の河に注いでおる。そして其の注流点を林川（ヘシガワ）と云い又国譲り後の隠世地を聖ヶ浦（ヘシガウラ）と云うのである。何れの地名も返事（ヘシ）の名であることに注目すべきでなかろうか。勿論、返事（ヘシ）は呼べば「ハイ」と返辞する其の張（ハイ）が語法により張（ハイ則ちヘ）になったものであるから返辞（ヘシ）が正しい古語と言わねばなるまい。勿論、張（ハイ）は春（ハイ）や原（ハイ）這（ハイ）に解しても同断である。故に返事（ヘシ）を返事の字にするのは返し事即ち口返しになるので面白くないように思われる。

　余談になるが事代主の神のことを恵比須様の名にしておるが古語は良い返事殿（エベシドン）の御名にしておる。果して何れが正しいかは各位の御判断にまかせたい。尚この小浜即ち返事戸（ヘシト）の地は天照大御神の御住居地からは北方に肥の河をさかのぼること約三千米位であろうか。

十掬の剣（トツカノツルギ）

この十掬の剣は正直に十掬の剣に聞いて良いものであるかも知れない。然し世上には言葉や動作が十掬の剣である場合もあるとせねばなるまい。だとすればこの場合もこの種の十掬の剣ではないかと思われないでもない。古語では相手を軽く見縊った仕打ちのことを「ツルッ、ケ舐《ナ》ブッテ」おると云う。するとこの「ツルッ」は剣（ツルッ）にもなるが共通語に言えば「ツルリ」頭から舐めてかかったことになる。

浪の穂（ナミノホ）

この浪の穂も通説では字義通りに浪頭の白浪部に解されておる。だが古語では浪の穂と云う語は聞かれない。勿論、伊那佐の小浜も海辺のことには考えられない。故に浪穂は古語の発音が浪穂（ナンボ）になるので浪は人並の並（ナミ）に解し並方（ナミホ則ちナンボ）に解すべきでなかろうか。そうすると古語は両方の手を並方（ナンボ）の手と云うので此の場合は話合いによる平和的円満解決に応じるかそれとも最後的な実力行使に訴えるかの両方（ナンボ）則ち浪穂の提示が成されたことに解したい。語原的に言っても浪の穂は名見の穂であって何れが名を見るべき穂（主体）に解するかの前提を踏みて決断を迫られたことに解される。

逆に刺して、（サカサマニサシテ、）

十掬の剣を逆《さか》さまに刺すと云うことは、剣で突き上げることであるか其れとも突き下げることであるかさえ私にははっきり言得ない。況んや浪の穂であった場合浪頭に剣が刺し立てられる筈もない。故にこのことは従来諸々の神を使いに出して相談的に下手からの譲渡を要求した程度に過ぐまい。だが今回は打って変わって否応なしの強行手段に訴えておることが窺えるであろう。よって従来の低姿勢が一変して強行高圧の高姿勢に出たので天の逆手であり、又逆さまに刺したことでもあると解したい。従来の譲れから態度を変えて取るぞになれば逆手と言わざるを得まい。

趺み坐て（アグミイテ）

古語では安座（アグラ）のことに「イタグラミ」と云う。よって「イタグラ組み」が原形であろう。故に趺（アグミ）坐て（イテ）と云うことは安坐に足組して坐することであると解したい。古語社会で妻が安座をかいて作っておると云えば夫を尻に敷いておることになる。よって此の事を此の場合に言えば大国主の命を聊かも恐れず平然と安座して悠然と優者の態度で交渉を進められたことに解すべきであろう。余談になるが古語社会では今日に於いても長上は勿論他人の前では許しなく安座しないのが礼とされておる。

宇志波祁流（ウシハケル）

この宇志波祁流の宇志（ウシ）は牛でもあるが人に取れば大人（ウシ）のことであろう。従って大国主の命を天津日高に見ないで高天原の一部神的な大人（ウシ）に見立てての語法と解される。又、次の波祁流（ハケル）は刀を佩けるや下駄を履き袴を穿く等の波祁る（ハケル）であろう。故に「ハ」を「カ行」に活用した語と云うことになる。だとすれば波祁（ハケ）の原形は端飼（ハカイ）であって語法により端飼（ハケ）になったものであろうから身近かの外部に飼っておるものと解しても語原上は良いことに言えよう。それで宇志波祁流は大人（ウシ）となって統治支配しておると解せねばなるまい。余談になるが伊邪那岐の命の国生みから見れば此の地は高天原の直領であることになると思う。

本文

【「僕は得白《えまう》さじ、我が子八重事代主《やえことしろぬし》の神、これ白《まう》すべきを、鳥の遊び、取魚《すなどり》しに、御大《みほ》の前《さき》に往きて未だ還り来ず」と申しき。故、ここに天の鳥船《とりぶね》の神を遣《つか》わして、八重事代主《やえことしろぬし》の神を召《め》して、問い給う時に、其の父大神に「かしこし此の国は、天つ神の御子に奉り給え」と云いて即ち其の船を踏《ふ》み傾《かたぶ》けて、天の逆手《さかで》を青柴垣《あおしばがき》に打ちなして隠りましき。】

語句の解説

得白さじ（ヱマウサジ）

この得申さじを共通語は「良う言わん」と云うておるようである。だがこの良う（ヨウ）は「ヤ行」の音なので「ヤウ」が「ヨ」に更に「ヨイ」が「ヱ」になる語法の得（エ）であると解したい。次の申し（モシ）は古語であって若し（モシ）でもあり百舌（モシ）でもあることになる。だが共通語ではこの申し（モシ）を「ありまし」の「マシ」にし、更に「マス」にしておるのである。但し原形は申し（マウシ）が語法により申し（モシ）になったものであって此の申し（マウシ）を申し（マシ）にしたのが共通語であると言わねばならぬ。勿論、申し（マウシ）の

「マウ」は舞う（マウ）でもあって、舞うは語法により舞う（モ）にならねばならない。そしてこの舞う（モ）をサ行に活用すれば、「申さん申し申す申せ申そ」の語になると了解ありたい。

故に大国主の命も例え自分が御返事申し上げたとしても子供らの諾否が不明のため得申さじ即ち良い（ヱ・得）との確答は申し難いと申されたのであろう。

《注　「申す《まう》」の南九州方言の活用　（　）内は実際の発音

四段活用

未然形	申さじ	（モサジ）
連用形	申しまうす	（モシモス）
連用終止形	申し	（モシ）
連体終止形	申す	（モス）
連体形	申すども	（モスドン）
已然形	申せば	（モセバ）
命令形	申せ	（モセ）

下二段活用

未然形	申せじ	（モセジ）
連用形	申せまうす	（モセモス）
連用終止形	申すり	（モスイ）
連体終止形	申する	（モスッ）

連体形　　申するども　（モスッドン）
已然形　　申せれば　（モセレバ）
基幹母音（ア・イ・ウ）に連係する三段活用
認定形（ア母音）　申さぁ　（モサァ）
指定形（イ母音）　申さぃ　（モサィ）
推定形（ウ母音）　申さぅ　（モソゥ）》

八重事代主の神（ヤエコトシロヌシノカミ）

この八重の原形は矢会（ヤアイ）が語法により矢会（ヤエ）になったものであろう。各個々に分立して発したものが相会（エ）して成る場合が八重であると思う。よってこの神の八重も語原は矢会であると解したい。即ち高天原が発する国譲り催促の矢に会（エ）したと云うことに考えられる。

そして次の事代主の事は国譲りを指すものであろう。又、代（シロ）は既に説明した通り代（シト）であって原形は仕戸（シト）であるから仕事の戸明けに解せねばならぬ。よって八重事代主の神と云う御名は恵比須則ち良い返事（エベシ）の御名と同じ事で高天原が無理な申し入れをした矢に会しても心よく承諾の旨を応えられ高天原と葦原国とが一体化すると云う重大問題に対し円満解決の突破口を開かれた主の神と云う事に解すべきである。

取魚（スナドリ）

残念ながら当地では取魚（スナドリ）の名は聞かれない。従って当地で「スナトリ」と言えば火山灰層の白砂（シタス）に横穴等を掘って採砂する場所のことになる。誠に家庭の庭や台所に敷砂すると清潔で申し分ないので馬房等にも用いて肥料としたものである。よって砂取（スナトリ）は古来盛んに行われたらしく其の跡地が至る所に散見される。

ところで砂の語原であるが、これは以上のことからして巣名（スナ）であろう。そうすると当地の砂取りも、語原は巣名取であることに言えると思う。だとすれば魚貝類も家庭生活即ち巣に於ける欠かせない栄養資源であることからしてこれを取ることにも同じく、巣名取則ち取魚（スナドリ）と言うたものであろうか。但し当地では取魚（イオトイ）と云うのが常習の語になっておる。

御大の前（ミホノサキ）

この御大の前と云うのも通説の通り美保ヶ関附近のことではあるまい。御大の大（ホ）を高千穂の穂に解すれば大国主の命の御穂即ち山戸の岳の前と解せねばならぬ。だとすれば具体的には知覧《チラン》町北部の高峯白岳《シラタケ》のことになるので其の前となれば喜入《キイレ》町瀬々串《セセグシ》海岸で鹿児島《カゴシマ》湾のことになる。又この御大の大を大（オ）に訓めば御大（ミオ）になるので御尾（ミオ）に作れる。そうすると同じく山戸の岳の前で白岳《シラタケ》が鹿児島《カゴシマ》湾に接合しておる所以外には考えられない。注意を呼ぶまでもなかろうが御大（ミオ）に訓めば此の大（オ）は伊邪那岐の命の小門（オド）則ち尾戸

（オド）のある尾の岳則ち大野岳（オノタケ）の大（オ）と同断のことに解される。

其の船を踏み傾けて、（ソノフネヲフミカタムケテ、）

其の船と云うのは吾人が常識として考える船のことではあるまい。船の語原は生活資源等幸せ（フ）をもたらす根（ネ）と云うことであったろう。よって八重事代主の神達が生活資源の根城として開発して来られたのは葦原の中つ国であられたと言わねばなるまい。だから古事記式の言葉で言えば葦原の中つ国は八重事代主の神達の御船であって生活の御座船と言えるであろう。故に其の船であるものを踏み傾けてと云うことは生活基地とされていた葦原の中つ国を踏み傾けてと解せねばなるまい。

余談になるが以前に伊邪那岐の命が淤能許呂島《おのころじま》時代に御生まれの御子蛭子《ひるこ》を葦船に入れて流し捨てつとあった説明に葦原の国人の幸せの根とする中に加入して放棄したと説明したことがはっきりしたのではあるまいか。

天の逆手（アメノサカデ）

この天の逆手についても諸説が多く一種の呪術とさえ言われておるようである。然し古語の常識からしてそうとは考えたくない。よってこの逆手は字義の通りに逆（ギャク）の手に解すべきでなかろうか。古語では腕を後ろ手に取れば逆手（サカデ）に取ったと云う。そして、又全然反対方向からの手段に出れば逆（ギャク）の手を使ったとも云うのである。故にこの逆（ギャク）

も古語であって断然峻拒（ギ）の矢（ヤ）を食（ク）わせると云う語原の語ではあるまいか。古語では「ギャ」を「カ行」で活用した語にしておる。

そうすると天の逆手は既に説明した通り諸神を遣して平和的譲渡を求められること十数年に及ばれたものか一変して即答を求むる強行手段に出られたので古語の逆（ギャク）の手であり又逆手であるとも言えるであろう。

《注 「逆《ぎゃく》」を基幹母音（ア・イ・ウ）で三段に約用させると「ギャカァ、ギャキィ、ギャクゥ」となる。》

青柴垣（アオフシガキ）

この青柴垣は古事記の原文に訓柴云布斯と註がしてあるので青柴垣（アオフシガキ）と読まねばならぬ。そこで青柴垣を古習から考えて見ると狩猟の時鳥に姿を隠すため青柴を切って作った囲垣の中に隠れ伏して鳥を待つのである。そして古語はこれを柴垣（シガキ）と呼んでおるが青柴垣はこれになぞらえた名前ではあるまいか。天の鳥船の神の鳥（取）に隠れ伏すと云う意で青柴垣を青柴垣（アオフシガキ）に訓ませてあるものと思われる。勿論、青柴垣の青は語原からしても高天原のことにも解すべきであろう。

隠りましき（カクリマシキ）

この御隠棲の地は頴娃《エイ》町水成川《ミナイガワ》の地ではあるまいか。ここに蛭子川（エベシガワ）の名が見られる。又、其の東方二千米の石垣には若林（ワカベシ）部落があるので御子であられようか。両地とも神武天皇御東行の第二第三の準備港に解せられる港である。

《注　南九州方言で「エベシ」とは「良い返事《エヘシ》」となり、「ワカベシ」は「若いのによう返事」となる語法である。》

第五八節　建御名方《たけみなのかた》の神

本文

【故、ここに、其の大国主の神に、問い給わく「今、汝《な》が子、事代主《ことしろぬし》の神かく申しぬ。また白《まう》すべき子ありや」と問い給いき。ここにまた白しつらく「また我《あ》が子建御名方《たけみなのかた》の神あり。これを除きてはなし」かく申し給う折しも、其の建御名方《たけみなのかた》の神、千引《ちびき》の石《いわ》を、手末《たずえ》に擎《ささ》げて「誰ぞ我が国に来て、忍び忍びに、かく物《もの》言う。然らば力競べせむ。故、我れ先づ御手を取らむ」と云う。】

語句の解説

建御名方の神（タケミナノカタノカミ）

この神名の建（タケ）は例の通り岳であって高天原のことであろう。御名方を字義の通りに解すれば高天原の御名の方と云うことになる。そうすると大国主の命の御子の方と云う名に解せられないこともあるまい。だがこの神の経歴から考えると御名方と云うことは其の支配する領土を現わしたもののようにも思われる。何故ならこの神が高天原に降伏後蟄居の形を取られたと伝える信濃の諏訪（巣輪《すわ》）になる神代の国は明治の頃までは南方郷《ミナンカタゴウ》即ち御名見方郷《ミナンカタゴウ》と呼ばれていたからである。だとすれば現在の枕崎《マクラザキ》市地方に云う南方（ミナンカタ）の地名は御名見方の支配領であったことに発する名前に解すべきでなかろうか。勿論、東西南北の方位名も曽って説明したことがあるように其の方位に在した神代の国の神々に発するものであることは間違いなかろう。よって南の方位名は御名方の神の御名見であると解したい。又、実際的にもこの南方郷《ミナンカタゴウ》の地は高天原及び葦原の中つ国から見れば西南隅に位置するのである。

余談になるが高天原の筑紫の島の豊国に南方《ミナンカタ》の小字名があるが里人はこの地に最初建御名方神《ミナンカタシン》の御諏訪様《オスワサマ》が御出になったものであるが後に浮辺《ウケベ》の御諏訪様《オスワサマ》になったと語っておる。果してこのことが神代のことを語っておるものか否かは知る由もない。

手末に擎げて（タズエニササゲテ）

この手末は手先きのことであろうから手先きに差し上げてと解せねばなるまい。尚、擎げ則ち捧げの原形は差し上げの約言であろう。古語では差し上げを差し上げ（サシシャゲ）と云う独特の語法にするから此の語法が共通語では捧げ（ササゲ）になったものと解したい。然しこのことはあくまで表面的な解釈に過ぎないのである。

従って真実言わんとする心は手末に擎《ささ》げたものは千引の石であるから之等をすべて語原的に解

すべきでなかろうか。そうすると千引の石は血引《ちびき》の結輪（ユワ）になるので大国主の命一族の血族の結輪（ユワ）の興廃に考えねばなるまい。そしてそれを手末に指し上げたのであるから打つ手の最後的望みがかかった手のことに解すべきであろう。でなければ折角使われた手末の語が意味をなさない。尚、又この擎げは差し上げるの捧げとは意を異にした古語で頭上高くかざすことになる指し上げに解せねばなるまい。そうすると千引の石を手末に擎げと云うことは大国主の命一族の興亡をかけた最後の手段を高くかざして挑戦されたと云うことになる。

忍忍に（シノビシノビニ）

この場合のことを忍び忍びと云うのは一寸おかしいような気もする。何故なら忍びとは姿を見せない行為のことであろう。然し建御名方の神は直接の交渉相手でないからそう思われたことにも解される。兎に角忍びの「シノ」は篠（シノ）であって竹の小管のことに云う。語原は掘り下がって自己完成（シ）し他とからみ合う（ノ）ことである。次の「ヒ」は例の通り肉眼では常態が見届けられないものであるから筧（カケヒ）の「ヒ」に解してもよかろう。そうすると忍びと云うことは竹の小管を通って行うような行為と解せねばなるまい。

物言う（モノユウ）

この語も説明を要せず十分御理解のことであろう。だが語原的説明となれば共通語の誤りを正さないわけにはいかない。物（モノ）の語原は定住固着（モ）しておるものが他にからみ合う（ノ）ことである。故に心の中に定住固着しておる考えを他人にからみ合せて理解結束（ユ）を求めることが物（モノ）を言う（結う）ことにならねばならぬ。だから古語は神参り（モノメイ）米搗（モノツキ）吹出物（モノ）等の語になるのである。

それに対して共通語の「モノ」は品物の物（モノ）があったり不届者の者（モノ）があったりして語原上の「モノ」にはなり得ないことになる。故に共通語の物や者に対して古語は「ムミ則ちムン」と云うのである。語原は相対（ム）した関係に見（ミ）ると云うことである。だから聟（ムコ）息子（ムスコ）娘（ムスメ）昔（ムカシ）村（ムラ）向（ムカイ）虫（ムシ）燃（ムエ）峯（ムネ、棟）品物（シナムン）等の語があることになる。

《注　ムン（物）とモノ（物）については、飯野布志夫著作集五『語源の旅　鹿児島弁』（鳥影社刊）参照のこと。》

力競べ（チカラクラベ）

この力（チカラ）の「チ」は例の通り着（チ）であって身体に着（チ）いておることであろう。そして次の「カ」も又例の如く「カ」の作用に解したい。例えば他に向って何物かを要求したり或いはかばったりするが如きである。故にこの着いた「カ」の作用を最大限（ラ）に発動するものが「着カラ」則ち力と云うことになる。だとすれば生物はこの力が何時でも発動出来るように貯えておくことが生存上肝要なことと言えよう。それでこの着いておる「カラ」則ち辛いの「カラ」を動きを停止（ダ）さして備えておるのが身体（カラダ）の名になると思う。

次の競べの「クラ」は既に説明した鞍や蔵であって中に居ついておることになる。故に競べの原形は鞍場い（クラバイ）であろう。場（バ）は公表公開が基本意であるからこれを著しく（イ）すれば場い即ち場い（べ）となるわけである。故に競べと云うことは自分の体に収め入れた（ク）の最大限（ラ）の物を公表公開（バ）することが著しい（イ）と解せねばならぬ。

次は余談めくが具体的な古来の力競べは相撲になるのではあるまいか。相撲の原形は相撲（スマウ）であって住まうと云うことになる。それで結局は男子が成人して一家を成すには妻が必要なことから良い嫁の取り合いが相撲の形式を生んだもののように解される。弱肉強食の古代では強力無双の若者が生活圏も大きかったに違いない。それで行司が残った、残ったの通告は其の嫁まだ残っておるぞの励ましであり「ハッケヨイ」は嫁に対して家を張り出て帰って仕舞えよと云う勧告の古語になる。よってこの相撲の以前にも物の争奪には相撲類似の力勝負があって其の勝敗で決着がつけられたものではあるまいか。何故ならこの次に出て来る立氷や剣刃がこの事を語っておるように思えるからである。

《注　相撲用語の「ハッケヨイ」であるが、南九州方言で解明すると「ハッケ」は「張って来い」であり、「ヨイ」は「寄り」である。すなわち、ぶつかり合いの格闘競技を声援する掛け合いの気合い声である。次の「ノコッタ、ノコッタ」であるが、古老たちの言語調査で判明してきた南九州方言独特の用語に「ノッコル」という動詞があることが分かった。意味は「発情する、興奮する」ということである。その現在完了を確認する語形が「ノッコッタ」である。たとえば、家畜交配などで牡が牝にのっかかる恰好を同語では「ノッコイデケタ」などと表

現する。相撲用語の「のこった」もその格闘の様子を擬観で表現した用語と考えられる。》

本文

【故、其の御手を取らしむれば、即ち立氷《たちび》に取りなして、また剣刃《つるぎば》に取りなしつ。故に懼《おそ》れて退き居り。ここにその建御名方《たけみなのかた》の神の手を取らむと、乞いかえして取れば、若葦《わかあし》を取るがごとつかみひしぎて、投げはなち給えば、即ち逃げ去《い》にき。故、追い往《ゆ》きて、科野《しなぬ》の国の洲羽《すは》の海に迫《せ》め至りて、殺さむとし給う時に、建御名方《たけみなのかた》の神申しつらく「かしこし、我をな殺し給うなかれ。此の処をおきては、あだし処に行かじ。また我が父、大国主の神の命《みこと》に違わじ。八重事代主《やえことしろぬし》の神の言《こと》に違わじ。この葦原の中つ国は、天つ神の御子の、命《みこと》のまにまに奉らむ」と申し給いき。】

語句の解説

立氷（タチビ）

この立氷（タチビ）についても上に向いて立っておる氷のことであるなどと諸説が多いようである。だが常識としても人間の手が氷になるなどとは考えられない。よってこの語は当地の俗話で説明がして見たい。当地では古くから少年団（ドシガタイ）の組織があって盆から中秋の十五夜まで毎晩相撲を取らされたものであった。そしてその相撲で「サバ折り」と云う手であろうか立ち上りざま相手の上体を抱き締めて背骨を折りのしかかるようにして負かす相撲を「立ちボボをした」したと言い、見学の大人達を大笑いさしたものである。即ち手も足も出せない最も見苦しい負け方と云うことにもなる。そこでこの「立ちボボ」であるが之を最も古い古語で言えばここに云う立沝(タチビ)になるのである。

よってこの沝(ヒ)は氷(ヒ)でもあろうが実際は局部の古名である陰(ヒ)に解せねばなるまい。だとすれば立沝に取りなしてと云うことは立ったままの姿勢での交合に取りなしてと解せねばなるまい。

剣刃(ツルギバ)

このことも語原を御理解の方には見当がつかれたことと思う。以前説明した如く男根を十掬の剣の名で現わしておる場合もあるであろう。だとすればつるつるの剣刃(場)と言えば語るを要すまい。共通語の人達でも只ならぬ関係を「ツルン」でおると云うこともあるやに承る。それでこの剣刃に取りなしてと云うことは「ツルンだ場に取りなして」であって仰向けに転がされたことに解すべきであろう。尚、当地の語法からしても「剣(ツルッ)と一撫でにした」と言えば「至極容易であった」ことになる。

《注 南九州地方の語法で、勝負が一瞬に決まることを「ツルッパと決まる」と表現する語法もある。このツルッパは前述の「剣刃《つるぎは》」のことで「ツルギ」のギ音は同語では促音発声になるので「ツルッ」となる。すなわち、剣の力で勝負は一発で決まったことを表現した言葉になる。

古事記でいう「剣刃《つるぎは》」とはこのこととも考えられる。》

若葦（ワカアシ）

この若葦にも何かの隠語がありそうだが適当な結論は得られない。強いて求むれば若い者の足即ち幼童の足に考えられないこともなかろう。然しそれでは字義の通りに若葦に解しても同じようなことにしかならない。

科野の国（シナヌノクニ）

この科野（シナヌ）の国も信濃（シナノ）の国であるとするのが通説である。勿論、信濃という国は古くからあったであろう。しかし、その信濃が科野であったとすればこのような超人的な逃走があり得るであろうか。現代の如く社会秩序が整い道路網が四通発達して居ても追いつ追われつして辿り着くことは至難であろう。よってこの科野の国は高天原及び葦原の中つ国から程遠からぬ所に求むべきでなかろうか。そこで科野（シナヌ）になる地名を探して見ると高天原の日の命達が山戸を置かれた岳には志那志（シナシ）の地名が見られるのである。然し建御名方の神が高天原の山戸に向けて逃走されるわけはなかろう。ところが幸いとでも云うべきか伊那佐の小浜（五七節で説明済み）から西に向い葦原の中つ国を横断して古名を鹿篭（カゴ）と呼ばれる山岳帯の入口に尻無（シナシ）の岡や尻無《シナシ》の川を見ることが出来るのである。建御名方の神の山戸の岳に伝説からして間違いなかろうと思われる国見岳（クニンガタケ）の山裾が海岸に迫る地帯で岩戸山とも接しておる。故にこの地帯が科野の国であると解したい。伊那佐の小浜よりは西南に位置し直線距離で一万五千米位であろうか。

そこで志那志（シナシ）の語原であるがこれは掘り下がって自己完成（シ）することを名（ナ）にした人（シ）と云うことである。だから常人を越えて自己完成していなければならぬ。それで物であっても立派に変わったものは品（科）となるのである。又、古語では他に較べて特に勝れた物や美人等をよか品とも云う。よって此の良い品の人が志那志であって日の命達は志那志の最なる御方に解せねばなるまい。そして又この科（品）人なる日の命の見供わす国が科見（シナミ則ちシナン）の国であると言わねばならぬ。そうすると科野（シナヌ）の発音は科野（シナン）になるので原形は科見（シナミ）であることにも了解が得られるであろう。故にこそ天照大御神や日子穂々手見の命の岳に志那志の名が遺されておる所以と云えよう。

そうすると建御名方の神は大国主の神の御子として新なる国作りを成し其の志那志となられたことに考えられる。鹿篭（カゴ）の枕崎《マクラザキ》市にある此の神を祭神とする南方《ミナンカタ》神社は他町村の同社に比し格段の立派さである。又、古来各地からの参拝者が多かった淡島《アワシマ》神社より遙かに勝れていたことからして何等かの由緒が語られておるものではあるまいか。勿論、枕崎《マクラザキ》市地方を古来鹿篭（カゴ）と呼んだことは建御名方の神の幽居に基づく籠であると共に明治の頃迄この地は南方村（ミナンカタ村）であったことは御名方の名を伝えておるものであろう。

洲羽の海（スワノウミ）

この洲羽の海も今日では信濃の諏訪湖と云うのが定説になっている。勿論、この諏訪湖が「スワ（意味は後述）」の地形であることには異論はない。だが古語の社会では池のことを湖（ミヅウミ）とは言わない。例えば戦前まで歌われた「海原なせるハニヤスノ、池の面よりなを広き」云々の紀元節の歌はハニヤス池も池であり現在は池田池の名にしておる。語原は特に著しい（イ）飼（ケ）ということが池になる。故に信濃の諏訪湖を古事記が洲羽の海にしたとは考えられない。

そこで洲羽の海であるが語原は巣輪（スワ）であろう。降伏の条件に住居地より外には出ないことになっておるので住地に輪をすると云う意の巣輪則ち洲羽であると解したい。従って籠の鳥同様の身の上に置かれたから鹿篭（カゴ）の名も発したことに思う。だが現在では洲羽の海になる海は見る事が出来ない。

然し現在は既に陸地となり入海ではないが枕崎《マクラザキ》市の西側を流れる花渡（ケド）川の奥深くまで太古は入海をなし旧塩田地帯を含めた広汎な水田帯までが枕崎《マクラザキ》市を成す突出砂丘に包まれて大入海を成していたのではあるまいか。話に聞けば入海の奥地に当る桜山《サクラヤマ》近くの地中から刳舟の出土品もあったと云う。尚この桜山は明治の頃迄は枕崎《マクラザキ》市が南方《ミナンカタ》村時代の役場所在地でもあったので建御名方の神の水戸の御住居があった所ではあるまいか。父神大国主の神の山戸白岳《シラタケ》にも桜渡《サクラワタシ》瀬《ゼ》の地名があるので単なる偶然とばかりは考えたくない。桜の語原は生長発展（サ）を見る座（クラ）になるので高御位（タカミクラ）如きと類似の名前に考えられる。

又、花渡川（ケドガワ）の名は飼人川（ケドガワ）に作れるのでこの川の流域奥地には多くの飼人達が住んで食糧増産の農耕に従事したものと解したい。

次に伊邪那岐の命の山戸の近くには阿波の岐原《きわら》が阿波岐原の名で通用されておるが、天照大御神の御住居に入る要衝にも上、中、下の三つの木原《キワラ》が知覧《チラン》則ち照見（チェラン）の木原《キワラ》で現存しておる。ところがこの建御名方の神の所にも鹿篭《カゴン》の木原《キワラ》と云うが現存するから神代を語る上に無視出来ないであろう。そして又、天照大御神の天の岩戸《ユワド》と同じく岩戸《ユワド》の地名も存するのである。尚、又葦原の中原（中つ国か）の名に対して鹿篭《カゴン》の中原《ナカワラ》も現存しておる。よって建御名方の神の洲羽の国にも葦原国同様の形式が整えられていたと解せねばなるまい。殊に高天原と葦原国の御陵所所在地は悉く別府（ビュ）名になっておるがここにも別府名があることに注目ありたい。

最後にこの神の墳陵であるが私は以上解説した地名の外に折口（オイクッ）や小港《コミナト》等があることと等からしてこの神の古墳が附近にあるものと信じひそかに探していたのである。ところが客年道路工事に際し誤認からして破壊されたと云う。然かも其の地が松尾《マッボ》であると聞いて驚きを禁じ得なかったのである。松尾《マッボ》の発音は松尾（マッボ）になるので鹿篭《カゴ》集団（マッ）の穂（ホ）と云う名になる。そうするとこの松尾《マッボ》の名になれる人は建御名方の神以外には考えられない。知覧《チラン》町厚地《アッツ》の阿遅志貴高日子根の神も同じく松尾殿《マッボドン》である。

次は余談であるが建御名方の神の山戸の岳国見岳《クニンダケ》の伝説では大昔泥海（津波）があった時九人の人が助かったので九人が岳であると聞いたものである。だから国譲りの大動乱で建御名方の神達が助かった事からかく伝えたものではあるまいか。後で説明するが山幸彦が海幸彦に追われた時の岳にもこれと同じような泥海の伝説で語られておる。

第五九節　大国主の神の国土奉献

本文

【故、更《さら》にまた還り来て、その大国主の神に問い給わく「汝が子ども事代主《ことしろぬし》の神、建御名方《たけみなのかた》の神二神は、天つ神の御子の命《みこと》のまにまに違《たが》わじと申しぬ。故、汝が心如何《いか》にぞ」と問い給いき。ここに答えまつらく「僕が子ども二神の申せるまにまに僕も違わじ。この葦原の中つ国は命のまにまに既に献《たてまつ》らむ。】

語句の解説

更にまた還り来て、（サラニマタカエリキテ、）
建御名方の神を追い鹿篭の洲羽の海の地まで行かれ話合いを纏め給うたので再び大国主の神の御出になる伊那佐の小浜に帰られたので斯く云うたものであろう。

既に献らむ。（ステニタテマツラム。）

既《すで》に献らむと言えば少しくおかしな言いまわしに聞える。よって古語の素手《すで》に献らむと聞けば空手空拳になってそっくり献ることになるからおかしくはなくなる。

本文

【唯、僕が住所《すみか》をば、天つ神の御子の、天津日継《あまつひつぎ》知ろしめさむ登陀流《とだる》、天の御巣《みす》なして、底津石《そこついわ》根《ね》に宮柱《みやばしら》布斗斯理《ふとしり》、高天原に氷木多迦斯理《ひぎたかしり》て、治め給わば、僕は百足《ももた》らず八十坰手《やそくまで》に隠りて、侍《さぶ》らいなむ。また僕が子ども百八十神《やそがみ》は、八重事代主《やえことしろぬし》の神、神の御尾前《みおまえ》となりて仕えまつらば、違う神はあらじ」かく白《まう》して乃ち隠りましき。】

語句の解説

住所（スミカ）

大国主の神は葦原の中つ国の知訶《ちか》の島即ち越の国《コシノクニ》とも呼ぶ胸形の地で国譲りの御返事をなされ退位されたので新たな御住居が必要なことは言を要すまい。そして其の新たな御住居地に思えるのは伊那佐の小浜から南に約十五粁の港で具体的には知覧《チラン》町 南別府《ミナミベップ》（旧は東別府《ヒガシビュ》内）の聖ヶ浦（ヘシガウラ）のことと思う。この港奥の高台の山を中須山《ナカスヤマ》と云うので中巣山であって日常の御住居があったことに解したい。又、其の下の迫地（太古は門浦《カドウラ》港との水路？）を舞ヶ迫（マイガサコ古語はメガサコ）と云うから住居（スマイ、古語はスメ）則ち巣丸（スマイ、古語はスメ）

の丸ヶ迫（マイガサコ、古語はメガサコ）であろう。後の本丸二の丸（城郭内部）の丸である。

尚この聖ヶ浦《ヘシガウラ》の西二千米位で天孫の任地と塵袋が伝う阿多の竹屋村になる竹迫（タケヤサマ）則ち竹屋様に作れる部落が存する。又、聖ヶ浦の東千米足らずは天照大御神の水戸に考えられる門浦（カドウラ）と云う河口港になっておる。この門《カド》の上に尊称の御を冠すれば御門（ミカド）則ち帝（ミカド）になることは注目すべきであろう。尚この門浦《カドウラ》港をなす加治佐《カッサ》川の河口より千米位の奥を桶谷（オケダイ）の名にしておるが多分御飼谷（オケダイ）であって関連の名ではあるまいか。そして更に四千米位を溯れば禊祓いの場に思う上、中、下の木原《キワラ》に達するのである。よってこれより奥地が天照大御神の木則ち生（キ）の国と解せねばなるまい。

尚、次に言いたいのはこの聖ヶ浦《ヘシガウラ》港は港奥の舞ヶ迫《メガサコ》の水路を通って門浦《カドウラ》港奥の桶谷《オケダイ》で加治佐《カッサ》川と合流して居たのではないかと思われることである。何故ならこの舞ヶ迫《メガサコ》が桶谷《オケダイ》に接合する附近を唐船ヶ尾《トセンガオ》と云い大昔船を繋留したらしい岩も遺されておることによる。そうすると唐船（トセン）は遣唐船ではあるまいか。よって其の頃の史書を調べて見ると神島（シトケジマ）と云うがあらねばならぬことになっておる。そこで考えられるのは現在の門浦《カドウラ》部落地帯は舞ヶ迫《メガサコ》で完全に遮断され往古は一つの島で神島《シトケジマ》と呼んだものではなかろうかと云うことである。神島（シトケジマ）の名は日の命の御殿を志戸（シト）と呼んだらしい形跡があるのでこの志戸《シト》で飼って（養って）おると云う意の志戸飼（シトケ）島ではなかろうかと思われる。そうすると桶谷《オケダイ》も御飼谷《オケダイ》であって天照大御神や天孫達が御扶養（御飼《オケ》）申し上げた谷であり又神島（シトケジマ）であって総てが合理的解決を見ることになる。勿論、志戸（シト）は先きに説明した社（ヤシト）の「シト」でもあると承知されたい。尚この附近には城川（ヂョンカワ）と云う湧水や城西（ヂョニシ）城脇《ヂョワキ》等古語で最勝最美の意になる「ヂョ」の地名が見られることも之等を裏書するものではあるまいか。

更に又ここの部落名はここを渡れば中つ国に出ると云う意の中渡瀬（ナカワタヂェ）になっておることも見逃せまい。そしてこの部落に祭神不明で八幡殿に通称する古来の神社がある。知覧《チラン》町内には天照大御神の御子多紀理毘売《たきりひめ》の命を祀る薗田権現《ソンダゴンゲン》と天孫の竹迫《タケサア》則ち竹屋様権現《タケヤサアゴンゲン》の二権現社があり、八幡様《ヤハタサア》と呼ぶのはこの中渡瀬八幡の一社しかないのである。よって、相当神格の高い神であられることは疑えまい。故に地理的関係其他から推して大国主の命が祭神ではあられまいかと疑いたくなる。殊に神社が桶谷《オケダイ》の真上にあるに於いておやと言いたい。そして尚この附近に塚の名を見ることが出来ないことからして御遺体は伊那佐の小浜に指呼する越の《コシノ》塚《チカ》に御葬り申し上げたものではあるまいか。

天津日継（アマツヒツギ）

この解説は浅学の私より先覚の説を信用すべきであろう。説によれば天照大御神の御任命になられた大詔を其のままにした天業を次次と知ろしめす天位又は皇位のことだと云う。全く其の通りで言うことはあるまい。然し斯く解することは天つ日継の日（ヒ）を天つ神の神霊（ヒ）に解し其の思し召しの神意を継ぐことに言わねばならぬ。

次は余談になるが参考として古語社会の実際から見た日継《ひつぎ》則ち火継《ヒツギ》の愚見が述べて見たい。古代は火を極めて大事に取り扱ったもので就寝の際は熱灰の中に埋めて火種子としたものである。だから後継者（子供）がなく断絶した家を見ると此の家もとうとう火が消えたかと気の毒がったものである。よって日継は火継でもあって祖神連綿の家と遺業を継ぐことでもあると思う。又、天の新巣《にす》の凝烟《すす》の八拳《やつか》たるまで撓《た》きあげとある祝詞《のりと》等もこの事を語るものではあるまいか。

登陀流（トダル）

この登陀流（トダル）は、難解の句であることからして諸説も多いようである。古事記伝では富足るの義で美称であるとし、橘守部先生は登陀流は「チダル」と同じで榑風垂（チダレ）であると云う。そして博風（ハフ）の板を屋根の上の両脇に揚げて組合せた上を千木又は氷木と云い其の千木の下を「チギタル」と云うのだと説かれておられるらしい。だが本文の前後から推断すれば私には納得が得られない。よってこの語は、語原と古語の常識からして解決を求めることとしたい。

登陀流の登（ト）は的《まと》（真戸《マト》）や木戸《キド》又は山戸《ヤマト》等の戸であって原形は最高増大（タウ）であるが結局は寄り集まることである。そして次の陀（ダ）は涙《なみだ》（名見ダ《ナンダ》）、肌《はだ》（端ダ《ハダ》）、海《うみ》（輪ダ《ワダ》）等の「ダ」である。よって基本意の通り動きを停止しておることでなければならぬ。故にこの陀（ダ）を「ラ行」に活用すれば「ダラダラ」したり陀流（ダル）になったりする事になる。そうすると古語で陀流（ダル）なったと言えば疲れた事であって動きたくないことに云う。共通語でも左（ヒダリ）と云うので語原を究められたい。故に共通語の楽（ラク）も古語は楽（ダク）であり、又旦那（ダンナ）も陀見名（ダミナ則ちダンナ）で自からは労働せず監督（見）することを名にしておる者と言わねばならぬ。

そうすると登陀流は寄り集まり即ち参集の動きを停止した状態のことにも考えられる。本文に天つ神の御子天津日継《ひつぎ》知しめす登陀流《とだる》天の御巣《みす》なしてとあることからして天つ神の御子が葦原の中つ国の大政を見供わす政庁即ち大戸《ウト》（宇都《ウト》）山に参集する動きを停止して立派な御住居に楽隠居云々と無理すれば解されないこともないようである。然しこの解釈では次の登陀流に於いて満足されないので適解とは言えないのではなかろうか。

そこで種々に考えた結果次の結論を得たので御批正を仰ぎたい。古語では緊張がほぐれておることに「たるんだ」とも言えば又は「だろんだ」と云うのである。だからこの登陀流は原形が戸足る（トタル）であってこれを登陀流にしたものと解したいのだが如何であろう。例えば雨垂れが雨だれになり小樽（コタル）が小樽（コダル）になるが如きである。そうすると本文の天つ神の御子の天津日継知しめす登陀流と云うことは天つ神の御子の天津日継を知しめす戸即ち御殿に足るところの天津御巣なしてと云うことになって天津神の御子の御殿に劣らない立派な御殿と云うことになる。

天の御巣（アメノミス）

この天の御巣は字義の通りに高天原の神の御住居即ち日継の御子の御住居格の御巣《みす》（注＝巣丸《スマイ》＝住まいのスのこと）と云うことに解したい。若しも高天原からの追放的処遇であったとすれば御子神や八十神達にも問題が残されたであろう。だがあくまでも肇国の大精神に則る国譲りであられたので御子神や八十神達も進んで天業に参加されたものと解せられる。よってこれを証する地位身分の処遇であり又天の御巣であると解したい。

余談になるが登陀流天の御巣が完全に実施を見たればこそ神武天皇の御東遷には其の準備港の第二港岡田の宮は御子事代主の神の港のように解せられる。そして又第三港の多祁理《たけり》の宮は御孫であられようか若林（ワカベシ）部落の港になっておると解されるのである。尚、御東行に功労の多かった久米部《くめべ》は其の名前等からして建御名方の神の地に解される。

底津石根に宮柱布斗斯理（ソコツイワネニミヤバシラフトシリ）

この底津石根（ソコツイワネ）の解説は既に説明の通りで地底の岩盤に大きな宮柱の尻を据えると云うことであろう。だが語原的に考えれば周辺に添（ソ）い従属（コ）しておる一体不可分（ツ）の結束（ユ）を固める輪（ワ）の根（ネ）と云うことになる。故に底辺に生活し活動しておる一般諸民の結束和合を計る輪の根則ち根源となる宮（御屋則ち御矢）の柱（大綱の主義方針）を太く掲げ立てと解しても悪くなかろう。

高天原に氷木多迦斯理（タカマガハラニヒギタカシリ）

この高天原に氷木多迦斯理と云うことも語原的に解すれば高天原の氷（ヒ）即ち天つ神の神霊（ヒ）の木即ち生（キ）なる姿のままを最高（タ）の迦（カ）の作用にして知らすことになるの

で統治の大権を行うには天つ神の大御心を生（キ）のままに継承した天つ日高（多迦）であることの自覚自認の上に立ってと云うことに解しても良いのではあるまいか。即ち天つ神の御心を心とする事である。

《注　現代解釈で氷木《ひぎ》は社殿の屋上の破風《はふ》の先端が延びて交差している千木《ちぎ》のことであるとされている。しかし、古くからの建築用語では棟木と屋根の椽渡《ひわた》しとを垂直に繋ぐ材木を椽木（ヒギ、秘木《ヒギ》と書いても可か）と呼ぶ言葉も伝承されている。よって、その伝承用語から判断して古事記が伝える氷木《ひぎ》とはこれを指しているとも考えられる。この椽木《ひぎ》を高くすれば宮殿の屋根は反り返るように高くなるので権力の誇示を意味していることになる。古事記文面でも「氷木多迦斯理《ひぎたかしり》」とあるので、これを訳すると「椽木タカシリ」と考えられるので漢字を充てると「椽木高知り」となる。すなわち、天高く宮殿の屋根を聳え立たせるという意味合いの用語ではないだろうか。参考までであるが、南九州地方の方言ではバテイラのような円錐形の巻貝をタカシリ（発音はタカシイ）と呼んでいるのでこの貝の恰好も天高く聳える状《さま》になっているので擬観でこんな用語遣いが生まれたと考えられる。なお、タカシリにあえて漢字を充てれば「高臀《タカシリ》」となる。》

百足らず（モモタラズ）

この百（モモ）足らずは次の八十にかけて云う枕詞とのことである。だが枕詞と云うのがおかしいのであって枕詞にされる以前は立派な詞であった筈である。故に百（モモ）は桃でもあって深く深く身を隠すことであると解したい。古語の百（ヒャク）は終点の意であるから、百足《ももた》らずと云うことは深く深く隠れて最極最果ての誠意を示しても尚足りない程に思う誠心のことに解すべきでなかろうか。

八十坰手（ヤソクマデ）

この八十（ヤソ）は既に説明した八十神や玄孫のことに云う古語の玄孫（ヤシマゴ）の「ヤシ」であろう。従って直接手の届かない間柄のことに考えねばなるまい。

又、次の坰手（クマデ）は熊曾（クマソ）や隈取る（クマトル）の隈と同じであろう。だとすれば隈手と云うことは目も手も届かない蕃界《ばんかい》のことに解される。よって八十坰手と云うのは天つ神の御子の天津日継を知しめす上にさしさわりのない周辺僻地のことに解すべきであろう。全く其の通り聖ヶ浦《ヘシガウラ》の地は葦原国の南海岸で若し現在の門浦《カドウラ》が神島（シトケジマ）であったとすれば島に配した恰好にも受取れる坰手と言わねばなるまい。

百八十神（モモヤソガミ）

この百八十神も一見数字数的に解されないでもない。だがあくまで百は百（モモ）でなければなるまい。大体この八十神達は天つ日高に在した大国主の神や事代主の神の直臣旗本であられた筈である。それが今は大国主の神父子の御譲位により陪臣や陪々臣に格下げされたことになる。故に葦原の中つ国の新しい立場から言えば八十神達も大国主の神同様に百（モモ）即ち深く深く姿を隠くされた神達と言わねばなるまい。

神の御尾前（カミノミオサキ）

この御尾前（ミオサキ）については諸説もあるようであるが以前に説明したことのある御大（ミホ）と同じい事で天つ神の定むる山戸の山の尾と云うことに解すべきであろう。

乃ち隠りましき。（スナワチカクリマシキ。）

この語は私の参考書とした本の著作者が原文が中断した形に見えて物足りないから補足したものであると云う。よって其の取捨は各位で御勝手に願いたい。

第六〇節　天の御舎《みあらか》

本文

【故、白し給《まう》いしまにまに、出雲の国の多芸志《たぎし》の小浜《おはま》に、天の御舎《みあらか》造りて、水戸《みなと》の神の孫、櫛八《くしや》玉《だま》の神を膳夫《かしわで》として、天の御饗《みあえ》たてまつる時に、禱《ね》ぎ白して、櫛八玉の神鵜《う》に化《な》りて、海の底に入りて、底の波邇《はに》を咋《く》い出て、天の八十《やそ》毘良迦《ひらか》を作りて、海布《めふ》の柄《から》を鎌《か》りて燧臼《ひきりうす》に作り、海藻《こも》の柄《から》を燧杵《ひきりきね》に作りて、火を鑽《き》り出でて云いけらく。】

語句の解説

故、白し給いしまにまに（ユエ、マウシタマイシマニマニ）

この語句は前節で説明した如く前節と本節のつながりが中断の形に見えるので原本はかくあったろうと云う推測で挿入した句が前節の「乃ち隠りましき」であり又本節書き出しの「故、白し給いしまにまに」である。

出雲の国（イヅモノクニ）

ここに云う出雲の国は以前の本文に「汝が宇志波祁流《うしはける》葦原の中つ国云々」とあったことからして葦原の中つ国のことでなければなるまい。すると聖ヶ浦《ヘシガウラ》の地は中渡瀬《ナカワタセ》部落の南端であるから中《ナカ》渡瀬《ワタセ》の名が示す如く中つ国であることに間違いあるまい。

多芸志の小浜（タギシノオバマ）

この所も通説では出雲の国簸川郡川跡村を古く武志と呼んだので其処であろうとされておる。だがこの多芸志の小浜も知覧《チラン》町聖ヶ浦《ヘシガウラ》の中須山《ナカスヤマ》のことに解すべきであろう。そこで先づ多芸志の語原から検討して見たい。すると語原は最高（タ）の崖（ギシ）と云うことになる。古語は崖（ガケ）のことを崖（ギシ）と云うのであるが語原は何者の通過も許さない（ギ）ことに掘り下がって自己完成（シ）しておることである。故に人の社会に於いても議論に達者な人のことを古語では議（ギ）の強い人（シ）と云う。御存じの通り議《ギ》に強い人は他人の言い分など寄せつけないであろう。故に崖（ガケ）は崖（ギシ）であって、絶壁は最高（タ）の崖（ギシ）になるので多芸志《タギシ》と言えるであろう。

ところで、聖ヶ浦《ヘシガウラ》港から天照大御神の水戸桶谷《オケダイ》を結ぶ水路であったらしい小水路は巾百米も考えられないのに、両岸は絶壁をなして迫っておる。又、大河の桶谷《オケダイ》に出ても同断のことが言える。故にこの地帯を最高の絶壁と云う意で多崖《タギシ》又は谷崖《タイギシ》と呼んだものではなかったろうか。そしてこの小海峡水路が聖ヶ浦《ヘシガウラ》に開ける所を小浜に呼んだものと解したい。勿論、山の尾になる尾浜《オバマ》でもある。

天の御舎（アメノミアラカ）

天の御舎は高天原の高貴神達の御住居の家のことであろう。天のは既に繰り返し説明しておるが今一度語原的解説がしておきたい。天の原形は天（アマイ）であって上層に浮上進出（ア）しておる舞（マイ）と云うことである。勿論、舞いは丸（マイ）でもあって住居（巣丸）の丸でもあらねばならぬ。そして此の舞（マイ）が語法により舞（メ）になったものが天（アメ）であり雨であると解せねばならぬ。だから雨と云うのも「ア舞」であって天上に於ける雷如き神達が神楽に用いた禊祓いの水と云うことではあるまいか。だからこそ雨は萬物の穢れを浄化することにしておるものと思われる。故に天（アメ）は上層に浮上進出した高貴神達の住居則ち巣丸の所に解しても良いであろう。そして又知覧《チラン》町の天照大御神の竺紫《ツクシ》の岳（注＝通称で荒岳《アラタケ》、別称でヒエン岳とも呼ばれる）等の聖地にも余り比良（アマイヒラ）等天居（アマイ）や「ア丸」に作れる地名が在する所以も了解が出来る。

　次に舎（アラカ）であるが舎の「アラ」は開墾地のことに古語は新飼（アラケ）と云うし又新年を新玉（アラタマ）の年とも云う。故に天照大御神の山戸の荒岳《アラタケ》は新岳《アラタケ》である如く新たと云う意に解したい。又、舎（アラカ）の「カ」は岡や塚の「カ」と同じで「カ」の作用のことであろう。そうすると天の御舎と云うことは大国主の神が天つ神の御子の許に新体制下の人生に入り其の「カ」の作用を受ける御住居に解すべきでなかろうか。

水戸の神（ミナトノカミ）

この神については速秋津日子の神と速秋津比売の神を参照ありたい。

櫛八玉の神（クシヤダマノカミ）

この神名の櫛は例の通り串や籤でもあらねばなるまい。従って久士《くし》布流《ふる》之《の》岳《たけ》の久士であって天津神の絶対至上の大権（久士）に解すべきであろう。即ち従前は葦原の中つ国の日の命として自から此の櫛（久士）と一体不可分になって大権を行使なさったのであるが天の御舎に御入居なされた以上は天つ神の御子の久士の許に立たされることになったわけである。よって其の事を言った櫛（久士）であると解したい。そしてその久士（籤）の徹底と実状を見届けるための矢（ハ）となり魂（玉）となって仕えておるのが櫛八玉の神であると解せねばなるまい。これを具体的に言えば大国主の神が国譲りを承諾されたことに対し事後の処理として天つ神の久士に基づき御奉仕申すと共に目付的役も兼ねた矢であり魂の神であろうと云うことである。

膳夫（カシワデ）

通説に従えば上代はすべて喰物をする場合は木の葉を用いたので其の木の葉を「カシワ」と

言ったとのことである。なるほどと思われるのでそれはそれとしておきたい。然しその木の葉を神代に於いて柏（カシワ）と呼んだかは疑問が持たされる。何故なら神代の国である当地には殆ど自生の柏を見ることが出来ないからである。そして拍手や鶏肉（カシワ）膳夫（カシワデ）等の名も古語では聞くことが出来ない。又、柏を常用したとすれば夏間はそれでよかろうが冬間は困るのではあるまいか。だが当地では「葉蘭」や「サエン」等広葉の植物には事欠かないので握飯等には明治の頃までも使われていたものである。故に柏（カシワ）の名は神代以降に生れたものではあるまいか。

そこで余談になるが当地の俗間に伝えられる氏神祭りの遺習を参考に供したい。先づ御神体（石体）の衣替えをするのであるが衣は半紙の中央に襟形の穴を明けて用い帯は大麻を其のままに用いるのである。次は神饌物であるがこれには常緑灌木の青木の葉を用いておる。古語ではこの青木の葉を山立（ヤマダテ）の葉と云うのであるが日の命等祖神達を山の神と呼んだらしいのでこの山の神に奉る葉と云う意で山立（ヤマタテ）の葉ではあるまいか。

先づ青木（山立）の小枝で作った箸を以て粢（シトキ）と云う生米を搗き砕いて作った団子と赤飯（オゴキ）と云う食塩で調味しないものを山立の葉に盛り上から酒を注ぎかけ更に白米と食塩を加えて神饌に供するのである。尚、参拝者も全員山立の葉で粢と赤飯を頂きそこで喰べたり土産則ち宮飼（ミヤゲ）にしたりするのである。言うを要すまいが赤飯に塩分を加味したものは古語では豆飼（マメゲ）の名にしておる。

天の御饗（アメノミアエ）

これは神前に奉る饗応を神代には御饗と云ったとされている。しかしこの名は当地で一般的には通用されていない。青菜類を水煮して小さく切り豆腐や調味料を加えて擂鉢で軽く擂った喰物を「オアエ」と云う人も最近は聞かれるが古語の人は殆どが「ヨゴシ」に呼んでおる。そこで饗（アエ）の語原であるがこれは上層に浮上進出（ア）した餌（エ）と云うことであろう。

だとすれば語原の解釈によっては高天原上層部の人達の喰物にも考えられる。然し古語の実情から推断すれば饗（アエ）は上層に浮上進出したものに会（エ）することにもなるから落ちて来たことにもなるのである。例えば古語では雨が降り出すことに「雨がアエ出した」と云い又熟柿が落ちると「熟柿がアエた」と云うが如きがそれである。故にこの御饗《みあえ》は高天原から葦原国の大国主の命に落して給わる御下賜の喰物に解すべきでなかろうか。

鵜に化りて（ウニナリテ）

この鵜も人間が鵜に成り得る筈はない。よって古語で大きいことに云う大（ウ）であって「鵜鳥（ウトリ）に化りて」であると解したい。すると古語では「大取（ウドイ）よりも小取（コドイ）」と云う語もあるので此の大取（ウトリ）が鵜鳥（ウトリ）であると解せねばなるまい。この度の国譲りも大取りの最なるものと言えるであろう。そうすると櫛八玉の神が鵜に化りてと云うことは人情としては偲びないことであるが高天原の肇国の大義大取りの心を心とする者に化りてと解すべきではなかろうか。

波邇（ハニ）

この波邇（ハニ）は埴土のことで焼物をする土のことであると云う。だが古語では埴土を埴（ハニ）とは言わない。すべて粘土のことには釜土（カマツチ）である。よってこの際は波邇夜須毘古の波邇（ハニ）に解すべきではなかろうか。

だとすれば波邇の発音は波邇（ハン）になるので共通語の食み出すの食み（ハミ）になり古語の張見（ハミ）出るの張見（ハン）になってくる。すると一定の位置から張り出しを見ることに言わねばならぬ。よって波邇を咋い出たと云うことは大国主の神の膳夫《かしわで》と云う職域を越えて天の八十毘良迦云々に解すべきでなかろうか。従って海の底に入ってと云うことも海（大見）の底か国生みの生みの底かであって肇国の大義の根底に立入って波邇を咋い出たと解せねばなるまい。

天の八十毘良迦（アメノヤソヒラカ）

説に従えばこの八十（ヤソ）は数の多いことであって又毘良（ヒラ）は平（ヒラ）であり迦（カ）は瓮であると云う。故に数の多い浅い土器のことであると説明されておる。然しこの説の通りであれば古語は皿迦（サラカ）にならねばならぬので如何であろう。故に八十は八十神の八十に解しそして八十人即ち天つ神の治下にある四民のことに解したいものである。尚、次の毘良（ヒラ）は平面のことになるが古語で比良と云う場合は平かな傾斜面のことに云う。そして平坦地のことには台（ダイ）が最大限（ラ）と云う意で台良（ダイラ則ちデラ）と云うのである。

然し局部的には手の掌（テノヒラ）等の如く毘良（ヒラ）とか毘良たか（ヒラタカ）とか毘良て（ヒラテ）とかにも云う。尚、包みを開く（毘良く）と言えば開放の意味にもなるであろう。

故に天の八十毘良迦を作りてと云うことは高天原は天つ神の治下に入った八十人達即ち民草はこの天つ神の国人として開放し其の主権（カ）の下に置くと云うことに解すべきでなかろうか。だとすれば天に二日無きが如く高天原及び葦原の中つ国には二王なく四民平等の恩恵を天つ神に受ける国作りに解せねばなるまい。

余談になるが毘良迦は平等（毘良）な主権（迦）にもなるので毘良は特権的でない平武士や平人民の平に解しても良いであろう。又、迦は昆虫の蚊や動物の鹿（カ）人類の帝（ミカド）の「カ」に解して良いと思う。

海布（メ）

この海布は海布（メ）に訓むものらしい。すると文字から判読すれば昆布《こんぶ》や若布《わかめ》が考えられる。然し当地の海岸にはそれらは自生しないのである。但し若布に類似した海藻は自生しておるが円形に近く且つ肉が厚くて硬い。よってこれを臼に見立てたものであろうか。然しそれ等のことはどうでも良いのであって大事なのは海布（メ）の名であると思う。古語では運命のことを芽（メ）が出たと云うであろう。良いめぐり合せには良か芽に遭ったと云い不幸にはつまらぬ芽に遭ったと云う。よって大国主の神の国譲りも運命の海布（メ）にあきらめて臼に入れよの隠語に解せられる。勿論、海布（メ）の原形は凡（マイ）であるから住居則ち巣丸の丸にも考えなければなるまい。

又、臼は大巣（ウス）に作れるから大（ウ）則ち鵜（ウ）の巣にもなるであろう。そうするとこの臼は大取（ウドリ）則ち鵜鳥（ウドリ）の巣でもあるので大（鵜）の心即ち計いを受入れなければなるまい。だとすれば結局は高天原の大権の受諾と実行を言わんがための海布（メ）であり臼であると解せねばなるまい。言うなれば臣籍降下である。

柄を鎌りて（カラヲカリテ）

作物でも、種実を収穫し終った茎葉には稈（カラ）と云う。故に大国主の神も天津日高の御身分を御退位になり大権を御譲り申したので今は全くの空位（カラ）と言わざるを得まい。よって柄を鎌りてと云うことは作物で稈を苅りて実を穫るが如く大国主の神の御身柄を鎌（カマ）則ち構（カマ）って主権の実を御取り上げになることを言ったものであろう。当地にはこうした運命の先住族らしい人の岳を唐松岳（カラマッダケ）則ち空町岳（カラマッダケ）の名にして呼んでおる。

海蓴（コモ）

この海蓴（コモ）は当地でも「コモ」と云うらしいので小藻（コモ）が本当であろう。僅々数糎丈けの円柱茎の藻で中央の節に見える部分が縊れておるので手杵《てぎね》の形に言えよう。よって杵を表現するために海蓴と其の名を借りたものに解せられる。尚、海蓴（コモ）の語原は「コ」を

「マ行」に活用した語になるから従属（コ）の関係で守（モ）ることになり籠ることに作れる。余談に亘るが昔の手杵と云うのは径十種位の丸木を一米位に切り中程を片手に握れる如く細く削って作ったものである。今日一般に見られる柄付の杵には古語は「な手杵《ナデギネ》」と呼んでおる。

だがこうしたことはどうでも良いのであって本当に必要なのは海蓴の名と杵の語原的関係であろう。海蓴の名は籠るの「コモ」にも作れるのでこの際は引き籠るの籠（コモ）に解すべきものではあるまいか。勿論、子守るの子守（コモ）にもなることは言う迄もない。

そうすると杵（キネ）の語原は生（キ）根（ネ）であって生（キ）の根源と云うことになる。すると成人の各位には御納得であろうが生（キ）を射出する行為を行うものは生（キ）を見（ミ）る魂（タマ）と云うことで生見（キミ）則ち君魂（キミタマ＝キンタマ）と云うのである。そうすると杵（キネ）の名の所以も海蓴（コモ）則ち子守（コモ）につながるものと御理解叶えるであろう。勿論、臼は大巣（ウス）であってこの行いの増大（ウ）が見られる巣（ス）であるから説明までもあるまい。故にこの行いの結びが結子（息子）や結女（娘）であると言わねばならぬ。

《注　以上の説明は回りくどくなっているが、簡潔に言えば杵（握り部分を削った一本棒の中細杵）は擬観で男性器の陰茎を指した隠語となり、臼は同じく擬観で女性器の陰唇を指した隠語になる。》

だが以上は身体に於ける杵と臼の関係を云うたに過ぎない。故にこの基本意を人類の社会組織の上に於いて考えて見よう。すると人類社会の生（キ）は血統が生（キ）に在する日の命でなければなるまい。そして現実に実（ミ）を結んで在す方は生実（キミ）であって文字にすれば君と云うことになる。だから世襲制の古代では君《きみ》の御子は又君《きみ》であり、連《むらじ》や臣《おみ》の御子は大連《おおむらじ》や大臣《おおおみ》であったわけである。故にこそ直根（スクネ）則ち宿称（スクネ）の家柄があったことになる。

そうすると大国主の神も天津日高で所謂大君に在したので御子は子々孫々に大君であられねばならぬ筈である。だがここで天津日継の日が断絶のことになられたので海蓴（コモ）杵（生根）で如何に臼（大巣）に搗かれても日継の御子は切断されて現れ出ないことになるであろう。よって其のことが次の燧臼に作り又海蓴の柄は燧杵に作りて火を切り出でて申しけらくの語になるのである。故にこの語は日継切断の宣言と聞かねばなるまい。

燧臼（ヒキリウス）

この燧臼（ヒキリウス）も表面的には通説通りのことに解されるのを期待しての語法であろう。然し真実言わんとする隠語の心はそうであるとは受取り難い。殊に燧（ヒウチ）の字を燧（ヒキリ）に訓ましてあることからしても然かりである。故に先きに説明した通り天津日継の日（火）を鑽（切）る意で断絶のことに解すべきであろう。だとすれば大国主の神の臼（大巣）則ち天の御舎に御出生の御子達も日の御子でないと云う宣言宣告に解せねばなるまい。

余談になるが燧石（ヒウチイシ）の名はあるので火を打ち出すことはわかるが火を切り出すと云うのは不可解にしか思えない。尚、共通語の社会には家を出る時切り火と云う慣わしが見られるがこれは清浄な火で汚穢の「ヒ」を切り断つと云う意の切り「ヒ」ではあるまいか。

燧杵（ヒキリキネ）

この燧杵も燧臼と同じで大国主の神の杵（キネ）則ち天津日高と申した生（キ）の命の根も断絶したと云うことであろう、従って火を鑽《き》り出でて申しけらくとは大国主の神の日の命と云う日（火）の切断を宣言宣告して申しけらくに解せねばなるまい。

本文

【「この我が燧《き》れる火は、高天原には、神産巣日御祖《かみむすびみおや》の命《みこと》の登陀流《とだる》、天の新巣《にす》の凝烟《すす》の八拳《やつか》垂《た》るまで焼《た》きあげ、地《つち》の下は底津石根《そこついわね》に焼《た》きこらして、栲縄《たくなわ》の千尋縄打延《ちひろなわうちはえ》、釣らせる海人《あま》が、口大《おおくち》の尾翼鱸《おはたすずき》、佐和佐和《さわさわ》に控依騰《ひきよせあげて》、析竹《さくたけ》の遠《と》を遠《と》をに、天の真魚咋《まなぐい》献らむ」と申しき。故、建御雷《たけみいかづち》の神、返り参上《まいのぼ》りて、葦原の中つ国、言向《ことむ》け和《やわ》しぬる状を複奏《まお》し給いき。】

語句の説明

登陀流（トダル）

この語は既に説明した通りである。然し今度は神産巣日御祖の命の登陀流であるから神産巣日の神の祖神霊の御殿（戸）として足りる（陀流）ことに解せねばなるまい。

天の新巣（アメノニイス）

この天の新巣についても諸説が多いようである。だがこの新巣はこれを古語の発音に読めば足りるのではあるまいか。古語では新は新（ニ）であるから新巣（ニイス）は新巣（ニス）でなければならぬ。そうすると新巣は新しい御住居則ち御巣丸に解すべきであろう。神代に於いて如何ほど豪華な建築が見られたかは知らないが新巣に対する見解が述べて見たい。

古語の社会では虹（ニジ）のことを虹（ニス）と詰めた発音で言い神秘的な現象に見て畏敬しておるのである。故に古老達は華麗な虹が立つとあの足（柱）の根元を掘ると計り知れない宝物が出ると語っていた。故に虹が立ったと云うのも家屋が建ったの建ったではあるまいか。そうするとこの虹は天つ神の新巣（ニス）が建って姿を現わしたと云う古代人の考え方に考えられる。若しそうだとすれば古代の人達は広壮華麗な虹を見て天つ神が新しい御住居（御巣丸）を御建てになったと見て新巣（ニス）則ち虹（ニス）と呼んだことになる。

凝烟（スス）

原文には凝烟の下に註をして凝烟云州須とあるので煤（スス）に解せねばなるまい。だが煤の語原は古語からして巣人（スシ）であって巣の煙が掘り下がって自己完成（シ）したものと解したい。勿論、煤は巣（ス）を「サ行」に活用する語である。そしてこの煤を八拳垂るまでとあるが、そんな長い煤は考えられないのでこれは無限を表現したものであろう。言うを要すまいが煙（ケムリ）の古語は煙（ケブリ）であるから飼振り（ケブリ）に解し食生活（飼）の振りが語原になると解されたい。

そうするとこの凝烟は巣人（スシ）になることからして大国主の神が葦原の中つ国を領有召されて高天原の統一発展に暗雲を投げかけていたことになぞらえた凝烟ではあるまいか。そして大国主の神の日継の日則ち火を切ったことに云う我を燧《き》れる火（日）であって高天原の新巣に凝烟が八拳垂れるまで焼きあげると解すべきであろう。

焼きあげ（タキアゲ）

この焼（タ）くは古語で火を焚くとか飯を炊くとかに云うからこの焚くであろう。そうすると焚くの語原は最高（タ）を食（ク）うことになるから最高を示しておることになる。だとすればこの焼（タ）きを高天原には神産巣日の御祖の命の登陀流天の新巣の凝烟八拳垂るまで焼きあげ、地の下は底津石根（結輪根）に焼きこらしたとなれば高天原も葦原の中つ国も永遠無窮に大国主の神の日継の断絶は不動にあらざるを得ないことになるであろう。

千尋縄打延（チヒロナワウチハエ）

この千尋（チヒロ）の語は古語には聞かれないので多分後代の語であって長い縄の意であろう。古語の「チ」は着（チ）でなければならぬ。千代（チヨ）に聞かれる語法もあるが、これは着代（チヨ）であって世に着いた全盛期のことに考えられる。

次の縄（ナワ）の語原は名輪（ナワ）であろう。今これを逆にして輪名にすれば罠（ワナ）になる。よって縄は何物かに対して輪となり自由を束縛することを名とするものに解せねばなるまい。〆縄にしても普通の縄にしても然かりであろう。但し沖縄県の縄は古代の実状から見て沖の那覇（ナハ）と云う意の語原的には沖名端（オキナハ）が原形ではあるまいか。

又、次の打延の延（ハエ）は張会（ハエ）であって古語の形からすると張り重なって通り抜けのないことに考えられる。よって千尋縄打延と云うことの隠意は広範囲に及び長い縄を張りめぐらした如く警戒網を張り大国主の神に策動の余地を許さないことに解すべきではなかろうか。殊にこの縄が栲縄と云う卓絶した縄であるに於いておやである。

《注　沖縄の地名は南九州方言で「オッナァ」とも呼ぶので「翁（オッナ）」の線も考えられる。》

海人の釣らす（アマノツラス）

この語も表面上は海人（アマ）の釣らすであるから言うことはない。だが隠語としては高天原も天（アマ）である。よって高天原の釣らすにも解されるであろう。よって、この海人の釣らすは隠語としては高天原が大国主の神を釣らした事に解すべきでなかろうか。

口大の尾翼鱸（クチフトノオハタススキ）

このことも通説に従えば口大（クチフト）は大口の誤写であるとし尾は小（オ）で翼（ハタ）は鰭《ひれ》のことであると云う。そして口の大きな鰭の小さい鱸（スズキ）のことであるとされておる。だがこのことも表面的な解説にしかなり得ないのではあるまいか。よって隠語の立場からの説明が試みたい。

口大（クチフト）は大口ではなく原文の通り口大が正語であろう。語意は大きな口の利き方をすると云うことである。若しこれを大口に書けば古語は大口（ウグチ）になるので口一ぱいに頰張る食い方のことになる。よってこの過ちを侵さないための心づかいが口大であると解したい。そうするとこの口大は大国主の神が葦原の中つ国の主権者として大きな口を利かれたと云うことに解すべきものであろう。

次の尾翼（オバタ）も又本文通りの尾鰭に解すべきであろう。古語では尾鰭のことを尾翼（オバッ）と云うのであるが、尾鰭は両方に肩肘を張った如くに見えるので、尾張手（オバタ）則ち尾張っ（オバッ）ではあるまいか。だから古語は魚の尾翼《オバタ》の如く人間自身が左右に肩肘張っておることにも「手を張手げ（ハタゲ）ておる」と云うのであろう。そうするとこの姿勢は通せん坊をしておることであり他の行動を阻止しておることに言わねばならぬ。それで古語の社会で「尾翼《オバタ》を曲げた」と言えば我意強情を引き込めて畏まったことであるかそれとも死んで仕舞ったことかになるのである。よって口大の尾翼と云うことは大国主の神が葦原の中つ国の日の命として口を大にした口利きと行動を取り高天原の活動を妨害したことに解すべきでなかろうか。

次は鱸（スズキ）であるがこれは原文に訓鱸云須受岐とあるから鱸（スズキ）に訓まなければなるまい。だから然らば何故に鱸（スズキ）とわかりきった魚名に改めて須受岐（スズキ）と註をしなければならなかった理由は何であろうか。ここらあたりに作者の心を酌む必要が大きく隠されておるものと解したい。要するにこの鱸は単に其の名を借りたに過ぎない鱸であると云う心づかいではあるまいか。そうすると須受岐（スズキ）なるものには秋の七草の芒（ススキ）も考えられるであろう。すると芒は曽て説明した通り晩秋の木枯し吹く頃に尾花をつけるので人が落ぶれて心淋しく冬枯れの寒々とした生活を送ることにも解せねばなるまい。須受岐の語原は巣巣生（ススキ）で空手空拳素手（巣手）素足（巣足）が生（キ）なることになる。よって口大の尾翼鱸と云うことは魚に名を借りた大国主の神の権勢並びなかった御身の上が落魄の今日に至ったことを言ったものに解せねばなるまい。

《注　南九州門村《カドムラ》の風習で、芒《すすき》は「ススッコ」と呼ばれ、その葉はスッと天空に伸びる条線草（常線草とも言われる）であるが、その形状を擬観にして「血筋が直線で繋がる家系」すなわち直系直統の意味合いに用いられる。秋口には月の神様（月読神《つきよみのかみ》）などに捧げる風習もある。しかし、その葉が枯れるとカラカラの筋になるのでそのスッテンテンの状《さま》を擬観にして「空っぽ、素手、何も無い」という意味合いにもなる。ところで、同じ芒の仲間でも秋口になると親葉の下から新芽がふさふさと出てくる常葉芒《ときわすすき》（同方言でトッグヮ）のみは一年中緑が絶えないということで同門村《カドムラ》地方では永遠の家系を象徴する植物として愛でる風習があった。》

佐和佐和に（サワサワニ）

この佐和佐和も、私の参考書は海人が栲縄を引く時に喧しく云う形容であるとしておる。勿論、表面的にはそれでよいのであろう。然し共通語でも、騒ぐの「サワ」や障るの「サワ」を考えたらそんなことではあるまい。そこでこれを語原から言えば生長発展（サ）した輪（ワ）と云うことでなければならぬ。だとすれば、佐和佐和にとは大国主の神を生長発展（サ）した高天原の輪（ワ）の中に閉じ込め引き寄せと解せねばならないであろう。尚、余談になるが爽やかは佐和矢かであって生長発展（サ）した輪（ワ）の矢（ヤ）を放っておる気持ちのことに解せねばなるまい。

控依騰（ヒキヨセアゲテ）

このことは表面的にも裏面的にも訳文の通りでよいのであろう。よって臣籍降下の大国主の神を高天原の手中に引き寄せあげてと解せねばなるまい。

析竹（サクタケ）

この析竹は既に説明した如く真直ぐによどみなく生長発展した竹のことである、一つ一つの竹の節（伏）を人生一代の終末に見れば節と節の中間を古語は代（ヨ）と云うから析竹は無限永遠の発展を現しておることに言わねばならぬ。

《注　南九州門村《カドムラ》では現在でも竹林のなかで樹冠の勝れた竹を「サッタケ」と呼んでいる。これに漢字を充てると「幸竹《サクタケ》」または「咲竹《サキタケ》」となる。》

登遠遠、登遠遠に（トホヲ、トホヲニ＝遠を、遠をに）

私の参考書はこれを遠を遠をに読んでおるが誠に其の通りでそれ以外のことには考えられない。古語は遠方のことを遠見（トオミ則ちトオン）と云うから寄り集まった（ト）山山の尾（オ）をそのまま同時に見（ミ）ると云うことであろう。故に遠を遠をは遙かに之を倍した遠いことに解せねばなるまい。

天之真魚咋（アメノマナグイ）

通説では高天原の魚料理であると云う。勿論、表面上はそれであろう。だが隠語としてはそうとばかりには受取れない。天之真魚咋は真名食い（マナグイ）で高天原の真実の名を食う事であらねばなるまい。そうすると具体的には高天原中心の高御産巣の神の肇国の大精神を食うた生き方に解すべきでなかろうか。

七章　天孫降臨

第六一節　邇邇芸《ににぎ》の命《みこと》

本文

【ここに天照大御神、高木の神の命《みこと》もちて、太子《ひつぎのみこ》正勝《まさかつ》吾勝《あかつ》勝速《かつはや》日《ひ》の天《あめ》の忍穂耳《おしほみみ》の命《みこと》に詔《の》り給わく「今、葦原の中つ国言向《ことむ》け訖《お》えぬと白《まう》す。故、言《こと》よさし賜えりしまにまに、降《くだ》りまして知《し》ろしめせ」と詔り給いき。ここに其の太子《ひつぎのみこ》正勝《まさかつ》吾勝《あかつ》勝速《かつはや》日《ひ》の天《あめ》の忍穂耳《おしほみみ》の命《みこと》白し給わく「僕は降《お》りなむと装《よそお》いせしほどに、御子生まれ坐しつ。御名は天邇岐志《あまにぎし》国邇岐志《くににぎし》、天津日高《あまつひたか》 日子番能邇邇《ひこほのにに》芸《ぎ》の命《みこと》、此の御子を降すべし」と白し給いき。】

語句の解説

太子（ヒツギノミコ）

これは太子（ヒツギノミコ）に訓むべきものらしい。従って天津日継の日継の御子と云うことになる。よって今日皇太子と申し上げる太子と同じことであろう。

正勝吾勝勝速日（マサカツアカツカツハヤヒ）

この御名は既に説明の通りである。正勝は正株で正系正統の血族集団であり又吾勝も吾株で高天原集団中の最上層に浮上進出しておる同族集団ということになる。そして勝速日は其の同族集の最外端にまで威令が滲透しておる日の御子に解すべきである。

天の忍穂耳の命（アメノオシホミミノミコト）

この御名も既に説明した通りである。高天原最高の御身分で統治権を見供わし高天原の押さえに在す命と云うことに思う。

天邇岐志（アマニギシ）

この御名は天邇岐志（アマニギシ）と訓ませてあるが文字から見れば邇岐志（ニキシ）が原形ではあるまいか。だとすれば語原は新（ニ）生（キ）人（シ）と云うことに考えられる。従って具体的には高天原の新しい（ニ）日継の御子となる生（キ）の命の身分に御出生の御人（シ）と解せねばなるまい。要するに天の忍穂耳の命の太子と云う御身分に御生まれの御方と云うことである。

国邇岐志（クニニギシ）

この国邇岐志の国は葦原の中つ国の国に見るべきであろう。そうすると結果的には天を国に置きかえて考えれば足りることになる。だが然し然らば何故に葦原の中つ国が国邇岐になるかと云うことになるが、それは葦原の中つ国には未だ曽《かつ》て高天原から天つ神直統の天津日高が御降臨になられたことはないからのことであろう。よって葦原の中つ国に初めて新しく（ニ）生（キ）の命として御降臨召された御人（シ）と云うことの国邇岐志であると解したい。

日子番能（ヒコホノ）

この日子番（ヒコホ）は日子穂（ヒコホ）でもあって天津日高の御子にして其の穂である主権を御継ぎになる御子と云うことに解すべきであろう。

邇邇芸の命（ニニギノミコト）

この御名もいろいろな考え方があろうが原形は新新生（ニニキ）の命であられて発音の語呂上新新芸（ニニギ）の命ではあらるまいか。そうすると先づ第一に頭に浮ぶのは天照大御神の御孫と云う御身分を現わした新《にい》の新《にい》の生《き》（ニニキ）の命と云うことが考えられる。

次は古語の常識的解釈になるが邇芸（ニキ）の発音は邇芸（ニッ）となるので次のことが言えると思う。例えば、古語は新たに鉈《なた》や鏃《やじり》の合口部分の輪（古語はビンガネ）に柄を強引不動に入れ込むことを新生込む（ニッコム）と云う。語原的には新しく（ニ）生（キ）なる個性保持のまま込めておくことになる。又、古語では到着した具体的な場所を何処其処の「ニキ」とも云う。そうすると天孫も葦原の中つ国に新しく主権者として新生（ニキ）された命と言えるのではあるまいか。よって其の立場からの邇邇芸の命であられるとも解したい。余談になるが一家族の間に於いてさえ新入者の嫁に対し憎い（ニックイ）とする姑があると聞かされる。（注＝「新生食《ニック》い《イ》」になる）。尚、又古語の毎日（メニッ）の日（ニッ）も長い流れの中に新入した一日（イチニッ）であろう。

第六二節　天孫降臨の大命

本文

【この御子は高木《たかぎ》の神の御女《みむすめ》萬幡豊秋津師比売《よろづはたとよあきつしひめ》の命《みこと》に御合《みあ》いまして、生みませる御子、天の火《ほ》明《あかり》の命《みこと》、次に日子番能邇邇芸《ひこほのににぎ》の命《みこと》にます。ここを以て白《まう》し給うままに、日子番能邇邇芸の命に仰せて「この豊葦原の水穂《みずほ》の国は汝知らさん国なりと言《こと》よさし給う。故、命《みこと》のまにまに天降《あも》りますべし」と詔り給いき。】

語句の解説

萬幡豊秋津師比売（ヨロヅハタトヨアキツシヒメ）

この御名の萬（ヨロヅ）は古語の姿からして共同又は合同の意であろう。そして次の幡（ハタ）は機織の機（ハタ）であると解したい。古い時代には女性に取って必須な機織裁縫の道を女の着穂事（チホゴト）則ち高千穂の千穂事と云い合宿みたいな形で夜業として努めたらしいのである。故に萬幡と云うことは娘達が集まって一緒に機織裁縫の修練に励んだ合同の場所と解せねばなるまい。

次の豊は例の通り十代（トヨ）であって累代のことであろう。そして又秋津師の秋津は秋津島で説明した如く物資豊富で有福な生活（アキ）と一体不可分（ツ）と云うことであって師（シ）は人達（シ）の事に解したい。高木の神の如く富有高貴な御家庭でなければ何台もの機織具が揃えられる筈もなく且つ多人数の娘さん達を収容する家も乏しかった筈である。故にこの比売の御名は多くの娘さん達と一緒になって機織等婦道の修練に励まれた高貴富有な御家庭の比売と云うことに解すべきではなかろうか。天照大御神の御所にも服屋があったことを参考とされたい。

天の火明の命（アメノホアカリノミコト）

この御名の火（ホ）は穂に解してもよいであろう。そうすると天の火（穂）は高天原の穂で主権行使のことに考えられる。そして其の穂が明りであるから主権の在り方が理路明快に在し諸民の信望を聚《あつ》め給うたことが此の御名を得られたものと解したい。だとすればこの命は父命の跡目を相続し高天原に於いて治績をあげ給うたお方に解すべきであろう。余談になるが古語では火明りの語であろうか暗黒から視界が開けてきたことに「火明り（ホッカイ）明けた」と云う。

豊葦原（トヨアシハラ）

豊葦原は既に繰り返し説明しておるので今更言うことはない。語原の通り十代則ち永久に高天原上流社会（ア）の生活資源の基地として掘り下がって自己完成（シ）に甘んじておる平地部（原）と云うことである。

ではここで高天原と豊葦原との地理的関係や概況について少しく説明して置きたい。高天原も山戸のある山岳帯は生活に適さなかったのであろうか西方山麓の葦原国との接点より少しく引き上った低台地に命達が日常の御生活を営まれた跡が見られる。故に其の低台地は古事記を読んで行くと高天原とも又豊葦原とも見当がつけ難い場所が散見されるのである。殊に猿田毘古神の所と天照大御神晩年の御住所とは至近距離と言って良いであろう。又、土地の高低から言えば天孫の葦原国に於ける山戸の御住居は天照大御神の天の安の河の御住居より遙かに高いのではあるまいか。然し葦原国全体の地勢は高天原より遙かに低地であることは云うまでもない。又、天孫の山戸は天の岩戸《ユワド》の山から西に六千米位でなかろうか。

余談になるが幼時祖父母から聞いた話によれば天孫陵及び其の山戸に推定される高塚《タカチカ》山は別名を西の岳《ニシノタケ》とも言ったらしく此の西の岳《ニシノタケ》は東の岳即ち高天原の人達に大昔攻め取られた所だとのことである。そして曰く東の岳の人は人品骨柄も勝れて偉かったので西の岳《ニシノタケ》の人は負けて仕舞ったのだそうなとのことでもあった。それで今日に至っても西の岳《ニシノタケ》の人は東の岳の人に比し品相が落ちておるのだそうなとも語られたものである。故にこの寓話は天孫降臨の経緯にからむものではあるまいか。否そうであると信じたい。

水穂の国（ミヅホノクニ）

この水穂の国は瑞穂の国でもあって諸説が多い。然し古語は水稲に水穂と言わないので水穂は信じたくない。そこで水の発音は古語で水（ミッ）になるので満（ミッ）に解すべきでなかろうか。そうすると満穂の国になるので天孫の采配される主権の穂（ホ）が国中に充ち満ちて治績が大いにあがっておる国と云う名になる。又、水（ミッ）が道（ミッ）であっても道義を穂にした立国になるので民族性からして相応しい名に思える。

天降り（アモリ）

これを天降（アマクダリ）に解するのは面白くない。折角、天降（アモリ）に訓むのだから語原通り上層に浮上進出（ア）した守り（モリ）に解すべきであろう。そうすると天孫が最高主権者（ア）として葦原の国に定住固着（モ）されることになる。かくてこそ天降りの語原に叶うと思う。例えば、雨漏りの雨水も屋外には流れないで屋内に守るので「雨漏り」は「雨守り」または「雨盛り」という語になる。

第六三節　猿田毘古《さるたひこ》の神の先駆奉仕

本文

【ここに日子番能邇邇芸《ひこほのににぎ》の命《みこと》、天降《あも》り（天守《あも》り）まさむとする時に、天の八衢《やちまた》に居て、上は高天原を光《てら》し、下は葦原の中つ国を光《てら》す神、ここにあり。故、ここに天照大御神、高木の神の命《みこと》もちて、天の宇受売《うづめ》の神に詔り給わく「汝《いまし》は手弱女《たわやめ》なれども、伊牟迦布神《いむかふかみ》と面勝神《おもかつかみ》なり。故、専《もは》ら汝《いまし》行きて問わむは、吾《あ》が御子の天降《あも》りまさむとする道を、誰ぞかくて居ると問え」と詔り給いき。故、問わせ給う時に答え申さく「僕は国つ神、名は猿田毘古《さるたひこ》の神なり。出でおる故は、天つ神の御子、天降《あも》りますと聞きつる故に、御前《みさき》に仕えまつらむとして、参迎《まいむか》えさむろう」と申し給いき。】

天の八衢（アメノヤチマタ）

この天の八衢は八方からの道路が集まっておる高天原の要衝のことであろう。だが古語では巷（チマタ）の語は聞くことは出来ない。それでは現実には何処であろうかと推定すれば天の安の河の渡り場近い横井場《ヨケイバ》部落の穴《アナン》の原《ハイ》の附近ではあるまいか。其処ならば天照大御神の御住居が南に存し又天の岩戸《ユワト》の岡や其の宇都《ウト》（大戸）の迫《サコ》が東に近くそして八俣の大蛇の肥《ひ》の河や大国主の命の伊奈佐《いなさ》の小浜が北に位置しておる。更に西には須佐之男《すさのお》の命《みこと》が高天原追放後最初に辿り着いたと云う鳥髪《とりかみ》の部落（テヨカン部落）や猿田毘古神《さるたひこのかみ》の農耕地に思える猿手《サッチェン》の久保《クボ》の地が至近距離で何れも千米内外であろう。

上は高天原を光し（ウエハタカマガハラヲテラシ）

この光しは光（テラ）しに訓ませてあるが古語の慣例からして光らし（ヒカラシ）らしに訓むのが実際的なように思われる。古語では監視監督のことにも眼を光（ヒカ）らしておると云う。従って眼が光っておると言えば注意されておることになる。大体光るの語原は神秘力（ヒ）で苅る（カル）ことになるから実力的直接行動でない神秘力で威圧することに言える。如何に暗いことでも光りに遭えば明るみに出るので暗い事は出来ないであろう。

それに対し、光す（テラス）であれば天照大御神や太陽の照らすになるので最高至善の手を以て施す恩沢のことになる。そうすると、猿田毘古の神が天照大御神の上に立って高天原を照らしておることになるのでおかしくはあるまいか。故に、ここは高天原に光らし（ヒカラシ）であって高天原の八十神達が葦原国の人達に無理難題を及ぼしはしないかと眼を光らして御出たと解するのが妥当のように思われる。

下は葦原の中つ国を光し（シタハアシハラノナカツクニヲテラシ）

猿田毘古の神は国津神であられるから先住族の神として葦原の中つ国を見供わした神であられよう。従ってこの場合は光し（テラシ）であっても光らし（ヒカラシ）であってもよいことに思われる。そしてこの神は天照大御神の御住居と御長女多紀理毘売《たきりひめ》の命《みこと》の吉備の児島との中間程に位置する猿手《サッチエン》の久保《クボ》附近に御住居の神ではあるまいか。

伊牟迦布神（イムカフカミ）

この伊牟迦布（イムカフ）神は「伊向う」神であろう。すると伊（イ）の基本意は特に著しいであるから特に著しく立ち向う神と云うことになる。古語は潮が満ちて来ても「伊満っ（イミッ）て来た」と云い、人口が増えても「人が伊満《イミ》った」と云う。故にこの神は著しく勝気で向う意気の強い神に解せねばなるまい。

面勝神（オモカツカミ）

この神名の面勝（オモカツ）は古語の面魂（ツラダマシ）のことで面相に勝気を現わしておる事ではあるまいか。古語では勝気を「シ根」と云うので「シ根が面（ツラ）に出ておる」と云う。だから面勝神であると思う。語原は掘り下がって自己完成（シ）した根（ネ）になるから負けじ魂でもよかろう。

猿田毘古の神（サルタヒコノカミ）

この猿田毘古神の猿を動物の猿に解したのでは神代の真相は摑めまい。従ってこの猿は人の猿（サイ）又は猿（サッ）になる首長（タ）と申す毘古《ひこ》神に解すべきであろう。動物の猿は動物の社会で生長発展（サ）が特に著しい（イ）ことから猿（サイ）であり、又勝れておるので猿（サッ）であると解せねばなるまい。そうするとこの神は先住族の中で最も高天原社会への生長発展が著しかったことになるであろう。

そうすると、この猿は古語の形からして猿（サッ）に訓み、御前（ミサキ）に仕えまつらむと本文が云う如く前（サキ）則ち先（サキ）に解し先手毘古（サッタヒコ）の神に解してもよいのではあるまいか。此の神の農耕地であったろうと思われる所も猿手《サッチエ》の《ン》久保《クボ》の名にしておる。尚、古語は手が主動的立場で働らく時は手綱（タヅナ）助け（手シケ）等の如く手（タ）になることも参考にされたい。

余談になるが古語社会では道祖神を「サイノカミ」と訓み、道祖田を「サイデン」又は「セデン」と訓んでおる。勿論、道祖（サイ）が道祖（セ）になるのは古語の語法であるから疑うの余地はない。だがこの道祖神（サイノカミ）なる神は天孫の道案内を申し上げたことからの猿田毘古の神のことであろうか。古い時代の当地方では道祖殿講（サッドンコ）と云う講まであってなかなかに盛んなものであったらしい。

又、古語は無理強いの好意や要望に対しても「サイも聞き入れず」とか「猿手も（サッチェン）聞かないで」とかに云うのである。例えば子供達が善意に満ちた厚意を捧げるとお年寄達は「猿手も（サッチェモ）猿手も良い子供だった」と誉めたたえていた如きである。故に之等の猿手（サッチェ）も猿田毘古の神が無理強いに捧げた善意に基づいて生れた語であろうか。若しそうだとすればこの道案内は神代の大評判となったことが察知出来る。

最後に当地では牛馬の健康を祈って春駒と云う猿が駒を引いた刷絵を馬房に祝い、又一厘銭で猿と馬の紋様が入ったものを猿の駒引きと呼んで貴重にしたことを加えておく。

第六四節　五伴《いつとも》の緒《お》

本文

【ここに天《あめ》の児屋《こやね》の命《みこと》、布刀玉《ふとだま》の命《みこと》、天の宇受売《うづめ》の命《みこと》、伊斯許理度売《いしこりどめ》の命《みこと》、玉《たま》の祖《おや》の命《みこと》、あわせて五伴《いつとも》の緒《を》を、くまり加えて、天降《あも》りまさしめ給いき。】

語句の解説

天の児屋の命（アメノコヤネノミコト）

この御名の児屋（コヤネ）の児（コ）は子でもあり、又小（コ）や此の所の此（コ）でもあろう。「コ」の基本意は「カウ」が原形であって語法により「コ」に発音されるものである。従って「カ＝干渉」の作用が増大（ウ）した姿であらねばならぬ。だから自分の身辺に従属の形でくっ着いておる物のことになる。故に「コ」は子であり小であると共に自分が居住する家宅にまで考えを及ぼさねばなるまい。古語では大きな家宅を大屋地宅（ウヤッコ）と云うから自分の居住する家も「コ」と云うことになる。そうすると日の命達の大家宅が建ち並ぶ大きな構えは大屋地宅の最もなるものと言わねばなるまい。高千穂の宮の少し河上の部落を河上（コカン）の名にしておるが高千穂の宮（御屋）と云う家宅（コ）の上と云う名ではあるまいか。尚、高千穂の宮や天孫の山戸近くを宅（コ）の極限（ラ）と云う語原の河良（コラ）や河原（コラ）の名にしておることもこれを裏書きするであろう。殊に各命達の住居跡と思われる場所は木場（コバ）の名を遺しておるがこれも此の意の場に解したい。（注＝コバに漢字を充てれば「宅場《コバ》」もしくは「飼場《コバ》」になる）

次の屋（ヤネ）は屋根の語原で説明した如く処世上発する各種各様の矢心の根と云う意の屋則ち矢根である（注＝矢心とは矢の如き強い主権行使のことになる）。天孫が葦原の中つ国に於いて主権を行使し給う以上は祭政上各種の矢が発せられるのは当然のことであろう。然し其の発し給う矢心に違算や誤認があって朝令暮改の姿では失政は免かれない。依って其の矢に狂いなきを期するために其の道に経験豊かな人を補佐役として附するのは常例としても少なくないことである。よって天孫に対しられても此の補佐役を附し給うこととなり其の選に入られた命であられることから此の命を天の児屋《こやね》の命《みこと》と申し上げたものと解したい。此の御名は既に語原として説明した如く天孫政庁に従属して離るることのない（コ）主権行使（矢）の根（ネ）となる命と云う御名である。屋（ヤネ）は松脂（マツヤニ）の脂が古語の脂（矢根）でもあったことを思い出していただきたい。

尚この天の児屋の命の子孫は中臣（ナカトミ）の姓となり藤原氏の祖神に仰がれる神であるが中臣は中戸見（ナカトミ）であって天孫以降の山戸政庁の大戸（ウト）と従属する各部族の戸との間に立って戸を見供わすと云う意の中戸見であろう。余談になるが天孫の山戸に見られる高塚《タカチカ》山群中には命ヶ岡に作れる殻ヶ岡（コッガオカ）の名が二ヶ所に見られる。

布刀玉の命（フトダマノミコト）

この御名の布刀（フト）は結論から言えば人（フト）であろう。古語では人のことを「フト」と呼んでいる。従って布刀玉は人魂（フトダマ）であって人間の魂即ち精神面を司った命と云うことに解せられる。これを語原から言えば幸せとなるもの（フ）を寄せ集める（ト）のが人（フト）であって他の動物には殆どそれが見られない。故にこのことが順調に進めば太（フト）ることになるのである。そして又過度におちいれば河豚（フット）になるから面白かろう。

次の玉は最高（タ）にして真実（マ）なことであるからこの玉のように光り輝くものが魂（タマシ）でなければならぬ。原始に近い古代の遠祖達も人間の本性は善なることを究めていた証で嬉しい限りと言えよう。

ところが、共通語はこれを人（ヒト）にしておる。若し人（ヒト）が正しいとするならば書紀が伝える肥人や毛人の類に近くなるので如何であろうか。殊に人（ヒト）であれば肉眼の視覚には入らない寄り集まりになるので大変困った事態になるであろう。（注＝すなわち、ヒトであれば「陰人《ヒト》」もしくは「秘人《ヒト》」となる用語である）

尚、これらの語法からして、不届者は「フトドケモノ」と訓まれて「物を届けない人」とされているが、古語の語法では「人退け者《フトドケモノ》」で「人を退かして前に出る者」となる。又、「山田の曽富騰《そふと》」の「ソフト」にしても語原的には「添人（ソフト）」ではないだろうか。すなわち、人はフトと訓まれていた証になる。

ところで、この命の子孫は忌部（イミベ則ちインベ）氏になっておるようだが忌部は犬部（インベ）に作れるであろう。だとすれば犬（イミ則ちイン）が人に仕えて忠実な如く、神や祖先に対して忠実に仕える部族が忌部氏（注＝犬部《インベ》氏ともなる）と云うことになる。余談になるがかように神や祖先に対して報恩の誠を捧げつつ自からを昂める生き方が我が日本民族精神ではあるまいか。少なくとも肇国の神代に於いてはこの考え方を民族精神とし大和民族たる今日の発展を築いたものと解したい。

天の宇受売の命（アメノウヅメノミコト）

この御名の宇（ウ）は例の如く大（ウ）であって増大の意であろう。人は運勢にせよ財宝にせよ増大することは嬉しいことである。だから「嬉しい」則ち「大（ウ）れしい」の語にもなるのだと思う。勿論、追うて行くの古語追（ウ）も語原はこの大（ウ）であろう。

次は受売（ヅメ）であるが、語原の原形は受舞（ヅマイ）であって語法により受舞（ヅメ）則ち受売（ヅメ）になったものである。従って語原は頂位（ヅ）に舞（マイ）しておることになる。勿論、舞（マイ）は巣丸（住居《すまい》）の丸（マイ）でもあり、又木の芽（メ）に言われる芽（マイ）でもあらねばならぬ。故に舞（マイ）は其の位置から遠くへは離脱しないであろう。尚、又樹木の最頂位は古語の「木のヅッ」であり頭は頭（ヅ）であった筈である。故に受売（ヅメ）と云うことは或る事柄が常に優位を保持し其の周辺から離れないことに解せねばならぬ。だから古語では嬉しい事が続くと「嬉しかづめ」だとか「嬉しかづくめ」だとかに言い、又病床に長く在れば長いこと「寝づめ」だと云うのである。

故に天の宇受売の命と云うことは高天原のお人で増大（ウ）した喜びごとが連続して盛運幸運に恵まれた命であられたことを御名とされたものに解したい。

次にこの命の子孫は猿女の君になられて御出のようだが此の女（メ）は果して女の意であろうか。古事記の文字使いからして女とばかりには解し難い。又、宇受売の命の売も他例から見て比売の売ではあるまい。故に猿女の君も同一語音になる猿舞（サルメ）の君が原形であると解すべきでなかろうか。後代には猿舞とか猿楽とか云うのがあったらしいが猿を使っての舞いや楽ではあるまい。あくまで語原通りの生長発展（サ）を著しく（イ）するための舞いや楽であって盛運長久を祝福した舞楽であると解したい。故に猿女の君と云うのはこうした盛運長久を祝福する歌舞音曲を司った猿舞（サルメ）の君であったと解すべきでなかろうか。

伊斯許理度売の命（イシコリドメノミコト）

この御名の伊斯（イシ）は石に解しても悪くはあるまい。だが石とは如何なる語原の語であるかを究めてからのことである。伊斯則ち石の語原は著しく（イ）堀り下がって自己完成（シ）しておることである。従って他のことは一切無視して只己れ一人の道にひた向きなことになる。だから石は無言のだんまり屋で他との交流を絶ち己れ一途の道を辿っておるであろう。ところが、此の石の姿そのままを見せておる人も居るのではあるまいか。そしてこれを共通語では唖（オシ）と云うのであるが古語では唖（イシ）と云うのである。若しこれが共通語通り唖（オシ）であるとすれば天の忍穂耳の命の忍（オシ）になるので主権者のことに解せねばならなくなる。よってこの伊斯は古語の通り石であり唖（イシ）のことに解すべきでなかろうか。

次の許理（コリ）は水が凍ったり肩が凝ったりする凍りであって凝固した姿のことになる。従って動きが取れないことに解せねばなるまい。そうすると凝りの発音は凝（コイ）になるのでくっ着いて離れない（コ）状態が特に著しい（イ）ことになる。この状態は人の社会にも応々に見られ勝ちの現象であるがこれでは人類社会の融和発展はあり得まい。

次の度売（ドメ）は止めであって語原は「止まり」則ち「ト舞い」が語法に従い度売（止め）になったものである。よって、寄り集まり（ト）其処に舞（マイ）しておることになる。言うなれば待っておることでもある。そうすると伊斯許理度売の命と申す御名は人々が唖のように黙り込んで自分だけのことに凝り固っていたのでは葦原国の進歩発展は期待されないので人心の融和と協力団結のことを担当された命と云うことに解せられる。

尚、この命の子孫は鏡作りの連のようであるが単なる鏡作りだけのことであろうか。鏡には人の鑑（カガミ）と云う鑑もあるのである。鏡や鑑の語原は相接合（カガ）して見（ミ）ると云うことに解されるので人と人とが相互いに接合して心と心を通わし融和共存の道を歩むことも又

「カガミ」の一つになると思う。そうすると鏡作り部の名も結局は伊斯許理度売の名に帰るようである。余談になるが屈み（カガミ）や輝く（カガヤク）の語原も鑑や鏡の語原と一致する筈と思う。

玉の祖の命（タマノオヤノミコト）

この御名の玉も読んで字の如く単に玉だけのことであろうか。古代から玉は貴重品として大事にされたことは疑えない。然し玉の名を以て高く評価されておるものは玉だけとは限るまい。例えば身辺に考えても睾丸は君玉（キンタマ）であろう。又、頭（アタマ）と云う名も上層に進出（ア）しておる玉である。すると玉（タマ）と云う古語は単に玉に限らずすべて最高（タ）にして真実（マ）なるものと解せねばならぬ。だとすれば人生の玉には玉もあろうがもっと一般的で大事なものには心の魂（タマ）等があると言えよう。故に玉の祖の命と云うことは勿論玉作りのことも司ったであろうが、更に拡大解釈して人の精神面即ち心魂の練磨をも司どられたものではあるまいか。でなければ玉の祖の名になるとは考えられない。

余談になるが祖（オヤ）則ち親に対する語原的説明が加えておきたい。親の語原は合着（オ）する矢（ヤ）である。だから古語は子供の悪を矯め善に導く指導を「オヤス」と云う。即ち「親する」と云うことである。語意は子供に合着（オ）した指導監督の矢（ヤ）を放って導くことになる。御理解でもあろうが「養い」は「八十綯《ヤシナ》い」であって縄を綯う如く矢心をからませることである。又「育てる」は「添立てる」であって両者共に矯正の意は見られない。それに対し、親す（オヤス）は矯正の絶対愛が秘められた真の親心が語原的に明らかであろう。私見になって恐れ入るが「養い」や「育てる」は動物の世界でも見られるが親す（オヤス）ことは人間の世界に限られると言ってもよかろう。故に人類の進化は言語の発生とこの親す親心に負うところ大と言わねばなるまい。

尚、余談ついでに玉に関る当地の遺習にも少しく触れておきたい。私の地方では中形の甲虫で金緑色とでも云うべきか光沢のある甲翅を持つ昆虫を玉虫と云う。そしてこの玉虫の甲翅を身辺につけておれば魔除けになると言い若い御婦人達がよく笠等に刺しはさんでいたものである。

又、鮑（アワビ）のことを古語は鮑（アオッ）貝と云うが、この貝殻の内側も玉虫同様に極めて美麗な光沢である。故にこの貝殻も魔除けになると云い、鶏類が狐等の魔物に捕られないようにと鶏小屋に吊るされておるのをよく見かけたものである。故に玉は古代に於ける装飾其の他で貴重品であると共に諸民を含めた一般社会の風潮として玉の光沢が発する神秘で魔を拂い退けると云う盲信があったものではあるまいか。各種の玉の名前からしてもこのことがうかがえる。私はよく知らないが枕崎市松尾《マッポ》古墳の出土品にも「テレビ」で見た限りでは鮑貝で作った輪形のものがあったと思う。又、天孫陵正面も青木則ち鮑（アオッ）原と云うのも不思議である。

五伴の緒（イットモノオ）

この伴（トモ）は供（トモ）であって五人の命達に各々の責任を仰せて御供を申しつけたことだと思う。供の語原は寄り集まり（ト）守（モ）ることであるから主君の許に集中して永着の姿で御仕えする事になる。又、緒は合着であるから合着すれば抽出するのが自然の姿と言える。例えば合着（オ）して構う（カ）の姿は岡（オカ）となるが如きである。故にこの緒は合着した部族の統括者のことに解される。

くまり加えて（クマリクワエテ）

「くまり」の原文は文の字が用いられ異説も聞かされる。だが語原からすれば他体中に食い込まれて（ク）おりながら尚自主的個性を保持しておることになる。例えば歯間に異物が挟まれば「詰まった」でもある。然し詰まるより比較的自由な状態であれば古語は之を「くまっておる」と云う。故に鉄砲に弾丸が「込《こ》められている」にしても古語ではこれを「込（ク）められている」と云う。よって、この「くまり」は「組まり」であると解したい。

第六五節　三種の神器

本文

【ここに、かの遠岐斯《おぎし》、八尺《やさか》の勾璁《まがたま》、鏡《かがみ》、また草那芸《くさなぎ》の劔《つるぎ》、また常世《とこよ》の思金《おもいがね》の神、手力男《たぢからお》の神、天の石門別《いわとわけ》の神をそえ給いて、詔《の》り給いつらくは「これの鏡は専《もは》ら我《あ》が御魂《みたま》として、吾《あ》が御《み》前《まえ》をいつくがごと伊都岐《いつき》まつり給え。次に思金の神は、御前のことを取持ちて申し給え」と詔り給いき。】

語句の解説

遠岐斯（オギシ）

この遠岐斯についても諸説が多いようであるが大勢は招禱《おぎ》しであるとし招き寄せることにされておるようである。だがそれでは前後の関係がおかしい上に語原的にも面白くない。

よってこの語はあくまで遠岐斯に解すべきであろう。遠（オ）は緒でもあるが又男にもなる。すると既に説明した通り抽《ぬき》ん出た合着のことにもならねばなるまい。

そうすると次の岐斯（ギシ）はこれも既説の如く崖が古語の崖（ギシ）であろう。だとすれば遠岐斯は男崖（オギシ）でもあって絶対に侵し破るを得ない絶壁のことにもなる。よって此の場合の遠岐斯は絶対不可侵の天つ神の御神勅を指向する三種の神器に解すべきでなかろうか。

余談になるが、古語は絶対介入を許さない議（ギ）には男議ら（オギラ）と云い、又微動だに出来ない箱詰如きには「ギッシイ詰まっておる」と云う。尚、又完全健康状態や完全無欠で丈夫な物には議見（ギミ、注＝南九州方言の発音はギン）則ち「ギンギンしておる」と云うので参考とされたい。又、「ゲヂゲヂ（蚰蜒）」は「ギシガマジョ」である。

八尺の勾璁（ヤサカノマガタマ）

この勾璁は既に説明しておるのでそれを参照されたい。要は次々に栄え行く子孫に伝えられて日の命のしるしとなる璁と云う名である。よって八尺は八栄（ヤサカ）で次々に栄え行くことであり、勾璁は日の命のしるしとなる真ヶ璁（マガタマ）と云うことに解すべきであろう。

尚、余談になるが、別説には「ヤサカニノマガタマ」と云う名も伝えられているので此の場合は岩門別の神により新たに葦原の中つ国が創立されたので勾璁も新たに作られ新（ニ）の勾璁であると解すべきでなかろうか。

鏡（カガミ）

この鏡は既に説明した八咫の鏡のことであろう。従って其の説明に従いたい。鏡名を要約すれば八咫（ヤタ）の原形は八阿多（ヤアタ）であって、八（ヤ）の母音が「ア」であることから次音阿多のア音を省略した八多（ヤタ）則ち八咫（ヤタ）であると解する。よってこの鏡名は次々の日継の御子達（八則ち矢）に伝えて頭（アタマ）の阿多即ち上層に浮上進出（ア）して最高位（タ）に着く御子え教えを垂れておる鏡としていつきまつれと云う鏡名に解したい。従って御代《みよ》御代《みよ》の日継の御子達が高御座《たかみくら》に就かせ給う時にはこの鏡の心を心とし給い敬仰尊崇《けいぎょうそんすう》の誠を捧げ給うので佐久久斯侶伊須受《さくくしろいすず》の宮《みや》の名があるのであろう。

草那芸の剱（クサナギノツルギ）

この草那芸の剱も既に都牟刈《つむがり》の大刀で説明しておるので参照されたい。この剱（剣）は書紀によれば天の叢雲《むらくも》の剱でもあったらしい。すると叢雲の叢（ムラ）は村にもなるのでこの場合は村構成の基本となる法（ムラ）に解すべきであろう。そうすると天の叢雲の剱と云うことは高天原の法（ムラ）の運営に曇り即ち暗影を投げかけていた剱と云うことになる。だとすれば八俣の遠呂智がこの剱を所持していたことからして高天原に於ける武の権力を遠呂智が掌握していて専横の振舞いが多かったと解せねばなるまい。

次に草那芸の剱と云う名は日本武尊《やまとたけるのみこと》の焼津地方平定に因む名とされておるが、果してこの草那芸は其の時の草薙だけに因る御名であろうか。古語の慣例では山薙《やまなぎ》とは聞かれるが草薙《くさなぎ》の語は聞かれない。よってこの草は勿論草でもあろうが病気（クサ）を含めた語原的な「クサ」ではあるまいか。だとすれば死者の在り家とする草葉の陰即ち病場（クサバ）の陰の「クサ」や、手足に刺（トゲ）が刺さって「クサクサ痛い」の「クサ」でもあらねばなるまい。そうすると人の社会に於ける異端者も「クサ」の一種と云うことになるので社会を蝕む者は「クサ」と言えるであろう。要するに草の語原は体内に食（ク）い入れたものが生長発展（サ）したことになるので内乱如きも一種の「クサ」になる。即ち特に著しい（イ）草は則ち軍（イクサ）に言えるのではあるまいか。だとすればこうした社会的に害毒（クサ）を流す反乱分子は断乎として薙ぎ払わなければなるまい。よって三種の神器の一つの柱に草薙の剱があるものと解したい。余談になるが草薙の剱の旧名が都牟刈《つむがり》則ち、古語で解すれば頭（ツム）刈りの大刀であったことにも注目せねばなるまい。（注＝頭（ツム）は「おつむてんてん」のツムである）

常世（トコヨ）

常世は常識の通り死後の世の事であろう。永久（トコシエ）は床据（トコシエ）であって祖神に祭られたことであるに同じい。故に常世は床世であって床に祭祀された世と言わねばならぬ。然し床の語原は寄り集まり（ト）くっついて離れない（コ）ことになるからこれを著しく（イ）すれば「床い」則ち所（トコイ）になるのである。よって床（トコ）は落ち着く所に解してもよいのではなかろうか。寝床や家屋の床材にしてもそのことに言えると思う。余談になるが「トコトンまで行く」と云う俗語も語原は床戸見（トコトミ、注＝南九州方言の発音はトコトン）であって床若しくは所（トコ）の戸見（支配者）になる迄行くことに考えられる。

思金の神（オモイガネノカミ）

この神も既に述べた通りで御眼識（オメガネ）則ち思金（オメガネ）の神である。この神は高天原の重大事には常に冷静透徹《れいせいとうてつ》の判断を降し是非《ぜひ》曲直《きょくちょく》を正し祭政の大道を誤らしめなかった神であられる。だがこの場合は既に常世の神霊にましますので其の御精神を指すものと解したい。

手力男の神（タヂカラオノカミ）

この手力男の神については既に説明した通りのことであって最高（タ）の力（チカラ）を合着（オ）せしめて抽《ぬき》ん出た活動を発揮する神と云うことである。そして天の石屋戸に於いても敢然と立ち上がり石屋戸を引き明けて天照大御神の大御代再現と高天原の神議統一に大功を立て給うた神でもある。故にこの神は一旦緩急あれば義勇公に奉じ敢然と暗黒を開く神と解したい。

天の石門別の神（アメノイワドワケノカミ）

この石門（イワド）は先きに説明した天の石屋戸（イワヤド）とは別途のことに考えねばなるまい。先きの石屋戸は結輪矢度（ユワヤド）であって高天原結束の自治法即ち結輪法（ユワムラ）によって其の矢を放ち須佐之男の命を高天原から追放する度（ド）、則ち刑罰の度を決定して実行することであった。

それに対し、今回は単に石門（イワド）であるから、結輪戸（ユワド）であって結輪（ユワ）の戸（ト）のことになる。従って高天原の自治結束を固める集会や諸々の行事が取り行われた大集合所のことにも云うことが出来ると思う。だがこの大建物は主権行使等極めて重大な事柄が議《はか》られたことは疑えないので祭政の中枢機関であったと言わねばなるまい。だからこの石門（イワド）の建物は天照大御神の日常の御住居から天の安の河を渡り給うた所にある宇都の迫（ウトンサコ）の字名が名前からして其の所ではなかっただろうか。東に接する牧神殿（マッガンドン）岡の岩戸比良《ユワトビラ》、後岩戸《ウシトユワト》、前岩戸《マエユワト》の字名がこれを証して余りがあると思う。

そうすると石門別の神と云うことはこの高天原の岩戸の権限を別って与え給うことであろう。よって高天原と同等の権限のもとにこの岩戸の主権や慣を御贈与の上新たに葦原の中つ国の創建を見給うたことが石門別の神であると解せねばなるまい。従って直系直統を証する神と云うことにもなる。

第六六節　天孫随従の諸臣鎮座

本文

【此の二柱の神は、佐久久斯侶《さくくしろ》、伊須受《いすず》の宮《みや》に、いつきまつる。次に登由宇気《とようけ》の神、こは外《と》つ宮《みや》の、度相《わたらい》にます神なり。次に天の石門別《いわとわけ》の神、またの名は櫛石窗《くしいわまど》の神と申し、またの名は豊石窗《とよいわまど》の神と申す。この神は御門《みかど》の神なり。次に手力男《たぢからお》の神は佐那県《さながた》にませり。】

語句の解説

此の二柱の神（コノフタハシラノカミ）

此の二柱の神と申すのは天照大御神の御霊にいつくごと鏡に云々と仰せ給うたので八咫の鏡を御神体とする天照大御神と思金の神の御神霊を指すものと解したい。

佐久久斯侶（サククシロ）

この佐久久斯侶の佐久（サク）は既に説明した拆竹（サクタケ）の拆（サク）でもあり花が咲くの咲（サク）でもあらねばなるまい。そしてこの佐（サ）が「カ行」に活用されていろいろな語になるのである。従って語原通り花が咲くの咲くように壮麗であり拆竹が悠久無限に伸びるように生長発展（サ）を内蔵（ク）することであらねばならぬ。

次の久斯侶は釧（クシロ）であって小さな鈴を緒で貫ぬき臂《ひじ》に巻いたものであることは疑えないと云うのが通説である。だが古語では釧（クシロ）の名は聞くことが出来ない。よって久斯侶は後代の共通語を交えた半共通語としか解しようがない。何故なら共通語は白をシロ、田代をタシロ、社をヤシロとしているのであるが、然し古語では白はシト（注＝シロの語法もあり）と云い、田代はタシト、社はヤシトにしているからである。従って社（ヤシロ）は社（ヤシト）であらねばなるまい。古語は天孫の山戸及び御陵への参道を白水（シトミッ）と云うから天孫の志戸（シト）への道と云う意の志戸道（シトミッ）が原形であろう。又、伊邪那岐の命の橘小門の参道に思う所も志戸《シト》部落の名にしておる。

故に社（ヤシロ）は八十戸（ヤシト）が原形であって次々と数多い（ヤ）堀り下がって自己完成（シ）した神達の戸（ト）と云うのが語原であると解したい。余談になるが面白いの語も面白（オモシロ）では全然基本意に合致しない。あくまで古語の通り面白（オモシト）であって語原は合着（オ）して守（モ）り則ち思（オモ）仕度う（シタウ）則ち「オモシト」であらねばなるまい。

だとすれば久斯侶（クシロ）も久斯戸（クシト）であって久斯（クシ）は久士布流之岳《くしふるのたけ》の久士でなければなるまい。そうすると久士は櫛や籤（注＝古語はクシ）で説明した如く絶対服従して遵守の外に途はないことになる。だとすれば、久斯侶則ち久士戸と云うことは天照大御神の八咫の鏡の大御心を領民の一人一人が久士則ち籤（クシ）として受取り国運発展のために誠心を捧げる御宮則ち戸（ト）と云うことに解せねばなるまい。

誠に私見で恐れ入るが、神代の国には久士布流之岳《くしふるのたけ》即ち籤（クシ、久士）降る（布流）の岳が存するので此の降った籤（クシ）が日の命の山戸の岳に天つ神の御声として伝えられ日の命はこの籤（クシ）を高千穂の穂にして祭政の大道を執行されたもののように解せられる。だが大和地方には久士布流之岳《くしふるのたけ》がないのでこれに代る久士布流之宮《くしふるのみや》（戸）を創建し給い天照大御神の八咫の鏡の大御心を籤（クシ）として降らせ給うたものと解したい。故にこそこの大宮は佐久久斯侶《さくくしろ》（戸）の御名になるのであろう。

余談になるが以上のことからして久斯侶則ち久斯戸は天つ神則ち天照大御神の御籤を降らす籤戸（クシト）と云うことであり又社（ヤシロ）則ち八十戸（ヤシト）はこの久斯戸を中心にした周辺にまつわる末社的な戸と云う意に解すべき名ではあるまいか。

伊須受の宮（イスズノミヤ）

この伊須受の宮の御名についても諸説が多く今日に至っても尚定説が見られないようである。よってこの御名は了解を容易にするため古語の語法を中心に説明がして見たい。

古語は石の語を「サ行」に活用しておるので「石は」は「イサ」と云い、「石を」は「イス」と云うのである。そして、又「据え」の古語は曽って説明した如く据（シエ）であって基本意からもこれが正しい。よって「石を据える」ことは石据（イスシエ）でなければならぬ。それで柱の根本に根石を据えた家のことに石据家（イスシエ家《エ》）と云うのである。だが古語は発音を詰める約言の関係からして石据家（イスジエ）の発音にしかならない。

そこで伊須受の宮の御名であるがそれは此の石据（イスジエ）が伊須受（イスズ）であると解したい。そうすると日本国の礎（イシズエ）となる宮と云うことになるのでご理解が得られるであろう。

余談になるが、神代初代の伊勢神宮は高千穂の宮の北側に隣り合せて建てられたものらしく其の所を今に尚知覧《チラン》町（注＝南九州市知覧《チラン》町上郡《カングイ》の地）古来の伊勢神社の旧社地と伝えられておる。そして又御伊勢殿口（オイセドンクチ）の名も遺されておる。旧社地の北側には現在の伊須受河を小さくした麓《フンモト》川の清流が流れており、環境も伊勢神宮（宇治）と似通っておるのも不思議である。だがこの旧社の伊勢神社も高千穂の宮が焼かれたと同時に何等かの異変があったものではあるまいか。そして両社共に現在の位置に遷座されたものと思われる。尚、知覧《チラン》町内の白石《シテシ》神社の御身体にされておる猿田毘古の神は社記の伝えによれば上方に「ウンカ」云々のことがあって里人が難を避けるため猿田毘古の神を伊勢神社（伊勢の宮）から背負って白石神社に御遷し申したと言われておる。故にこのことからしても何等かの異変は疑えない。特に御神体の焼体と火焔形の焼剣並びに天智天皇に関係深い無焼の文官刀は熊襲征伐の疑いが深く持たされる。

《注　御神体の焼体と火焔形の焼剣並びに天智天皇に関係深い無焼の文官刀の件であるが、前述の伊勢神社が「ウンカの変」で焼かれた時に、同じ上郡《カングイ》の場所で伊勢神社と並んで祀られていたという豊玉神社も同時に消亡したと伝えられている。そして、豊玉神社は消亡地跡に氏人の手で再建されたが、島津氏藩政時代になって島津氏寄進で下郡《シモグイ》の地に遷されて現在に至ったと伝えられている。その豊玉神社宮司家の証言で御神体の焼体と火焔形の焼剣並びに天智天皇に関係深い無焼の文官刀の存在は語られていたのであるが、第二次大戦中に焼剣及び文官刀は供出されてしまって今は見られないとのことである。》

《注　解説文中に「石」の語を「サ行」に活用とあるが、これは基幹母音（ア・イ・ウ）を助詞に用いる語法で、筆者はこの体言変化を基幹母音三段約用と名付けている。語例左記。

南九州方言		標準語
認定形（ア母音）	イシァ（二連母音約音化でイサに聞こえる。）↓	「石は」の意味
指定形（イ母音）	イシィ（二連母音約音化でイシに聞こえる。）↓	「石に」の意味
推定形（ウ母音）	イシゥ（二連母音約音化でイスに聞こえる。）↓	「石を」の意味

『南九州方言の文法』（飯野布志夫著、高城書房刊）参照》

登由宇気の神（トヨウケノカミ）

この神は豊受の神の御名で広く知られておる。豊受の御名は十代（トヨ）大飼（ウケ）であって永久（トヨ）に多い（ウケ）と云う御名である。之等のことは既に豊宇気毘売で説明してあるので参照されたい。そしてこの神も神代の初代には久士布流之岳の北の山麓にある現在の牧聞（ヒラキキ）神社を御住居とされたものであろう。延喜式はたしか綿津見の神と塩土の翁を祭神にしておるようだがいつしか牧聞神《ひらきき》に呼ばれておる。故にこれは天智天皇の中宮大宮姫の地方名によるものと解したい。するとこの大宮姫は登由宇気神の御子孫と云うことになる。だが南薩摩地方の一般人は今も尚豊受神の大飼者殿（ウケムンドン）の名で親しんでおる。

外宮の度相（トツミヤノワタライ）

この外宮（トツミヤ）は語音からして外（ソト）つ宮ではなく遠津（トオツ）が同母音の重複関係から一音が省略される語法により遠津（トツ）宮になったものではあるまいか。神代の現地でも天照大御神の伊勢神社からすれば豊受の宮は二十五粁位になるので遠津宮であることになる。尚、古語では遠見番（トミバン）とか遠目ヶ尾（トメガオ）とかに遠（トオ）の「オ」を省略するので参考にされたい。更に又豊宇気の神と天照大御神は古事記を完読すれば異母の御姉妹に拝されるので格別な御親交が在したのではあるまいか。

次に度相（ワタライ）の名は古語であって古語で度相（ワタライ）と言えば「渡ってやるぞ」と云うことになる。よって戸場（トバ）則ち鳥羽（トバ）等の名からして最初御渡りになられた所がこの度相の地ではあるまいか。神代の国でも豊宇気神は海に近い地（注＝開聞町《カイモンチョウ》）であられ天照大御神は山奥深い地（知覧町《チランチョウ》）に在するのである。

《注　動詞「渡る」の未然形「渡ら」が基幹母音（ア・イ・ウ）を伴って三段活用する語法

	南九州方言	標準語
認定形（ア母音）	ワタラァ	「渡ってやらぁ」の意
指定形（イ母音）	ワタライ	「渡ってやる」の意
推定形（ウ母音）	ワタラウ	「渡ろう」の意

『南九州方言の文法』（飯野布志夫著、高城書房刊）参照》

櫛石窓の神（クシイワマドノカミ）

この神名の櫛は久士布流之岳の久士であって常識的には籤でもよかろう。だが語原的には自からの体中に受入れて（ク）堀り下がって自己完成（シ）するであるから天照大御神の八咫の鏡の大御心の基底をなす天つ神の久士の御心と解せねばなるまい。次の石（イワ）は又岩（ユワ）であって結輪（ユワ）が語原と云うことになる。世話役の世話が勢輪（セワ）であると同じい。従って和合結束のことに解すべきである。尚、次の窓（マド）は間戸（マド）であって真戸（マド）に解せねばなるまい。そうすると此の真戸は真実の戸になるから天つ神に継承する天津日継の山戸のことに解すべきであろう。だとすれば具体的には天照大御神の天の石門（イワド）を継承しておる真実正系正統の政権であり政庁であると云うことになる。

従って櫛石窓の神と云うことは天つ神や天照大御神達の御久士（籤）の大御心を心にした国運発展の神と云うことに解すべき御名ではあるまいか。

豊石窓の神（トヨイワマドノカミ）

この神名の説明は最早や必要であるまい。豊は十代（トヨ）であろうから永久に上下一体の和合結束を固め国運の発展を計らなければならぬと云う教えを垂れ給うて御出る神と解せられる。

御門の神（ミカドノカミ）

この御門（ミカド）の神は殆ど御門（ゴモン）の神に解されておるようだが、門（カド）は蚊人（カド）にも作れるので蚊の如く「カ」の作用を行う人のことにもなる。従って御門（ミカド）は帝（ミカド）に解すべきであろう。歴史の上にも土御門《つちみかど》天皇と申す帝（ミカド）も在したであろう。故にこの御門《みかど》の神と申すことは天皇陛下の神と云うことで石門《いわとわ》別けの心を心すべきであると云う御垂訓の神ではあらるまいか。

佐那県（サナガタ）

この佐那県は書紀が伝える伊勢の狭長田五十鈴川上のことだと云う。今、多気郡佐那谷の仁田村と云うに佐那神社と申す社があるとのことである。

第六七節　五部神

本文

【故、その天の児屋《こやね》の命《みこと》は、中臣《なかとみ》の連等《むらじら》が祖《おや》。布刀玉《ふとだま》の命は、忌部《いみべ》の首等《おびとら》が祖。天の宇受売《うづめ》の命は、猿女《さるめ》の君等《きみら》の祖。伊斯許理度売《いしこりどめ》の命は、鏡作《かがみづくり》りの連等《むらじら》が祖。玉の祖の命は、玉の祖の連等が祖。】

語句の解説

中臣の連（ナカトミノムラジ）

中臣の臣（トミ）は戸見（トミ）であろうから登美《とみ》の那賀須泥毘古《ながすねひこ》と云う登美（トミ）でもなければなるまい。即ち山戸や水戸等の戸を見る人だから戸の長官と云うことになる。従って日の命の宇都《ウト》（大戸）と諸民の中間に位する戸を見られることからの中臣則ち中戸見であると思う。

だから後代にはこの戸見の発音が戸見（トン）になることから尊敬する人には何某戸見（ドン）と戸見づけで尊称したものらしい。だが語原が乱れてくるといつしか此の戸見（トン）が殿（ドン）になり、更に殿（トノ）や殿（ドノ）になったものと思われる。然し殿（トノ）の語原は寄り集まり（ト）からみ合う（ノ）のことであるから古語は夫のことになるのである。故に今日でも夫のことを「トノジョ」と言い妻のことには「ヨメジョ」と呼んでおる。勿論、「ジョ」は上手（ジョシ）の上（ジョ）であり晴衣（ベンジョ）の「ジョ」でもある。

次の連（ムラジ）は村人（ムラシ）が原形ではなかろうか。即ち中臣集団の法（ムラ）の中にある人と云うことに解せられる。

《注　ト音やノ音の音意については、飯野布志夫著作集一『言葉の起こり』（鳥影社刊）を参照のこと。》

忌部の首（イミベノオビト）

この忌部（イミベ）則ち忌部（インベ）は既に説明した通りのことである。そして其の首長となる人が首（オビト）でなければなるまい。首（オビト）の語原は合着（オ）する人（ヒト）であるから部族の人達が其の配下として合着すればその人は首（オビト）と云うことになる。但し古語の原形はあくまで首（オフト）でなければなるまい。

猿女の君（サルメノキミ）

この猿女の君については既に一応の説明は了したと思うので省略したい。但し君の古語は殆ど君（キミ則ちキン）になっておるので御了承願いたい。例えば忍冬（スイカヅラ）も君君蔓（キンキンカヅラ）と云い、君玉（キミタマ）にも睾丸（キンタマ）と云うが如きである。尚、正座のことにも古語は「君戸（キント）座る」と云う。

鏡作りの連（カガミツクリノムラジ）

この鏡作りについても殆ど云うことはない。だが其の鏡作りを専業にした部族に解すれば余りに大業過ぎると思う。よって既説の通り拡大解釈して正業の傍ら鏡作りを家襲にしたものと解したい。

玉の祖の連（タマノオヤノムラジ）

この玉の祖の連も鏡作りの連同様に衣食住の正業の傍ら玉作りのことを特技の人達が家襲の職業にしたものと解したい。玉作りには今日尚不審がる程の技巧が見られるので相当進んだ技術があったものであろう。

第六八節　天孫降臨

本文

【故、ここに、天津日子番能邇邇芸《あまつひこほのににぎ》の命《みこと》、天《あめ》の石位《いわくら》離れ、天の八重多那雲《やえたなぐも》押分《おしわ》けて、伊都能知和《いつのちわ》岐知和岐弓《きちわきて》、天の浮橋《うきはし》に宇岐士摩理《うきしまり》、蘇理多多斯弓《そりたたして》、竺紫日向之高千穂之久士布流多気《つくしひゆかのたかちほのくしふるたけ》に天降《あも》りましき。】

語句の解説

天津日子番能邇邇芸の命　（アマツヒコホノニニギノミコト）

この御名は既に説明してあるので要約に止めたい。天津は高天原と一体不可分と云うことであり日子は日の命の御子と云うことである。又、番（ホ）は穂であって最勝真髄の意であるから中心人物たる主権者に解せねばならぬ。そして邇邇芸《ににぎ》の命《みこと》は新新芸《ニニギ》の命《みこと》で新しく新天地開拓のため高天原から御降臨召された命と解すべきであろう。

天の石位（アメノイワクラ）

この天の石位（イワクラ）にも諸説があるようであるがそれには従いたくない。石位は例の通り結輪座（ユワクラ）であろうから、高天原に於いて八百萬の神が石（ユワ）則ち結輪（ユワ）して御出る社会に与えられた座（クラ）に解せねばなるまい。そうすると、天の石位離れ云々と云うことは高天原社会で構成しておる組織の日の御子と云う座（クラ）を離脱してと云うことになる。

天の八重多那雲（アメノヤエタナグモ）

このことは読んで字の如くで高天原に段々をなして棚の如くに七重八重の雲が立込めておることを云うたものであろう。だが実際には標高五百米足らずの山々なので平日には殆ど雲は見られない。但し雨後の景観は正しくこの表現も過言でなかろう。尚、後代には雲上人とも言っておるようである。

伊都能（イツノ）

この伊都能は伊都のであって稜威（ミイツ）の伊都（イツ）であろう。又、稜威《みいつ》は稜威《みいつ》（御イツ）が原形であって伊都《イツ》に御《み》を冠した御伊都《ミイツ》であると解さられる。従って出雲（イヅモ）の国の

「イヅ」でもあるわけになる。古語では冷酷峻烈な言葉遣いや冬空に容赦ない氷雨日和等を「伊《イ》都《ツ》し《シ》」と云う。故に古代に於ける主権が著しく（イ）一体不可分（ツ）の峻厳さを伴うたことからこれを伊都（イツ）と言うたものと解したい。但し主権の仁慈面に対しては慈しむ（イツクシム）の語があるので相拆半して考えねばなるまい。

知和岐知和岐弖（チワキチワキテ）

この知和岐（チワキ）は道別（チワキ）であって道を開いて鋭い勢いで押し進むことだと説かれておる。勿論、これでも悪いとは言えまいが古語の常識からすれば血沸き血沸き（チワキチワキ）ではあるまいか。御若い命《みこと》の血汐が希望に輝き沸き立ったことに解したい。尚、余談になるが古語では「知和見知和見（チワンチワン）」と言えば心が急いで落着きのないことになるのである。

《注　南九州方言では興奮して浮き足立った状態を言い表す副詞として「チワイチワイ」という用語もある。》

天の浮橋（アメノウキハシ）

この天の浮橋は以前に説明した如く浮橋（ウケハシ）に訓むべきであろう。浮（ウキ）は「ウ」を「カ行」に活用する語になるので浮（ウケ）に訓んでも決して悪くない。

次の橋は既に解説した通り神社等の参道に作られた土段や石段如きを階段（キザハシ）と云う

ので、天の浮橋に反り立たしてと云うことは高天原の御詔勅を御受けする段上に悠々と胸を張り身を反らして立たされ給うたことに解すべきであろう。

宇岐士摩理（ウキシマリ）

この宇岐（ウキ）は浮（ウキ）でもあるが又大気（ウキ）でもあろう。語原的には同じい。命《みこと》はお若くして豊饒な葦原の中つ国の新たな統治者として御降臨になられるのであるから歓喜に心身浮々となされたことであろう。然し其の反面には責任の重大さに緊張を覚え給い引き締まる思いがされたに違いない。よって之等は浮き立つ御心引き締め給うことが宇岐士摩理であると解したい。

蘇理多多斯弖（ソリタタシテ）

古史伝にはこれを進（ソ）り発（タ）たしてに解してあるらしい。だが古語の常識からしてこれは反《ソ》り立たしてと解すべきであろう。なお、古語ではこの姿のことを「反り繰り返っており（ソックイカエッチョイ）」と云う語で言い表す。

竺紫日向（ツクシヒユカ）

この竺紫日向は既に説明しておるのでそれに従いたい。よってこの場合の竺紫日向を要約すれば、日の命に床しく（日向《ひゅか》）御仕え申し、一体不可分（ツ）の籤《クシ》（竺紫《つくし》）として忠誠を捧げた所と云うことになる。従って皇祖神高御産巣日《たかみむすび》の神以降天孫に至るまで日の命の傘下に一体不可分の忠誠を尽し今日の繁栄を見るに至った肇国発祥の地と云うことに解すべきである。

高千穂（タカチホ）

この高千穂を一般的には天孫降臨の岳に解しておるようであるがそれは誤解であろう。高千穂の高は既に繰り返し説明した如く天つ日高の高であって人類社会最高の地位身分に在す主権者のことでなければならぬ。それで高千穂の千穂は着穂（チホ）であって天つ日高に着（チ）いておる穂（ホ）則ち主権と解すべきである。

　故に南九州地方の古代の人達は年頭の初夢に夢にでも見たいものの諺として、その地位身分に憧れてか一久士《クシ》二高《タカ》三名直《ナスッ》（注＝ナスヂを南九州方言ではナスッ）と言ったものである。この諺を検討してみると、一久士《クシ》は籤《くじ》（注＝南九州方言ではクシ）を久士布流之岳《くしふるのたけ》に降らす天つ神のことであり、二高《タカ》の高《たか》は天つ日高の高《たか》のことである。そして三名直《ナスッ》の名直（注＝ナスヂで数少なき名門《めいもん》の血筋のこと）は天の児屋の命《みこと》で言えば其の直系藤原氏の総本家のことになる。又後には宿祢（スクネ）則ち直根（スクネ）とも言うたらしく思える。でも現在に至っては語原を誤解して一富士二鷹三茄子にしておるので人間が富士山や鳥の鷹になったりはなはだしきは茄子（ナスビ）になったりしているが致し方あるまい。

　それで此処に高千穂之とあるのは次の久士布流之多気に接続する語と解せねばならぬ。故に天つ日高が天与の大権として身に着けて御出る（穂）を行うに当り、其の主権行使の基本となる籤

（クシ）を降らす岳則ち久士布流之岳に其の籤を御受けする山戸の岳が高千穂の山であると理解する時に初めて高千穂の意が具体化されることになるであろう。

又、高千穂は「高千穂の峯」に通称されておるが峯は峯（ムネ）が原形であるから棟（ムネ）でもあり、胸でもなければならぬ。勿論、旨（ムネ）でもあることになる。そうすると峯の語原は相対して（ム）おる根（ネ）となるので日の命が萬民に向って発する主権発動の根となる山戸が峯になると言えないこともなかろう。然し当地の具体例から言えばその山戸の山は岳であって峯と云うのは山頂に人工が加えられた古墳になることを加えておく。

《注　「チホ」という用語遣いに関連して、南九州地方の門村《カドムラ》にチホゴト（発音はチホゴッ）という用語が伝承されている。漢字を充てれば「千穂事」となり、家庭内仕事の「糸紡《つむ》ぎ、機織り、染め、炊事などの諸作業」を指した用語である。これらの作業は女性向けの仕事で、この作法を習得するため明治初期の頃までは各門村《カドムラ》のオゴジョたち（十五歳から二十歳ぐらいの娘）は庄屋などの小屋に夕食後に集められて灯火の下で修行に励んだと伝えられている。特に、そのチホゴトは南薩摩半島の岳地方では高貴な方の村が多かったので念入りに行われていたと伝えられている。このチホゴトのチホという言葉遣いがもしかすると「高い地位の村の千穂事」という用法になるのでこれが「高千穂」という言葉を創り出したとも考えられる。》

久士布流多気（クシフルタケ）

この久士布流多気についても諸説が少なくない。然し納得のいく説明は聞かれない。よって以下の如く久士布流多気について具体的見解が述べて見たい。

　久士の久（ク）は食（ク）でもあって他物を自体中に納め入れることであり士（シ）は清水の清（シ）でもあって掘り下がり自己完成することであったろう。すると甲体を乙体が受け入れて、乙体の中で甲乙共に共存発展する姿で一致しなければ完全な久士とは言えないことになる。今此のことを具体的に説明すれば天つ神の御心を下萬民が自分の心の中に受け入れて天つ神の御心共々に諸人が幸せに生き行く道を開くとすれば其れは正しく完全なる久士と云うことになる。櫛と髪の毛の関係に於いても然かりと言えるであろう。

　だが、他方の心を生かさず己れ一人勝手な生き方をすれば他方は伏しの形になるので竹の節と同じく久士とは言えないことになる。又、食物《くいもの》は食《く》（久）われても犠牲消滅の姿で人だけが栄養を得て生長するので食（久）ではあっても久士（クシ）ではあり得ない。そして、又食物自体だけが生長発展すれば「クサ（種）」になり、又、草（クサ）や病気（クサ）にしても久士（クシ）とは言えないであろう。故に天津神の絶対心を我れ共々にして生き行く姿こそが久士であると思う。

　次は布流（フル）であるがこれは「降る」に間違いなかろう。すると「降る」の語原は幸せ（フ）を「ラ行」に活用しておるが、古語は降り（フイ）と云うので幸せ（フ）を著しく（イ）することになる。故に五風十雨《ごふうじゅうう》の五風が吹（フ）けば生活が安隠であり、十雨が降（フ）ればやがて五穀豊饒の秋が迎えられるであろう。だとすれば布流（フル）と云うことは幸せをもたらし与えることに解せねばなるまい。古語は物を拾うことにも「フル（拾う）」と云うのである。

だからこの場合は久士布流であるから諸人の上に幸せをもたらす久士（籤）を降らすることに解すべきではなかろうか。

次は多気（タケ）であるが、これは岳（タケ）以外のことには考えられない。岳の原形は高い（タカイ）であって語法に従い高い（タケ）に発音されるものであろう。従って語原は最高（タ）に「カ」の作用を著しく（イ）しておることになる。故に天つ日高の高が著しい（イ）ことに解してもよいのではあるまいか。当地方の岳は殆どが之等主権者達の山戸の岳に考えられる。

そうすると久士布流之多気と云うことは天つ神の大御心（久士）を地上萬民の上に降らする（布流）岳（多気）と解せねばなるまい。そうするとこの岳は伊邪那岐の命の国生みで伊伎の島と云い又別名を天一つ柱《あめひとつばしら》と云うた天一つ柱のことに相違あるまい。だとすればこの久士布流の岳は平地の中に孤立した姿で天に沖しておる岳でなければならぬ。よって之等の条件を叶え又当地方の伝説や信仰等が一致する岳は開聞岳《カイモンダケ》以外には考えられないことになる。

次にこの久士布流の岳には別名も伝えられておる。そして其の一つは怪火（クシビ）の岳であるがこの怪火を久士火に解すれば絶対服従の外自分の生きる道はない火のことになる。だとすれば不可抗力の火になるので噴火にしか考えられないのではあるまいか。故にこの怪火は天つ神の久士火に考えても又単に怪火に考えても結局は神秘の火が光る噴火に帰らざるを得まい。

そうすると三代実録貞観十六年七月二日の条に薩摩の国従四位上開聞《カイモン》神山頂、有火自焼、煙薫満天、灰沙如雨、震動声聞百余里と明らかにされておるので、怪火の岳は神代の開聞岳が活火山時代の姿に言えるのではなかろうか。

又、次には二上の山と云う名も伝えられておる。すると二上の山とある以上は山頂が二つある山でなければなるまい。然し其の山頂が二つ並んでおる山であれば古語は夫婦（ミト）山か双子山若しくは二峯（フタムネ）等の名になられなければなるまい。故にこの二上の山は大きな土台となる山があって其の山頂から更に新しい山が形成されて山頂を聳かし二者一体を成しておる二重山と云うことではあるまいか。具体的には阿蘇に外輪山があって其の山頂に内輪山が山頂を示し二重山が形成されておると同じいことである。そうすると開聞岳《カイモンダケ》にも俗に肩と呼ばれる部分が八合目所にあって其処で一応の山形が整えられていたものとも見られるのである。そして其の肩の部分から頭部となる新しい山が噴出して今日の秀麗な山容を成すに至ったものではあるまいか。だとすればこの二上の山も又開聞岳《カイモンダケ》と一致しておることになる。余談になるがこの開聞岳《カイモンダケ》は薩摩富士とも呼ばれ富士の雄大さはないが一千米の山容は葦原国方面から見れば富士に遜色はないであろう。

尚、次は高千穂の添おりの岳の山と云う名である。するとこの名の意味は高千穂の山に添うておる山と解せねばなるまい。具体的には日の命達が天つ神の御籤を頂く山戸の岳即ち俗に高千穂の峯に呼ばれておる山々が点在する高天原連山の近くに別個独立の岳として威容を誇っておる山と云うことになる。そうすると伊邪那岐の命の高千穂の峯となる小門（オド）の山戸の大野（オノ）岳や荒平岳及び清見岳等が何れも七八千米の視界に入るのである。又、一万米位に行けば高御産巣日の神の山戸雪丸岳《ユッマイダケ》があり更に一万米も行けば天照大御神の筑紫の岳や日子穂々手見の命の高千穂の岳にも達することが出来る。だとすれば高千穂の添おりの岳の山と云うことも又開聞《カイモン》岳《ダケ》と一致することに言えるであろう。

以上の説明により久士布流之岳の総ての名が開聞岳《カイモンダケ》に帰結し又当地方の総ての人達が開聞殿《カイモンドン》（注＝通称はウケムンドン、またはオケムンドンと呼ばれる）に捧げた信仰度合から見て久士布流の岳は開聞岳《カイモンダケ》であることに絶対間違いあるまい。

余談になるが当地方では開聞岳《カイモンダケ》のことを古くは大飼者殿（ウケムンドン）と呼んだがこの大飼（ウケ）は豊受神の受（ウケ）であろう。故に日本最古の開発地帯と解せねばなるまい。そして中古代に至ると御帰者殿（オケムンドン）になったらしいがこれは天智天皇の中宮大宮姫が郷里開聞《カイモン》に逃げ帰られたことに発する名と解される。故に開聞（カイモン）の名も帰者（カイモン）が原形であって古語と共通語の雑種名としか考えられない。よって御帰者（オカイモン）は御帰者（オケムン）が正しい古語と云うことになろう。

大宮姫の伝説としては御帰者殿（オケムンドン）は大変な美人に在したので上方（カミガタ）の此の世に二人とない偉い方に御嫁入りし御寵愛を一身にあつめたが其のため他の女御達の嫉みを買うことになった。ある大雪の朝女達が総出で素足となり雪遊びをして御主君を慰めることに決し一同が御庭に降り立った。そこで大宮姫も足袋姿のまま庭に降りられたら女達が素足になるようにと手取り足取りで足袋を脱がせにかかったそうである。ところが大宮姫は足の爪が牛爪のため一生足袋は脱がない方であったと云う。故に今はこれまでと其のまま御殿を脱け出し御郷里の衣（エ）の国開聞《カイモン》に逃げ帰られたと云うのが大筋の伝説である。牛爪と云うのが果して如何なる爪かは知るを得ないが当地の伝説では開聞《カイモン》岳以北の人であれば必ず手か足かの爪に一つは牛爪があると言われていたものである。

ところがこの御帰者殿（オケムンドン）の伝説は余りにも詳細に亘り過ぎて神代と一致しない節々が少なくない。よってこの方は神代の豊受比売であられる大飼者殿（ウケムンドン）ではなく天智天皇代の中宮大宮姫（別称でオケムンドンとなる）のことであると解したい。特に御子姫の御姉妹が伊邪那岐の命陵及び天照大御神陵並びに天孫陵と高屋山上陵《たかやのやまのうえのみささぎ》に参拝して知覧《チラン》の高千穂の宮の流れと思われる豊玉姫《トヨタマヒメ》神社と川辺《カワナベ》の飯倉《イクラ》神社に着任された経路が教えることは矛盾を感ぜずにはおられない。殊に当地ではこの両姫宮を豊玉姫《トヨタマヒメ》と玉依姫《タマヨリヒメ》の御名にしておることからして神代との混乱を一段と深めておるのではなかろうか。天智天皇は大友の皇子の乱等からして薩摩入りなされた説もあるので神代の国再建のため両姫を要地に御差遣されたもののように思われる。よって牧聞《ヒラキキ》神社の御神宝金の高蒔絵の櫛筥類は大宮姫の御持物であり、知覧《チラン》町豊玉姫《トヨタマヒメ》神社の神宝古代の文官刀は姉姫を語るものであると解したい。

次はこの開聞岳《カイモンダケ》に対する信仰の一話であるが里人はこの岳を自然の山とは信ぜず神々が土を運んで作った神造りの山と云うのである。故に西北隣りの鋸歯状の山々は其の土を運ぶ時に土がこぼれて出来た岡であるとし「持ちこぼれの岡」の名にしておるのである。又、岳が姿を写し見る池と云う意で鏡池と云うも現存しておる。

《注　「竺紫《つくし》日向《ひゆか》之《の》高千穂《たかちほ》之《の》久士布流多気《くしふるたけ》」を簡略に解釈すれば竺紫日向《つくしひゆか》は「尽《つ》くし日床《ひゆか》」で「尽くして日の命に床しく」となり、高千穂《たかちほ》は南九州地方で家庭の内仕事をチホゴト（千穂事）というので高千穂は「高い地位の宮殿の内仕事」となり、久士布流多気《くしふるたけ》は新しく国を治めるために「神事の玉串（クシ）を振った岳」と解釈することができる。尚、南九州地方の方言でクシには絶対服従という意味があるので、同方言でクシと発音する用語には玉串《クシ》もあるがその他、籤《クシ》、公事《クシ》などがある。なお、説明文中で「久士火《くしび》」は「噴火の火」が疑われるとされているが、別の考え方をして、久士布流多気《くしふるたけ》の尾根で行われた神事の玉串《クシ》を振った祭事で火が焚かれたのでそれを「久士火《くしび》」と表現したのではないかとも考えられる。

本書下書きの原稿を書いたのは筆者の父である。しかし、父没後昭和五十三年代に入って、筆者は改めて「久士布流多気《くしふるたけ》」調査のため開聞岳《カイモンダケ》をはじめ近辺の山岳を中心に神代史の地名対比調査を現地で行っていた所、まったく新しい証言（知覧町《チラン》上郡《カングイ》出身の佐多良民氏ほか数名）を得たのである。それによれば薩摩半島中央の母ヶ岳を同岳麓（上郡《カングイ》）の古老たちは昭和初年代の頃までこの岳を「オグシサン」と呼んでいたとの証言を得た。これに漢字を充てると「お久士《グシ》さん」となる。改めて神代史を再調査して筆者はこの母ヶ岳を「久士布流《くしふる》多気《たけ》」に設定したのである。よって、この点だけが父の調査記録とまったく異なったことになる。》

本文

【故、ここに天《あめ》の忍日《おしひ》の命《みこと》、天津久米《あまつくめ》の命《みこと》、二人、天の石靫《いわゆき》を取負《とりお》い、頭椎《くぶつち》の太刀を取佩《とりは》き、天の波士《はし》弓《ゆみ》を取持ち、天の真鹿児矢《まかごや》を手挾《たばさ》み、御前《みさき》に立たして、仕え奉りき。故、その天の忍日の命（此は大伴《おおとも》の連等《むらじら》が祖）天津久米の命（此は久米《くめ》の直等《あたいら》が祖なり）。

茲《ここ》に膂肉《そしし》の韓国《からくに》を、笠狭《かささ》の御前《みさき》に真來通《まぎとお》りて、詔り給わく「ここは朝日《あさひ》の直刺《たださ》す国、夕日《ゆうひ》の日照《で》る国なり。故、この地《ところ》ぞいと吉《よ》き地《ところ》」と詔り給いて、底津岩根《そこついわね》に宮柱《みやばしら》布斗斯理《ふとしり》、高天原に、氷椽多迦斯理《ひぎたかしり》て、坐しましき。】

語句の解説

天の忍日の命（アメノオシヒノミコト）

この御名の日を穂耳に置きかえれば天の忍穂耳の命になるので天孫の父の命の御名に同じい。すると高天原の主権者のことになろう。だがこの命は単に天の忍日の命であられるから高天原の諸勢力に対して十分の押さえが利く実力者でおわすると共に御身分の高く在した命ではあるまいか。若しそうだとすれば高天原や葦原の中つ国に於ける旗本則ち直参勢力を率いた命に考えられる。従って天孫の大伴則ち御供の連の名にも応わしいことになる。

天津久米の命（アマツクメノミコト）

この御名は高天原（天）と一体不可分（津）に久米（クメ）られた命と云う名に考えられる。勿論、久米《くめ》は組めや込（ク）めに解してのことである。そこで神代の国即ち薩南地方の地理を考えると東部に高天原をなす東部山脈があり西部には建御名方の神の諏訪《すわ》の山群を東端にして南方《ミナンカタ》郷が存し、更に其の西北方には加世田《カセダ》郷が位置する山岳群が見らるることになる。勿論、加世田《カセダ》郷と云うのは現在の加世田《カセダ》市（注＝更に現在は改称して南さつま市）を北端にして西に東加世田《ヒガシカセダ》（万世《バンセイ》町）西南に西加世田《ニシカセダ》（大浦《オウラ》町笠沙《カササ》町）と云う村制が明治の頃まで布かれていた地帯のことである。故にこの加世田《カセダ》郷が高天原と協力関係に入り高天原に組みし且つ込（ク）められたものではなかろうかと考えられる。

書紀には尾の浦の名が見えておるがこれは現在の大浦（オウラ）町のことではあるまいか。又、赤生木（アコッ）の名は上層に浮上進出（ア）した命（コッ）になるので天津久米の命に考えても悪くあるまい。更に椎木（シノッ）や大当（ウト則ち大戸）並びに神崎（コサッ）の名はこれ証して余りがあると思う。尚、又奥深い笠沙《カササ》町内の野間《ノマ》岳が其の山戸ではなかったろうか。語原が一つにからみ合う（ノ）間柄（マ）となるので一段と其の感が深うする。余談になるが加《カ》世田《セダ》郷の加世は加勢（カセ）であって久米の命を語るものではなかろうかとも考えられる。

天の石靫（アメノイワユキ）

この天の石靫は高天原の石（ユワ）則ち結輪（ユワ）に靫（ユキ）則ち結気（ユキ）すると解したい。そうすると葦原国の人達に速やかに一体化して鞏固《きょうこ》な団結を求めておることになる。尚、石靫（イワユキ）は結輪行き（ユワユキ）に解してもよいのではなかろうか。

頭椎の太刀（クブツチノタチ）

この頭椎（クブツチ）も古語に発音すれば頭椎（クブツッ）になるので首を継ぐと云う古語に解したい。今日でも首切りの反対は首継ぎであろう。よって葦原の国人に向い生活と生存の安定繁栄を永遠のものたらしむるために速やかに天孫の許に和合協力せよと云う要請即ち大国主の命の御治世から天孫の御治世移行に協力せよと云うことに解したい。

天の波士弓（アメノハシユミ）

古語で波士（ハシ）やると言えば一打必殺の意味にもなる。従って実力行使と言わねばならぬ。故に古語では痛烈行使の事態には暴力や味覚言語等を問わずすべて波士（ハシ）の語が用いられるのである。だから高天原の手痛い実力行使がなされる前に自から結身（ユミ則ち弓）して和合協力せよと云うことに解される。

天の真鹿児矢（アメノマカゴヤ）

この天の真鹿児矢は以前に説明した天の麻迦古弓と同じいことで高天原の真心の中に囲い入れて生活の安定繁栄を保証すると云う思いやり（矢）であると解したい。

大伴部（オオトモベ）

古語には大（オオ）きいとか多（オオ）いとかのような語法はない。よってこの大伴部は小門（オド）が大野岳（オンタケ）であるように大伴（オトモ）部であって御供（オトモ）部が原形ではあるまいか。字義の通り大伴部であれば古語は大伴（ウトモ）部でなければならぬ。

余談になるが若し御供部（オトモベ）であるとすれば古代習俗の殉死如きもこの部の人達が死後の御供まで仕えたものではあるまいか。但し天孫陵の形式や地名から判ずれば殉死は十兵衛則ち十部（ジュベ）であったらしく思える。

肉の韓国（ソシシノカラクニ）

この肉（ソシシ）の字は「向」の誤字ではなかろうかの説もあるらしい。「向」であれば向（ソシシ）に訓めるそうである。又、書紀が伝える文字を補足して膂肉（ソシシ）にする説等もあって定説がないように思う。然しそれ等は止むを得ないとして大事なのは其の肉（ソシシ）と云う語原であろう。すると肉（ソシシ）の「ソ」は衣裳（イソ）の「ソ」であろうから古語で衣料原料のことに云う木綿素（モメンソ）や大麻（カラソ）畳糸（タタンソ）等の「ソ」に解される。だとすれば衣料となる繊維植物に解せねばなるまい。

次に、肉（ソシシ）の「シシ」は猪（イノシシ）鹿（カノシシ）の古語からして動物質の食糧資源のことであろう。そうすると、肉（ソシシ）と云うことは生活に欠かせない三大要素の中の衣食のことと言わねばなるまい。そして更に拡大して言えば動植物不毛の地と云うことにも考えられる。従って古事記の原文にも「ソ肉」とあったものが「ソ」の一字が脱落したものと解したい。

次の韓国（カラクニ）は書紀が伝える通り空国（カラクニ）に解すべきであろう。では何故にその地が空国かと云うことになるが具体的な説明を成してみたい。

三代実録仁和元年十月九日大宰府言上として薩摩の国では七月の十二日と八月の十一日に連続して大噴火があったことになっておる。そして其の報告内容を具さに検討すれば其の所は私の隣り部落で具体的には月読の命の夜の食国と云う高吉《タカヨシ》の岡であったことが疑えない。四周十数粁以内は報告書通りの厚い降灰が「コラ層」をなして表土は十糎位しかない場所も少なくない。

そこでこの「コラ層」を東に辿って行くと伊邪那岐の命の小門（オド）の山戸であった大野岳の噴火に間違いない別な「コラ層」を見ることが出来る。何故に大野岳の降灰かと言えば大野岳の南西山麓は「コラ層」の厚さが一米近くにも達しておるからである。そこでこの両噴火による「コラ層」の接合点を調べて見ると大野岳の「コラ層」は夜の食国の仁和元年の「コラ層」の下三十糎位の下層にあることが発見出来る。よって大野岳の噴火は表土の厚さからして仁和の噴火より少なくとも千〜二千年位以前の噴火と推測せねばなるまい。だとすれば伊邪那岐勢力の没落や火の神の関係等もこの噴火に多少の関係があるのではあるまいか。従って大野岳の西南部の耕土は噴火時の風向からして降灰の下に埋没し植物は枯れ動物は住めなくなったものと解される。況んや仁和報告によると通例の降灰とは異なり炎熱焼くが如き砂石降りとしてあるに於いておやである。従って肉（ソシシ）の空国になったのだと解したい。

そうすると天孫降臨の御一行は高天原の西麓の通路又葦原の中つ国から言えば東部で高天原に接した通路を知覧《チラン》町の筑紫の島から淡道之穂之狭別の島を通過し頴娃《エイ》町の佐渡の島大倭豊秋津島を経て伊伎の島の久士布流之多気に御降臨召されたことになる。そして其処を御引き返しになり再び小門（オド）の宮の南方で大降灰に埋もれた肉の韓国（空国）を通過して笠沙《カササ》の御前《ミサキ》に御着任召されたことに解せねばなるまい。凡そこの間の行程は五十粁位に及ぶのではあるまいか。多分久士布流之岳からの御通路は海岸線を取られたものであろう。

《注　薩南台地（南薩摩）の火山灰層である「コラ層」については、改めて筆者自身も現地調査したことがある。内容については『知覧文化　平成八年三月号』で詳細を報告しているので参考にされたい。》

笠沙の御前に（カササノミサキニ）

この笠沙《カササ》の御前《ミサキ》についても諸説があって未だに定説が聞かれない。だが当地の地名例から見ると前（サキ）は先きであって前方に解するのが妥当ではあるまいか。何故なら山幸彦が海幸彦に追われて塩椎の神を頼って行った大隣岳《オッナイダケ》のことも「瀬世の岳《セセンタケ》」とも言えば「瀬世崎《セセザキ》」とも云うのであるが、これは海幸彦の居住地瀬世《セセ》の先きと云うことでしかあるまい。そしてこの場所は笠沙《カササ》の御前《ミサキ》の西北方二千米余りであろう。又、月読の命の夜の食国は高（タカ）の御身分の世人（ヨシ）と云うことからして高吉（タカヨシ）と云うのであるが其の先きに当る部落にも世人（ヨシ）の先き則ち吉崎《ヨシザキ》と云うのである。そして更に憶測に過ぎないが枕崎《マクラザキ》市も建御名方の神を転がした（マクラカシタ）先きと云う名に考えられる枕崎《マクラザキ》であると思う。通称は「鹿籠《カゴン》の枕崎《マクラザキ》」であるから建御名方の神の身の上を語って余りある名ではあるまいか。枕崎《マクラザキ》市は笠沙《カササ》の御前《ミサキ》の西方一万米位であり、又先きの吉崎《ヨシザキ》は笠沙《カササ》の御前《ミサキ》の東方六千米位であろうか。そうすると笠沙《カササ》の御前《ミサキ》と云う名は笠沙《カササ》と云う地の先方と解せねばなるまい。

　そこで天孫の御生地高天原の御住居から小さな丘を南に越せば其の越す坂は黄泉比良坂《よもつひらさか》（注＝ヒラ坂の地名もあり）であり、降り着いた所が上加治佐（カンカッサ）と云う部落になっておる。そして其処から加治佐《カッサ》川を二千米位下れば下加治佐《シモカッチャ》の部落に達する。又、更に千米余りの下流は月読の命の夜の食国になる高吉《タカヨシ》の部落である。よってこの笠沙《カササ》は加治佐《カッサ》のことであると解したい。

　言うまでもあるまいが加治佐（カッサ）と云う名は、「株サ」であって同族集団（株）が生長発展（サ）しておることになる。だから古語は一株の稲や里芋にも「一株サ（注＝ヒトカッサ）」と云うのである。故に笠沙《カササ》の御前《ミサキ》を「加治佐《カッサ》の御前《ミサキ》」に解すれば高天原族の同族集団が繁栄しておる御前と云うことになってくる。

　尚、附記するが下加治佐《シモカッチャ》より下流四千米位に天照大御神の岐原《きわら》即ち伊邪那岐の命の阿波《あわ》の岐原《きわら》に該当する地に上《カン》、中《ナカ》、下《シモ》の三つの木原（キワラ）が存するのである。よってこの木原より上流の地は天照大御神の直轄地で高天原同様の聖域であったと解すべきではなかろうか。そうするとこの木原より四千米位の先きが笠沙《カササ》の御前《ミサキ》と云うことになる。

次に阿多《あた》の長屋《ながや》の笠沙《かささ》の碕《みさき》と云う伝えもあるがこの阿多は語原からすれば上層に浮上進出（ア）した最高（タ）の国になるので身体で言えば頭（アタマ）の「アタ」であり又新鮮の古語新し（アタラシ）の「アタ」でもあらねばならぬ。よって国土として新しく高天原の支配下に入ってすばらしい繁栄を見せた新興国葦原の中つ国のことに解せねばなるまい。最近までは日置《ヒオキ》郡に阿多《アタ》村と云うのがあったが神代の阿多《アタ》の隣接地ではあると言えよう。又、後には薩摩隼人の始祖「阿多の君」の名も見られるがこの人は知覧町瀬世《チランセセ》の住人であることは阿多の小碕（オバシ）の君の名からして疑う余地がない。

《注　知覧町瀬世《チランセセ》に「オバシ口」または「オバシノ口」と言われる地名が残存し、同地方に「アタンキン」伝説が根強く伝承されている。「アタンキン」を標訳すると「阿多の君」となる語形である。》

尚、天孫邇邇芸の命の后となった木花の《このはなの》佐久夜毘売《さくやひめ》の別名は神阿多津比売《かみあたつひめ》であられるがこの神《かみ》阿多《あた》にしても上阿多《カンアタ》と考えられるのでその場所は瀬世《せせ》の上《かみ》である上別府（カンビュ）のことに間違いあるまい。なぜなら上別府《カンビュ》に特定して調査してみるとこの二つの御名が一致するからである。そうすると御子の山幸彦は御母君の地に御陵を制定されたのではないかと考えられるのである。

次の長屋《ながや》は長衣（ナガエ）を古語の長家（ナガエ）に解し長屋の字を用いたものではあるまいか。丁度下加治佐《シモカッチャ》部落と加治佐《カッサ》川を挟んだ対岸に流合（ナガエ）と云う部落が在するのである。だがこの流合（ナガエ）の字は加治佐《カッサ》川が荒田《アランタ》川支流との合流点に位置することからの当字でしかあるまい。故に流合（ナガエ）部落の本来の名は周辺の神代の史実からして衣（エ）の国を現した長衣（ナガエ）であると解したい。何故なら月読の命の夜の食国である高吉《タカヨシ》の部落も対岸にあり、又後代に竺紫の総領に討伐された衣《エ》の許督衣《コゴイ》之《ノ》君《キミ》弖自美《テヂミ》の「コゴイノ」の地も対岸にある。尚、又大国主の命の宇迦《うか》の宮に設定した田付《タッケ》部落は千米にも足らない地にある。更に又天孫の可愛山陵《えのやまのみささぎ》も西方四千米位になるのでこの地帯が古称の衣（エ）であったことは否めないであろう。よってこの流合（長衣《ナガエ》）の加治佐《カッサ》の先方に位置する所がこの「阿多《あた》の長屋《ながや》の笠沙《かささ》の碕《みさき》」であると解したい。

次は古書塵袋《ちりぶくろ》が伝える「阿多の竹屋村」と云う名であるが阿多は既に説明した通りで葦原の中つ国の別名であろう。すると現在の知覧《チラン》町から川辺《カワナベ》町の広瀬《ヒロセ》川以南の地のことに解せねばなるまい。そこでこの地域内で竹屋となる地名を探せば知覧《チラン》町の南海岸に半漁半農の部落の竹迫《タケヤサマ》（注＝表記はタケサコであるが部落民の伝承の呼称はタケヤサマまたはタケヤである）以外のことには考えられない。然かもこの港奥の高台には通称竹迫権現（タケヤゴンゲン）と尊称される旧社が現存するに於いておやである。故にこの社名は降臨の天孫を「竹屋様」と尊称申し上げたことから竹迫権現（通称は竹屋様《タケヤサマ》）が祀られたのではあるまいか。知覧《チラン》町内には胸形の奥津宮になる多紀理毘売の命を祀った薗田権現（ソンダゴンゲン）と二社しか権現社はないことからして古来の名社であったことは疑えない。尚この社の西に隣る谷川の大湧水を里人は神の子（カンノコ）川と呼んでおるが天孫のことであろうか。

尚この港口の東岸は松ヶ浦（マッガウラ）であるが原意は天孫集団の町（マッ）が浦（ウラ）であって町ヶ浦（マッガウラ）ではあるまいか。近くに青松（高天原町）や離れ松（町）等の地名が見られるのも偶然ではないだろう。勿論、この竹迫（竹屋様《タケヤサマ》）は先きに説明した流合《ナガエ》（長衣）の加治佐《カッサ》（笠沙）の南西八千米位の先きに当るのである。そして又大国主の命の退位後の宮である聖ヶ浦《ヘシガウラ》港は東に千米余りであろう。

そこで竹迫《タケヤ》港に注ぐ谷川を上流に一万米位行けば天孫の御陵と山戸に思う西別府《ニシノビュ》高塚《タカチカ》岡や別名小倉山（ウグレヤマ）、則ち大食山（ウグレヤマ）に思う山群に到達する。よって竹迫《タケヤ》港と高塚《タカチカ》墳陵の中間に存する中須《ナカス》（巣）地帯の主要地名を挙げて参考に資したい。

竹迫（タケヤサマ）—地名

この竹迫（タケヤサマ）は塵袋が伝える文字の如く竹屋村（注＝日本書紀の一書によればニニギ命《のみこと》が天孫降臨で行き着いた場所を号《なづ》けて竹屋《たけや》と曰《い》ふ……とあり）とあるが、正しくはその竹屋ではあるまい。竹（タケ）の原形は高い（タカイ）則ち古語の高い（タケ）であるから語原的には最高（タ）に「カ」の作用が著しい（イ）と云うことになる。それでこの竹は岳であって天照大御神の山戸の岳のことに解すべきであろう。すると竹屋村は岳矢村であって高天原の矢即ち主権の許に御降臨召された命と云うことを尊称しての竹迫《タケヤサマ》（竹屋様）ではあるまいか。
余談に亘るが竹屋村の屋は既に説明してある通り上棟式に立てる弓矢の矢心であって其の矢の根となる所が矢根則ち屋根なのである。故に竹屋様の屋は天孫の主権即ち矢則ち屋に解すべきであろう。天孫の御子日子穂々手見の命の御陵高屋の山の上の陵と申し上げる高屋も現地の実際からして天津日高の高が矢（屋）を行使された飯倉（イクラ）の宮の山の上の陵と解すべきもののようである。

萩ヶ尾（ハッガオ）―地名
この萩（ハッ）は蜂（ハッ）にもなるので勇武果敢な命達の在した所によく見受られる名前である。よってこの萩（ハッ）は張気（ハッ）で天孫のことに解すべきであろう。

権現（ゴンゲン）―地名
この権現（ゴンゲン）の地名は云うまでもなく竹屋様（竹迫）権現の社名に基づいた名であろう。港奥の高台であって権現社《ゴンゲンシャ》の近くには相当の民家も見ることが出来る。

山神（ヤマンカン）―地名
往古、日の命達が在したと見られる地によく見られる地名である。よってこの山神《ヤマンカン》は天孫のことであると解したい。竹迫《サケヤサマ》（竹屋様）権現の東隣りになっておる。

丸尾（マイオ）―地名

この丸尾《マイオ》は何も地形が丸い尾には見られないので、住居則ち巣丸（スマイ）の丸尾（マイオ）に解したい。竹迫権現社《サケヤサマゴンゲンシャ》の北側になっておる。

青松（アオマツ）―地名

青松《アオマツ》の青は高天原のことに云う青島の青であろう。従って語原は東の山の尾と云うことになる。又、松（マツ）は町（マツ）で同族集団の聚落に解せねばなるまい。勿論、松の名も門松で説明した如く同族集団のことでしかない。よって青松《アオマツ》は高天原集団のことになるから当地も権現《ゴンゲン》社《シャ》に程近い。

離松（ハナレマツ）―地名

離松《ハナレマツ》の地は権現社《ゴンゲンシャ》の西方に少し離れておるのでそれを名にした聚落であろう。程近い所に鵜茅葺不合の命御出生の地に見られる所や天孫に国土献上の事勝国勝長狭《ことかつくにかつなごさ》の地（注＝当該地方にコトカッドンの伝説あり）もある。

平渡瀬（ヒラワタヂェ）―地名

平渡瀬《ヒラワタヂェ》の平（ヒラ）は天孫の日常の御住居で農耕等の家庭生活が御営みのところであろう。

従って水戸方面からここを渡れば天孫の御家庭に出ると云う名に解される。

津婦志（ツブシ）―地名

この地名は天孫の山戸の山中にも見られるのであるが古語は膝頭のことにも津節（ツブシ）と言い又潰し（ツブシ）のことにもしておる。よって語原が一体不可分（ツ）の伏し（フシ）になるので語原通り天孫の大前《おおまえ》に一体不可分となって「伏する」と云うことに解したい。平渡瀬《ヒラワタヂェ》の出入口に津婦志《ツブシ》の四字が存するのである。

城山（ジョンヤマ）―地名

この字名は津婦志《ツブシ》の東に接しており別に城東迫《ジョンヒガシサコ》、城脇《ジョワキ》、城西迫《ジョンニシサコ》とあるので城の字名が四字あることになる。だがここに城があったろうとは考えられない。よって城（ジョ）は晴衣（ベンジョ）や嫁女（ヨメジョ）の「ジョ」に解し最勝最善のことに見るべきでなかろうか。そうすると神代の伊勢神社（注＝知覧《チラン》町上郡《カングイ》の地）にも城山（ジョヤマ、注＝このジョはヂョと考えられる。通称は城山《ヂョヤマ》であるが城之山《ヂョンヤマ》とも呼ばれる）の名が遺されておるので天孫が祖神達を御祭祀申し上げたか何か大事な施設があったらしいことに疑える。

小桑（コクワ）―地名

この小桑《コクワ》の小（コ）は蚕則ち飼児（カイコ）の児であって児桑が原形ではあるまいか。それとも又飼う（カウ則ちコ）の飼う桑（コクワ）であろうか。隣接して小桑尾《コクワオ》及び小桑尾比良《コクワオビラ》の三字が集団しておる。又、谷川を渡った西岸にも桑木作り《クワノッツクイ》の三字を見ることが出来る。よって笠沙の宮時代にも既に大規模な養蚕が行われていたと解せねばなるまい。天照大御神の高天原にも桑木《クワノッ》比良《ビラ》等の名が遺されておる。

鳶の巣（トッノス）—地名

この鳶（トビ）の発音は鳶（トッ）となるので総てが寄り集まる最上位者のことになる。よって古語は一家の当主にも家の「トッ」と云うのである。恐らく語原的には損得の得でもあるまいか。故にこの鳶の巣《トッノス》は鳥の鳶の巣ではなく人間社会の「トッ」即ちこの場合は天孫と申す「トッ」の方の御住居則ち御巣丸に解せねばなるまい。伊邪那岐の命の淡島にも鳶の巣《トッノス》の地名が見られる。

水洗（ミッヂャレ）—地名

この水洗（ミッヂャレ）は読んで字の如く水で洗うと云う地名であろう。故に手足を水洗いして心身を清めた所であるまいか。須佐之男の命の須賀《スカ》の地や塩椎の神の大隣（オッナイ）の地等にもこの地名が見られる。

白ヶ久保（シラガクボ）—地名

この地名の白（シラ）は古語からして白（シロ）の意ではあるまい。よって古語に従い空実（シラ）に解したい。すると天孫に国土を献上して空実（シラ）になられた事勝国勝長狭《ことかつくにかつなごさ》の上地の農耕地に解すべきではなかろうか。

古中（コッ）—地名

古語で単に古中（コッ）と云えば猫のことになる。猫の語原は寝子（ネコ）になるので曽《かつ》て説明した天之都度閇知泥《あめのつどへちね》の神のように寝て暮せる有難い身分のことに言えよう。だとすればこの古中（コッ）は古語で命のことに云う命（コッ）にもなるので天孫御一行の命のことではあるまいか。共通語でも命風（コッカゼ）のことを東風（コチカゼ、注＝この言葉を南九州方言式で発音すればコッカゼである）と云う。

菊永（キッナガ）—地名

菊は皇室の御紋章であられることからして菊永《キッナガ》の名はこの菊なるお人が永く止まり繁栄されたことに解せねばなるまい。神代の日の命達の国は吉備（キヒ則ちキビ）の国であったと古事記は伝えておる。ところがこの吉備（キビ）の発音は古語では「キッ」であり草花の菊も「キッ」と云うのである。だとすれば菊は吉備に解しても良いことになるので菊永《キッナガ》と云う部落名は「吉備の国人は永く」となり、即ち天孫が永く繁栄した所と解してもよいであろう。

余談になるがこの菊永《キッナガ》部落を流れる谷川で湧水のある所に大きな岩窟の洞窟穴がある。里人は蝙蝠穴（コモイアナ）と呼んでおるが果して単なる蝙蝠穴であったろうか。非常時に御籠りになられた籠り穴（コモイアナ）ではなかろうかと思われる。明治の頃までは東西両岸に入口を並べて深い岩窟があったらしいが東岸の奥深い立派な方は採石のため今は影も止めない。余談になるが天照大御神を初め命達の御住居には穴の名を遺しておる所が見られるが御参考に願いたい。

産生ヶ松（ハンジョガマツ）—地名

古語で繁昌（ハンジョ）と言えば繁栄のことでもあるが又出産のことにも使われておる。人口が増えるのだから産生（ハンジョ）に違いなかろう。故に産生ヶ松《ハンジョガマツ》は繁昌ヶ町であると解したい。二字が見られるので繁栄が見られたのであろうか。

ここから東に数百米行けば天照大御神の禊祓いの場に考えられる下木原《シモギワラ》があり且つ中須《ナカス》、状《ジョ》持ヶ迫《モッガサコ》、永町《ナガマチ》、金剛石《コンゴイシ》は何を語るであろうか。金剛石《コンゴイシ》は背が湾曲した石に考えられ、状持ヶ迫《ジョモッガサコ》の状（ジョ）は先きに説明した城山《ジョヤマ》の城（ジョ）のことに考えられる。

御森山（オモイヤマ）—地名

天若日子の場合は単に森山《モイヤマ》であったに対しここは御森山《オモイヤマ》である。天孫の御遺骸は高塚《タカチカ》の可愛《えの》山陵《やまのみささぎ》に祀られたと考えられるので御森山（オモイヤマ）に祀られたとは考えられない。しかし、高志《こし》の沼河比売《ぬなかわひめ》の御住居の所も尾籠（オゴモイ）則ち処女森（オゴモイ）に作れるから天孫が生前御住居の山であられようか。若しそうだとすれば天孫の中巣《ナカス》に於ける御本宅はこの御森山《オモイヤマ》であられたことになる。

尚、余談になるが大国主の命陵や高日子根《たかひこね》の命並びに天孫陵等に対しては庵之元《アンノモト》や安野元《アンノモト》等の地名があって佛教の影響が語られておるのである。ところがこの御森山《オモイヤマ》の隣りも御庵（ミアン）であってこれを語っておることになる。そして又菊永屋《キツナガヤ》根添《ネゾイ》の字には鬚佛殿（ヒゲボトケドン）と云うのがあって古い石碑も遺されておる。

鳥ヶ迫（トイガサコ）—地名

御森山《オモイヤマ》から谷川を上流に数百米行けば鳥ヶ迫《トイガサコ》の字名に到達する。此の鳥ヶ迫《トイガサコ》の地名は今日の鳥居ヶ迫であって具体的には天孫の御住居なされる戸に入ると云う意の戸入り（トイイ）が、古語の約音語法により戸入りは「トイイ」則ち「トイ」になるので、それが誤って鳥（トイ）と伝えられたものと解される。それで共通語の鳥居も誤りであって戸入り（トイイ）が原形であると知らねばなるまい。故にこそ、更に四千米位の上流にある天孫の山戸の入り口は鳥越（トイゴエ）則ち戸入り越（トイゴエ）又は戸越（トゴエ）の地名にしておるのであろう。よって御森山《オモイヤマ》周辺の長山角《ナガヤマカド》や諏訪前《スワマエ》及び牧内《マツノウチ》等の地名を究明して御森山《オモイヤマ》の真実が知りたいものである。

朝日之直刺国（アサヒノタダサスクニ）

朝日の直刺すと云う語から判ずれば、日の出の初光が直射する大平地でなければなるまい。恰も阿多《アタ》の竹屋村（竹迫《タケヤサア》）から菊永《キッナガ》一帯に及ぶ地域は東方一万米余りに高天原連山が遠望され、四季を通じて夜明けと共に朝日が山嶺に姿を現わすのである。特に冬間に至れば久士布流之岳《くしふるのたけ》からの日之出が見られることになる。よって正しくこの語が云う通り朝日之直刺す国と言わねばなるまい。

夕日の日照国也（ユウヒノヒデルクニ）

この夕日の日照国と云うことも西方が平野でなければ言えない言葉である。ところが此の方向も言葉の通りに西方六千乃至八千米位の距離に山群が連なり夕日は其の山々に没するのである。言うを要すまいがこの山々が今日誤り解されて信濃の諏訪（注＝スワとは南九州方言で四方が輪状で囲まれた地形）の山々と云うことになる。

最後は余談めくが此の別府台地と呼ぶ大平野は旧陸軍参謀の話に聞けば全国有数の広袤《こうぼう》とかのことであった。又、神代の各日の命の御陵地は何々の別府（ビュ）と各々に別府名になっておるが、此の竹迫《タケヤサア》（竹屋様）部落の少し西までが旧東別府（ヒガシビュ）であって天照大御神の別府内（ビュノウチ）であることに注目を要しよう。要するに神代の国と云うのはこの別府（ビュ）の地名を残した地域と考えても間違いではないだろう。

第六九節　猿女《さるめ》の君《きみ》

本文

【故、ここに、天の宇受売《うずめ》の命《みこと》、詔り給わく「この御前《みさき》に立ちて仕え奉れりし、猿田毘古《さるたひこ》の大神《おほかみ》をば、専所顕之汝《もはらあらわしまうせるいまし》、送り奉れ。亦その神の御名は、汝《いまし》負《お》いて仕え奉れ」と詔り給いき。是を以て猿女《さるめ》の君《きみ》等、猿田毘古の男神《をがみ》の御名を負《お》いて、女《おみな》を猿女《さるめ》の君《きみ》と呼ぶ事是れなり。】

語句の解説

御前に立ちて（ミサキニタチテ）

この御前は御先きではあっても笠沙の御前の御先きではあるまい。天孫御一行の御先導役としての御先きに解すべきであろう。

猿田毘古の大神者、専所顯之汝

（サルタヒコノオホカミヲバ、モハラアラワシマウセルイマシ）

これは猿田毘古の大神をば、もはらあらわし申せる汝と読む。故にこの大神が高天原から久士《くし》布《ふ》流《る》之《の》岳《たけ》へ更に転進して笠沙の御前に至る道案内と行く先き先きの先住族との接渉に功績が多かった事を指すものであろう。

本文

【故、その猿田毘古の神、阿佐訶《あさか》に坐しける時に漁《すなどり》して、比良夫貝《ひらふがい》に其の手を、咋《く》い合《あわ》さえて、海塩《うしお》の沈溺《おぼ》れ給いき。故、その底に沈《しづ》み居給う時の御名を、底度久御魂《そこどくみたま》と申し、其の海水《うしお》の、都《つ》夫多都時《ぶたつとき》の御魂《みたま》を、都夫多都御魂《つぶたつみたま》と申し、その阿和佐久時《あわさくとき》の御名を、阿和佐久御魂《あわさくみたま》と申す。】

語句の解説

阿佐訶（アサカ）

　この阿佐訶は伊勢松阪の西六千米位にあるとの説であるが如何に神代とは言え薩摩半島の南端からおいそれと伊勢の国まで行ける筈はない。猿田毘古の神は天照大御神の御住居近くの人であられるから笠沙の御前から順路を探して見るが阿佐訶の地名は発見出来ない。故に古事記の本文や阿佐訶の語原から判ずるとこの阿佐訶は地名ではなく阿盛（アサカ）か阿栄（アサカ）等に作れる言葉であって色道のことのように考えられる。

　そこで語原から考えると上層に浮上進出（ア）して生長発展（サ）する対外作用（カ）になるので浮気のことにも解される。河海の浅か（阿佐訶、注＝アサカは南九州方言の形容詞）所も河底が生長発展した所になるであろう。故に真の性道ではないので浮気は阿佐訶に言えると思う。共通語でも阿を真（マ）に置きかえて真逆（マサカ）の語を使っておるが各位にはこの真逆を真盛（マサカ）には考えられないであろうか。古語では花の真盛い（マサカイ）とか夏の真盛い（マサカイ）とかに云う。勿論、逆様《さかさま》は頭を下に向けた行動に移るので説明の限りではあるまい。そうすると阿佐訶に坐しける時と云うのは浮気心を起こして御出の時と解せねばならぬことになる。

漁（スナドリ）

漁（スナドリ）は魚貝類を捕ることに言われておるが当地では今は聞かれない。だが漁（スナドリ）を語原的に考えれば巣名取りになるので結局は巣に於ける名を取ることだから色道に帰らざるを得まい。古語の社会では性交に伴う臭気を「ヒエ臭い」とか「雑魚《ザコ》臭い」とかに云う。そして又生魚の匂いにも「ヒエ臭い」と云うのである。故に性交に伴う臭気を魚類も発することから魚類を捕ることにも巣名取り則ち漁（スナドリ）と云うのではあるまいか。言うを要すまいが「ヒエ臭い」の語原は陰（ヒ）会（エ）臭いであろう。だとすれば猿田毘古の神が漁りに行かれたことは浮気に御出られたと解せねばなるまい。かくて初めて前後の辻褄が合わされる。

比良夫貝（ヒラフガイ）

この名についても諸説が多いようである。例えば上代はこの貝の産出が余程多かったらしく書紀にも続記にも度々其の名を見せておると言い、又古史伝では比良夫貝は蚶《かん》（赤貝）のことで猿田毘古神の母神は蚑佐貝比売《きさがいひめ》であられるから母神の御前に導かれたのであると云う。然し真意には程遠い説と言わざるを得まい。

大体、貝（カイ）の語は古語の語法により貝（ケ）でなければならぬ。共通語の水母《くらげ》も元来は鞍貝と表記された用語であるがその発音は「クラゲ」と云うであろう。従って比良夫貝は古語の語法を参考にすれば比良夫貝（ヒラフケ）と訓んでも良いことになる。そうすると夫貝（フケ）の古語は共通語の絎（クケ）のことになるので、裁縫で糸目を深く隠した隠し縫いのことにもならねばならぬ。語原は夫貝（フカイ）則ち深いが語法により深い（フケ）になったものである。故に深い隠し縫いをすることの深い（フケ）が絎（フケ）でもあると解すべきであろう。言うなれば遊びに耽（フケ）るや夜が更け（フケ）る又は年がふけて見えるの「フケ」でもある事になる。若しこれが共通語通りに絎（クケ）であれば古語は後悔（クケ）になり間引（クケ）のことにもなるのである。

だから古語で比良夫貝（ヒラフケ）の帯と言えば平たく絎《く》けた（古語はフケタ）帯のことで通称は平絎（ヒラフケ）で通っておる。そして年頃の娘さんや花嫁さん達がこの平絎《ヒラフケ》を晴着用に愛用したものである。故に猿田毘古の神が比良夫貝に手を咋《く》い合されたと云うことは女盛りの平絎《ヒラフケ》の帯を締めて着飾っておる御婦人に手を咋い合されたと解せねばなるまい。当地方では明治の頃までも色物を平絎《ヒラフケ》の帯にして晴着に愛用したものである。

尚、余談になるが猿田毘古の神の母神と云う蚑佐貝比売《きさがいひめ》は古語で発音すれば「キサゲ比売《ひめ》」であられよう。すると伎佐貝（キサゲ）とは「気下げ（キサゲ）」に作られ、又気拶（キサッ）にも作られる。そうだとすれば古語で気拶の良い人と言えば気前や話術の巧みな人のことにならねばならぬ。従って人の気を外らさない接待上手な御婦人のことに云う名となってくる。故に後代の敬称である后（キサキ又はキサイ）の原形になった用語ではなろうかとも思う。

海塩（ウシオ）

この海塩（ウシオ）は大潮（ウシオ）であろう。否字義の通りに海塩（ウミシオ）に解しても悪くあるまい。そうすると大見潮（ウミシオ）になるので意味が具体化してくることになる。古語では旧暦の十五日と朔日前後の干満を大潮（ウシオ）と云う。故に他の事に対しても平常に異なる干満や増高発展があれば潮に名を借りる場合が少なくない。例えば出産の気配が見えると産み潮が見えたと云い、結婚の気運が熟すれば良い潮刻《しおどき》だと云うが如きである。

故にこの際の海塩（ウシオ）は猿田毘古の神が比良夫貝の婦人に心を寄せて其の浮気心が大潮の満ち寄せるような勢いで最高潮に達し沈溺《ちんでき》の状態に向わんとする動向を指したものであると解したい。

沈溺（オボレ）

沈溺（オボレ）の語原になる「オ」の原形は上層に浮上進出（ア）することが増大（ウ）したことである。従って簡単には合着が抽《ぬき》ん出た（オ）惚れ（ホレ）に解しても良いことになる。だから水に沈溺るれば（注＝下一段活用で表現すれば「沈溺れれば」となる）水に命をかけた惚れ（掘れ）方をしたことになり、比良夫貝に沈溺るれば比良夫貝に命をかけた惚れ方をなしたことに言わねばならぬ。勿論、惚れは掘れでもあるから自分が持つ最高至上の精力を集中することでなければ惚れや穂れになるまい。故にこの沈溺（オボレ）とは海塩の中への沈溺《おぼれ》ではなく、比良夫貝と云う二枚貝に心の海塩が沈溺《おぼれ》したと解すべきであろう。

底度久御魂（ソコドクミタマ）

通説に従えば底度久（ソコドク）は底着《そこつ》くであって海の底に着いた時の御魂であると云う。然しどんなに考えても度久（ドク）が着くであるわけはないので山幸彦の神話で見られる加毛度久《かもどく》斯麻邇《しまに》と同じくあくまで度久（ドク）に訓むべきであろう。

そうすると底度久を古語に発音すれば底度久（ソコドッ）となるので古語の常識からして底度久則ち底時（ソコドッ）に解すべきでなかろうか。古語は今時（今度久）にも今時（イマドッ）と云う。だとすれば底度久御魂と云うことは猿田毘古の神が比良夫貝に沈溺した狂気沙汰の最底辺にあられた時の御魂と云うことになる。

尚、余談になるが古語は睾丸のことを君魂（キミタマ則ちキンタマ）の名にしておるが又単に睾丸（タマ）で通す場合も少なくない。よって底度久御魂の半分位はこの御睾丸（ミタマ）に解してもよいのではあるまいか。又、底度久を其処解くに解すれば比良夫貝の底則ち其処を解くことにも解されてくる。

海水之都夫多都（ウシオノツブタツ）

海水（ウシオ）は前の海塩と同じく大潮であって海が一波ごとに満ちてくる状態のことであろう。だから海水の水は水商売の水に解しても悪かろうとは思えない。そうするとこの場合は猿田毘古の神が比良夫貝への迷いを深めて欲情深淵に迫り行くことに解せねばなるまい。だとすれば都夫多都（ツブタツ）の古語は都夫多都（ツッタツ）になるので突っ立つ（ツッタツ）に解し突っ立つものを猿田毘古神の御魂則ち御睾丸（ミタマ）に見るより外あるまい。要するに次の阿和佐久御魂の前段に解すべきであろう。

阿和佐久御魂（アワサクミタマ）

この阿和佐久《あわさく》の阿和（アワ）は以前伊邪那岐の命の御創業時代に於ける淡島の淡（アワ）で説明してあるので御参考に願いたい。阿和の語原は上層に浮上進出（ア）した輪（ワ）であるから最も緊密な輪の中の結合に解せねばなるまい。だからここに云う阿和佐久は「合わさく」のことで、即ち古語は「合わさる」を「アワサッ」と発音するのでその言葉遣いが考えられる。原形は合わさ（アワサ）を「ラ行」に活用した語法になる。この「合わさる（アワサッ）」とは語意を強化した決定的な語法に解される。故に阿和佐久御魂は猿田毘古の神と比良夫貝である婦人との交情関係を決定的にした御魂と解せねばなるまい。勿論、御魂の半ばは御睾丸であろう。

尚、阿和佐久の佐久（サク）は通説で裂く（サク）にも解され勝ちだが、古語の「裂く」や

「咲く」は「サ」を「カ行」に活用しておるので全然意を異にすると承知ありたい。

《注　ここに登場した「合わさる」という用語であるが、これは南九州門村《カドムラ》で聞かれる独特の用語である。語形は「合う」の未然形「合わ」に「さる」という軽い強意の助動詞がついた用語である。四段に活用し連用型の終止形は「合わさり→発音はアワサイ」となり、連体型の終止形は「合わさる→発音はアワサッ」となる。同列の用語として「抱《だ》か盛《さ》る（発音はダカサッ）」「勝《か》ち盛《さ》る（発音はカッサッ）」などがある。》

本文

【ここに猿田毘古の神を送りて、還《まか》り到《いた》りて即ち悉《ことごと》に、鰭《はた》の広物《ひろもの》、鰭《はた》の狭物《さもの》を追《お》い聚《あつ》めて「汝は天つ神の御子に仕《つか》え奉らむや」と問う時に、諸《もろもろ》の魚《うお》ども皆「仕《つか》え奉らむ」と申す中《なか》に、海鼡《こ》白《まを》さず。故、天の宇受売《うずめ》の命《みこと》、海鼡《こ》に謂《い》いけらく「この口や答《こた》えせぬ口」といいて、紐小刀《ひもかたな》もちてその口を拆《さ》きき。故、今に海鼡《こ》の口拆《さ》けたり。ここを以て御世御世《みよみよ》、島の速贄《はやにえ》献《たてまつ》れる時に、猿女の君に賜うなり。】

語句の解説

還り到りて（マカリイタリテ）

この還り（マカリ）は古語でも還り出る（マカイデル）の語にして使われておる。よって語原は任（マカ）せるの任（マカ）を更に著しく（イ）した任り（マカイ）であろう。故に還（マカ）とは真実（マ）に基づく「カ」の作用と云うことであろうと思う。従って賄いの賄（マカ）等にも拡大されて行く語と解せねばなるまい。

鰭の広物（ハタノヒロモノ）

この鰭（ヒレ）については既に説明しておるので参考とされたい。言うを要すまいが「ヒ」は肉眼で確認出来ない神秘体である。故に「ヒ」の前には絶対恭順の外はない。例えば光り、冷える、氷（ヒ）神（ヒ）火、日に至るまで皆然かりであろう。そうするとこの「ヒ」に作用されておる姿が鰭《ひれ》であり又平伏（ヒレフス）の「ヒレ」であることになる。故にこの「ヒ」に左右されると大変になるので皆が身振いを覚ゆるのである。各位に於かれても単なる冷え（ヒ会《エ》）ることでさえ寒いと振えるであろう。

かくの如くこの「ヒ」の作用は魚の世界でも鰭《ひれ》が見せておる如く人類の社会に於いても各般に亘り各様の形で「ヒ」が作用しておると言えるであろう。故にこれを鰭（ハタ）の広物と訓ましてあることは魚が鰭《ひれ》を張手げ（ハタゲ）て周囲を威圧しておる如く人の社会でも威力を見せ付ける場合は周辺に広く力を張手げ（ハタゲ）ておるので、この魚は即ち大豪族のことであると解したい。言うまでもあるまいが魚の古語は魚（イオ）であるので「オ」は五伴の緒で説明した緒（オ）に解すれば著しい（イ）緒（オ）になるので大部族の首長のことになるであろう。

鰭の狭物（ハタノサモノ）

この鰭（ハタ）の説明は要すまい。だが次の狭物（サモノ）は文字から見ても広物の反対に考えられ勝ちである。然し狭物を語原から言えば生長発展（サ）する者になるので繁栄を辿りつつ勢力を伸ばしておる者に解せねばなるまい。

魚（ウオ）

魚の古語は魚（イオ）であるから先きに説明した通り著しい（イ）緒（オ）に解し此の際は大部族の長に解したい。だが海鼡（ナマコ）のことがあるので次の余談めいたことも御耳に達しておく。

古語では魚のことに魚（ブチョ）とも云うのである。語原は見劣り（ブ）のする着（チ）いた世（ヨ）に考えられる。其の理由は餌を喰う場合には釣針は餌でないから残して喰べれば怪我や釣られたりすることはない筈である。よって魚は誠に低能力（ブ）なものを身に着（チ）けて世（ヨ）に生れ出ておると言わねばなるまい。故に魚のことを魚（ブチョ）と云うのであろう。ところが人の社会に於いてこの魚（ブチョ）の能力則ち穂にしか見られない粗相をやらかすとそれに対して魚穂（ブチョホ）則ち不調法なことをしたと云うのである。故に海鼡《なまこ》も天の宇受売《うずめ》の命に対して魚穂（不調法）であったと言わねばならぬであろう。

海鼡白さず（コモウサズ）

この海鼡は海鼡（コ）と訓ましてあるが、海鼡（ナマコ）のことであると云う。勿論その通りであろう。然し海鼡（ナマコ）とあるべきを殊更に海鼡（コ）と訓ませてあることには何等の理由がなければなるまい。よって、海鼡（コ）に訓ませてあることは子供の意を含ませてのことであると解したい。

親は長い経験と世上の動向からして天孫に随従し協力申上げることが自からの運命開拓の道でもあるとしたのに対し、子供は純情と生一本の考え方で反対したものと解される。当地の伝説でも海鼡《なまこ》が蛭《ひる》に置きかえられただけで内容はこのことと一致する。（注＝大昼殿《おおひるどの》〈ウヒィドン〉の命に背いた蛭《ひる》の説話あり）よって其の子供に対しては生意気な子供であるとして生子（ナマコ）則ち海鼡（ナマコ）の名があるに至ったものと解せられる。

島の速贄（シマノハヤニエ）

この島とあるは志摩の国のことであると云う。だがこの志摩の速贄の海鼡《なまこ》は当地では蛭《ひる》に語られておる。そして当地の海には海鼡は見られないので勿論喰べた人もないのではなかろうか。故に海鼡の口は蛭の口と同じことから後代の名に解したい。又、速贄の贄は新餌（ニエ）で年初めの新しい動物食（餌）のことであろう。当地では幸いと云うべきか贄《にえ》の語は「煮え」の外は聞かれない。（注＝「煮え」に関連して南九州方言では「新餌物《ニエムン》」などの用語遣いがある）

第七〇節　木花之佐久夜毘売《このはなのさくやひめ》

本文

【ここに天津日高日子番能邇邇芸《あまつひだかひこほのににぎ》の命《みこと》、笠沙《かささ》の御前《みさき》に、麗《かお》よき美人《おとめ》に遇《あ》えるに「誰が女《むすめ》ぞ」と問い給いき。答えて白《まう》し給わく、「大山津見《おおやまつみ》の神の女、名は神阿多都比売《かみあたつひめ》、亦《また》の名は木《こ》の花《はな》の佐久《さく》夜毘売《やひめ》」と申しき。また「汝《いまし》が兄弟《はらから》ありや」と問い給えば「我が姉石長比売《いわながひめ》あり」と申し給いき。かれ詔り給わく、「吾汝に目合《まぐあ》いせむと思うは如何に」と詔り給えば、「僕はえ申さじ、僕が父、大山津見の神ぞ申さむ」と申し給いき。】

語句の解説

笠沙の御前（カササノミサキ）

ここに云う笠沙の御前は阿多《アタ》の竹屋村（竹迫《タケヤサマ》）と云う天孫の水戸のことではないようである。

後で説明するが神阿多津比売の御名からして加治佐《カッサ》の御先きの中の上手に当る地方のことのように見受けられる。そうすると天孫の山戸である小倉山（ウグレヤマ）則ち大食山（ウグレヤマ）に作れる山の先きのことになってくる。よってここで云う笠沙の御前は天孫の御統治になる国即ち葦原の中つ国に解しそして其の御領国に於いて麗よき美人に御遇いなされたと解するのが理路整然としておるように思われる。今この場所を具体的に言えば神代の伊豫の二名《ふたな》の島の阿波の国になるのではあるまいか。

麗よき美人（カオヨキオトメ）

この麗美人は顔良き乙女に訓むものらしい。だが純然たる古語であれば良か面（ツラ）の娘であるか良か処女（オゴジョ）であるかでなければなるまい。

大山津見の神（オオヤマツミノカミ）

この大山津見の神の名は足名椎の父神で説明してあるので省略したい。だがこの神の御住居は神代の阿波の国で知覧《チラン》町下郡（シモグイ）の小字埋金（オツンガニェ）の地ではあるまいか。埋金の埋（オツン）は大（尾）津見（オツン）に作れるし、又金（ガニェ）は蟹（ガニェ）にもなるが金（カニェ）にもなるので神（カン）の訛ったものとも解せられる。殊にこの埋金の地は地勢上から言っても神話と対比して恰好の地と言えよう。

何故ならこの奥深い麓川沿いには天孫の御宿泊を語る霧宿（キヤドイ）等の関係深い地名が

見られ更に西方二千米位には御子日子穂々手見の命の高屋山上陵《たかやのやまのうえのみささぎ》（注＝字名は上別府《カンビュ》の高塚《タカチカ》山《ヤマ》）も見られるからである。更に言えることは天孫陵の西隣りには下山（サガヤマ）の岳と云う名の売れた岡があるが、之に対し高屋山上陵《たかやのやまのうえのみささぎ》の北隣り即ち埋金《オツンガニエ》の地にも猿山（サヤマ）の岡と云う名の売れた岡があるのである。何れの岡も生長発展（サ）の山となるので此の猿山《サヤマ》は山幸彦の祖父にあたる大山津見の神の山戸であったことからの猿山（サヤマ）ではあるまいか。尚、この猿山越えの峠道は猿山の峠と云い、高屋山上陵《たかやのやまのうえのみささぎ》の名を生んだ日子穂々手見の命の高屋の宮方面との要衝であったことは疑えないであろう。

《注　小字埋金（オツンガニエ）の地名呼称を再調査したところ、古老の一部の間ではウツンガニエと呼ぶ人もいた。同地では「大」は「ウ」と発音するので「大津見」は「オツン」とも作れるが「ウツン」とも作れる用語である。》

神阿多都比売（カミアタツヒメ）

この神阿多都比売のように御名の頭に神を冠した御名は珍らしい。よってこの神は上（カミ）のことに解し上阿多（カミアタ）に御生まれの比売と云うことに解したい。そうすると古語の呼称法とも合致する事になる。

尚、既に説明した笠沙の御前の竹迫《タケヤサマ》（竹屋様）は此の地から南方一万米位の海岸であり又天孫の山戸や御陵に見られる小倉山《オグラヤマ》の西別府《ニシノビュ》高塚山《タカチカヤマ》は西南方四千米位である。故に天孫の山戸から見れば上手（カミテ）で上阿多《カンアタ》と云うことになるであろう。殊に天孫の御陵は西の別府（ニシノビュ）であるに対し高屋山上陵《たかやのやまのうえのみささぎ》の地が上別府（カンビュ）であることもこれを裏書しておると思う。

木の花佐久夜毘売（コノハナサクヤヒメ）

この御名の木の花佐久夜毘売を通説の如く木の花が咲くと云うことには解したくない。殊に咲くと云うことに佐久夜（咲くや）と云う語法は古語にはない筈である。否、厳密に言えば花が咲くと云う語も古語には余り聞かれない。何故なら咲くは裂くに通用しておるからである。故に古語は咲いたの「咲い（サイ）」を取って咲い（セ）と云う語法を用いておる。だから「花がセッ（咲く）きた」とか「花がセタ（咲いた）」と云う。通例としては「花が開いた」であり「花が開く」と云うのが常識的な語を古語と言わねばならぬ。

故にこの「木の花」の木（コ）は住居のことに戸（コ）と云う古語に従い戸の鼻（コノハナ）に解すべきではあるまいか。そうすると木の花佐久夜毘売の生地埋金《オツンガニエ》の地は天孫が山戸になさるる小倉山（ウグレヤマ、大食山《ウグレヤマ》の意になる）の鼻に接する所と言わねばならぬことになる。ところが誠に偶然とばかりにも言えないことに天孫の山戸の山が上阿多《カンアタ》方面の山に接合するが如くに見える出っ鼻の岡を鼻草《ハナクサン》の岡《オカ》の名にしておるのである。故に天孫の山戸の鼻が上阿多《カンアタ》の山に鎖《くさ》る岡と云う名が鼻草《ハナクサン》の岡《オカ》の名であると解しても悪くあるまい。

若しそうだとすれば木の花佐久夜毘売と申す御名は天孫が山戸にして御出る戸（コ）の鼻の佐久夜毘売と云うことになる。そうすると佐久夜の発音は佐久夜（サッヤ）になるので先屋（サッヤ）に解しても良いであろう。すると具体的には山戸の鼻の先きに見える家に御出生の毘売と云うことになる。

余談になるが日本書紀では姉比売石長比売の投身自殺を伝える「めらが谷」はこの埋金《オツンガニェ》の北側の谷底を流れる麓川の侵蝕盆地のことであろう。説明までもあるまいが「メラ」の古語は女（メラ）である。今日に於いても牝牛のことには牝牛（メラウシ）と云う。恰もこの「メラが谷《タイ》」の川上にある高峯を今は母ヶ岳《ははがだけ》の名にしておるが山形からして古名は「母（ハオ）が岳」ではなかったろうか。陰陽の陽になる男岳則ち父（ヂョ）が岳は天の安の河の下流になる高屋山上《たかやのやまのうえの》陵《みささぎ》の向い側であって今は長谷の岡《ナガタイノオカ》の名にしておる。然し長谷の岡《ナガタイノオカ》の山形は全く其の通りの形であり又根本になる「ケンヂョが岡」の名はこれを語って余りがあると思う。よってこの「メラが谷《タイ》」に連なる淤子落《オゴオト》し則ち処女（オゴ）落しの地名は石長比売投身の地であると解したい。

《注　筆者は同地域を調査したが「母ヶ岳《ははがだけ》」の古名は「ハオガ岳」であるという証言を得ることは残念ながらできなかった。しかし、同岳の昭和初年代の頃までの呼称は薩摩半島中央台地の門村《カドムラ》では「ホガ岳（穂ヶ岳）」「ウンボガ岳（祖母ヶ岳）」であるという証言は多数得ることができた。そして、その山麓の上郡《カングイ》氏村では「オグシサン（お久士さん）」であるとの証言も得ることができた。》

本文

【故、其の大山津見《おおやまつみ》の神に、乞《こ》いに遣《つかわ》しける時に、いたく喜びて、其の姉石長比売《いわながひめ》を副《そ》えて、百《もも》取《とり》の机代《つくえしろ》の物《もの》を、持たしめて奉り出しき。故、ここにその姉は、いと醜《みにく》きによりて、見畏《かしこ》みて返《かえ》し送り給いて、唯《ただ》その弟《おと》、木《こ》の花之佐久夜毘売《はなのさくやひめ》を留《とど》めて、一宿婚《ひとよみとあた》わしつ。】

語句の解説

石長比売（イワナガヒメ）

この御名は例の通り石長（ユワナガ）比売に訓むべきであろう。そうすると御名の意は結輪長（ユワナガ）比売となるので結束（ユ）和合の輪（ワ）が長く続けられる比売と云うことになる。従って天つ神国津神共に協力した永遠の繁栄に導く比売と解しても良いのであろう。

百取の机代之物（モモトリノツクエシロノモノ）

この百取の百（モモ）を百の数にして沢山の意であると云う。勿論その通りのことでもあろう。然し折角百（モモ）に訓ませてあるものを百の数に考えるのは語原の立場から如何であろう

ある取っておきの物と云うことになる。

は桃と同じで守守（モモ）であると解したい。そうすると守り守るになるので大事に深く貯えて

か。古語では終点のことを百（ヒャク）と云い、終身の仕事を百姓と云う。故にこの百（モモ）

次の机（ツクエ）は机のことに解されておるようだが文字のなかった神代に机があったかは疑わしい。よって机（ツクエ）の発音は机（ツッエ）にもなり得るので古語の交際（ツキアイ）のことに解したい。古語では交際（ツキアイ）のことを交際（ツキエ）の語法にしているのである。この語法は大変混み入っておるが交際（ツキアイ）の「アイ」が「エ」になるのは既に御理解の語法であろう。そうすると交際（ツキアイ則ちツキエ則ちツッエ）の「ツッ」は「ツキ」であり、語尾の「エ」は詰まった発音で「キエ」と云うことになる。

又、古語では「付き合う」の用語には「ツッキョ」と云う。（注＝このツッキョの語法はツキアウの約音化増音発声である）

余談めくが共通語でも辣韮（ラッキョウ）と云う漬物野菜があるであろう。だがこれも原形は抱き合う（ダキアウ）が辣韮になったものである。ご承知の通り辣韮の球葉は一株一団になって抱き合っておる。故に古語では辣韮（ダッキョ）と云うのである。だから百取の机代の物と云うことは大切に保有していた取っておきの品物を交際のために相当の代（シロ）のものを献上申したと解すべきであろう。尚、古語では代（シロ）のことを「シト」と云うので、即ちシトとは「仕戸」で仕事の戸明けのこととなり事始めの贈物と云うことになる。

《注　標準語の「付き合い」を南九州の方言文法で発音すると「ツキ」のキ音は韻母を省略して発

音（tuki→tuk）するので促音発声となり、「アイ」は約音化して（ai→e）となってエ音になる。この二つの用語が合着した言葉遣いになると半母音を伴って増音した形で発声するので「tuk＋kye」の語形になる。これを日本語式に表記すると「ツッキエ」もしくは「ツックエ」である。筆者はこの形式の発音を増音約音化発声と呼んでいる。》

一宿婚わしつ（ヒトヨミトアタワシツ）

一宿（ヒトヨ）は一夜であって一晩御宿泊のことであろう。次の婚（ミト）は古語で夫婦のことを夫婦（ミト）と云うので夫婦の交わりが結ばれたことに解せねばなるまい。よって一宿婚わしつと云うことは一晩御宿泊になって夫婦道がかわされたと解すべきであろう。

次は其の一宿婚の場所であるがそれは埋金《オツンガニエ》の谷を少しく降った霧宿（キヤドイ）の地ではあるまいか。霧は古語で霧（キイ）と云うので生（キ）が著しい（イ）ことになる。だとすれば純血の度が高いことになるので日の命達にしか言えない語と言える。即ち雲の類いでは霧（キイ）、植物の中では桐（キイ）と云うことに思う。そうすると其の霧（キイ）なる御人が宿ったと云う霧宿（キヤドイ）の地名になるので天孫の御宿泊を語る地名に解すべきではなかろうか。

神代の昔に於ける天孫の御民泊であられるから大評判となり今日至るまで霧宿《キヤドイ》の名を遺したものと解したい。尚、御子日子穂々手見の命の高千穂山も高屋霧《タカヤキイ》と云い又其の中巣であられる高屋の宮の奥地即ち霧宿《キヤドイ》の下流は桐木《キイキ》部落であることを加えておく。

尚、霧宿《キヤドイ》の隣接地は諸巣ヶ谷（モロスガタイ）であるが此の事に関係の地名に考えられるので各位の究明は願えないだろうか。

本文

【ここに大山津見《おおやまつみ》の神《かみ》、石長比売《いわながひめ》を返《かえ》し給《たま》えるに因《よ》りて、いたく恥《は》ぢて申し送りけることは、「我《あ》が女《むすめ》二人並べて奉れる由は、石長比売《いわながひめ》を使わしてば、天つ神の御子《みこ》の命《いのち》は、雪零《あめふ》り風吹《かぜふ》けども、恒《とこし》えなること石《いわ》の如く常堅《ときわかきわ》に坐《ま》しませ。亦《また》木《こ》の花《はな》の佐久夜毘売《さくやひめ》を使わしてば、木の花の栄ゆるごと栄えませと宇気比弖《うけひて》、奉りき。かかるに今石長比売を返して、木の花の佐久夜毘売をひとり、留《とど》め給いければ、天つ神の御子《みこ》の御壽《みいのち》は、木の花の阿摩比能微《あまひのみ》ましなむ」と、白《まう》し給いき。故、是を以て今に至るまで、天皇命《すめらみこと》の御命《みいのち》、長くはまさざるなり。】

語句の解説

雪零風吹（アメフリカゼフク）

この雪零風吹は雨降り風吹くに読むものだと云う。そしてその解説で曰く雪は雨の誤字であろうとのことである。だが私は語学を知らないので言えないのだが次のような考え方が持たされないでもない。雪零は「ユキシズク」であるから冬のものであり、風吹は「カゼフキ」であるから台風となり夏のものである。そうすると冬夏共に寒暑の烈しい気候不良の節になるので其の季節を言ったものではないかと云う事になる。穿った考え方をすれば単なる雨降り風吹くであれば五風十雨の平穏にも取れるであろう。よってやはり原文通りにがよくはあるまいか。

常堅（トキワカキワ）

これは常（トキワ）堅（カキワ）に訓むものらしい。そして其の説明に曰く常（トキワ）は常石（トコイワ）の約音であり、堅（カキワ）は堅石（カタイワ）の約言であると云う。或いはそうかも知らない。だがそれは常堅不動とある場合に限るものではあるまいか。

古語の立場で語原から言えば「トキワ」は「トキハ」で常緑草の「トキワススキ」のことである。古語では之を「トッグヮ」と云うので無理して書けば鳶葉（トッバ）になるであろう。語原は最上位に位して（トッ）他を圧しておるものになるから鳥であれば鳶（トッ）に言わねばなるまい。それで人類社会では主権者のことになる。又、家屋の屋根や藁積等の「トッ」として雨覆いになり且つ暴風に耐えるものは常緑芒（トキワススキ）を越すものはない。よって最上の「トッ」として常用したことから古語はこれを鳶葉（トッバ則ちトッグヮ）と云うたものと思われる。故に常（トキワ則ちトッ葉）は常緑草葉（トキハ）であって一年中緑の色を変えない常緑芒（トキワススキ）が原形であると解すべきでなかろうか。

次の堅（カキワ）は、これ又垣葉（カキハ）であろう。即ち家屋の周囲に廻らす防風林兼用の青柴垣、則ち古語の屋根垣の垣葉のことと解したい。そうすると湯津香木の思想や暴風等の関係もあるので常緑の濶葉樹でなければなるまい。だとすれば、常（トキワ）であっても、又堅（カキワ）であっても、共に年中青々とした葉をつけ生長の止まることがない草と木であると言わねばなるまい。

阿摩比能微（アマヒノミ）

この阿摩比を私の参考書は「脆《もろ》い」にしておるが結論はそれでもよかろう。だがこの阿摩比は天日（アマヒ）で「甘い」ではなかろうか。古語で仕事に甘いと言えば熱中度が足りないことであり又お汁が甘いと言えば塩分の「パリット」したところがないことになる。況《いわん》や甘えておるに於いておやである。故に阿摩比は天日（アマヒ）であって雲上人の身勝手的行いや文弱さを言ったものと解したい。

天皇命（スメラミコト）

古語は真直の木を「スメ」の良い木と云う。語原は住居の「マイ」を「メ」にした「スメ」であろう。そうすると其の木は他木に抽《ぬき》ん出て真直に育った木に言える。よって門松で説明した如く主幹は本家本統であり枝葉は支族や各家庭と言わねばならぬ。だとすれば天皇（スメラ）命とは主幹（スメ）が最大限（ラ）に伸びておる命と云うことになる。故に天皇を天皇（スメラギ）と云うのも主幹木の意に解すべきであろう。

本文

【故《ゆえ》、後に木《こ》の花《はな》の佐《さ》久《く》夜《や》毘《ひ》売《め》、参出でて申し給わく「妾妊《あれはら》めるを、今子産《う》むべき時になりぬ。この天つ神の御子《みこ》、私《わたくし》に産み奉るべきにあらず。故、申す。」と申し給いき。故、詔り給わく、「佐久夜毘売、一宿《ひとよ》にや妊《はら》める。そは吾《あ》が御子《みこ》にあらじ、必ず国《くに》つ神《かみ》の子にこそあらめ」と詔り給えば、「吾《あ》が妊める御子、若《も》し国つ神の子ならむには、産むこと幸《さち》からじ。若し、天つ神の御子にまさば幸《さち》からむ」と申し給いて、戸《と》無《な》き八《や》尋《ひろ》殿《どの》を作りて、其の殿《との》の内《うち》に入りまして、土《つち》もて塗《ぬ》り塞《ふさ》ぎて、産みます時に方《あた》りて、其の殿に火をつけてなも産みましける。故、其の火の盛《さかり》に燃《も》ゆる時に、生《うま》れませる御子の名は、火照《ほでり》の命《みこと》、（こは隼人阿多《はやとあた》の君《きみ》の祖《おや》）、次に生れませる御子の名は、火須勢理《ほすせり》の命《みこと》、次に生れませる御子の御名は、火遠理《ほおり》の命《みこと》、亦の御名は天津日高日子穂穂《あまつひだかひこほほ》手見《でみ》の命《みこと》。】

語句の解説

戸無き八尋殿（トナキヤヒロドノ）

これは出入口のない大きな御殿と云うことであろう。屋敷には木戸口があり家には入戸口があるのが古代である。では何故にかような非常手段を取る必要があったかと云うことになるがそれは木の花の佐久夜毘売が天孫の御子である絶対の自信と生れ給う御子の幸せを祈る母性愛によると解する外あるまい。

土もて塗り塞ぎて（ツチモテヌリフサギテ）

この原文は以土塗塞而とある。よって「土以て塗り塞《ふさ》ぎて」と読むしかあるまい。だがそれは表面上の書法でしかないのではあるまいか。裏言葉として何かがありそうなものである。否無くてもあらせたいものと思う。私は全くの素人なので文法上のことは勿論知らない。故に非常識な発言で恐れ入るが此の語は「以《もっ》て土は塗り塞《ふさ》ぎて」とか又は「土は以《もっ》て塗り塞《フタ》ぎて」とかには訓めないものであろうか。

若しそう読めるとすれば土は塩椎の神や足名椎の椎（ツチ）に作れるので国つ神のことに考えることが出来る。だとすれば椎則ち土である国つ神は八尋殿から完全に塗り塞がれて締め出されたことに解されるであろう。かくてこそ木の花の佐久夜毘売の必死の密行が完全に行われたことになるのではあるまいか。

では何故にかような苦行を行う必要があったかと云うことになるがそれは我が国古来の血統を重んじた家族制度と世襲制に基因するものであろう。御承知の通り余程の理由がない限り非天つ神系の血筋を持った者が天つ神系の者としての処遇を受けることは困難であった筈である。私の聞く限りでは上古に於いては御生れの御子達も母神が国つ神であれば国つ神としての処遇しか受けられなかったと承っておる。

故に血統問題がかように厳しかった神代に於いては木の花の佐久夜毘売に御生れの御子が天つ神の日の御子の処遇を御受けすることは極めて困難な状況下にあったと言わねばなるまい。だからこそ以上解説したような手段を取り完全に国つ神の世界からの離脱を計り、併せて次に説明する火則ち天つ神の「ヒ」をつけて新たなる木の花の佐久夜毘売に生れ変わられたことにする神事を取り行わせられたことに解したい。

余談になるがこの事と関係のありそうな名に思われる塗手《ヌイヂェ》ケ《ガ》迫《サコ》（注＝また近くに塗木《ヌルキ》という門《カド》村《ムラ》もあり）と云う字名が天孫の山戸小倉山《ウグレヤマ》に近く二字連続しておる。よって此の地に過去の身分身柄を塗りかえて新たな地位身分が取得出来る神事を司る手の人達が居住した所ではなかろうかと疑われる。尚、又この事によって新旧両民族の統合が天孫自からの手に依り垂範されたことになるので大和民族の形成と日本国の発展に大きく寄与されたことは論を要すまい。

殿に火をつけてなも（トノニヒヲツケテナモ）

このことも表面的に解すれば御子を御産みの時に八尋殿に火をつけて御産みになられたことになる。だがそれでは佐久夜毘売は勿論生まれてくる御子も焼死は免かれない筈である。よってここに云う火は通常の火ではなく別途な「ヒ」のことではあるまいか。既に説明してある如く「ヒ」の種類は十指に余る筈である。

例えば死者のあった家では未だ「ヒ」がはれないと言い神前の参拝等は遠慮するであろう。そうすると其の考え方は人の生命を奪った汚れた「ヒ」が未だに其の家族の身辺にも着いておると云う思想でしかあるまい。

だがこうした汚れた「ヒ」も伊邪那岐の命の禊祓《みそぎばら》いの如き何等かの手段によって排除出来ると云う古代思想があったことも否めないであろう。故に今日に於いても神前の修祓《しゅうばつ》を受ければ清浄に帰るとされておるのだと解する。よってこの種のことにより清浄無垢になられる「ヒ」を着け給うたことに解したいものである。余談めくが御生まれの御子達もこのつけ給うた火（ヒ）の中から御生まれになり御名は火照（ホデリ）の命や火遠理（ホオリ）の命の火（ホ）則ち穂になって御出ることも御参考に願いたいと思う。兎に角この事に依って古代の血統的障壁が破られたことになる。

火の盛りに燃ゆる時（ヒノサカリニモユルトキ）

ここに云う火も通例の火のことではあるまい。前句で説明した通りの「ヒ」であって其の作用により天孫の周辺に集う高天原の人達の間にも木の花の佐久夜毘売の真摯な御人柄を敬仰し御子の母神として立派な御方に在すと云う信頼の風評が燃え盛った時にと云うことに解したい。

火照の命（ホデリノミコト）

この命の御名を正確な古語に発音すれば火照（ホヂェリ）の命でなければならぬ。古語では日が照るのも「日ガチェル」であるから語形は太陽の手（チェ）の働きが発揮されておることになる。故に火照の命の御名も命が持ち合せて御生れの穂（火）の照り方を御名とした穂照《ホヂエリ》の命であると解せねばなるまい。

例えば、火《ひ》であっても通例の姿は火であるが、その火が勢いを増して白熱化すれば焔《ほのお》となるので火（ヒ）は火（ホ）とも云うのである。御承知の通り蛍にしてもその姿は火垂る（ヒタル）であるが、実際は火垂る（ホタル）と呼ばれているから穂垂ると解してもよいことになる。

余談めくが古語社会では発熱がして頭の痛いことに頭が火照る（ホテル）と云う。故に火照の命と云う御名は穂（火）の発動が常軌を逸して異状な御性格であられたと解せねばなるまい。だとすればこの御名はこの命が海幸彦時代に於ける思い上り振りに生れた御名と解すべきであろう。古語社会では今も常識外れの思い上った言動を弄する人には頭が火照っており（ホテッチョイ）と云う。半狂乱の手前を意味した言葉と言えよう。

隼人（ハヤト）

この隼人は速人（ハヤト）でも羽矢人（ハヤト）でも良いのであろう。速は羽矢でもあり張矢でもあるので最端てまで達する矢則ち威力のことになる。従って勢いの猛烈な矢にもなれば進撃の先頭を猛進する勇者とも言わねばならぬ。従って隼人とは武勇無双の勇者と云うことになる。

ところでこの隼人と呼ばれた人達であるが古事記の原文には火照の命の下に括弧して此者隼人《はやと》阿多君祖《あたきみのそ》としてある。故に隼人になられた阿多の君の祖（オヤ）は火照の命であられることに間違いない。そして又阿多の君は火照の命の御子孫であられることも疑えないことになる。よって以下少しく詳細な説明を阿多の君に加えて見たい。

　当地には昔阿多之君（アタンキン）と云う人が居たと云う伝説が語り継がれておるが名前から判断して当代の人はどんなに大きい睾丸の人であったろうか位に語られておる。其の理由は当地方には古来風土病の一種で象皮病と云うのがあって睾丸が地上に垂れる位まで肥大した人が時偶見られたからである。然し阿多の君には阿多の小碕の君と云う別名も伝えられておるのでこの小碕（オバシ）の地を求めることによって具体的な解決が与えられることになるであろう。

　ところが幸いにも知覧《チラン》町瀬世《セセ》区町の南端で永里川《ナガサトガワ》（天の安の河に設定）を渡った所に小碕之口（オバシノクッ、注＝もしくはオバシグッとも呼ぶ）と呼ぶ地区がある。故に其処より奥まった所が小碕（オバシ）でなければなるまい。そして其処の部落を中心に火照の命が後に火須勢理《ほすせり》の命《みこと》の地位になられたことを物語る地名が散見されるのである。小碕（オバシ）の名は天孫の山戸及び御陵のある山群の東端になる尾端（オバシ）即ち山の尾の端と云う意の小碕（オバシ）であろうか。それとも又天照大御神の高天原山系の裾野台地にある吉備の児島から女島、大島、隠岐の三子の島と続いて西方に終末を告げる所になるので其の尾端と云う意であろうか。何れにしても地勢的に見て小碕《オバシ》は尾端《オバシ》であることに間違いなかろう。だが其の所は高天原台地内と言えるのではなかろうか。先きに説明した神阿多都比売《かみあたつひめ》の上阿多《カンアタ》（上別府《カンビュ》）より四千米位南西にあたる下流と言える地である。

　尚、天孫陵である高塚山《タカチカ》群の東端になる尾端《オバシ》の丘稜は矢倉岡《ヤグラガオカ》と云うので太古の戦い如きを語る名ではあるまいか。里人の語り伝えによれば大昔矢倉岡《ヤグラガオカ》では戦争があって其の戦死者の魂が鬼火（キクワ）になって出ると恐れられていたものである。然し其の鬼火は負けた方の鬼火であるから切声《きりごえ》を「エイ、エイ」とかければ逃げ去ると語られていた。尚、余談になるが天照大御神の御住居（岩戸《ユワト》地方）に近い鬢水《ビンミツ》峠に出る鬼火は勝った鬼火だから切声をかけると益々迫ってくると語られていたものである。よって矢倉岡《ヤグラガオカ》の鬼火の伝説は頭初の海幸山幸の争いではなかろうかとも疑う。

次に火照の命の御住居であられたろう小碕《オバシ》（尾端《オバシ》）の地は高天原台地の西方末端に当る瀬世《セセ》区の抜之向え《ヌキノムカエ》部落に間違いあるまい。この部落名の抜（ヌキ）は地下道の堀貫きになるので探して見るが発見は出来ない。地勢上から見れば多分矢倉岡《ヤグラガオカ》附近が地質的に考えて堀り抜かれていたのではあるまいか。そして此の部落の高台を大丸《オマイ》（注＝大丸の地名は門村《カドムラ》では通常ウマイと呼ぶが、ここの大丸はオマイと呼ばれている）と云うので尾丸《オマイ》であってここが火照の命の御本宅であったろうと思われる。又、其の東方の台地を楢原（ナラバイ）と云うので奈良の都と同じく名（ナ）の極限（ラ）を見て零落に向った原と云う名に解したい。要するに火照の命から火須勢理の命と云う地位に臣籍降下を物語る名であろう。尚、義江ヶ山（ゲガヤマ）は地勢が低地な事と語原が絶対侵し難い障壁（ギ）に会（エ）した山（ヤマ）になることからして山幸彦に敗北し火須勢理の命に成り下りつつある衰退時代の御住居ではあるまいか。現在の部落もここに集中しておる。又、次に料下（ギョゲ）の地名は両飼（ギョゲ）の古語に作れるので山幸彦の手の者と塩椎の神の手の者と二つの手によって監視監督されつつ余生（飼）を送られたものではあるまいか。料下《ギョゲ》に隣りして山幸彦を語る吉留《ヨシドメ》と塩椎の神を語る鶴留（ツッドメ）の両部落があるのが不思議である。殊に霜出《シオデ》部落の名は霜出（シオヂェ）が古名であるから塩出か塩手かでなければならまい。古文書は塩出《しおで》であると承知する。尚この関係は後代に瀬世《セセ》の氏神問題に発展するので御注目置きを願いたい。（注＝塩出《シオデ》とは塩土の翁が進出の意味か）

阿多の君（アタノキミ）

阿多《アタ》の意は既に説明した通り上層に浮上進出（ア）した最高（タ）の国であるから当時に於ける最上国の君が阿多の君であろう。だが其の阿多の君は何処に在した人かと云うことになるがそれも阿多《アタ》の小碕《オバシ》の君でほぼ見当はつけられる。然しそれを裏付するために更に次の事を加えておきたい。

神武天皇が未だ御東遷前の皇后は阿多の君の妹吾平津比売《あひらつひめ》であられたことに記は伝えている。それで吾平津比売の身許を解明すれば阿多《アタ》の位置は明らかとなる筈である。すると知覧《チラン》町で古来美人の誉れが高かった伝説の人は高志《こし》の沼河比売《ぬなかわひめ》で伝えられる尾篭（オゴモイ）部落の「センガメジョ」と門園（カドンソン）部落の権右衛門（ゴンニョン）の娘である「チョゲサ」の二人になる。そして、門園《カドンソン》の門（カド）は帝（御門）の門にもなるので此の際は主権を行う人のことで火須勢理の命か阿多の君かに解すべきであろう。次の園は発音が園（ソン）であることから添見（ソミ則ちソン）ではあるまいか。すると門園《カドンソン》は阿多の君の直轄地に考えられる。恰もよし、先きに説明した抜之向《ヌキノムカエ》え部落は村の中に天の安の河が流れておるだけであり、又吉留《ヨシドメ》と鶴留《ツツドメ》の両部落は共に接着しておる。

次の権右衛門《ゴンニョン》の名はこれを語原通りに発音すれば御見世見（ゴミヨミ則ちゴンヨン、約言でゴンニョン）であろう。月読《つきよみ》の命《みこと》が次世見（ツギヨミ則ちツッヨン、約言でツッキョン）の命であられると同系の名に考えられる。すると御見の御（ゴ）は今日で云う郷（ゴウ）になるが古語は単にそれをゴと発音するので語原は専有権の伴わない共同体と云うことがゴ（郷）の基本意と考えられる。昔の計量器であった容積単位の合（ゴウ）も古語では単にゴと云うので同じである。又、瞽女の瞽（ゴ）も然りであろう。古語社会は一部落を郷と呼ぶが、同時に部落総出の会合等には御中寄（ゴヂュヨイ）と云う。別の字で書けば郷中寄（ゴヂュヨイ）でもよい。すなわち、ゴとは寄り集まりということである。余談めくが塵芥（ゴミ）にしても寄せ集めの集まりということである。

そうすると吾平津比売の兄である阿多の君も父の権右衛門《ゴンニョン》則ち郷見世見を世襲して権右衛門《ゴンニョン》と名乗り又阿多の君（アタンキン）であったと解せねばなるまい。だとすれば阿多の君は知覧《チラン》町瀬《セ》世門園《セカドンソン》部落の人であられたことに疑えないであろう。

火須勢理の命（ホスセリノミコト）

この御名も火照の命と同じく穂須勢理の命に解すべきであろう。古語は細い縄を細縄（ホソナワ）と言い、又、細々となったことを語意を強化して細い（ホスソイ）なったと云う語法にしている。故にこの細い（ホスソイ）の命が火須勢理（ホスセイ）の命であると解したい。御承知の通り海幸彦の火照の命が山幸彦の火遠理の命に降伏して臣籍に降下し阿多の君や隼人になられたので細い（ホスソイ）と世の中を送ることが火須勢理の命の御名であろう。

そうすると大昔から当町に伝えらえる知覧節《チランブシ》の語原は天照大御神の照見（チェラミ則ちチェラン、現代はチラン）の御前に伏すと云うことが知覧節《チランブシ》（知覧伏《チランブシ》）なのである。よって知覧節《チランブシ》（知《チ》覧伏《ランブシ》）の起こりを考えてみると海幸彦が山幸彦の照見（則ち知覧《チラン》）の前に降伏する宣誓を知覧節《チランブシ》（知覧伏《チランブシ》）の歌詞として歌い上げ且つ舞いをした歌舞に解される。この歌舞を奉ることにより兄弟国争い喧嘩の解決を諮った神代の儀式と思われる。だからこそ歌詞の末尾に私は以後火須勢理の命則ち細い（ホスソイ）の命に成り下がって御奉公申し上げると云う意志表示を連句してホスソイ、ホスソイと歌いあげたのではあるまいか。

余談になるが、知覧《チラン》地方の村々では入団式の如き祝いの座席では古くからの習慣で前述のような節（伏）の舞ではなく、甚（ジン）の歌と云う祝辞の歌を歌い廻すのをしきたりとしていた。甚（ジン）の語原は一人でに無尽蔵に湧き出る意味になる。よって今日各方面に歌われている甚《じん》句《く》と云う歌の原形ではあるまいか。

ではここで参考までに知覧節《チランブシ》の中で最古と思われる三首を紹介することにしたい。古老達はこの知覧節《チランブシ》は舞いに合せる歌であるから舞いに合致する如くゆっくり歌わなければならぬと語っていた。要するにこの舞いは海幸彦と山幸彦の国争い事件の結着即ち終り（シマイ）則ち仕舞いになる舞いのことであろう。従って、知覧節《チランブシ》は神代につながると考えられるので日本最古のものではなかろうか。

大隣岳（オッナイダケ）から
下の原を（シモンハユ）見れば
芥（カラシ）大根葉（デコンバ）が
今雄立つ（イマオダツ）
ホスソイ、ホースソイ

この歌詞が知覧節《チランブシ》を代表する歌のように思えるので海幸彦が直接山幸彦に奉った元歌ではあるまいか。大隣岳《オッナイダケ》は塩椎の神を塩土の翁（注＝「おきな」を南九州方言では「オッナ」と発音するので語形は帯名《オンナ》が考えられる）とも云うので其の翁は則ち帯名（オッナ）の山戸の岳のことである。従って山幸彦が海幸彦に追われて塩椎の神を頼られたのはこの岳のことになる。其の間の事を語る伝説や地名も少なくない。後代のことになるが神武天皇御東行の第一準備港豊国の宇佐とある基地もここのことのように考えられる。よって山幸彦は塩椎の神達の応援を得てこの岳を中心に活動しついに海幸彦を降伏せしむるに至ったものと解される。だからこそ此の大隣岳《オッナイダケ》から山幸彦の勢力下にある下の原を見渡せばと歌い祝ったものではあるまいか。

次の芥（カラシ）は油菜の一種で辛子の原料にも種子は使われておる。だがこれは表面上のことであって裏言葉としては神武天皇に奉仕した八咫烏の烏（古語ではカラシ）でなければなるまい。そうすると定住が叶わず浮浪しておる下層民のことになる。御理解であろうが烏は空（カラ）なる人（シ）と云う名である。

次の大根葉（古語ではデコンバ）は勿論大根の葉であるがこれも同じく表面上のことでしかあるまい。但し当地のこの地帯には大根の元祖となる野生植物であろうか全く根の入らない葉だけの大根が雑草とし今日尚見られることを加えておく。然らば大根葉（デコンバ）の裏言葉は何かと言えば代（デ）子見（コン）端（ハ）ではあるまいか。代（ダイ）は台（ダイ）でもあるが古語の語法は代（デ）や台（デ）にならなければならぬ。よってこの代（デ）は山幸彦の代（デ）となることに解したい。そして次の子見（コミ則ちコン）は若輩のことであり小者のことであろう。古語社会では青年層の中でも十五、六才の若輩のことには子見端二才（コンパニセ）と言ったものである。即ち小者に見る端《は》した者と云うことであろう。又、当地の古語は下男のことに代（デ）鍬（クワ）見（ミ）則ち代鍬見（デクワン）と呼んでいた。よって主人の代（デ）となり食生活則ち鍬（クワ）を見ると云う名であると解せられる。

そうすると大根葉の裏言葉は代子見端であって山幸彦の代（デ）となり立ち働く一般庶民に至るまでと云うことに解されるであろう。そして又代を台に解すれば山幸彦建国の土台（ドデ）となって奉仕する人達の事になる。

最後は雄立《オダッ》つであるがこれは芽立《メダッ》つ則ち女立《メダッ》つに対する呼称である。御承知の如く芽立《メダッ》つは四周を高くして中くぼみに伸長するであろう。だが雄立《オダッ》つはこれとは全く正反対に真中から抽苔して伸長するのである。故にこの雄立《オダッ》つは十字花植物にしか使われないと思う。

そうすると大隣岳《オッナイダケ》から下の原《シモンハイ》を見れば―の歌は表面から言えば春先の陽気を受けて大根花や菜種子の花が開花を初め我が世の春を謳歌する雄大な景色が大隣岳《オッナイダケ》から眺望されると云うことに

なる。まさしく六千ヘクタールに及ぶ菜の花畠は壮観の一語につきる。

《注　現在は殆どが茶畑になる。》

だがこのことを裏に返して言えば山幸彦が勢力を快復して今日の隆盛を見るに至った笠沙《カササ》の宮を初め葦原国の大半が殆ど眼下に展開しておる下の原《シモンハイ》を大隣岳《オッナイダケ》山頂から見渡せば八咫烏でしかなかった浮浪者達も又下積みの生活にあえいでいた下層民達も一様に山幸彦の照見《てらみ》（注＝南九州方言で発音すればチェラン＝照らし見られること）の仁政に息吹き返り生気漲る雄立《オダチ》ちを見せてすばらしい花の盛りの国造りであると云うことにもなる。だとすれば山幸彦の盛運と治国の繁栄張りを讃えた歌であるとも言えることになろう。

若しそうでないとすれば何を好んで細々と暮らす意になる半ば不吉の「ホスソイ、ホスソイ」を繰り返して連呼する必要があろうか。況んや花見の歌に於いておやである。

何処（ドコ）ぢゃ誰（ダイ）が良か、
彼（カイ）が良か、つ言う《ユ》ばっちぇん、
瀬世ぢゃ、門園（カドンソン）の、
権右衛門（ゴンニョン）ちょげさ、
ホスソイ、ホーススイ

この歌詞は何処其処では誰が良い美人であるとか、彼処《かしこ》ではあれが良い美人であるとかに云うけれども瀬世《セセ》では門園《カドンソン》部落の権右衛門《ゴンニョン》の娘である「チョゲサ」が美人であると云う歌になる。だがこの権右衛門《ゴンニョン》の娘である「チョゲサ」は神武天皇が日向におられる時代の皇后である吾平津比売《あひらつひめ》になるらしいので次の歌詞の説明を待たれたい。

権右衛門《ゴンニョン》ちょげさにゃ、
言《ユ》うとこは、なかいどん、
涙《ナンダ》がかり《カカイ》に、「アザ」があい、
ホスソイ、ホースソイ

この歌詞は権右衛門《ゴンニョン》の娘「チョゲサ」は非難を言うところはないほどの美人であるけれども涙がかり即ち涙の流れて通る道筋に黒子（アザ）があると云う歌である。共通語では痣（アザ）と言えば皮下出血の斑紋になるが古語ではそのような斑紋は痣（アベ）と言い、共通語で云う黒子（ホクロ）のことを古語では黒子（アザ）と云うのである。

ところが古語社会ではこの黒子が涙の流れて通る所にあるのを泣き黒子《なきぼくろ》ではなく泣き黒子《ナキアザ》と言い泣くことの多い運命に生れ合せておるとして余り喜ばないのである。では権右衛門《ゴンニョン》「チョゲサ」がこの泣き黒子のために如何な運命を辿ったか古事記を参考に少しく触れて見たい。

当地方で権右衛門《ゴンニョン》「チョゲサ」と言えば勿論門園《カドンソン》の美人のことになる。だが一方では不如帰

（ホトトギス）のことにもゴンニョンチョゲサ（権右衛門《ゴンニョン》の娘のチョゲサ）と呼んでいるのである。そして古老達の話しでは権右衛門《ゴンニョン》「チョゲサ」が死んだら不如帰になって泣いて世の中を飛び廻ったのでこの鳥は権右衛門《ゴンニョン》「チョゲサ」の生れ変わりとして此の名が付けられたとの語りになっている。よって当地の里人の間では不如帰（ホトトギス）の呼び名はゴンニョンチョゲサが正式名称であり、「ほととぎす」と云う名の鳥は知らないと云うのが殆どである。

では権右衛門《ゴンニョン》「チョゲサ」は何故に死んでも尚不如帰に化身して泣いて駆け廻らなければならなかったのであろうか。先づ挙げられるのは時隅例が見られる御夫君との生別ではあるまいか。この鳥が記紀神話からしてもし吾平津比売《あひらつひめ》であるとすれば日向時代に御夫君であられた神武天皇は御年若で御東行なされたのでそれを限りの御生別と言わねばなるまい。だとすれば御子である多芸志美美《たぎしみみ》の命《みこと》も御東行あらせられるので、一日千秋の思いで御東行から帰還される御迎いの日を待たれたことであろう。

しかし、次の事件で悲劇的な終末を迎えるのである。神武天皇は大和に御東遷の後に新たに正后を御迎えになり皇子御三方が在したことになって御出である。ところが大和において御世継の問題が発生し権右衛門《ゴンニョン》「チョゲサ」が御生みになった日向出身の多芸志美美《たぎしみみ》の命《みこと》は御夫君の御子ではあるが異母兄弟であられる御三方の皇子達によって殺され給うたことになっておる。だとすれば人の子の親として否母親として人生の悲惨これに越すものはないであろう。よって権右衛門《ゴンニョン》「チョゲサ」は死して尚「ほととぎす」に化身して次のような母性愛の悲痛を啼き声にして呼びつつ世の中を駆けめぐると世人の同情をあつめたものではあるまいか。

では「ほととぎす」は如何な声を出して啼くかと言えば「権右衛門《ゴンニョン》チョゲサ、ケサカキタカ」と里人の間では伝えられている。そうするとこの啼き声は「権右衛門《ゴンニョン》チョゲサよ、お前はケサを隠したか」と啼くことになる。其処で問題なのは「ケサ」であるが多分これは多芸志美美の命の実名ではあるまいか。例えば「ケサタロウ（今朝太郎）」とか「ケサキチ（畩吉）」とか云うような名が考えられる。即ち、この啼き声を具体化すれば「権右衛門《ゴンニョン》チョゲサよ、お前は子供の畩（ケサ）が大和のお家騒動で生命の危険にさらされておるのだが畩（ケサ）を隠してやったか」と云うような意味合いになる。

そして、又、吾平津比売《あひらつひめ》の名と考えられる「チョゲサ」にしても当地の婦人名に多かった名前であって、その意味は着（チ）いた代（ヨ）の飼（ケ）が生長発展（サ）を見るようにと云う名であろう。

《注　この「ほととぎす」は「不如帰」と表記される。その由来は吾平津比売《あひらつひめ》の息子である多芸志《たぎし》美美命《みみのみこと》は父神武天皇と一緒に遠く大和の地に遠征したが、次代の皇位継承で敗れて殺されてしまい、二度と故郷の地を踏むことのない悲劇の王者になってしまった。この由緒を擬観にして、この鳥は「帰らざる如し」、すなわち「不如帰」と表記する習慣が始まったのではないだろうか。なぜなら、吾平津比売《あひらつひめ》は故郷である知覧《チラン》地方では「ゴンニョンチョゲサ」の名で語り継がれたのではないかと知覧節《チランブシ》の歌詞の内容から考えられるのであるが、同時に、同知《チ》覧《ラン》地方ではこの鳥の名を「ゴンニョンチョゲサ」と呼び伝えているからである。すなわち、「ほととぎす」・「不如帰となった息子」・「ゴンニョンチョゲサという姫の名」・「ゴンニョン

チョゲサという鳥名」の出自が同根に繋がるからである。》

《注　前述知覧節《チランブシ》の掛け合いである南九州方言の「ホスソイ、ホスソイ」と云う用語は、正しく標訳すると「細っそり、細っそり」のことで、零落を意味した用語になる。すなわち、リ音のイ転音発声様式の用語である。この掛け合いが歌舞いの句になったことは神武天皇の大伯父にあたる海幸彦が山幸彦との争いに敗れて「隼人《はやと》、阿多《あた》の君《きみ》」の地位に君籍降下した史実を物語っていると考えられる。》

《注　同解説文中で子見端二才（コンパニセ）という用語が紹介されているが、これは数え年十五歳から十八歳までの若輩の青年を指した南九州方言である。若輩の青年のことであるから当て字は「小之端新背《コンパニセ》」でも良い。すなわち、「小さな端《はし》っぽの新《ニ》の背之君」という語形である。》

火遠理の命（ホオリノミコト）

この火遠理の御名を古語に発音すれば火遠理（ホオイ）になるので火遠理（ホオイ）の命に解すべきであろう。するとこの火遠理は高千穂の穂と鬼（オイ）とが合着した名に解してもよかろう。（注＝古語では鬼のことを「オイ」と伝える。とすれば、「火遠理《ほおり》」は古語南九州方言で「ホオイ」と発音するので別の漢字で書けば「穂鬼《ホオイ》」となる）即ち最高主権者としての穂の鬼と云う意の御名にである。鬼の意は常識としても学究の鬼が居たり運動競技の鬼であったりするから最強者という意であろう。従ってこの場合の鬼《オイ》は諸民との合着（オ）が特に著しい（イ）であるから主権の透徹が考えられる。又、そのような方は御（オン）の立場の方でもあるから古語では同時に鬼のことを「オン」とも呼ぶのである。

余談になるが「ホオイ」と云う語は古語では「ホ」の母音は「オ」であるので次音の「オ」は省略して火遠理（ホイ）にならねばならぬ。関連した面白い用語遣いだが古語では白蟻をドッヅシと云うので泥土（ドブ）の頭人（ヅシ）と云う名に考えられる。だとすれば白蟻が羽化した成虫を「ホイ」と云うので火遠理の命のホオイも「ホイ」と云うので関連があるのでないだろうか。又、高千穂の宮の要所には図師（ヅシ）則ち頭人（ヅシ）に作れる谷がある。よって之等人間の頭人（ヅシ＝頭人）達を統括された方が火遠理の命であると言えることになる。

尚、余談の余談になるが古語社会では酒が入って愉快になると「ホイ、ホイ」と口拍子を取って踊り出し又催し物等が絶頂に達すると「ホー」と喚声をあげるのである。又、古語では気前よく与える場合には「ホイ」と投げ出すがこの部類の語であろうか。

天津日高日子穂穂手見の命（アマツヒダカヒコホホテミノミコト）

この御名の天津は高天原に一体不可分のことであり日高は日の命であって高（タカ）則ち最高（タ）の「カ」の作用即ち主権を行う御身分のことである。又、日子は日の御子と云うことに外ならない。尚、次の穂穂は既に説明した穂や火（ホ）が連続して呼称されておるので「ホ」の長音になる。そうすると古語で「ホー」と長音を発する場合は余りの立派さに感嘆驚嘆の叫びを発する語法になる。では何のために其の嘆声を発するかと言えばそれは次句の手見に対する讃嘆であろう。

では其の手見とは何のことであろうか。古語は俊敏怜利にして畏いと子供達を誉め讃える時には「テン、テン」であると云う。そして又「テンガ名者《ナムン》」であったとも云うのである。故にこの「テン」は「テミ」であって手見に解すべきものであろう。但し正確な古語の発音は手見（チェミ）であるから「テン」は「チェン」であると承知されたい。（注＝すなわち、「テン、テン」は「チェンチェン」であり「テンガ名者《ナムン》」は「チェンガナムン」である）

御承知の通り手は五体中で最も俊敏器用な能力を発揮する所である。故に複雑多岐な問題の解決にはあの手この手を使うと云うであろう。よってこの手（古語はチェ）を語原的に言えば着柄（チエ）であって古語の杖（チエ）にもなることになる。だからこれを精神面に持って行けば着柄（チエ）則ち知恵（チエ）になると解せねばならぬ。要するに知恵とは杖（チエ）のことでもある。これを具体的に言えばチエとは身体的には手や杖であるが同時に精神的には知恵のことにもなるのである。若し共通語通りに手を「テ」と発音すれば古語ではテとは鯛（テ）や樋（テ）の事になるので御理解ありたい。

故にこの手（チェ）則ち知恵（チエ）の働きを最大限（ラ）に活用して見（ミ）供わすれば照見（チェラミ）になるのである。（注＝「チェラミ」を南九州方言の発声方法で発音すれば「チェラン」になる。すなわち、「照覧《チェラン》」である。この呼称が「知覧《チラン》」の地名の興りと考えられる）この名が天照大御神と申す御名である「照《チェ》」であると考えられるが、同時に天津日高日子穂穂手見の命と申す御名の「手見《チェミ》」の由来と考えられ、語意は高天原と一体不可分の日高の身分に在す日の命の御子であられて主権行使の采配振りは俊敏怜利が誠に驚き入る御手腕の命であられたと云うことになる。従って天照大御神に次ぐ御名に解したい。

この命の山戸は能曽の国の高屋霧《タカヤキイ》から穂ヶ岳《ホガダケ》（注＝現在は母ヶ岳）を中心に見受けられ、その地に手蓑（テミノ）、則ち手見野（チェンノ）に作れる地名がある。一帯には宇都山《ウトヤマ》、手志戸《チェシト》尾《オ》、天狗山《チェングヤマ》、その他神武天皇名を語る地名等少なくない。天狗は古語でチェングと云うので「手見具」でもあり、主権の非情な一面を指した名であろう。故に鼻高々と高慢な一面をあらわしておる。

可愛山陵（エノヤマノミササギ）—参考

この可愛山陵は既に鹿児島県川内《センダイ》市に御治定になっておる。従ってそれを兎や角と言いたくはないが真実を明らかにすることも又大事に思われるので敢て率直な発表を許されたい。

先づ御陵名であるがこれは御承知の通りに可愛山（エノヤマ）である。従って御名前通りに解すれば神代にあった衣（エ）の国の山でなければなるまい。だとすれば伊邪那岐の命の国生みで愛（エ）とある地帯の山に御陵は求むべきであろう。そうすると伊豫の二名の島の伊豫の国は別名を愛媛（エヒメ）とも云うから衣比売（エヒメ）に解しても良い筈である。だとすれば伊豫の国は愛媛（衣比売）の名からして低地帯であると解せねばなるまい。ところが誠に其の通り伊豫の国になる現地の伊納《イノウ》は天の安の河の流域の低地帯になるのである。そしてこの衣比売《えひめ》の低地を挟んで北方三千米位と西南方四千米位に二つの高塚山《タカチカ》が存するのである。勿論、北方の高塚山《タカチカ》は上別府《カンビュ》の地であるから上阿多《カンアタ》でもあって高屋山上陵《たかやのやまのうえのみささぎ》でなければなるまい。そして西南方の高塚《タカチカ》山が西之別府《ニシノビュ》の地であるからそこは阿多《アタ》であって可愛山陵《えのやまのみささぎ》でなければならぬことになる。だとすれば愛媛《えひめ》則ち衣比売《えひめ》の国から古代衣《え》の国と言われた現存の頴娃《エイ》町（古語はエ）一帯が神代の衣（エ）の国であると解すべきであろう。そうすると天孫陵は其の愛（エ）の国にある高塚《タカチカ》山具体的には天津日高の塚の山に解するより外あるまい。かくてこそ初めて可愛山陵（エノヤマノミササギ）の名が具体化されたことになる。

尚、言うを要すまいが衣の国と云う衣（エ）の語原は原形が良い（ヨイ）であってそれが語法により良い（エ、注＝約音化発声でヨイはエの発音になる）になったものである。従って衣の国は太古に於ける良い国であったと解せねばならぬ。何故なら神代絶対の久士布流之岳もこの古代衣の国にあるからである。現在の開聞《カイモン》町は古き衣の郡であった。

ところでこの高塚《タカチカ》山は一名を小倉（ウグレ）山とも云うのである。そこでこの小倉（ウグレ）を古語に解すれば大食（ウグレ）と云うことになる。だとすれば神代の食糧不足の時代に美食が大食出来る人は数えるほどしかなかった筈である。よって天孫一族の命達がこの山中に山戸を定め給うて食糧等を大量に生産し集荷せられたことからこの名を生んだものではあるまいか。神代の国を探して見るが天孫にはこの山以外に山戸らしいものは発見出来ない。よってこの山群中の地名を参考として挙げて見たい。

高塚（タカチカ）—地名

高塚の正確な発音は古語で「タカチカ」となる。国生みの項で取り上げた「知訶（チカ）の島」の知訶も「高知訶《タカチカ》」とすれば、即ち「高塚《タカチカ》」と云うことになる。そうすると高塚《タカチカ》と呼び伝えられた「高《タカ》」は天津日高の「高《たか》」と考えられるので地理的に見てもこれが天孫の塚であることは疑えないであろう。神代の国を探して見たが高塚《タカチカ》の名で呼び伝えられた塚はこれを含めて知覧《チラン》町内で三ヶ所に見られるのであるが、この三ヶ所が地神三代の御陵であると考えられる。尚、ここで取り上げた山群内には高塚《タカチカ》の字名が五字の広きに亘っている。

小倉山（ウグレヤマ）—地名

この小倉《ウグレ》山は既に説明の通り大食（ウグレ）山であろう。従って美食を飽食する山に考えられる。だとすれば天孫御一族のことにしか考えられまい。この字名も三字に及ぶ。

宇都岡（ウトンオカ）—地名

この宇都《ウト》も例の通り大戸（ウト）であろうから多人数が収容出来る大建物に解せねばなるまい。おそらく山戸に参朝の人達が参集する建物があった岡であろう。天照大御神を初め各大神達にも宇都《ウト》山は一ヶ所しか見られないのにこの地の高塚《タカチカ》では六字に及んでおることからして相当に大規模な山戸だったのではあるまいか。

立谷（タッダイ）—地名

この立谷（タッダイ）は立山（タッチャマ）例から見て極めて枢要な谷に考えられる。よって絶谷（タッダイ）か達谷（タッダイ）のことではあるまいか。要するに常人は立入り禁止の谷のことに考えられる。

穀ケ岡（コッガオカ）—地名

この穀（コッ）は穀物の穀ではあるまい。多分、命（ミコト）のことになる命（コッ）であろう。古語は命《みこと》のことを単に命（コッ）と伝えているので、別の言葉で考えれば即ち言（コッ）かあるいは事（コッ）にもなるのである。共通語の「命《みこと》」という語形は古語で考えれば尊称をつけた「御命《ミコッ》」になる。そして又、高塚山《タカチカ》を越えた川辺町《カワナベ》内にも同名の岡があるので裏側のことから五部神の御一人であろう。特に知覧《チラン》町内の穀ケ岡《コッがオカ》の地名は宇都《ウト》の字と雑入しておることを加えておく。

螻原（ケラバイ）—地名

螻は「ケラ」と呼ばれる昆虫である。そして螻の上位に見られる昆虫には「コオロギ」がある。だが古語ではこれを「イツッ」と云うのである。従って特に著しい（イ）椎（ツッ）と云う名になる。そして、此のコオロギ（イツッ）の上位は「イナゴ（蝗）」であるが、語形は特に著しい（イ）名（ナ）の子（コ）に考えられる。又、其の上位には特大の蝗類で全身に美しい模様を入れた「バッタ」がおるが古語はこれを「タカ」と呼ぶ。とすればこのタカは天津日高の高（タカ）と同じ「タカ」であろう。

そこでこの昆虫の階層を人類社会に移せば最下層民は飼人（ケド）であろう。昆虫では蛆《うじ》の一種になる。そして其の飼人の中でも優秀な者は「ケラ」の地位に進められ、更に著しい（イ）働きをした者は「ケライ」則ち家臣（ケライ）の地位に出世することになる。そして、其の上位は「コオロギ」則ち古語の「イッツ」であるから特に著しい（イ）椎（ツッ）になるので足名椎や高日子根の命等が考えられる。だから此の命の墳陵に思える小丘は「イッツ殿」の名が伝えられる。そして、更に其の上位は大蝗（バッタ）であるが、古語ではその呼び名は「タカ」であるから人類社会では天津日高のことになる。よって其の墳陵は「高塚《タカチカ》」であると解される。

以上、大変余談に入ったが以上のようなことであるからこの螻原《ケラバイ》も昆虫の螻原のことではなく天孫の部下である「ケラ」達が農耕其他に励んだ原と解せねばなるまい。この螻原《ケラバイ》も四字が数えられるが高塚《タカチカ》山の東方山麓であって先きに説明した阿多《アタ》の小碕《おばし》の君《きみ》の住居跡と考えられる矢倉岡《ヤグラガオカ》はその西側になる。

堅山（タッチャマ）―地名

これは堅山（タチヤマ）が原形であるが発音の語呂上堅山（タッチャマ）になる部落名である。堅（タチ）は滝、立、竜、太刀等で説明した如く格段に上位のことになる。故にこの堅山《タッチャマ》も天孫達の山と云う意の達山《たちやま》（注＝タチヤマは南九州方言で発音すればタッチャマとなる）が原意であろう。神代に日の命達が在したとする山には殆どと言ってよいほど立山《タツチヤマ》や達山《タツチヤマ》等の名が遺されておる。勿論、竺紫日向之橘《つくしひゆかのたちばな》とある橘も語形は達鼻《タツバナ》であろう。この竪山《タツチヤマ》も八字に亘っておるが螻原《ケラバイ》の上が竪山《タツチヤマ》部落である。

安野元（アンノモト）―地名

神代の著名な墳陵は佛教伝来の頃までも信仰が篤かったものらしく御陵地にはよく庵《アン》の字の地名が見られる。よって僧侶が庵を結んで御陵を中心に佛教の普及伝導に当ったものではあるまいか。故にこの安野元《アンノモト》も庵之元が原名であろう。

櫛ヶ谷（クシガタイ）―地名

この櫛（クシ）は例の通り久士布流之岳《くしふるのたけ》の久士であって又籤（古語はクシ）でもあろう。よって今日の法律以上に絶対服従が余儀なかった谷と解せねばなるまい。だとすれば昔の大権事項に類する久士（籤）が発動された谷と云うことになる。この字名も二字になっておるが天孫の御本據にされた谷ではあるまいか。

杭山（イグヤマ）―地名

杭（イグ）は棒杭の古語であるから棒杭を打ち立てて防塞とした山であろう。黄泉比良坂《ヒラサカ》の峠にも見られた名である。

岳木場（タケンコバ）—地名

岳（タケ）の名がある地名の所には日の命の在するのが通例である。よってこの岳木場《タケンコバ》の地も天孫に依って直轄された農場（團地、注＝南九州方言で自分が管理する農場は飼場《コバ》という言い方をする）と云うことではなかろうか。各命達も各々の木場《コバ》を御持ちのようである。

綴ヶ瀬戸（ツヅイガセト）—地名

綴（ツヅイ）は一体不可分（ツ）に吊る（ツイ）ことである。従って古語の通例では着物等の破れを糸で繋ぎ合せることになる。よって山戸の要衝間を繋ぎ合せて連絡を計る瀬戸道と云うことではあるまいか。要するに後代の塹壕如きであろう。

留ヶ尾（トメガオ）—地名

この留ヶ尾《トメガオ》に別の漢字を当てれば遠目ヶ尾（トメガオ）であろう。従って遠方を見張りする尾と云うことになる。御承知の通り遠の「ト」は母音が「オ」であるから遠の「オ」は省略して遠目ヶ尾（トメガオ）になるのが古語の語法である。だから遠見番（トミバン）や遠目鏡（トメガネ）等の名もあることになる。

粒の平（ツブシノデラ）―地名

この粒（ツブシ）は笠沙《カササ》の宮で説明した津婦志《ツブシ》と同断である。平（デラ）は「台ら」であって台の如き平面が極大（ラ）の場合が台ら（ダイラ）と云うことになる。そして其の台（ダイ）を台（デ）の語法にした時が平（デラ）則ち平地と云うことになる。

杮場（ハシバ）―地名

この杮場（ハシバ）はこの山戸の土器製造場であったと解したい。

青木原（アオッバイ）―地名

この青木原《アオッバイ》は山戸及び御陵の正面に当ることからして魔除けの古習から考えて鮑（アワビ、注＝南九州方言ではアオッと発音する）の貝殻を用いた何等かの施設があった原ではなかろうか。建御名方《たけみなのかた》の神に間違いなかろう古墳からも鮑の貝殻で作ったらしい出土品が写真で見受けられたのである。尚、如何にして正面が理解されるかと言えば神代の山戸や御陵はすべて久士布流之岳《くしふるのたけ》の開聞岳《カイモンダケ》に向っており且つ望見出来る位置に所在するので理解は容易と言える。

戸越（トゴエ）―地名

この戸越えは先きに笠沙《カササ》の宮の鳥ヶ迫《トイガサコ》で説明した如く鳥越《トイゴエ》えとも言い、天孫の宇都《ウト》山等に越える所であろう。青木原《アオッバイ》方面からの入口に当っておる。

河崎原（コサッバイ）—地名

この河崎（コサキ）は天孫の小倉《ウグレ》山や宇都《ウト》山の御住居になる戸（コ）の先きにある原と云う名であろう。大浦《オオウラ》町で説明した神崎（コサキ）と同じに思う。

十ヶ塚（ジュガチカ）—地名

この十ヶ塚は孤立した小丘で高塚《タカチカ》山の正面千米位に位置しておる。そして其の南隣りの地名を十兵衛西《ジュベニシ》と云うから其の東を流れる小川の水で十兵衛《ジュベ》の人達が生活していたものではあるまいか。二重堀《ニジュボイ》の地名等からして要衝であったろうことは疑えない。だとすれば此の十兵衛《ジュベ》は十部（ジュベ）であって大伴部や物部等と同じく一つの部族であったと解すべきであろう。では十部族は如何なる部族であったかと云うことになるがそれは近世の旗本や近衛兵の如く直接天孫を御親衛申し上げた部族ではなかったろうか。何故なら古語は蚕の蛹化したことに十垣（ジュカッ）を作ったと云うからである。では十垣（ジュカッ）とは何を語る名前であろう。

十（ジュ）の語原は自発の意志（ジ、注＝正しくはヂか）で結（ユ）い着くことである。従って自発的に天孫に結束しておると解せねばならぬ。尚、垣（カッ）は古語で食道癌にかかり食物が食えない病気のことを垣の病（カッノヤンメ）と云うから十部の殉死者と云う病名ではあるまいか。だとすれば十垣（ジュカッ）と云うことは自から進んで天孫に結い着き生命を賭して御親衛の人垣となり引いては殉死をも辞さない人達であったと解すべきであろう。よって蚕の蛹に十《ジュ》垣《カッ》を作ったと云うのは蛹化変色した姿が殉死をして容色を失い生死の境を彷徨しておる十部の人垣に相似ておることからの名ではあるまいか。

尚、古語は黒蟻の中形で俊敏にして毒針を持つ蟻のことを十左衛門（ジュゼ、注＝正しくはヂュゼか）と云う。よって十部の者の徴発（ゼ）であろう。御承知でもあろうが蟻の古語は蟻（イヤイ）であるから特に著しい（イ）槍（ヤイ）と云う名に解せねばならぬ。故にこの十部《ジュベ》部族は日の命の御住居近くに生活しながら御親衛に当る勇猛果敢な部族であったことが了解出来るであろう。だからこそ天照大御神の御陵近くにも十兵衛岡《ジュベガオカ》があり大国主の命陵には十角久保《ジュカックボ》そして其の山戸には十角平（ジュカッデラ）の名が残るのであるまいか。

次は余談になるが古老の伝えによれば周辺数百戸の民家に用いられておる柱の土台石は河石であるが其の殆どが十ケ塚《ジュカッヅカ》の岡と其の東隣りの石原作り《イシワラックィ》から運ばれたものだと云う。当地の川には河石は無いので恐らく遠くから運ばれてこの両所に何等かの石造構築が行われたものではあるまいか。

石原作り（イシワラックイ）——地名

この字名も広範囲に亘っており十ケ塚《ジュカッヅカ》の東の接しておる。よってこの名前から判ずれば相当沢山な石が敷き並べられ且つ石造の何等かが構築されていたのではなかろうかと想像される。高塚《タカチカ》山の真正面真下に位置することからして天孫陵に対する遥拝所ではなかったろうかとも思われる。勿論、この石原は石原（イシバイ）ではなく石原（イシワラ）であるから足の踏み場も無いまでに石が充満しており通行も許さぬほどでなければ原（ワラ）にはならないことになる。だが現在に於いては其れ等の石の片鱗も見る事は出来ない。

《注　古老の話によれば、近在の農家の建屋の土台石はこの石原作り《イシワラツクイ》の場所より運んだと語り継がれる。だが、この地域で石（石ころ）の産出はまったく見られないが土器類の出土は多く見られたという。しかし、この石原作り《イシワラツクイ》の地は昭和四十年代に入って大型の土地改良工事が行われたのでその形骸も見られなくなった。》

天包（アマツツミ）—地名

石原作り《イシワラツクイ》の東側になる所を天包（アマツツン）と云う。よって天津神であられる天孫の山戸や御陵を石原作り等に依って包んでおると云う名ではあるまいか。高天原の地にもこの地名を見ることが出来る。

飼人の口（ケドンクッ）—地名

この飼人の口《ケドンクッ》は読んで字の如く古代の飼人（ケド）則ち書紀に毛人とある人達がここに集団的に飼養されて農耕其の他に従事した所であろう。太古に貴族達が在したと見られる地によく見られる地名である。だが飼人（ケド）の何たるかを知らなかった明治中期の事故其の多くは外戸口（ケドンクッ）等の当て字が用いられておる。この飼人の口《ケドンクッ》は天包《アマツツン》の東側であるが公式に登録された字地名ではない。よって当地の俗称に飼人の口《ケドンクッ》の字を以てしたものと解されたい。この飼《ケ》人の口《ドンクツ》の東は神代に於いて「星のカガセオの神」が高天原に亡された所に間違いあるまい。何故なら其の事を語る地名が数多く見られるからである。よって此の一族が飼人《ケド》になったものであろうか。昔は東の迫に大湧水があったので此の水で多人数が生活したものであろう。水食（ミックレ）の地名がこれを語っておる。

白水（シトミッ）—地名

この白水《シトミッ》は後に天智天皇の姫宮に思われる豊玉玉依《とよたまたまより》の両姫が此の高塚《タカチカ》陵に参拝されたらしい。よって其の時米を洗った白い洗い汁が白水《シトミッ》になったとする説も少なくない。然し既に説明したこともある如く他例から見ても白（シト）は志戸（シト）であって天孫の山戸を指すものであると解したい。そうすると其の参道と云う意の志戸道（シトミッ）が原形と解すべきであろう。

八章　海佐知・山佐知

第七一節　海佐知《うみさち》・山佐知《やまさち》

本文

【故、火照《ほでり》の命《みこと》は、海佐知毘古《うみさちひこ》として、鰭《はた》の広物《ひろもの》、鰭《はた》の狭物《さもの》を取り給い、火遠理《ほおり》の命《みこと》は、山佐知《やまさち》毘古《ひこ》として、毛《け》の麤物《あらもの》、毛《け》の柔物《にごもの》を取り給いき。ここに火遠理《ほおり》の命、其の兄火照《ほでり》の命に、各に佐《さ》知《ち》を相易《あいか》えて、用いてむと謂《い》いて、三度乞《こ》わししかども、許さざりき。然れども、遂いに纔《わず》かに、得易《えか》え給《たま》いき。】

語句の解説

海佐知毘古（ウミサチヒコ）

この御名は一般に海幸彦の名で知られておる。故に海に幸のある日子と解しても良いのであろう。又、幸（佐知）は生長発展（サ）が着（チ）いておることである。だが古語ではこの幸

（佐知）は単独には使わないように思う。例えば幸運であった事を「ノサッチョイ（のさちており）」と表現するが、その「ノサッ（のさち）」の「サチ（サッ）」である。「ノサッ」の語形はからみ合い（ノ）佐知（サッ）となる。又、沢山な品物などを貰えば「ドサッモロタ（どさっ貰った）」と云うので確認不能（ド）なほどの佐知（サッ）に考えられる。

故に幸（佐知）と云うことは語原通りに生長発展が着いておることであって幸せをもたらす運勢にも解すべきであろう。大体「幸せ」と云う語にしても語形は「仕合せ」であるから成す事の合せ方が良ければ「幸せ」ということになる。故に海幸彦は海での運勢に恵まれておる彦（毘古）と云うことに解すべきであろう。

山佐知毘古（ヤマサチヒコ）

この御名は山幸彦で別に云う事はない。

鰭の広物（ハタノヒロモノ）

この鰭の広物は素直に鰭（ヒレ）の広物に解しても悪いとは言えまい。だが鰭（ハタ）の広物と訓ませている以上は隠語である鰭（ヒレ）をハタゲタ姿の者にも解せねばなるまい。（注＝南九州方言では魚類が鰭《ひれ》を広げてのさばっている恰好を擬観にして、人間の場合でも勢力を伸ばして手を広げている恰好を「張手《ハタ》げておる」と表現するのである。）だとすればハタゲルの「ハタ」とは手を広げた張手（ハタ）のことでもあるので勢力を張り広げておる海の豪族と云うことになる。何故ならこの後に名を見せる赤海鯽魚（タイ）等の解説にも困るからである。

鰭の狭物（ハタノサモノ）

これも前同様に鰭（ハタ）則ち張手（ハタ）の生長発展（サ）しておる者であって海の生活に古くから栄えておる豪族であろう。

毛の麤物（ケノアラモノ）

これも表面的には毛の荒い物であるから猪如きであろう。だが毛の語原は飼《かい》（ケ）であらねばならぬ。御承知の通り動物は飼（ケ）が中絶すれば死は免かれない。だから古語は死んだことに飼死んだ（ケシンダ）と云う。故にこの毛は飼《かい》（ケ）であって生活のことでもあり又其の治下に於いて農耕等に従事する者のことであろう。要するに家来（ケライ）の家（ケ）則ち飼（ケ）と云うことである。

又、麤物（アラモノ）は新者（アラモノ）であって新進気鋭な若者のことではあるまいか。古語では青年を新勢（ニセ）と言い又強健な壮者のことを新しか者（アラシカムン）と云う。よって毛の麤物は山佐知毘古の治下にあって生活する心身健全にして活気に満ちた人達のことに解したい。

毛の柔物（ケノニゴモノ）

表面上は毛の柔らかい物になるから鹿や兎のことにならねばなるまい。だが柔を柔（ニゴ）に訓ませてあることに裏意を感じるのである。よって、この柔（ニゴ）は新入りのことに解し新郷（ニゴ）者であると解したい。水の集まり即ち水の郷（ゴ）の中にも土砂が新入すれば濁り（ニゴイ）則ち新郷入（ニゴイ）となるであろう。よって毛の柔物《にごもの》と云うことは飼（ケ）の新郷者（ニゴモノ）であって新たに傘下に入った人達や開拓された土地のことであると解したい。

取り給いき。（トリタマイキ。）

この取りは捕りでないから生き物を捕った事ではなく所領の地を取った事であろう。すると海幸彦は水戸を中心とした地帯に根拠を置き勢力者を配下に入れたことになり又山幸彦は山戸を中心とする所領を取り農耕中心の勢力者を手中に収めたことになる。

本文

【ここに火遠理《ほおり》の命《みこと》、海佐知《うみさち》を以《もつ》て、魚《な》釣《つ》らすに、かって一魚《ひとつ》をも得給《えたま》はず。亦其の鉤《つりばり》をさへに、海に失い給いき。是に其の兄火照《ほでり》の命《みこと》、その鉤《つりばり》を乞いて申さく「山佐知《やまさち》も己《おの》が佐知佐知《さちさち》、海《うみ》佐知《さち》も己《おの》が佐知佐知《さちさち》、今は各《おのおの》の佐知《さち》返《かえ》さむ。」と謂《い》う時に、其の弟火遠理《ほおり》の命、答えて申さく、「汝の鉤《つりばり》は、魚釣りしに、一魚も得ずて、遂に海に失いてき。」と告り給えども、其の兄強《あながち》に乞《こ》い徴《はた》りき。】

語句の解説

魚釣らすに（ナツラスニ）

この魚は単に魚（ナ）と訓ましてある。だが魚を魚（ナ）と云う古語は聞かれない。よって魚（ナ）は名であって魚釣らすとは名ある者を釣らすではあるまいか。名の語原は其の本質本体をあらわすことである。従って塩椎《しおつち》の翁《おきな》（注＝南九州方言でいうオッナのことと考えられる。漢字で書けば帯名《オッナ》となる語形である）を釣ると云うことは其の翁を釣ることでもあろうが具体的には其の人の本質本心を酌み取って親善協力の関係に入ることでなければなるまい。

古語は川岸のことを川の水流（カワンツイ）と云うのであるがこの水流（ツイ）が釣り（ツイ）でもあろう。語原は一体不可分（ツ）が特に著しい（イ）であるから河水と河岸とが一体不可分の親善協力の関係にあることになる。よって人と人との関係もかくあらしめることが釣りであると言えるであろう。古語社会では巧言を以てすることに釣り廻すとも云う。又、頴娃《エイ》町の海岸には名水流（ナツイ）則ち魚釣り（ナツイ）に作れる部落も存することを加えておく。

山佐知も己が佐知佐知（ヤマサチモオノガサチサチ）

これは文意通りのことであろう。具体的には次のようなことではあるまいか。父命の仰せにより山佐知毘古（山幸彦）は山戸の国作りを命ぜられ、海佐知毘古（海幸彦）は水戸の国作りを命ぜられたもののように思う。そして各其の将来の佐知作りに活動されたものではあるまいか。だから山佐知も己の佐知佐知と云うことは山幸彦も自分の将来の発展策としての佐知佐知作りであり又海幸彦も同断であると解したい。

徴りき（ハタリキ）

この徴りの語形は張手り（ハタリ）であって強引且つ示威的要求であると解される。

尚ここで余談にもなるが此の争いの総合的見解を述べて置きたい。海幸彦は笠沙《カササ》の宮の水戸を基地に塩椎《しおつち》の神や綿津見《わたつみ》の神の支持を得て勢力の増大を計ったものではなかろうか。だが火照の命の性格故に却って反感を呼んだものに思われる。一方、山幸彦は笠沙《カササ》の宮の山戸を継ぎ大山津見の神達と共に平和穏健の途を取られたらしい。故に其の人と成りは隣接地の関係もあって塩椎の神とは善隣友好の間柄ではなかったろうか。だからこそ海幸彦に追われた時も塩椎の神を頼ったものであろう。そこで塩椎の神は更に隣りの水戸に住む綿津見の神の協力を得るために古事記が伝えているように無間勝馬《まなしかつま》の舟で山幸彦を送り届けたものと解される。かく解釈してこそ此の争いの筋道がはっきりと見えてくるのではなかろうか。

本文

【故、其の弟、御佩《みはかし》の十拳剣《とつかのつるぎ》を破りて、五百鉤《いほばり》を作りて償《つぐな》い給《たま》えども、取らず。亦《また》一千鉤《ちばり》を作りて償い給えども、受けずて、猶《なお》その正本《もと》の鉤《つりばり》を、得むとぞ謂《い》いける。茲《ここ》にその弟、海辺に泣き患《うれ》いて居ます時に、塩椎《しおつち》の神《かみ》来て問いけらく「如何にぞ虚空津日高《そらつひたか》の、泣き患い給う所以《ゆえ》は」と問えば、答え給わく、「我《あ》は兄と鉤《つりばり》を易《か》へて、其の鉤を失いてき。かくてその鉤を乞ふ故に、数《あま》多《た》の鉤を償《つぐな》ひしかども受けずて猶その本《もと》の鉤を得むと云うなり。故、泣き患う」と告り給いき。】

語句の解説

御佩の十拳の剣を破り（ミハカシノトツカノツルギヲヤブリ）

このことも表面的には字義の通りに解すべきものであろう。だが隠語は別でなければなるまい。すると御佩（ミハカシ）は先きに建御雷《たけみいかづち》の神が大国主の命に申された「汝《いまし》が宇志波祁流《うしはける》」の波祁流（ハケル）則ち佩《は》けるに解し領有のことに解すべきでなかろうか。

そうすると次の十拳剣も山幸彦が宇志佩《うしは》ける領土のことに解せねばなるまい。大体十拳剣を破りて釣を作ると云う「破り」の表現からがおかしい。従って破りは山幸彦が相続権者として父神より継承し子々孫々に伝うべき山戸構想の一部を海幸彦の海原国に贈与して償わんとしたことに解したい。若しそうだとすれば山戸構想の誓約を破ったことになるであろう。

五百鉤（イホバリ）

この五百鉤も表面上はそれで良いのであろう。だが裏に返せばそれではあるまい。よって五百は（イホ）は庵（イオ）解し笠沙《カササ》の宮の山戸のことに解したい。そうすると現在は山幸彦の庵に相続されておる筈である。又、鈎（ハリ）は古語の発音が鈎（ハイ）であるから原（ハイ）に解することが出来よう。だとすれば五百鉤の償いと云うことは山幸彦が居住する山戸の庵と一体不可分の関係が著しい原（ツイバイ）の償いのことになる。

一千鉤（チバリ）

このことも前同様のことであろう。千（チ）は着（チ）に作れるから裏言葉に返せば千鈎（チバイ）は着原（チバイ）になる。よって庵原に接続した原のことに解される。

塩椎の神（シオツチノカミ）

ここに塩椎の神とあるのは日本書紀に塩土《しおつち》の老翁（オキナ）とある人のことであろう。古くから南薩地方には各部落ごとの首長として帯名（オッナ）に作れる家柄があった。そして其の部落を支配していたので其の人のことではあるまいか。それでは其の塩椎の神は何処の人かと問われても塩椎に作れる名前は今は聞くことが出来ない。

然し、奥羽地方の伝説にまでなっている有名な祖神「オクナイ様」の語原を考えてみると、それは同じ発音になる知覧《チラン》町南海岸に近い大隣（オッナイ）部落の祖神である「オッナイ様」に違いあるまい。そして、この大隣《オッナイ》部落から海岸の塩屋《シオヤ》方面に通ずる道路は通例通り塩屋道《シオヤミツ》と呼ばれているのに対し、逆に海岸の塩屋《シオヤ》や笠沙《かささ》の宮がある竹屋様《タケヤサア》（注＝標記は竹迫部落であるが通称はタケヤサア）方面から大隣《オッナイ》方面に通ずる道路は塩木道《シオギミツ》と云うのである。三字の地名も現存しておる。よって大隣《オッナイ》には塩木《シオギ》の別名があったことは疑えない。

幸い大隣《オッナイ》には山幸彦が塩椎の神を頼って相当期間逗留した関係であろうか大隣岳《オッナイダケ》の西方山麓に生（キ）の命の山の村に作れる木山《キヤマ》村と云うが存するのである。それとも又塩椎の神が生（キ）の神であられての木山《キヤマ》村であろうか。何れにしても木山《キヤマ》の名があることからしてこの塩の生（キ）と云う意で塩木《シオギ》の名があったものと解したい。

尚この大隣《オッナイ》と河口港である竹迫《タケヤサア》を結ぶ永沢川（ナゴサンカワ）は近隣でも有名な深い谷川をなして四千米の間を通じておる。故に太古は小舟の通行が可能だったのではあるまいか。何故なら山幸彦は無間勝間《まなしかつま》の舟でここから送り出されて御出るからである。

では大隣《オッナイ》の名は何に発するかと言えば、それは塩土の翁（オキナ）の名である帯名（オッナ）の名が余りにも著しい（イ）帯名であったことから帯名い（オッナイ）と呼ばれたと考えられ、それが大隣（オッナイ）の当て字になったと考えられる。他の語例で言えば螻（ケラ）の如き部下が著しい（イ）働きをするとなれば家来（ケライ）になると同じである。何れにしても当地の伝説からすれば海幸彦と山幸彦は相当烈しい争いの末に山幸彦は破れて只一人塩椎の神を頼って逃れ走ったことは疑えない。では当地の伝説と参考地名を挙げて御検討を煩わしたい。

瀬世岳《セセンタケ》（セセンタケ）—地名

この瀬世岳《セセンタケ》の別名は大隣岳《オッナイダケ》である。こんな名が興った理由は海幸彦と山幸彦の争いが瀬世界隈《セセかいわい》でおこった時に、その争いに敗れた山幸彦が瀬世《セセ》から追われてこの大隣岳《オッナイダケ》に辿り着いた謂れからこの名が生まれたと解したい。里人の語るところによれば大昔泥海があった時に此の大隣岳《オッナイダケ》は瀬《セ》世《セ》から流れて来た岳なので瀬世岳《セセンタケ》でもあると云う。古語で泥海と云うのは大津波のことである。だから海幸彦と山幸彦の争いを泥海のような争いと云うたことからの泥海であり又山幸彦が瀬世《セセ》方面から逃れて来たことからの瀬世岳《セセンタケ》ではあるまいか。大隣岳《オッナイダケ》の南の出鼻は瀬世崎《セセザキ》の字名にしておる。

ではここで山幸彦と海幸彦の争いに思える伝説を紹介して見たい。大昔大変に仲の悪い兄弟があったそうである。そして其の弟は兄との喧嘩に負けて逃げ出したがとうとう兄の家来二人の追手に追いつかれそうに迫って来た。然し逃げおおせる術もなければ隠れる場所もない。只あるのは路傍に繁茂しておる「サルトリイバラ」の藪だけである。致し方ないので弟は運を天にまかして其の藪の中に飛び込んだ。そして息を殺しておると直ぐ二人の追手が迫って来て、甲曰くここまで追って来たら急に姿が見えなくなった。何処にも隠れる場所はないのに不思議だ。ここから二岐道になっておるがどちらにも人影は見えないぞ。乙曰く全く其の通りだ。ただ目に着くのはこの「サルトリイバラ」の藪だけだ。然しこの藪に人が這入れよう筈がない。だが念には念を入れよだからこの槍を突き刺して探して見ようか。甲曰くそれもそうだがそうする間に弟は遠くに逃げて捕えられないことになりはすまいか。それより一刻も早く二叉道を分れて追うことにしたらどうだろう。ではそうしようと二人は走り去ったそうである。

　そのため弟は「サルトリイバラ」の藪のおかげで危い命が助かり、後には兄に勝って良い世が送れたそうだと云うので終りになっておる。故に今日までも尚伝説に語られておることからして当時に於ける大評判の大事件であったに違いあるまい。よって海幸彦と山幸彦の争いに考えたいのだが如何であろうか。

　尚、余談になるが「サルトリイバラ」のことを古語は「クヮクヮラ」と云うのである。原形は桑（クヮ）刺（ク）原（ワラ）であって桑（クヮ）の刺（ク則ちトゲ）が一面に充満（ワラ）しておると云う名であろう。古語で「クヮ」と云うのは桑や鍬又は火事の火（クヮ）等になるが、語原は食輪（クワ）であって食うことに世話の話（ワ）則ち輪（ワ）をするもののことに解される。要するに飯を食わねばの食わ（クワ）である。勿論、火事の語原も食わじ（クヮジ）であって火の事ではないと解したい。だから同地では「サルトリイバラ」の葉に包んだ団子（ダゴ）を「クヮクヮランダゴ」の名にしているのである。即ち、「食輪刺原団子《クワクワランダゴ》」である。

　ところで共通語の社会ではこの「クヮクヮラ」の「クヮ」を桑（クワ）に解して桑原（クワバラ）とし、災難が起こっても「桑原桑原」と念ずれば災難が避けられるとされているが、この風習の起こりは「サルトリイバラ」即ち古語で云う「クヮクヮラ」であると考えられる。当地の古老達も「クヮクワラ」は人助けをしたので粗末にしてはならないと言い伝えられたものである。
《注　クヮ音には平坦（ぺっしゃんこ）な面を表現した音の意味があると考えられる。飯野布志夫著作集一『言葉の起こり』（鳥影社刊）を参照。》

水洗（ミッヂャレ）―地名
この名は既に説明した如く高貴神の在した所に見られる。よって位置からして山幸彦に関係の水洗《ミッヂャレ》ではあるまいか。

宇都（ウト）―地名
この地名も高貴神の在した所に必ずと言えるほど遺されておる地名である。瀬世崎《セセザキ》の南にあることから同じく山幸彦関係の宇都《ウト》であると解したい。

森後（モイゴ）―地名
この森後《モイゴ》は守り隠れておる子にも解されるので山幸彦が身を隠しておられた所ではあるまいか。永沢川《ナゴサガワ》沿いの大隣《オッナイ》部落内に位置しておる。

素谷（ソタイ）―地名
下流は森後《モイゴ》に上手は水洗迫《ミッヂャレザコ》になっているので大隣岳《オッナイダケ》防備の要所に添うておる防備の谷と云う名

ではあるまいか。

摩佐婦礼（マサブレ）—地名

この名は正しく振うことになるので豊玉姫《とよたまひめ》御出産の地に解したい。塩椎の神と綿津見の神の地をつなぐ永沢川《ナゴサガワ》添いにある地名である。古語は病気のことに「クサフル」又は「クサフレ」と云うのである。よって正しく振う（フル）とは出産のことでしかあるまい。

中垂（ナカンタレ）—地名

この垂《タ》れは自由通行禁止の表示であろう。天孫の笠沙《カササ》の宮にもこの名は見られる。

芫作り（オロツクイ）—地名

この芫作り《オロツクイ》は瀬世崎《セセザキ》の下手であるから山幸彦関係の芫（オロ）であろう。天照大御神を初め有名命の居住地は多く此の芫《オロ》の地名になるようである。よって永沢川《ナゴサガワ》中流の芫口（オロンクッ）や芫口元（オロンクッモト）は山幸彦の芫《オロ》の入口と云う名であろうか。

粕成尾（カシナイオ）—地名

この粕成尾《カシナイオ》は大隣岳《オッナイダケ》の東側にある地名であるが、周辺地名には関心を呼ぶものが少なくない。だがここは後に神武天皇御東行の第一準備基地である豊国《とよくに》の宇沙《うさ》に思われるので説明は其の折りに譲りたい。

永沢（ナゴサ）―地名

この永沢《ナゴサ》部落は永沢川《ナゴサガワ》の河口東岸に位置しており永沢（ナゴサ）と訓む。従って天孫が笠沙《カササ》の宮に御着任の際に国土等の総てを献上したと伝えられる事勝国勝長狭《ことかつくにかつなごさ》の長狭（ナガサ）にあたる地名と解される。書紀では長狭（ナガサ）に訓ましてあるがこれは間違いで長狭（ナゴサ）に訓むべきであろう。又、事勝《ことかつ》も古語の語法や伝説で検討すれば事欠（コトカッ）であって国勝《くにかつ》も国欠（クニカッ）でなければなるまい。そうすると持物は国諸共総てを献上したので古語に云う事欠（コトカッ）となり諸事に不自由したことに解すべきである。

だが、この人の名は長狭（ナゴサ）であるから国諸共心良く献上したことにより天孫の手厚い御受顧を受け長く（ナゴ）生長発展（サ）を見られたと云う名に解されるのである。古語の長う（ナガウ）は長う（ナゴウ）になるが長音は殆ど用いないので長う（ナゴ）が古語ということなにる。天孫の笠沙《カササ》の宮である竹迫《タケヤサア》（竹屋様）部落から西方に二千米足らずであろう。では御参考に当地に伝わる寓話を紹介しておきたい。

昔我が家あたりには事欠殿（コトカッドン）と云う人が居て若い時分に何も彼も人の言うがままに気前よく相手に呉れて仕舞ったので年老いてから何も彼も事欠だと不自由を訴えたと云うのである。故にこの伝説で語られている事欠殿《コトカッドン》が事勝国勝長狭《ことかつくにかつなごさ》のことに相違あるまい。そして其の居所は西塩屋《ニシシオヤ》の長沢（ナゴサ）部落に解すべきであろう。では以下周辺の地名を紹介しよう。

永手（ナガチェ）—地名

一部落を成しておるが長狭《なごさ》の手の者が居住した所であろうか。

笠畑（カサバタ）—地名

この笠畑《カサバタ》は部落名であるが笠置山に関係の名ではあるまいか。天照大御神の山戸にも鹿崎（カサキ）則ち笠置（カサキ）に作れる名があり又高千穂の宮にも笠山《カサヤマ》の名が存する。語原は「カ」の作用が生長発展（サ）に解される。

丸畑（マイバタ）—地名

この丸（マイ）は住居則ち巣丸の丸で御住居の地ではあるまいか。三字の広さに亘る。尚この外に粕畑《カシバタ》や三字に及ぶ鳴迫《ナッサコ》、竹元《タケモト》、園山《ソンヤマ》等は究明すべきであろう。

虚空津日高（ソラツヒタカ）

この虚空津日高は天津日高《あまつひたか》に近親の情愛を籠めた呼名であろう。例えば伊邪那岐の命の国生みにある大倭豊秋津島《おおやまととよあきつしま》を天御虚豊秋津根分《あまみそらとよあきつねわけ》と云うが如きである。即ちこの国名の御虚（ミソラ）と虚空津日高《そらつひだか》の虚空（ソラ）は同義のものであるから此の語原からは近親の情愛が酌み取られなければならぬ。天御虚豊秋津根分《あまみそらとよあきつねわけ》の島は高木の神の御陵や山戸及び天照大御神の高天原山系から根を分けた国でごく隣接し呼べば応える位の隣同志であることからの天御虚《あまみそら》であろう。

今このことを語原的に具体化すれば古語で「ソラ」と云うのは勿論大空（ソラ）でもあるが又台所で用いる「タワシ」にも「ソラ」と云うのである。故に語原は添う（ソ）ことが極限（ラ）と云うことになる。だから運動競技で近くからの応援は「ソラ」走れと大声をあげるであろう。だから「ソラ」は吾人の身近かに軟かく暖かく接しておることにも言える。例えば大空にしても又タワシ（古語はソラ）にしても常態に於いては接点となる対照物を損傷破壊する等のことはなく柔軟温和な姿勢で作用しておるであろう。

だとすれば虚空津日高《そらつひたか》と申す御名は葦原の中つ国に住居する国人が日常生活の諸般のことに至るまで細大もらさず深いつながりに結ばれておる日の命の高（タカ）の御身にまします主権を行わせ給うお方と云うことに解せねばなるまい。

余談になるが塩椎の神の国である大隣岳《オッナイダケ》と山幸彦の国である小倉（ウグレ）山は同一台地の西端に位置する山になるので相接合した原続きの国と言わねばならぬ。よって一般の諸人は近隣の誼《よしみ》からして冠婚葬祭等日常生活の面でも往来が繁く虚空（ソラ）に接する如く知り合いも多かったと言わねばなるまい。それで塩椎の神も既に顔見知りの間柄に在したことから虚空津日高《そらつひたか》と親しみの御名を以て御呼び申し上げたものではあるまいか。

本文

【塩椎《しおつち》の神《かみ》「我《あれ》、汝《な》が命《みこと》の御為《みた》めに、善《よ》き議《はか》りせむ」と云いて、即ち無間勝間《まなしかつま》の小船《おぶね》を造りて、その船に載《の》せ奉りて、教へけらく「我《あれ》、この船を押《お》し流さば、稍暫時《ややしばし》往《い》で坐《ま》せ。味御路《しうまみち》あらむ。乃ち其の道に乗りて往《い》ましなば、魚鱗《いろこ》のごと造れる宮室《みや》、それ綿津見《わたつみ》の神の宮なり。その神の御《み》門《かど》に到り坐《ま》しなば、傍《かたへ》なる井《い》の上《へ》に、湯津香木《ゆづかつら》あらむ。故、其の木の上に坐《ま》ざば、その海の神の御女《みむすめ》、見て相議《あいはか》らむものぞ。」と教え奉りき。】

語句の解説

無間（マナシ）

この無間（マナシ）については諸説紛々のようである。だが余りにも考え過ぎではあるまいか。よってこの無間は古語では日常的に使われている「間無《まな》し」という用語に解したい。意味は「間《ま》が無《な》く」とか「直ちに」とか云うことで間無し（マナシ）となる。

勝間（カツマ）

この勝間（カツマ）も諸説で賑わっておる。然し神代は神代の用語で語られている世界であろうから「勝間《かつま》」も神代の常識語で解すべきでなかろうか。すると勝（カッ）の古語は株（カッ）や梶（カッ）に解されるので「カ」の作用が勝れておることに云う語になる。そして、次の間（マ）は真（マ）であろう。だとすれば勝間は梶真（カッマ）に解すべきではなかろうか。そうすると「梶真の船《カッマンフネ》」となるので古語では梶で自由に操ることができる船のことになる。

例えば、伝馬船にしても古語は手見真（チェンマ）と呼ぶから手（古語はチェ）に取る櫓《ろ》や櫂《かい》で自由に操る船と云うことになる。よって勝間《かつま》の船と云うことは梶（古語はカッ）で以て自由自在に操従が出来る船と解せねばなるまい。特にこの船は次の項目でも説明しているように永沢川《ナゴサガワ》を下る船と考えられるから「梶真の船《カッマンフネ》」であろう。

船を押し流さば、しばし往で坐せ。（フネヲオシナガサバ、シバシイデマセ。）

この神話を記述通りに解すれば舟に一人を乗せて押して流して行かせたとあるので、地形的に考えれば海上の港でないことは明らかである。故に先きに解説した大隣《オッナイ》の塩椎の神に助けられた山幸彦の神話と考えられるので、その大隣《オッナイ》の所に源を発する永沢川《ナゴサガワ》より河口の海岸入江に向った下りの船路のことに疑いあるまい。河口港の人家まで凡そ四粁位あるので正に言う通りの場所と云うことになる。

味御路（シウマミチ）

この味御路《しうまみち》は天の斑馬《ぶちこま》以上に難解の語句で一朝一夕の解説で解明は困難である。だがこの語形を「シ馬路《ウマミチ》」と考えれば「シ」の解決を見れば意外に簡単に語形を捉えることができる。すると「シ」の基本意は掘り下って自己完成することであるから、例えば古語では偉い人のことを「良かシ」と云うので其の「人《シ》」と解すれば綿津見の神達も海（ワダ）の人（シ）と云うことになる。よって味御路《しうまみち》を表面的に解すれば綿津見の神達の馬路《うまみち》に解してもよいことになる。古語はやっと通れる小さな藪《やぶ》道には兎道《ウサツミツ》と言い反対に大手を振って通れるような広い道のことには馬道《ウンマミツ》と云うのである。

だが、更に掘り下げてこの味御路《しうまみち》を考えれば単なる馬道《ウンマミツ》であればこのような難解の語句を用いる筈はなかったであろう。よってこの「シ」を別の語形で考えれば仕事の仕（シ）とか○○をしたいとかの仕（シ）に当てはめて見ると面白いことになるようである。即ち、○○をしたい馬道と言えば古語では別段の意味が込められた用語になるのである。というのは男と女が知り合って夫婦の絆が結ばれる所まで発展すれば古語ではそれを隠語で表現して馬（ウンマ）が通うようになったと云うのである。それで馬には牡馬（コマ＝駒）と牝馬（ダンマ）があることを語原的に理解するため天の斑馬の条を参照されたい。

そこで味御路《しうまみち》を仕馬路《シウンマミチ》に解すれば○○をし（仕《し》）なければならぬ馬の路のことであるから即ち夫婦道のことにもなる。又、古語の馬は馬（ウンマ）であって美味いことにも美味か（ウンマカ）と云う。即ち、夫婦道の真髄を極めればウンマカ（美味しい）ということになる。それらの言葉遣いからして美味しい（ウンマカ）と最上の乗り物である馬（ウンマ）が語原上合致していることを考察していただきたい。そうするとこの味御路《しうまみち》と云うことは塩椎の神の計らいで山幸彦と豊玉姫を夫婦の道に乗せたと云う意味合いの言葉にとれば、この二人を結ばしたことによって山幸彦と綿津見の神を親子関係に入らしめるための手段であったことにも解される。

尚、又この味御路《しうまみち》を字義の通りに味（アヂ）の御路（ミミチ）に解しても人類の本能と人倫に基づく御道《みみち》若しくは身道《みみち》と言えるのではあるまいか。以降の山幸彦と豊玉姫が歩かれた道を見ればこの味御路《しうまみち》であると解したい。結局、旨く行く道、即ち馬食（ウマク）行く道であったことになるであろう。

道に乗り（ミチニノリ）

この道に乗りは古語でも「道に乗る」とも言えば又「道を取る」とも云う。だから、道程（ミチノリ）の語もあるのではあるまいか。だが道程則ち道乗りは身着（ミチ）乗りになるので語原は身に着けて（ミチ）からみ合う（ノリ）ということである。よって語原的には味御路《しうまみち》の隠語にも解されてくる。

魚鱗（イロコ）

共通語は魚（ウオ）であるから魚鱗は「ウロコ」であろう。だが古語は魚（イオ）と云うので「イロコ」であろうか。然し古語は魚鱗《イロコ》のことをイコとも云うので著しく（イ）付着した粉（コ）

と云うことになる。

綿津見の神（ワタツミノカミ）

この綿津見の神の綿（ワタ）は海（ワダ）に解すべきであろう。海（ワダ、注＝南九州方言では現在でもワダの用語は使われる）の語原は陸地の周囲に輪（ワ）なして動きを停止（ダ）しておる物と云うことになる。従ってこの綿津見の神は海を一体不可分になって見供わす神と解せねばならぬ。

然しこの神が如何なる神であられたかは知る由もないので奥羽地方の伝説と山幸彦の味御路に於ける行動とを綜合参酌して何物かを摑みたいものと思う。よってこれ等のことを御参考までに紹介して見たい。

奥羽地方の伝説と云うのは『小説倶楽部昭和二十八年版』の記事からの引用であるが、南部津軽地方には諸種の古代信仰を残留しておる所が多くあり陰陽崇拝が盛んに行われておる所もあると云う書き出しから始まる。

【巻堀村

左の方に松の大木八本あり。そこの民家に惣七金勢《そうしちこんせ》明神《みょうじん》を祭りこの神体はいつの頃より祀られたかは今だに解っていない。神体は唐金《からかね》を以て作れる男根にてこの村の少女十三、四才になれば一夜夢中におそわれることあり。】

右を要約すれば子々孫々の一族が繁栄することを祈願する思想と古代行事に基づくものであって松の大木は門松に代るものと解したい。（注＝これら東北地方の風俗用語と、薩南地方里村に伝わった言葉遣い＝古語とを対比してみると次のようなことが分かってくる）

先づ、「惣七（ソウシッ）」だが、これは「そうして」と云う古語になり、「金勢（コンセ）」は「子にせよ」と云う古語になる。薩南地方の片田舎に残る「孕（ハラメ）」と云う少年団の行事で歌われる文句や用具其他風習などがこれを具体的にしておる。又、当地の瀬世《セセ》、永里《ナガサト》方面を中心に伝えられていた「ソラヨイ」と云う少年団行事も歌の文句やこれに伴う動作などの風俗から判断してこの「惣七金勢明神《そうしちこんせみょうじん》」は同列のものであることは疑えない。又、巻堀村《まきぼりむら》を古語風に発音すれば巻堀（マッボイ）となり、その名はひそかなる独専即ち臍繰《へそく》りと云うことになる。

・陸中方面の俗信

陸中地方遠野町を中心とする俗信には「オクナイサマ」と「オシラサマ」と云うのがある。それによると部落には必らず一戸の旧家ありて「オクナイサマ」を祀る。その家を大同（ダイドウ）と云う。この神の像は桑の木を割って顔を描き、四角なる布の真中に穴を明け之を上より通して衣裳とす。そして、正月の十五日には人々が集まりて之を祭るとある。

今この遠野町の俗信を要約して、九州薩南地方の里村に伝えられた風俗と対比してみると、遠野町の「オクナイサマ」は知覧《チラン》町大隣村《オッナイムラ》の大隣様（オッナイサマ）と考えられる。というのは

「オクナイ」を古語で発音すれば「オッナイ」となるからである。とすれば、この神は塩椎の神とかあるいは塩土の老翁（オッナ）と呼ばれた人のことになる。

次に「オシラサマ」であるが、この神が身に着けている着衣と知覧《チラン》地方の氏神の祭りの時に神体の椎殿（ツッドン、塩椎の神のことである）に着せる着衣は全く同じ様式で、半紙の真中に穴を明けて用いているのである。

ところで、遠野町に伝わる「オシラサマ」の伝説に触れてみよう。この像も同じようにして作った着衣を神体に着せ、正月の十五日に里人が集まって祭る行事である。この「オシラサマ」にはこんな由来がある。昔ある所に貧しい百姓があった。妻はなく美しい娘と一頭の馬を養っていたが娘はこの馬を愛して夜になると厩舎《うまや》に行く。或る夜、娘が馬と夫婦になっておるのを知った百姓は、馬を桑の木に吊り下げて殺して仕舞った。娘はそれを知ると驚き悲しみて桑の木の下に行き、死んだ馬の首にすがり泣いておると父親はいきなり、斧を持って馬の首を切り落としてしまった。すると忽ち娘は其の首に乗ったまま天に昇り去れりと云う。「オシラサマ」とはこの時から成りたった神と伝えられる。

以上は小説倶楽部で読んだ由来記であるが、これを山幸彦と豊玉姫の味御路《しうまみち》の御関係で夫婦道に繋がった経緯と対比して考えて見たい。この「オシラサマ」の御居地は「オクナイサマ」であるが、現地の対比から判断してみると知覧《チラン》町の大隣様（オッナイサマ）ではないかと考えられるのである。もし、そうであるとすれば疑いなく大隣《オッナイ》村の河口港にあたる永沢《ナゴサ》港の西岸側に位置する枕崎《マクラザキ》市東域の白沢村に考えられるのである。何故なら、この白沢の古名はシラサワではなくシラサマであるからである。そして、ここの港を津にして白様津（シラサマッ）と土地の人達は呼んでいるのである。そうすると陸中地方の祖神である「オシラサマ」の港は即ちこの白沢の港と考えることができる。由来によれば貧しき百姓とあるが大きな桑の木があることからして旧家の豪農であったと判断したい。そして又古代は総ての人が農業を営み自給自足を計っていたのだから百姓でなかった人は居なかった筈である。

又この百姓には美しい娘が御出るので多分これは豊玉姫になられる方ではあるまいか。尚、一頭の馬は飼っていたとは言わず養っていたとすることからして動物の馬には解したくない。これも屹度山幸彦と云う馬のことに違いなかろう。だとすれば先づ馬と云う名の解明が必要になってくる。

馬の古語は馬（ウンマ）であると説明したであろう。だが又馬には馬（オロ）と云う古名もあるのである。「オロ」は天照大御神でも説明した如く日の命達高貴神の在した所には芫（オロ）又は篤（オロ）の地名が存するのである。勿論、芫（オロ）は要害絶壁で安住の地のことになる。よって動物の馬も人と共に安住の生活が厩舎《うまや》に営まれることから大見真（ウンマ）則ち馬（ウンマ）の名を得たものであろうか。だとすれば牛が大人（ウシ）である如く馬は大見真（ウンマ）で日の命のことになり且つ山幸彦のことに解しても良いことになる。

関連してか当地の頴娃《エイ》町に雪丸《ユッマイ》岳と云うがあるが、これは現地の民俗調査から判断して高御産《たかみむ》巣日《すび》の神《かみ》の山戸に間違いあるまい。雪丸《ユッマイ》の名もそれを証しておるのではないだろうか。ところで其の山麓の深山中に御間様（オンマサマ）とも又御馬様（オウンマサマ）とも呼ぶ古い祠が地名と共に遺されておる。従ってこれは高御産巣日の神を尊崇しての呼び名であろう。だとすれば高御産巣日の神則ち高木の神も御馬様《オウンマサマ》で呼ばれたことが疑えないことになる。

そうすると娘が夜な夜な通うたと云う厩舎《うまや》もウンマヤとすれば大見真屋《ウンマヤ》となり、このウンマは山幸彦と申す大見真《ウンマ》に当てられた館に解せねばなるまい。そして桑の木に吊るしたと云うことも吊りは釣りであって話しに釣り込まれたことであろう。又、桑の木は食輪（クワ）の気（キ）に作れるので蚕（飼児）に食わする気（キ）であると解したい。すると古語は自分の老後を見てくれる後継者を飼児（カイゴ）と云うのである。

そこで大変穿った考え方になるが、百姓は一人の娘と暮していた筈である。そうすると通例の常識では娘に聟養子を取って家を継がせる考えであったに違いあるまい。然し娘（豊玉姫）が愛した相手（馬）は山幸彦で天つ日継の御子となられる方である。よって百姓が要請する養子には応じられないことから馬の口は固くなり、比喩で口は殺された形になったのではあるまいか。それで娘は返事をしない馬の首に取り縋って泣いたのであろう。それで百姓は娘可愛さの親心からいきなり斧で首を切り落したものと解したい。

だが古語の斧は斧（ヨッ）であるから欲（ヨッ）にも作れる。然しこの際は寄り（ヨッ）に解し歩み寄り即ち同調のことに解すべきでなかろうか。又、首の古語は喉首（ノドクビ）にも云うから語原は口と胃袋とがからみ合う（ノ）戸（ト）の首と云うことになる。又、首の語原は胃袋に食（ク）い入れる樋（ヒ）でなければなるまい。

だとすれば首を切り落したと云うことは、百姓は自分の老後を安楽に食（ク）わんがために娘に聟養子を迎えたいが、それを断念して（首を切り落として）馬の嫁として差し上げることを決意したと解してもよいであろう。故にこそ娘は馬の首に乗って天則ち山幸彦の国に参い昇ったのではあるまいか。そしてその時より百姓は御白様（オシラサマ）に成られたことになる。

即ち、古語の白（シラ）は粃（シラ）であって、空実になることを思い出していただきたい。そうすると、海の主権者で綿津見の神と申された百姓の地位の御身分であられたが、娘と共に地位も山幸彦という馬様に御譲渡されて全くの空位則ち「オシラサマ」に成られたことに言えるであろう。

以上奥羽地方の伝説について解説したが、奥羽地方の「オシラサマ」と云うのはこの綿津見の神のことで実際は当地の永沢《ナゴサ》川河口港の西岸にある白沢津（シラサマツ）のお人であることに考えられるのである。そして御白様になられたことにより天津日高の父神としての礼遇を御受けになり山戸を大倭豊秋津島の中心部に進め大いに繁栄されたものではなかろうかと思われる。何故なら伊邪那岐の命の山戸大野岳の奥深い海岸寄りに荒平岳と云うがあって其処に白沢戸（シラサマド）の地名が見られるからである。

尚その周辺には石塚《イシヂカ》、宇都《ウト》、外戸口《ケドンクッ》（飼人口）、牧《マッ》、松元《マツモト》、枦ノ元《ハシノモト》、桑迫《クワサコ》、鎌迫《カマサコ》、矢筆《ヤビッ》等古代の豪勢を語る地名が豊富である。特にこの矢筆《ヤビッ》は山幸彦の高千穂山にも矢櫃（ヤビッ）の名を遺すのが不思議である。尚、塩椎の神の「オクナイサマ」達が主祭神として祀られた宮は延喜式までは和多津見《わだつみ》神社の名で薩摩の一之宮であるが、現在は牧聞《ヒラキキ》神社もこの白沢戸《シラサマド》から程遠からぬ開《カイ》聞岳《モンダケ》山麓であることを加えておく。

・結婚に解する奇習

小説倶楽部が伝える仙台地方の奇習も当地の俗習と一連のものがあるので遠祖達が移動した経路を知る上にも面白いと思われるので参考とされたい。

旧仙台領には「モチキリ」と云う出産に擬する習慣あり。これは其の地方の老婆一人腰に擂《すり》小《こ》木《ぎ》を帯し医者に扮し、他に「トリアゲ」と称する襷をかけた老婆を伴い、其の年に新婦のありたる家を訪れる。訪れた老婆はいきなり新婦の腰を抱いて「産まさぬか、産まさぬか」。新婦苦しさの余り「産まします、産まします」と言えば一人はかねて用意してある人形を出し産湯をつかわす真似をする。これは出産した時と同じような事をするのだが、こうして酒肴を喫し祝いさざめきて帰るなり。かくすれば年の中に懐妊すると信じておる。

ところがこの奇習と内容を一連にするものが私の地方でも孕（ハラメ）の名で少年団行事として行われていたのである。正月十四日を「モチ年」と言い屋内の要所は勿論竈から便所に至るまで榎《えのき》の小枝に米と粟の小餅を突き刺したものを供えて祝ったものである。故に小餅は子持ちに通じ鏡餅は鏡持ちに通ずる希いを込めたのが原形であろう。だから十四日の夕方になると少年達は孕（ハラメ）の歌い文句を高らかに唱和しながら全員集合し其の年の新婚家庭を訪問して祝ったのである。御馳走は豆腐の吸物と大根「ナマス」それに数の子であったと記憶する。又、帰りには各人米と粟の小餅一個宛を頂いて土産にしたものであった。勿論、孕棒《ハラメンボ》を各自所持したが今にして思えば男根を象った物に思える。故に「ソラヨイ」行事と共に古代は子供の出生が何より大事であったらしく受取られる。

《注　薩南台地門村《カドムラ》に伝えられた行事である「ハラメ」と「ソラヨイ」については『南九州門村《カドムラ》の「歳事しきたり」と「河童《グワンパ》伝説」』（飯野布志夫著、高城書房刊）を参照。》

第七二節　海神《わだつみ》の宮

本文

【故、教えし随《まにま》に、少し出で坐《ま》しけるに、備《つぶ》さにその言う如くなりしかば、即ち香木《かつら》に登りて、坐しましき。茲に海《わた》の神《かみ》の御《み》女《むすめ》、豊玉《とよたま》毘売《ひめ》の従婢《まかたち》、玉器《たまもい》を持ちて水酌《く》まむとする時に、井《い》に光《ひかり》あり。仰ぎ見れば、麗《うるわ》しき壮夫《おのこ》あり、いと異《あや》しと思いき。爾に火遠理《ほおり》の命《みこと》、その婢《おみな》を見給いて「水を得さしめよ。」と乞い給いき。】

語句の解説

豊玉毘売（トヨタマヒメ）

この御名の豊（トヨ）も十代（トヨ）であって永代（トヨ）に亘り其の御魂（ミタマ）が仰がれる毘売と云うことに解したい。当地では後代の天智天皇と大宮姫との間に御生まれと思える皇女御姉妹姫を神代の豊玉毘売《とよたまひめ》と玉依毘売《たまよりひめ》御姉妹に混同誤認しておる向きが多く見受けられるが具体的な研究が進めばこの誤りの除去は容易であろう。

《注　豊玉姫神社　鹿児島県南九州市知覧《チラン》町字宮園《ミヤゾン》
　祭神＝豊玉媛命、日子火火出見命、豊玉彦命、玉依毘売命》

従婢（マカタチ）

説に従えばこの従婢は前子等の約言であると云う。だが古語は前子等の名を聞かれない。よって、これを別の形で解明すればマカは賄《まかない》の賄（マカ）若しくは任《まか》せるの任（マカ）に解すべきでなかろうか。すると任（マカ）せると云うことは任された者の一方的責任の仕事になる。よって任《まか》せる（古語は任《マカ》スル）と云う古語の意味が何処まで発展するかを究めて頂きたい。そうすると従婢の内容ははっきりするであろう。

玉器（タマモイ）

この玉器も説に従えば玉は美称で器（モイ）は飲用水のことであると云う。そしてそれを器にも転用したものとのことである。然しこれも古語では全然聞かれない。よって表面的解説はそれでよいとしても隠語の真実は別途に解せねばなるまい。

御承知の通り古語は勿論であるが共通語であっても玉と云う範囲は極めて広いであろう。語原は最高（タ）にして真（マ）なるものである。よってこの場合は味御路《しうまみち》を求めての道行きで起こった事柄であるからそれであればその玉は男性を象徴する玉なるものに解すべきではなかろうか。そうすると器（モイ）は天若日子の森山（モイヤマ）で説明した如く守《も》り守《も》るということで定住のことに解せねばなるまい。だとすれば男性の象徴物の玉を守《も》りに守《も》って定住するという意味合いに解すればそれ以上の説明は必要ないと思う。故に、玉器《たまもい》は女性である従婢《まかたち》も各自に御所持のことに言わねばならぬ。

尚、余談になるが玉器は字義の通り男性を象徴する玉の器（ウツワ）に解してもよいであろう。又、玉を子守《こも》りの如く守り（モイ）則ち器（モイ）に解しても意は通ずる筈である。

水（ミヅ）

この水は古語でも水（ミヅ）を飲むと云うので水（ミヅ）が原形のようにも思える。然し水の活用語から考えると水（ミヂ）が原名ではあるまいか。故に古語で水（ミヅ）と云う場合は「水を」と云う語法が水（ミヅ）になっておると解せられる。他の語例では「道を」は道（ミツ）になる。よって、古語の語法で水、道、梶等が各々主体となる場合は水（ミヂ）道（ミチ）梶（カヂ）であり、客体となる場合は水（ミヅ）道（ミツ）梶（カヅ）になるが如きである。

《注　「水」の基幹母音連係三段約用については一三五頁を参照のこと。》

では水（ミヂ）の語原は何かと言えば身地（ミヂ）ではあるまいか。即ち身の本地は水にあると云うことである。御承知の通り数日の絶水で直ちに脱水症状におち入り又人生最後の要求を死に水と云うのもこのことを語っておるものと思う。だとすれば人身が生れつき持ち合せておる本地則ち本性と云うことにも解せられる。そうすると従婢（マカタチ）が水を酌まんとする心も何を期待してのことか御理解出来るであろう。若しこのことに納得が得られないとするならば其方面で水上げと云うことや又水商売と云うことを究明されたい。

余談になるが海原（ウナバラ）の名は古語の大名原（ウナバラ）になるので浮名の原と云うことになる。従って綿津見の神の港にもこうした繁栄が見られたのではあるまいか。又、実際的にも永沢河口港には千ヶ瀬（センガセ）と云うがあって里人の間には「セン女」にまつわる艶名が語り伝えられておる。

光（ヒカリ）

この光りも表面的には光りで良いとしても実際的に井の中に光りありと云う神秘は考えられない。よってこの光りは語原的な解明が必要であろう。すると光りの「ヒ」は既に説明した如く肉眼の前に正体を現さない神秘体である。そして次の「カリ」は「狩り」でもあり「刈り」でもあろう。

そうすると「光り」とは「陰狩《ひかり》り」のことで、陰部の陰（ヒ）を狩り出すということに解せられる。だとすればこの場合の光りは山幸彦の陰狩（ヒカリ）が井の水面に影を映していたことに解しなければなるまい。

本文

【婢《まかたち》、乃ち水を酌《く》みて、玉器《たまもい》に入れて奉りき。ここに水をば飲み給わずて、御頸《みくび》の璵《たま》を解《と》かして、御口に含みて、其の玉器に唾《つば》き入れ給いき。茲にその璵《たま》、器《もい》に着きて、婢《まかたち》璵《たま》を得離《えはな》たず。故、璵《たま》つけながら、豊玉毘売《とよたまひめ》の命《みこと》に奉りき。ここに其の璵《たま》を見て婢《まかたち》に「若し門《かど》の外に人ありや。」と問い給えば「我が井《い》の上《へ》の香木《かつら》の上に人坐す。いと麗《うるわ》しき壮夫《おのこ》に坐す。我が王《きみ》にも優《まさ》りて、いと貴し。」】

語句の解説

婢、乃ち水を酌みて（マカタチ、スナワチミズヲクミテ）

このことも表面的解説としてはこのままで良いのであろう。だが裏面的に真意をのぞけば山幸彦が水を得せしめよと仰せられたことを常の水則ち身地（ミヂ）の要求に酌み取って自からの玉器に入れ奉らんとしたことに解せねばなるまい。だが其の水は飲み給わずてであるから婢の玉器の要求ではあられなかったことに解すべきであろう。

御頸の璵を解かして（ミクビノタマヲトカシテ）

この御頸は共通語でも云うように古語でも其の事一つに命をかけておることを首ったけになっておると云う。特に色恋の道に関しては多く用いられておるように見受ける。故に山幸彦が御頸の璵を解かしてと云うことは此の首ったけになって御出る御魂を御解きになられると云うことで口外にされたことではあるまいか。だからこそ口に含みて唾きされたのであろう。古語社会では口にしたくない事をいやいやながら口に語る場合にはよく唾きする習性が見られる。然かも唾き入れ給うたのは玉器であられる。すると其の玉器は婢の玉器ではなく其れ以外の方の玉器であらねばなるまい。だから婢は其の方のことは私は知らないと謝絶に努めたが得離さなかったことに書かれておる。故に婢は致し方ないので山幸彦の魂（タマ）を要望の玉器に着けながら事の次第を豊玉毘売の命に御報告申し上げたものと解したい。

本文

【故、其の人、水を乞《こ》わせる故に奉りしかば、水を飲まさずて、この璵《たま》をなも、唾《つば》き入れ給える。これ得《え》離《はな》たぬ故に、入れながら持ち参来《まいき》て奉りぬ。」と申しき。故、豊玉毘売《とよたまひめ》の命《みこと》、あやしと思ほして出で見て、乃ち見感《みめ》でて、目合《まぐあ》いして、その父に「吾が門《かど》に麗《うるわ》しき人坐す。」と白《まう》し給いき。茲に海《わだ》の神自ら出で見て「此の人は、天津日高《あまつひたか》の御子《みこ》虚空津日高《そらつひたか》に坐せり」と云いて、即ち内に率《い》て入れ奉りて、美知《みち》の皮《かわ》の疊《たたみ》八重《やえ》に敷《し》き、亦《また》絁疊《きぬたたみ》八重《やえ》を其の上に敷きて、其の上に坐させ奉りて、百取《ももとり》の机代《つくえしろ》の物《もの》を、具《そな》えて御饗《みあえ》して、即ち其の御女《みむすめ》、豊玉毘売を、婚《あわ》せ奉りき。故、三年《みとせ》まで其の国に住み給いき。】

語句の解説

目合い（マグアイ）

この目合いは既に説明した遘合（マクアイ）と同じで交合のことに解したい。

美知の皮（ミチノカワ）

この美知の皮と云うのは古語でも聞かれない。だが書紀にも海驢（ミチ）の皮とあるから美知であることには違いあるまい。そうするとこれも又語原から推定する外あるまい。然しこの美知はどう考えても道にしかならないようである。そこで道の語原を考えると身着（ミチ）になってくる。よって人生を平和に生き抜くためにはお互が分（ブン）則ち歩見（ブン）に応じ身（ミ）に着（チ）けていなければならぬ倫理即ち人道がこの美知ではあるまいか。

そうすると古語では嘘が露見したことに嘘の皮が剝げたと云う。だとすれば此の皮は河でもあり又皮膚でもあらねばなるまい。よってこの皮は「カ」の作用に輪（ワ）をして逸脱することのないように努めることに解せねばならぬ。共通語でも猫の皮を被っておるとは言わないであろうか。だとすれば美知の皮と云うことは山幸彦と綿津見の神との間に新しく結ばれた豊玉毘売を通じての親子関係と云う倫理の皮を着て其の中に身を置くことに解すべきであろう。従って東北地方の伝説でも伝えられている「オシラサマ」になられたと云うことに解される。

疊を八重に敷き（タタミヲヤエニシキ）

これは畳でもよかろうが神代に畳があったかは疑わしい。よってこの畳は衣類等を畳むの畳に解し綿津見の神の胸奥深く畳み込まれた誠意を八重に敷きと解すべきでなかろうか。勿論、衣類も畳めば古語は畳む（タツム）になるので最高（タ）の詰む（ツム）になる。よって結集の密度が濃厚に強化されたことに言えよう。従って綿津見の神の全勢力を挙げて協力を誓ったことに解せねばなるまい。

絁疊八重を其の上に敷き（キヌダタミヤエヲソノウエニシキ）

この絁（キヌ）は絹（キヌ）であろうから表面上では絹畳を八重に敷いたと解してもよかろう。だが真実言わんとする心はもっと奥深い所にあるのではあるまいか。何故なら古語は絹を絹（キミ則ちキン）と云うからである。すると古語の絹（キン）は公達（キンダチ）や神武天皇の御弓に止まった金の鵄の金（キン）にもならねばならない。

そうすると絁疊《きぬだたみ》八重《やえ》に敷きと云うことは綿津身の神達は既に美知《みち》の皮を敷き山佐知毘古に対し臣節の礼即ち道に就くことを誓われて八重に敷いた畳に御着きになられて御出なされたのである。そうすると其の上に絁疊八重に敷きであるから綿津見の神の上段に山佐知毘古を招じる座を設け新なる大君として仕え奉ると云うことが君（キン）則ち絁（キン）の畳を八重に敷いて座らしめ給うことであると解さなければなるまい。

余談になるが以上の如く漢字に眩惑されることなく古語の基本に遡って語原的な解読による時初めて神話も人の世の事として天日を見るに至るであろう。

百取の机代の物（モモトリノツクエシロノモノ）

このことも先きに木花之佐久夜毘売《このはなのさくやひめ》の条で説明した如く、交際上に贈答する代物に解すべきであろう。

第七三節　大きなる歎き

本文

【ここに火遠理《ほおり》の命《みこと》、その初めのことを思ほして、大きなる嘆《なげ》き一つし給いき。故、豊玉毘売《とよたまひめ》の命《みこと》、その御嘆きを聞かして、その父に白《まう》し給わく、「三年《みとせ》住み給えども、恒《つね》は嘆かす事もなかりしに、今夜《こよい》大きなる嘆き一つし給いつるは、若《も》し何の所由《ゆえ》あるにか。」と白し給えば、その父の大神、其の御聟《みむこ》の君に問いまつらく、「今旦《けさ》、我《あれ》が女《むすめ》の語《かた》るを聞けば、三年坐しませども、恒《つね》は嘆かすこともなかりしに、今夜大きなる嘆きし給ひつと申せり。若し所由《ゆえ》ありや。亦此処に到りませる、所由《ゆえ》は奈何《いかに》ぞ」と問い給いき。】

語句の解説

この本文には殆ど説明の要はあるまい。但し今旦は今朝（ケサ）に訓むべきであり、又若し何の所由あるにかとあるは若し何ぞ故あるにかと読んでよいらしい。従って所由は故に読んでもよいことになる。

本文

【爾に其の大神に、つぶさに其の兄の、失せにし鉤《つりばり》（鉤《つりばり》）を、罰《はた》れる状《さま》を語り給いき。是を以て海《わだ》の神、悉《ことごと》に海《はた》の大小魚《ひろものはたのさもの》を召《よ》び集めて「若しこの鉤《つりばり》を取れる魚ありや」と問い給う。故、諸《もろもろ》の魚《うを》ども白さく「この頃赤海鯽魚《たい》なも、喉《のど》に鯁《のぎ》ありて、物得食《ものえく》はずと愁《うれ》うなれば、必ずこれ取りつらむ」と白《まう》しき。茲に赤海鯽魚《たい》の喉《のど》を探りしかば鉤《つりばり》あり。即ち取り出でて、清洗《すま》して、火遠理《ほおり》の命《みこと》に奉る時に、其の綿津見の大神、誨《おし》へ奉りけらく「此の鉤《つりばり》を、其の兄に給わむ時に、言り給わむ状は、此の鉤《つりばり》は淤煩鉤《おぼち》、須須鉤《すすち》、貪鉤《まぢち》、宇流鉤《うるち》と云いて、後《しり》え手《て》に賜え。」】

語句の解説

海の大小魚（ハタノヒロモノハタノサモノ）

この海の大小魚は「ハタノヒロモノ、ハタノサモノ」と訓むものらしい。だとすれば既に説明してある通り海に生活しておる大小の人々に解すべきであろう。

赤海鰤魚（タイ）

この赤海鰤魚が鯛（タイ）であるならば何故に鯛の字にしないで難解の字を用いたかが問題である。よって先づ赤海鰤魚を語原から究明して見たい。

赤の語原は上層に浮上進出（ア）しておる「カ」の作用である。従って赤であり垢であることになる。ところが古語ではこの赤（垢）に対して赤（垢）の他人と云う言葉が使われておる。故に赤（垢）は人体や衣類等の表面に附着して「カ」の作用を示してはおるが身体や衣類を本質的に赤（垢）にしておるわけではないことになる。よって赤（垢）の他人になるのであろう。そうするとこの赤は綿津見の神に附着の姿を示しては居るが本心からの随身ではなかったことを語る事になる。又、次の海は大見（ウミ）が古語であろうが此の場合の海は海佐知毘古の海に解すべきでなかろうか。そうすると海佐知毘古に通じておる者に考えられる。

又、次の鰤（ブリ）は古語が鰤（ブイ）であるから歩（ブ）が著しい（イ）ことになる。よって古語では常人に優って品位等が勝れておればあの人は「ブッておる」と言い、又自から偉そうに振舞えば「良か振（ヨカブッ）ておる」と云う。よってこの鰤は諸民の中に頭角を著わしておる一廉の人物に解せねばなるまい。そうすると赤海鰤魚と云うことは綿津見の神に随身しておる如く見せかけて本当は全くの他人で海幸彦に通じておる強《したた》か者と云うことになる。殊にこれを鯛（タイ）に訓ませてあるに於いておやである。

又、書紀はこれを赤女（アカメ）に伝えておるが古語で赤目《アカメ》と言えば眼瞼が赤く爛れた者か又は何かの事件で眠るを許されず眼を充血さしておることかになる。よって何れにしても衆人に仲間外れに取扱われておる者にしか考えられない。語原的には赤舞（アカマイ）則ち赤舞（アカメ）であって赤（垢）の他人に住居に丸（舞）しておる者のことになる。

喉に鯁ありて、物得食はず（ノドニノギアリテ、モノエクハズ）

この喉は既に説明した如く海幸彦と赤海鰤魚がからみ合う（ノ）戸（ト）であろう。そして鯁（ノギ）はからみ合う（ノ）事を隔絶（ギ）したことになる。そうすると喉に鯁ありては赤海鰤魚が海幸彦にからみ着いて格別の庇護を受けていた事態に隔絶を見る事柄が生じたことになる。よって物得食わずに愁えておるのではあるまいか。つまり赤海鰤魚が海幸彦に疑われるに至ったのであろう。

淤煩鈎（オボチ）

古語で煩鈎（ボチ）則ち煩鈎（ボッ）だったと言えば駄目や失敗であったことになる。語原は棒（ボ）に着（チ）いたことになるから枝も葉もない全くの徒手空拳のことになる。よって共通語の没（ボツ）に解してもよいのであるまいか。殊にここで云うのは淤煩鈎であるから抽《ぬき》ん出た（オ）の煩鈎（ボチ）となるので取り返しのつかない煩鈎（ボチ）則ち棒着（ボチ）に解さねばなるまい。

須須釣（ススチ）

この須須釣を古語に発音すれば須須釣（ススッ）となる。よって既に説明してある芒（ススキ）則ち古語の芒（ススッ）と語原を同じにする語と言わねばならぬ。だとすれば芒で説明した如く寒寒とした冬空が間近に迫っておることに解すべきであろう。そうすると須須釣（ススチ）と云うことは青草や夏木が木枯らし則ち古語の霜枯れのため枯れた姿に変わることが着いておると解せねばなるまい。

貪釣（マヂチ）

この語の発音も古語は貪釣（マヂッ）となる。貧（マヂ）は共通語の不味い（マズイ、古語はマヂ）や貧しい（マズシイ、古語はマヂシ）の貧（マヂ）であろう。従って基本は「マ」を「ダ行」に活用した語になるので貧（マヂ）ことが着（チ）いておるのが貧釣（マヂチ）であると解せねばならぬ。

貧（マヂ）の語原は真地（マヂ）で真（マ）なる本地（ヂ）と云うことになる。大体人間は裸で生れ出で死して裸に帰ると云うのが古代思想らしいからこの姿が真地（マヂ）なのであろうか。又はそれとも其の人が待ち合せて生れ出た本性本能のことであろうか。兎に角、古語は公然たる打つ手に困った場合に「真地《マヂ》ことになった」と云う。そして、死人や災難等にあえば一体不可分の津（ツ）を冠して「津貧釣（ツマヂッ）だった」と云うのである。故に貧釣（マヂチ）は人の胸奥深く巣食うておる清明を欠いた魔なる者の真地《マヂ》が着いて身を亡ぼすに至ると解すべきでなかろうか。

宇流釣（ウルチ）

この宇流釣の発音は宇流釣（ウルッ）になるので古語は潤いのことになる。即ち古語は人類社会や作物等に生気が見えてくると「潤う（ウルッ）来た」と云うのである。だとすればこの語は前三句とは全然反対の語意を示すことになる。よって此の語は古語の宇呂釣（ウロッ）の誤りではあるまいか。すると古語で「宇呂釣（ウロッ）しておる」と言えば薄のろか間抜けかのことになるのである。

本文

【然して其の兄高田《あげた》を作らば、汝が命は下田《くぼた》を営《つく》り給え。その兄下田を作らば、高田を営り給え。然為給《しかしたま》わば、吾《あれ》水を掌《も》れば、三年《みとせ》の間必ず、其の兄貧しくなりなむ。若しそれ、然為給《しかしたま》うことを恨みて攻めなば、鹽盈珠《しおみつたま》（塩盈珠《シオミツルノタマ》）を出《いだ》して溺《おぼ》らし、若しそれ愁い申さば、鹽乾珠《しおひるたま》（塩乾《シオヒル》珠《ノタマ》）を出して活《い》かし、かくして苦しめ給え。」と白《まう》して、鹽盈珠《しおみつたま》、鹽乾珠《しおひるたま》併せて二個《ふたつ》を授けまつりて、即ち悉《ことごと》に、和邇《わに》魚どもを呼び集めて、問い給わく「今天つ日高の御子、虚空津日高《そらつひたか》、上《うわ》つ国に幸《いで》まさんとす。誰は、幾日に送り奉りて、覆奏《かえりごと》申さむ」と問い給いき。】

語句の解説

高田（アゲタ）

この高田は高田（アゲタ）に訓ましてあるが古語では例え引き上った場所であっても高田（アゲタ）とは言わないようである。そして古語で「アゲ田」と云う場合は耕作を休止しておる田のことになるようである。但し古語でも海岸から引き上った内陸部には「アゲ」と云う場合もあることを加えておく。

よってこの高田は常例の通り高田（タカタ）に読むべきものではあるまいか。若し高田（タカタ）であるとするならば山佐知毘古の御陵高屋山上陵《たかやのやまのうえのみささぎ》の西側から北側に亘る大水田帯が高田（タカタ）であって川辺町《カワナベ》の米作主産地になっておる。

尚、高田《タカタ》の意は虚空津日高と申す高（タカ）の御田と云う名ではあるまいか。何故ならこの高《タカ》田《タ》地内であろう所に宮《ミヤ》（御屋）と云う部落があって其処に飯倉《イクラ》神社と云うが繁栄を極めておるからである。祭神は玉依毘売になっておるらしいがこれは知覧《チラン》町の豊玉姫神社と同様に天智天皇の皇女御姉妹が神代の豊玉毘売と玉依毘売に置きかえられたものであろうことは疑いなかろう。故にこの神社名飯倉（イクラ）の名は特に著しい（イ）座（クラ）又は倉（クラ）になることからして日子穂々手見の命が日常の家庭生活を御営みになられた中巣ではあられなかったかの疑いが深く持たされる。即ちこの宮は神代に虚空津日高の山幸彦が日常に御住居した御屋であられたことからして高屋《たかや》の御名でも呼ばれなかったろうかと云う疑いである。

若しそうだとすればこの高屋の南東に接する高台地の山上の陵高塚《タカチカ》が高屋山上陵《たかやのやまのうえのみささぎ》になるので御陵名とも一致を見ることになる。又この命の山戸は高千穂の名で伝えられておるが現地は高《タカ》屋霧《ヤキイ》になっておる所以も了解が得られることになる。尚、周辺部落の桐木（キノキ）や松崎《マッサキ》の名もこれを裏付しておると思う。殊に注目が願いたいのはこの高田《タカタ》一帯の人達に使われておる言葉遣いが川辺町《カワナベ》広瀬川《ヒロセガワ》以北の比較的丁重な語法に対し稍々粗雑な知覧《チラン》系統の言葉遣いになっておることである。故に神代の国と其の住民関係が語られておるものではあるまいか。最後にこの高田《タカタ》は天の安の河が阿多《アタ》の小碕《コサキ》の君《キミ》の地を流れて更に其の下流になるのである。

下田（クボタ）

当地方ではこの下田（クボタ）には殆ど久保田の字が用いられており又久保と名がつく所は凹地であって地味肥沃な農地の代名詞如きになっておる。ところでこの下田《くぼた》則ち久保田《クボタ》の地であるがおかしなことに高田《タカタ》水田帯の上流二河川にこれを見ることが出来るのである。大体この高田《タカタ》には知覧《チラン》地内の高天原から流れる天の安の河の流れと日子穂々手見の命の高千穂の宮から流れる麓（ヒンモト）川則ち日の本（ヒンモト）川に作れる二河川が流れをこの高田《タカタ》に集めて広瀬川《ヒロセガワ》に合流しておる。そして其の天の安の河と日の本の河の各々の上流四千米位の所に久保田《クボタ》の地名が存するのである。だが海幸彦の瀬世《セセ》即ち阿多《アタ》の小碕《コサキ》の地から言えば天の安の河の久保田《クボタ》が二千米足らずの下流になるので下田（クボタ）の字に適合するのではあるまいか。

塩盈の珠（シオミツルノタマ）

このことを表面通りに解すればこの珠で潮を満ちしめて火照の命を溺らしたことにならねばならぬ。だが人の世にそのようなことがあり得る筈はない。

そこで考えられるのは古代社会の常識である。古代社会では運勢が上向いて繁栄を辿れば満ち潮に乗っておると言い落目に向えば引潮に引かれて落ぶれて行くと云う。又、出産や命数尽きて息を引き取る時間等も潮の干満にからませて判断していたものである。よってこの天地の理法に信じていた潮の干満を珠にからませて海幸山幸の勢力交替を裏づけしたものではあるまいか。勿論、其の陰には塩椎の神や綿津見の神達が糸を引いて世論の誘導に努めたものであろう。

　尚、塩盈の珠についての愚見を述ぶれば綿津見の神は海人であられるから月の出月の入りの時間又は満月半月等の関係からして潮の大小や干満の時間等も熟知の筈であられる。そして又風向雲行き潮鳴り視界等諸般のことから天候の予知も経験豊かであられたことに思う。よって之等のことを知る魂が本当は塩盈の珠（魂）であり又塩乾の珠（魂）ではあるまいか。若しそうだとすれば塩盈の珠と塩乾の珠を授け給うたと云うことは潮の干満大小に関する魂（タマ）則ち知識を御授けになられたことになる。

　尚、余談になるが古代社会に於ける山手の人達は潮の乾満は聞き知っていても具体的な知識は持ち合わせがなく天つ神の御久士《クシ》に基づくもの位いに信じていたのではあるまいか。故に一般諸人の信頼を篤くするために乾満二つの珠を授けて珠の神秘を身に着けた山幸彦に仕立て上げたものであるかも知れない。先きに述べた通り玉虫の甲翅でさえも所持すれば魔の難が避けられると信じていた古代の思想であるから有り勝な計らいとも言えよう。殊に後代に至ってさえ新田義貞公は鎌倉の稲村ヶ崎で海に劔を投じられて潮を退かせ一軍の志気を大いに振わせ大勝に導いたと云う古事を思えば尚更のことである。

本文

【故、各《おの》も己《おの》も、身の尋《ながさ》の随《まにま》に、日を限りて白《まう》すに、一尋和邇《ひとひろわに》「僕は一日《ひとひ》に送り奉りて還《かえ》り来《き》なむ」と白す。故、其の一尋和邇に「然らば汝送り奉りてよ。若し海中《わたなか》を渡る時、勿《な》（無令）惶畏《かしこ》ませ奉りそ」と告《の》りて、即ちその和邇の頸《くび》に載《の》せ奉りて、送り出し奉りき。故、謂《い》いしがごと一日の内に、送り奉りき。その和邇返りなむとせし時に、御佩《みはか》せる紐小刀《ひもこがたな》を解かして、其の頸《くび》に著《つ》けてなも、返し給いける。故、その一尋和邇をば今に、佐比持《さひもち》の神とぞ謂《い》うなる。】

語句の解説

一尋和邇（ヒトヒロワニ）

この一尋和邇《わに》は既に説明した通り刳舟《くりぶね》のことである。従って一尋位の小型刳舟に解せねばなるまい。又、小型の刳舟でなければ永沢川《ナゴサガワ》が深い渓谷をなす山崎の谷あたりは溯江《そこう》が不可能だったのではあるまいか。尚、先きに和邇魚共を呼び集め云々の魚は和邇を操る人のことに解すべきであろう。

勿惶畏ませ（ナカシコマセ）

この原文は無令惶畏即載其和邇之頸としてある。そしてこれを勿惶畏ませに訓むものらしい。そこでこの和邇《わに》の水路を綿津見の神の白沢津《シラサマツ》港を基点にして塩椎の神の大隣《オッナイ》に至る間を具体的にしてみたい。白沢津《シラサマツ》から永沢《ナゴサ》河口港までを陸路で直線に取れば二千米に足るまい。然し海路を往くとすれば岬を迂回することになるので三千米に余るであろう。

又、永沢《ナゴサ》から大隣《オッナイ》までは永沢川《ナゴサガワ》を溯江することになるので困難な水路と言わねばならぬ。だが往古はもっと海面が高く陸地が低かったらしいので満潮時には相当奥深い所まで和邇の航行が可能だったのではあるまいか。距離は凡そ四千米位に思われる。従って一日で御送り可能な距離に言えるであろう。

和邇の頸に載せ奉りて（ワニノクビニノセタテマツリテ）

これは一尋和邇の頸であるから小さな刳舟の船首に近い上座と解したい。

紐小刀（ヒモコガタナ）

この紐を古語は紐（ヒボ）と云うから紐（ヒオ）が原形であろう。そして発音の語呂上紐（ヒボ）になったものと解したい。共通語でも同様に母音を「オ」にした紐（ヒモ）にしておるのだと思う。だから古語は猫等の尻尾にも尻尾（シイボ）と云うのであろう。故に紐（ヒオ）は目につかないほど（ヒ）の緒（オ）でなければなるまい。よって紐小刀とはこの紐を通すか着けるかして所持する小刀のことに解すべきである。

佐比持の神（サヒモチノカミ）

古語で佐比（サイ）もと言えば是非もと云うことになる。故にこの佐比も猿田毘古の神が天孫の道案内を是非にと買って出た猿（サイ）と同じことに解すべきであろう。この一尋和邇も自から進んで道案内を買って出ておる。故にかく自発的積極的な御奉仕の精神が佐比持の神であると解したい。古語は道祖神も道祖神（サイノカミ）である。

第七四節　塩盈珠《しおみつたま》・塩乾珠《しおひるたま》

本文

【ここを以《も》て備《つぶ》さに、海《わた》の神の教えし言《こと》の如くして、かの鈎《つりばり》を与え給いき。故、それより後いよよ貧しくなりて、更《さら》に荒《あら》き心を起して迫め来る。攻めなむとする時は鹽盈珠《しおみつたま》を出《いだ》して溺《おぼ》らし、それを愁《うれ》いまをせば、鹽乾珠《しおひるたま》を出して救い、かくして窘《たしな》めたまう時に、稽《の》首《み》白《まう》さく「僕は今より以後、汝が命の晝夜《ひるよる》の守護人《まもりびと》となりてぞ仕《つか》えまつらむ」と白しき。故、今に至るまで、その溺《おぼ》れし時の種種《くさぐさ》の態《わざ》、絶えず仕えまつるなり。】

語句の解説

本節は別段の解説も必要としないので其の後に於ける当地の物語り等を参考として補足しておきたい。尚、本文に海幸彦は守護人になりて云々とあるから臣籍降下のことであろう。又、溺《おぼ》れし時の種種《くさぐさ》の態《わざ》とあるので犬の真似して云々と言われているが動物の犬のことではあるまい。古語では犬をインと呼ぶのでそれであれば神に奉仕する忌部氏の忌（イミ則ちイン）に解し忠誠の限りを尽して守護にあたったということである。隼人《はやと》の活動はこれを証しておると思う。

次に瀬世《セセ》祭りを説明しておきたい。瀬世《セセ》の人達は後代に至り我等の氏神は大隣《オッナイ》に在すとして瀬《セ》世区の門園《カドンソン》、五反田《ゴタンダ》、河之田《ガワンタ》、池之門《イケンカド》の四翁則ち帯名《オッナ》が氏神奪いに行ったと云う。ところが大隣《オッナイ》の鬼《オン》共に見つかり追われたので四神体中の中から稲荷《イナイ》様を奪い二人はその御神体を奉持して走り、二人は鬼《オン》共に弓矢を射かけつつ後退りして逃げ帰ったと云うのである。故に後代も其の姿を再現し祭典時の着座は背中合せに着座する慣わしにしていたらしい。故に背中合せのことを今でも瀬世祭り《セセマツイ》と云う。するとこの背中合せは古語で仲違いのことにもなることからして海幸彦と山幸彦の仲違いのことも半ば意味しておるものではあるまいか。

次に此の奪って来た氏神は稲荷（イナイ）様であったが此の神は神武天皇の皇兄であられる稲氷（イナイ）の命ではあられまいか。命は御母の国として海原に入らされたことになって御出るので白沢津《シラサマツ》方面に渡り給うたことになる。又、稲氷様の語原は特に著しい（イ）名（ナ）の日（ヒ）になるので俗信される狐であると云う名とも一致点が見られるであろう。何故なら狐の語原は吉備根（キビネ）則ち菊根（キッネ）にもなるので吉備の国に根を持つと云う名になるからである。だとすれば稲荷（稲氷）様も狐も共に高天原は吉備の国の日の命の系列に解せねばならぬ。よって稲氷の命は高天原の白沢戸《シラサマト》あたりに住まわれたのではあられまいか。故にこそ阿多《アタ》の君《キミ》（注＝臣籍降下した火照《ほでり》の命《みこと》の系＝海幸彦）の子孫達が皇祖直系の稲荷《イナイ》様を氏神として奪ったものではあるまいかと思われる。

次に知覧《チラン》町では知覧節《チランブシ》発祥の地を瀬世《セセ》と大隣《オッナイ》とが互いに争って譲らないのである。そこでその由緒を考えて見ると知覧節《チランブシ》を舞って献上したのは瀬世《セセ》の住人火照《ほでり》の命《みこと》であることが民俗資料から立証されるので瀬世《セセ》の人が「俺らの氏神」と云うのも当然であろう。だが其の知覧節《チランブシ》を受納されたのは火遠理《ほおり》の命《みこと》（山幸彦）でその命《みこと》を助けた塩椎の神は大隣《オッナイ》の住人であることが民俗資料で立証されるので、氏神をお互いに争って譲らないのは当然であろう。参考までであるが、知覧節《チランブシ》歌詞にある「大隣《オッナイ》岳から眺望した下原《シモンハイ》の発展振り」というのは海幸彦が一時支配した海幸彦の国らしく思われるのである。

終りに海幸彦と河童の関係について所見を述べておきたい。当地では河童のことを河童（ガンパ）と云うので河童（ガワンパ）の約言ではあるまいか。語原は我武者羅（ガ）の輪（ワ）で非道に見（ミ）る端（ハ）しくれと云うことになる。だから古語では糊の強い衣類等の如く肌ざわりの悪い物には「ガワン、ガワン」しておると云うのである。だとすれば火照の命の如く肌ざわりの悪い人は「ガワン」であって、尚火照《ほでり》の命《みこと》を上廻るような端しくれ者は河童（ガワンパ、注＝グワンパと発音する）に言えると思う。

若しそうだとすれば瀬世《セセ》の河之田（ガワンタ、注＝グワンタと発音）の翁達が大隣《オッナイ》から奪って来た氏神稲荷《イナイ》様を河之田《ガワンタ》の地に祭祀申し上げておる理由もわかるような気がする。殊に海幸彦の山戸ではなかったろうかと思われる熊曽の国の高天原に岸河内（ガンコッ、注＝グワンコッと発音）と云う河之（ガワン）命（コッ）に作れる地名があることも解決を見ることになる。

そこで河童（ガワンパ、注＝グワンパと発音）の習性を当地の伝説から考えると河童は海幸彦と同じく海や河に生活しておる。そして、為出《し》かす事は人の尻を抜いたり、負けても負けても勝負をかけてくる執念深い河童相撲を挑んだり、或いは夜間ひそかに婦女子を孕ませたりして、成すことの悉くが人類社会の軌道外れを常道としておるのが不思議である。それであっても伝説によれば水中では猿に一呼吸及ばないとするのが面白いであろう。これを古事記と対比すればこの猿は火遠理《ほおり》の命《みこと》を上つ国まで御送り申した一尋《ひとひろ》和邇《わに》と呼ばれた佐比持《さいもち》の神の佐比《さい》則ち猿（古語の発音はサイ）のことではあるまいか。尚、伝説では河童は鎌類の如き金物には手も足も出せないと伝えられているがこれも佐比持の神に与えられた紐小刀に由緒があるのではないだろうか。兎に角、知覧《チラン》地方の風俗で判断すれば瀬世《セセ》の稲荷《イナイ》神社近くに河之田《ガワンタ》の翁の屋敷があり、河之田《ガワンタ》の地名もあり、又河童の真性は君子人であるとする伝説等からして海幸彦と河童は切り離せない間柄に解される。（注＝伝説の内容から判断して海幸彦を比喩で動物の河童に作りたてたのではないかと思われる）

第七五節　鵜《う》葺草葺不合《がやふきあえず》の命《みこと》の出生

本文

【ここに海《わた》の神の御女《みむすめ》、豊玉毘売《とよたまひめ》の命《みこと》、自ら参い出で白《まう》し給わく「妾《あれ》、はやくより妊《はら》めるを、今御子産《う》むべき時になりぬ。此を念《おも》うに天つ神の御子を、海原《うなばら》に生みまつるべきにあらず。故、参い出できつ」とまをし給いき。爾即ち、その海辺《うみべた》の波限《なぎさ》に、鵜《う》の羽《は》を葺草《かや》にして、産殿《うぶや》を造りき。ここに其の産殿《うぶや》未《いま》だ葺《ふ》き合えぬに、御腹《みはら》忍《た》えがたくなり給いければ、産殿《うぶや》に入りましき。】

語句の解説

海原に生みまつるべきにあらず（ウナバラニウミマツルベキニアラズ）

海原は常識の通り海に解してもよかろう。そうすると綿津見の神の白沢津《シラサマツ》に考えねばならぬ。では何故に海原に産むべきでないのだろう。少し穿った考え方かとも思えるが海原の語原は古語では大名原（ウナバラ）にも解されるのである。そうすると古語の常識からすれば父の血（血統）が定まらない腹に言われても致し方あるまい。そして又御夫婦になられたと云う公認は綿津見の神の国に於いてのことであって、火遠理の命が治める上《うわ》つ国である葦原の中つ国では非公式なものであると言われかねない事態になるやも知れない。故に白沢津《シラサマツ》で御生み申したのでは天つ神の御子としての処遇は受け得られない憂えもあったと考えられる。よって火遠理《ほおり》の命《みこと》の御国に於いて天つ神の御子と云う条件を整えた上で御産みする必要があったことに解すべきではなかろうか。

波限（ナギサ）

この波限には原文で註をして訓波限云那芸佐とあるから渚《なぎさ》に違いあるまい。とすれば渚とは波の限りの所と言える。故に産殿を御造営の場所は永沢川《ナゴサ》の上流東岸で葦原国に属する摩佐婦礼（マサブレ）の地ではあるまいか。そしてこの附近までが太古は入江ではなかったろうかと思われる。又、古語は出産のことに病気振い（クサフレ）と云うので正しく振う産褥は正振れ（マサフレ）であって摩佐婦礼《マサブレ》の名が遺されたものと解したい。

鵜の羽を葺草（ウノハヲカヤ）

この葺草にも原文で註がして訓葺草云加夜としてあるので茅（カヤ）のことに違いあるまい。だが如何に神代のこととは言え鵜《う》の羽《は》で屋根が葺けよう筈がない。そこで考えられるのは古語で屋根を葺くに用いる雑茅のことを大茅（ウガヤ）と呼んでいるのである。又、古語は茅《カヤ》の葉《ンハ》とも云う。よって鵜の羽の葺草とあるのは大量の茅則ち大茅（ウガヤ）の葉（羽）を以て屋根葺用としたと解すべきであろう。

尚、余談になるが古代は出産時の出血も汚れの一つに考えたらしいので産殿もそれを避けての一時的な建物としたので臨時用に雑茅の大茅（ウガヤ）を用いたと解したい。

御腹忍えがたく（ミハラタエガタク）

このことは言うまでもなく今日の陣痛のことであろう。古語ではこの陣痛のことに産み息が立ったと云う。そして出産の姿勢も今日の如く寝産ではなく綱に下がるか青竹の杖に縋るかしての立産であったらしい。故に産み落すと云うのであろう。

本文

【ここに御子産《う》みまさむとする時に、其の日子《ひこ》に白《まう》したまわく「凡《すべ》て佗《あだ》し国の人は、子を産むをりになれば、本《もと》つ国の形になりてなも生むなる。故、妾《あれ》も今、本《もと》つ身《み》になりて産みなむとす。妾を見たまうな」と申し給いき。ここに其の言を奇《あや》しと思ほして、其のまさかりに御子産みたまうを、伺見《かいみ》たまえば、八尋和邇《やひろわに》になりて、匍匐《はい》もこよいき。】

語句の解説

佗し国の人（アダシクニノヒト）

この佗し国の人を通例は他国の人に説いておる。だが表面上は兎も角として熟読すればそうと計りは考えられまい。結局は擬人法で局部を指したものであろう。すると佗し国の人と云うことは佗（アダ）な即ち婀娜（アダ）なと云うことで年増等を云うアダに考え其処の住人に考えねばなるまい。解決は次句の解説を待たれたい。

本つ国の形（モトツクニノカタチ）

このことも通説では表面的解説に止まり本《もと》つ国《くに》即ち出生国のことにされておる。然し本文の前後を具体化すれば決して其のことには思えない。御承知の通り出産時には生理的な現象として陰毛の脱落を見るであろう。即ち、出産期の女性は色っぽくなって佗し国の人（婀娜《あだ》し国の人）となるが、陰毛が脱落すれば少女期の本つ国の形になってしまったと言えるのではないだろうか。では何故に豊玉毘売は本つ国の形を恥ぢられたかと云うことになるがそれは古語社会に於いて無毛の女性に交われば汚れると云う笑い話しめいたものがあったからではあるまいか。否一般社会に於いてもこれに基づく笑話は聞かされる語り草であろう。

其のまさかりに（ソノマサカリニ）

このまさかりは真盛りであろう。従って出産の真っ最中のことになる。

伺見（カイミ）

これは伺見（カキマミ）で垣間見であると云う。然しこれは古語の伺見（カイミ）ではあるまいか。だとすれば語法により伺見（カイミ）は伺見（ケミ）になる。従ってこれは古語のケミタ（伺見た）となり、相手の知らぬ間に見て仕舞うたことを表現した語になる。尚、伺（カイ）は既に説明してある如く飼（カイ）でもあるから「カ」の作用が著しい（イ）ことになる。よって一方的な「カ」の作用になる行動で、産褥の姿を伺い見てしまったと云うことであろう。

八尋和邇（ヤヒロワニ）

これが八尋の鰐（ワニ）でないことは常識でも判断できる。だがこのワニは説明した如く刳舟（ワン）のことになるが、刳舟（ワン）にも一尋和邇から八尋和邇まであって八尋和邇が最大の刳舟（ワン）でなければなるまい。そこで此の刳舟（ワン）であるが古語の社会では本つ国の人の事（産褥）を「ワン」とも言っておるようである。共通語でも大きな船を母船と云うから否むわけには行くまい。だとすれば出産時の和邇（ワン）は生理的に拡大して八尋和邇になるやに承知するので其の事に解すべきであろう。

匍匐もこよい（ハイモコヨイ）

匍匐は這いであり「もこよい」は行こうとして行きかねる意で俗に云う「うねりのたくる」のことだと説明されておる。

本文

【即ち、見驚き畏《かしこ》みて、遁《に》げ退《しりぞ》きたまいき。ここに豊玉毘売《とよたまひめ》の命《みこと》、その伺見《かいみ》たまいし事を知らして、うら恥かしとおもほして、其の御子を生み置きて「妾《あれ》、恒《つね》は海つ道《ぢ》を通《とほ》して、通《かよ》わむとこそ思いしを、吾《あ》が形を伺見《かいみ》たまいしが、甚《い》と恥しきこと」とまをして、即ち海坂《うなさか》を塞《せ》きて、返り入りましき。是を以て其の産れませる御子の御名を、天津日高日子波限《あまつひたかひこなぎさ》、建鵜葺草葺不合《たけうがやふきあえず》の命《みこと》と謂《まう》す。】

語句の解説

天津日高日子波限（アマツヒタカヒコナギサ）

この御名は血統・地位・身分・出生の地を現したものであろう。即ち天津は例の通り高天原の天つ神に一体不可分のことであり、日高は日の命で人類社会至高の高（タカ）の地位身分を現したものと思う。次に日子は日の命の御子であって、波限《なぎさ》は御出生の場所のことに解される。尚、この波限（渚）は古語との関係から永沢（ナゴサ）の川の波の限りの所に解すのが妥当ではあるまいか。

建鵜葺草葺不合の命（タケウガヤフキアエズノミコト）

この建は例の通り岳であって高天原のことであろう。古語は高天原のことに岳と云う。次の鵜葺草（ウガヤ）は既に説明の通り大茅（ウガヤ）であって屋根茅のことに相違あるまい。そして次の葺不合（フキアエズ）は古語の形からして次の二様が考えられる。

其の一つは「葺き上げず」であって屋根茅で屋根を葺いて御上げしない産殿と云うことである。そして其の二も同じく「葺き上げず」であるがこれは大茅を以てする屋根の葺き方が中途まででで未だ成就を見ない中にと云うことになる。要するに葺き上げずの「上げず」とは差し上げずの「上げず」に見るか、それとも成就を見ない葺き上げずの「上げず」に見るかの差異と云うことになる。何れにしてもこの御名は古語で云う葺上げず（フッキャゲズ）であることには違いあるまい。古語では「敢えず」や「不合（アエズ）」の語法が見られないからである。

次は余談になるが、この命が御育ちの地は玉依毘売《タマヨリヒメ》御養しの関係から永沢《ナゴサ》の東隣である若宮《ワカミヤ》神社の地ではあるまいか。古老の中には豊玉毘売《トヨタマヒメ》神社の若宮《ワカミヤ》であると云う人もあったと記憶するが社記に伊作領主の創建とあるらしいので断定は出来ない。然し笠沙《カササ》の宮の西千米余りであり周辺地名に園山《ソノヤマ》、竹元《タケモト》（岳元）、若宮《ワカミヤ》等関係深い地名が見られるので関係が偲ばれるのである。

尚、書紀の伝えではこの命は西洲《にしす》の宮に在したことになって御出る。故にこの西洲（ニシス）の地名は知覧《チラン》町の「ニセス」の地ではないかと思われてならない。だとすれば大国主の命陵と考証した岡を「ニセス」の岡とも云うので其の附近に在したことに考えられる。そして其の周辺の地名に上《ノボイ》り屋敷《ヤシッ》、下《クダイ》り屋敷《ヤシッ》、香園《カオイゾン》、味噌石《ニセス》、飯隈牟田《イクマムタ》、庵之元《アンノモト》、今後作《コンゴツクリ》等が見られることからしてその線がつよい。又、御陵である吾平山上陵《あひらのやまのうえのみささぎ》も東方四千米位の高天原の中腹で吾比良《アヒラ》となる地に高塚《タカチカ》（注＝東別府《ヒガシビュ》の高塚山）の名で見られるのも不思議である。

第七六節　赤玉の歌

本文

【然れども後《のち》はその伺見《かいみ》たまいし御心を恨みつつも、恋しさに忍《た》えたまわずて、其の御子を養《ひた》しまつる縁《よし》に因りて、其の弟玉依毘売《たまよりひめ》に附けて歌をなも獻りたまいける。其の歌。

阿加陀麻波　　赤玉は
袁佐閇比迦礼杼　　緒さえ光れど
斯良多麻能　　白玉の
岐美何余曽比斯　　君がよそひし
多布斗久阿理祁理　　貴くありけり

故、其の比古遲《ひこぢ》答えたまいける御歌

意岐都登理　　沖つ鳥
加毛度久斯麻邇　　鴨着く島に
和賀韋泥斯　　我がゐ寝し

伊毛波和須礼士　　妹は忘れじ
余能許登碁登邇　世のことごとに
故、日子穂穂手見《ひこほほでみ》の命《みこと》は、高千穂《たかちほ》の宮に、伍百捌拾歳《いほぢまりやおとせ》ましましき。御陵《みはか》はやがて其の高千穂山の西の方にあり。】

語句の解説

養し（ヒタシ）

説明では養し（ヒタシ）は「日足し」であって養育のことだとされている。然し古語では洗濯物を水に漬けておくことに「浸し（シタシ）」或いは「浸し（シメシ）ておく」と云うのである。そして又、御襁褓（オムツ）のことにも「浸し（シタシ）」と云う。よって古事記が伝える「養し（ヒタシ）」とは古語で云う御襁褓（オムツ）のことに云う「浸し（シタシ）」のことではあるまいか。屎《クッソ》や尿《シビン》等の排泄物を乾布に浸《ひた》し取って幼児を養育することからの養し（シタシ）であると解したい。

玉依毘売（タマヨリヒメ）

この御名の玉依は魂寄りに解すべきではあるまいか。高徳に在して人望を集め、人をして寄らしめ給うたのでこの御名があるものと解したい。勿論、寄《よ》り（ヨイ）は縒《よ》り（ヨイ）や撚《よ》り（ヨイ）又は良い（ヨイ）にもなるので語原的には世（ヨ）を著しく（イ）したことになる。

阿加陀麻波（赤玉は）

これは通説で赤玉に解されているが表面的なことでしかあるまい。この御歌は本文で云う通り恋しさに忍え給わずて送り申したものであるから古代社会の現実としては単なる赤い玉では意味が通らない。よって隠語としてこれを解釈し赤玉を睾丸に置きかえてみると赤丸（アカダマ）と云うことに解すべきでなかろうか。動脈が充血したものであることは八千矛の神の神語りでも明らかである。

袁佐閇比迦礼杼（緒さえ光れど）

このことも表面的には通説の通り「緒さえ光れど」に解しても結構であろう。だが裏言葉としてはそれでは済まされまい。よって緒（袁）は男（オ）に解すべきであろう。そして次の「緒さえ」のサエは「冴え」に解すべきでなかろうか。又次の「光れど」は「引かれど」に解すべきものと思う。そうするとこの句は「男の赤玉の冴えに引かされる」と云うことになる。勿論、冴えの語原は生長発展（サ）に会（エ）することである。

斯良多麻能（白玉の）

このことも表面的には白玉であっても言うことはない。だが裏に返せば白玉の白（シラ）は古語では白のことにならない。（注＝南九州方言では単なる白い玉であればシタタマと呼んでいる）即ち既に説明した通り古語の斯良（シラ）は空実のことであって籾類の粃（シイナ）を粃（シラ）と言ったりする。よってこの白玉は動脈が充血した赤丸《アカダマ》とは反対の玉で空実の玉、即ち粃丸（シラタマ）のことに解せねばなるまい。よって、赤丸《アカダマ》が張り立った姿であるに対し粃丸《シラタマ》とは平静平常の姿と云うことにもなる。

岐美何余曽比斯（君がよそひし）

表面的にこの語句は通説の通りで君が装いしに解してもよいであろう。然し隠語で解すると別の意味になってくる。勿論、岐美《きみ》は君（注＝キミは南九州方言ではキンと発音する）と解されるのである。とすると君にも色々あって、大君の君（キミ）や人体の君（キミ）則ち睾（キン）もあり、又卵の黄味（キミ）や金蠅の金（キミ）などに至るまで君（キミ則ちキン）はさまざまである。よってこの岐美（キミ）は人体の君則ち睾（キン）に解すれば君魂則ち睾丸（キンタマ）に解せねばなるまい。だとすれば君が装いしと云うことは人体の君（君魂《きみたま》則ち睾丸《キンタマ》）が君本来の目的のために装う則ち世添い（ヨソイ）して其の世に添う如き行動に出でんとすることに解すべきであろう。

多布斗久阿理祁理（貴《とうと》くありけり）

このことも表面上は通説の通り貴《とうと》くありけりで良いのであろう。だが貴《とうと》いだけでは隠語の世界は尽せまい。よって、先づ貴《とうと》い（注＝この用語は古い仮名遣いでは「たふとい」で別の漢字を充てれば「為太《たふと》い」などが考えられる）の語原から追究して見よう。即ち語形は最高（タ）に幸せ（フ）が集中（ト）して著しい（イ）と云うことになる。だから「貴くありけり」と云うことは「君（キン）が装うと最高（タ）に太（フト）くありけり」と解せねばなるまい。勿論、貴《とうと》い人と云うこと其の人の地位権勢人望等が最高に太くなったことでもあろう。

意岐都登理（沖つ鳥）

この語は沖つ鳥でも奥津鳥でもよいとされておる。なるほど表面的にはそれでよいのであろう。だが古語は沖も奥も共に沖（オッ）であるから沖つ鳥は沖つ鳥（オッツトリ）となる。そして古語は又鳥の雄に雄（オッツ）雌に雌（メッツ）と云うので「沖つ鳥」とは「男鳥（オッツトリ）」にならねばならぬ。又、奥津鳥に解し奥山津見の神の奥山を取ることに解しても良いのではあるまいか。

加毛度久斯麻邇（鴨着く島に）

この加毛度久を通説では度《ど》を都《っ》に置きかえて鴨着《かもつ》く島に読んでおる。然しこれでは表面的な解説にも成り得まい。加毛度久とある以上は「かもどく」と読むことによって初めて隠語の世界が扉を開くのではないだろうか。即ち加毛《かも》とは以前にも鴨で説明した如く「カ」を「マ行」に活用して鴨（カモ）や亀（カメ）になる語である。即ち構い（カマイ）は古語の語法に従えばカメ（亀）になり、構う（カマウ）はカモ（鴨）になると解せねばならぬ。そして、次の度久（ドク）は損得の得（トク）に解すべきであろう。そうすると加毛度久とは古語で云う「カモドッ」と云うことで「構えば構うほどに喜ばれて得をする」に解せねばなるまい。（注＝愛撫すれば愛撫するほど得をするということになる）次の島は締り（シマイ）のシマに解すれば容易には出入出来ない所が島と云うことになる。かく言えば島は納得が出来るであろう。

和賀韋泥斯（我がゐ寝し）

このことは表裏共に通説の通り我がゐ寝しでよいのではあるまいか。だが語原的に厳密に言えば「韋泥斯《いねし》」は「著しく（イ）寝る」となるのである。尚、余談になるが「寝《ね》」は根になり、値（ネ）にもなるので本質的な動態を示す言葉が「寝」であると解される。よって「韋泥斯《いねし》」はこの意味に於けるものと解するのが本当ではなかろうか。

伊毛波和須礼士（妹は忘れじ）

このことも定説の通り妹は忘れじての意味に表裏共に解しても良いように思える。だが妹の古語は妹（イモッ）であるから伊毛とあれば芋（イモ）のことにも考えられる。即ち、イモの語形は特に著しい（イ）定住固着（モ）になるので、古語で笑話にする里芋（サトイモ）洗いに通ずる妹（イモッ）ではなかろうかとも思われる。

余能許登碁登邇（世のことごとに）

このことも通説の通りに世のことごとにと解しても其の意は十分に果し得ておるであろう。だがこの世を人類社会の表面的な世に解するかそれとも赤玉達の夜の世に解するかで幾分内容は異なるのではあるまいか。よって此の際であるから多分後者ではなかろうかとも考えられる。

高千穂の宮（タカチホノミヤ）

ここに云う高千穂の宮は日子穂穂手見《ひこほほでみ》の命《みこと》が祭政の大権を行い給う山戸の岳の宮と解せねばなるまい。従って高千穂の宮は高着穂《タカチホ》の宮に解すべき御名であろう。何故なら高千穂の宮は久士《くし》布流之岳《ふるのたけ》に天つ神が降らせる御籤をその岳の聖域に於いて御受けし、その御籤を自分の身に着（チ）かせて穂（ホ）にし、そして大権を行い給う御宮に解されるからである。太古の日の命《みこと》達は殆ど一世ごとに山戸を御治定のように見受けられるので、それぞれの日の命《みこと》ごとに高千穂の宮を御経営なされたのではあるまいか。例えば高天原山中に於いては高御産巣日《たかみむすび》の神は雪丸岳《ユツマイダケ》、伊《い》邪那岐《ざなぎ》の命《みこと》は大野岳《オノタケ》、天照大御神は荒岳《アラタケ》（別称は筑紫岳《ツクシダケ》）と云うのが考証されるがそれが命達の高千穂の宮に解されるのである。

尚、日子穂穂手見の命は御長命にあらせられたことからして、其の御指導のもとに御子の鵜葺草葺不合《うがやふきあえず》の命《みこと》も、又御孫にあたる神武天皇も同じこの高千穂の宮で祭政を見供わされたものではあるまいか。と云うのは、それらしい岳が見当たらないのである。特に神武天皇の御名である御毛沼《みけぬ》の命《みこと》に作れる所は単に中岳《ナカダケ》と云うので周囲の地名からして日常御生活の地にしか考えられない。

次に高千穂の宮の山戸の岳であるがこれは通称公称共に母ヶ岳（注＝現在の呼称はハハガダケ）で呼ばれておる。然し母（ハハ）の古語は牝鶏《めすにわとり》を指した用語でしかないので中央文化の影響を受けた相当後代の呼称であろう。従って高千穂の宮設定の頃の名前は「メラガ谷」の名前からしてこの岳は「母（ハオ）ヶ岳」であったものと解したい。すると石長比売《いわながひめ》の頃までは此の母ヶ岳は陰陽岳の陰岳として有名だったのではないだろうか。

尚、母ヶ岳の別名はオゴッノヅッ（赤飯の頂上《オゴッノヅッ》）と呼ばれたり、日子穂穂手見の命の穂《ほ》を取ってかホガダケ（穂ヶ岳）と呼ばれたりするので之等の名は高千穂の宮が生まれた時に付けられた名ではあるまいか。その用語遣いや伝承風俗で判断しての余談になるが太古の高千穂の宮の大祭に於いては宮飼（ミヤゲ＝土産《みやげ》）として参拝者の各人に赤飯（オゴッ）と粢（シトッ）が配給されたものではなかったかと思われる。そのことから赤飯（オゴッ）が貰える山の頂上と云う意でこの岳をオゴッノヅッ（赤飯の頂上《オゴッノヅッ》）と呼んだのではないだろうか。そして又この赤飯（オゴッ）に添うたものがオゴッソ（赤飯添）で今日の御御馳走（オゴッソ）ではあるまいか。（注＝赤飯《オゴッ》の言葉の起こりは合極《オゴッ》が考えられる）当地では今日も神社の祭典には参拝者に赤飯《オゴッ》と粢《シトッ》を配る慣しにしておる。

では高千穂の宮の山戸は母ヶ岳の何処に設けられてあったかとなると断定は出来ないが、岳の奥まった所を高屋霧（タカヤキイ）と云うのでここが天つ神の御籤を受ける場所ではなかったろうかと思われる。何故なら高屋は高屋山上陵《たかやのやまのうえのみささぎ》の高屋と同じであり且つ霧（キイ）は生（キ）の著しい（イ）ことになるので桐（キイ）と同じく日の命に考えられるからである。

そして其の高屋霧の南山麓の要衝に本場所（モトンバショ）と云う相当の平坦地が見られるので山頂と同時に施政の中枢高千穂の宮がここに経営されたものではあるまいか。でなければ此の下を流れる谷を日の命達の御住居にしか見ることの出来ない重要地名である芫之迫（オロンサコ）の名で呼ぶ筈がない。よって以下少し周辺の地名について参考のため触れて見たい。

図師ヶ谷（ヅシガタイ）―地名

この図師（ヅシ）は頭人（ヅシ）で頭株の人達が住居していたと云う名の谷であろう。尚、古語で露地（ドッ）の頭人（ヅシ）はドッヅシという語になるが、古語では白蟻をドッヅシという。そしてその白蟻が成虫になればホオイと呼ぶので、火遠理《ほおり》の命《みこと》（ホオイノミコト）や天の菩《ほ》比《い》の命《みこと》（ホイノミコト）に作れる語にもなる。

中須（ナカス）―地名

この中須《ナカス》は中巣であって日常の家庭生活が営まれた場所であろう。又、中須堂《ナカスド》は中巣戸《ナカスド》ではあるまいか。三字に亘っておる。

枦場屋敷（ハシババヤシキ）―地名
これは例の通り土器製造の屋敷であろう。中須《ナカス》に隣接しておる。

桟敷ヶ迫（サシッガサコ）―地名
昔は大きな催し物の場合にはよく貴賓席如きに桟敷が設けられたもののようである。だがこの深山中のことであるから高千穂の宮と関係があったのかどうかは分からない。

小木場（ココバ）―地名
この小（コ）は他の例から見て果して小さいと云う意であろうか。同地に木場（コバ）の地名が見られるが、それであれば「飼場《コバ》」と考えられ蚕生産地のことを指した用語になる。そうすると、この小木場は何人かの木場《コバ》（飼場《コバ》）であるかも知れない。

笠山谷（カサヤマンタイ）―地名
笠山《カサヤマ》は正円錐形の立派な山容であるが、三笠《みかさ》（御笠）山や笠置《かさぎ》山等と関連の名ではあるまいか。推測では日子穂穂手見の命の御隠居所に思える場所の入口に当る山である。

御山作り（ミヤマツクリ）―地名
日子穂穂手見の命の隠居所として庭園如きを御作りになって老後を御楽しみになった所であろ

うか。単に御山作りでは深山中のこと故見当もつけかねる。

オンヂョガネドコイ―地名

この地名は全くの古語であるが、共通語に言えば「御爺さん（古語ではオンヂョ）の寝所（ネドコイ）」と云うことになる。深山中のこと故に火遠理の命の御隠居所があった所ではあるまいか。余談になるが共通語でも御爺《おじい》さんと云う以上は、祖父達を祖父（オンヂョ）と呼ぶ古語は極めて正しい呼称であると御了知が願いたい。

梅木迫（ウンメノキザコ）―地名

御山作《ミヤマツク》りや御隠居所に接続した下手になるので、老後の御趣味と実利を兼ねてのものではあるまいか。尚、古語の梅は梅（ウンメ）であるので、大見芽（ウンメ）の語原に則って考えられたい。

雅楽殿宇都（ウタドンウト）―地名

この雅楽殿宇都《ウタドンウト》は火遠理《ほおり》の命《みこと》の隠居所に通ずる大谷（ウタイ）が平地部と接する場所にある。よってこの宇都《ウト》（大建物）には高千穂の宮の雅楽を司る人達が住まわれたのではあるまいか。但し高千穂の宮は其の後本場所《モトンバショ》の地から少しく西下した平地部との接点である豊玉姫《とよたまひめ》神社の旧社地に遷宮していたらしく考えられる。

矢櫃ヶ岡（ヤビッガオカ）—地名

この名は弓を引くと云うから矢を引くと云う意の矢引則ち矢櫃《ヤビキ》であろうか。頴娃《エイ》町に於いては矢筆（ヤビッ）の字にしておる。この矢櫃ヶ岡《ヤビッガオカ》は高屋霧《タカヤキイ》の岡の最前端最下段の岡であって高千穂の宮防衛の本防備線と言える最重要の所とも言える。以上の地名は高屋霧《タカヤキイ》の岡の正面西方の地名を取り挙げたので次は山奥深い東部の地名を挙げて見よう。

手蓑（チェミノ）—地名

この手蓑《チェミノ》は日子穂穂手見の命の手見野ではあるまいか。鹿児島湾を眼下に見おろした絶勝の地であり又東には隣りして大国主の命の白岳《シラタケ》（注＝シタタケとも呼ばれる）が聳えておる。

花貫（ハナヌキ）—地名

最先端に位置するので鼻貫であって防衛の堀貫を備えた所ではあるまいか。

村元（ムラモト）—地名

この村元《ムラモト》は村の元と云う意でもあろうが、古語でムラとは法（ムラ）のことであるから、村元《ムラモト》屋敷《ヤシキ》の地名等からして法《ムラ》を発令する所があった場所ではあるまいか。隣接して山の神《ヤマンカン》の地名があり且つ豊富な自然湧水があるのも不思議である。

横松（ヨンゴマツ）—地名

これは秋葉神《あきばしん》で説明した横松（ヨンゴマッ）と同じで世見子町（ヨンゴマツ）であろう。果して何人が其の世見子であろうか。疑いは火照《ほでり》の命《みこと》に持たされる。

宇都山（ウトヤマ）—地名

この名も例の通り高千穂の宮時代の大戸（ウト）即ち大建物があった山に解したい。

天狗山（テングヤマ）—地名

この山は宇都山《ウトヤマ》に接続する山であるが、此の名は日子穂穂手見の命等の如き主権者の行状を語る名であろう。天狗は手見狗（テミグ則ちテング）でもあって狗（グ）は非情冷酷が基本意である。従って、天狗は主権が行使する法の反面の冷厳さを意味した用語に解せねばなるまい。だから往古は主権者に対し手見狗殿（テングドン）とも言ったものではないだろうか。古語社会では素早い仕返しを「天狗殿の矢取り」と言っていたようである。

立山（タッチャヤマ）—地名

この名は既に説明した通り日の命達が在した所に見られる地名である。全体的に山の稜線が階段の如く段々に高くなって行く山のように見受けられる。

手志戸尾（チェシトンオ）—地名

この手志戸（チェシト）は古語社会で最後の決戦即ち突撃の気合いを言葉にした時は「チェシト行け」と云うので其の手志戸《チェシト》であろう。共通語ではこの手志（チェシ）を亭主にしておるが古語は亭主（チェシ）である。従って手志（チェシ）は手人（チェシ）であって手の者を率いる主将に解せねばならぬ。故に各家庭に於いても亭主（チェシ）と云う場合は一家の主人公であろう。だから手志戸《チェシト》は其の本城であると解せねばなるまい。果して何人の手志戸《チェシト》であったかは知る由もないが周辺地名からすれば神武天皇の線も浮かんでくるようである。

余り（アマイ）—地名

この余り（アマイ）は天居（アマイ）にも作れれば又阿丸（アマイ）にも作れるのである。よって天居であれば天つ神達が居たと云うことになり、阿丸《アマイ》や阿舞《アマ》いとなり上層に浮上進出（ア）した日の命如きが丸《マイ》則ち舞《マ》いしておることになる。だとすれば丸《マイ》や舞《マ》いは住居を指した用語となり則ち巣丸《スマイ》の丸《マイ》（舞）にもなるので天つ神系の日の命達が在したことにならねばならぬ。ところが不思議なことにこの余り《アマイ》の地は高千穂の宮の奥深い鹿児島湾が眼下に見おろせる所にあって相近接して北余り《キタアマイ》と南余り《ミナンアマイ》が存するのである。そしてこの一帯は総称して木床（コドコ）の峠と云うことからして高千穂山群を一つの居所（コ）と見立てての床（トコ）の間と云う意の木床（コドコ）ではあるまいか。当地方一帯に尊信の篤かった烏帽子《ヨボシ》ヶ岳神社もここに存するのである。言うを要すまいが烏帽子（ヨボシ）は世星（ヨボシ）で鶏冠（ヨボシ）にもなるのである。又、天照大御神の山戸の岳にもこの余り《アマイ》の地名があることを加えておく。

蜜柑河内（ミカンコッ）——地名

この地名は蜜柑（ミカン）則ち御加見（ミカン）であって主権（ミカ）を見（ミ）供わすと云うことに解したい。次の河内（コッ）は古語の命（コッ）になる。とすれば、神武天皇の御名である若御毛沼（ミケヌ）の命の本当の御名は蜜柑河内（ミカンコッ）であられたと解することができる。何故なら御毛沼（ミケヌ）と云う薄馬鹿にも通ずる古語が天皇の御名には考えられないからである。兎に角、神武天皇の御名については後で詳らかにするが神武天皇の中心地に思われる中岳《ナカダケ》に蜜柑河内《ミカンコッ》があることに御注目願いたい。

挟木場（ハサンコバ）——地名

この名は神武天皇の御一名に伝えられる佐野（サヌ）の命《みこと》の佐野（サヌ則ちサン）に端（ハ）が冠せられた地名の挟木場《ハサンコバ》と解したい。即ち神武天皇の開拓された木場《コバ》の中で最外端に張り出でた木場《コバ》であられたことから端佐野木場（ハサンコバ）則ち挟木場《ハサンコバ》ではあるまいか。勿論、佐野（サン）の意味は生長発展（サ）を見（ミ）るで誰さん彼さんの「さん」でもある。

拂木場（ハレンコバ）—地名

この地は蜜柑河内《ミカンコッ》山群即ち熊曽《くまそ》の国から河を渡って天照大御神の筑紫《つくし》乃至は肥《ひ》の国と思われる地に歩を進め給うたことになる。よってこの木場《コバ》は拂木場《ハレンコバ》であるが神武天皇の別の名である「神《かみ》倭《やまと》伊波礼毘古《いはれひこ》」の名を生んだ所縁の地と解したい。この御名については後節に譲るが伊波礼《いはれ》の伊を取れば波礼（ハレ）則ち晴れ（ハレ）則ち拂（ハレ）の木場になるであろう。これが拂木場（ハレンコバ）のハレになると考えられる。このハレに冠称として著しい（イ）をつけ伊波礼毘《いはれひ》古《こ》の御名を得られたものと解せられる。そして更に神武天皇は大和地方に進出召されたので神倭《かみやまと》則ち上大和《かみやまと》となり又著しい（イ）を冠した伊波礼毘古の御名を得られたものと解せられる。

尚、余談になるが、此の拂木場《ハレンコバ》の地帯には父命である建鵜葺草葺不合《うがやふきあえず》の命《みこと》の御陵に解される高《タカ》塚《チカ》が隣りしてあり、且つ其の木場に思える行司木場（ギョシコバ）も隣接するので、一帯の地勢が東（ア）の山の比良（ヒラ）になることから吾平（アヒラ）の名もあったものではあるまいか。そして、若き頃に高千穂の宮に御在中の神武天皇は此の拂木場《ハレンコバ》で吾平津比売《あひらつひめ》と御家庭を御持ちではなかったろうか。そうすると吾《あ》平山上陵《ひらのやまのうえのみささぎ》や吾平津比売《あひらつひめ》の名も具体化される。阿多《アタ》の君《きみ》の所から六七千米であろう。

志那志（シナシ）—地名

この地名は既に説明してあるので省略したい。但しこの地名が高千穂の山頂附近や天照大御神の山戸の岳並びに建御名方の神の山に在することは注目すべきであろう。尚この外に関連地名も少なくないが余りにくどくなるので後日に譲りたい。

其処で余談めくが是非言っておきたいことは高千穂の宮の其の後の変遷に関する推測のことである。この宮殿（本場所《モトンバショ》）は神武天皇が大和進出した後に不便な深山より一般大衆と接触容易な平地寄りに遷宮を見るに至ったものではあるまいか。そして其の場所が豊玉姫神社の旧社跡地と伝えられる城山（ジョヤマ、注＝城之山《ジョンヤマ》とも呼ばれる）の所であって其処に伊勢神社と並んで遷座されたものと解したい。周辺には地下道があったらしく隣接の森氏宅の築山に地下豪の入口が覗かれる。又、山田比良《ヤマダヒラ》、御伊勢殿口《オイセドングッ》、雅衆殿宇都《ウタドンウト》、大園《ウゾン》、中園《ナカゾン》、立園《タッゾン》、箱根原《ハコネバイ》等これを語る地名が少なくない。

更に後代に至れば武家屋敷が高千穂の宮の門前町をなして発達したらしく平氏時代を語るが如き本町（モトマッ）と城馬場（ジョンババ）を中心にした源氏時代を見ることが出来る。尚、知覧城は城馬場《ジョンババ》の谷を深く入った国生みの土佐の国と足名椎の国との中間にある深い谷が縦横に走っておる要害の場所であったらしい。

そこで高千穂の宮の全体的な構想であるが高千穂の宮の周辺は上郡（カングイ）と云い、其の下流の地帯を中郡（ナカグイ）、そして其の下流の最先端地帯を下郡（シモグイ）と云うので古代は三段に構えた防備が施されていたことになる。勿論、この三郡（クイ）の間は麓川《フンモトガワ》の流れが向きを変えて遮断しておるので太古に於いて人為的に流れを変えて要害に備えたものであるか、それとも自然的なものであるかは今はそれを知ることは出来ない。然し「郡」が郡（コオリ）であるならば語原は小鬼（コオイ）であるからどんなに発音を詰めても郡（コオイ則ちコイ）にしかならない。だのに此の地名は郡（クイ）であるから郡（コオイ）とは全く別意のことに解すべきであろう。だとすれば古語で郡（クイ）と云うのは杭（クイ）や浅溝（クイ）にしかならないので防塞施設としての上郡中郡下郡《カングイナカグイシモグイ》に解せねばなるまい。

尚、次に上郡《カングイ》と下郡《シモグイ》の中間に介在する中郡《ナカグイ》の水田を楠元（クシモト）の田圃《タンボ》と云うのであるが、これは久士元《クシモト》の田圃《タンボ》に作れるであろう。そうするとこの語原は久士布流《くしふる》の岳の久士の元（クシノモト）の最高の穂（タノホ）と云うことになる。よってこの久士《クシ》を伊勢神宮の佐久久斯侶伊《さくくしろい》須受《すず》の宮の久斯（クシ）の元（モト）に解すれば伊勢神社や高千穂の宮と不可分の名に言えるのではあるまいか。尚、周辺地名にも関連の名が見られるが省略したい。

尚、次に雅楽殿宇都《ウタドンウト》は既に説明した通りであるが其処の部落を川上（コカン）と云うのである。そこで延喜式によると南薩地方には稲積、川上の二郷が置かれたことになっておる。だが稲積郷は名前から見ても川辺《カワナベ》町方面の水田帯のことに違いなかろう。そうすると川上郷は名前と水系からして知覧《チラン》町方面のことでなければならぬ。だとすればこの川上郷の名が其のまま川上（コカン）の部落の字に当用されたものではあるまいか。だが語原的な川上（コカン）の名は高千穂の宮と云う居住（コ）の上（カミ）と云う名であって現況から見ても川の上とは考えられない。

又、高千穂の宮真正面の部落は川原（コラ）であり正面右の高台地は川良ヶ原（コラガハイ）であるが何れも高千穂の宮と云う家（コ）に基因する名であることは疑えない。殊に真正面六千米位にある可愛山陵《えのやまのみささぎ》及び山戸の隣接部落が川らしいものは見られないのに川原谷（コラダイ）であるに於いておやである。よって川原（コラ）は語原通り御屋則ち住居等の如く身辺に従属（コ）しておることが極端（ラ）と云うことに解したい。尚、川原（コラ）部落には柿木《カッノッ》の名が見られるが他例も多く見られる通り垣之内（カッノウッ）の約言が柿木（カッノッ）に誤られたものである。

次は推測に過ぎないが第十二代景行天皇の御代に日本武尊《やまとたけるのみこと》が熊襲征伐をされて御出るが其の首長の「川上タケル」の川上は此の川上郷の川上ではあるまいか。そして其の「川上タケル」は神代の高千穂の宮を御相続になる御当主ではなかっただろうか。高千穂の宮の地は国生みの筑紫の島は熊曽の国であることからしても熊襲征伐の疑いが持たされる。若しそうだとすれば熊襲征伐の国即ち神代の熊曽の国で神代の領国を統治された当主「川上タケル」が「日本武（ヤマトタケル）の命」に御名を譲られた美しい気持ちがわかるような気がする。何故なら神武天皇御東遷の第三準備港阿岐《あき》の多祁理《たけり》の宮の多祁理も猛り（タケリ）に作れ、又「川上タケル」も猛る（タケル）に作れることからして共に統帥者に解されるからである。故にこれを具体的に言えば「川上タケル」は我等同族の総本家（注＝朝廷）である日の命の大命によってなされた征伐であることを知り、総本家の飛躍的不動の発展振りが理解出来た以上は同族繁栄のために私情は殺して総本家の大義に殉じ自身「川上タケル」の一族も共に其の中に生きんとする義挙が「御譲名」の美挙に解される。

兎に角、熊襲征伐によって高千穂の宮が焼かれたか否かは知るを得ないが往古に於いて焼失したことは疑えない。何故なら焼体の御体や焼剣となった火災形の剣が御神宝として遺されておるからである。この神社（注＝豊玉姫神社）に重代神職の家柄に語り継がれた話しによれば旧社地の焼跡を発掘すれば日本歴史を揺がすものが発掘されるであろうとのことである。このことは私が先先代に直接聞いたことなので間違いあるまい。果して何を語るものであろうか。

次に天智天皇の皇女に関係あるものと思える古代の文官刀に判定された古刀は鞆部が腐蝕消失のまま遺されておるがこれは神社焼失以降のものであることは疑えない。何故なら焼刀となっていないからである。何れにせよ現在の豊玉姫神社はこの火災によって現位置に遷宮されたものであることは衆人ひとしく認むるところである。よって此の神社の焼失は天智天皇説以前のことでなければなるまい。尚、通例であれば焼跡に再建すべきであるこの神社を何故に一等地の上郡《カングイ》から下級地の下郡《シモグイ》に御移し申さねばならなかったかを疑えば熊襲征伐の余波が濃厚に偲ばれる。殊に、又既に説明してある通りに白石《シテシ》神社の祭神にされておる猿田毘古《さるたひこ》の神の御神体が上方（カミガタ）の「ウンカ」の攻勢に依り里人がこれを背負って上郡《カングイ》の伊勢《イセ》神社から現在地の白石《シテシ》神社に御遷し申したと伝えられるに於いておやである。勿論、高千穂の宮と並んでいた伊勢《イセ》神社も近くの高台地に御遷し申しておるのである。

余談になるが、豊玉姫の墳陵らしいとして格別な保護が加えられておる八反畑《ハッタンバタ》の遺跡は神代の豊玉姫であるか、それとも天智天皇の皇女にあたらせられるお方の御墓ではあるまいか。この伝説の検討と究明が望ましい。

伍佰捌拾歳（イホヂマリヤソトセ）

このことも通説の通り五百八拾歳の御長命には受取り難い。よってこの伍佰（イホヂマリ）は古語の庵丸（イボイマイ）に解すべきでなかろうか。古語では既に説明した通り鳥類の砂浴跡に庵（イ堀《ボ》イ）がしてあると云う。故に高千穂の宮も又火遠理の命が庵（イ堀《ボ》ッ）て御出になる所と云うことになる。そうすると丸（マイ）は住居（巣丸）の丸（マイ）や出丸本丸の丸（マイ）でもあらねばならぬ。だとすれば伍佰捌拾歳と云うことは高千穂の宮と云う庵丸に八拾歳の御長命を御保ちであられたと云うことになる。

御陵（ミハカ）

これは御陵（ミハカ）に訓ませてあるが御陵（ミササギ）に読むのが古語としてはよいのではあるまいか。然し往古は塚（チカ）であったらしいので墓に訓んだからとて悪いとは言い得まい。墓の語原は人生いや果ての果（ハ）、若しくは端（ハ）に見せる「カ」の作用を成すものであろう。これに対して塚（チカ）の語原は着（チ）、もしくは築（チ）いた「カ」の作用を成すものに解せられる。

故に御陵の如く高い山頂に塚を御造営申し上げたことは御遺体を大空にまします天つ神の列に参《さん》ぜしめると云う考え方ではあるまいか。故に御陵（ミササギ）の名は御差し上げであって古語の「差し上げ（サシシャゲ）」則ち差し上げ（サシサゲ）が共通語の「捧げ（ササゲ）」になったものと解される。だから御陵（ミササギ）は御捧（ミササゲ）であると解せねばなるまい。では次に高屋山上陵《たかやのやまのうえのみささぎ》周辺の地名を参考迄にあげておきたい。

高塚（タカチカ）―地名

この高塚《タカチカ》は天孫陵が「西之別府《ニシノビユ》の高塚《タカチカ》」であるに対して、日子穂穂手見《ひこほほでみ》の命《みこと》陵は「上別府《カンビユ》の高塚《タカチカ》」と呼んでおる。従って天つ日高と申す高（タカ）の塚に解すべきであろう。天孫陵よりは北方四千米位に位置し立派な山頂墳を整えておる。そして古事記が言う通り高千穂山の西方五千米位にあたるのである。

中須（ナカス）―地名

この中須《ナカス》の字は高塚《タカチカ》山麓になるので直接御守護の人達がここに常住されたものであろうか。又、別の地になる中須平《ナカスデラ》は隣の猿山（サヤマ）山麓になるので猿山《サヤマ》の中須《ナカス》だろうか。

東園（ヒガシゾン）―地名

高塚《タカチカ》山に近くに東園《ヒガシゾン》、内小園《ウッコゾン》、北園《キタゾン》、上園《ウエンゾン》、外園《ホカゾン》等の地名が集まっておるので高塚《タカチカ》陵の維持経営を語る地名ではあるまいか。

楮堀（カッボイ）―地名

この楮堀《カッボイ》は発音からして垣堀（カッボイ）であろう。別な字名の堀内《ホイノウッ》に囲ヶ輪《カッガワ》の字をつなぐと高塚《タカチカ》山を廻らす大外堀の恰好を示すことになるのである。

囲ヶ輪（カコンガワ）―地名

この字名の台帳面は囲ヶ輪（カコンガワ）になっておるが、里人の通称は囲ヶ輪（カッガワ）と呼ぶ人も多いようである。故に小川も流れておることからして垣川（カッガワ）ではなかろうかと思う。何れにしても高塚山《タカチカ》を囲んだ堀状の輪であろう。

垣山（カッヤマ）―地名

高塚山《タカチカ》を高天原にすれば天の香久山《かぐやま》に見られる岡である。然し其の位置からすれば高屋山上陵《たかやのやまのうえのみささぎ》の人垣の山即ち殉死者の岡と云うことにも考えられる。天孫陵にも殉死者の塚山である十ヶ塚《ジュカッヅカ》と同方位の岡である。

牧口の岡（マイクッノオカ）―地名

高塚山《タカチカ》の真正面の岡になるので御陵への参入口の岡と云う名ではあるまいか。天照大御神の御陵方面への入口は牧口原（マクッバイ）と云う。よって、牧口（マクッ）の岡ではなかろうかと疑う。

白木牟田（シトキムタ）―地名

この名は神饌用の粢（シトキ）米を作った水田と云うことであろう。

藤塚（フヂチカ）—地名

通称は藤塚（フッヂカ）であるが、古来有名な塚として知られていた。果して何人の塚であろうか。星の香香背男《かがせお》の神の塚等に比すれば遙かに大きい塚であった。だが、大正期に其の谷を町道が横断して道路敷の中に埋没されておる。又、香香背男《かがせお》の神の塚も昭和期に入って破壊されておる。

取違（トイタゲ）—地名

今は取違（トリチガイ）に読む人も少なくないが実際は取違（トイタゲ）が古名である。伝説では天智天皇の中宮大宮姫の皇女御姉妹が知覧《チラン》と川辺《カワナベ》に御赴任の途中一泊し給い妹姫が姉姫の任地川辺《カワナベ》を上地と知りこっそりと玄米の飯をそそくさに拵えて川辺《カワナベ》に向けて早立ちされたそうである。おとなしい姉姫は後でそれを知られたが笑いながら上白米にした飯をゆっくりと食《タ》もられて知覧を任地にされたと云う。故にこの地を神の取り違いと云うことで取違（トイタゲ）の名にしたと語られておる。然しこの物語りは前泊地である星（ホシ）や鬢水（ビンミッ）も皆真意は別のことになるのでこの取違も取田上げ（トイタアゲ）が語法により取田上げ（トイタゲ）になったものと解したい。すると水田を作って収穫した御米を高塚《タカチカ》に献納した所と云う名に考えられる。だとすれば取違（トイタゲ）と云う名は前宿泊地同様に御姉妹姫の物語り以前からあった名前と解せねばなるまい。でなければ如何に考えても取違（トリチガイ）や取違え（トリタガエ）では取違（トイタゲ）にはならないのである。

峯苫（ムネツマ）―地名

この部落は高塚《タカチカ》の東に接するので高塚《タカチカ》の東の「ツマ」の村と云う名であろう。古語は峯を「ムネ」と呼ぶ。古文書にも宗馬（ムネツマ）とある。

土橋（ツッバシ）―地名

これも部落名であるが古語で土橋（ツッバシ）と云うのは橋桁を数本渡してそれに横木を並べ上から土を盛って普通の路面の如くしたもので古代最上の橋に考えられる。よって高塚《タカチカ》の参道として楮堀《カッボイ》に架せれらた橋ではあるまいか。

中原（ナカバイ）―地名

書紀が伝える葦原の中原ではあるまいか。今一つの中原は鹿籠《カゴ》の中原がある。

第七七節　鵜葺草葺不合《うがやふきあえず》の命《みこと》の系譜

本文

【是《こ》の天津日高日子波限建鵜葺草葺不合《あまつひたかひこなぎさたけうがやふきあえず》の命《みこと》、御姨玉依毘売《みおばたまよりひめ》の命《みこと》に、娶《みあ》いまして生みませる御子の名は、五瀬《いつせ》の命《みこと》、次に稲氷《いなひ》の命《みこと》、次に御毛沼《みけぬ》の命《みこと》、次に若御毛沼《わかみけぬ》の命《みこと》、またの御名は豊御毛沼《とよみけぬ》の命《みこと》、またの御名は神倭伊波礼毘古《かみやまといはれひこ》の命《みこと》、（四柱）故、御毛沼《みけぬ》の命《みこと》は波の穂を踏《ふ》みて常世《とこよ》の国に渡りまし、稲氷《いなひ》の命《みこと》は妣《はは》の国として海原《うなばら》に入りましき。】

語句の解説

吾平山上陵（アヒラノヤマノウエノミササギ）―参考

《注　この陵は古事記には記録されていないが、日本書紀に同命《みこと》は「西洲《にしのくに》の宮に崩《かみあが》りましぬ。因《よ》りて日向《ひゆか》の吾平山上陵《あひらのやまのうえのみささぎ》に葬《はふ》りまつる。」の記載があるので、これを参考にして取り上げたの

ではないだろうか。》

吾平（アヒラ）の吾（ア）は東（アヅマ）や天（アメ）の「ア」に解し具体的には神代の国の東方高天原のことに解すべきでなかろうか。そして次の平（ヒラ）を比良に解すれば斜面のことになる。そうすると天照大御神の山戸の岳である荒岳《アラタケ》山系が西に走り葦原の中つ国に迫る中腹頃の傾斜面に高塚《タカチカ》と称する山陵があり、円墳に作られたらしい岡を見ることが出来る。よってこの高塚《タカチカ》を鵜葺草葺不合《うがやふきあえず》の命《みこと》の吾《あ》平山上陵《ひらのやまのうえのみささぎ》と解したい。

余談になるが、特に知覧《チラン》町内で見られる日の命達の上陵である地神三代の御陵名だけが「高《タカ》塚《チカ》」の名で三ヶ所あり、その他の地域には高塚《タカチカ》の名の御陵名が見られないのが不思議であろう。又、可愛山陵《えのやまのみささぎ》と高屋山上陵《たかやのやまのうえのみささぎ》が、同知覧《チラン》町内の葦原の中つ国に設定した区域である西別府（ニシノビュ）と上別府（カンビュ）にそれぞれあるのに対し、この吾《あ》平山上陵《ひらのやまのうえのみささぎ》は、同知覧《チラン》町の東別府（ヒガシビュ）高天原山中にあるのだが、残念ながらその周辺には関連地名と思えるものが発見されない。同じ東別府《ヒガシビュ》地にある天照大御神の御陵である伊勢塚《イセヂカ》より北方四千米位の所になる。

五瀬の命（イツセノミコト）

この五瀬の命の五（イツ）は御《み》陵《い》威《つ》の稜威（イツ）であろう。御承知の通り稜威（イツ）は峻厳絶対な威令のことである。又、次の瀬は伸び上る努力のことであって精力の精（セ）や伊勢の勢（セ）でもあらねばならぬ。よって五瀬の命と申す御名は威令峻厳にして武勇絶倫の命に解すべきでなかろうか。従って御東征の武勲に基づく御名であろう。

稲冰の命（イナヒノミコト）

この稲冰の命の稲（イナ）は以前にも説明した如く特に著しい（イ）名（ナ）に解すべきである。従って衆人に絶した信頼の篤い御名の御方に解せねばならぬ。古語社会ではそうした大事《おおごと》が果せる人のことを「イ名者《ナムン》」と云うのである。共通語でもこれと同じように勝れた光りのことを電光（イ名《ナ》光リ）と云うであろう。決して稲の生長期によく光るから稲光りであったり稲妻であったりするわけではあるまい。

次は冰（ヒ）であるがこれは既説の通り人間の視界や常識の外にある神秘のことである。故に稲冰の命と申す御名は世人の意表を衝く神秘的能力を御備えの命と云うことに解すべきでなかろうか。故にこそこの命は今日尚稲荷様（イナヒ様↓イナイ様）の御名で尊信を篤くしておるのだと思う。勿論、稲冰（イナヒ）の発音は古語で稲冰（イナイ）になり、又、稲荷（イナリ）の発音も古語で稲荷（イナイ）であると承知されたい。

御毛沼の命（ミケヌノミコト）

この御名が御毛沼（ミケヌ）の命とあるのは古語の形式からして一寸おかしい。何故なら古語で「あの人は御毛沼（ミケヌ）人」だと云えば「剝けぬ人」のことで、米に喩えて言えば半白米のことである。従って人間で言えば諸事にぐづぐづして明知のない薄鈍間《うすのろま》のことのことになる。故に御毛沼の命と申す御名は誤りと考えられ当地の高千穂の宮に名を遺しておる蜜柑河内（ミカンコッ）則ち「ミカミの命」と申すのが原名ではないだろうか。蜜柑（ミカン）は「御カ見《みかみ》」に作れるので帝《みかど》則ち御カ人（ミカド）のミカに解し主権を見供わす命と云うことに解したい。言うまでもなかろうが此の御カ見《みかみ》は御神《みかみ》にも作れるので延いては神様に発展する用語である。

余談めくが古代は末子相続が通例であったらしいから此の御毛沼の命が高千穂の宮の相続者として位置づけされて在したものではあらるまいか。然しこの命は波則ち名見《なみ》の穂《ほ》を踏まれたので常世《とこよ》の国（注＝永遠の国のことで死後の世界のことを言う）に渡らせられて御出る。よって次に御生まれの御子が更に若御毛沼の命の御名を得られたものと解したい。

若御毛沼の命（ワカミケヌノミコト）

御三男の御毛沼の命が御若くして常世《とこよ》の国に渡らせ給うたので次に御出生の御子は御四男であらせられることから若を冠して若御毛沼《わかみけぬ》の命《みこと》と申し上げたものであろう。従って御名の意は御若い「御加見《みかみ》」の命であって具体的には高千穂の宮を相続召され天つ日高として主権を見供わす若い命と云う事に思う。

豊御毛沼の命（トヨミケヌノミコト）

この御名の豊も既説の通り十代であって十代に御加見《みかみ》の命と申すのが原形であろう。故に大和地方を平定召し給うて萬世一系の高御座につかせられたことにより発した御名ではあらるまいか。何故なら、豊御毛沼は永遠無窮の帝（ミカド）の座と云うことに解されるからである。従って神代の国より新たなる日本を建国召された始祖の帝（ミカド）に解してもよい御名ではあるまいか。

神倭伊波礼毘古の命（カミヤマトイハレヒコノミコト）

この御名の神倭（カミヤマト）の神は字義通りの神に解すべきであろうか。新興国倭の創建者たる神で在すことには異論はない。然し御名の内容と御業績から判ずれば神阿多津毘売《かみあたつひめ》の神と同じく上（カミ）に解すべきでなかろうか。すると上方（カミガタ）の大和地方のことに解される。だとすれば神倭は上方の大和のことであって具体的には薩摩の小天地神代の国から上方の大国大和へ大発展を遊ばされたと云うことに解せねばならぬことのように思われる。

次は伊波礼（イハレ）になるがこれは先きに高千穂の宮で説明した拂木場（ハレンコバ）で御承知の如く拂（ハレ）は拂（ハライ）が語法により拂（ハレ）になったものである。勿論、天気の晴れも雲が拂いされたことに解せねばならぬ。だとすれば此の伊波礼（イハレ）は特に著しい（イ）拂《はら》い則ち古語の発音はハレとなるので徹底した拂い則ち大平定に解せねばなるまい。そうすると神倭伊波礼毘古の命と申す御名は上方（カミガタ）の大和地方を徹底的に平定されて日本の建国を果され給うた日の御子の命と云うことに解すべきであろう。

《注　南九州の方言で解すれば別の考え方になるが「神倭《かみやまと》」は「上山戸《カミヤマト》」が語形ではないかとも考

えられる。すなわち、天照大御神の山戸である岩戸地方の上《カミ》に位置する所に高千穂の宮を造営したということにも解されるのである。この風俗が「上山戸《カミヤマト》」の由来を作り「神倭《かみやまと》」の表記になったとも考えられる。また、「イハレ」という言葉であるが、同方言特有の用語で漢字を充てると「威晴《イハレ》」のことになる。すなわち、何一つとして曇りのない旭日晴天のことを言う。もしかすると、神武天皇は「イハレ」の帯名で初期神代の国（薩摩）を統治したとも考えられるのである。》

佐野の命（サヌノミコト）

神武天皇には書紀が伝える「佐野（サヌ則ちサン）の命」と申す御名もあられるようである。よってこの佐野の原形は佐見（サミ則ちサン）であって生長発展（サ）を見（ミ）給うた命に解すべきでなかろうか。だとすれば東国進出に基づく御名と解せねばなるまい。勿論、この佐見（サミ則ちサン）は今日の誰さん彼さんの「さん」にも解すべきであろう。

余談になるが、当地の伝説では須佐之男の命も「天の佐見世見《あまのさみよみ》（アマンサンヨン）」の名で語られておることを加えておく。

御妣の国海原（ミハハノクニウナバラ）

御母は玉依毘売《たまよりひめ》であられるから、其の御国は綿津見の神の国であるから枕崎《マクラザキ》市白沢津《シラサマツ》の地になることになる。

第七八節　神武天皇の東遷

本文

【神倭伊波礼毘古《かみやまといはれひこ》の命《みこと》、其の伊呂兄《いろせ》、五瀬《いつせ》の命《みこと》と二柱、高千穂の宮にましまして、議《はか》りたまわく「何れの地にまさばか、天の下の政《まつりごと》を平《たいら》けく聞こしまさむ。猶《なお》東の方にこそ行でまさめ」とのりたまいて、即ち日向《ひゆか》より発《たた》して筑紫《つくし》に幸《い》でましき。】

語句の解説

日向（ヒユカ）

この日向は日向（ヒムカ）に訓ませる解説本もある。しかし、古語の形からして誤りではなかろうか。なぜなら、もしその訓みであれば日の命に立向う事になる日向（ヒムカ）と云う語になるからその訓みは考えられない。だから既に説明した如くこの語は日の命に床（ユカ）しく御仕えした国に解し日床（ヒユカ）則ち日向（ヒユカ）に解すべきであろう。そうするとここで日向《ひゅか》の国に言えるのは火遠理《ほおり》の命《みこと》に床しく御仕えして国の発展を見た高千穂の宮所在国以外には考えられまい。だとすれば具体的には国生みの筑紫の島から葦原の中つ国の高天原寄りで奥深い内陸部高台のことになる。（注＝薩南地方の中央高台から海岸に広がる台地一帯になる）

筑紫（ツクシ）

この筑紫については既に禊祓いの竺紫《つくし》日向《ひゅか》で語原上からも具体的な説明をしてあるので重ねての説明は省略したい。従って、ここに云う筑紫は九州全体を指す広域地名の筑紫ではなく、神代の治国即ち語原的な津籤（ツクシ）の意に添うような地帯のことに解すべきであろう。言うなれば、日子穂穂手見《ひこほほでみ》の命《みこと》が施政上発動される主権則ち久士《くし》（籤）と一体不可分（津）になって之を遵奉《じゅんぽう》し忠誠の限りを尽し（筑紫）た地帯のことであると思う。

だとすれば筑紫に言えるのは久士布流の岳に降り注ぐ籤（久士）を遵奉する地帯のことになるので、南薩海岸地方のことにならねばならぬ。従って日向より発たして筑紫云々のことは高天原の日の命が床（ユカ）とされた内陸部の高台地から海岸線の平地帯となる国に幸でましてと解すべきでなかろうか。

本文

【故、豊国《とよくに》の宇沙《うさ》に到りませる時に、其の土人《くにびと》の名は宇沙都比古《うさつひこ》、宇沙都比売《うさつひめ》の二人、足一つ騰《あが》りの宮を作りて大御餐《おおみあえ》献《たてまつ》りき。其処より遷《うつ》らして、竺紫之岡田《つくしのおかだ》の宮に一年ましましき。また其の国より上り幸《い》でまして、阿岐《あき》の国の多祁理《たけり》の宮に七年ましましき。また其の国より遷《うつ》り上り幸《い》でまして、吉備《きび》の高島《たかしま》の宮に八年ましましき。】

語句の解説

豊国（トヨクニ）

この豊国は例の通り十代国で高千穂の宮の治下に繁栄しておる国と解すべきであろう。天照大御神の豊国は筑紫の島でのことであったが、今の場合は天孫降臨以降の豊国であらねばならない。すると天孫の笠沙《カササ》の宮以降十代（豊）に繁栄しておる葦原国内のことになってくる。従って具体的には神代の照見（チェラミ）の国即ち現在の知覧《チラン》町内の何処かに解せねばなるまい。かく解することによって初めて次々の御移動地が地名等にも一致を見ることになる。

宇沙（ウサ）

この宇沙も豊前《ぶぜん》の国宇佐《うさ》地方のことであると云う。だが具体的に考察すれば了解出来るように神代の交通事情で多人数（注＝出立準備隊）がおいそれと隔遠の北九州あたりまで出かけられる筈はない。よってこれに該当するような港津を南薩海岸地方で探して見たが不幸にして宇沙の地を発見することは不可能であった。だがよく考えて見ると宇沙の名は大沙（ウサ）であって増大（ウ）した生長発展（サ）の地と云うことになる。そうすると山幸彦が塩椎《しおつち》の神や綿津見《わだつみ》の神の支援を得て増大せる生長発展を見た地を探せばよい事になるであろう。

　ところが幸いとでも云うべきか此の神武天皇出航の準備港には四ヶ所とも成（ナイ）の地名が遺されておることに気付いたのである。おそらく神武天皇と申す偉い日の命が御成りになられたと云うことから成（ナイ）の地名を遺したのではあるまいか。成（ナイ）の語原は名（ナ）を著しく（イ）することであるから実際に其の実体が見聞き確認されなければ成（ナイ）にはならないのである。例えば果物類の成り（ナイ）であっても又雷の鳴り（ナイ）であっても然りであろう。よってこの宇沙の地は笠沙《カササ》の宮の沙（サ）即ち生長発展が大きく増大（宇）された地内に成（ナイ）とある地を探せばよいことになる。

　そうするとこの豊国の宇沙になる海港は笠沙《カササ》の宮の竹迫《タケヤサマ》港、事勝国勝長狭《ことかつくにかつながさ》の長沢《ナゴサ》河口港、そして綿津見の神の白沢津《シラサマッ》港にしかならない。だがこの三港を指揮する恰好の地は四千米位の奥地で、かって海幸彦が知覧《チラン》節を奉納して降伏した大隣岳《オッナイダケ》になってくる。そして其の東麓に粕成尾（カシナイオ）及び数菜尾（カシナオ）の二字が接続しておるのでここではなかろうかと推測される。古語は粕も数も共に「カ」を「サ行」に活用するのでカシは頭（カシタ）の「カシ」でもあり、又畏所《かしこどころ》を指す畏まるの「カシ」にもなるわけである。従って樹木で言えば樫（カシ）が占める地位と言わねばならぬ。だとすれば粕成尾《カシナイオ》は神武天皇と申す畏（カシ）こき方が御成りになられた尾と云うことになり、又、数菜尾《カシナオ》にしても畏（カシ）こき名（ナ）の方が御出の尾と云うことに作られる。よってこの地帯に東遷軍が駐留して諸種の準備を進められた所ではあるまいか。殊にこの地からは笠沙《カササ》の宮も白沢津《シラサマツ》又天孫陵（高塚《タカチカ》）も共に指呼の間と云うことになる。では参考として周辺の地名を挙げて見たい。

牧内東（マッウッヒガシ）―地名

この牧（マッ）は当代の町（マッ）や松（マッ）のことでもあろう。すると古代の同族集落のことになる。牛馬の牧であればこんな平坦地に設けられる筈がない。よって粕成尾《カシナイオ》や数菜尾《カシナオ》と云う神武天皇集団の生活した東に位置することからの名と解したい。

太良元（タランモト）―地名

この太良は足ら（タラ）で人や物を取り集めることであろう。従って太良元《タランモト》は人員や諸物資を寄せ集めた基地に解したい。高天原の要地にも太良平《タランビラ》があり又其の海岸を太良の浜《タランハマ》と云う。尚、私共の少年時代には正月の六日に太良引《タラビッ》きと云う少年団行事があって「タラ」の若木の杖棒を持ち物捕りの真似事をしたものである。故にこの太良は出鱈目《でたらめ》に書く出太良舞（デタラメ）の鱈

（太良《タラ》）であろう。

牧堀（マッボイ）—地名

この牧堀《マッボイ》や堀《ホイ》の角又《カド》は中堀堀詰《ナカボイホイヅメ》等の堀字名は其の排列から見て粕成尾《カシナイオ》や数菜尾《カシナオ》の同族集団即ち牧内《マッウッ》の人達の要害として堀り廻らされたものではあるまいか。尚、牧堀（マッボイ）と云う語はひそかなる専有と云う古語になることを加えておく。

鍛治ヶ元（カッガモト）—地名

この鍛治の小字名も五字ほど数えられるが其の中心が鍛治ヶ元《カッガモト》である。近くに人煙を見るを得ないこの平原の真只中に鍛治屋が住んでいたとは考えられない。よってこの鍛治の広大な地域からして神武天皇の東遷軍が此処で武器の製造を行われた名残の地名ではあるまいか。高天原の山中に於いても此の字名は見ることが出来る。

《注　鍛治の発音は南九州方言で正しくは「クワッ」である。》

宇沙都比古（ウサツヒコ）

この宇沙都比古を名前から判ずれば宇沙と一体不可分にある比古と云うことになる。そして宇沙都比売は其の妻を指すものであろう。だとすれば先づ塩椎の神の御子孫が考えられるが次には綿津見の神や事勝国勝長狭等の御子孫も浮かんでくる。何れにせよこの宇沙の活動に全面的協力を申し上げた御夫婦神のことには違いあるまい。

足一つ騰りの宮（アシヒトツアガリノミヤ）

このことについても諸説が多いようであるが如何に神代とは言っても古代建築のことであるから今日尚不可解な工法があろう筈はない。よってこの事は神殿構造の基本である原始的な工法のことではあるまいか。御承知の通り神殿は御神体を奉安申し上げる御座所は数段高くして造り拝殿其他は数段下位に置くのが常例である。そして神前に参進の場合はこの階段を一足、一足踏みしめて進むのが礼にされておる。故にこの神前参入の如く一歩づつ踏みしめて上ることを古語は「一足一足上り《ヒトアシヒトアシアガィ》」と云うのでこのことが足一つ騰《あが》りの宮の原意ではないだろうか。

だとすれば足一つ騰りの宮と云うことは随従の諸部神達の御座席よりは一段高い床作りにした座敷を作り神武天皇の御座所として御迎え申し上げたことに解される。従って具体的には天皇の御座所に参向するには足一つ上り即ち一段高くした座席に進まねばならぬ構造の御宮と云うことになる。

然し現在の神社様式は数千年を経て発達したものであろうから神代に於いてはもっと簡略で階段数如きも少なかったに違いあるまい。殊に神武天皇は現人《あらひと》に在するので朝夕の御生活から考えても複雑な様式は考えられない。従って天皇の御座所は随従の諸神より一段高座の御宮を造営して御迎え申したと云うことであろう。

余談になるが当地では今に尚床の間や客間等の上座敷は家族常住の座敷より床を一段高くして

作る風習が遺されておる。だから神武天皇は高千穂の宮と云う高天原の高台地から豊国の宇沙に降りたたれたことになるので此の地勢上の高下を御宮の構造を以て一段高くして差し上げたものと考えさせられる。

竺紫之岡田の宮（ツクシノオカダノミヤ）

この岡田の宮は豊国の宇沙から東に約六千米位に当る古代の衣（エ）の国即ち今日の頴娃《エイ》町大字別府《ベップ》にある水成川《ミナイガワ》港のことであろう。何故ならこの水成川《ミナイガワ》港の港奥になる高台地を岡田の宮に思わせる岡村《オカムラ》と云うからである。又、水成川《ミナイガワ》は御成川《ミナイガワ》が原形に思えるので同じく成（ナイ）の地名になるからでもある。又この港には蛭子《エベシ》川則ち恵比須《エベシ》川の地名もあるので事代主《ことしろぬし》の神が国譲り後の御居住地ではなかったろうかとも考えられる。余談になるがこの海岸一帯の人は今でも魚釣りには恵比須殿（エベシドン）と声をかけてから釣糸を投入する風習も見かけられる。

尚、港奥の高台地には丸山《マイヤマ》（御住居山）、桟敷川《サシッガワ》、小丸《コマイ》（小住居）、鳥山《トイヤマ》（鳥居山）、外戸口《ケドンクッ》（飼人口）、楠ヶ瀬《クシガセ》（主権者の居地）、津伏《ツブシ》等高貴神が在したことを語る地名が少なくない。又、天孫の笠沙《カササ》の宮も五千米位いと思えるのでこのあたりが筑紫であったことは疑えまい。

阿岐の国の多祁理の宮（アキノクニノタケリノミヤ）

この阿岐《あき》の国は秋の国でもあって大倭豊秋津島《おおやまととよあきつしま》の秋でもあろう。又、伊邪那岐の命が伊邪那美の命に事戸（コトド）を渡す時仰せられたと書紀が伝える「ここよりは現津国《あきつくに》云々」の現（アキ）でもあらねばなるまい。だとすれば大倭豊秋津島《おおやまととよあきつしま》の秋則ち阿岐《あき》は広大な地域で頴娃《エイ》町の東部高天原山中から西部一帯の平地部のことになる。

次に多祁理（タケリ）の宮と云うのは岡田の宮から僅々二千米足らずの東方にある頴娃《エイ》町石垣《イシカケ》港のことに違いあるまい。何故ならここにも成（ナイ）の部落や字名が広範囲に亘っておるからである。尚この石垣（イシカケ）浦は古代遣唐船が寄港したことでも有名であり又須佐之男の命が須賀《すか》の宮を経営されたことも既に説明の通りである。故にこそ日本書紀はこの多祁理《たけり》の宮を埃（エ）の宮と伝えておるのではあるまいか。今更言うまでもあるまいが埃（エ）と云うのは現在の頴娃《エイ》町のことで古書には衣（エ）とか又は埃（エ）とも書かれていることである。そしてその場所は可愛《えの》山陵《やまのみささぎ》、或いは愛媛《えひめ》とも書かれておる国のことである。勿論、当地では今も尚通称で頴娃《エイ》は衣（エ）で通っておる。

するとこの多祁理《たけり》の古語は発音が多祁理（タケイ）になるので熊襲の首長「河上タケル」や「日本武尊《やまとたけるのみこと》」の武（タケル）と同意で、猛（タケ）を「ラ行」に活用した語と解せねばなるまい。そうすると須佐之男の命もこの須賀の宮の主権者即ち猛る（タケル）であられたことに違いなかろうから多祁理の宮と云うのは其の御子孫が主権者として経営されていた御宮のことではあるまいか。古語の多祁理《たけり》と云うのは興奮状態で覇気満々のことに云うから共通語の猛りに等しいであろう。余談になるが古語は今でも子供らの興奮状態のことを指して「気猛（キダケ）てお る」と云う。

そこで成（ナイ）を中心に関連地名を探して見るが津伏《ツブシ》の数字と吉崎《ヨシザキ》の数字の外はあまり関心

が持てない。だが少し奥まって行くと青木原《アオツバイ》や桑鶴《クワヅル》及び蔦《オロ》等大事な地名が見られないでもない。故にこの多祁理《たけり》の宮は岡田の宮と相隣りするので此の両宮をかけ持ちの形で見供わしたものではなかろうか。然しこの成《ナイ》の字名は成中次《ナイナカツツ》を初め、中次《ナカツツ》を附した字名が極めて多いのである。果してこの中次《ナカツツ》は何を語るものであろうか。今は知る由もないが、若しかしたら神武天皇への軍需物資が方々からここに集められて大和の東遷軍に中次《なかつぎ》されたものではなかろうかとも疑う。この中《ナカ》次《ツツ》名は数字づつ集団しておるが、高御産巣日《たかみむすび》の神の山戸近くと月読《つきよみ》の命《みこと》の夜の食国《おしくに》及び此の石垣《イシカケ》の成（ナイ）の三ヶ所に見られるだけであるのが不思議でならない。

吉備の高島の宮（キビノタカシマノミヤ）

この高島の宮は吉備（キビ）とあるから例の通り生（キ）なる日（ヒ）の命であって高天原貴族中の日の命達が御住着きの所でなければならぬ。従って通称して高天原と呼ばれる地帯以外のことには考えられないことになる。故にそれとする地に高島の名が遺されておれば言うことはないが不勉強にして未だ山川《ヤマガワ》町方面までは地名等の調査が進んでいない。然し高島の名は多祁理《たけり》の宮と同じく地名にならない名にも思えるので所見が述べて見たい。

高島の高は天つ日高の高であって御身分のことではあるまいか。勿論、神武天皇も高であらせられる。そうすると其の高なる御人が支配して御出る島即ち領国は高島と言えるのではないだろうか。だとすれば高島の宮に信ずる地は高天原の東端になるので言うまでもなく高島と云うことになる。よってこの神武天皇最後の出船港高島の宮と云うのは多祁理の宮の東方約二十粁の鹿児島湾口にある山川港《ヤマガワ》のことになる。何故ならこの山川港《ヤマガワ》の北側は高天原連山に接する外、神武天皇が御成りを語る成川（ナイカワ）の地区にしておるからである。

尚、この山川《ヤマガワ》町地方は大八島の国生みで津島《つしま》と呼ばれた島であって名の意は良港のある島と云うことになる。又、別名は天之狭手依比売《あまのさとよりひめ》であったろう。するとこの天之は高天原のと云うことになるので吉備の高島の宮と云う吉備の名と相一致することになる。又、天之狭手依（サテヨリ）を古語で解すれば高天原が最も「佐多に寄った所」と云う名になる。従って大隅《ウズン》半島の佐多《サタ》岬《ミサキ》地方に最も接近した所と言わねばならぬ。誠にこの名の通りに地理的関係の地名と云うことが出来る。

そうすると神武天皇の東遷軍はこの山川港《ヤマガワ》を出帆して大隅《ウズン》半島の佐多岬《サタミサキ》を迂回し、青雲の白肩《シタガタ》の津に泊て給うのであるが誠に其の通りの景観と言えるのではあるまいか。

こうして、神武天皇（神倭伊波礼毘古）の東征は決行され、幾多の苦難の末に奈良橿原に進出して大和朝廷は創立されたのである。

《注　東征の苦難行解説については、飯野布志夫著作集三『覇道無惨　ヤマトタケル』（鳥影社刊）で一部取り上げてあるので参照のこと。》

解説

鳥影社編集部長　小野英一

私たちは何気なく「雨が降ってきた」とか「爽やかな風だ」などと話します。それでは雨は、なぜ「あめ」と言うのでしょうか。風は、なぜ「かぜ」と発音するのでしょう。そんなことは当たり前で、ずっと昔からそうなっていたんだ、というのが大方の見方でありましょう。

ところが飯野武夫、飯野布志夫の両氏は、親子二代にわたって、この問題に取り組まれ、膨大な時間と身を削るようなご苦労をされて研究を進め、日本語の語源を考えるうえで大きな貢献をされたのでした。そのお仕事がどれほど重要なものか、これまで正当な評価が必ずしも多くはなかったように思われるので、ここにささやかな解説を記したいと思います。

ことの始まりは、大正時代の中頃、古事記上巻の神話の文章を、飯野武夫氏が自分の普段使っている南九州方言で読んでみると実にすっきり読めることに気づいたことに始まります。それだけではありません。古事記に書かれている様々な風習や風俗が、彼が生まれ育った門村《かどむら》のそれに似ている点にも注目したのです。

武夫氏は小学校で教職に就いた後、校長となり、やがて鹿児島県知覧町の助役から町長の要職を三期務められました。その激務の間にも、古事記研究は一時も休むことなく続けられ、やがてそれは一冊の大部の原稿へと結晶していったのでした。そのあたりのことは本書の序章に詳しく述べられております。

だが、武夫氏の研究はほとんど顧みられることなく、そればかりか国語学の専門家から、「研究内容は悪くはないが、あなたは専門家ではないので、世に出るのは極めて難しいだろう」などという侮蔑の言葉を浴びせられたのです。武夫氏は「石の如くになって黙り込む日が続いた」と序章にあります。昭和三十年代後半のことです。さらに薩南地方の振興を願って出馬した四期目の町長選にも落選し、武夫氏はとうとう世間を離れ、寒村の生家に引きこもって最晩年を過ごされたといいます。

それでも古事記解釈の研究は一刻も途切れることなく続けられました。そしてついに、一冊の大部な原稿に収斂《しゅうれん》したのです。筆者もその原稿を拝見したことがありますが、丹念な字でびっしりと書き込まれた分厚い原稿は、ひと目見て、武夫氏の論考の緻密さと、古事記あるいは言葉の真実に迫ろうとする強い志が伝わってくるものでした。

その原稿こそが、本書『古事記新解釈　南九州方言で読み解く神代』にほかなりません。これは一研究者が生涯をかけた労作であり、ここには、日本語を考えるうえで見過ごすことができない重要な指摘がなされております。

それを簡単にまとめてみたいと思います。

一、古事記の記述はこれを南九州方言で読み解くと古事記本来の意味が明らかとなる。
二、その研究を通して、日本語の古層部分には音と意味との密接な関連性がある。
三、古代日本語、とりわけ大和朝廷で使われていた日本語には南九州方言が流れ込んでいる。

この三点です。このうちの一つだけでも日本語の起源を手繰るときの大きなテーマとなり得ましょうが、それを飯野武夫氏は独力で開拓し、精緻な論考へとまとめあげたのです。実際、本書を手に取ってどのページを紐解いてみても、そこに展開しているのは、古事記を通して開陳される日本語一つひとつの根源であり、その膨大な知見と、驚くべき博識と、詳細な考察には、圧倒的な印象を受けます。その語義解釈のすべてが正当であるかどうかは筆者には定かでありませんが、日本語がこのような過程を経て産み出されてきたのだと知るだけでも、身震いするような興奮を覚えるのです。

さらに特筆すべきは、この武夫氏の研究を、ご子息の飯野布志夫氏が受け継ぎ、その成果を『飯野布志夫著作集 全六巻』として刊行しておられることです（現在、第六巻は未刊）。

飯野布志夫氏は広島大学を卒業の後、会社を経営しながら、武夫氏と同じように激務の中、寸暇を惜しんで南九州方言の研究に勤《いそ》しまれ、全六巻の著作集以外にも『知覧むかしむかし』『南九州門村の「歳事しきたり」と「河童伝説」』『南九州方言の文法』などを刊行されました。

飯野布志夫氏のお仕事を大きく分けると次の六つに分類することができます。

一、南九州地方の方言と風俗の研究。
二、古事記研究を通して、古代人のおおらかで多様な生き様や目合《まぐあい》の喜びを描き出す。
三、古事記研究を通して、古代高千穂王朝と大和朝廷の皇統継承をめぐる熾烈な争いを明らかにする。
四、邪馬台国の成立の鍵を握る『魏志倭人伝』を南九州方言で読み解く。
五、そして、布志夫氏の言語研究の真髄となる、南九州方言を通して日本語の起源に迫る。
六、父武夫氏の原稿（本書のこと）の編纂注記とその刊行。

となります。以上の項目を見てもお分かりのように、ご子息布志夫氏の研究は父君武夫氏の研究を発展させ、さらに普遍化したもので、編集者の目から見て、布志夫氏の独創的で瞠目すべきは、その「語源研究」であると思われます。日本語の根源はどこにあるのか、またそれはどのように成立したのか、この謎を解く重要な鍵を布志夫氏の研究は提示しているのです。

日本語の起源がどのようなものであるかについては、これまで様々な学説が出されてきましたが、しかし、学問的に定まった説はありません。日本語の助詞などの付属語が膠着語《こうちゃくご》の特徴を示すことから、トルコからモンゴルに広がるウラル語、あるいはアルタイ語との同一性が論じられてきました。だが現在、ウラル・アルタイ語が日本語の起源であるという明確な証拠は示されておりません。

これは日本人がどこから渡来したのかという問題とも重なり、これを解明するためにはいくつものハードルを超えていかなければなりません。

日本に過去一万年以上にわたって住み続けたのは、誰もが知るように縄文人であり、その縄文人は北方シベリアの地から渡ってきたもの、あるいは南方ポリネシア地方から渡ってきたものなど、いくつかの流れに分類されます。縄文人は母系のミトコンドリアＤＮＡにおいても父方のＹ染色体ＤＮＡにおいても、あとから渡来した人々とは明らかな違いを有しているといわれます。

さらには、縄文人の遺伝子解析によって、そのＤＮＡの因子のいくつかは、チベットやさらに遠く西域や中東のものと重なる部分があるともいわれます。縄文人は、原始的な狩猟生活を送っていただけでなく、精神的にも高度で豊かなものであったことが、この十年来の研究で明らかになってきているわけです。

弥生時代以降、大陸から多くの人々が渡来しました。しかし、二千五百年以上が過ぎた現在でも、地域によって割合は異なりますが、意外に多くの縄文因子が残っており、とりわけ先住の琉球人…南九州人…東北人（蝦夷《えみし》）…蝦夷《えぞ》には縄文の遺伝子が色濃く残っているといわれます。ちょうどドーナツの輪のように、日本人と**日本語の古層**が現在も日本の周辺地域に残存しているると考えられるのです。これらの環《サークル》に位置する人々の言語が、語彙においても、音韻的にも、文法的にも共通性を持つかどうかの研究は、いまだ未知の領域であり、このことを本書の著者、飯野武夫氏も布志夫氏も大変気にかけておられました。日本語の起源を考えるうえで、今後にゆだねられる最重要の課題でありましょう。

縄文人による日本語の古層部と弥生人による日本語の上層部を考えるうえで大陸言語、おもに中国語や朝鮮語との比較は必須のものでありましょう。大陸からは膨大な漢語、漢熟語が流入し、それが日本語をたいへん豊かにしたことは疑いようがありませんが、音韻、文法構造とも、日本語と中国語は全く異質な言語であることは誰の目にも明らかです。一方の朝鮮語は、文法構造、特に語順が近似関係にあるのではないかと推測されますが、明確な定説はありません。つまり、日本人についても日本語についても、その起源は謎に包まれたままなのです。

いったい三千年前、四千年前の日本人は、どのような言葉をどのような発話で話していたのでしょうか。記録に残されていない以上、それはドーナツ状に残る地域の方言を調べる以外に手がかりはありません。それが失われつつある今、その解明はまことに急務なのです。

日本語を考えるうえで最もまぎらわしいのは中国語由来による漢語と漢熟語の存在です。その量は圧倒的で、日本語語彙のおよそ七割近くが漢熟語だといわれています。「おもう」という和語を、思考、思惟、思案、思索などと中国語に置き換え、それに「する」というサ行動詞をつけると、たちどころに漢熟語動詞ができあがります。これによって、より精緻で立派そうな表現にはなりますが、もとよりこれは本来の日本語ではないわけです。一方、基礎的な動詞、形容詞、そして日本語特有の助詞は、大部分が和語となります。

さらに、日本に漢字が到来した後、和語を表意文字である漢字で表したために、日本語本来の意味が失われ、和語の古層が見えなくなってしまったことに、私たちはよほど注意を払わなければなりません。たとえば、書くという動詞の「かく」は、本来、引っ掻くの「かく」であって、広辞苑にも「先のとがったもので物の面をひっかく意が原義」とあります。聴覚言語から記述言語に変容したことで、日本語は情報の記録には飛躍的な進化を遂げた一方で、初源の日本語が宿していた深みを喪失したともいえます。

では、もともとの純粋な日本語とは何かという問題が浮かび上がってきます。これこそ最大のテーマに違いありません。和語は大和言葉とも呼ばれ、その大和言葉が日本語の基底をなしているわけです。

飯野武夫、布志夫両氏の業績の中でもとりわけ重要なのは、この大和言葉の形成論です。飯野親子の大和言葉形成論は、本書序章にも紹介されておりますが、その骨子は高千穂王朝最後の帝であった神武天皇の東征にあると推論できることです。記紀にも記されているように、幼少期に南九州高千穂地方で育った神武天皇は、大規模な軍団やお供を引き連れて、奈良橿原《かしわら》へ向かったと考えられますが、そのことによって朝廷内では南九州方言が根付き、神代の語り部も南九州方言で古事記を伝え、それらが後に文章化されたと考えられるのです。古事記には解読の難しい語句がたびたび登場しますが、これは南九州方言に無理やり漢字を当てはめたために、解読不能になっているのであって、それを南九州方言で読み解けば、容易に解読できる、というのが飯野武夫・布志夫両氏の方法論であり、結論なわけです。より詳しくは飯野布志夫著作集の各巻をご参照いただきたいと思います。

この意味でも、飯野武夫氏・布志夫氏の南九州方言の語源的探究は、日本語の古層を探るうえで最重要な問題提起をしております。日本人と日本語は、人類学的な意味でも言語学的な意味でも、縄文人と弥生人によるハイブリッドな多層構造になっていることは疑いようもなく、その基層を探ることなく、民族学的な事実や言語学的構造を明らかにすることはできません。飯野武夫・布志夫氏が生涯をかけて尽くされた研究は、単なる郷土史家的な範疇《はんちゅう》を遥かに超えた大きな意義を担っていることがご納得いただけると思うのです。

しかし残念なことに、現在、ほんものの南九州方言を自在に操る話者がほとんどおりません。

飯野布志夫氏の努力によって、その多くはカナによって書き留められていますが、発音の細かなニュアンスやイントネーションはすでに喪失しつつあります。そういう意味でも、音声的な記録が急務であるに違いありません。繰り返しになりますが、それは単に郷土史的な興味をつなぎとめるというのとは全く次元の違う重要さを帯びているのです。飯野布志夫氏の著作の数々、そして武夫氏のこの『古事記新解釈　南九州方言で読み解く神代』を将来、語源探求の基礎資料として縦横無尽に活用する研究者の出現が待たれるゆえんです。

幸いなことに、飯野布志夫氏の著作の多くは、日本国内の大学図書館や公立の図書館などに収められておりますし、ドイツのベルリン国立図書館にも入っているそうです。さらに飯野武夫・布志夫親子の著作が活用され、日本語の語源研究が発展することを、本書を編んだ編集者として心から願わずにはいられません。

最後になりますが、本書『古事記新解釈』を編纂するにあたり、原稿の入力、清書、校閲において、谷川有代さんにたいへんお世話になりました。厚くお礼を申し上げます。

なお序章にも記されているように、飯野武夫氏の原稿には「〜しておる」のような古い言いまわしや、語源を「語原」とするような独特な漢字遣いが頻出しますが、それらも原文のまま収録していることをご了承ください。

〈著者紹介〉

飯野 武夫（いいの たけお）

明治31年、鹿児島県生まれ。
鹿児島県鹿屋農学校 卒。
青年学校校長及び知覧町町長など。
昭和51年没。
著書：『知覧文化』（随筆）

〈編者紹介〉

飯野布志夫（いいの ふしお）

昭和7年、鹿児島県生まれ。
広島大学 教育学部 高等学校教育科理科 卒。
文語方言研究所主宰。
著書：『知覧むかしむかし』（日本図書館協会選定図書）
『南九州門村《カドムラ》の「歳事しきたり」と「河童《グヮンパ》伝説」』
『南九州方言の文法』（以上 高城書房）
『飯野布志夫 著作集』①～⑤（鳥影社）

古事記新解釈
南九州方言で読み解く神代

定価（本体4800円+税）

乱丁・落丁はお取り替えします。

2016年12月 5日初版第1刷印刷
2016年12月17日初版第1刷発行
著　者　飯野武夫
発行者　百瀬精一
発行所　鳥影社 (www.choeisha.com)
〒160-0023 東京都新宿区西新宿3-5-12トーカン新宿7F
電話 03(5948)6470, FAX 03(5948)6471
〒392-0012 長野県諏訪市四賀229-1(本社・編集室)
電話 050(3532)0474, FAX 0266(58)6771
印刷・製本　モリモト印刷・高地製本

ISBN978-4-86265-582-0 C0021

《飯野布志夫著作集》全6巻

5巻までの内容

1　言葉の起こり（2013年）　3200円+税

南九州地方の方言で『古事記』を読むと、不思議とすらすら読める。その南九語を調べると言葉の成立には、音声の意味が深くかかわっていることがわかってきた。音の組み立てから迫る日本語の起源。

2　神々の性展（2013年）　1600円+税

南九州地方の方言は日本の「古語」か？

その方言の語法で『古事記』を読むと、不思議なことにすらすらと読める。そしてそこには性にまつわる神々たちの奔放な素顔が15話にわたって迫ってくる。この解読は従来の解釈に一石を投じるかもしれない。

3　覇道無惨　ヤマトタケル（2013年）　1500円+税

ヤマトタケルが最後に歌った四編の歌は南九州地方の方言の文体で詠まれていた。しかもその内容は、定説をくつがえす「反逆の歌」だった。

4　眠る邪馬台国（2014年）　1500円+税

邪馬台国は南薩摩にある。

『魏志倭人伝』に記された道程・方位、風俗・産物、『古事記』に通底する神代南薩摩の伝承を重ねると、驚くべき邪馬台国の姿が浮かび上がってくる。

5　語源の旅　鹿児島弁（2015年）　1600円+税

父子二代にわたって南九語の方言（鹿児島弁）で『古事記』を解読してきた著者が、さらに鹿児島弁の本質を明かすため、音に注目して日常語のなかから例を挙げて考証する。
